un cavallo
nell'ombra
kate sherwood

Triskell Dreamspinner

Special Print Edition

Pubblicato da Triskell Dreamspinner Special Print Edition

Un cavallo nell'ombra
Copyright © 2010 by Kate Sherwood
Tradotto da Sara Pellegrino

Illustrazione di copertina di Justin James
http://www.wix.com/qpm2010/justinjames
Design di copertina di Mara McKennen

Stampato negli Stati Uniti d'America
Prima Edizione
Giugno, 2010

Edizione eBook italiano: 978-1-61372-848-2
Edizione Paperback italiano: 978-88-9312-145-3

Ai Completisti: senza il vostro incoraggiamento non ci avrei provato e senza il vostro supporto non ci sarei riuscita.

CAPITOLO

UNO

A Dan piace la routine del suo lavoro, il suo ritmo. Gli piace sapere che i cavalli si aspettano la loro razione di foraggio alle sei, alle due e alle otto, e che cercheranno di buttar giù il loro box a suon di scalciate se non la riceveranno. Gli piace sapere che nella scuderia ogni pezzo di equipaggiamento ha una sua posizione, che ogni finimento ha il suo gancio o il suo posto su uno scaffale. Gli piace il cavalcare, lo schema 'riscaldamento, lavoro, pausa, lavoro, defaticamento' che gli permette di staccare per un po', di smettere di pensare e di concentrarsi solo sul fare. Sull'essere.

Per queste ragioni Dan non è esattamente accomodante quando capita qualcosa che altera questo ritmo. Molly e Karl lo sanno e generalmente cercano di tenerlo lontano da ogni intrusione; questo non perché Dan sia una primadonna, ma semplicemente perché Molly e Karl sono delle persone premurose – persone premurose che non apprezzano quando il loro allenatore alza la voce all'indirizzo di possibili compratori.

Certo, ci provano – ma non sempre ci provano abbastanza, pensa Dan quando vede Molly fargli dei cenni dall'esterno del maneggio. Con un sospiro Dan rallenta l'andatura di Chaucer fino a portarlo al passo. Naturalmente questa intrusione deve capitare proprio quando cavallo e cavaliere hanno iniziato a combinare qualcosa, quando il grande castrone sembra aver iniziato a capire che non deve alzare la testa tutte le volte che gli si domanda un cambio di andatura. Come ultimo esercizio Dan chiede a Chaucer di muoversi al trotto dirigendosi verso Molly e poi di ritornare nuovamente al passo. In entrambe le occasioni la testa di

1

Chaucer rimane dove deve essere, così Dan gli dà una pacca di congratulazioni sul collo e allenta le briglie.

Molly è forte e atletica, ma è anche una signora di mezz'età – Dan non è abituato a vederla agitata come fosse un'adolescente. «Il gruppo dalla California è arrivato in anticipo. Robyn sta prendendo Monty dal paddock, ma è sporco, naturalmente. Ha bisogno di qualcuno che l'aiuti a pulirlo.»

Il suono di questa frase non piace molto a Dan. «Se non riescono a vedere oltre un po' di fango allora non si meritano Monty».

L'eccitazione di Molly si trasforma velocemente in irritazione. «Quando sarai responsabile di pagare i conti qui intorno mi potrai dire chi *si merita* quel cavallo. Fino ad allora, abbiamo bisogno di chiudere una vendita. È il cavallo ad essere sotto osservazione, non l'acquirente.» Si gira, incamminandosi verso la scuderia, ma poi si ferma e torna indietro di qualche passo. «Comportati bene. Queste persone hanno più soldi di re Mida – per loro quelli che servirebbero a comprare e vendere questo intero posto sono spiccioli.» Sembra che voglia aggiungere qualcos'altro, ma un gruppo di persone si sta dirigendo verso la scuderia, quindi assume il suo sorriso di scena e va loro incontro.

Dan dirige Chaucer fuori dal maneggio, girando alla larga dalla folla. Il castrone è accaldato dall'esercizio e Dan non vuole doverlo fare fermare nella fresca brezza primaverile. Quando raggiungono la porta della scuderia Dan salta giù dalla sella, toglie velocemente i finimenti e copre il cavallo con una coperta leggera. Questo dovrebbe bastare a non far prendere a Chaucer un colpo di freddo, ma Dan vorrebbe comunque trovare un modo per farlo defaticare come si deve. La giostra automatica della scuderia si è rotta parecchie settimane prima e non è stata ancora riparata. Dan si ferma un momento per chiedersi quanto sia importante questa vendita. Molly ha ragione, Dan non ha niente a che fare con il lato finanziario del mandare avanti questa attività, quindi non sa come stiano realmente le cose. I soldi paiono non essere mai abbastanza, ma è sempre stato così. La situazione è forse peggiorata ultimamente? Dan caccia dalla mente il pensiero di quella che probabilmente è la causa di ogni recente difficoltà economica. Sta lavorando – non è questo il posto o il momento per diventare malinconico.

Monty è già legato nella scuderia e Robyn sta strigliandolo furiosamente. L'hannoveriano, nonostante sia stato tosato, non ha ancora perso del tutto il suo manto invernale, quindi sta spargendo tutto intorno peli oltre che fango. Dan deve ammetterlo: il cavallo presenta male, e Robyn sembra avere bisogno di aiuto. Passa una mano sul petto di Chaucer e sente che è ancora accaldato e sudato.

«Posso farlo camminare io, se ne hai bisogno.» L'offerta proviene da dietro le sue spalle e quando Dan si volta, una silhouette scura che si staglia contro la vivida luce del giorno. La figura si muove in avanti e diventa un uomo, forse più o meno sulla quarantina, una decina d'anni più vecchio di Dan. La sua corta barba scura sta appena iniziando ad ingrigirsi intorno alla bocca. «Jeff Stevens», si presenta l'uomo, porgendo la mano. «Ci siamo già incontrati, ma solo di sfuggita.»

Dan cerca di ricordarsi, ma non crede che avrebbe dimenticato quest'uomo se lo avesse già visto. Ha un viso che rimane impresso, pieno di linee nei punti giusti, occhi intelligenti e caldi e, almeno da quello che Dan riesce a vedere del suo corpo, quest'uomo sarà anche più vecchio di lui, ma decisamente si prende cura di sé. Ed è vestito da cavaliere, quindi Dan immagina che i suoi muscoli non siano stati fatti in palestra, ma lavorando.

Jeff sembra rendersi conto che Dan non si ricorda di lui, e gli suggerisce, «Rolex, due anni fa. Eri un po'... distratto.» Il suo sorriso è gentile. «Lo so che devi averlo già sentito un milione di volte, ma... mi dispiace molto. Per l'anno scorso, voglio dire.»

Dan annuisce automaticamente. Sì, ha ragione: gli è stato detto un milione di volte, ma nonostante le innumerevoli ripetizioni la reazione che queste parole provocano non sembra aver perso la sua potenza.

Jeff pare realizzare che un cambio di discorso sarebbe molto apprezzato e continua: «Sono l'istruttore dei Kaminski – la gente dalla California. Mi rendo conto che siamo arrivati un po' in anticipo, non era nostra intenzione trovarvi impreparati. Così, se hai bisogno di fare qualcos'altro, posso far camminare io questo cavallo.»

Dan passa la lunghina all'altro uomo senza una parola e si gira verso Monty. Generalmente non affiderebbe il suo cavallo ad uno sconosciuto, ma per qualche ragione questa volta sente di potersi fidare. «Grazie», mormora dopo un attimo. Jeff gli sorride e fa girare Chaucer, conducendolo di nuovo fuori dalla scuderia. Dan prende una striglia e si mette a lavorare sul lato destro di Monty.

È un bene che siano in due a sgobbare, perché dopo appena una manciata di minuti Dan sente Karl e Molly entrare nella scuderia, entrambi impegnati al massimo nell'utilizzare le loro migliori tecniche di vendita.

«Oh, eccolo!», esclama con voce vezzosa Molly, come se non avesse saputo perfettamente che Monty stava venendo strigliato. Dan prende uno straccio pulito e lo porge a Robyn, che, dopo averlo inumidito con dello spray lucidante, lo passa sul corpo snello di Monty. Il cavallo si muove leggermente quando sente il rumore dello spruzzo, ma il suo non è vero spavento. Monty è abituato ad avere qualcuno che si prende cura di lui e del suo aspetto – anzi, lo accetta come se gli fosse dovuto.

Molly cammina accanto ad una ragazzina che sta chiaramente passando quella difficile fase in cui si è tutti gomiti, apparecchi per i denti e timidezza. Sui quindici anni, ipotizza Dan. L'età è quella giusta per essere ossessionata dai cavalli, ma la ragazza non sembra forte abbastanza per una cavalcatura come Monty. L'adulto con lei, invece... Dan si permette uno sguardo ammirato prima di riportare l'attenzione sul suo lavoro. Quell'uomo andrebbe bene per Monty. Entrambi sono alti e muscolosi. Dan si chiede se anche lui, come Monty, sgroppa quand'è eccitato, e di nuovo deve riportare la sua mente su quello che sta facendo.

Il piccolo gruppo si avvicina. «Mi dispiace che non si presenti meglio,» Molly dice con rincrescimento alla ragazza. «Questa mattina era all'aperto e, beh, sai come sono i ragazzi quando c'è del fango!»

Robyn appare un po' offesa – si può dire che abbia compiuto un miracolo su quel cavallo, viste le condizioni in cui era e il tempo che ha avuto per pulirlo, e deve bruciare sentire Molly liquidare così tutti i suoi sforzi. Dan incrocia il suo sguardo e scuote impercettibilmente la testa. È solo uno stratagemma di vendita, per fare sembrare che Monty di solito sia ancora più bello.

Molly sta incoraggiando l'adolescente ad avvicinarsi al cavallo, passandole un pezzo di carota. Dan reprime un sospiro. Evidentemente il potenziale cavaliere è proprio la ragazzina. Dan spera che abbiano sufficiente buon senso da trovarle un altro cavallo.

Karl fa un cenno col capo a Dan, indicandogli di avvicinarsi a dove si trovano lui e il tizio alto, un po' spostati all'interno della scuderia. Dan si rivolge a Robyn. «Il loro istruttore sta facendo camminare Chaucer per me. Potresti andare a sostituirlo e chiedergli di tornare dentro?» Lei annuisce e si dirige verso la porta della scuderia, mentre Dan si avvicina a Karl.

«Signor Kaminski, questo è Dan Wheeler. Ultimamente è stato lui a cavalcare Monty.» Questa volta è Dan a sentirsi un po' offeso. È stato l'addestratore di Monty per quasi cinque anni, da quando il castrone è stato introdotto alla sella per la prima volta. Tutto quello che il cavallo conosce gli è stato insegnato da Dan, e Monty sa molte cose – allora perché Karl fa sembrare che Dan non sia altro che uno mozzo di scuderia che elemosina le cavalcate? Dan immagina che sia un'altra tecnica da venditore, ma di questa non riesce a vedere il punto – se non per ricordare a Dan quale sia il suo posto.

Kaminski sorride amichevolmente e porge la mano; Dan a malapena si ferma prima di stringergliela, alzando le mani per far vedere come siano ricoperte di fango e peli di cavallo. L'uomo è vestito casual, ma elegantemente. Dan non vuole essere incolpato di averlo insudiciato.

«Oh, figurati, non è un problema! Non m'importa di sporcarmi le mani!» Kaminski di avvicina leggermente. «E il mio nome è Evan.» Afferra la mano destra di Dan e la scuote vigorosamente un paio di volte, poi alza lo sguardo oltre le spalle di Dan. «Che cosa ne pensi, Tata?», chiede. Lei gli sorride raggiante e l'uomo ride felice. Quando sorridono è facile notare la somiglianza fra i due: entrambi lo fanno in maniera così smagliante che i loro occhi color nocciola quasi scompaiono. «Sembra che le piaccia. Dov'è Jeff? Voglio chiedergli la sua opinione.»

Dan si gira nella direzione da cui dovrebbe arrivare Jeff e infatti, come per magia, eccolo comparire. L'uomo cammina in maniera sicura e rilassata, facendo un paio di passi di lato in modo da poter guardare Monty dalla giusta angolazione, e poi prosegue in avanti. Jeff chiede con uno sguardo il permesso di avvicinarsi al cavallo, e Dan prova un breve momento di gratificazione perché l'uomo si è rivolto a lui e non a Karl. Questi tuttavia prende in mano le redini della situazione, essendo evidentemente arrivato alla conclusione che Evan è solo presente per firmare l'assegno e che è Jeff l'uomo da persuadere.

Karl si muove verso il cavallo, facendo con la mano un gesto a Jeff. «Prego, sii mio ospite! Controllalo pure e poi gli metteremo i finimenti per farvi vedere di che cosa è capace questo ragazzone!»

Karl continua esprimendo una marea di commenti positivi sul cavallo, e Dan si trova d'accordo con la maggior parte di quello che viene detto. Monty è veramente eccezionale e Dan sarà triste di vederlo andare via – ma sarà più triste ancora se andrà ad una ragazzina che non è in grado di gestirlo e che potrebbe finire col farsi male a causa sua.

Dan si chiede se debba dire qualcosa ad Evan e gli lancia un'occhiata – e scopre che l'altro uomo lo sta osservando attentamente.

«È un cavallo molto bello,» inizia col dire Evan. «Mia sorella, Tata... beh, Tatiana, o Tat, veramente, ma 'Tatiana' non fa rima con 'viziata', quindi non sembra così appropriato.» Evan sorride per far capire che sta scherzando e Dan vede due fossette comparire sul volto altrimenti asciutto. «Comunque, dicevo, è da un po' che Tata vuole un cavallo da completo e quando abbiamo visto il video di questo esemplare è come se fosse stato un colpo di fulmine!»

Dan annuisce cautamente e nota che Molly gli sta facendo dei segni. «Dan, selliamolo, devono vederlo al lavoro!»

Dan non è abituato all'energia quasi maniacale che Molly sta proiettando. Monty è un cavallo di valore, Dan se ne rende conto, e venderlo sarebbe certamente un aiuto per le finanze della scuderia, ma generalmente Karl e Molly sono un po' più rilassati. Certo, ovviamente cercano di vendere i loro cavalli, ma di solito non appaiono così *disperati* di farlo.

Dan prende le briglie e la sella da dressage di Monty. Tanto vale iniziare con calma: se la ragazzina si spaventa lavorando sul piano è inutile perdere tempo coi salti.

Dan, mentre mette i finimenti al cavallo sotto l'occhio attento di Jeff, si scopre apprezzare l'atteggiamento dell'altro uomo. Molte persone dimenticano come deve comportarsi un cavallo fuori dal maneggio e pensano che l'unica cosa che importi è quello che l'animale fa una volta sellato. Dal momento che è stato lui a lavorare duramente per insegnare a Monty come deve comportarsi quando è legato, Dan si sente gratificato nel vedere che qualcuno apprezza i risultati delle sue fatiche. Quando si gira prova un istante di leggero turbamento nel notare che Jeff non sta guardando Monty ma lo stesso Dan; l'espressione sul suo volto, quella di chi sta valutando qualcosa, è simile a quella mostrata prima da Evan. Tuttavia Monty è pronto e il momento passa immediatamente. Dan prende le redini e guarda Karl, ma è Molly che parla. «Ok, andiamo nel maneggio e facciamo vedere come splendidamente si muove questo cavallo!»

Molly raduna i visitatori davanti a lei e li incanala fuori dalla scuderia. Dan segue per ultimo guidando Monty. Jeff gira la testa e per alcuni passi continua a guardarli, apparentemente per assicurarsi che le buone maniere del cavallo continuino anche quando viene accompagnato alla corda, e poi volta la testa per guardare dove mettere i piedi.

Una volta entrati nel maneggio Dan dà un'ultima controllata ai finimenti e al sottopancia e poi monta in sella. Inizia con dei warm-up di base per rilassare Monty e prepararlo al lavoro e poi lo guida in una serie di riprese più avanzate, grossomodo duplicando un test standard di dressage. Inizialmente Monty è un po' insicuro sul galoppo rovescio, ma dopo qualche passo l'esecuzione migliora. Dan si ripromette di lavorarci sopra nella loro prossima sessione d'allenamento, e poi si chiede se ce ne sarà una o se Monty lascerà la scuderia prima che ci sia tempo di farla.

Dan fa fermare Monty vicino agli spettatori. «Volete vedere qualcosa in particolare?» La sua domanda è rivolta a tutto il gruppo, ma in realtà sta parlando a Jeff. Quando questi scuote la testa, Dan scende dal cavallo e porge le redini più o meno a metà strada fra Jeff e Tatiana. Entrambi sono vestiti da cavallerizzi e, realisticamente, entrambi devono poter andare d'accordo con Monty.

Jeff fa un cenno a Tatiana e appoggia una mano sulla sua spalla. «Andiamo, facciamogli fare un giro.» Si chinano, passano sotto la recinzione e si dirigono verso lo sgabello per montare. Dan guida Monty verso di loro. Ci vuole qualche momento per sistemare la lunghezza degli staffili, sistemare le staffe e ricontrollare il sottopancia; una volta finito Dan si mette vicino alla testa di Monty mentre la ragazza sale in sella. Il suo movimento è leggero ed aggraziato, il suo assetto corretto e naturale; questo fa sperare a Dan che la cavalcata non risulti un totale disastro.

Cavallo e cavaliere si dirigono verso la pista esterna del maneggio, mentre Jeff si muove verso il centro. Dan s'incammina verso la recinzione, ma Jeff lo richiama. «Dan, potresti rimanere qui? Così da dirmi se ci sono dei trucchi che dobbiamo usare?»

Dan obbedientemente segue Jeff. L'altro uomo sta osservando con attenzione cavallo e cavaliere, dando ogni tanto dei suggerimenti alla ragazza. Le fa fare una serie di esercizi di dressage simili a quelli che ha fatto Dan, saltando

8

alcuni dei movimenti più avanzati. Dopo un po' le dice, «Ok, è il tuo turno, fa' qualsiasi cosa ti vada di riprovare.» Quindi si gira in parte verso Dan e gli chiede, «Ok, adesso – che cosa ne pensi, onestamente?»

Dan è combattuto, quindi cerca di rimanere neutrale. «È una buona cavallerizza. Sono una bella accoppiata nel dressage. Per il salto – immagino che dovremo aspettare di vedere.»

«Sarà troppo per lei?»

Dan non riesce a mentire. «Non lo so. Probabilmente. Monty è un cavallo molto vivace, capisci? E ama saltare. Ha bisogno di un cavaliere fermo, che lo sappia tenere sotto controllo.» Dan si massaggia il collo. «È quello che lo rende un cavallo così perfetto per le gare: non ha paura di niente, è pieno di entusiasmo.» Dan non crede sia necessario spiegare come questo atteggiamento possa risultare un po' problematico per qualcuno di esile e inesperto come Tatiana.

Karl si è avvicinato in tempo per cogliere l'ultima frase. «Senza paura e pieno di entusiasmo, questo è il nostro Monty!»

Jeff sorride educatamente, ma è ovvio che anche lui nutre dei dubbi. Karl manda Dan nella scuderia a prendere i finimenti di Monty per il salto. Quando Dan ritorna Jeff ha già tolto la sella, così i due si scambiano il carico, in modo che Jeff abbia la possibilità di provare a sellare Monty. Il cavallo si comporta bene, come Dan si aspetta da lui, e velocemente gli cambiano anche la briglia. Ogni tanto Dan usa solo il filetto, ma Tatiana ha probabilmente bisogno di tutto l'aiuto che può avere.

Una volta pronto il cavallo viene diretto verso il maneggio erboso per i salti, e appena lasciano l'area del dressage Monty inizia ad agitarsi. Dan lo sta guidando con la lunghina e non ha nessun problema a mantenere il controllo, ma non è un male che il cavallo faccia qualche bizza. È giusto che i compratori sappiano quello a cui vanno incontro. Monty è un tesoro, ma sa anche essere una peste.

Quando arrivano sul rettangolo erboso Dan si fa dare la gamba da Karl e inizia il percorso. La difficoltà dei salti è progressiva e Dan è soddisfatto di come Monty stia saltando in maniera pulita e di quando poco sforzo sembri stare mettendoci. Tuttavia non può negare che il cavallo si sta eccitando un po' troppo, e si sente solo un po' in colpa quando non fa molto per calmarlo. Se Tatiana si prende un sano spavento su questi salti ci saranno meno possibilità che finisca per farsi male provando a cavalcare Monty in un percorso di campagna, situazione in cui anche Dan deve lavorare duramente per controllare il castrone.

Monty si tranquillizza a sufficienza da permettere il cambio di cavaliere, e di nuovo Jeff chiede a Dan di accompagnarlo al centro del maneggio mentre Tatiana cavalca. Questa volta li segue anche Karl.

Tatiana e Monty fanno un paio di salti bassi senza grandi problemi, ma Dan nota che il cavallo inizia ad essere un po' frustrato. «Tatiana deve rilassarsi un po',» dice a Jeff. «Generalmente quando saltiamo lo cavalco con mano leggera – Monty sa che cosa deve fare, lei deve solo guidarlo, non deve dargli degli ordini.» Jeff annuisce e passa il suggerimento alla ragazza, ma la situazione non sembra cambiare.

«È nervosa», dice Jeff.

Dan annuisce. «Monty è abbastanza sensibile da avvertirlo. Ha bisogno di un cavaliere sicuro.»

Karl a questo punto si intromette. «Beh, ovviamente sarà molto più sicura di sé una volta che si sarà abituata a lui! E nella sua scuderia, senza spettatori...»

Jeff di nuovo annuisce educatamente, gli occhi fissi sul cavallo e sulla cavallerizza. «Fallo girare, Tat! Sta diventando troppo poco tondo, devi rimetterlo in posizione.» Tata fa come le viene detto e Jeff continua: «Di nuovo! Fallo girare finché non hai di nuovo il controllo, fino a quando non ti ascolta!»

Dan mormora, «Falle usare un po' di più le gambe e meno le mani,» e Jeff riferisce anche queste istruzioni. Alla fine Monty si tranquillizza quel tanto che basta per far sì che Tatiana riesca a fargli fare ancora un paio di salti, anche se il cavallo arriva così veloce sull'ultimo ostacolo che solo le sue capacità atletiche gli permettono di passarlo pulito, senza nessun tocco.

Tatiana lo porta ad un alt piuttosto scomposto di fronte ad un gruppo che non è così entusiasta come lo era stato dopo la prova di addestramento. Evan ride e dà una pacca al cavallo sul petto sudato. «Monty ti ha dato qualche problema, eh?»

Tat sorride soddisfatta e Dan non è sicuro se sia deluso o impressionato dal vedere che il suo entusiasmo non è diminuito. «Sì, però è fantastico! Era come cavalcare Pegaso, o qualcosa di simile – è così potente!»

Dan non può fare a meno di provare simpatia per la ragazzina, ma vede l'espressione seria di Jeff e spera che l'istruttore abbia influenza sulle decisioni dei giovani Kaminski. «Penso che per oggi possa bastare,» dice Jeff. «Togliamoci dai piedi e lasciamo tornar questa gente al loro lavoro, se sarà necessario torneremo domani.»

Karl e Molly sentono l'incombente rifiuto implicito in quelle parole e cercano di persuadere Jeff a provare Monty sul percorso di cross-country. Dan si sorprende nel realizzare che si fida della fermezza di Jeff e conduce Monty qualche passo più in là, risistemando gli staffili per la sua altezza. Dan non vuole che l'ultimo pensiero della giornata nella mente di Monty sia che è divertente ignorare i comandi del suo cavaliere, quindi è meglio fargli fare ancora un paio di salti.

Mentre Jeff sta fendendo i commenti di Karl e Molly, Evan si avvicina a Monty e Dan. «È davvero un animale stupendo,» commenta Evan, e Dan nota con piacere una nota leggermente malinconica nel tono dell'uomo più giovane. Forse Evan non è completamente ignaro della situazione.

«Lo è. Tra i cavalli Monty è un bolide sportivo.»

Evan si piega leggermente in avanti, catturando con il suo sguardo nocciola gli occhi di Dan e mantenendo il contatto. «E un bolide sportivo non è il tipo di macchina adatto per una ragazzina quindicenne, è questo quello che stai dicendo?»

Dan scrolla le spalle. «Sto dicendo solo che dovresti ascoltare il tuo istruttore. Non credo che ti consiglierà male.» Riposiziona la staffa al suo posto. «E, Evan...» Si ferma. «Qui abbiamo molti cavalli validi. Dovresti dare un'occhiata a Sunshine – ha quasi le stesse possibilità di Monty, ma è un po' meno...»

«Bolide?»

Dan sorride. «Esatto.»

Evan gli sorride di rimando, e porge di nuovo la mano. «Grazie per il consiglio, Dan. Lo apprezzo molto.» In quel momento l'atmosfera tra i due cambia leggermente. Evan sta ancora sorridendo, ma, mentre continua, c'è qualcosa di diverso nella sua espressione. «È stato davvero un piacere incontrarti.» Evan sta ancora stringendogli la mano, ma non la sta più scuotendo. Appena Dan inizia a ritirarsi la lascia subito andare, e fa qualche passo indietro quando Dan gli risponde con un cenno del capo e sale in sella.

Dan guida Monty su un paio di salti facili, cercando di mantenere la sua attenzione sul suo lavoro e non su quello che è appena passato fra lui e l'attraente californiano. Quando il cavallo si appresta ad affrontare il terzo salto i visitatori, che si sono incamminati verso la scuderia, sono già lontani, e Dan riesce finalmente a concentrarsi su quello che sta facendo.

Dopo essere riuscito a farsi ascoltare da Monty, Dan lo fa defaticare e quindi lo conduce verso il suo box. Quando i Kaminski sono arrivati Dan stava per fare la pausa pranzo – ora sta morendo di fame. Karl e Molly però lo stanno aspettando vicina al box di Monty e Dan ha il presentimento che ci vorrà ancora un po' prima che riesca a mettere qualcosa sotto i denti.

Dan fa entrare il cavallo nel suo box e gli toglie la capezza, quindi chiude la porta e si gira a guardare i suoi datori di lavoro. Karl parla per primo, chiaramente arrabbiato: «Che cosa gli hai detto, esattamente?»

A Dan non piace essere messo sulla difensiva. «Quando? Non ho passato del tempo con loro senza che foste presenti anche voi.»

Molly prende il controllo. «Quando hai parlato a Jeff, o quando Evan si è avvicinato da solo a te. Gli hai detto di non comprare Monty?»

Dan scuote solo la testa. «Andiamo, dai, credete davvero che abbiano bisogno di sentirselo dire? Ovviamente Jeff se ne intende e ha visto che Monty stava facendo quello che voleva lui! E questo solo facendo un paio di salti nel rettangolo, neanche in un percorso di cross.» Si volta e appende la capezza di Monty alla porta del box. «Se decidono di non comprarlo è perché hanno visto che è troppo per una ragazzina, non perché gli ho detto di non farlo.»

Molly non appare convinta. «Oh, e credi che non si potesse vedere quello che pensavi? Credi che il tuo atteggiamento negativo non sia stato percepito forte e chiaro?» Lancia uno sguardo a Karl prima di continuare. «Davvero, Dan, dovresti sapere perché abbiamo bisogno di altri soldi! Non capisco perché hai voluto sabotarci in questo modo... fra tutti, proprio *tu*!»

A Dan questo tentativo di farlo sentire in colpa non va proprio giù. «*Fra tutti, proprio io*? Vuoi dire perché ho ricevuto solo una busta paga su tre nell'ultimo anno? O perché ho fatto sempre gli straordinari senza chiedere che me li pagaste, cercando di portare questi cavalli nella migliore condizione possibile per i vostri compratori? È per questo che dovrei sapere quanto avete bisogno di denaro?» Guarda la coppia di fronte a lui, la coppia che gli è stato detto di considerare come dei genitori. «Sapete quello che *io* non riesco a capire? Non riesco a capire perché voi due non abbiate considerato un problema il lasciare che una ragazzina rischi la sua vita su un cavallo che non riesce a controllare.» Indietreggia e la sua voce si distorce in un'amara imitazione. «Fra tutti, proprio *voi*!» Quindi si gira ed esce a grandi passi, rabbiosamente, dalla scuderia. Ha lavorato ogni giorno per quasi tre settimane; oggi si prende il pomeriggio libero.

DUE

Dan vive in un appartamento sopra la scuderia, quindi la sua uscita furibonda non gli dà grande soddisfazione. Quello che vorrebbe fare sarebbe semplicemente sedersi sul divano, bere qualcosa di alcolico e contemplare la sua arrabbiatura, ma non si sente così meschino da farlo sapendo che Karl e Molly stanno lavorando al piano di sotto senza di lui. Per questo motivo, invece di andare a casa, Dan sale sul suo pick-up tutto ammaccato e si dirige verso la casa di Chris. Chris probabilmente sarà a lavoro, ma Dan sa dov'è nascosto il contenitore con la chiave di riserva, e sa di avere lasciato là un cambio di vestiti. Questa non è la prima volta che Dan sente il bisogno di nascondersi da Karl e Molly, anche se questa è la prima volta che lo fa perché è arrabbiato con loro.

Quando Dan arriva a casa di Chris è già pomeriggio inoltrato. Cercando nel frigo trova una fetta di pizza e una birra, che porta con sé nella doccia. Beh, la fetta di pizza viene lasciata vicino al lavandino; la birra rimane con lui. Una delle cose più belle della casa di Chris è la finestra sopra la vasca; il suo davanzale è largo, perfetto per appoggiarci da bere.

Lavare via lo sporco della scuderia aiuta Dan a calmarsi un po', e una volta uscito dal bagno chiama Chris a lavoro. Chris è un giovane avvocato sulla cresta dell'onda nello studio più grande di tutta Louisville. Dan, per quel che ne capisce di queste cose, si aspetterebbe che Chris fosse costretto a lavorare come uno schiavo giorno e notte, ma in qualche modo il suo amico sembra sempre essere in grado di uscire in anticipo. Anche questa volta non fa eccezione, e Chris si mette d'accordo con Dan per incontrarsi in una mezz'ora da JP. A Dan piacerebbe potersi permettere di andare altrove, ma lavora un paio di sere a settimana come barista in quel locale e, generalmente, gli fanno un considerevole sconto se ci va quando esce. Chris probabilmente potrebbe andare in qualsiasi ristorante della città, ma conosce la situazione economica di Dan abbastanza da non suggerire un altro posto – e conosce l'orgoglio di Dan abbastanza da non suggerire di pagare per entrambi.

Quindi la soluzione è andare da JP. Dan tira fuori da un borsone nell'armadio di Chris un paio di jeans ed una maglietta; a conti fatti, è un bene che vadano in un posto senza pretese. Il Kentucky non sarà il Profondo Sud degli Stati Uniti, ma lo è quel tanto che basta da far sì che la gente si aspetti che le persone vadano in giro vestite in maniera appropriata. E Dan è vestito nel modo giusto per andare in un bar di quartiere, non in un ristorante alla moda. Uno sguardo veloce allo specchio gli conferma che, come al solito, avrebbe bisogno di radersi. Dan ha la pelle chiara, gli occhi verdi e i capelli castano scuro; quando inizia a spuntargli la barba gli occhi risaltano ancora di più – sembrano quasi brillare nel suo volto. Una volta pensava che farsi crescere la barba potesse aiutarlo a sembrare più grande, meno vulnerabile, ma è arrivato alla conclusione che nel suo caso è vero piuttosto il contrario. Tuttavia adesso non ha davvero voglia di radersi. Dopotutto deve solo vedere Chris.

Dan mette i suoi vestiti da cavaliere nella lavatrice di Chris, sperando di ricordarsi di passarli nell'asciugatrice quando ritorneranno a casa. Che finirà per dormire nella stanza degli ospiti di Chris è una soluzione scontata. Dan ha tutte le intenzioni di bere abbastanza da rendere il guidare una pessima idea, e una corsa in taxi fino alla scuderia gli costerebbe quanto la paga di un'intera settimana di lavoro. Non che la maggior parte delle settimane venga pagato, si ricorda Dan. Ma la rabbia se n'è andata, e quello che gli è rimasto è soprattutto un gran senso di confusione. Sa che Molly e Karl stanno tirando la cinghia, ma la situazione è così disperata che sono disposti a giocarsi la loro reputazione o, addirittura, la vita di una bambina?

Dan decide di camminare fino al bar. Non è lontano ed è un bel pomeriggio. Oltretutto sarà più comodo per lui se il giorno dopo il suo pick-up si troverà già a casa di Chris. Dan arriva proprio quando il suo amico entra nel parcheggio del bar, e si ferma sulla porta ad aspettarlo. Chris sta guidando il suo pick-up nuovo di zecca, e Dan reprime una piccola ondata di gelosia. Solo un'altra delle cose che la carriera di Dan non gli permette di avere.

Chris gli fa un cenno col capo mentre esce dal fuoristrada. «Ciao, Danielle.»

«Christine, sei qui.»

Chris ghigna. «Ti ho chiamato Danielle per cinque anni, e questa è la prima volta che ti è venuto in mente che anche il mio nome può diventare femminile?»

Dan scrolla le spalle con un'aria noncurante. «Lo stavo tenendo da parte per l'occasione adatta. E, per qualche motivo, in questo istante... mi è sembrato il momento giusto.»

Chris annuisce. «Bene allora, in onore di questa fausta occasione... puoi offrirmi il primo giro.»

I due entrano e Dan fa un cenno di saluto al barista e alla cameriera. Chris frequenta il bar abbastanza da conoscere chi ci lavora dentro bene quasi quanto li conosce Dan. Trovano un tavolo vicino al muro, e la cameriera porta loro da bere senza che abbiano bisogno di ordinare. «Ehi ragazzi, volete anche qualcosa da mangiare?»

«Sì, probabilmente sì. Ma fra un po'.»

La cameriera annuisce e si dirige verso un altro tavolo, mentre Chris e Dan si rilassano sulle sedie con i loro drink. Hanno entrambi una birra ed un bicchiere di Wild Turkey. Dan guarda il suo bicchiere pensieroso, mentre Chris lo osserva.

«Stai cercando di decidere che tipo di serata sarà?», gli chiede Chris. «Berlo alla goccia o sorseggiarlo?»

«Proprio così.» Con rincrescimento Dan alza il bicchiere e ne beve solo un sorso. «Ho delle cose di cui devo occuparmi domani. Meglio prendermela con calma.»

Chris lo guarda con un certo interesse, anche se la sua attenzione è in buona parte concentrata su una bionda in top vicino al bancone. «Delle cose di cui devi occuparti, eh? Niente che debba sapere anch'io?»

Dan scuote la testa. Non c'è ragione di trascinate Chris in questa faccenda. Chris è cresciuto nella casa di fronte a quella di Karl e Molly, quindi potrebbe avere un'idea della situazione, ma potrebbe anche sentirsi diviso fra l'affetto che prova per loro e quello che prova per lui. Per di più Dan se n'è andato dalla scuderia per prendersi una pausa e per non pensare a quello che è successo, non per rimuginarci sopra. Chiede allora invece a Chris della sua famiglia e riceve un aggiornamento su tutto ciò che è capitato e sta capitando all'interno del clan dei Foster. La conversazione scorre fluida, arrivano altri bicchieri, dopo un po' viene ordinato e consumato del cibo.

Durante il pasto c'è una piccola pausa nella conversazione, ma, mentre Dan sta raccogliendo con una patatina fritta quello che rimane della salsa, Chris rompe il silenzio con un, «Allora, Danny – che cosa ne pensi dei triangoli?»

Dan si prende un momento per inghiottire con attenzione la sua patatina e per mandare giù un sorso di birra. «Solo per essere chiari, tu saresti uno dei tre?»

Chris ride e scuote il capo. «Ti piacerebbe, tesoro.» Con il capo cerca di indicare in modo più o meno discreto un punto oltre le spalle di Dan. «C'è una coppia al bancone, più o meno alle tue spalle, entrambi uomini, e ti stanno adocchiando da quando sono entrati.»

Dan scuote la testa. Hanno toccato questo tasto già altre volte. Chris sembra pensare di poter dare a Dan il permesso di ricominciare ad uscire con qualcuno, o perlomeno di ricominciare a fare sesso. Dan ha provato a fargli capire che Chris non ha davvero voce in capitolo, ma il suo amico ha dimostrato di non essere interessato alla posizione che Dan ha sull'argomento.

«Ehi, sto solo facendotelo notare. Se avessi certe inclinazioni, mi sarei già tutto inclinato su quei due. Uno è un po' brizzolato, in modo sexy direi, l'altro ha un fisico della madonna. Alto, così come so che ti piacciono...» Chris si interrompe, realizzando che forse con l'ultimo commento ha passato un po' il limite.

Dan è troppo preoccupato dalla descrizione che Chris ha dato dei due uomini per essere turbato da quel riferimento.

«Chris, sei un idiota, non mi stanno puntando. Mi conoscono. Sono venuti oggi a guardare un cavallo.» Dan inclina leggermente la testa. «E che cosa ti fa pensare che siano una coppia?»

«Fammi capire, se ti conoscono vuol dire che non possono puntarti? Le due cose non si escludono, sai.» Chris scuote il capo in finta costernazione di fronte alla bassa opinione che il suo amico ha di sé. «E, credimi – sono una coppia. Lo sai che il mio gaydar[1] funziona molto meglio del tuo, quindi non provare neanche a discuterne.»

Dan deve ammettere che Chris ha ragione per quando riguarda il captare chi è gay e chi non lo è. Il radar di Dan è terribile, mentre quello di Chris, eterosessuale dichiarato, è incredibilmente preciso. «Non prendertela, piccolo,» continua Chris. «È solo perché sei così carino che non hai bisogno di provarci con i ragazzi, sono loro che si accalcano intorno a te come api su un fiore.» Chris sorride beato, e poi il la sua espressione si trasforma in un ghigno malizioso. «E ti stanno occhieggiando *di nuovo*. Giuro, il più giovane si è appena leccato i baffi!»

«Cristo, Chris, smettila! Potrei di nuovo avere a che fare con quei due un giorno, te ne rendi conto?»

Chris si appoggia con fare trionfante allo schienale della sedia. «Potresti avere di nuovo a che farci adesso. Stanno venendo qui.»

Dan sbuffa. Se Chris non avesse iniziato questa conversazione, si sarebbe trattato di un incontro casuale e perfettamente normale fra conoscenti. Tuttavia, grazie alle

---

[1] Gaydar: fusione delle parole *gay* e *radar*; l'abilità di riconoscere gli omosessuali attraverso l'intuizione o lo spirito di osservazione.

bizzarre congetture che Chris gli ha messo in testa, Dan sa che si sentirà terribilmente a disagio. E quindi cercherà di comportarsi in maniera naturale, e questo lo farà sentire ancora più imbarazzato, e l'intera situazione si trasformerà in un incubo per Dan e in una forte di infinito divertimento per Chris.

Gli occhi di Chris si spostano da Dan ai nuovi arrivati, e Dan si volta per salutarli.

«Dan, ciao. Ci sembrava che fossi tu,» inizia a dire Evan, quasi timidamente.

Dan non capisce del tutto il commento. Erano a sei metri di distanza – ci vedono entrambi così poco da non riconoscere una persona sei metri più in là? O deve prenderlo come un insulto, della serie 'sei così insignificante che non eravamo sicuri di ricordarci di te'? Ma questo non ha senso – nel pomeriggio sono stati entrambi incredibilmente affabili, e anche se Dan non fosse stato loro simpatico i due non sembrano essere quel tipo di stronzi che attraversano un'intera sala solo per rendere chiaro il loro disprezzo.

Apparentemente il rimuginare di Dan è stato un po' troppo lungo, perché Jeff ed Evan lo stanno guardando in maniera vagamente stranita. Chris si sporge in avanti allungando la mano. «Io sono Chris. Mi dispiace per Dan, ma è... ubriaco? O forse solo socialmente inetto. Probabilmente un pizzico di entrambe le cose.»

Dan alza gli occhi al cielo. «Sì, scusate. Non sono totalmente presente.» Cerca di riprendersi un po'. «Siete in giro con tua sorella?», chiede ad Evan.

«Ah, beh... in questo momento non sono la sua persona favorita.» Evan fa una smorfia.

«Quindi le hai detto di no su Monty?» Dan guarda prima Evan e poi Jeff, che annuisce.

«Sì. E ti volevo ringraziare per quello.» Evan sorride. «Posso essere un po' testardo, e non volevo fidarmi solo del giudizio di Jeff. È stato utile avere una seconda opinione che lo confermasse.» Evan lancia uno sguardo cauto a Dan. «Jeff mi ha ricordato... beh, mi ha reso chiaro quanto possa essere pericoloso gareggiare.»

Dan proprio non vuole che la conversazione vada in quella direzione. «Bene, spero che abbiate preso in considerazione qualche altro cavallo. Come ho detto, credo che Sunshine sarebbe perfetta. Anche lei è un Hannover, quindi è simile a Monty, ma è un po' meno impetuosa. Non è così atletica come Monty, ma non dovrebbe essere importante al livello di Tatiana.»

Jeff annuisce. «Sì, abbiamo chiamato stasera e ci siamo accordati per vederla domani. Se per allora Tatiana ha smesso di tenere il muso.»

Evan fa un'altra smorfia. «È un peccato che Karl e Molly abbiano spinto Monty così tanto. Voglio dire, hanno fatto pensare a Tatiana che lei e quel cavallo siano anime gemelle o qualcosa di simile.» Evan scuote la testa. «È irritante, davvero. Voglio dire, ho incontrato un sacco di gente capace nel mondo dei cavalli, e poi capita una situazione come questa, in cui chi vende sa chiaramente che il cavallo non è adatto, ma lo spinge lo stesso...»

Dan lo interrompe. «Beh, è una questione di opinioni. Possiamo non essere d'accordo con la loro senza pensare che siano in malafede o altro.» Dan può essere al momento un po' arrabbiato coi suoi capi, ma non riesce a starsene seduto tranquillo ad ascoltare qualcuno parlarne male.

Evan appare imbarazzato. «No, certo. Hai ragione.» Sorride con tono di scusa. «Vedi, come ho detto, posso essere un po' testone.»

Jeff appoggia gentilmente una mano sul collo di Evan e lo scuote leggermente. Anche Dan non può fare a meno di notare come Evan si rilassi con quel tocco. Chris ha l'espressione di chi vorrebbe lanciarsi in una danza della vittoria – Dan non è entusiasta alla prospettiva certa del futuro vantarsi dell'amico sull'esattezza del suo gaydar.

«Beh, allora, ti lasciamo tornare alla tua serata. Volevo solo ringraziarti di nuovo per averci aiutato oggi.» Evan sorride sinceramente prima di continuare. «Tatiana potrà non esserti grata, ma –»

«Lo sarà quando si sarà calmata un po',» interviene Jeff, «e quando starà lavorando con un cavallo che riuscirà a controllare come si deve.»

Dan annuisce. «Bene. Spero che le cose si sistemino per il meglio. E immagino allora che ci si veda domani, se tornate alla scuderia.»

I due salutano Chris e si dirigono verso la porta. Dopo che se ne sono andati c'è una pausa, e Dan si prepara psicologicamente a quello che lo aspetta.

«Beh, sembrano due persone piacevoli,» inizia col dire Chris. Apparentemente la frase è innocua, ma Dan sa che c'è dell'altro. «Sì, davvero una piacevole *coppia*. Davvero, una delle più piacevoli coppie *gay* che abbia incontrato da un pezzo.» Dan comincia a ridere. «E sai che cosa, Dan? Se avevo ragione sul fatto che fossero gay, cosa che, tanto per la cronaca, ho...» Chris annuisce con orgoglio prima di continuare. «Se avevo ragione su quello, allora devi ammettere che avevo ragione anche sull'altra parte... che ti stavano indubbiamente puntando!»

Dan ride e scuote la testa esasperato. Dan sa perfettamente che la realtà non è mai stata un fattore predominante nel modo in cui Chris prende le sue decisioni, e qualche volta non c'è verso di fargli cambiare idea. «Ok, d'accordo, come fa la filastrocca? 'Dan, Jeff ed Evan, seduti su un platano, si baciano...'»

Chris batte le mani trionfalmente. «Esatto, baby!» Poi assume un'espressione più seria. «Ma, su un platano? Davvero? Voglio dire, non sono un esperto di sesso omosessuale, ma avrei pensato che almeno la prima volta dovesse essere per terra...» E la serata continua su quel tono.

CAPITOLO
TRE

Così come ha programmato, Dan passa la notte nella camera degli ospiti di Chris. Robyn è responsabile del dar da mangiare ai cavalli e degli incarichi quotidiani della scuderia, quindi, se lo volesse, teoricamente Dan potrebbe rimanere a letto un po' di più, ma si sveglia al levar del sole lo stesso, per abitudine. Fa una doccia veloce e mangia gli avanzi del cinese per colazione – riscaldato la mattina dopo il cibo è ancora più buono di quanto lo fosse la sera prima, quando lo hanno ordinato. Dan tira fuori i suoi vestiti da lavoro dall'asciugatrice, si veste ed esce di casa. Chris sta ancora dormendo.

Dan non ha molta voglia di incontrare Karl e Molly, quindi è sollevato quando, una volta arrivato alla scuderia, non li trova da nessuna parte. La mattina presto la scuderia è un posto molto tranquillo, l'unico rumore che si sente è quello dei cavalli che masticano contenti il fieno. Occhi calmi lo seguono mentre cammina lungo il corridoio, e quando si ferma di fronte al box di Monty, il grande castrone tira fuori la testa in segno di saluto, anche se non smette di ruminare mentre lo fa. Un pezzo di fieno si è infilato nel ciuffo del cavallo, e Dan lo prende e, giocando, cerca si infilarlo nella bocca di Monty.

Robyn compare nel corridoio portando una bracciata di corde di pelle, i suoi riccioli rossi già mezzi sfuggiti dalla coda con cui ha cercato di domarli. «Ammettilo Dan, sei innamorato di quel cavallo. Hai sabotato la vendita perché lo vuoi tutto per te.»

Dan sa che Robyn sta scherzando, ma la battuta brucia un po'. «Che cos'è tutta questo parlare di 'sabotaggio'? Se

22

vogliono vendere Monty ad una ragazzina inesperta dovrebbero trovare qualcuno con un istruttore incapace.» Dan passa la mano sul collo muscoloso del cavallo. «Qualsiasi cosa avessi detto, Jeff non avrebbe comunque permesso che venisse comprato.»

Robyn alza un sopracciglio. «'Jeff', eh? Che cos'è, siete amici? E che cosa ti fa pensare che quella gente ascolti quello che gli viene detto da un loro dipendente? Abbiamo visto quanto ti ascoltano i nostri capi!»

«Beh, diciamo che ho come la sensazione che Jeff conosca un modo o due per convincere Evan a prestargli attenzione.» Le parole di per sé non rivelano molto, ma Dan le dice con un tono di voce piuttosto ammiccante, e Robyn lo coglie al volo.

«*Davvero*? Intendi dire quello che io penso che tu voglia dire? È una cosa confermata, oppure stai solo facendo delle congetture?»

Dan sa che non dovrebbe spettegolare, ma ha lavorato con Robyn abbastanza a lungo da sapere che la ragazza non ha intenti maligni – è solo il suo modo per rendere un lavoro noioso un po' più interessante. «Chiamiamola un'ipotesi dotta,» suggerisce, prendendo un paio di lunghine dalle sue mani. «Portiamo fuori prima i ragazzi?» Dan controlla che i cavalli abbiano concluso di mangiare – si affacciano sempre alla porta del loro box quando hanno finito, pronti per uscire.

Robyn ha l'aria di una che, se non sapesse che non ci si deve agitare in mezzo ai cavalli, si metterebbe ad urlare eccitata. «Aspetta, aspetta... stiamo parlando di un'ipotesi *quanto* dotta?» Dan le rivolge semplicemente un ghigno e mette la capezza a Monty. Robyn lo fissa. «Ieri te ne sei andato via prima... il tuo fuoristrada non era qui questa mattina, quindi vuol dire che non hai dormito a casa...» Gli afferra il braccio. «Dan, ti prego, dimmi... quanto è dotta la tua ipotesi?»

Lui si mette a ridere e scuote la testa. Lo scherzo è andato avanti abbastanza. «No, non molto dotta... li abbiamo solo visti in un bar ieri sera, e sembravano piuttosto intimi.»

Robyn sembra temporaneamente piuttosto delusa, poi si rallegra. «Ehi, aspetta, 'li abbiamo visti in un bar'? Tu con chi eri? Ci sono novità?»

Dan apre la porta del box di Monty, e attacca la lunghina con il pezzo di catena alla capezza del cavallo. Il castrone generalmente si comporta bene, ma se decidesse di fare le bizze Dan sa che un aiuto in più sarebbe utile. «No, mi dispiace, era solo Chris. Ti ho detto tutti gli scoop che ho.» Si mette da parte e fa uscire Monty, quindi si incammina verso la porta della scuderia.

Robyn non rimane distratta a lungo. Mentre Dan conduce Monty all'aperto lei lo segue con un altro cavallo, e continua ad alta voce. «Ehi, ma è comunque una notizia, Dan! Ci farò attenzione quando arriveranno più tardi!»

Dan apre il cancello del recinto e fa entrare Monty. «Solo non farti notare quando li osservi. Karl e Molly sono già abbastanza arrabbiati con me. Non voglio essere accusato di aver svelato la sessualità segreta di possibili clienti.»

«Mi comporterò bene, lo prometto.»

Robyn porta il suo cavallo all'interno del campo recintato e aspetta che Dan abbia chiuso il cancello prima di lasciarlo andare. Dan toglie la capezza a Monty e guarda con affetto il maestoso cavallo, che fa alcuni elastici passi di trotto e poi si lancia in una serie di sgroppate piene di entusiasmo. Dan sa di aver fatto la cosa giusta il giorno precedente, quindi non si sente in colpa di essere felice che Monty faccia ancora parte della scuderia.

Dan aiuta Robyn a portare fuori il resto dei cavalli, eccetto che per Sunshine e un paio di altri che potrebbero interessare ai Kaminski. Karl e Molly non hanno lasciato nessun biglietto, cosa che invece sono soliti fare, per comunicargli quando arriveranno gli acquirenti, ma è molto più semplice far rimanere un cavallo dentro al suo box un'ora o due in più del normale che andare a recuperarlo nel recinto se non vuole essere preso. Dan lascia anche Chaucer dentro la scuderia ed inizia ad occuparsi di lui, pulendolo e mettendogli i finimenti. Il giorno prima hanno lavorato sul dressage, quindi oggi Dan gli mette la sella da salto ostacoli.

Mentre lavora con Chaucer si tiene pronto all'arrivo dei Kaminski, ma di loro non c'è neanche l'ombra. Non vede neanche Karl o Molly, il che è piuttosto strano. Entrambi sono dei bravi cavalieri e fanno la loro parte di lavoro nella scuderia. Dan spera che non sia successo niente di brutto. La vendita di Sunshine non porterebbe certo la stessa quantità di denaro di quella di Monty, ma almeno sarebbe qualcosa. Prova uno spiacevole senso di nausea allo stomaco quando gli viene in mente che i due potrebbero non essere in giro per ragioni totalmente indipendenti dalla scuderia. Ha controllato il cellulare questa mattina, ma se sono ancora arrabbiati con lui dal giorno prima, forse potrebbero aver deciso di non dirglielo...

Quando ha finito di defaticare Chaucer e l'ha lasciato libero nel paddock, Dan decide di camminare fino alla casa principale. Non è che sta cercando Karl e Molly. Davvero, preferirebbe evitare di averci a che fare per un po'. Ma è un po' inquietante che non abbiano neppure lasciato un biglietto, o un messaggio.

Dan raggiunge il gruppo di alberi che separa la casa dalla zona della scuderia e si guarda attorno. Riesce a vedere la loro macchina nel viale d'ingresso, bloccata da un'altra macchina ed un fuoristrada. Strizza gli occhi. La macchina sembra l'auto a noleggio che i Kaminski stavano guidando ieri e il fuoristrada sembra proprio quello di Chris. Dan sa che Chris si occupa degli affari legali della scuderia, ma non dovrebbe venire interpellato per la semplice compravendita di un cavallo, e non ha senso che i Kaminski stiano comprando senza neanche aver provato Sunshine, soprattutto dopo l'insuccesso con Monty.

Dan si sporge in avanti, e poi si ferma. Che cosa sta facendo? Qualunque cosa stia succedendo, evidentemente tutti stanno bene, quindi non ha davvero nessuna ragione di spiarli ulteriormente. Si gira e ritorna alla scuderia. È irritato di essere tenuto all'oscuro di tutto. Se non avesse incontrato Jeff ed Evan la sera precedente, non avrebbe saputo di dover aspettare dei compratori in giornata. E senza conoscere la situazione non può davvero fare delle scelte mirate sui lavori da fare.

Robyn sta ancora pulendo i box quando torna alla scuderia. Invece di scegliere quale cavallo far lavorare, Dan prende una decisione improvvisa. «Mi cambio e faccio una pausa pranzo lunga, ok, Robyn?»

«Mi pareva avessi detto che devono arrivare i Kaminski?»

«Sì, pensavo di sì, ma ora sinceramente non ne sono sicuro. Magari hanno cambiato idea. In ogni caso, il cavallo da provare è Sunshine – Karl o Molly possono cavalcarla se ce n'è bisogno.»

«D'accordo, va bene.» Robyn corruga la fronte. «Lo sai che sono, tipo, le dieci, vero? È una pausa pranzo piuttosto anticipata.»

«Devo fare un po' di strada. Quando arriverò a destinazione sarà più o meno l'ora di pranzo.»

Robyn annuisce con comprensione. «Oh, ok.» Dan si gira e si dirige verso il suo appartamento, e Robyn gli urla dietro, «Di' 'ciao' da parte mia!» Dan fa un gesto di assenso con la mano ma non si volta indietro.

Si mette i jeans e una camicia e scende le scale. Non c'è traccia di nessuno a parte Robyn, così Dan scarabocchia un massaggio sulla lavagna. *Di ritorno verso le 2 – D.* Sembra un po' meschino non dir loro dove sta andando, ma è certo che lo possano indovinare senza problemi, o che Robyn glielo possa dire.

Esce dal lungo viale che conduce alla scuderia e si immette nella strada principale. Dan sa di lavorare un sacco di ore, ma si sente lo stesso un po' in colpa. Andarsene via prima ieri, prendere una pausa pranzo lunga oggi – gli sembra decadente. Poi pensa a dove sta andando, e il senso di colpa scompare.

Il viaggio dura all'incirca un'ora, e d'un tratto Dan sta entrando nel parco la cui bellissima veduta dà il nome al posto. 'Willowbrook' può suonare come un cliché, ma ci sono molti salici piangenti e almeno un ruscello, quindi la scelta è difficile da contestare. Dan trova un parcheggio e si avvia verso l'edificio principale. Lascia il suo nome all'ingresso, come al solito, e s'inoltra nel corridoio che conosce bene. Un paio di infermieri gli fanno un cenno di saluto e lui sorride di rimando. Non riesce ad immaginarsi come deve essere fare il loro lavoro, dover avere a che fare con questo tutti i giorni.

Quando raggiunge la porta della stanza, si ferma. Ha sempre bisogno di un momento per prepararsi. Dopo un paio di respiri profondi, tira fuori un sorriso e apre la porta. Attraversa la stanza raggiungendo il letto e avvicina una sedia. «Ciao, Justin. Mi dispiace di non essermi fatto vedere per un paio di giorni – i tuoi genitori hanno avuto una sorta di crisi, e ho dovuto lavorare delle ore in più.»

Dan si ferma e realizza che sta aspettando una risposta. Se Justin parlasse, Dan probabilmente sarebbe così sorpreso che correrebbe urlando fuori dalla stanza, ma per qualche ragione gli sembra scortese dare per scontato che l'uomo non contribuirà alla conversazione.

Dan allunga il braccio e prende per mano Justin. «E Robyn ti manda i suoi saluti. Ha un nuovo ragazzo, credo, ma è stata piuttosto misteriosa a riguardo – mi chiedo se magari questa volta non sia una storia seria. Ah, e sono uscito con Chris ieri sera. Solo da JP, naturalmente. Lavoro ancora un paio di giorni a settimana lì. Chris sembrava in forma. Ha poi vinto quel caso, sai, quello dell'industria di pneumatici. E ha detto che sua sorella è di nuovo incinta – penso che vogliano provare ad avere una bambina.» Gli sembra strano parlare a Justin dell'arrivo di nuove vite, quindi cambia discorso.

«Abbiamo avuto alcuni compratori per Monty. I tuoi genitori sono venuti qui ieri? Magari te l'hanno già detto.» Un'altra pausa per la non-risposta, poi Dan continua. «In ogni caso, Monty è stato davvero bravo. Beh, lo sai – è stato Monty, ma, almeno sul piano, si è comportato educatamente.»

Dan passa altri dieci minuti o giù di lì a parlare di cavalli, dei suoooossi e dei falllimenti della vita di un addestratore. Quindi tira fuori il panino che ha comprato per strada. «Non ce n'è per te, mi dispiace. L'ho preso in quel posto a Limestone, dove siamo andati quella volta con Kelly e Phil, ricordi? Fanno dei buoni panini, ma, oddio, ricordi quanto faceva schifo la zuppa?»

Mangia in silenzio, prende le cartacce e le butta nel cestino. Un'infermiera che non ha mai visto prima entra nella stanza e si ferma quando lo vede. «Oh, mi dispiace. Non sapevo ci fosse qualcuno.»

Dan trattiene il desiderio istintivo di farle notare che c'è sempre qualcuno qui, dato che Justin non può andarsene. «Stavo per alzarmi.»

«Oh, faccia pure con calma.» Il suo sorriso è quasi ammiccante. «Se per lei è più comodo posso tornare più tardi.»

«No, davvero, stavo per andarmene.» Dan si china in avanti e sposta delicatamente la frangia di Justin dalla fronte. «Ciao, tesoro. Ci vediamo probabilmente tra un paio di giorni.» Dan è attento a non respirare mentre il suo viso è vicino a quello di Justin. La pelle di Justin non ha nessun odore, ma invece di dargli l'impressione che Justin sia pulito, gli dà l'impressione che sia... vuoto.

Dan fa un cenno col capo all'infermiera ed esce. È sempre così sollevato di uscire da quella stanza, ed è anche più felice quando si può lasciare alle spalle l'edificio, quando può respirare aria fresca. Non gli piace pensare che Justin sia bloccato lì dentro. Non gli piace pensare che dovrà rientrarci per la prossima visita. Ma sa che quello che vuole non è importante. Importa quello che è giusto fare. Ci sono stati dei tempi in cui Dan non sapeva che cosa fosse giusto, ma questa non è una di quelle situazioni. Fino a quando Justin avrà bisogno di lui, Dan ci sarà. Di questo è sicuro più di qualsiasi altra cosa.

CAPITOLO
QUATTRO

QUANDO Dan ritorna alla scuderia Robyn si avvicina al fuoristrada prima ancora che il motore venga spento. Addirittura Dan deve aspettare che lei faccia un passo indietro per riuscire ad aprire la portiera.

Robyn lo fissa come se si aspettasse un annuncio. Quando Dan si limita a guardarla con una certa perplessità, Robyn non si trattiene più. «Eri con Justin? Come sta, bene?»

Dan non sa come rispondere a questa domanda. «Non ho parlato con i dottori, ma mi è sembrato che non fosse cambiato nulla. Perché?»

Robyn indietreggia di qualche passo. «Karl e Molly sono venuti qui a cercarti, e sembrava che entrambi avessero pianto. Non hanno detto che cosa c'è che non va, allora ho pensato, sai...»

Dan prova un improvviso, acuto panico, ma si sforza di rimanere calmo mentre calcola gli orari. «A che ora erano qui? Io ho lasciato Justin più o meno un'ora fa.»

Robyn ci pensa un momento, poi appare sollevata. «No, erano qui prima. Un paio di ore fa, probabilmente.»

«Però non è comunque normale... stavano piangendo *entrambi*? Voglio dire, Karl piange davanti alla televisione, ma Molly è un osso duro.» Dan ha visto Molly piangere solo una volta, quando i dottori hanno rivelato per la prima volta l'entità delle lesioni di Justin; Dan spera davvero, ma proprio davvero, di non vedere mai più una scena simile.

«Beh, nessuno dei due stava piangendo mentre erano qui, ma entrambi avevano gli occhi arrossati. Sembravano tutti e due sconvolti.»

Dan non sa che cosa pensare di questo nuovo sviluppo. Odia non sapere che cosa stia succedendo. «La loro macchina non era nel viale d'ingresso quando sono arrivato. Sai dove sono andati?»

«Hanno detto che andavano in città... e Dan, mi hanno detto di dirti che non puoi montare i cavalli.»

Questo non ha nessun senso. «Che cosa? Non posso montare nessuno, o solo Monty o Sunshine o qualcun altro?»

«No, hanno detto che non puoi proprio cavalcare. Che puoi aiutarmi, o prendere il pomeriggio libero, ma non cavalcare.»

Dan tira fuori il suo cellulare e schiaccia il tasto di selezione veloce. Non ha voluto coinvolgere Chris la sera precedente, ma la situazione sta diventando assurda. Quando risponde la segreteria telefonica, Dan prova il numero del suo ufficio, ma la segretaria gli risponde che Chris è in riunione.

«Bene, fantastico.» Dan non sa che fare. «Hai bisogno di aiuto?»

«No, in realtà no. Senza nessuno di voi che mette in disordine le cose sono addirittura in anticipo sulla mia tabella di marcia.» Robyn scuote la testa. «Sto iniziando ad avere un brutto presentimento su tutta questa faccenda, Dan. Voglio dire... che cosa sta succedendo?»

Dan non ha una risposta. Anche se Robyn gli ha detto di non averne bisogno, Dan l'aiuta a portare del fieno dal granaio, e poi pulisce finimenti fino a quando non gli fan male le dita. Quando arriva l'ora di lavarsi e prepararsi per il suo turno al locale, Karl e Molly non si sono ancora visti. Questa volta tocca loro far rientrare i cavalli e dar loro da mangiare, e Dan è un po' preoccupato che non siano ancora riapparsi. Non vuole creare problemi al suo boss al bar, ma non vuole nemmeno che i cavalli vengano trascurati se i loro proprietari non tornano in tempo da dove diavolo sono andati. Normalmente Dan ha piena fiducia nel fatto che Karl e Molly si occupino dei loro animali, ma questo è stato tutto tranne che un giorno normale. Robyn però risolve il problema.

«Senti, tanto avevo comunque intenzione di rilassarmi davanti alla televisione. Lasciamela guardare a casa tua per un paio di ore; se per allora non sono ancora tornati, lo faccio io.»

Dopo che Dan si è assicurato che per lei davvero non sia un problema, i due salgono insieme le scale. Robyn si piazza sul divano e Dan va a farsi una doccia. Mentre esce di casa, Dan le dice di prendere pure qualsiasi cosa nel suo frigo, e lei alza gli occhi al cielo. «Ho già controllato. Hai della birra e tre tipi diversi di salsa piccante. Non è quello che si potrebbe chiamare un pasto equilibrato. Ma hai un paio di primi piatti surgelati nel congelatore – posso mangiarmene uno, vero?»

Dan sorride imbarazzato e annuisce, le ricorda di chiamarlo se ha qualche nuova notizia e di assicurarsi che Karl e Molly abbiano il suo numero di cellulare se li vede. Dan sa benissimo che ce l'hanno, ma non capisce perché non l'abbiamo usato.

Dan arriva al locale giusto in tempo per il pienone dell'ora di cena, e per un paio di ore è troppo indaffarato per avere tempo di pensare. La situazione alla fine si calma un po' e Dan trova un momento per riordinare e rifornire il bancone. Con la coda dell'occhio Dan vede un nuovo cliente entrare e sedersi e, mentre finisce di pulire un bicchiere, si dirige in quella direzione. Quando alza lo sguardo e posa gli occhi sul nuovo avventore, Dan è accolto da un'ampia distesa di pelle abbronzata *made in Kaminski*. Beh, non è che ci sia così tanta pelle in mostra, ma Dan non ha problemi ad immaginarsela.

«Ehi, Dan,» gli dice Evan. Sorride, e lo fa assomigliare a Tatiana. Entrambi sorridono con l'intero viso, si può dire con l'intero corpo.

«Evan, come va?» Questo saluto suona un po' vago alle orecchie di Dan; è quello che direbbe a qualcuno che *non* ha rapporti misteriosi con i suoi capi e quasi-suoceri. Cerca di essere più preciso, di rendere chiaro che lo vuole davvero sapere. «Non siete venuti alla scuderia questo pomeriggio... è successo qualcosa?»

Evan passa dall'essere quasi timido all'essere completamente imbarazzato. «Uh, sì, più o meno... Lo so che sembra misterioso, ma non posso davvero parlarne.»

Dan ne ha avuto abbastanza di essere tenuto all'oscuro di tutto. «Oh. Che cosa posso servirti, allora?»

«Una Bud e un Jim Beam, grazie. E non intendevo dire che non posso parlare per niente, solo che non posso parlare... di quello.»

Dan si muove per preparare l'ordine, ma non è interessato a continuare questi giochetti. «Ok, bene, ma non so che cosa sia «quello», quindi sarà piuttosto complicato per me evitarlo.» Sorride educatamente mentre lo dice. Evan adesso è un avventore del bar *e* un possibile cliente della scuderia, quindi Dan non può proprio permettersi di essere scortese con lui.

Il sorriso di risposta di Evan è molto più sincero. «Sì, capisco che potrebbe essere un po' difficile. Potrei semplicemente farti delle domande io...»

«Ehm, beh... sto lavorando, Evan. Non è esattamente il posto ideale per chiacchierare.» Evan non sembra molto convinto, e Dan ha un'illuminazione. «Non hai mai avuto un lavoro, vero?»

«No. Ce l'ho. Davvero!» Il diniego di Evan è un po' troppo enfatico, e Dan va dritto alla giugulare.

«Evan...» Dan si sposta davanti ad Evan e lo guarda negli occhi, cercando di ispirare fiducia. «Evan, hai mai avuto un lavoro in un posto che la tua famiglia non *possedesse*?» Evan abbassa gli occhi e Dan ride. «Già, non è esattamente la stessa cosa, amico.» E forse questo è detto in maniera un po' troppo informale, ma Evan non sembra prendersela male.

«Beh, però... sono un cliente... non significa che ho sempre ragione? Se dico che mi merito un po' di attenzione, non fa parte del tuo lavoro darmela?» Le parole potrebbero sembrare petulanti se non fosse per il sorrisetto sincero e un po' dispettoso sul viso dell'uomo.

Dan non vorrebbe davvero essere trascinato in questa posizione, ma sembra che abbia dei seri problemi a resistere a quegli occhi e a quelle fossette. «Ok, d'accordo. C'è qualcosa che vuoi davvero sapere, o stavi solo comportandoti di proposito da rompiscatole?»

Il sorriso vittorioso di Evan è così largo che rischia quasi di dividergli in due la faccia. «Ci sono *un sacco* di cose che voglio sapere! Non sono solo sicuro da dove iniziare.»

Un avventore in fondo al bancone cattura l'attenzione di Dan agitando un bicchiere vuoto. Dan si allontana da Evan dicendogli, «Beh, hai diritto ad *una* domanda, quindi pensaci bene. Torno fra un minuto.» Dan spilla una birra per l'altro cliente mentre si chiede che diavolo stia facendo con Evan. Non è esattamente flirtare... vero? Ma Dan non è quel tipo di uomo – non flirta con i ragazzi degli altri, e sicuramente non tradisce il suo. Chris è il migliore amico di Justin e ha deciso che questo gli dà il diritto di dire a Dan che può fare quello che vuole, ma Dan sa che non funziona così. Chris e Justin possono anche essere cresciuti insieme, ma Chris non conosce Justin nel modo in cui lo conosce Dan. Ed evidentemente Chris non conosce molto bene neanche lui se pensa che Dan farebbe mai le corna a una persona ricoverata in ospedale.

Evan, Dan decide, è semplicemente un tipico ragazzo ricco che prende una cosa che per qualcuno ha molto significato e la trasforma in un gioco per il proprio intrattenimento. Bene, Dan non ha intenzione di giocare. Deve rimanere gentile, dal momento che Evan è un po' troppo potente per essere maltrattato impunemente, ma questo è quanto.

Dan si rende conto che è più facile arrivare a queste risoluzioni quando è dall'altro lato del bancone. Quando si trova di nuovo davanti ad Evan, di fronte al calore della sua personalità, Dan si scopre sorridere un po' più sinceramente di quanto si era riproposto. «Allora, ne hai pensata una?»

«Come ti ho già detto ne ho molte. Non credo davvero che una sarà abbastanza. C'è qualcosa che posso fare per meritarmene un paio in più?» Sì, Evan sta di sicuro flirtando. Dan sa che dovrebbe farlo smettere immediatamente, ma è curioso di vedere fino a dove Evan si spingerà. E, se vuole essere completamente onesto con se stesso, forse sta anche godendosi un po' l'attenzione.

«Ne dubito, ma se la prima non è troppo raccapricciante, posso ripensarci.»

«Oh. Non raccapricciante... Onestamente, devo dire che questo elimina un mucchio di idee dalla lista.»

Un altro cliente ordina da bere, quindi Dan alza semplicemente un sopracciglio a Evan e si sposta lungo il bancone. Quando ritorna, Evan sta sorridendo felice. «Ok, ne ho una. È semplice, neanche minimamente imbarazzante.» Dan annuisce, ed Evan continua. «Come hai iniziato a cavalcare?»

Dan sa che questa *dovrebbe* essere una domanda facile, quindi non può biasimare Evan per averla fatta. Tuttavia non ha voglia di rispondere. «Stavo vivendo con una famiglia, avevano dei cavalli e mi hanno insegnato.» È una sorta di riassunto, ma non è una bugia.

«Con una famiglia? Cioè, non la *tua* famiglia?»

«Ehi, hai una domanda. Non due.» Dan si sposta un po' più in giù e inizia a lucidare i bicchieri.

Evan lo segue portandosi dietro la birra. «No, le due cose sono collegate. È una chiarificazione, se vuoi. La tua risposta era vaga ed incompleta!»

Evan non sembra il tipo di persona che capisce l'antifona, e di nuovo Dan pensa che l'altro uomo non sia altro che un ricco ragazzo viziato, abituato ad ottenere quello che vuole. «Ok. No, non era la mia famiglia.»

«Ma hai una famiglia, giusto?»

«Che cosa pensi, Evan, che sia cresciuto sotto un cavolo?»

Il viso di Evan s'illumina. «Ehi, grande! Scambiamoci le domande. Buona idea!» Evan sembra quasi stare per mettersi a battere le mani. Dan è quasi del tutto certo che quella dell'entusiasmo innocente sia solo una farsa, ma non ne è interamente sicuro.

Evan continua. «Ok, la tua domanda era, 'Evan, credi che sia cresciuto sotto un cavolo?'. La mia risposta è, 'No, Dan, non lo credo affatto, sono anzi sicuro che tu sia nato da una tradizionale unione tra un uomo e una donna.'» Il sorriso di Evan è diventato fintamente condiscendente. «Credo tuttavia che noterai come io abbia risposto completamente e ti abbia anche dato un piccolo extra. Forse potresti usare questo come modello per la tua risposta alla mia prossima domanda.» Dan si rifiuta di sorridere, ma Evan continua lo stesso. «Ok, la mia prossima domanda è... ti piace il tuo lavoro?»

Questa è facile, quindi Dan decide di stare al gioco. Dopotutto, anche lui ha una domanda che vuole fare ad Evan. «Sì, Evan, mi piace il mio lavoro. Non è sempre perfetto, ma in generale mi piace farlo.»

Evan annuisce con l'aria impressionata. «Eccellente, vedo che hai capito in fretta come funziona. Ok, è il tuo turno.»

Dan posa il bicchiere. «D'accordo, allora... che cosa stavi facendo da Molly e Karl questa mattina?»

Evan smette di sorridere. «Dan, accidenti. Mi dispiace, ma non posso davvero parlarne. Non ora, perlomeno. Appena le cose si saranno sistemate sarai il primo a saperlo.»

Questo è più o meno quello che Dan si aspettava. «Quindi rifiuti di rispondere? Immagino allora che il gioco sia finito.» Dan si muove dietro il bancone, questa volta per controllare la macchina del caffè. Evan lo segue di nuovo.

«Dan, seriamente... lo so che deve essere frustrante per te. Ma speravo che... non so. Immagino che speravo che le due cose potessero rimanere separate.» Evan sembra imbarazzato. Dan si chiede se questo è quello che davvero c'è dietro alla faccia spensierata, o se invece è solo un'altra recita. «Voglio dire, devi avere gente che ci prova con te più o meno costantemente, ma, davvero, non voglio solo – non mi interessa solo il tuo aspetto, non voglio solo – hai capito. Mi piaci sul serio, almeno per quel che ho visto finora, e mi piacerebbe avere la possibilità di conoscerti meglio.» Evan sembra che abbia sorpreso se stesso con il tuo piccolo discorso.

Dan lo fissa senza parlare, e poi chiede. «Ok, perché non faccio una domanda alternativa, allora?» Evan annuisce con entusiasmo e aspetta che Dan riprenda. «Quindi eccola qui, la domanda di riserva... Evan, dov'è Jeff stasera?»

Dan non riesce a interpretare l'espressione sul viso di Evan, ma la sua voce è agitata. «No, no, hai frainteso. Jeff ed io – noi non siamo così. Voglio dire, siamo così, ma non siamo... Voglio dire, credimi, Jeff non ha problemi col fatto che io sia qui stasera.» Evan si ferma. «Beh, no, questo non è del tutto vero. Non credeva che fosse il caso che io venissi qui, ma solo perché pensava fosse stupido, pensava che avrebbe reso le cose troppo complicate, non perché in teoria abbia problemi con questo. Voglio dire...»

Tutto d'un tratto Dan si sente stanco e stranamente triste, e interrompe Evan. «Evan, dovresti andartene a casa. Non c'è niente per te qui.» Lo fissa con uno sguardo serio per fargli capire che non sta scherzando. Questa volta, quando si allontana, Evan non lo segue.

CAPITOLO
CINQUE

DOPO che Dan inizia ad ignorare Evan, questi se ne va presto via. Dan si sente sollevato e cerca di non dare peso a quel piccolo senso di delusione che scopre di provare. Evan sembra essere un tipo in gamba, e Dio solo sa che guardarlo non è certo una tortura. Forse in un'altra vita Dan sarebbe stato interessato, anche se la situazione con Jeff lo lascia un po' perplesso. Ma in questa vita Dan sa che è completamente fuori discussione.

Dan aiuta a chiudere il bar e si reca a casa, dove trova una nota appuntata alla porta. È di Molly, gli viene chiesto di andare a casa loro la mattina dopo alle nove.

È così, dunque. Dan scoprirà che cosa sta succedendo fra... controlla l'orologio. Sei ore. Ne ha davvero abbastanza di tutto questo melodramma – è stato più di un semplice dipendente per Karl e Molly, non capisce che cosa ha fatto per essere escluso in questo modo e non lo apprezza affatto.

Si addormenta in fretta ma si sveglia, come al solito, quando sente Robyn arrivare per dar da mangiare ai cavalli. Cerca di riaddormentarsi, ma i raggi del sole stanno iniziando a filtrare attraverso i vetri, e Dan sa che è una causa persa.

Si fa la doccia, si veste e cerca di pensare ad un modo in cui far passare quasi due ore. Decide di scendere ed andare ad aiutare Robyn a portare fuori i cavalli. Anche se non gli è permesso di cavalcare, lo stare intorno alle bestie ha sempre un effetto calmante. Lui e Robyn si fanno il terzo grado a vicenda alla ricerca di nuove informazioni, ma non ce ne sono.

Infine si dirige verso la casa. È un po' in anticipo, ma non crede che a Karl o Molly importerà. In tempi migliori avrebbe anche scroccato la colazione da loro, ma dubita che sia in previsione questa volta.

È solo leggermente sorpreso quando vede il fuoristrada di Chris nel vialetto d'ingresso. Chris non lo ha richiamato il giorno prima, il che è qualcosa di completamente strano per lui, quindi Dan sa che deve essere in qualche modo coinvolto nel Grande Segreto, qualsiasi esso sia. Non c'è però traccia dei Kaminski.

Dan si pulisce le scarpe con attenzione e poi suona il campanello. Normalmente entrerebbe, urlando subito dopo un 'Ciao', ma non si sente più così a suo agio.

Quando Karl apre la porta appare riservato, quasi ansioso, e sembra non voler guardare Dan negli occhi. Lo precede nel salotto, dove Molly e Chris stanno aspettando.

Chris si alza dicendo, «Vado a sistemare le pratiche,» e lascia la stanza.

«Dan, entra.» Molly parla sommessamente. «Siediti, prego.»

Si sta comportando come se Dan fosse fanno di vetro, e il cambiamento dal suo solito essere diretta sta spaventando Dan. «D'accordo, va bene,» risponde. Qualunque cosa sia, la situazione non può essere così brutta come la stanno dipingendo.

Segue una pausa imbarazzata, e poi Molly inizia. «Noi... noi abbiamo preso parecchie decisioni. Sono tutte connesse, e tutte coinvolgono anche te e noi... sappiamo che potresti non essere d'accordo, ma vorremmo che ci ascoltassi. Puoi farlo?»

Dan si limita a scrollare le spalle. Non inizierà certo a fare promesse quando non sa neanche che cosa sta succedendo.

Molly annuisce come se questa fosse la risposta che si aspettava, e Karl continua al suo posto. «Sai che in passato abbiamo ricevuto delle offerte per la scuderia, e che le abbiamo sempre rifiutate. Pensavamo che Justin avrebbe preso il nostro posto – questo è sempre stato il nostro progetto.» È ovvio che parlare dell'incidente di suo figlio continua a far soffrire Karl, e Dan siede immobile, cercando di non far nulla per rendere il tutto ancora più difficile. Ma Karl e Molly lo stanno guardando come se si aspettassero una risposta.

«State vendendo ai Kaminski?», tira ad indovinare. «Ma perché dei miliardari della California vorrebbero comprare una scuderia in Kentucky?»

«Non esattamente... stiamo vendendo la terra alla Leincorp Developments. Stanno pensando di costruire dei lotti qui.»

«Oh.» Dan ci mette un attimo a digerire l'informazione. «Quindi state chiudendo la scuderia?»

Molly si piega in avanti e gli prende la mano. «Ma i Kaminski sono interessati a comprare tutti i cavalli! Tutti! Sembra che abbiano una grossa scuderia in California, e volevano solo comprare un cavallo per Tatiana, ma adesso stanno pensando di entrare nel giro dell'equitazione e di riempire il posto.»

Dan in realtà non è scioccato. Quando stava cercando di analizzare tutte le possibili ragioni che spiegassero il coinvolgimento dei Kaminski, Dan era riuscito ad immaginarsi un alto numero di scenari, e in molti di questi i californiani spendevano grandi quantità di denaro. Quello che non capisce è perché dovesse essere tenuto segreto. «Beh, ok, è una grande notizia. Voglio dire, congratulazioni, immagino. Sapete già che cosa farete al posto di lavorare alla scuderia?»

Molly e Karl si scambiano uno sguardo un po' apprensivo. «Pensiamo semplicemente di andare in pensione,» risponde Molly. «Quest'ultimo anno – è stato molto duro per entrambi. Abbiamo finito quasi tutti i nostri risparmi, ma tra i soldi della terra e quelli dei cavalli dovremmo essere a posto.»

Dan annuisce. «Ok. Beh, sì, congratulazioni. Quindi avrete bisogno che me ne vada dall'appartamento, giusto? Entro quando?» Dan si scopre non essere particolarmente turbato dall'idea di aver perso il lavoro. Dal punto di vista dei soldi potrebbe guadagnare di più semplicemente facendo un altro paio di turni al bar, visto quanto raramente viene pagato alla scuderia. E se vuole continuare a lavorare con i cavalli, Dan sa di avere abbastanza reputazione da potere trovare un posto nel campo. Lasciare l'appartamento è un po' più duro – dopo tutto Justin e lui hanno diviso la loro vita lì.

Karl risponde, «Beh, i costruttori vogliono iniziare il prima possibile, ma gli abbiamo detto che avremo bisogno di un po' di tempo per traslocare, e ovviamente ne avrai bisogno anche tu. Ci sono dei soldi extra se ce ne andiamo via in fretta, quindi facci sapere quanto tempo ti serve, e possiamo dividere il bonus in due.»

«E ti daremo anche tutte le paghe arretrate, naturalmente.» Aggiunge in fretta Molly. «Abbiamo mantenuto aggiornati i conti, Chris ha tutti i numeri, e ti pagheremo l'intera somma con gli interessi.» Si avvicina a Dan e appoggia una mano sul suo braccio. «Non sappiamo davvero come avremmo fatto senza di te, Dan.»

«No, non c'è problema. Non vi avrei certo lasciati nei pasticci. E davvero, non ho molte cose. Posso andarmene appena ho trovato un altro posto. Non preoccupatevi.» Dan si alza. «Allora, quando se ne andranno i cavalli? E non possono più essere montati prima che partano?»

«Beh, il 'non cavalcarli' è solo finché le cose non verranno formalizzate. Se ci accordiamo su un prezzo e poi un cavallo si facesse male sarebbe un problema. Stiamo ancora finendo di metterci d'accordo sui dettagli coi Kaminski. Ma anche se le cose non dovessero andare a buon fine con loro, possiamo trovare altri compratori, non c'è problema. Potremmo dover essere un po' più flessibili riguardo ai prezzi, ma sono dei buoni cavalli – avranno tutti delle nuove case.» Molly parla come se, mentre sta cercando di convincere Dan, stesse cercando di convincere anche se stessa.

«Allora l'affare coi Kaminski non è sicuro?» Dan si siede di nuovo sul divano. «Con quest'economia, la gente non sta certo comprando tanti cavalli. Avete pensato al tenere la scuderia in piedi un po' più a lungo, fino a quando non sarete sicuri che i cavalli se ne andranno?»

Karl guarda Molly ed entrambi scuotono la testa. «No. L'offerta per la lottizzazione ha una scadenza e... noi... noi abbiamo bisogno di chiuderla.» Karl abbassa gli occhi, osservando le sue mani. «Avevi ragione riguardo al vendere Monty a quella ragazzina. Sarebbe stata una cosa terribile. Avrebbe potuto essere davvero pericoloso. E avevi ragione che noi, fra tutti, avremmo dovuto saperlo meglio...»

«È stato davvero un campanello d'allarme per noi, Dan,» interrompe Molly. «Abbiamo realizzato che stiamo tirando la corda troppo e da troppo tempo. Avevamo bisogno di fermarci e di pensare a quello che stavamo facendo.»

«Sì, lo posso capire.» E Dan può davvero capirlo. Ha lavorato per gli Archer per anni, li ha visti prima e dopo l'incidente di Justin. Karl e Molly non sono le stesse persone che erano l'anno precedente.

«Ma, davvero, questa potrebbe essere un'opportunità per te, Dan.» Molly sembra che stia provando ad infondere dell'entusiasmo nella sua voce. «I Kaminski stanno cercando un addestratore. Apparentemente Jeff li aiuta più che altro come amico. Ha i suoi interessi ed i suoi affari a cui pensare. Evan era davvero interessato a convincerti ad andare in California come allenatore. Sono certa che sarebbe divertente per te lavorare in una scuderia che ha soldi, tanto per cambiare!»

Dan non vuole pensare esattamente a che cosa Evan sta cercando di comprare con tutto il suo denaro. «Beh, ovviamente io rimarrò in Kentucky, anche se non lavorerò più qui. Non è che possa lasciare Justin, così.» Si alza di nuovo, un po' offeso dall'idea che Molly e Karl abbiano pensato che lui possa abbandonare loro figlio. «Allora, ok, inizierò a cercarmi un altro posto dove stare. Fatemi sapere come andranno a finire le cose con i californiani, se devo ricominciare a lavorare coi cavalli oppure no.» Dan li guarda, aspettando che si alzino e lo accompagnino alla porta, o che almeno facciano cenno di essersi accorti che sta andandosene via. Non fanno né una cosa, né l'altra.

Quando ricomincia a parlare, la voce di Karl è rauca. «La scuderia... non è l'unica cosa che abbiamo deciso.» Dan sente un forte senso di nausea allo stomaco. Forse la prossima rivelazione spiegherà per quale motivo Molly e Karl si stiano comportando così stranamente. Dan si siede nuovamente, e aspetta.

Molly riprende. «Avremo abbastanza denaro da vivere in maniera confortevole, anche di più.» Dan semplicemente annuisce. La scuderia e la terra che la circonda è piuttosto grande e non troppo lontana dalla città, e parecchi cavalli hanno un bel valore. «Avremo abbastanza denaro per occuparci di Justin e di noi stessi, con un po' di attenzione.» Dan annuisce nuovamente. Justin è in una clinica privata. L'assicurazione copre l'assistenza base, ma ci sono molti extra che devono essere pagati dai suoi genitori. È il motivo per cui a Dan non ha mai importato di non essere pagato.

«Vogliamo solo farti capire che la nostra decisione non è basata su dei motivi economici,» si lascia sfuggire Karl. Per calmarsi fa un respiro profondo. «Volevamo essere sicuri di stare facendo quello che è meglio per Justin, non quello che è meglio per il nostro conto in banca.» Quando vede che Karl sta piangendo apertamente, e che gli occhi di Molly sono colmi di lacrime, Dan sente il suo stomaco, già un po' sottosopra, rigirarsi completamente. Dan si rende conto tutto d'un tratto che la decisione sulla scuderia non era che un'anticipazione della notizia principale.

Molly prende la mano del marito e fissa Dan con uno sguardo implorante. «Se n'è andato, Dan. i dottori ce lo stanno ripetendo da mesi. Gli attacchi stanno peggiorando, e ormai il suo cuore si è fermato tre volte.» Dan non riesce a guardarla negli occhi mentre la donna continua. «Dan, non è stato giusto da parte nostra far continuare questa situazione così a lungo. Volevamo così tanto che lui stesse bene che abbiamo permesso a questo pensiero di non farci vedere la verità.» La sua voce si spezza e le lacrime scorrono ora copiose sul suo volto. «Dan... Justin è morto quasi un anno fa. Dobbiamo smetterla di far finta che non sia così. Noi abbiamo –»

Si interrompe, e Karl appoggia un braccio sulle sue spalle prima di continuare al suo posto. «Abbiamo firmato l'ordine di non rianimare. La prossima volta che il cuore di Justin si fermerà, o che avrà un attacco acuto, o...» prende un momento per ricomporsi, e poi torna a parlare con una voce più ferma. «La prossima volta che questo o altro accadrà, faranno tutto ciò che è necessario per assicurarsi che non soffra, ma non lo rianimeranno.»

Dan è stordito. Si ricorda le conversazioni che ha avuto con Molly e Karl quando Justin si era appena fatto male. Si erano trovati d'accordo sul fatto che Justin fosse un lottatore, sul fatto che lui non avrebbe mai gettato la spugna. Si erano trovati d'accordo che sarebbero stati forti come lui, e che neanche loro avrebbero mollato. Che cosa è cambiato?

«Tutto questo perché avete sbagliato su un cavallo?» Dan sta quasi sussurrando. «Lascerete morire Justin perché... perché?» Dan non riesce a rimanere fermo, si alza e inizia a muoversi su e giù per la stanza mentre la sua voce si fa più forte. «Se è una questione di denaro, potete metterlo in una stanza più piccola, e io posso contribuire di più. Non dovete preoccuparvi di darmi gli arretrati.» Questo ha senso, questa può essere una linea da seguire. «Potreste continuare a vendere la scuderia, ed i cavalli se vi pare, e io potrei trovarmi un altro lavoro ed aiutarvi a pagare. Potrei –»

Karl interrompe il monologo di Dan, che si stava facendo via via più disperato. «No, Dan! Non è una questione di soldi. È quello che abbiamo provato a dirti... abbiamo aspettato fino a quando non abbiamo avuto denaro a sufficienza da sapere di non essere influenzati dall'aspetto economico!»

«Bene, e che questione è, allora? Come potete gettare la spugna così?» Dan ora sta quasi urlando, e sa che dovrebbe smetterla, ma non sembra essere in grado di farlo. «È vostro figlio. Dovreste occuparvi di lui, non sbatterlo in una clinica e poi abbandonarlo!»

«Dan!» È Chris, che è accorso quando ha sentito gridare. «Dan, devi calmarti.» Chris non sembra arrabbiato, non esattamente, ma non sembra neanche affabile al momento. Dan si ricorda che Chris è diventato suo amico solo tramite Justin, e che Chris ha conosciuto gli Archer tutta la sua vita.

«Che cosa, sei d'accordo anche tu? Anche tu pensi che sia una buona idea?» Dan scuote la testa disgustato. «Prima mi dici che dovrei scopare alle sue spalle, e adesso mi dici che dovrei lasciarli ucciderlo? Che razza di amico sei?»

«Dan, hai superato il limite!» La voce di Chris non è alta, ma è potente. «Devi andare a farti un giro per calmarti un po'.»

«Pensi? E che cos'altro deciderete mentre sono via? Chi altri deciderete di ammazzare?»

Chris lancia un'occhiata a Karl e Molly, abbracciati l'uno all'altro sul divano come se Dan li avesse fisicamente picchiati, e afferra Dan per le spalle, lottando con lui per trascinarlo fino alla porta d'ingresso. «Fuori, Dan,» dice quasi ringhiando.

Dan non cerca neanche di resistere. È come se la lotta lo avesse abbandonato tutto d'un tratto. È sempre stato geloso della relazione che Justin aveva con i suoi genitori, di come potessero lavorare così bene insieme e continuare ad essere una famiglia. Vederli abbandonare Justin in questo modo per Dan è sconcertante. Lascia che Chris lo trasporti con forza sul portico. Chris sembra combattuto tra il rientrare per confortare Karl e Molly e lo stare fuori per tenere d'occhio Dan.

Quando Dan collassa sui gradini del portico, Chris sospira e si siede vicino a lui. «Non stanno abbandonando nessuno. Justin non c'è più, non ritornerà più. Se ci fosse anche solo l'ombra di una possibilità, lo sai che lotterebbero per lui. Lo sai.» Dan continua a fissare il giardino. C'è un grosso acero. Si ricorda del giorno in cui Justin gli aveva fatto vedere il punto dove lui e Chris, da bambini, avevano intagliato le loro iniziali nella corteggia. Vedendole, Dan – che stava pensando a quanto gli sarebbe piaciuto avere qualcosa di simile nel suo passato – doveva essere sembrato un po' malinconico, perché Justin era andato a prendere un coltello e aggiunto le iniziali DW vicino alle loro. Dan si chiede se gli impresari edili sradicheranno quell'albero.

Chris continua a parlare. «Forse hanno fatto un errore a non riferirti tutto quello che gli hanno detto i dottori. Credo che stessero cercando di risparmiarti, o qualcosa così... non so. Forse stavano solo pensando che se non lo sapeva nessuno allora non sarebbe stato vero. Ma non c'è più attività cerebrale dal primo attacco, mesi fa. Se n'è andato, Dan.»

Dan non può rispondere, non riesce a parlare perché ha un groppo in gola. Sente uno strano ronzio nelle sue orecchie, il suo corpo ha dei flash di caldo intenso e poi di freddo. Dan sta ascoltando Chris, ma è come se fossero lontanissimi l'uno dall'altro, o come se Chris stesse parlando in una lingua che Dan una volta conosceva, ma che ha ora dimenticata. Si alza a fatica dai gradini e si raddrizza, poi inizia a camminare verso la scuderia.

«Dove stai andando, Dan?» Chris lo chiama, ma in realtà Dan non lo sta ascoltando.

Dan non ha un piano, non ha una vera destinazione, ma sa che non vuole avere più niente a che fare con quello che sta succedendo all'interno della casa. Non ha nessun diritto legale su niente, sa che non c'è niente che lui possa davvero fare. Non può neanche dire di sicuro che cosa Justin avrebbe voluto. Le tre persone in quella casa hanno conosciuto Justin molto più a lungo di lui, e Dan sa che amano Justin, nonostante le sue accuse del contrario. Se pensano che Justin avrebbe gettato la spugna, forse hanno ragione. Dan però non riesce a capire come *loro* possano riuscire ad arrendersi. Forse Justin vorrebbe mollare, ma questo significa solo che è loro dovere essere forti per lui, imprestargli la loro forza di volontà fino a che Justin non sia tornato in sé.

Quando Dan arriva alla scuderia riesce a salire nel suo appartamento senza vedere Robyn, e inizia a mettere le sue poche cose nelle borse e negli scatoloni che riesce a trovare. Non è sicuro di dove andrà. Di solito correrebbe direttamente da Chris, ma questo non è più fattibile. Ma non importa, davvero. La scuderia è andata, i cavalli sono andati, e Justin... Justin se ne andrà. E allora lo farà anche Dan. L'unica problema è che non ha idea di dove finirà.

CAPITOLO
SEI

DAN finisce col fermarsi da Robyn. Non lo ha programmato, ma lei lo ha visto caricare le sue cose nel cassone del pick-up e non ha chiesto neanche una spiegazione. Gli ha semplicemente domandato se stava andando da Chris e quando Dan ha risposto di no, si è informata sul *dove* stesse andando. Quando, al posto di rispondere, Dan ha semplicemente girato la faccia, Robyn ha tirato fuori il suo mazzo di chiavi e ne ha tolta una dall'anello.

Dan smette di pensare a se stesso quel tanto che basta da rendersi conto che presto Robyn riceverà delle notizie piuttosto brutte. Sarà turbata dalla perdita del lavoro, ma anche sconvolta per Justin. Hanno lavorato tutti insieme alla scuderia per anni. Dan ha deciso di accettare la chiave, ma di non sistemarsi come se dovesse restare. Se noterà che Robyn abbia bisogno di un po' di tempo da sola, potrà sempre andarsene.

Inizialmente si dirige verso la città, verso l'appartamento di Robyn, poi svolta improvvisamente e cambia rotta, va verso l'autostrada. Il tragitto che lo separa da Willowbrook passa troppo velocemente, e presto Dan si ritrova a camminare nei corridoi ormai così familiari e a fermarsi davanti alla solita vecchia porta. Si chiede quante volte ancora farà questo viaggio. Si chiede se i genitori di Justin cambieranno idea, vedendolo guardare morire lentamente. Come può un genitore rimanere a guardare e lasciare che accada?

Dan si prepara come al solito e poi apre la porta. Non prova neanche a sorridere; sarebbe disonesto far finta di non essere sconvolto.

«Ehi, piccolo, sono io.» Dan avvicina la sedia che è appoggiata al muro e la posiziona di fianco al letto di Justin. Si china in avanti, appoggiando i gomiti sul letto, e prende una delle mani di Justin, tenendola fra le sue. Parla quasi con riluttanza. «Le cose non stanno andando molto bene. I tuoi genitori... voglio dire... lo so che ti amano. Solo, loro –» la voce di Dan s'incrina.

«Justin, adesso ho davvero bisogno che tu ti svegli. Devi fargli vedere che stanno sbagliando. Capisco che hai avuto bisogno di tempo per guarire, lo capisco, e forse mentre lo facevi ti sei perso per un momento.» Dan porta una mano sulla fronte di Justin, accarezzandolo e spostando indietro la sua frangia. «Per favore, Justin. Amore... il tempo sta finendo.»

Dan sente le lacrime scorrergli sulle guance. «Justin, per favore.» Dan si porta in avanti e nasconde il viso contro il petto di Justin. La sua voce è attutita dalle lenzuola, ma continua lo stesso a parlare, quasi forzando le parole a passare direttamente attraverso la pelle di Justin per andare fino al suo cuore. «Per favore, Justin, non lasciarmi. Per favore non lasciarmi solo.»

Dan non sa quanto tempo rimane così, ma quando finalmente si alza, il suo viso è asciutto, anche se la pelle, salata, tira. Respira a fondo. Non c'è stato nessun cambiamento in Justin, ma non si aspettava davvero che ce ne fossero. A livello intellettuale Dan sa che i genitori di Justin hanno ragione. Justin se n'è andato. E non tornerà indietro.

A livello emotivo questo è più difficile da accettare, da capire. Che cosa può fare adesso Dan con questo vuoto fatto a forma di Justin nella sua vita? Come può dire addio a tutti i loro progetti, a tutte le memorie che hanno condiviso, quando Justin è ancora di fronte a lui, all'apparenza non poi così terribilmente diverso da com'era prima dell'incidente? Con un sussulto, Dan capisce che forse questa è la ragione della decisione di Karl e Molly. Nessuno può rassegnarsi, non sul serio, fintanto che il corpo di Justin è ancora qui. Ma Dan non pensa di essere pronto ad andare avanti. Ha ancora bisogno di Justin, ha bisogno di lasciare ad una piccola parte di sé la speranza che le cose possano ancora tornare ad essere com'erano, possano ancora tornare ad essere perfette.

A Dan viene in mente quando ha incontrato Jeff, ricorda come Jeff abbia detto che si erano visti prima da allora, al Rolex. Il californiano è sembrato essere molto comprensivo riguardo al fatto che Dan non ne ha alcuna memoria. Dan sa di aver passato quell'intero weekend stordito. Il Rolex Kentucky Three-Day Event è la gara più importante del Nord America, e Justin vi aveva partecipato su un cavallo che Dan aveva addestrato e aiutato ad allenare. Aggiungendo il fatto che provenivano da una scuderia locale, con Justin nato e cresciuto in Kentucky, erano stati trattati come reali per tutto il weekend. E quando Justin aveva vinto, lui, uno sfavorito che non proveniva da nessuna scuderia importante, era andato dritto da Dan e lo aveva trascinato nel più maldestro, stupido ed entusiasta bacio a cui Dan avesse mai partecipato – e Justin sapeva che le telecamere stavano riprendendoli. Dan non riesce a capire come fare a riconciliare quel vibrante ed intenso uomo con il corpo che giace ora nel letto di fronte a lui, ma non sa neanche come fare a rinunciare a quest'ultima parte di quell'uomo che ancora è viva.

È ironico che i suoi giorni più belli e quelli più brutti con Justin siano avvenuti allo stesso evento, ma ad un anno di distanza. Justin era così motivato, così determinato a ripetere il suo trionfo. La vittoria l'anno prima aveva dato un grande slancio alla scuderia, con gente che scalpitava per avere i loro cavalli, allenati alla scuderia che aveva prodotto un vincitore del Rolex. Ma Justin sapeva che il mondo dei cavalli è volubile, sapeva che aveva bisogno di continuare a vincere per far continuare il successo della scuderia. Era andato bene nella prova di addestramento, e aveva fiducia di potere fare una buona performance nel salto ostacoli, ma la sua chance di brillare era nella prova di campagna. Dan sapeva che Justin era troppo carico, aveva cercato di calmarlo un po', ma Justin era stato quasi maniacale nella sua intensità. Le ultime parole che aveva rivolto quel giorno a Dan erano state, «Piantala, Dan. Non dirmi come cavalcare!»

In un giorno buono, Dan riesce a trovare una sorta di conforto nel sapere di avere almeno cercato di convincere Justin a cavalcare con prudenza. In un giorno cattivo, si chiede se l'imprudenza di Justin sia stata causata tanto dalla rabbia nei confronti di Dan quanto dal desiderio di vincere, se l'atteggiamento di Dan non abbia in qualche modo disturbato l'attento focus e la concentrazione necessaria per partecipare in modo sicuro alla prova di cross di un concorso completo di primo piano. Si chiede che cosa sia passato per la mente di Justin mentre si avvicinava al dodicesimo salto, si chiede se Justin abbia capito che il salto stava andando male, si chiede se si sia preoccupato per sé o per Willow quando gli zoccoli anteriori della giumenta hanno colpito la barriera immobile e li hanno fatti cadere entrambi in avanti, in un groviglio di cavaliere e cavallo. Si chiede se riuscirà mai a cancellare dalla sua mente quell'immagine.

Dan sente la porta aprirsi silenziosamente dietro di lui. Si gira e vede Karl e Molly fermi sull'uscio. Appaiono esitanti, quasi contriti. «Possiamo aspettare se vuoi ancora del tempo da solo, Dan.» La voce di Molly è sommessa.

Dan prova una fitta di dolore a quelle particolari parole. Non vuole del tempo da solo, vuole del tempo con Justin. Si alza rigidamente, «No, va bene. Sono qui già da un po'.» Si muove verso la porta, e i tre si muovono in una sorta di goffa danza per farsi passare.

Karl posa una mano gentile sul suo braccio. «Dan...»

Ma Dan fa un passo indietro. Non è più arrabbiato, capisce quello che stanno facendo, ma non può parlarne, non adesso. «Avete il mio numero di cellulare se dovete raggiungermi per qualsiasi cosa. D'accordo?» Cerca di essere più gentile, non così violento come è stato quella mattina. Ma non riesce ancora a guardarli negli occhi.

Karl abbassa la mano e annuisce. «D'accordo.» Sembra la voce di un vecchio.

Dan cammina rapidamente giù per il corridoio e poi fino al fuoristrada. Controlla l'ora sul suo telefono. È più

49

tardi di quello che credeva, e deve lavorare al bar quella sera. Considera per un momento l'idea di chiamare e darsi malato, ma poi pensa alla prospettiva di starsene seduto nell'appartamento di Robyn tutta la sera con niente che lo distragga, e decide che lavorare è un'idea molto migliore.

Se si sbriga, può avere il tempo di posare le sue cose da Robyn e vedere se va ancora bene che lui si fermi lì. Gli piacerebbe aver pensato di chiedere a Karl e Molly se hanno già parlato con Robyn oppure no, ma s'immagina che lo saprà appena vedrà la sua faccia.

Ed è così. Quando Robyn gli apre la porta i suoi occhi sono arrossati e gonfi – non dice nulla, ma fa semplicemente un paio di passi in avanti e si rannicchia contro il petto di Dan. Lui alza le braccia e la stringe a sé, e i due stanno così sull'uscio della porta, oscillando leggermente. Non dura molto e presto Robyn si tira indietro e passa una mano sul suo volto, cercando di sorridere.

«Hai portato le tue cose? Il divano diventa un letto, e c'è dello spazio qua per mettere tutte le cose che non vuoi lasciare nel fuoristrada.»

«Robyn, sei sicura che sia ok? Voglio dire, forse questo non è il momento migliore per avere un ospite.»

«Non dire stupidaggini. Non sei un ospite: sei Danny.» Il suo sorriso sembra essere un po' più genuino questa volta, e continua, «Dai, ti aiuto a portar su la roba. E poi stasera lavori, vero? Potresti rubarmi qualcosa da bere, per aiutarmi a farmi sentire meglio?»

«Ma certo.» Dan annuisce e cerca di ricacciare giù il groppo che sente in gola. «Non ho molto, ma, sì, se non ne hai avuto abbastanza di spostare cose pensanti tutto il giorno...»

Con pochi di viaggi tutti gli averi di Dan sono impilati in un angolo del salotto di Robyn. Dan guarda l'orologio a muro. È già un po' in ritardo per il lavoro. Robyn lo saluta, dicendogli che prima si farà una doccia e dopo andrà al bar per cena, e Dan esce di casa.

Arriva al bar e inizia a lavorare. Gli piace potere immergersi nella solita routine. Non funziona bene quanto il lavoro in scuderia per distrarlo – c'è da pensare troppo e non c'è abbastanza lavoro fisico da fare, ma è pur sempre meglio che starsene seduti.

Robyn arriva con il suo nuovo ragazzo e Dan parla con i due per un po', ma sia lui che Robyn sono piuttosto sottotono, e il ragazzo sembra davvero molto comprensivo. Si siedono ad un tavolino per mangiare, e poco dopo Dan vede entrare Chris. L'altro uomo ancora non lo ha visto, e per un momento Dan ha l'improvviso, infantile desiderio di scappare nel retro e nascondersi. Non ha proprio voglia di affrontarlo stanotte.

Ma Chris si sta già facendo strada verso il bancone, e Dan sa di essere bloccato. Spilla una birra e la mette in fronte a Chris, quindi afferra una bottiglia di Wild Turkey e la tiene in mano con aria interrogativa.

«Cazzo, sì. Versa pure.» Dan guarda Chris per un minuto, e nota che l'uomo appare distrutto, così come si sente Dan. Ma per qualche motivo a Dan riesce più difficile perdonare Chris che perdonare i genitori di Justin. Non è arrabbiato, non esattamente; gli sembra solo di non conoscere Chris bene come aveva creduto. Si sente come se Dan avesse immaginato l'amicizia fra i due più grande di quanto non sia in realtà. Versa il bourbon e posa il bicchiere sul bancone, poi va a servire altri avventori. Quando c'è una pausa fra le diverse ordinazioni invece che andare a parlare a Chris, come farebbe di solito, Dan riordina il bar o pulisce i boccali.

Chris finisce il suo bicchiere, e Dan deve andare da lui ad offrirne un altro. Non è sorpreso quando Chris cerca di fermarlo. «Dan, hai un minuto? Dobbiamo parlare.»

Dan cerca di mantenere la calma. «Mi dispiace, ma no. Sono a lavoro.»

Chris sbuffa. «Dan, sei uno dei più bravi allenatori di cavalli da gara dello stato. Non dovresti preoccuparti del tuo lavoro di barista!»

Dan si gira, questa volta con più forza. «Beh, da stamattina questo è l'unico lavoro che ho, quindi se non ti dispiace mi piacerebbe tenermelo. Se hai bisogno di me per qualche motivo legato alla scuderia, puoi chiamarmi domani – tutto d'un tratto il mio calendario degli appuntamenti si è liberato.»

«Beh, se stai cercando lavoro dovresti considerare la proposta dei Kaminski. Sembrano disposti a spendere un sacco di quattrini.»

Dan ha finito di cercare di allontanarsi da questo confronto. «Ok, per prima cosa, a parte mezze frasi che hanno detto in maniera confusa Karl e Molly, non ho ricevuto nessuna proposta da Kaminski – beh, sì, ne ho ricevuta una, ma non era esattamente interessato a farmi montare un *cavallo*. Secondo, non sono davvero affari tuoi che cosa faccio per vivere – se non ti sembra il caso di includermi nelle decisioni che riguardano la *vita* del mio compagno, per quale accidenti di ragione dovrei includerti nelle mie decisioni su qualsiasi cazzo di cosa? E terzo, non abbandono Justin. Quindi, anche se ci fosse un lavoro che mi aspetta in California, non lo accetterei.» Il tono della voce di Dan è salito a tal punto che alcune persone hanno iniziato a guardare, quindi respira a fondo per calmarsi. Continua un po' più quietamente. «Dunque, vedi, questo lavoro è ancora piuttosto importante per me. Apprezzerei se non cercassi di rovinarmelo.»

Chris appare un po' stupito dall'intensità del risentimento di Dan, ma non molla. «Ok, d'accordo. Nessuna discussione, nessuna conversazione, ma lasciami dirti un piccolo fatto.»

Dan aspetta con riluttanza, e Chris continua. «L'offerta di Kaminski di comprare i cavalli – è veramente una buona offerta, e Karl e Molly ci tengono molto. È molto più di quanto prenderebbero se vendessero i cavalli individualmente, è veloce e facile e senza stress, che al momento sarebbe perfetto. Ma l'affare dipende dall'essere in grado di assumere un addestratore adatto per i cavalli.» Chris si ferma e beve un sorso di bourbon mentre Dan aspetta in piedi. «Ora, questo è quanto c'è scritto sul contratto, solo 'un addestratore adatto'. Ma nel contratto c'è scritto che è Kaminski a decidere chi è 'adatto', e ha reso piuttosto chiaro che quando dice 'adatto', intende *te*.» Chris guarda Dan negli occhi. «Non ti sto dicendo che cosa devi fare – non te lo direi neanche se fossi interessato ad ascoltare. Ma volevo essere sicuro che prima di prendere qualsiasi decisione tu avessi tutte le informazioni. La scelta se accettare o meno il lavoro sta a te, naturalmente. Ma pensavo che dovresti sapere che senza di te, l'affare non si fa.»

Chris finisce quello che è rimasto nel bicchiere e si alza. «Quindi, se ti va bene, do il tuo numero a Kaminski, così che ti dia un colpo di telefono.» Dan annuisce distrattamente, e l'espressione di Chris si ammorbidisce. «Molly ha detto che te ne sei già andato dal tuo appartamento. Hai già un posto dove stare?» Dan non risponde subito, così Chris continua. «Sai che sei sempre il benvenuto a casa mia. O se preferisci non venire da me, se hai bisogno di soldi per stare in un hotel o qualcosa del genere, posso farti anticipare dalla ditta un po' del denaro che ti spetta per le paghe arretrate...»

Dan scuote la testa. «No, grazie. Sono a posto. Sono da un'amica.»

Chris trasale leggermente, ma annuisce, e si gira verso il tavolo a cui è seduta Robyn, che sta cercando di non origliare la conversazione dei due al bancone. «Ok, va bene. Ma davvero, Dan...» Chris allunga una mano oltre il banco, cercando di afferrare l'avambraccio di Dan, ma questi si tira indietro istintivamente. Chris abbassa la mano, continuando sommessamente. «Se hai bisogno di qualsiasi cosa, Dan. Per favore, chiamami.»

Dan non risponde, annuisce solo sbrigativamente e si allontana. Ci sono molte persone che stanno aspettando da bere, e Dan si affaccenda a servirli mentre Chris va verso la porta. Dan si sentiva oppresso prima della conversazione con Chris, e adesso è come se un peso ancora più grande gravasse sulle sue spalle. Ha un desiderio quasi travolgente di andarsene via, semplicemente così, di prendere il suo fuoristrada e di guidare fino al mattino e di ricominciare tutto da capo da un'altra parte. È qualcosa che ha già fatto, d'altronde.

Un avventore gli fa un cenno con la mano e Dan va da lui. Decide di immergersi completamente nel lavoro per il resto della serata. Una volta finito porterà una bottiglia a casa e berrà fino a quando non ce la farà più sul divano di Robyn. Dan sa che la situazione non sarà migliore il giorno dopo, ma ehi, gli sembra che sia giunta l'ora che la fortuna giri dalla sua – se gioca le sue carte nella maniera giusta, forse un asteroide gigante colpirà la terra e Dan non dovrà più preoccuparsi di tutte queste cose. Con quest'ultimo pensiero confortante, si volta verso le bottiglie e torna a lavorare.

CAPITOLO
SETTE

DAN segue il suo piano alla lettera e si sveglia la mattina dopo con la testa dolorante, come se il cervello fosse troppo grande per essere contenuto nella sua scatola cranica. È quasi grato per il dolore e per i suoi pensieri annebbiati, sono un aiuto in più con cui distrarsi dalla realtà.

Quando si alza scopre che Robyn è già andata a lavorare, e si sente completamente inutile. Trova del caffè già fatto e ha un'altra ragione per essere grato alla sua amica. Fa una doccia, sistema le coperte sul divano e accende la televisione. Dopo un quarto d'ora sta per sbattere la testa contro il muro.

Esce e cerca una tavola calda lungo la strada. Ordina colazione e legge il giornale. Guarda senza entusiasmo le offerte di lavoro, ma sa che non troverà quello che vuole negli annunci economici. Ha chiesto al suo capo al bar di fargli fare dei turni in più se hanno bisogno di gente al bancone, quindi non è esattamente destituito, soprattutto fintanto che Robyn lo lascerà dormire sul divano. E sa che Karl e Molly gli faranno avere le paghe arretrate e la liquidazione, anche se non è sicuro di quanto tempo ci vorrà.

Alle dieci e mezza il suo telefono squilla e Dan quasi si sloga le dita tanta è la sua fretta nel tirarlo fuori dalla tasca. Non è che voglia parlare con qualcuno di specifico, è solo che vuole *fare* qualcosa. Fino a questo momento, in cui si è d'un tratto trovato senza occupazione, non si era mai reso conto di quanto il suo lavoro lo tenesse occupato.

Controlla il display e vede che la chiamata arriva dall'hotel locale. Probabilmente Kaminski, dunque. Dan non ha nessuna voglia di parlarci, tuttavia...

«Pronto.»

«Ciao, Dan, sono Jeff Stevens.» Questo è più facile, decide Dan. Potrà non aver capito bene che relazione c'è fra Jeff ed Evan, ma almeno con il primo Dan può parlare di cavalli.

«Ehi, Jeff, come stai?»

«Bene, grazie. Ehm, Chris mi ha dato il tuo numero.» Jeff si interrompe. «Ascolta, Dan... quest'intera faccenda è diventata piuttosto aggrovigliata, ma stiamo cercando di districarla. Saresti libero oggi per pranzo? Evan ha una proposta da farti. So che hai sentito delle voci, ma ci piacerebbe presentarti per bene l'idea.»

«Guarda, non voglio farvi perdere tempo... posso venire se lo volete, ma non sono davvero interessato a lasciare il Kentucky.»

La voce di Jeff è seria. «Sì, abbiamo delle idee a riguardo. Dacci solo una possibilità.» Jeff interpreta il silenzio di Dan come un assenso. «È la tua città – hai delle raccomandazioni sul dove mangiare?»

«Veramente no. Probabilmente avrete mangiato in più ristoranti della zona voi di quanto ho fatto io negli ultimi cinque anni. Di solito rimango alla scuderia.»

«Beh, noi siamo al Brown Hotel, proprio in centro. Hanno un ristorante chiamato J. Grahams. Potresti incontrarci lì, magari verso l'una?»

«D'accordo, va bene.»

C'è una pausa dall'altro capo della linea, e poi la voce di Jeff risuona, prudente. «Senti, Dan. Non posso neanche cominciare ad immaginarmi come devi essere distrutto in questo momento, e so che non sono davvero affari miei. E, come ho detto, questo intero affare è diventato molto più complicato di quanto avrebbe dovuto essere, ed Evan... Evan è stato un idiota a venire da te l'altra sera al bar. Il ragazzino non ha un briciolo di buon senso. Ma ha un cuore d'oro, e *sa* controllarsi se deve farlo.» Jeff sospira. «Beh, quello che sto cercando di dirti è che spero che tu verrai all'incontro senza preconcetti. Non ci sono pressioni, non ci sono aspettative, stiamo solo gettando un paio di idee su un tavolo.»

«Non ci sono pressioni?» chiede Dan. «Se non accetto di diventare lo stalliere personale di Evan, voi non prendete i cavalli e Karl e Molly dovranno darsi da fare per cercare dei compratori, in un momento in cui l'economia fa schifo e mentre non dovrebbero far altro che essere in lutto per loro figlio. È questo che intendete per 'non ci sono pressioni'?»

Jeff sospira di nuovo. «Avrei voluto che Chris non te lo dicesse. Sta solo cercando di fare quello che è meglio per tutti, immagino, ma... non è così semplice. Non stiamo cercando di essere dittatoriali, siamo completamente aperti alle negoziazioni. E per quanto riguarda l'essere lo stalliere personale... immagine interessante, tra l'altro... Evan ed io abbiamo parlato di questo molto seriamente, e... non ti metterà a disagio. Te lo prometto.» Per quanto Dan può intuire da una conversazione telefonica, Jeff è completamente sincero. L'uomo fa una pausa, e poi continua in tono un po' meno appassionato. «Siamo interessati ad assumerti per via delle tue capacità e del tuo atteggiamento – siamo rimasti entrambi molto impressionati dalla tua onestà su Monty. L'altro aspetto della faccenda è totalmente separato, e se non ti interessa, è cosa morta.»

Dan non sa davvero che cosa rispondere, ma non può in tutta onestà rifiutare anche solo di *sentire* qual è questo piano. «Ok, d'accordo, cercherò... cercherò di essere aperto.»

Il sorriso di Jeff si sente anche tramite il telefono. «Benissimo, Dan, è fantastico. Allora ci vediamo all'una.»

«Sicuro. Ciao.» Dan stacca il telefono e nella sua mente inizia a formarsi un piano. Adesso vorrebbe non avere i postumi della sbornia, perché non è sicuro che sia una buona idea e una mente chiara e riposata sarebbe davvero d'aiuto. Di solito chiamerebbe Chris, ma questa volta non sembra un'opzione disponibile. Ci pensa per qualche istante, riapre il suo cellulare e inizia a digitare i numeri. C'è solo da sperare che Robyn possa rispondere.

UN PAIO di ore più tardi Dan esce dal centro copie e si dirige verso il ristorante, una spessa busta manila in mano. Non è sicuro di aver bisogno degli oggetti di scena, per così dire, ma metterli insieme ha riempito il suo tempo e lo ha aiutato a calmarsi.

Quando arriva al ristorante Jeff ed Evan sono già dentro. Dan si avvicina al tavolo ed entrambi si alzano e gli stringono la mano prima di risedersi insieme e di parlare per un po' del più e del meno. Dan chiede di Tatiana, che apparentemente si è stufata delle trattative ed è volata a casa per conto suo. Evan tesse le lodi della loro governante per un po', spiegando com'è fantastico avere qualcuno in casa in cui poter riporre la massima fiducia. Dan non è sicuro se questo sia un commento mirato o meno. Se lo è, Dan non è sicuro di quale sia il punto. Probabilmente Evan sta solo parlando a ruota libera. Il resto della conversazione durante il pasto continua sullo stesso, benigno, tono, anche se più passa il tempo, più Dan si scopre diventare irrequieto.

Nessuno dei tre ordina il dolce, quindi appena i piatti vengono portati via e viene servito il caffè, Evan, finalmente, inizia a parlare di affari. «Allora, Dan, mi rendo conto che questa faccenda è stata affrontata al contrario, ma volevo spiegarti quello che ci aspettiamo di fare nel mondo del completo, e come ci piacerebbe che tu ne fossi coinvolto.»

Dan annuisce. Evan non ha fatto alcun riferimento sessuale durante tutto il pranzo, e Dan non è sicuro se l'altro uomo abbia davvero rinunciato all'idea o se invece stia preparandosi per un agguato. Ma Dan ha mangiato il pranzo che gli hanno offerto, quindi è giusto che ascolti le loro idee.

«Allora, originariamente avevamo solo progettato di comprare un completista per Tata. Credo che l'ultima volta che abbiamo parlato fossimo rimasti a questo punto. Volevamo tenere il cavallo a casa nostra. Abbiamo già pronti una grossa scuderia e annessi e connessi, ma dobbiamo ancora costruire un rettangolo per il dressage e i percorsi per il salto ostacoli e il cross-country.»

«Naturalmente,» concede Dan, e Jeff sorride. Forse Kaminski pensa che investire mezzo milione di dollari nel costruire degli impianti di prima qualità sia l'unico modo perché sua sorella possa montare il suo cavallo, ma sia Jeff sia Dan sono evidentemente cresciuti in un mondo leggermente diverso.

Evan continua, imperturbabile. «Quindi quando è sembrato che Monty non fosse la scelta giusta, eravamo decisi a prendere un altro cavallo. Ma poi Tata ha iniziato a dire quanto le è piaciuto davvero Monty, e a chiedere se non può davvero avere anche lui, e se non possiamo comprare un cavallo più docile per lei da montare fino a quando non sarà diventata abbastanza esperta da passare a Monty.» Il fatto che Evan sembri considerare questo un suggerimento ragionevole fa capire un po' meglio a Dan quanto siano davvero differenti i loro mondi.

«In ogni caso, ho iniziato a pensare. Non ha senso costruire i rettangoli e tutto il resto e farli utilizzare solo da un cavallo.» Su questo punto, almeno, Dan è completamente d'accordo. Evan continua. «Abbiamo già la scuderia e c'è un sacco di terra, quindi perché non riempire il posto? Quando abbiamo sentito che Karl e Molly stavano pensando di ritirarsi dagli affari è sembrata l'opportunità perfetta.» Evan si interrompe e beve un sorso di caffè, e Dan aspetta pazientemente.

«Ora, ovviamente non possiamo lasciare i cavalli semplicemente lì. Vogliamo diventare una scuderia professionista. Tat può cavalcare uno o due dei cavalli, e Jeff può insegnarle come fare, ma è troppo impegnato con i suoi affari per lavorare per noi a tempo pieno. E oltretutto, dice che preferisce lavorare con degli esseri umani che solo con dei cavalli.» Dan si chiede se Jeff non preferisca anche mantenere una qualche carriera al di fuori del controllo del suo volubile giovane amico, ma rimane silenzioso. «Quindi ho bisogno di qualcuno che alleni i cavalli. Qualcuno che sappia quello che sta facendo, e di cui sappia di potermi fidare.» Evan sorride. «Naturalmente, ho pensato a te.»

Jeff prende il comando della conversazione. «So che può sembrare strano, come se Evan stia prendendo questo progetto alla leggera, come se sia pronto ad abbandonarlo per la prossima cosa luccicante che attirerà il suo sguardo.» Evan lancia un'occhiataccia a Jeff, che si limita a scrollare le spalle. «Mi dispiace, ragazzino, ma è questa l'impressione che dai.» Riporta quindi la sua attenzione su Dan. «Ma non è fatto così, davvero.» Tira fuori una spessa cartellina di pelle e la fa scivolare sul tavolo verso Dan, che lo guarda con un'aria interrogativa. Jeff si limita ad annuire e a fare un cenno. «Dacci un'occhiata.»

Dan la apre. È piena di articoli di giornale, lettere di referenze, testimonianze... tutte prove dell'acume e del senso di responsabilità negli affari di Evan T. Kaminski. Evan appare imbarazzato, ma Jeff sorride. «Evan è nato ricco, non ci sono dubbi. Ma è a capo della famiglia, e degli affari della famiglia, dagli ultimi sei anni. In questo tempo ha avuto modo di fare una grande impressione su molte persone.» Jeff allunga la mano e afferra Evan per la nuca, scuotendolo con gentilezza. «Ma non è sempre facile per un bellissimo ventiseienne farsi prendere sul serio dagli altri.» Jeff stringe un poco la sua presa. «Specialmente quando si lascia guidare dal suo uccello più o meno il cinquanta percento delle volte. Per questo abbiamo messo insieme il portfolio.»

Evan appare imbarazzato, anche se non nega nulla, incluso il commento sull'uccello. «Abbiamo fatto i nostri compiti sul mondo delle gare, Dan.» Fa scivolare sulla tavola un altro plico di fogli, e Dan si trova a guardare spreadsheet, proiezioni finanziarie... una massa indistinta di informazioni al confronto della quale la busta con i suoi compiti appare insignificante. Dan per un po' dà un'occhiata ai numeri. Non ha mai provato un grande interesse per il lato economico del mondo dei cavalli, ma le carte sembrano essere a posto, prospettano un modesto profitto a partire dal quinto anno di attività. Nota che il salario proposto per l'addestratore principale è significativamente maggiore di quanto gli veniva dato anche quando Karl e Molly gli pagavano il salario pieno, e che ci sono stipendi generosi anche per il resto dello staff.

Alza gli occhi e si accorge che gli altri due uomini lo stanno guardando con l'aria di chi si aspetta qualcosa. «Ok, bene. Per quanto posso dire, sembra tutto a posto. Ma... allora, Chris ha detto che il contratto con i Kaminski richiede che siate in grado di trovare un allenatore adatto. Ci sono molte persone là fuori che smanierebbero per fare parte di un'operazione simile. Davvero rinuncereste a questo accordo solo perché non potete assumermi? O è solo un bluff?»

«Non abbiamo mai detto che rinunceremmo senza di te, Dan,» spiega Evan. «Ma, sì, se tu non ne fossi partecipe, questo renderebbe l'accordo molto meno allettante.» Evan nota che gli occhi di Dan diventare una fessura e continua velocemente. «Non voglio alludere a niente di sordido. Per quel che vale, mi dispiace per l'altra sera. Jeff aveva detto che avrebbe complicato le cose, e mi dispiace se così è stato. Ma... ti vogliamo per questo posto perché vogliamo potere fidarci di chi assumiamo. Non ne so abbastanza di cavalli per capire quello che fai, e Jeff è occupato. E voglio che questa sia una piccola attività piacevole e rilassante... Voglio dire, si svolgerà a casa mia, non in qualche ufficio chissà dove. Non voglio passare il mio tempo a preoccuparmi che il mio addestratore capo stia fregandomi, o fregando qualcun altro.» Distrattamente Evan si massaggia il collo dove prima lo avevano stretto le dita di Jeff. «Quindi se non riusciamo a trovare qualcuno di cui ci fidiamo per fare questo lavoro, non andiamo avanti. E adesso come adesso, tu sei il solo che mi venga in mente ad avere sia le capacità necessarie sia la nostra fiducia.»

Evan continua. «Sappiamo che qui hai degli obblighi, e li rispettiamo. Possiamo essere flessibili per quel che riguarda l'inizio dell'impiego, oppure possiamo trovare un modo per far sì che tu possa avere abbastanza tempo libero da poter tornare qua a fare visita o... qualsiasi cosa ti serva. Davvero.»

Jeff guarda Dan. «La palla è nel tuo campo.»

Dan ha bisogno di pensarci un momento. Suo malgrado, è rimasto impressionato. Questo lavoro è molto più difficile da rifiutare di quanto si fosse aspettato. Ma Dan ha un piano, e non crede che nulla di quanto sia successo l'abbia reso una cattiva idea, quindi fa un respiro profondo e mette la sua busta sul tavolo. La apre e tira fuori una fotografia.

«Questo è Monty. È un castrone hannoveriano di diciassette spanne, fratello pieno della giumenta che ha vinto il Rolex due anni fa, e ha avuto lo stesso addestratore. Ha solo nove anni, e partecipa già ai completi – facendo molto bene – a livello Intermediate[2]. Ha una grande genealogia, è incredibilmente atletico, è coraggioso e leale.» Dan si interrompe per un momento. I due uomini lo stanno guardando con una strana espressione, ma li ignora e tira fuori un'altra fotografia.

«Questa è Sunshine. Anche lei è un Hannover, ma è un po' più piccola, è alta solo sedici spanne. Anche lei ha una genealogia di tutto rispetto e potrebbe essere una fantastica fattrice, ma è anche capace di competere ad alto livello.» Adesso Dan ha preso il ritmo, e tira fuori un'altra foto. «Questo è Kip. È uno stallone purosangue, arriva dalle piste, ma non ha nessun acciacco. È alto sedici spanne e uno, ha otto anni. Sta partecipando ai concorsi di completo a livello Training[3], ma al massimo in un anno sarà pronto a passare di grado.» Pesca un'altra foto. «Chaucer. Castrone hannoveriano, di soli sei anni, quindi sta ancora imparando. Sta andando molto bene nei salti e sembra avere il coraggio e la forza per essere grande nel cross-country. Ha l'equilibrio e i movimenti per essere fra i primi nella prova di addestramento, appena imparerà a non combattere il suo cavaliere.»

Dan fa una pausa, ed Evan coglie la palla al balzo. «Dan, sappiamo tutte queste cose. Voglio dire, sono certo che tu conosca i cavalli molti meglio di noi, ma li abbiamo controllati prima di fare la nostra offerta.»

Dan annuisce, continuando a tirare fuori le altre fotografie mentre parla. «Ok, e questo è quello che non capisco.» Dispone le immagini a ventaglio sul tavolo. «Perché questi cavalli? Questi sono dei cavalli *eccezionali*. E per come vedo le cose io, se una persona ha più soldi di re

---

[2] Intermediate: corrispondente alla Categoria 5 in Italia.

[3] Training: corrispondente alla Categoria 3 in Italia.

Mida, ed è veramente interessata al mondo dell'equitazione, e quella persona vede questi cavalli? Quella persona non si saprà trattenere dal comprarli. Sono stati scelti uno ad uno, sono stati attentamente addestrati... questa collezione è il sogno erotico di ogni completista.» Dan si ferma e scuote la testa. «Sono solo interessato a lavorare per qualcuno che abbia un reale, forte interesse nel mondo del concorso completo di equitazione. Sono solo interessato a lavorare per qualcuno che comprerebbe questi cavalli anche se non fosse sicuro di chi finirebbe con l'allenarli.» Dan alza lo sguardo dalle foto e vede che Evan lo sta fissando con grande attenzione. Jeff è appoggiato allo schienale della sua sedia e appare quasi divertito.

Dan decide di concludere. «Quindi puoi capire perché sono perplesso. Dici di essere veramente interessato, ma sei disposto a rinunciare a questi cavalli solo perché non sei sicuro di chi sarà il tuo allenatore? Non mi sembra che abbia senso.»

Evan si porta in avanti e guarda Dan, socchiudendo gli occhi quasi fino a farli diventare una fessura. «Mi stai dicendo che se compro questi cavalli verrai sicuramente a lavorare per me?»

Dan scuote la testa. «No, sto dicendo che se non compri questi cavalli, sicuramente non verrò. Se li compri... ci penserò seriamente.» Dan decide di essere un po' più generoso. «L'offerta sembra essere migliore di come immaginassi,» ammette, «e apprezzo la flessibilità per via dei miei impegni qui. È solo che...» Dan abbandona la facciata efficiente e si scopre parlare a Jeff invece che ad Evan. «È solo che al momento non so quale sia il dritto e quale sia il rovescio. Sono stati dei giorni folli, e se devo prendere una decisione su due piedi, opto per quella che mi permette di essere il più libero possibile.» Dan rivolge di nuovo la sua attenzione ad Evan. «Quindi se hai bisogno di una risposta adesso, la risposta è no. Se sei disposto ad aspettare un po', e se sei abbastanza interessato in questo sport da investire in una sfilza di cavalli dannatamente in gamba...» Dan scrolla le spalle e si alza, porgendo la mano. «Grazie per il pranzo e per l'interessamento.»

Evan e Jeff si alzano e gli stringono la mano. Jeff gli rivolge un piccolo sorriso. «Siamo in città un altro giorno. Ti darò un colpo di telefono e ti farò sapere come progrediscono le cose.» Dan annuisce, e Jeff continua con un tono di voce più sommesso. «E, non voglio essere inopportuno, ma... hai le nostre simpatie.» Dan si limita ad annuire di nuovo, e d'un tratto ha bisogno di uscire. Tutto quel parlare di cavalli lo ha distratto dal pensiero di Justin, ma adesso questo rischia di riprendere il sopravvento.

Esce all'aria aperta e chiama Robyn, come ha insistito che facesse quando ha accolto con entusiasmo l'idea di Dan. È stata lei a spedire tramite e-mail le fotografie alla copisteria. Ha diritto di sapere che perlomeno Dan non è stato cacciato a suon di risate dal ristorante.

Quando finisce la telefonata Dan si ritrova di nuovo senza nulla da fare. Non è in programma che lavori né quella sera né quella dopo, quindi Dan non ha letteralmente niente da fare per le prossime cinquantadue ore. Non riesce a ricordarsi quale sia stata l'ultima volta che ha avuto questa sorta di libertà, e lo spaventa un po'. Quando arriva al fuoristrada sale a bordo e si dirige verso Willowbrook. Finalmente ha delle forse-positive notizie da dare a Justin.

CAPITOLO
OTTO

DAN siede nella solita sedia, nella solita posizione, con le braccia appoggiate al letto d Justin. Gli ha raccontato l'intera storia, la vendita dei cavalli, l'offerta di lavoro, la sua controfferta... ma c'è ancora una cosa che ha bisogno di spiegare.

Tira un respiro profondo prima di continuare. Questa è la parte difficile. Per una volta, Dan è quasi felice che Justin non possa sentire quello che sta dicendo.

«Il fatto è – avrei potuto avere una possibilità, Justin. Ci ho pensato a fondo. Ho pensato che avrei potuto usare il lavoro in California come leva per convincere i tuoi genitori a tenerti in vita. Capisci? Potrei dire che accetto il lavoro e così loro prenderebbero i soldi, a patto che accettino di non darti per spacciato.» Scolla le spalle. «Anche se non volessero accettare, avrei comunque tentato tutto il possibile, giusto? Non voglio rinunciare a te solo perché loro lo fanno.»

Dan si interrompe. Questo non è qualcosa che vuole dire ad alta voce. Non vorrebbe neanche pensarci. «Ma non l'ho fatto, Justin. Non so se è stata la scelta giusta oppure no. È solo che...» A Dan si chiude di nuovo la gola, e si chiede un po' disgustato se è possibile diventare disidratato per il troppo piangere. «È solo che non ero sicuro che avessero torto.»

Con una carezza sposta i capelli di Justin dal suo viso, fa scivolare la mano sul suo collo e sulle sue spalle, che erano così forti. «Penso che forse... penso che forse abbiano ragione. Te ne sei andato. Non sembra che sia così, ma... i dottori hanno fatto dei test e dicono che non è rimasto niente. Ed è passato così tanto tempo, amore. Ormai più di un anno.

65

Penso... penso che se avessi potuto tornare fra di noi, lo avresti già fatto.»

Dan sta quasi singhiozzando, ma vuole dire tutto, vuole dirlo almeno una volta. «Non significa che non ti ami, Justin. Lo sai. Sai che ti amerò sempre. È solo... è solo che non credo che tu sia più qui, e non credo che tornerai indietro.» Prende un fazzolettino di carta dalla scatola sul comodino, si soffia il naso e poi fa un paio di respiri profondi per cercare di riprendere il controllo di sé. «Se ci fosse una possibilità, anche la più piccola... lo sai che ti aspetterei per sempre. Lo sai, vero? Tu... tu lo sapevi.» Usare il passato sembra sbagliato, ma Dan pensa che forse è un qualcosa a cui si deve abituare.

«Anche i tuoi genitori ti amano. Ero arrabbiato con loro... o ferito, o non so... perché non si erano degnati di parlare con me prima... prima di decidere di lasciarti andare. Parlano tanto di quanto è importante la famiglia, ma... forse era ridicolo pensare che ci tenessero a me solo perché ci tieni tu. Ci tenevi.» Sì, ci *teneva*. Dan cerca di farsene una ragione.

«In ogni caso... ti amano, e stanno facendo quello che credono sia giusto. E... non lo so. Forse anch'io penso che sia giusto.» Si china in avanti e bacia la fronte di Justin. «Non significa che smetterò di venirti a trovare, e non significa che smetterò di sperare in un miracolo. Ma... devo iniziare a trovare un modo per dirti addio.»

Dan si alza. Desidera d'un tratto che ci fosse un bagno privato, in modo da potere lavarsi la faccia senza dover uscire nel corridoio ed incontrare altre persone. Poi si mette a ridere tra sé e sé. Se inizia ad esprimere desideri, ci sono cose a cui tiene molto di più della sua vanità.

«Ok, Justin, ora me ne vado. Tornerò... inizierò a cercare di venire meno frequentemente. Tornerò fra un po' di giorni, d'accordo? Le infermiere hanno il mio numero. Se qualcosa dovesse andare storto mi chiameranno.» Dan ricorda le chiamate che ha ricevuto in passato, in cui gli veniva detto degli attacchi di Justin. Con l'ordine firmato di non rianimare probabilmente non riceverà più chiamate come quella. La prossima volta che la clinica gli telefonerà, pensa Dan, sarà per dirgli che Justin se n'è andato.

Mentre sta andando alla macchina si ferma al bagno. Si bagna il volto arrossato con dell'acqua fredda e si ferma un minuto per riprendersi. Poi si incammina verso il fuoristrada e, proprio quando sta per aprire la porta, gli squilla il telefono. Vede che è il numero dell'hotel e quindi risponde. «Pronto.»

«Dan? Sono Jeff.»

«Ciao Jeff, come va?» Sono solo passate poche ore da quando si sono visti, quindi Dan s'immagina che Jeff stia sempre bene, ma è un modo come un altro per iniziare la conversazione.

«Sono contento come una pasqua, Dan.» Dan non crede di aver mai sentito un uomo adulto usare quel particolare idioma, ma Jeff sembra averlo fatto naturalmente.

«Davvero? Per qualche ragione particolare?»

«Ebbene sì. Un mio caro amico è appena andato a finalizzare la compravendita di una sfilza di cavalli davvero eccezionali, e sono eccitato all'idea che avrò la possibilità di lavorare con loro.»

Dan non si era reso conto di quanto fosse teso per l'affare fino a quando non sente il suo corpo rilassarsi alla buona notizia. Apre la portiera del suo pick-up e si siede di traverso sul sedile, i piedi ancora fuori dall'abitacolo. «Sul serio?»

«Non scherzo sui cavalli, Dan.» La voce di Jeff è intensa, come se potesse vedere la reazione di Dan e capire le ragioni dietro ad essa. Dan può non essere felice con Karl e Molly in questo momento, ma ci tiene ancora a loro e vuole davvero che siano il più possibile felici. Soprattutto non vuole che una delle sue decisioni sia causa per loro di infelicità.

«È fantastico Jeff, davvero. Grazie per avermelo fatto sapere – è davvero una buona notizia.» Dan non sa che origine abbia l'idea che gli salta in mente, ma decide di seguirla lo stesso. «Ascolta Jeff, sono più o meno a un'ora dalla città, ma... saresti libero fra un po', magari per andare a bere una cosa, o qualcosa così?» Dan entra improvvisamente in panico. È sembrato che stesse chiedendo a Jeff di uscire, come se stesse cercando di intromettersi tra quello che Jeff ed Evan hanno? «Non è niente di che, è solo... è solo che apprezzerei un consiglio, o... non so, esattamente.» Dan sta cercando di trovare un modo per rimangiarsi con una certa grazia l'invito, ma Jeff gli risponde.

«Certo, mi fa piacere. Ti va di incontrarmi al bar dell'hotel, fra più o meno un'ora?»

«Sì, oppure, sai, se è una seccatura, non ti preoccupare...»

«Dan, si tratta di alcool, ed è giusto al piano di sotto. Non potrebbe essere meno fastidioso di così.» Il tono di Jeff sembra divertito. Dan inizia da averne abbastanza di divertire questo tizio, ma sa che ha solo se stesso da biasimare per quello, e non Jeff.

«D'accordo, bene. Ok, bar dell'hotel, fra un'ora circa. Ci vediamo lì.» Dan chiude la conversazione e scuote la testa. Non crede di esser mai stato nella sua vita più impacciato di così, e in tutta onestà non sa neanche che cosa spera di ottenere da Jeff.

Dan ha fatto il viaggio di ritorno così tante volte che guida quasi in automatico, anche se deve prestare un po' di attenzione a che il pick-up non imbocchi la strada per la scuderia. Fa uno strano effetto pensare che potrebbe non dover mai più tornare nel posto dove ha passato così tanto tempo negli ultimi cinque anni.

Quando arriva all'hotel ed entra nella hall, Jeff lo sta aspettando. È al bar, ma quando Dan entra si alza. «Possiamo sederci ad un tavolo, se ti va.»

«No, il bancone va bene.» Dan si siede e ordina al barista una birra. Si sente un po' a disagio, ma Jeff sembra non farci caso. Sono seduti su due sgabelli vicini e si girano leggermente l'uno verso l'altro, così da potersi guardare se lo desiderano, ma, in caso vogliano rivolgere il loro sguardo altrove, in modo da essere liberi di farlo senza risultare scortesi. È una posizione che fa ricordare a Dan lo stare ai bordi dello steccato con Justin, appoggiati alla staccionata, discutendo di cavalli. Quando Jeff inizia a parlare, Dan ritorna al presente.

«Dunque, ho ricevuto un'altra chiamata da Evan. Sembra che la compravendita stia procedendo senza problemi. Dovrebbe riuscire a sistemare tutto per l'ora di cena.»

Dan annuisce. «Fantastico. È... ero un po' preoccupato.»

Jeff sorride. «Ci credo che lo fossi, scommettendo come hai fatto con i soldi di qualcun altro. Ma questo non ti ha fermato dal perorare la tua causa, quindi... spiacevole per te, ma non è qualcosa che per cui altri si debbano preoccupare.» Manda giù un sorso della sua bevanda. «E hai impressionato Evan, anche più di quanto non avevi già fatto. Siamo entrati in questo affare pensando che eri capace ed onesto, e ora sappiamo che sei anche intelligente.» Jeff sorride calorosamente a Dan. «Lo ha reso ancora più determinato ad assumerti.»

Dan emette un gemito sommesso. «Ecco, è quello di cui volevo parlarti. Voglio dire... amo i cavalli e sarebbe fantastico continuare a lavorare con loro. Sembra anche che costruirete un impianto di altissimo livello, e quindi anche questo darebbe magnifico. E apprezzo molto che stiate cercando di trovare un modo di far funzionare le cose con... con Justin.» Scrolla le spalle. «È solo che tutto sembra così... intenso.» Dan pensa a quello che ha appena detto. «Evan sembra... intenso.»

Jeff annuisce, sembra riflettere un momento prima di rispondere. «I genitori di Evan sono morti sei anni fa e lui ha dovuto crescere piuttosto in fretta. Ha dovuto prendere in mano le redini degli affari di famiglia e occuparsi di sua sorella. Se l'è cavata bene mettendo nel suo mirino quello che vuole e non lasciandosi ostacolare da nulla, ma non ha ancora imparato l'arte della sottigliezza. Si comporta così negli affari, e si comporta di solito così nella sua vita sessuale.» Jeff sorride al vedere il sopracciglio alzato di Dan. «Ma è un agnellino con i suoi amici, e sua sorella se lo rigira come vuole.»

Jeff considera Dan per un momento. «Quando l'hai visto la prima volta, alla scuderia, il giorno che abbiamo provato Monty – ti è sembrato troppo intenso?»

Dan ci pensa. «No, in realtà sembrava un tipo qualunque. Un tipo tranquillo.»

«Quello è Evan nella sua versione 'famiglia' – rilassato, gentile, amichevole.» Jeff sorride tra sé e sé. «Rispetto l'Evan affarista, ma quello che mi attira davvero è l'Evan formato famiglia.»

Questa sembra l'apertura perfetta per chiedere informazione sulla relazione che Jeff ha con Evan, ma Dan si trattiene. I rapporti fra Dan e Jeff sono amichevoli, ma i due non sono veramente amici. «E con che Evan dovrei avere a che fare nella scuderia?»

Jeff sorride. «Parla sul serio quando dice che vuole trovare un modo per fare rendere l'attività, ma più che altro ha messo insieme questa cosa come hobby per sua sorella. Fintanto che lei è interessata, sarà una questione di famiglia. Se Tat perdesse interesse e diventasse solo un'attività speculativa, lo vedresti raramente. Il ragazzo è a capo di una corporazione privata multi-miliardaria. Una scuderia con un po' di cavalli non sarebbe una cosa sufficientemente significante da spingerlo a dedicarci molto tempo. Ti assegnerebbe semplicemente ad un manager dell'ufficio e vedresti Evan una volta all'anno alla festa di Natale.» Jeff ridacchia. «Lo vedresti dopo che ha bevuto troppo eggnog[4] e ti farebbe delle avances inopportune. Te ne libereresti come si fa coi playboy ubriachi e te ne andresti a casa la mattina, senza altri problemi.»

Dan scuote la testa. «Non ha paura di essere citato per moleste sessuali?»

Jeff sorride divertito. «In realtà generalmente è molto bravo a tenere i suoi interessi lontani dal suo lavoro.» La sua espressione assume un'aria vagamente predatoria quando

---

[4] Eggnog: bevanda a base di uova, latte, zucchero, brandy o altro alcolico. Tradizionale bevanda delle feste natalizie nei paesi anglosassoni.

aggiunge, «Non riesco proprio ad immaginare che cosa gli sia preso questa volta.»

Dan decide di usare questa frase come scusa per farsi un po' gli affari loro. «Non ti dà fastidio? Che vada a letto con altri?»

Jeff non sembra sorpreso dalla domanda, e scuote semplicemente la testa. «Ad entrambi va bene così. Siamo... si può dire che siamo impegnati in questa relazione, ma... viaggiamo entrambi molto, e nessuno dei due vuole essere legato solo ad una persona.» Scrolla le spalle. «Funziona. Andiamo d'accordo, e nella nostra relazione c'è quel pizzico di rapporto 'daddy/boy' che mantiene le cose interessanti. Quindi non c'è nessun dramma in agguato, se questo è quello che ti preoccupa.»

Dan si rende conto che, stranamente, non è per evitare drammi che è curioso di conoscere i particolari della loro relazione, e che non è curioso a causa di un interesse per Evan. È Jeff che lo intriga – Jeff, con la sua calma e la sua compassione, con il suo sorriso caloroso e gli occhi ridenti. Dan non sa bene come reagire a questa intuizione. Dopo l'incidente di Justin ha provato degli istanti di attrazione per altre persone, ma non ha mai, per usare un modo di dire sentito in una famiglia cattolica con cui ha vissuto per un po' da giovane, preso in considerazione quei pensieri. Addirittura Dan ha mantenuto i suoi pensieri più puri *dopo* che Justin ha avuto l'incidente di quanto lo erano prima. E dati tutti gli avvenimenti degli ultimi giorni, Dan è sorpreso di essere capace di provare qualcosa che non sia intorpidimento.

Il cellulare di Jeff squilla e l'uomo controlla il display. «È Evan – ti dispiace se rispondo?» Dan scuote la testa e Jeff apre il telefono. «Ehi, ragazzino, com'è andata?» Prima che Jeff continui c'è una pausa. «Congratulazioni. Sono davvero dei cavalli splendidi.» Jeff sorride e fa un cenno a Dan, che gli sorride di rimando e torna a far finta di non stare ascoltando la conversazione. «Sì, è ancora qui. Non so, aspetta,» Jeff allontana il telefono dalla bocca. «Evan vuole sapere se può raggiungerci a bere qualcosa. Ha prenotato il volo di ritorno per questa sera e gli piacerebbe parlarti prima di partire.»

Dan alza le mani. «Sì, certo che può venire.» Sono stati gentili a chiedere, ma Dan si domanda quanto spesso capiti che qualcuno dica 'no' ad Evan Kaminski.

«Dice 'certamente',» riferisce Jeff. «Ed io gli stavo dicendo che non sei un completo idiota, quindi vedi di comportarti bene.» La risata di Jeff è avvolgente ed intima, e Dan prova un breve lampo di gelosia. Le sue reazioni sconvolgono Dan: due ora prima stava piangendo al capezzale del suo compagno, e adesso si sente possessivo nei confronti di una persona che, in sostanza, non è che un estraneo? Ha detto a Justin che doveva trovare il modo di dirgli addio, ma questo non è quello che aveva in mente.

Jeff mette giù il telefono e dice a Dan, «Sta arrivando, è nella hall.»

Dan annuisce e si concentra nello staccare l'etichetta della sua bottiglia di birra. Si sente di nuovo a disagio, già s'immagina che sarà strano essere a tu per tu con Evan ora che si è reso conto di avere una piccola infatuazione per il suo uomo.

Evan compare all'ingresso; Dan si alza per salutarlo e si stringono le mani. Evan allunga il braccio e afferra gentilmente la spalla di Jeff. Dan si ricorda dei piccoli gesti di saluto in codice che avevano lui e Justin, e questa volta quello che prova non è proprio gelosia, ma non sa che altro nome dargli.

«C'è un séparé libero in fondo... vogliamo andare a sederci là?» Evan si sta già muovendo verso il tavolo e Dan prova un moto di risentimento. Jeff e Dan se ne stavano tranquilli al bar, ed ecco che arriva Evan a rovinare tutto. Dan mette a tacere in fretta quel pensiero – è da folli iniziare ad immaginarsi un rapporto fra lui e Jeff, e se il progetto del nuovo lavoro va in porto, è necessario che Dan lo affronti con un diverso atteggiamento mentale. Oltretutto sa che la comunicazione tra tre persone sedute l'una accanto all'altra è difficile, quindi non può certo criticare il suggerimento di Evan.

Dan si attarda a pagare il conto al bancone, nonostante la cortese obiezione di Jeff: i due poi si incamminano obbedientemente nella scia di Evan. Jeff scivola sulla panca vicino ad Evan e questo obbliga Dan a sedersi dall'altra parte, di fronte ai due. Gli mancano davvero i posti al bancone.

Evan tuttavia sembra soddisfatto. Sorride profusamente. «Allora, questo pomeriggio tutto si è svolto senza intoppi e credo che il mio nuovo piano ti piacerà.» Guarda Dan come se si aspettasse un'immediata manifestazione di ammirazione, ma non sembra seccato dal volto privo di espressione che gli viene presentato.

«Bene, le nostre strutture non sono ancora del tutto pronte in California – la scuderia è in buono stato, ma stanno ancora lavorando sui rettangoli e sul percorso di campagna. A quanto pare preparare il giusto terreno è importante?» Guarda Dan per avere conferma, e riceve un cenno di assenso. È sperabile che Evan sappia già queste cose, o altrimenti non è possibile che stia facendo un buon lavoro di supervisione delle costruzioni. «Karl e Molly non pensano di riuscire ad andarsene via prima di almeno un mese. Devono trovare un altro posto dove vivere, fare trasloco... queste cose qui. Quindi il nuovo piano è che i cavalli rimangano nella scuderia per un altro mesetto. Posso pagare abbastanza di affitto da compensare la perdita del bonus prevista dall'impresa edile, e tu puoi continuare a lavorare con i cavalli così come hai fatto finora.» Evan sorride. «Voglio dire, spero che accetterai il lavoro almeno per questa durata. Può essere visto come una sorta di periodo prova, non credi? Tata probabilmente vorrà venire qui un weekend o due, in modo da cavalcare un po', ma a parte questo rimarrà tutto come prima, semplicemente sarò io a firmarti gli assegni.»

Dan si accorge di stare cercando una pecca nel piano, così da farla notare con soddisfazione ad Evan, ma deve ammettere che non trova nulla, e si rimprovera per la sua meschinità. Evan ha fatto di tutto per trovare una soluzione che andasse bene a Dan e si merita per lo meno un po' di apprezzamento. «Ehm, sì, direi che sembra perfetto.»

Aggrotta leggermente la fronte. «Karl e Molly continueranno a lavorare lì? Robyn ed io non siamo davvero abbastanza per ventitré cavalli, non se dobbiamo anche addestrarli.»

Evan annuisce. «L'ho fatto presente a Karl e Molly, e sembravano essere disposti a fare qualche ora, ma ho detto loro che ne avrei parlato con te, che tu avresti avuto l'ultima parola riguardo alle assunzioni. Lo stesso vale per Robyn – riceverà ugualmente la sua liquidazione da Karl e Molly, ma se la vuoi riassumere non c'è problema. È un lavoro a breve termine, naturalmente, a meno che tu non voglia provare a portartela dietro in California...» Evan interrompe quello che sta dicendo e sorride di buon grado. «Sempre che tu decida di venire. Possiamo riparlarne maggiormente dopo che vediamo come va questo mese.»

Evan tira fuori un fascio di carte dalla sua ventiquattrore e lo passa a Dan. «Questo è il tuo contratto, completamente aperto per il momento – entrambe le parti lo possono interrompere in ogni istante per qualsiasi ragione. Non che mi aspetti di utilizzare questa clausola, ma ai miei avvocati stava per venire un colpo quando ho suggerito che mettessero questi termini per te e non per noi. Nell'altro foglio invece ci sono dei nomi che devi conoscere. La paga e le acquisizioni verranno gestite dall'ufficio centrale, ma non voglio farti affogare in un mare di burocrazia, quindi puoi semplicemente chiamare questo numero e parlare a Becky, e lei si occuperà di te. L'altro nome è quello di Linda Davis – è la mia assistente esecutiva, sa tutto quello che succede, in ogni istante, in ogni luogo... è un po' inquietante. Se hai bisogno di qualcosa in cui Becky non può aiutarti, chiama Linda, e ti aiuterà lei stessa o ti metterà in contatto con me.»

A Dan manca la tranquillità della sua conversazione con Jeff. Evan non sta dicendo nulla di negativo, nient'affatto, ma sta dicendo *molte* cose. Ancora una volta Jeff si accorge del suo stato d'animo e cerca di riequilibrare la situazione.

Jeff ride sommessamente e fa un cenno a Dan. «Un'altra vittima dell'uragano Evan.» Indica la birra di Dan, «Bevi. Credo che il mio fegato maledica il giorno che ho incontrato questo ragazzo.» Dan beve un lungo sorso dalla bottiglia, e Jeff continua. «Credo che l'unica decisione che ti tocchi fare adesso riguarda lo staff, giusto?» Con uno sguardo chiede conferma ad Evan, che annuisce. L'uomo si sta impegnando così tanto a contenere la sua energia che Dan ha paura di vedere la sua testa esplodere. «Robyn va bene, vero?» Dan fa segno di sì e Jeff continua. «E probabilmente sarebbe interessata a continuare a lavorare qui?» Un altro cenno di assenso. Jeff si interrompe per bere e per lasciare tempo a Dan di tenere il passo. Anche sotto il controllo di Jeff le cose stanno evolvendosi in fretta.

«Allora si tratta solo di decidere su Karl e Molly.» Jeff osserva Dan con sguardo attento ma non provocatorio. «Ti metterebbe a disagio lavorare con loro? Dal momento che erano i tuoi capi, o per ogni altro motivo personale?» Dan deve pensarci un attimo. Il compito di addestrare i cavalli è suo da un bel pezzo, quindi non crede che ci sarebbero dei cambi nelle dinamiche di ogni giorno nella scuderia. Tuttavia è meno sicuro per quel che concerne i motivi personali.

«Come sembravano?» Chiede ad Evan. «Quando gli hai menzionato il lavorare alla scuderia – sembrava che volessero farlo, o avevano l'aria di volerti solo fare un favore?»

Tanto per cambiare questa volta è Evan che sembra dovere pensare un po' prima di rispondere. «Onestamente? Non intendo ficcare il naso in faccende che non mi riguardano, e sono sicuro che ci sono un sacco di cose che non so e che non sono in nessun modo affari miei.» Evan gira gli occhi verso Jeff, come se l'altro uomo gli avesse dovuto ricordare questi punti più di una volta. «Ma dal momento che lo chiedi... da quello che ho potuto vedere, non gli importa di fare o di non fare il lavoro. Sembrano solo interessati a fare quello che ti renderebbe le cose più facili.» Evan guarda con apprensione Jeff, come se avesse paura di aver superato il limite. «Sembrano tenerci molto a te, e sembrano preoccupati per una qualche distanza fra di voi.» Evan ha l'aria di volere aggiungere altro, ma Jeff alza un sopracciglio ed Evan pare ripensarci. Dan non può fare a meno di notare l'interazione – davvero, c'è decisamente un tocco di daddy/boy nella loro relazione – ma poi cerca di concentrarsi sulla valutazione di Evan.

Dan sa di dovere parlare coi genitori di Justin. Semplicemente non sa che cosa dirgli.

«L'affare si chiude domani a mezzanotte – abbiamo accelerato i tempi perché gli avvocati hanno paura che un cavallo sviluppi una zoppia o gli venga qualcosa che mandi tutte le stime all'aria. Quindi hai domani per decidere lo staff.» Evan è di nuovo in versione uragano. «Contatta Becky in mattinata – le farò sapere di aspettarsi la tua chiamata. Puoi metterti d'accordo con lei sulle paghe – autorizzerò un aumento del dieci per cento a Robyn... e magari possiamo trovare una cifra per gli Archer a metà strada tra la tua e quella di Robyn?» Dan annuisce. Sembra una scelta sensata. «O, se decidessi di non assumerli, puoi usare il denaro equivalente per assumere altri. Se per qualche ragione questo non andasse bene, dai un colpo di telefono a Linda, e lei metterà a posto tutto.» Evan è inarrestabile; Jeff siede rilassato e lo osserva. «Se ti è più comodo sei libero di ritrasferirti nel tuo appartamento – mi pare di capire che sia utile avere qualcuno sul posto nel caso ci siano problemi durante la notte, quindi se non assumi gli Archer e non vuoi tornare sopra la scuderia, probabilmente dovresti trovare qualcuno che stia lì. E puoi comprare qualsiasi cosa tu abbia bisogno per le faccende di tutti i giorni; manda semplicemente il rendiconto a Becky.» Evan si interrompe. «Che cos'altro? Sto controllando troppo tutti i particolari?»

Dan si limita ad alzare un sopracciglio. «No, immagino di no. Credo di sapere che cosa devo fare, solo...» Di nuovo si scopre guardare Jeff invece che Evan. «Semplicemente non ho esperienza in questo lato di un'attività. Voglio dire, conosco i cavalli. Questo è quanto. L'assumere e il comprare e i rendiconto e le accidenti di assistenti esecutive... Davvero, non conosco queste cose.» Dan fa un respiro profondo, perché ha scoperto che a conti fatti vorrebbe davvero questo lavoro. Si gira verso Evan e gli dice, «Credo che forse ti converrebbe cercare qualcun altro, se vuoi che si occupino di queste cose. Io... io non ho neanche finito le superiori. Non sto dicendo che non potrei imparare, ma per quello che paghi, ti meriti qualcuno che *conosca* già queste cose.»

Evan guarda pensieroso Jeff, che scrolla semplicemente le spalle. Evan tutto d'un tratto sorride e scuote la testa. «Di nuovo questa dannata sincerità, Dan! Mi piace da impazzire! Possiamo insegnarti tutto quello che hai bisogno di sapere, ma non possiamo insegnare a qualcuno ad essere onesto.»

Dan finisce la birra. Evan è estenuante, ma è difficile non trovarlo simpatico. «Va bene. La decisione sta a te. C'è qualcos'altro di cui dobbiamo parlare stasera?»

«Becky avrà probabilmente una lista di cose per te – vorrà procurarti un computer, un fax e non so cos'altro. Ma penso che le cose importanti siano state discusse. Sai che cosa farai domani?»

«Chiamerò Becky e deciderò chi assumere,» recita Dan obbedientemente.

«Ok, allora direi che siamo a posto.» Jeff si alza insieme a Dan, e Evan esce dal séparé per unirsi allo scambio di strette di mano.

«È stato davvero un piacere conoscerti, Dan,» dichiara Evan. «Non vedo l'ora di attirarti in California!» Dan ride, e cerca di non essere troppo imbarazzato quando si gira verso Jeff, che nel frattempo si è procurato una penna dalla valigetta di Evan e sta prendendo il fascio di carte di Dan. Trova la pagina con i numeri di telefono e ne aggiunge altri due. «Questi sono i miei numeri, di casa e di cellulare. Se hai qualsiasi domanda, o se hai bisogno di parlare, di cavalli o di altro, chiamami.» Evan sta guardando Jeff vagamente incuriosito, ma Dan si limita ad annuire e a stringere la mano a Jeff.

«Ok, beh, è stato un piacere incontrarvi.» Dan reprime il bizzarro impulso di fare ciao-ciao con la mano ai due uomini e si avvia in direzione dell'uscita. È strano pensare che solo qualche ora prima stava immaginandosi che forse non avrebbe mai più rivisto le scuderie, e che adesso tornerà ad abitarci e a lavorarci. Almeno per un altro po' di tempo. Dan decide di chiedere a Robyn se può fermarsi ancora una notte da lei, e poi pensa seriamente a come convincerla a trasferirsi in California con i cavalli.

Continua a sembrargli in qualche modo sbagliata l'idea di andarsene da solo, senza Justin. Ma Dan sa anche che nessun luogo gli sembrerà giusto senza Justin: non il Kentucky, non la California, nessun luogo. Non sa che cosa possa essere più facile, se trovarsi da solo in un luogo familiare o da solo in un nuovo ambiente. Il grande cambiamento, si rende conto Dan, sarà il cercare di vivere senza Justin. Tutto il resto sono particolari insignificanti.

CAPITOLO
NOVE

ROBYN accetta immediatamente di continuare a lavorare alle scuderie, anche prima che Dan le dica dell'aumento di stipendio. Ed è abbastanza gentile da non apparire entusiasta all'idea che Dan sloggi dal suo divano il giorno dopo. Poi però è lei che affronta il problema dello staff.

«Non so...» Dan si rilassa sul divano e si passa entrambe le mani fra i capelli per la frustrazione. «Sarà strano se Karl e Molly ricominceranno a lavorare con noi? Evan ha detto che non erano davvero entusiasti, e non è che ormai gli servano i soldi. Non li voglio lì solo per fare un piacere a me, capisci?» Dan riflette qualche istante. «Sei diventata davvero brava coi cavalli – se lavorassi con te, te ne potresti occupare di un paio al giorno, giusto?» Robyn appare esitare. «Intendo dire se trovassi qualcun altro per fare il lavoro che stai facendo adesso tu. Sarebbe più facile rimpiazzare uno stalliere che un allenatore.»

Robyn tentenna. «Sarebbe fantastico, Dan, lo sai che questo mi interessa da un po'. Però... hai intenzione di mettere le cose in chiaro con Karl e Molly? Eravate così vicini – intendi semplicemente rinunciare a loro?»

Dan cerca di non far vedere quant'è frustrato. Non è colpa di Robyn. «Non so, sai, se fossimo poi così vicini. Voglio dire, anch'io credevo che lo fossimo, ma in realtà era solo per via di Justin. Senza di lui... sono solo un tizio che monta i loro cavalli.» Si ferma. «E questo sarebbe ok, se solo tutti ammettessimo che è così. Ma se si continuasse a far finta che ci sia qualcosa di più, allora potrebbe diventare imbarazzante. Capisci?»

Robyn sospira. «Penso che forse tu stia prendendo le cose per il verso sbagliato. Hanno sempre detto che facevi parte della famiglia.»

«Beh, credo che si riferissero a Chris. Quando è stato davvero importante è a lui che si sono rivolti.» Dan cerca di cancellare l'amarezza delle sue parole con un sorriso contrito. «Ho 'fatto parte della famiglia' altre volte, Robyn... non dura mai. La gente dice che il cane fa parte della loro famiglia, e lo dice anche un attimo prima di liberarsene perché uno dei veri *figli* ne è allergico.»

Robyn lo guarda con tristezza. «Quindi questo è quanto? Fai le valige e te ne vai, lasciandoti tutto alle spalle?»

«Non sono io che ho mollato tutto! Io stavo tenendo duro!» Dan scuote la testa dalla frustrazione. «Ma se tutti fanno le valige e se ne vanno – mi dispiace, ma non intendo rimanere indietro e aspettare che ritornino.» Queste parole gli fanno tornare in mente Justin. «Nessuno ritorna mai, Robyn.»

Si alza agitato e inizia a camminare nel salotto. «Ma hai ragione; almeno dovrei parlargli. Assicurarmi che non vogliono il lavoro. Cioè, non vedo perché dovrebbero volerlo, ma visto che Evan glielo ha menzionato, immagino che farò meglio a chiederglielo.»

Robyn annuisce. «Domani è il mio giorno libero, quindi immagino che saranno alla scuderia tutto il giorno... potresti parlargli allora.» Si alza anche lei e si avvicina a Dan. «Stavo pensando di andare a trovare Justin. È da un po' che non lo faccio e ho pensato... ho pensato che forse dovrei...»

«Dirgli addio?» chiede Dan a bassa voce, con un sorriso gentile.

Quasi immediatamente gli occhi di Robyn si riempiono di lacrime, e si volta di spalle. «Dio, Dan, mi dispiace. Se mi sento così io, come ti devi sentire tu?»

«No, Robyn, non te ne dispiacere!» Allunga le mani e la gira con delicatezza verso di lui. Le alza il volto e con i pollici le asciuga le lacrime, che sono però subito rimpiazzate da altre. «Lo so che tutti lo amano. Non è facile per nessuno.» Robyn nasconde il viso contro la spalla di Dan, che la abbraccia e la fa dondolare leggermente. «Starai meglio. Col tempo staremo tutti meglio.» Dan spera che dicendolo abbastanza spesso, inizierà finalmente a crederci anche lui.

Non molto tempo dopo Robyn scioglie l'abbraccio e quando si allontana Dan scopre che gli manca il calore del contatto. «Mi dispiace», mormora piano Robyn. «Adesso va bene... Senti, se questa è la tua ultima notte qui, allora cucinerò io cena, d'accordo? Hai qualche richiesta particolare?»

Dan ride. «Robyn, a chi credi di stare parlando? So che cosa cucini di solito... la mia scelta è fra fritto di verdure al tofu, spaghetti al tofu, o quella cosa di tofu-ceci-patate... che in realtà è molto buona. Hai gli ingredienti per farla?»

Gli occhi di Robyn sono ancora arrossati, ma la ragazza alza la testa briosamente. «Si dà il caso che sì, abbia tutto l'occorrente.» Lo prende per mano e lo trascina verso la cucina. «Puoi tritare la cipolla – io ho pianto abbastanza per oggi.»

Cucinano, mangiano e vanno a dormire presto; il giorno dopo Dan si sveglia, si fa una doccia, prepara il caffè per Robyn e si dirige verso la scuderia prima di darsi modo di cambiare idea.

Parcheggia il fuoristrada e apre la portiera. L'aria porta con sé l'odore di cavalli e Dan respira profondamente. Si chiede che cosa dica di lui il fatto che l'odore di letame lo faccia sentire a casa. La maggior parte dei cavalli sono già nel recinto, e Dan si avvicina al paddock dove Monty ed alcuni degli altri castroni stanno pigramente pascolando. Dan fischia e tutti i cavalli alzano la testa... per poi ritornare a mangiare l'erba. Sembra che Dan non sia mancato loro quanto loro sono mancati a lui. Si china per passare sotto la staccionata e s'incammina verso Monty.

Appena Dan gli si arriva, Monty alza la testa e lo guarda con occhio affettuoso e fa un paio di passi in avanti per salutarlo. Monty fiuta le tasche di Dan e poi porta la testa oltre la sua spalla, così che Dan possa alzare le braccia e grattargli i due lati del collo contemporaneamente. «Ehi, amico. Come sei stato in questi giorni?» Dan è abituato a parlare ai cavalli. Justin una volta gli aveva detto che non era strano *parlare* ai cavalli, ma che far loro delle domande lo era un po'. Ma poi aveva baciato Dan sulla nuca e aveva stretto le sue braccia intorno a lui, quindi non era sembrata una critica. «Hai voglia di andare a fare una cavalcata, amico mio, vero? Oggi non possiamo farlo, ma domani ci sono. Magari potremmo andare sul crinale della collina. Ti piace l'idea? E potrai anche sguazzare nel fango giù al laghetto. Sarà una giornata fuori dal rettangolo, amico mio!»

Monty sbuffa piano e indietreggia quel tanto che basta per sfregare gentilmente la fronte contro il petto di Dan. Dan risponde alla richiesta alzando le mani e strofinando vigorosamente la testa di Monty. Il pelo del castrone è tagliato corto, ma continua ancora a perderlo un po', ed evidentemente il suo muso prude. Monty si appoggia contro le sue mani, piegando la testa da un lato e dall'altro così che Dan gratti tutti i punti giusti. Dopo un po' Dan dà una pacca al collo del cavallo per fargli capire che il massaggio è terminato, e si gira per andare verso la scuderia.

Mentre Monty si stava facendo grattare a suo piacimento, Karl e Molly si sono evidentemente resi conto dell'arrivo di Dan, e lo stanno aspettando vicino allo steccato. Non è un male, decide Dan. All'esterno ci sono molte più distrazioni. Tuttavia non si può dire sia entusiasta all'idea della conversazione che lo aspetta.

Dan s'incammina verso i due, socchiudendo gli occhi contro il sole mattutino. Si abbassa per passare sotto una sezione della staccionata accanto al punto dove si trovano Molly e Karl e con un paio di passi li raggiunge; tutti e tre appoggiano le braccia contro la recinzione, gli occhi rivolti verso i cavalli.

«Congratulazioni per la vendita,» dice infine Dan. «Non conosco la cifra, ma Chris sembrava pensare che fosse un buon prezzo.»

Karl annuisce e si schiarisce la gola. «Era un prezzo eccellente.»

«Beh, sono dei cavalli eccellenti,» replica Dan. «Monty rischia di diventare completamente spelacchiato se continua a perdere tutto quel pelo, ma a parte questo...»

Molly fa una piccola risata. «Beh, a patto che non capiti entro la mezzanotte di oggi, non è un problema.» Si volta leggermente verso Dan, ma continua a guardare i cavalli. «Volevamo ringraziarti, Dan. Per aver accettato il lavoro, per aver reso possibile l'affare...»

Karl la interrompe gentilmente. «Non volevamo che Chris te lo dicesse. Non volevamo che ti sentissi in alcun modo obbligato. Ma Chris ha insistito che avevi bisogno di avere tutte le informazioni, che avevamo sbagliato a non dirti abbastanza, a non averti tenuto al corrente.»

Questa volta è Dan ad interrompere il discorso. «No, un attimo, non è andata così. Evan ha comprato i cavalli perché voleva comprare i cavalli. Gli ho detto che prenderò in considerazione la sua offerta, ma non mi sono impegnato in alcun modo. Addirittura gli ho detto che avrei accettato questo mese di lavoro solo dopo che li aveva già comprati.» Dan guarda gli altri due. «Davvero. Non ho... questi sono semplicemente dei buoni cavalli e lui li voleva.»

Karl e Molly si scambiano uno sguardo scettico, e Dan lo nota. «Non pensate che siano degli ottimi cavalli? Voglio dire, sarebbe *pazzo* a non volerli, giusto? E non è che abbia problemi di soldi – e credo anche che il suo piano per far fruttare l'attività sia piuttosto buono.»

Molly alza un sopracciglio, e Dan si sente un idiota. «Voglio dire, chiaramente non ci capisco molto di come funziona la parte amministrativa. C'erano delle tabelle e delle previsioni e non so che altro... ma un tipo come Evan sa di cosa sta parlando, giusto?»

«Dan, sono sicura che sai giudicare il suo piano! Non ero sorpresa dalla tua opinione, era solo che... sembra che tu abbia speso un bel po' di tempo con lui.» Molly gli lancia uno sguardo indagatore, e Dan si sente di nuovo sulla difensiva. Riesce davvero a credere che tradirebbe Justin, con Evan o con qualsiasi altra persona?

«Non poi così tanto tempo, in realtà.» Dan si rende conto che il suo tono è freddo, e per una volta non se ne dispiace. «Però ha detto di aver parlato con voi del lavoro che ci sarà da fare qui per il prossimo mese, che vuol dire poi mandare avanti le cose come prima.»

Molly sembra chiudersi, quindi riprende la parola Karl. «Sì, l'ha accennato. Abbiamo risposto che saremo felici di aiutarti in tutto quello di cui avrai bisogno.»

A Dan non piace per niente che si pensi che lui abbia bisogno della carità delle persone. «Beh, sono sicuro che ci potremo arrangiare in qualche modo. Robyn rimarrà e anche lei conosce bene come funzionano le cose, quindi all'occorrenza potremmo semplicemente assumere un lavoratore non specializzato. Ho pensato che probabilmente sarete occupati a trovare un nuovo posto dove stare e a traslocare. Ma se volete rimanere, allora naturalmente il posto è vostro.» Si ferma per respirare. «Ho detto a Robyn che potrebbe lavorare di più sui cavalli, così dovremmo tutti dividerci i tempi per fare i lavori di scuderia, ma... sì, se volete un altro mese, sarebbe bello.» Dan spera che il suo discorso sia stato abbastanza bilanciato. Gli si accappona la pelle al solo pensiero di avere ogni giorno delle conversazioni difficili come questa con gli Archer, ma sa che Karl e Molly sarebbero davvero utili, e sa anche che sarebbe scortese non dar loro questa possibilità.

«Beh, in realtà saremo piuttosto impegnati ad inscatolare tutte le nostre cose...» Dan inizia a parlare per dire che non è un problema, ma Karl alza una mano per interromperlo. «Ma ci piacerebbe anche finire il nostro lavoro qui. Questo posto è stata la nostra vita. Questi cavalli – lo so che hai lavorato duramente con loro, Dan, ma lo abbiamo fatto anche noi, e... e non so, semplicemente per qualche ragione non ci sembrerebbe giusto averli qui e non averci più nulla a che fare.» Karl sembra commosso, e Dan pensa a come Karl e Molly avessero progettato di lasciare l'attività a Justin. Gli dispiace separarsene, ma questo non è niente al confronto di come si devono sentire per la ragione che li ha spinti a vendere. «Quindi, se va bene anche a te, ci piacerebbe continuare a lavorare qui fino a che i cavalli non se ne andranno.»

Molly si sposta davanti a Karl e posa una mano sul braccio di Dan. «Ci piacerebbe davvero avere anche un po' più di tempo con te. Sappiamo... *sappiamo* di non averti trattato come avremmo dovuto, prendendo la decisione riguardo a Justin senza discuterne con te. Davvero, Dan... abbiamo semplicemente passato una notte terribile, orribile, a parlare, e quando è arrivato il mattino avevamo preso una decisione. E una volta deciso non potevamo tornare indietro, non potevano rifare tutto da capo.» Molly sta piangendo quietamente.

Dan spera ardentemente di riuscire a mantenere il controllo, e per questo posa il suo sguardo sui cavalli fino a che non è sicuro che la sua voce non tremi. «Capisco. E in realtà non sono in disaccordo con voi. Mi dispiace di avervi urlato contro.»

Anche Karl sta piangendo. «Perderemo nostro figlio. Adesso lo sappiamo sul serio. Noi...» Karl fa un gesto come per abbracciare Dan, ma questi si ritrae leggermente. Non era sua intenzione. Non vuole ferirli, ma...

Karl riporta le braccia contro i suoi fianchi e continua in un tono più sommesso. «Noi non vogliamo perdere anche te.»

Questo non è giusto, pensa Dan. Non possono dire che fa parte della famiglia e poi trattarlo come se non fosse così, e poi provare a dire di nuovo che lo è... Dan ha bisogno di continuare a mantenere il controllo della situazione, ha bisogno di ricordare che Karl e Molly stanno passando un momento in cui le emozioni sono al massimo, che non stanno pensando a quello che dicono.

Dan fa un piccolo passo indietro. «No, certamente no. Non mi perderete.» Si stampa un sorriso in faccia. Non importa quello che dice, importa solo quello che sente; Dan può riuscire a non provare nulla per loro, ma solo se i due la smettono di stargli addosso.

Molly reagisce come se Dan avesse detto esattamente la cosa sbagliata, ma non sa come aiutarla. Cerca di cambiare argomento. «Stavo pensando che Sunshine dovrebbe probabilmente passare più tempo in collina – per lavorare sulla sua forma fisica, aiutarla a trovare l'equilibrio su quel terreno. Che ne dite, Robyn potrebbe occuparsene per un po' di giorni la settimana, no?»

Karl e Molly sembrano essere leggermente sconcertati dal cambio di discorso. Dan sa che il suo passaggio da un argomento all'altro non è stato molto armonioso, ma non può davvero sopportare altre lacrime, quindi continua. «Casey ha ancora male alle gambe davanti? Dobbiamo trovargli un bravo maniscalco. La prossima volta che Scott verrà qui potremmo chiedergli se conosce qualcuno in California. Nel frattempo però è abbastanza in forma per lavorare?»

Karl ci mette un momento, ma riesce a rispondere a tono. «Ah... sì, forse, a patto di non sforzarlo troppo.»

Dan continua a pianificare il lavoro con Karl, e alla fine anche Molly interviene nella conversazione. Si accordano di mantenere i programmi così com'erano, anche se tutti e tre faranno in modo di dedicare più tempo nei classici lavori da scuderia, in modo da liberare del tempo nella scaletta di Robyn, così da farla cavalcare di più. A Dan sembra strana l'idea che dovrà spalare più letame *dopo* aver accettato questo nuovo lavoro di quanto non facesse prima, ma non ha intenzione di rimangiarsi la sua parola con Robyn, e gli Archer sembrano capire.

Una volta che tutto è sistemato, Dan se ne va e ritorna in città. Si è accorto che Karl e Molly non sono rimasti completamente soddisfatti dell'incontro, ma Dan davvero non è sicuro di come altro avrebbe potuto comportarsi.

Chiama Becky in California e rimane sbalordito davanti alla sua efficienza. Ha già organizzato la spedizione per Louisville di tutto il materiale per l'ufficio. Dan ha solo bisogno di darle un indirizzo e la consegna avverrà in poche ore. Becky si fa dare delle informazioni sullo staff che lavorerà con lui e poi gli chiede di fare un inventario base di quello che c'è nella scuderia. Senza bisogno di pensarci troppo, Dan risponde a tutto.

Dan chiama anche il suo capo al JP e gli chiede di essere tolto dai turni il prima possibile. Rivedere i cavalli quella mattina gli ha chiarito una volta per tutte che il suo desiderio è sempre stato quello di continuare a lavorare nel mondo dell'equitazione; con Kaminski a firmargli gli assegni, Dan non deve preoccuparsi di riuscire a tirare avanti tra un pagamento e l'altro, quindi il lavoro di barista non è più necessario. Il suo capo non è felice. Solo un paio di giorni prima Dan aveva chiesto che gli venissero dati più turni. Ma i baristi non sono famosi per la loro affidabilità sul lungo termine – per questo l'uomo non sembra troppo sorpreso e gli dice che non c'è più bisogno che si presenti a lavoro.

L'ultima mossa di Dan è andare all'Università di Louisville e trovare una libreria; il solo entrarci lo mette in soggezione, ma trova una commessa disponibile e gli chiede i libri per il primo anno di economia aziendale. La ragazza gli fa un po' di domande e lo aiuta ad individuare ciò di cui ha bisogno, ed è così che Dan si ritrova qualche minuto dopo ad uscire dalla libreria con trecento dollari di mattoni dall'aria noiosissima. Dan non è smanioso di iniziare a leggere quei libri, ma, date le sue nuove responsabilità, non vuole fare casini.

È tentato di portarli con sé a Willowbrook. Deve solo leggere, non è importante il dove farlo. Dan però si ricorda di aver deciso di smettere di recarsi così spesso in quel luogo, quindi sceglie di andare da Robyn, prendere le sue cose e trasferirsi nuovamente nell'appartamento sopra la scuderia. Non gli ci vuole molto per essere a posto, soprattutto dato che decide di tenere la maggior parte di ciò che possiede negli scatoloni. Infine sceglie il libro che sembra a prima vista essere il meno odioso e si dirige giù per le scale, cercando un posto vicino alla tavola da picnic. Il libro potrà essere noioso, la sua vita potrà essere ancora piuttosto sottosopra, ma da dove è seduto Dan può vedere i cavalli e il sole batte caldo sulle sue spalle. Talvolta l'unica cosa che si può fare è cercare di trovare una qualche pace in quello che si ha.

CAPITOLO
DIECI

DAN è sorpreso da come scorrono facilmente le cose nelle due settimane successive. Ci sono alcuni momenti di imbarazzo con Karl e Molly, ma la situazione non è così disperata come si era immaginato – fintanto che parlano di cavalli, i tre riescono a lavorare insieme senza problemi. Robyn si dimostra all'altezza delle sue nuove responsabilità e Dan scopre che *parte* dei libri di economia sono in realtà piuttosto interessanti.

Ha un paio di conversazioni telefoniche con Linda Davis, l'assistente esecutiva di Evan, e la trova una persona cordiale e affascinante, non quel robot super efficiente che Evan aveva invece suggerito che fosse. Dan si chiede se la poveretta non debba adottare una maschera glaciale intorno al capo semplicemente per cercare di mantenere sotto controllo l'entusiasmo dell'uomo. Linda tiene Dan aggiornato sui progressi nella costruzione dei nuovi impianti, e lo chiama anche per fissare una data che gli sia comoda per una breve trasferta in California, in cui Dan dovrebbe controllare i lavori e aiutare nella selezione dei candidati da assumere.

«Però non sono sicuro che accompagnerò i cavalli,» le ricorda Dan. «Al momento ho ancora bisogno di rimanere qui.» Gli sembra macabro spiegare la ragione alla base della sua indecisione, gli sembra orribile dire che si sposterà in California solo se Justin morirà. Anche solo il pensare tra sé e sé a che cosa questo implichi non gli piace. Dal momento che ha ammesso di volere il lavoro, significa forse che ha una ragione per volere che Justin muoia? Dan capisce sempre di più perché gli Archer volevano essere sicuri che i soldi non fossero un fattore prima di prendere la decisione di lasciar andare Justin.

«Beh, credo che Evan speri di giovarsi della sua esperienza anche se non si tratta di un accordo a lungo termine,» replica senza difficoltà Linda. «Gli piacerebbe avere la sua opinione su quello che sta venendo fatto alla scuderia e su quello che ancora si deve fare. E ha anche in progetto di chiedere il suo aiuto nella valutazione delle capacità e delle credenziali dei canditati per i posti a disposizione.» Dan riesce a sentire il sorriso nelle sue parole. «Credo che speri anche che una volta visto il luogo, le venga voglia di tornare. Ma non è la ragione principale per questo viaggio.»

«Beh, sicuro, allora... posso venire. Ha già in mente delle date?»

«Gli annunci per le posizioni da coprire sono già stati pubblicati e abbiamo ricevuto una buona risposta. Evan mi ha chiesto di mandarle via fax le domande ricevute, così che lei possa revisionarle. Appena mi comunicherà i nomi dei candidati che le piacerebbe sentire, chiederò a qualcuno di fissare le interviste.» Mettere annunci di lavoro, coordinare la trasferta di un gruppo di gente che si occupa di cavalli – a Dan viene il sospetto che Linda stia lavorando ben al di sotto delle sue mansioni. Si chiede perché questo progetto meriti la speciale attenzione dell'assistente personale di Evan – le risposte che gli vengono in mente lo fanno sentire a disagio, ma anche un po' lusingato.

«Certo, ok, va bene.» A Dan viene in mente un particolare. «Oh, aspetti – stavo parlando con Robyn, la persona che qui si occupa dei cavalli e li allena un po'... e sarebbe interessata a trasferirsi, ad occupare uno dei posti.» Robyn ha appena mollato il suo ragazzo e quando Dan le ha menzionato la possibilità di andare in California con i cavalli, i suoi occhi si sono illuminati. «Ehm, credo sia una cosa positiva, che io venga o meno – se ci sarò, lavoreremo bene insieme, e se non ci sarò, avrete qualcuno che conosce già gli animali.»

«D'accordo, lo farò sapere ad Evan. Credo che lui e Jeff Stevens stessero pensando di essere presenti alle interviste, insieme a Tatiana – Evan sta cercando di usare questo progetto come modo per coinvolgerla negli affari di famiglia. Penso però che saranno interessati ad assumere qualcuno che ha la sua raccomandazione, anche senza la possibilità di intervistarla in prima persona.»

Così tre giorni dopo Dan si ritrova a salire su una limousine aeroportuale (che, Dan è sollevato di notare, è una semplice macchina, a dispetto del nome) e a venire accompagnato allo scalo di Cincinnati. Dan non ha mai volato. Ha viaggiato molto, almeno nel Nord America, ma inizialmente si è mosso facendo l'autostop, e successivamente ha guidato i rimorchi dei cavalli. Lui e Justin avevano parlato di portare Willow nel circuito internazionale, ma questa è solo un'altra delle cose che non sono riusciti a fare insieme.

Il personale dell'aeroporto sembra annoiato e vagamente ostile, ma Dan riesce a passare i controlli e a imbarcarsi senza grandi problemi. È un po' nervoso al pensiero del decollo, ma quando inizia Dan si rende conto che l'accelerazione non è nulla in confronto a quello che prova su un cavallo. Karl gli ha imprestato un paio di libri sulla gestione di un'azienda agricola, e Dan ha preso con sé quello meno voluminoso. Non vuole che i californiani che lo aspettano lo vedano e si rendano conto di quanto poco sa, ma non vuole neanche starsene seduto a perder tempo quando potrebbe imparare qualcosa. Il libro è abbastanza piccolo da poter essere infilato nella borsa prima che Dan vada ad incontrare chi lo sta aspettando.

L'atterraggio è un po' più allarmante del decollo – anche in questo caso i sobbalzi e la decelerazione non sono nulla in confronto a quello che ha provato sul dorso di un cavallo, ma Dan è abituato ad avere un ruolo più attivo nella situazione. È contro la sua natura rimanere semplicemente seduto e aver fiducia nel fatto che qualcun altro si occuperà di tutto. Tuttavia questo è quello che succede, e Dan segue le indicazioni per sbarcare e giungere all'area arrivi.

Gli è stato detto che ci sarà qualcuno ad aspettarlo e di chiamare Linda se ci fossero dei problemi. Quando esce dal terminal realizza che non ha idea di come la persona che lo sta aspettando farà a riconoscerlo. Dan ha visto dei film in cui gli autisti tengono in mano un cartello col nome dei loro passeggeri, ma non ne vede nessuno, e non vede nessuno che appaia smarrito come lui.

Dan non vuole davvero chiamare Linda, infastidendola con questi tipi di particolari, ma non vuole neanche essere l'idiota che se ne rimane per ore in aeroporto quando un semplice colpo di telefono potrebbe molto velocemente risolvere tutti i problemi. Mentre Dan sta rigirando fra le mani il telefono, cercando di decidere sul da farsi, sente una voce risuonare forte alle sue spalle.

«Dan! Ehi, mi dispiace per il ritardo! Stai aspettando da molto?» Dan si gira e vede Evan, ma non l'Evan a cui è abituato. In Kentucky, Evan si era vestito in modo da mescolarsi con la gente locale, indossando al massimo dei jeans e una camicia. Qui Evan indossa un completo grigio, una camicia bianca inamidata e una cravatta violacea. I suoi capelli sono sempre un po' lunghi, ma accuratamente sistemati. Per la prima volta, Dan si sente un po' intimidito dall'altro uomo.

Poi Evan sorride da un orecchio all'altro, e l'effetto svanisce. «Ho detto a Linda che potevo passare a prenderti io, perché intanto ero comunque in aeroporto... ma poi naturalmente il mio volo ha fatto ritardo!» Dan si accorge che anche Evan sta portando una borsa sulla spalla, anche se la sua è del tipo che serve per metterci i vestiti eleganti e quella di Dan è più simile ad uno zaino.

«No, stai tranquillo, non ho aspettato tanto,» riesce infine a dire.

«Oh, bene. Ehi, mi fa piacere vederti!» Evan ha l'aria di stare per abbracciarlo, ma Dan tende invece la mano per una stretta e una pacca sulle spalle. Evan pare non notare la manovra diversiva. «Allora, hai imbarcato una valigia? No, neanche io – detesto stare ad aspettare.» Evan si fa largo con decisione tra la folla e Dan cerca di stargli dietro. Una volta usciti dall'edificio principale, Evan rallenta un po'. Dan lo affianca, guardandolo mentre si allenta il nodo della cravatta e si sbottona il colletto. Evan si accorge di essere osservato e sorride. «Non mi piacciono proprio i vestiti. Ma servono a far sì che la gente mi prenda un po' più seriamente.»

Dan annuisce, e poi Evan inizia a cercare nelle tasche della giacca per trovare il suo portafoglio e il tagliando per la sua macchina. «Qui c'è un servizio di parcheggio macchina... giuro, normalmente non lo uso, non sono un grasso sessantenne, ma ero completamente in ritardo all'andata, quindi sono solo saltato giù dalla macchina e via...» Evan continua il suo monologo mentre si dirigono verso il parcheggio. Il biglietto viene dato a uno degli addetti e pochi minuti dopo i due uomini stanno salendo su una Jeep Cherokee che non è molto più nuova del fuoristrada di Dan.

Evan esce dal parcheggio e si immette nel traffico. Al primo semaforo si toglie del tutto la cravatta, e la lancia sui sedili posteriori. Quindi ruota un po' le spalle per scioglierle, e Dan riesce a vedere il modo in cui i suoi muscoli si muovono anche attraverso la giacca. Evan sta annuendo lentamente. «Accidenti, è bello essere a casa.» Dan realizza che queste sono le prime parole che Evan ha detto da quando sono saliti sulla jeep. Si chiede se è questo quello di cui Jeff parlava, il passaggio tra l'Evan energetico, versione uomo d'affari, e l'Evan più rilassato, formato casa.

Viaggiano in silenzio per un altro paio di isolati, e poi Evan chiede, «Senti, hai fame? Di solito io mi prendo un hamburger nel viaggio verso casa.»

«Certo, sì, va bene.»

Passano da un In-and-Out drive-in. La catena non ha ancora raggiunto il Kentucky, per questo Dan deve prestare una certa attenzione al menù. Alla fine dice ad Evan di ordinare semplicemente due porzioni di quello che sta prendendo per sé. Evan sembra esserne stranamente compiaciuto, come se avesse finalmente guadagnato la fiducia di Dan almeno in un piccolo campo.

Dopo aver comprato il cibo, Evan parcheggia la macchina. «Finisco sempre col far cadere cibo dappertutto se provo a mangiare mentre guido,» spiega. «Prima mi mangio l'hamburger, poi posso passare alle patatine quando ripartiamo.»

«Non c'è fretta, davvero. Voglio dire, per quanto ne so... dobbiamo andare da qualche parte?»

Evan ride, poi assume un'aria un po' preoccupata. «Probabilmente sì. I programmi di Linda sono sempre piuttosto fitti.» Scivola in basso sul sedile come se sentisse su di sé lo sguardo della donna.

Dan combatte la tentazione di ridacchiare. Il potente Evan Kaminski ha paura della sua assistente. «Non preoccuparti, ti copro io. Traffico?»

Evan sorride con rassegnazione. «Non so... uso sovente quella scusa.»

«Uh... volo in ritardo?»

Evan quasi sussurra. «Controlla gli orari degli arrivi – sono su internet.»

Dan fissa Evan, poi scivola anche lui un po' più in basso sul sedile.

Siedono così, mangiando in silenzio i loro hamburger, e Dan ad ogni boccone manda giù anche un risolino.

Evan finisce l'hamburger e mette via le cartacce, quindi si inserisce di nuovo sulla strada. Dan lo osserva guidare. Evan è sicuro, ma anche educato, fa passare le altre macchine e non si lascia irritare dal traffico. Quando una monovolume gli taglia la strada e poi inchioda di colpo, il braccio destro di Evan si allunga per bloccare Dan mentre frena bruscamente per evitare la collisione. Evan sterza per sorpassare la monovolume e, mentre sta passando, lancia un'occhiata nell'abitacolo. «Accidenti, c'è una mandria di bambini lì dentro! Scommetto che lo stanno facendo impazzire.»

Una volta usciti dalla città Evan condivide occasionalmente informazioni sui posti che passano, ma prevalentemente i due rimangono silenziosi. Dan è sorpreso di vedere come il verde lussureggiante di San Francisco si trasformi presto in un paesaggio composto da secche sterpaglie, e lo menziona ad Evan.

«Sì, qua con il mare e le montagne abbiamo all'incirca sette differenti zone climatiche in un raggio di cento miglia.» Allo sguardo perplesso di Dan, Evan ride. «Volevo diventare un climatologo.»

«E hai abbandonati l'idea per fare l'uomo d'affari miliardario?»

Evan appare un po' malinconico, forse persino un po' triste. «Non ho avuto molta scelta, sai?»

A Dan torna in mente quello che gli ha detto Jeff – che Evan ha preso in mano le redini dell'impero di famiglia dopo la morte dei suoi genitori. Rimpiange di non aver cercato altre notizie. Le informazioni sono sicuramente di dominio pubblico e non sarebbe stato difficile trovarle. Ma Dan è stato troppo immerso nel suo dolore per preoccuparsi di quello degli altri. O sarebbe stato indiscreto informarsi su qualcosa che Evan potrebbe preferire rimanesse privato?

«Mi dispiace.» Dan sa che le parole sono inadeguate.

Evan appare quasi sorpreso. «Oh, no, non ti preoccupare! Voglio dire, alla fine sarei finito con l'occuparmi di questi affari in ogni caso. Ho solo dovuto farlo un po' prima di quanto mi aspettassi.»

Non è di questo che Dan si dispiace, ma non aggiunge altro.

Evan finisce le patatine e si guarda intorno per trovare un posto dove buttare il contenitore. Senza una parola, Dan lo prende dalle sue mani e lo mette nella borsa insieme all'altra spazzatura. Dopo alcuni minuti di viaggio, Evan inizia ad additare con più regolarità i punti di riferimento. Escono dall'autostrada e passano all'interno di un piccolo paese. Evan indica un ristorante che lui e Tatiana adorano, il ferramenta che ha in negozio qualsiasi cosa di cui lui abbia mai avuto bisogno, anche se è grande solo un quarto di un Home Depot[5], e il bar dove lui e Jeff vanno quasi ogni sabato a sentire musica dal vivo.

---

[5] Home Depot: la più grande catena statunitense di negozi di fai da te per la casa.

Dan sa che Evan sta cercando di attirarlo presentandogli il paese nel migliore dei modi, ma questa volta non è così insistente come è sembrato in Kentucky. Sembra semplicemente essere sincero, come se Evan amasse il posto dove abita e volesse che piacesse anche a Dan.

Quando stanno uscendo dall'altro capo del paese, Evan dà una pacca a Dan sulla spalla e gli fa vedere le gradinate del campo sportivo della scuola. «Primo bacio – proprio là.» Annuisce con gravità.

«Sei andato ad una scuola pubblica?»

«Ehm, no.» Evan ghigna. «Ma lei sì.»

Dan assimila quella piccola informazione, la aggiunge alla sua crescente raccolta su Evan Kaminski.

Una volta fuori dal paese girano in una strada ancora più piccola, che serpeggia tra le colline ricoperte di pini e di cespugli. Arrivano ad una sorta di altipiano e Dan nota che su un lato si estende uno steccato. È in polivinile, del tipo che sembra legno ma è più resistente e si consuma di meno. Sembra che sia stato messo da poco. Non vuole neanche pensare a quanto debba costare installare una cancellata simile così lontano da una scuderia o da un edificio. Dan si chiede se è parte della proprietà dei Kaminski o se hanno dei vicini altrettanto ricchi.

«Sì, quello è l'inizio della nostra proprietà,» gli dice Evan, come se avesse letto i suoi pensieri. «Abbiamo più o meno duecento acri da questa parte e ne abbiamo comprato un altro centinaio proprio agli angoli. Stiamo preparando il percorso di cross-country là, ma abbiamo pensato di recintare tutto il terreno – sì, se un cavallo fugge dovremo cercarlo, ma almeno non avremo da preoccuparci che finisca sulla strada.» Evan sembra che stia cercando l'approvazione di Dan.

«Ehi, avete fatto bene.» È una pratica standard per i grandi allevamenti di cavalli, ma Dan sa che la maggior parte non usa il tipo di staccionata più costoso sul mercato per recintare il loro intero perimetro. «Sono curioso di vedere il resto del posto.»

«La ditta che abbiamo assunto ha lavorato davvero con impegno. Non sarà tutto a posto prima della fine del mese, ma si tratterà solo di aggiungere i tocchi finali.»

Dan annuisce mentre Evan si immette in una lunga strada di accesso, delimitata dalla staccionata su entrambi i lati. Una larga scuderia compare sulla sinistra, con un cancello davanti ad essa. Evan ferma la macchina sul vialetto. «Se ti va bene abbiamo pensato di sistemarti nella dépendance. Possiamo prendere una camera d'albergo se preferisci, ma sarebbe più comodo se fossi qui vicino.»

«Certo, va bene.»

«Linda ci sta aspettando a casa, ma, se ti va, prima possiamo dare un'occhiata alla scuderia...»

«Beh, se Linda ci sta aspettando non dovremmo raggiungerla? La scuderia non va da nessuna parte se la lasciamo aspettare un paio di ore.»

Evan scoppia in una risata. «Sì, credimi... neanche Linda.»

Dan ha davvero voglia di incontrare questa donna.

Evan riaccende con riluttanza la macchina e riparte lungo il vialetto. C'è una diramazione sulla destra, ed Evan la indica. «La dépendance è da quella parte. Abbiamo un paio di macchine in più se vuoi prenderne una, ma se rimani nella proprietà tutto si raggiunge a piedi.» Evan si anima improvvisamente. «Oppure abbiamo delle golf car! Me ne dimentico sempre, ma potrebbero andare bene – credo forse siano nel garage. Oppure ci sono dei fuoristrada, se vuoi andare a controllare il percorso di cross-country. Non so... in realtà non so dove siano neanche quelli, ma sono sicuro che qualcuno saprebbe in grado di trovarli.» Evan appare imbarazzato. «Però non è quello che succederà coi cavalli, te lo assicuro. Come ho detto, i cavalli sono un affare oltre che un hobby, e sono molto più bravo a tenere d'occhio gli affari.»

Dan annuisce. «Buona a sapersi... i cavalli non se la cavano bene se vengono persi nel garage.»

Evan sogghigna. «Vedi, questo è il tipo di informazioni tecniche per cui ti abbiamo fatto venire fino a qui!»

La strada fa una curva e poco dopo Evan si ferma davanti alla casa principale. L'edificio non è così imponente come Dan se lo era immaginato. È grande, ma non enorme.

Evan salta giù dalla macchina dopo averla spenta, afferrando la sua borsa dal sedile posteriore. Dan fa lo stesso e, sentendola aprirsi, alza lo sguardo verso la porta d'ingresso. Sulla soglia appare una brunetta mozzafiato, vestita in un elegante tailleur, ma apparentemente così a suo agio nel completo che sembra essere passata semplicemente per un brunch. La donna, che raggiunge i due uomini scendendo i gradini, porta con sé una cartellina di pelle.

Evan le sorride. «Non riesci neanche ad aspettare che entri, eh, Linda?»

«Mi sembra di passare metà della mia vita ad aspettarti, Evan.» Gli passa una pila di fogli che teneva dentro alla cartellina. «Credo che tu voglia dare un'occhiata a queste carte il prima possibile.» Si volta verso Dan e gli tende la mano.

Evan si ricorda le buone maniere, e interviene. «Ah, Dan, questa è Linda. Linda, Dan.»

Dan le stringe la mano. «Mi fa molto piacere conoscerla.»

«Anche a me. Benvenuto in California!» Sorride amichevolmente. «È già stato qui?»

«In California sì, ma mai da queste parti. Prevalentemente a Los Angeles.»

Linda arriccia con delicatezza il naso. «Beh, questa è come se fosse tutta un'altra regione, se non addirittura un altro stato.» Sorride per rendere meno velenoso il commento, quindi tira fuori un'altra pila di carte dal suo portfolio. «Non credere che mi sia dimenticata di lei... ecco quello che abbiamo in programma per lei mentre è qui. Ci sono anche le copie dei curriculum vitae dei candidati che intervisteremo.»

«Linda, davvero, non puoi aspettare almeno che si entri?»

La donna scuote leggermente la testa ad Evan. «Se vi lasciassi entrare tu vorresti offrirgli da bere, poi vorresti fargli vedere la casa... finiresti il tour alla piscina, quindi gli chiederesti se gli va di fare una nuotata. Tra una cosa e l'altra si sarebbe ormai fatta l'ora di cena e tu diresti che passare in rassegna le carte mentre mangi ti fa venire l'indigestione.» Sorride. «Se non ti acchiappo adesso, la giornata è sprecata.»

Evan si limita a scuotere la testa. Linda prende Dan a braccetto e lo conduce in casa. «Ora, prima che Evan la rapisca, ho bisogno che lei immetta una combinazione PIN di quattro cifre in questo computer. È il nostro sistema di sicurezza, potrà inserire il codice in ogni tastierino numerico della proprietà e le porte si apriranno.»

Evan fa una smorfia. «E traccia i tuoi movimenti! Se Linda vuole sapere dove sei, può scoprire qual è l'ultima porta che hai aperto. È orwelliano, e ho pure pagato per averlo!»

«È un sistema di sicurezza eccellente, e se rispondessi al tuo telefono non avrei bisogno di rintracciarti.»

Mentre Dan sceglie il codice, Evan dà un'occhiata alle carte, e poi assume un'espressione contrita. «Devo davvero occuparmi di queste cose... Linda, pensi che potresti accompagnare tu Dan, aiutandolo a sistemarsi?»

La donna sorride. «Ne sarei felice. E gli posso anche offrire da bere.» Mentre Evan entra in una stanza sulla sinistra, Linda guida Dan lungo un corridoio.

La casa in realtà è molto più grande di quanto sembri. Dan pensa che debba essere stato fatto un deliberato sforzo per minimizzare la sua apparenza dall'esterno, con alcune parti staccate dalle altre, nascoste da arbusti e costruite su diversi livelli. C'è una piscina al chiuso *e* una piscina per far vasche nella palestra, quando escono c'è una terrazza molto grande con un'altra piscina e dietro l'angolo si riesce ad intravedere un campo da tennis. Linda nota che Dan lo sta guardando. «Tatiana era solita giocarci ogni giorno, ma negli ultimi uno o due anni ci sono solo stati i cavalli.»

«Quindi lavora per Evan da un po', vero?»

99

«Oh, lo conosco da quand'era un bambino. Ero l'assistente di suo padre, ho iniziato subito dopo l'università. È per questo che posso spadroneggiare così. Ma non si faccia ingannare – so che è lui ad aver il comando, e quando si tratta di cose serie lo ascolto. Ha solo bisogno di una mano ferma che lo aiuti a mantenersi organizzato.»

Dan non permette alla sua mente di soffermarsi sulla 'mano ferma' del commento.

Linda accompagna Dan fino alla dépendance, gli fa provare il codice per aprire la porta e gli fa vedere l'interno. Dan si stava aspettando una sorta di piccola casetta, ma è un'abitazione in tutto e per tutto, con un unico ampio ambiente per soggiorno e tinello, una cucina e tre stanze da letto. «Viene usata raramente, in realtà. I genitori di Evan la davano in prestito. era una specie di rifugio per artisti, ma Evan non è molto interessato alle arti e credo preferisca avere un po' più di privacy quando è a casa.»

Ritornano all'edificio principale e Dan viene presentato alla governante, Tia, anche lei con la famiglia da sempre. Tia prepara i loro drink e i due escono per andare a sedersi vicino al bordo della piscina, aspettando Evan. Dan dà una veloce occhiata al suo programma.

«Quindi questo è tutto per oggi? Semplicemente ambientarsi?»

«Questo è quanto ho messo nel suo programma. Evan ha davvero bisogno di aggiornarsi su alcune questioni e so che voleva essere lui a portarla a visitare la scuderia, con Tatiana e credo anche Jeff... quindi, a meno che non si senta irrequieto, può rilassarsi e godersi la vista.»

«La sto trattenendo dal fare qualcosa? Voglio dire, la compagnia mi fa piacere, ma se deve andare da qualche parte, non ho problemi a stare da solo.»

Linda controlla il suo orologio. «Beh, se non le dispiace, dovrei entrare e controllare se Evan ha bisogno di me... posso portarle qualcosa? Un libro, o...»

Da dietro i due arriva una voce profonda. «Non c'è problema, Linda. Posso tenergli compagni io.»

Dan si gira e vede Jeff. Il suo stomaco fa un piccolo sussulto. Pensava di aver superato quel qualcosa che aveva provato in Kentucky, ma vedere di nuovo Jeff gli fa capire che si è sbagliato. Jeff è bello, illuminato dal sole basso del tardo pomeriggio, e Dan riesce quasi a sentire il calore del suo sorriso.

Jeff attraversa la terrazza e siede su una sdraio davanti a quelle di Dan e Linda, che si alza con grazia e si dirige verso l'interno della casa.

Jeff lo guarda senza parlare per un momento e poi fa un altro sorriso. «Benvenuto in California, Dan.»

CAPITOLO
UNDICI

Dan si rilassa sulla sdraio e lascia il sole battere sulle sue palpebre chiuse. Si sente tranquillo in questo posto, come se fosse avvolto in un bozzolo, solo il calore del sole, la bibita fredda nelle sue mani, il suono dell'acqua che sbatte contro i bordi della piscina... e Jeff. Apre di nuovo gli occhi, perché se Jeff è vicino, Dan vuole poterlo vedere.

Quando Dan strizza gli occhi, Jeff si toglie gli occhiali da sole, si china e glieli passa. Jeff dà la schiena al sole ed è quindi più logico che sia Dan ad avere gli occhiali, ma la mossa sembra lo stesso, in qualche modo, un gesto intimo. Dan prende gli occhiali e se li infila.

Jeff gli sorride. «Appena arrivato?»

«Un po' di tempo fa. Mi sono incontrato con Evan all'aeroporto, poi lui è dovuto occuparsi di faccende di lavoro e Linda mi ha fatto visitare il posto.»

Jeff annuisce. «È dentro, sta lavorando al telefono. Quando torna da un viaggio, Evan è sempre un po' impegnato con il lavoro che si è accumulato per lui qui.»

«Sembra avere molte responsabilità. Ma avevi ragione su quello che hai detto in Kentucky... sembra differente qui. Più rilassato.»

«Sì, è un tipo molto domestico.» Il tono di Jeff è affezionato, e di nuovo Dan è geloso. Decide di spostare l'argomento di conversazione lontano dalla persona di Evan.

«E tu, che cosa fai? Lavori per conto tuo, giusto?»

«Beh, non faccio niente sulla scala di quello che fa Evan, questo è poco ma sicuro. Cerco solo di insegnare ai ricchi a cavalcare e addestro i loro cavalli abbastanza da far pensare ai cavalieri di essere migliorati.»

Dan alza un sopracciglio. «Accidenti, che cinismo! Non hai dei bravi studenti?»

Jeff si massaggia la nuca e gli sorride con fare contrito. «Sì, scusa, certo che ce li ho. È solo stata una lunga giornata. Una serie di giornate molto lunghe.»

Una serie di giornate molto lunghe perché Evan è stato via per lavoro, realizza Dan. La loro relazione continua a sembrargli un po' strana. Sembrano essere così disinvolti per quanto riguarda il sesso, ma chiaramente sono molto legati sentimentalmente. Dan cerca di comportarsi da uomo maturo. «Non è davvero un problema restarmene qui da solo... se vuoi entrare e controllare...»

Jeff scuote la testa. «No, ho dato un'occhiata quando sono arrivato. Sa che sono qui. Uscirà quando potrà.» Si sfila le scarpe e si arrotola su il risvolto dei pantaloni, poi si avvicina e si siede sull'orlo della piscina, immergendo i piedi nell'acqua. Si corica appoggiando la testa sulla pavimentazione e guarda all'indietro Dan. «Tutto bene in Kentucky?»

Il tono di Jeff è gentile e Dan apprezza la vaghezza della domanda. Può rispondere come meglio preferisce. «La scuderia va bene. Devo dire a Evan che uno dei suoi cavalli è zoppo, ma crediamo si sia solo stirato un muscolo. E stiamo tutti lavorando bene insieme.» Dan fa una pausa, quindi si toglie scarpe e calze, arrotola il fondo dei pantaloni e si siede vicino a Jeff, mettendo anche lui i piedi nell'acqua. Non si corica, anche se forse lo vorrebbe.

«Justin è sempre uguale.» Dan mantiene il suo tono neutrale ed è fiero del fatto che riesce a pronunciare il nome di Justin senza perdere il controllo.

«E tu? Stai bene?» Questa volta la domanda non è più così vaga, ma il tono è sempre gentile.

«Io? Non so... sto bene, credo.» Dan non sa esattamente come rispondere. «Voglio dire... sono uguale anch'io.»

Jeff annuisce come se quella fosse una vera risposta. Entrambi rimangono così come sono per qualche minuto, poi Jeff afferra con entrambe le mani il bordo della piscina, si tira su e si mette seduto. Una delle sue mani si trova vicino a quella di Dan, che, nonostante non voglia abbassare lo sguardo, riesce a sentire il contatto. Tutto il suo corpo sa che il suo mignolo sta toccando quello di Jeff. Dan si sente come una ragazzina, ma non vuole muovere il suo dito, quindi non lo allontana e non lo avvicina. Tiene lo sguardo fisso davanti a sé, oltre le colline rotondeggianti, verso l'oceano; pensa forse di riuscire ad intravedere l'acqua, poi si rende conto che ha ancora sul naso gli occhiali di Jeff, anche se adesso entrambi sono rivolti verso il sole.

Dan gira leggermente il capo, abbastanza da accorgersi che Jeff lo sta osservando. Alza l'altra mano verso il viso, inizia a sfilarsi gli occhiali. «Ecco qui, dovresti riprenderteli.»

Jeff scuote la testa in diniego e usa l'altra sua mano per rimetterglieli sul naso. «No, tienili tu.» Sorride. «Stanno meglio a te, in ogni caso.»

Dan sa che se adesso Jeff facesse una mossa, Dan lo seguirebbe immediatamente. Dopo si sentirebbe malissimo, ne è sicuro, per molte ragioni. Ma il suo cervello non è più in controllo e il suo corpo sa quello che vuole, quello che non ha avuto da troppo tempo. E c'è qualcosa in Jeff, con la sua gentilezza, il suo...

«Ehi, Jeff!» La voce è femminile, e quando Dan e Jeff si voltano verso quel suono, vedono due cani arrivare a tutta birra verso di loro e Tatiana ferma sulla soglia di casa. I cani si catapultano su Jeff, che alza entrambe le mani, liberando Dan dall'incantesimo e lasciandolo libero di mettersi al riparo dal peloso, impetuoso assalto.

«Ehi belli, calmatevi, calmatevi,» rimprovera Jeff ai cani prima di alzare gli occhi e guardare Dan da sopra la loro testa. «Sono affettuosissimi, ma non molto ben addestrati... un po' come la loro padrona.» I cani hanno finito di fare le feste a Jeff e si spostano verso Dan, un po' più cauti, ma sempre con molto entusiasmo. Jeff li indica. «Questo qui è Copa, quell'altro è Trapper.» Guarda Tatiana. «Li hai portati da qualche parte?»

«Callie ha un nuovo cucciolo, femmina, e stanno cercando di farla socializzare, quindi ho portato i cagnoni per presentarglieli.» Si avvicina con un po' di timidezza, che Dan sa dovere essere causata da lui.

«Tatiana, ricordi Dan?» suggerisce Jeff.

«Sì... ciao, Dan,» riesce a rispondere.

«Ehi Tatiana, mi fa piacere rivederti.» Dan sa di sapere recitare meglio di lei, ma non crede di essere più a suo agio di quanto non lo sia la ragazza. Che cosa sarebbe capitato se fosse arrivata qualche minuto dopo? Ma Dan blocca quella linea di pensiero. Solo perché lui è stato colto da una momentanea pazzia non significa che lo sia stato anche Jeff o che Jeff sia interessato, punto. Due mignoli, l'uno accanto all'altro, non sono esattamente un universale invito a darsi alla passione.

«Dov'è Lou?» chiede Tat.

«Ha ancora i punti. Non voglio portarla qui a giocare, potrebbe toglierseli di nuovo.»

Tatiana annuisce con simpatia, quindi guarda timidamente Dan. «Come sta Monty?»

Dan non riesce a credere che la ragazzina sia ancora fissata su quel cavallo. Dan non è certo che lei diventerà *mai* forte abbastanza da cavalcarlo al massimo delle sue capacità. «Bene. È ancora un po' testone, però... bene.» Dan decide di tentare una tattica leggermente differente. «Quella che ultimamente mi ha veramente colpito è Sunshine. I cavalli, beh, ogni tanto è come se raggiungessero dei momenti di equilibrio, sai? Magari imparano un sacco di cose, è come se migliorassero ogni giorno, e poi entrano in una fase di stagnazione e per un po' non assimilano più nulla. Quando poi sono pronti, bam! Ricominciano ad apprendere nuove cose. E nell'ultima settimana, o giù di lì, Sunshine ha imparato tantissimo. Sembra quasi che ogni volta che la monto sia nettamente migliorata.» Questo almeno è vero, e Dan non si preoccupa di aggiungere che certi cavalli non stagnano, ma peggiorano, sembrano dimenticare tutto quello che hanno imparato. Questa è una delle parti più frustranti dell'addestramento e Dan non vuole scoraggiate subito la ragazzina.

Tatiana sorride con entusiasmo. «Deve essere così divertente!»

Dan annuisce. «Lo è, hai ragione. Ultimamente Sunshine è quella che mi ha impressionato di più.» Si china in avanti, come se stesse per rivelare a Tatiana un segreto. Continuano ad essere distanti più o meno cinque piedi, ma Dan crede che la ragazza capisca il significato del gesto. «Ed è una giumenta, che è fantastico, perché con i castroni... beh, può essere difficile vederli diventare vecchi, perdere la loro forma e sapere che non sono più adatti a niente se non a diventare un ornamento da pastura. Perché li ami ancora, ma non puoi più *fare* niente con loro, capisci?» Tat annuisce, e Dan si lancia nell'affondo finale. «Ma con una giumenta è diverso. Anche se è troppo vecchia per gareggiare, di solito è ancora abbastanza forte da avere almeno un paio di bei puledri, che poi hai la possibilità di amare, veder crescere ed addestrare... ed è come se il cavallo che hai amato continuasse a vivere, capisci? Perché hai ancora i puledri che ti ricordano di lei.»

Tatiana è quasi fuori di sé dall'eccitazione. «Volevo che avessimo dei puledri, ma Evan ha detto che si è informato e che ha visto che non ha senso avere un allevamento da riproduzione, che è più efficiente lasciare che qualcun altro si prenda tutti i rischi di far riprodurre i cavalli e andare poi a scegliere quelli che sembrano promettenti.»

Dan annuisce e spera di non stare facendo un errore di valutazione, spera di non stare riempiendo la testa della ragazza di aspettative che potrebbero poi venire deluse. Lancia un'occhiata a Jeff, che, in piedi dietro a Tatiana, osserva la conversazione. Quando questi sorride, facendo con il mento un gesto che vuol significare 'vai avanti', Dan decide che dopo aver fatto trenta, tanto vale far trentuno.

«Beh, un'operazione su larga scala probabilmente non ha senso. O come minimo dovresti trovare qualcun altro che se ne occupi, perché io conosco solo le basi della riproduzione. Ma penso che se hai un'attività che ti piace, specialmente un'attività con degli animali... credo che qualche volta tu debba lasciare decidere il cuore.» Scrolla le spalle. «Oltretutto Sunshine ha un grande lignaggio – un giorno ti posso mostrare il suo pedigree, dovresti vedere quanti cavalli famosi ci compaiono. Farle fare dei puledri sarebbe probabilmente una scommessa vincente.»

Tatiana è completamente affascinata dall'idea e tartassa Dan di domande su Sunshine, sui puledri, sull'addestramento, su come una sua amica abbia detto che i purosangue siano meglio degli hannoveriani, su quanti purosangue ci siano fra i cavalli del Kentucky, su se siano davvero migliori, su...

Dopo le prime due o tre domande Jeff abbozza un mezzo cenno di saluto a Dan ed entra in casa. Dan si distrae per un istante – davvero si è lasciato trascinare in una conversazione con una teenager così da lasciare il tempo a Jeff per una sveltina indisturbata? Ma si ripete che Jeff ed Evan non sono affari suoi e cerca di rientrare nel discorso con Tatiana.

Si distrae un'altra volta quando Linda esce per salutare e per ricordare a Dan quello che lo aspetta il giorno dopo. Gli chiede se nella dépendance non manchi nulla e si ferma a fare qualche domanda a Tat sulla sua giornata. Per tutto il tempo Dan non fa che pensare a Jeff ed Evan, soli dopo essere stati lontani per dei giorni. Jeff vive lì? Dividono la camera da letto? O forse sono nella camera di Evan. Oppure sono nell'ufficio, dove la luce del pomeriggio filtra tra le veneziane, mentre Evan è seduto sulla grande scrivania di legno e Jeff è in piedi fra le sue gambe, premuto contro di lui; Jeff fa coricare Evan sullo scrittoio, sopra i documenti di lavoro, sbottonando piano la camicia mentre succhia e morde il collo dell'altro...

Dan sente una pressione contro la patta e ritorna violentemente alla realtà. Che cosa sta facendo, sta diventando duro con una teenager a dieci passi di distanza? È davvero così disperato? Così fuori controllo? Ruota i suoi piedi nella piscina con un più di vigore, sperando che l'acqua fresca lo aiuti a calmarsi. Linda lo saluta e lui risponde con un cenno della mano, poi la porta di casa si apre e, insieme, escono Jeff ed Evan, che non appaiono affatto come Dan se li era appena immaginati.

Evan sorride divertito quando nota la posizione a bordo vasca di Dan. «Accidenti, te lo ha insegnato Jeff?» Si volta a osservare i piedi scalzi di Jeff e il fondo bagnato dei suoi pantaloni. «Quell'uomo non è capace di starsene seduto qui fuori per cinque minuti senza mettere i piedi a mollo.»

Dan agita con un po' più di veemenza i piedi. «Direi che sa come vivere. Dovresti tagliare le gambe ad alcune delle sdraio, potresti rimanertene seduto così e avere anche lo schienale.»

Jeff annuisce. «Questa è una buona idea.»

La governante esce con un vassoio carico di svariati tipi di antipasti e Jeff la aiuta a posizionarli sul tavolo. Ritorna con una bottiglia di vino, una Coca-Cola light e quattro bicchieri. Dan guarda con divertimento Evan stappare la bottiglia e Jeff riempire uno dei bicchieri di vino con la Coca, che poi viene passato a Tatiana. La ragazza trascina quindi Jeff a un'estremità della terrazza per fargli vedere quella che lei crede sia una tana di scoiattolo. Evan ha un bicchiere ancora vuoto e guarda Dan. «Abbiamo anche della birra, la preferisci?»

Dan scuote la testa. «No, il vino va bene, grazie.» Poi inizia a sentirsi un po' invadente. «Ma magari non un bicchiere pieno. Voglio dire, probabilmente vorrete aggiornarvi su qualche faccenda famigliare o qualcosa del genere... e io devo preparare delle cose per domani.»

«Che cosa, leggere di nuovo i curriculum? Dai, sei in California... rilassati!» Evan riempie il bicchiere tanto quanto gli altri e si avvicina a Dan per passarglielo. «Inoltre rimani qui per cena, no? Non c'è ragione di andartene via per poi ritornare.»

«Ah, non so. Rimango per cena? Voglio dire, mi aspettavo di essere in hotel, pensavo che avrei mangiato lì.» Evan appare un po' stupito dalle parole di Dan. «Non sto dicendo che *volevo* un hotel, solo... voglio dire, sono un tuo dipendente, giusto? Vuoi davvero che mangi tutti i pasti con voi?»

Evan è in piedi proprio di fianco a Dan e, prima di rispondergli a bassa voce, lo guarda più a lungo di quanto Dan non trovi rilassante. «Sì, Dan. Lo voglio.» Si sposta di qualche passo e beve un sorso di vino. «Tra l'altro, begli occhiali da sole.»

Dan si è dimenticato di averli ancora addosso. «Oh, è vero. Me li ha imprestati Jeff. A casa pioveva, quindi non li ho usati, e non credo di averne messi un paio in valigia.»

Evan fa un cenno di assenso. «Sono di un viaggio che abbiamo fatto in Costa Rica. Andare ai tropici e scordarsi entrambi gli occhiali da sole... Nel negozio avevano solo un modello che non fosse completamente orribile, così abbiamo comprato entrambi lo stesso paio. Ci siamo sentiti come una di quelle coppie vestite uguali per il resto della vacanza.» Evan beve un altro sorso. «Mi sono seduto sopra ai miei sul volo di ritorno, li ho completamente distrutti.»

Dan si chiede se dietro l'aneddoto degli occhiali da sole si nasconda un qualche significato più profondo, ma non riesce a vederne nessuno, a parte il ricordargli che la relazione tra Evan e Jeff è consolidata nel tempo, che i due hanno una storia. Forse Evan sta cercando di dire solo questo. «Beh, vedrò di non sedermici sopra.»

Evan sorride allegramente. «Non importa, sono solo di plastica. In realtà non sarebbe male se i suoi occhiali venissero rotti – così finalmente la smetterebbe di usarli come prova della sua attendibilità in confronto alla mia inaffidabilità.»

Dan sta iniziando a sentirsi perplesso da questa conversazione nel suo insieme ed è sollevato quando Jeff e Tatiana ritornano dalla loro escursione naturalistica.

Siedono vicino alla piscina, bevono, mangiano, chiacchierano – e ogni disagio che Dan ha provato nella sua conversazione con Evan scompare in fretta. La governante li rifornisce di un piatto pieno di carne ed Evan si occupa del barbecue. Tat aiuta ad apparecchiare e a portare fuori molte altre portate.

Il cibo è delizioso, lo scenario incredibile, tutti sono piacevoli e affascinanti. A Dan sembra di essere capitato per caso nella vita di qualcun altro. Il mondo delle gare e degli eventi conosce certamente la sua parte di partecipanti ricchi, ma generalmente c'è una linea di divisione abbastanza chiara tra chi comanda e chi è comandato, tra i proprietari e i lavoratori. Qui Dan non la sente e non sa cosa pensarne. Non è neppure sicuro che gli piaccia... in questo modo è più difficile per lui mantenere le cose chiare nella sua mente – e Dan pensa davvero di avere bisogno di farlo. Guarda Jeff, che sorride rilassato mentre Evan prende in giro Tatiana, e si chiede se forse non sia già troppo tardi.

CAPITOLO
DODICI

LA MATTINA dopo Dan si sveglia e non sa dove si trova. Il fuso della California è tre ore indietro rispetto a Louisville, quindi parte del problema è il jet lag. Quando il suo corpo gli dice che è ora di svegliarsi, fuori della sua finestra è ancora buio pesto. Sonnecchia per un po', ma ogni volta che si sveglia prova lo stesso sgradevole senso di disorientamento e spaesamento, tanto che alla fine Dan rinuncia a dormire e si alza. Prende in mano il suo libro e, dopo aver letto un capitolo, si fa la doccia e si veste.

Nella cucina c'è un bollitore per il caffè e nel frigo un pacchetto di caffè macinato. Dan mette su il caffè, trova una tazza ed esce col suo libro sul portico. L'aria è ancora fredda, ma il sole sta sorgendo e il portico guarda ad est, verso le montagne. Dan non si immerge nella lettura, si limita a rimanere lì, seduto, godendosi il caffè e chiedendosi se questa potrebbe davvero essere la sua vita. Naturalmente se abitasse davvero in California a quest'ora sarebbe già alla scuderia, aiutando a dar da mangiare ai cavalli e a portarli fuori, programmando gli esercizi da far fare agli animali durante la giornata. Se questa fosse la sua vita, forse avrebbe qualcuno nel letto di sopra, qualcuno che lo avrebbe trattenuto al momento di alzarsi, che avrebbe cercato di convincerlo a ritornare a letto.

Deve mettere un freno a questa fantasia quando inizia ad immaginarsi Justin nel letto, quando si ricorda Justin nascondere i suoi occhi dalla luce del giorno e cercare di riavvolgere Dan nella loro coperta. Ha un breve flash di Jeff in quel ruolo, i suoi occhi gentili che lo osservano mentre esce dalla doccia, le sue grandi mani che si posano sui

111

fianchi di Dan e che lo attirano di nuovo nel letto, ma poi Dan blocca anche questo pensiero. Non può accadere nulla con Jeff. Sarebbe un tradimento nei confronti di Justin e ingiusto in quelli di Evan, e se non accadrà nulla con Jeff, allora Dan deve smetterla di torturarsi con questi pensieri. Pensa a Justin com'è adesso, esanime e deperito in un letto d'ospedale, e questo ha lo stesso effetto di una doccia gelata. Più nessuna fantasia per Dan quella mattina.

Evan ha detto che si sarebbe alzato alle sei e sarebbe stato pronto a cominciare per le sette. Non è ancora esattamente l'ora giusta, ma Dan pensa che gli basterà muoversi con calma, quindi lascia il libro e la tazza in cucina e si incammina verso la casa. Non ha fatto molta strada quando vede i due cani correre verso di lui. L'alta figura di Evan compare dal sentiero tra gli alberi e segue i cani, seppure in maniera più sedata.

Dan si china a salutare gli animali ed è ricompensato con leccate e nasi freddi contro il suo collo. Si rialza con una risata e raggiunge il loro padrone.

Evan si rigira verso la casa con Dan e nessuno dei due dice molto. I cani ripartono di corsa verso il bosco ed Evan sorride. «Abbiamo visto un capriolo stamattina e loro non avevano idea di cosa fare, ma adesso ogni volta che una foglia si muove la inseguono come se avessero qualcosa da provare.»

«Non sono dei gran cacciatori, eh?»

«Beh, sono... entusiasti.»

«Meglio così. Avevamo un cane quand'ero bambino e ci portava il cadavere di qualche animale tutti i giorni. E se lo sotterravamo in superficie, lui lo dissotterrava e ce lo riportava di nuovo a casa, come se lo avesse ucciso due volte, non importa quanto putrefatto o puzzolente fosse. Così dovevamo sotterrarli a fondo.»

Evan sorride. «Sembra il lavoro giusto per un giovane impertinente come te.»

Dan mostra i suoi muscoli. «Questi sono muscoli da scavatore di fosse, ragazzo.»

Camminano per un po', poi Evan chiede. «E questo dov'era? In Kentucky?»

Dan scuote la testa. «No, in Texas.»

«Ah sì? È lì che sei cresciuto?»

«Sì, in buona parte.» Dan non pensa che sia il caso di continuare su quella linea. «Allora, Tatiana ha detto che voleva esserci quando vedrò le cose che hai fatto fare alla scuderia. Lo diceva sul serio, o possiamo andarci adesso?»

Evan fa una smorfia. «Oh no, lo diceva sul serio. Mi ha convinto a lasciarla a casa da scuola oggi così che possa 'far parte della nuova attività'. Vuole esserci durante le interviste, l'ispezione dei siti, in tutto.»

«Linda ha detto che tu *volevi* che Tat si interessasse del lato amministrativo della cosa.»

«Sì, se è davvero interessata è fantastico. Mi chiedo solo se non stia facendo finta per saltare la scuola. E forse...» Evan sembra che stia reprimendo un sorriso. «E forse per potere passare un po' più di tempo con il nuovo addestratore da sogno.»

Dan balbetta leggermente dalla sorpresa. «D-davvero? Non sa che sono gay?»

Evan ride. «Beh, sa di Justin, ha visto il video di quando ha vinto il Rolex.» Evan fa una pausa per vedere se il riferimento ha turbato Dan e poi continua. «La colpa è un po' mia – io sono per le pari opportunità in tutte le cose. Voglio dire, non porto nessuno a casa a meno che non si tratti di una relazione ragionevolmente seria, ma mi ha visto sia con ragazzi, sia con ragazze. No so, credo che pensi che tutti sono fatti così.» Evan si ferma.

«Oddio.» Dan non se la sente di affrontare questa situazione.

«No, stai tranquillo, lei è davvero innocente. Potrà fantasticare su di te per un po', ma non è che ci proverà o cose così.» Evan sembra divertito dall'agitazione di Dan. «Jeff ha detto che sei stato davvero in gamba con lei ieri. Ha detto che forse dovrò informarmi sul come trasformare la scuderia in un centro di riproduzione, ma a parte questo... ha detto che sei stato bravo.»

«Sì.» Dan non vuole scendere troppo nei particolari, ma... «Ho una sorella minore. Mi ricordo quell'età.»

«Davvero? Ha l'età di Tata?»

«No. Ha solo due anni in meno di me. Ma aveva più o meno l'età di Tatiana l'ultima volta che l'ho vista.»

Evan ha l'aria di chi vorrebbe fare un *sacco* di domande, ma si accontenta di una. «Questo quando eri in Texas?»

Dan annuisce e i due camminano in silenzio fino a che non raggiungono la casa.

Entrano attraverso una porta secondaria. Evan afferra un asciugamano per pulire le zampe dei cani prima che entrino in casa, poi lui e Dan seguono il profumo di cibo fino alla cucina, dove la governante sta apparecchiando la tavola.

Evan la saluta con un bacio sulla guancia. «Tia, c'è un profumino squisito.» Evan allunga la mano per aprire il forno e guardarci dentro, ma Tia lo ferma con una pacchetta sul dorso.

«Quando Tatiana è pronta potrai sederti e mangiare come una persona civilizzata.» Tia mescola qualcosa nella pentola che è sul fuoco, quindi si gira verso Dan. «Posso offrirle del caffè o del succo, signor Wheeler?»

Dan sorride quando gli occhi di Evan fanno un giro completo delle orbite. «Ah, un caffè sarebbe perfetto, ma posso prendermelo da solo, se è impegnata.» Con riluttanza aggiunge, «E mi chiami pure Dan.»

«No, si sieda. Le porterò il caffè.»

Tia si affaccenda a preparaglielo ed Evan scuote la testa con fare volutamente patetico. «Lo svantaggio di avere dipendenti di vecchia data. Quando una donna ti ha cambiato il pannolino, è difficile riuscire a farti trattare con rispetto.» Evan attraversa la stanza per avvicinarsi ad un apparecchio attaccato al muro, in cui immette una serie di numeri. Si sente un crepitio ed Evan inizia a parlare nel microfono. «Tata, sbrigati! La colazione è servita!»

Dall'apparecchio giunge una risposta stridente. «Lasciami in pace! Scendo quando sono pronta.»

Evan fa l'occhiolino a Dan e poi dice, «Ok Tat, ma Dan è qui ed è affamato, quindi non facciamolo aspettare troppo a lungo.»

C'è una pausa, poi la voce che giunge dall'apparecchio sembra essersi fatta quasi mansueta. «Mi sto sbrigando.»

Evan deve camminare dietro a Dan per raggiungere il suo posto alla tavola e, mentre passa, gli scompiglia affettuosamente i capelli. «Questo potrebbe rivelarsi veramente utile. Se averti intorno fa sì che la mia sorellina si comporti da essere umano invece che da troll... mi dispiace dirlo, ma potresti dover dire addio a tutta quell'assurdità di 'essere gay'.»

Dan si scansa dalla mano di Evan, ma sorride divertito. «E fare un matrimonio d'interesse? Non so, potrebbe valerne la pena.»

«Beh, meglio te che alcuni dei ragazzi che vanno a scuola con lei, questo è sicuro.»

Tia porta il caffè a Dan e lancia uno sguardo ammonitore a Evan. «Fai attenzione a quello che dici, Evan. Se crede che tu stia giudicando i suoi amici, smetterà di portarli a casa, e allora, poi?»

Dan annuisce, molto compiaciuto, in supporto, e Tia lo premia con un buffetto sulla guancia.

Dan si serve della zuccheriera che si trova al centro della tavola e poi la passa ad Evan. È curioso di sapere perché è stata fatta una sola chiamata all'interfono. «Jeff non mangia?»

Evan fa una smorfia. «Può essere. Ieri notte è andato a casa. Il suo cane ha appena subito un'operazione ed è tutta ricucita, quindi non può venire qui e tenere testa alle bestie. Ma Jeff vuole esserci per il grande tour, e sicuramente per le interviste, quindi vedremo se riesce ad arrivare per colazione.»

In quel momento Tatiana fa il suo ingresso, solare e con l'aspetto di chi si è appena dato una bella lavata, e scivola con grazia a sedere alla tavola. Si trova proprio di fronte a Dan e questi ripensa alle battute che ha fatto in precedenza Evan. Dan sente le sue guance arrossire; Evan lo nota e sghignazza.

«Buongiorno, Tata. Quello, è un cerchietto nuovo? È veramente carino.» Evan sorride con fare accattivante a sua sorella, che lo guarda perplessa. Evan continua. «Non è un cerchietto carino, Dan?»

Dan sorride imbarazzato, ma decide di fare del proprio meglio. «Non mi intendo molto di cerchietti, ma mi piacciono i tuoi capelli tirati indietro così. Mettono in risalto gli occhi.»

Tatiana arrossisce dal piacere e Dan sorride compiaciuto a Evan.

Tia sta giusto servendo la colazione, una specie di cialda ripiena con composta di mirtilli, quando la porta si apre ed entra Jeff. «Ehi, mi è sembrato di annusare nell'aria qualcosa di buono!» Dà un bacio sulla guancia a Tia e poi fa il giro della tavola, chinandosi per darne uno anche a Tatiana e tirando leggermente indietro la testa di Evan per baciarlo sulla fronte. Sorride a Dan, ma non si avvicina.

Dan alza le sopracciglia. «Sei di buon umore. O sei solo una persona davvero mattiniera?»

«No, sono di *ottimo* umore.» Jeff si gira verso Evan, che inizialmente appare confuso e poi eccitato.

«Ti hanno preso per la mostra? Sul serio?»

Jeff annuisce. «I miei quadri saranno appesi ai muri per due settimane alla Galleria Nachfelt.» Il suo sorriso parte da un orecchio e arriva all'altro. «Ho trovato il messaggio in segreteria quando son tornato a casa ieri sera.»

Tutti sono eccitati, ma questo serve a Dan di nuovo per ricordarsi che lui è un estraneo. Non sapeva neanche che Jeff fosse un artista. E non conosce abbastanza il mondo dell'arte per capire il significato di avere una mostra, anche se può intuire sia un gran colpo. Quando il trambusto si calma Jeff si gira verso Dan che gli offre un semplice, «Congratulazioni.»

«Grazie. Mi dispiace per il trambusto, è solo... era da un po' che stavo lavorando per questo.» Jeff sorride felice.

La colazione riparte e Tia porta un piatto per Jeff.

Si parla un po' dell'esposizione, di quali dei dipinti di Jeff dovrebbero essere inclusi, ma si finisce per parlare di quello che si farà nella giornata. Evan controlla l'ora prima di spazzolare via l'ultimo po' di composta di mirtilli con un pezzo di cialda. «Allora, la prima intervista è programmata tra un'ora. Se andiamo alla scuderia e facciamo un giro veloce, possiamo occuparci di colloqui fino all'ora di pranzo, poi qualche altra intervista, e poi andare a controllare il percorso di cross-country prima di cena, che ne dite?»

Questo è quasi esattamente lo stesso programma segnato da Linda sui fogli che sono stati lasciati a Dan. Si chiede se la donna abbia passato gli orari ad Evan, o se è semplicemente così capace da sapere leggergli la mente in anticipo. Dan fa un cenno d'assenso e manda giù l'ultimo sorso di caffè quando vede gli altri alzarsi per andare. Tutti lasciano i piatti sul tavolo e Dan si ricorda che questa è la stessa cosa che hanno fatto la sera precedente. Si chiede se i resti della cena siano ancora fuori, vicino alla piscina, o se Tia abbia iniziato la giornata presto per rassettare, oltre che per preparare colazione.

S'incamminano verso la scuderia, con Evan e Tatiana che fanno vedere a Dan tutte le caratteristiche del posto, mentre Jeff rimane indietro e osserva divertito. Ci sono alte possibilità di finire nel più completo caos quando i fratelli decidono di sfoggiare l'angolo doccia del box – entrambi cercano di spruzzare l'altro con una delle gomme lunghe. Il buon senso però prevale e nessuno finisce con l'avere più di una scarpa bagnata. La maggior parte delle migliorie sono state fatte all'esterno, ai campi di maneggio. Dan controlla le superfici del rettangolo per il dressage e del tondino, poi si sposta al campo erboso per il salto ostacoli. Le zolle non sono state ancora messe, ma il terreno è stato preparato con molta sabbia e un po' di terra grassa, e dappertutto c'è un buon drenaggio. Dan pensa che sia davvero ben fatto, e lo dice ai Kaminski.

È previsto che i colloqui si tengano nella scuderia, quindi una volta finito il tour danno un'occhiata al fienile e alla selleria, mente Jeff si comporta in maniera un po' più responsabile e si assicura che ci siano delle sedie e un tavolo nella stanza, ancora vuota, per lo stoccaggio dei mangimi. Evan annuncia il piano: lui inizierà col chiedere ai candidati delle informazioni di base sulla loro formazione; Dan chiederà dettagli sulla loro esperienza e cercherà di farsi un'idea sulla loro preparazione generale; Jeff determinerà quali sono i loro rapporti con la comunità equestre locale; Tatiana chiederà se i candidati abbiano domande o se vogliano aggiungere qualcosa. Dan annuncia che Robyn è interessata a trasferirsi.

Evan è raggiante. «Sì, Linda ce lo ha detto! Sarebbe fantastico. Sarebbe bello avere qualcuno con cui già sai di poter lavorare.»

Dan non ha davvero voglia di parlarne, ma vuole essere sicuro di stare comportandosi onestamente con queste persone. «Sarebbe una cosa buona anche se io non mi trasferissi. Ha lavorato con quei cavalli per degli anni. Quindi sarebbe davvero una risorsa preziosa per chiunque sarà il vostro addestratore.»

Evan ha l'aria di chi è pronto per discutere, ma Jeff lo zittisce con un cenno del capo, e subito dopo si presenta il primo intervistato. Dan e Tatiana sono entrambi un po' nervosi, ma riescono ad arrivare indenni alla fine del primo colloquio, e dopo è più facile. C'è un candidato molto buono, tre che andrebbero probabilmente bene e due che sono disastrosi. Dan si sente un po' stupido per averli consigliati, ma Evan fa presente che è facile apparire bene sulla carta e che il punto delle interviste è proprio quello di fare una selezione tra i candidati.

Marciano verso casa per un pranzo a base di minestra fatta in casa e sandwich, e poi subito ritornano alla scuderia per gli altri colloqui. I candidati del pomeriggio sono peggiori di quelli della mattina: nessuno è davvero ideale, due potrebbero andare e tre completamente fuori questione. Uno non si presenta neppure.

Alla fine Evan fa un sommario. «Ok, dunque, la posizione di addestratore capo dovrebbe essere, si spera, occupata, quindi si pensava di prendere due assistenti, no?

Allora una potrebbe essere Robyn, e l'altra Michelle, quella di questa mattina? E poi i palafrenieri... io dico Devin e Sara, di questa mattina.»

«Se assumiamo Michelle per montare, mi piacerebbe vederla su un cavallo, ma per il resto credo vada bene.» Evan fa un cenno di assenso al commento di Dan.

Una volta che si è deciso chi si vuole assumere, Evan telefona a Linda e le chiede di occuparsi di contattare i candidati, e poi i quattro si inerpicano sulla collina fino al percorso di cross-country. A Dan piace quello che vede, ma vuole tornare alla prima occasione per ricontrollare alcune delle lunghezze e delle superfici di atterraggio. Deve ammettere però che tutto appare davvero ben fatto. È chiaro che Evan non ha badato a spese, ma che ha anche assunto qualcuno che conosce quali sono i bisogni dei cavalli.

Stanno scendendo lungo il percorso di campagna, quando il cellulare di Dan squilla. È un po' sorpreso che ci sia copertura in un posto così remoto, ma poi pensa che se ne hanno avuto bisogno, con ogni probabilità i Kaminski possono essersi comprati un ripetitore. Controlla lo schermo e il cuore gli salta in gola. Si dice che ci sono molti motivi per ricevere una chiamata dalla casa degli Archer. Può esserci un problema con uno dei cavalli, o un dubbio su una qualche ordinazione. Ma la sua mente va immediatamente alla chiamata che ha temuto maggiormente per più di un anno.

Dan ha smesso di camminare e gli altri si sono fermati un po' più avanti ad aspettarlo, ma quando non risponde al telefono, lo guardano con curiosità. Jeff si incammina verso di lui, il viso preoccupato, e Dan si sblocca e apre il telefono.

«Pronto.»

«Dan? Sono Chris.» La voce di Chris trema, e non c'è nessun'altra ragione perché sia lui a chiamare, specialmente non da casa degli Archer. Dan gira la testa, nascondendola agli altri. Vede un masso a qualche passo di distanza e si muove per appoggiarcisi contro.

«Sì, Chris, sono qui.» Dan risponde quasi con un sussurro.

«Danny...» la voce di Chris si incrina sulla seconda sillaba, e Dan lo sente fare un respiro profondo. Quando ricomincia, la sua voce è più forte. «Justin ha avuto un attacco cardiaco questo pomeriggio. Dicono che ha preso un'infezione, che è subentrata molto velocemente, e che ha stressato troppo il suo corpo.» Dan sa che cosa sta per essere detto, ma scopre che ha bisogno di sentire le parole. «Se n'è andato, Dan. È stato molto veloce, non ha sofferto.» Dan annuisce, poi si rende conto che Chris non lo può vedere. Non sembra che importi, visto che Chris continua lo stesso. «I suoi genitori sono con lui. Volevano chiamarti, ma sono distrutti. Mi hanno detto di dirti che ti telefoneranno più tardi stasera.» Dan annuisce nuovamente. «Dan, sei ancora lì? Danny?»

Dan cerca di ricomporsi, almeno un po'. «Sì, sono qui.»

«Ok, abbiamo bisogno che tu ritorni. D'accordo? Voglio dire, non c'è fretta, per quanto riguarda... sai, il servizio o altro. Ma...»

«Sì.» Dan si rende conto di star piangendo, ma è strano, la sua voce non è cambiata. Il suo cervello è intontito, come se tutto stesse capitando molto, molto lontano. Dan se n'è andato via per un giorno e mezzo, e Justin è morto da solo.

«Dan, c'è qualcuno con te? Magari potrei parlare a qualcuno del viaggio di ritorno?» Dan non capisce. Che cosa c'entra Chris con il viaggio di ritorno? Ma in ogni caso non vuole più parlare con Chris, quindi si gira e vede Jeff fermo a poca distanza. Evan ha un braccio sulle spalle di Tatiana, ed entrambi fanno finta di guardare in basso verso la casa. Dan si allunga verso Jeff con il telefono in mano. Jeff si avvicina e lo prende. Con una mano tiene il cellulare, con l'altra afferra e stringe la spalla di Dan.

«Pronto, sono Jeff Stevens. Sì... sì.» Jeff si avvicina a Dan. «Ok, ci penseremo noi... d'accordo. Sì, ti daremo un colpo di telefono quando sarà tutto sistemato... ok, ciao.»

Jeff chiude il cellulare e se lo infila in tasca, quindi si gira in modo da trovarsi di fronte a Dan. «Mi dispiace,» dice a bassa voce, e Dan sa che lo è, ma sa anche che in realtà non importa, non cambia niente. Il mondo intero potrebbe dispiacersene, e Justin continuerebbe ad essere morto.

Dan non è sicuro di quello che dovrebbe dire o provare. Per un attimo alza lo sguardo, vede le splendide colline tondeggianti, le montagne all'orizzonte e il caldo sole del pomeriggio, e odia tutto, odia pensare che Justin non potrà mai più vedere qualcosa di così splendido, non potrà mai più vedere nulla. Aveva pensato di essersi forse rassegnato all'idea della morte di Justin, aveva pensato che il suo piano di iniziare a dirgli addio avrebbe reso le cose più facili, ma non riesce ad immaginare nulla di più difficile di questo. Inizia a scivolare in avanti, come se le sue gambe non riuscissero più reggerlo, ma Jeff è lì, le sue braccia forti afferrano le spalle di Dan, che si piega e appoggia la testa al petto di Jeff. Una delle mani dell'uomo si alza e accarezza i capelli di Dan. Rimangono fermi in questa posizione per quella che sembra un'eternità. Ad un certo punto Evan è lì, Jeff gli sta parlando a bassa voce, ma poi Evan si allontana, e c'è di nuovo solo Jeff.

Finalmente Dan alza la testa. Si asciuga il volto con la manica. È disgustoso, ma non ha un fazzoletto di carta. Guarda Jeff. «Devo andare.»

Jeff annuisce lentamente, il suo tocco gentile mentre, accarezzandolo, gli liscia i capelli all'indietro. «Evan è andato a casa a dire a Linda di cambiare il tuo volo. Se sei pronto, dovremmo scendere e andare a preparare la borsa.»

Dan non sa se è pronto, non sa se sarà mai pronto. Ma Jeff sembra pensare che sia una buona idea, quindi Dan si tira su. Jeff si muove al suo fianco e gli passa un braccio sulle spalle. In realtà il terreno è troppo irregolare per camminare così, ma Dan non obietta, e Jeff non lo lascia andare.

È strano scendere la collina che hanno appena salito. Quando stavano venendo su, Justin era ancora vivo. Ma questo non è vero... Justin era morto e Dan non lo sapeva, Dan stava camminando, parlando della distanza tra due elementi in una corsa ostacoli, come se fosse davvero qualcosa di importante. Dan si chiede che cosa stava effettivamente facendo quando Justin è morto. Stava facendo un colloquio con un candidato senza speranza, oppure stava soffocandosi con la minestra, ridendo all'imitazione di Tatiana fatta da Evan? O è successo ben prima, quando Dan era seduto sul portico, mentre guardava le montagne e si immaginava un altro uomo nel suo letto?

Prendono una scorciatoia per la dépendance. Quando arrivano Jeff lascia Dan fissare le montagne, mentre lui chiama la casa principale. Fa un paio di grugniti d'assenso e poi mette via il telefono. «Allora, ti hanno preso un volo che parte fra due ore e mezza. Ci vogliono all'incirca quarantacinque minuti per l'aeroporto, quindi non abbiamo molto tempo, ma perché non ti fai una doccia veloce, io intanto preparo le tue cose.» Dan sente quello che Jeff gli sta dicendo, ma di nuovo ha dei problemi a capire perché gli deve importare. «Dan.» La mano di Jeff è sulla sua spalla, e Dan sta venendo guidato dentro casa. «Forza, ragazzo, ce la farai. Vuoi saltare la doccia? Cambiamoti almeno la camicia.» Jeff guida Dan su per le scale, fino alla stanza da letto principale. Entrano nel bagno annesso alla camera e Jeff apre il rubinetto dell'acqua fredda; la lascia scorrere per qualche secondo prima di mettere il tappo al lavandino.

«Ok, ragazzo, togli la camicia, per favore.» Dan non ne capisce il senso, non capisce più il senso di nulla. Tutto è così lontano. Sente le dita di Jeff sbottonargli la camicia e si chiede vagamente che cosa sta succedendo, ma non gli importa sul serio. Jeff fa scivolare la camicia di Dan dalle sue spalle e la fa cadere a terra. Nel tempo impiegato per togliere l'indumento, il lavandino si è riempito, e Jeff sposta Dan lì davanti. «D'accordo, lo so che è strano, ma credo che ti sentirai meglio se ti darai una rinfrescata. Andiamo.» Jeff tiene Dan per la vita e lo spinge gentilmente verso il basso dalle spalle, portando il viso di Dan sopra il lavabo. «Ok, ragazzo, adesso ti spruzzo solo un po' d'acqua in faccia.» Jeff raccoglie un po' d'acqua fresca nelle mani e la passa sul viso di Dan, rinfrescandogli la fronte e una guancia. Ripete il gesto per l'altra guancia, poi per la mascella.

Il freddo è un toccasana. Tutta la faccia di Dan è arrossata e gonfia, e quando le mani di Jeff si abbassano di nuovo nel lavabo, Dan le segue, immergendo il capo il più possibile nell'acqua fredda. È così ghiacciata che fa male, ma è come se lo svegliasse: gli raffredda il cervello e lo lascia pensare. Rimane con la testa sott'acqua fino a quando non ce la fa più, e mentre tira fuori il capo prende dell'acqua con le sue mani, bagnandosi il collo e le spalle. Jeff ride gentilmente. «Vedi, credo che una doccia sarebbe stata più comoda, ma prego, fai pure.» Jeff aspetta di accertarsi che Dan abbia ripreso a funzionare, poi va nella camera da letto e inizia a cercare nello zaino di Dan. Dan prende un telo di spugna dal portasciugamani e apre di nuovo il rubinetto dell'acqua fredda. Bagna l'asciugamano e se lo passa sul petto e sulla schiena.

Quando Jeff rientra nel bagno, Dan si raddrizza e si guarda nello specchio. La sua faccia è tutta gonfia, ma non è più rossa, e Dan si sente forse in grado di funzionare, a patto di non pensare. Jeff gli passa una camicia e, mentre Dan la abbottona, la mano dell'altro uomo si ferma sulla nuca di Dan e lo scuote leggermente. «Ce la farai, ragazzo. Faremo in modo che tu ce la faccia.»

CAPITOLO
TREDICI

Evan guida fino all'aeroporto, mentre Jeff siede sul sedile posteriore con Dan. Dan non ha ricominciato a piangere, ma non si è ancora ripreso del tutto dallo shock. Nessuno ha molta voglia di parlare, ma quando gli altri lo fanno Dan ha problemi a capire che cosa dicono.

Arrivati all'aeroporto Evan parcheggia la macchina e prende il bagaglio, mentre Jeff cammina a fianco di Dan. Evan va al banco d'accettazione, poi raggiungono il controllo di sicurezza e Jeff passa con Dan, mentre Evan rimane indietro. Dan non capisce, ma non se ne preoccupa troppo. Sta cercando di concentrarsi sui piccoli dettagli, di evitare che la mente si soffermi sulle cose importanti, di evitare che il pensiero vada a Justin. Per un po' di tempo si ripete le tabelline, prima quella del tre, poi quella del quattro, fino a quando non perde il conto e deve ricominciare da capo. Sa che questo lo fa sembrare alienato, come se non fosse presente, ma se non si distrae in qualche modo rischia di crollare di nuovo, ed è già stato un errore averlo fatto in un campo vuoto, solo con Jeff. Dan non crede davvero che sarebbe apprezzato nel mezzo di un aeroporto affollato.

Il volo viene chiamato e Jeff si alza con Dan. Quando arrivano all'ingresso della passerella telescopica, Jeff mostra due biglietti all'assistente di volo. Finalmente Dan è abbastanza attento da capire che c'è qualcosa di strano.

«Aspetta. Voli con me?» Jeff si limita a sorridere, e Dan scuote la testa. «No... no, mi dispiace, sto bene. È solo... mi ha solo colto di sorpresa, qualcosa così. Adesso mi riprendo, non ti preoccupare.»

La mano di Jeff si posa di nuovo sulla nuca di Dan, e di nuovo Jeff lo scuote con gentilezza. «Non sono preoccupato, ragazzo. Avevo degli affari da sbrigare in Kentucky in ogni caso. Posso anche occuparmene adesso.»

«Degli affari? Quando hai iniziato ad avere degli affari in Kentucky?» La mente di Dan è ancora intontita, ma non gli sembra di ricordare che prima di adesso Jeff abbia mai detto niente a questo proposito.

Jeff sorride. «È davvero qualcosa di cui vuoi parlare adesso?» Stanno camminando sulla passerella, e una volta giunti sull'aereo, vengono guidati sulla sinistra, verso i loro posti. Jeff aspetta che Dan si sieda per primo, quindi si accomoda sul sedile vicino al corridoio. Dan ha l'impressione di star venendo protetto.

Per la maggior parte del volo Dan fissa fuori dal finestrino, guardando le nuvole e contando nella sua testa. Ogni altro pensiero riesce a trovare il modo di riportarlo a Justin. Pensare ai cavalli è ovviamente fuori discussione, ma Dan non può neanche pensare ai film senza ricordare quelli che ha visto con Justin, alla musica senza pensare alle canzoni preferite di Justin, o alla politica senza richiamare alla mente quanto si infervorasse Justin su certi argomenti. Per quanto Dan si ricordi, lui e Justin non hanno mai fatto calcoli di matematica insieme. È arrivato alla tabellina del diciassette quando viene dato l'annuncio di allacciarsi le cinture. Le minuzie dell'atterraggio e dello sbarcare permettono a Dan di arrivare all'aeroporto, ma quando le porte di sicurezza si aprono sull'area arrivi, e vede la faccia cupa di Chris che lo attende fuori, Dan si ferma e si gira, ricominciando a camminare nella direzione opposta.

Jeff gli lascia fare un paio di passi prima di afferrargli il braccio e guidarlo fuori dal flusso degli altri passeggeri. Jeff lo guarda preoccupato, e Dan riesce a dire, «Ho solo bisogno di un minuto, solo un minuto.» Il volo è stata una piccola pausa dalla realtà. Dan non è mai stato su un aereo con Justin; fino a quando è riuscito a tenere il cervello scollegato, è riuscito anche a pensare che Justin fosse ancora a terra, ad aspettarlo. Dan sa che appena varcherà quella porta, appena vedrà il dolore di Chris, la sua ultima possibilità di negare la realtà svanirà nel nulla.

Jeff aspetta pazientemente vicino a lui, lascia Dan fare dei respiri profondi, e poi cammina dietro di lui con una mano appoggiata con delicatezza sulla parte bassa della sua schiena. È come se Dan, in maniera positiva, stesse venendo guidato. Questa volta Dan riesce ad attraversare la porta. Chris li vede e li osserva mentre si avvicinano.

«Ehi, Danny.» La voce di Chris è bassa e rauca. Dan gli fa un cenno di saluto, e Chris allunga la mano per stringere quella di Jeff. «Ehi, Jeff. Grazie per aver fatto il viaggio.»

Jeff annuisce, poi si rivolge a Dan. «Chris va bene, ragazzo?» Dan si limita a fissarlo senza capire. Va bene per cosa? Jeff riprova. «Chris ti darà un passaggio fino all'appartamento, va bene?»

Dan lo fissa. L'appartamento in cui lui e Justin hanno vissuto insieme? Credono che lui andrà lì? Dan inizia a camminare, dirigendosi verso l'uscita. Gira solo la testa di lato, e dice, «Ho bisogno di un po' d'aria. Ritorno subito.» Naturalmente però lo seguono e quando Dan esce non si sente affatto meglio. Non ha bisogno di aria – ha bisogno di Justin.

Jeff si avvicina ancora una volta, riporta una mano sulla spalla di Dan. «Vuoi andare da qualche altra parte? Vuoi stare in un hotel?» Jeff guarda Chris per conferma prima di chiedere, «O vuoi stare da Chris?»

Dan respira profondamente e si intima di smettere di comportarsi da ragazzina. Riesce a trovare una specie di sorriso, anche se sospetta che si veda quanto è falso. «No, mi dispiace, mi sto comportando da idiota. Grazie per essere venuto fin qui, Jeff, e grazie per essere venuto a prendermi, Chris.» Si ricompone. «Sì, grazie, se potessi lasciarmi all'appartamento, sarebbe perfetto.»

Jeff lo fissa come se stesse cercando di capire quanto di tutto questo sia scena. Anche Chris non sembra convinto.

«Sei assolutamente il benvenuto a casa mia, Dan – o da Karl e Molly, o da Robyn...»

Dan davvero non vuole crollare in aeroporto, e questo significa che ha bisogno di andarsene in fretta. «No, grazie, va bene così.» Si gira verso Jeff, ma non riesce a guardarlo negli occhi – Dan sa che la gentilezza che vi leggerebbe distruggerebbe la facciata che sta cercando di costruire. «Grazie ancora, Jeff.»

Jeff ha l'aria di chi non vuole andarsene, ma chiaramente sta venendo congedato. Lancia un lungo sguardo a Dan, che però continua a non guardarlo in volto. Jeff sospira. «D'accordo, ragazzo, hai il mio numero di cellulare, e sarò in città. Se hai bisogno di me, per qualsiasi cosa, chiamami.» Dan annuisce, ma ha bisogno di andarsene. Jeff è onestà e conforto: Dan non può permettersi di essere onesto in questo momento e non può essere confortato senza crollare. Questo è il Kentucky, non la California, e in Kentucky Dan ha delle responsabilità.

Jeff si allontana, mentre Dan segue Chris fino al suo pick-up. Il viaggio è quieto, e Dan è felice che fuori sia buio, è felice di non riuscire a vedere molto fuori dal finestrino – non può vedere i familiari punti di riferimento, non può vedere i posti in cui lui e Justin sono stati insieme.

Quando escono dall'autostrada, Chris inizia a parlare. «Ricordi quella volta che siamo andati a vedere la partita dei Red?»

Dan non è certo di poterlo fare.

«Toccava a Justin guidare, e tu ed io eravamo devastati ancora prima di arrivare allo stadio. Ricordi? Ricordi com'era incazzato? Ha continuato ad insultarci per tutto il tempo.» Forse Chris sta piangendo un po', sì, ma tiene gli occhi incollati alla strada. «E quando siamo arrivati alla partita, ci siamo –» Chris si interrompe, la voce tremante.

«Ci siamo intrufolati nella sezione vip, e tu hai incontrato quella ragazza, quella rossa.» Dan smette di guardare fuori dal finestrino e si gira verso Chris. «Sì, ricordo.»

«Pensavo di essere innamorato, lo giuro. Lei se ne andò al bagno, o qualcosa così, e tu eri svenuto in un angolo —»

«Stavo solo riposandomi gli occhi,» lo interrompe Dan con una voce che sembra quasi normale.

«Sì, certo. Tu non eri cosciente, e io ho riempito la testa a Justin di quanto non mi fossi mai sentito così, di come era stato un colpo di fulmine, e tutte quelle stronzate.» Ora Chris sta anche ridendo un po', ma passano sotto un lampione e Dan può vedere che i suoi occhi sono ancora bagnati. «E Justin era stato così incazzato per tutto il giorno, e credevo che avrebbe distrutto il mio piccolo sogno, e poi...» Chris lancia uno sguardo a Dan, per poi subito riportare gli occhi sulla strada. «E poi ti ha guardato, e ha detto, 'Sì, a volte, semplicemente, lo sai'.»

Dan non risponde per un minuto. Non ha mai sentito questa parte della storia prima d'ora. «Mi ha guardato, ubriaco fradicio e privo di sensi, e ha detto quello?»

Chris sorride. «Ehi, stavi solo riposando gli occhi.»

Dan si gira di nuovo verso il finestrino, vede passare una fattoria, le luci della casa calde ed accoglienti. Si volta verso Chris ancora una volta. «Dimmelo sinceramente... stavo sbavando?»

Chris fa un sorrisetto involontario. «È possibile che ci fosse un po' di bava.» Poi guarda Dan, la faccia seria. «E ti amava lo stesso così tanto.»

Dan fa un respiro profondo e incerto. «E adesso è tutto finito.»

Sono arrivati alla scuderia. Chris entra e parcheggia davanti alla porta. «Se vogliamo essere onesti, Danny... è finito da un pezzo.» Dan non vuole sentirsi fare questo discorso e apre la portiera per uscire, ma Chris gli afferra il braccio. «Non è che tu non debba soffrire, è solo... stai sopravvivendo, ce la stai facendo anche senza di lui, capisci? Lo so che fa male, ma... puoi superare questo momento.» Si appoggia all'indietro sul sedile e lascia andare il braccio di Dan. «Noi tutti possiamo superarlo.»

Dan ha i piedi appoggiati per terra e siede così per un minuto, respirando l'aria della notte. Alla fine si alza e dice, «Grazie per il passaggio, Chris,» e chiude la portiera del fuoristrada.

Sa che è tardi e che dovrebbe salire le scale ed entrare nell'appartamento, ma invece apre la porta della scuderia e si infila dentro. I cavalli stanno dormendo, la scuderia è silenziosa. Cammina lungo il corridoio fino ad arrivare al box di Monty e guarda oltre la porta. La maggior parte dei cavalli dorme in piedi, ma Monty ha la tendenza a coricarsi, raggomitolato come se fosse ancora un puledro. Anche adesso è in quella posizione, che lo fa apparire in pace ed innocente.

Dan si appoggia alla porta del box, abbassa la testa, punta il mento sulle mani e guarda il cavallo. Dan crede che gli animali provino emozioni. Li ha visti dimostrare troppa rabbia, gioia, frustrazione, confusione, paura per poterlo negare. Ma Dan non sa se provano amore e non sa se provano sofferenza. Monty è fratello pieno di Willow, la giumenta caduta su Justin. Anche lei si è fatta male nell'incidente, rompendosi una gamba e molto altro, ed è stata soppressa dai veterinari ancora prima di essere rimossa dal percorso. Ma Monty non ha nemmeno notato che c'era un box vuoto in più. Dan invidia questo, talvolta. Ma poi si chiede se il cambio conviene, se il non provare dolore vale il non provare mai l'amore.

Sente un rumore di passi strascicati, guarda verso l'inizio del corridoio e vede Chris, che se ne sta lì in piedi, con aria incerta. Lo vede fare qualche passo, poi i suoi occhi vanno alla bottiglia di Wild Turkey che l'uomo tiene in mano. Chris la alza con aria interrogativa.

Dan lo osserva a lungo, poi annuisce. «Cazzo, sì. Andiamo di sopra.»

Bevono per lo più in silenzio. Ogni tanto uno dei due tira fuori un episodio, lo racconta per vedere se l'altro se lo ricorda allo stesso modo. Dopo un po', quando Chris sta addormentandosi sulla sedia, Dan si tira su e gli dà una forte pacca sulla spalla. «Le coperte per il divano devono essere ancora nelle scatole. Aiutami a trovarle, o ti ghiaccerai il culo.» Chris si alza barcollando e raggiunge Dan vicino alla pila di scatoloni che Dan non ha avuto voglia di svuotare dopo che si è ritrasferito. Frugano per un po' e infine trovano le coperte. Dan va nella sua camera da letto, prende uno dei cuscini dal letto e lo lancia a Chris.

Chris si avvolge nelle coperte e collassa sul divano, il cuscino stretto fra le sue braccia. Dan torna con passo malfermo al materasso, ci sale sopra e si addormenta senza neanche avere il tempo di pensare che Justin non dormirà mai più in quel letto.

Quando sente il rumore dei cavalli che vengono foraggiati nella scuderia, è come se la sua testa si fosse appena appoggiata al cuscino. Dan vorrebbe tornare a dormire, vorrebbe sognare un mondo in cui Justin ha fatto iniziare il salto diversamente, anche solo di una frazione di secondo, un mondo in cui Justin ha fatto la curva un po' più larga ed è arrivato all'ostacolo un po' più dritto. Ma riesce a sentire i cavalli fare i loro brontolii da affamati e sa che non riuscirà più a riaddormentarsi. Con passo malfermo arriva in cucina e mette su il caffè, quindi va nella doccia.

Mentre aggiusta la temperatura dell'acqua si spoglia, quindi entra nella vasca. Si passa una saponetta su tutto il corpo, anche sull'inguine. La doccia è sempre stato il suo luogo standard per la masturbazione. È ironico, in un certo senso, che prima, quando faceva un sacco di sesso, era solito farsi le seghe tutti i momenti, e dopo, quando ha smesso di fare sesso, ha anche pressoché smesso di masturbarsi. Non ci ha rinunciato del tutto, ma è cambiato dall'essere un modo naturale e istintivo di godersi il suo corpo all'essere un campo minato, emotivamente parlando. Non riesce a venire senza immaginarsi qualcosa, qualcuno, e prima dell'incidente di Justin poteva essere chiunque, qualcuno visto in un film o un tizio visto per strada o, spesso, Justin in un momento particolarmente eccitante. Ma dopo l'incidente, Dan si è sentito come se dovesse solo essere Justin, ma poi si è preoccupato di stare vivendo nel passato, e infine si è preoccupato quando le memorie hanno iniziato a sbiadire e a diventare meno vivide. Ha iniziato a sembrare qualcosa di sporco, come se Dan stesse approfittandosi di qualcuno. Volere qualcuno non in condizioni di ricambiare ha iniziato a sembrare sbagliato. È diventato più facile semplicemente lavarsi con l'acqua più fredda e non pensarci più.

Questa mattina i postumi della bevuta sono troppo forti perché il masturbarsi sia anche solo una possibilità, e Dan lascia l'acqua fredda per cercare di far ridurre il suo mal di testa, non la sua erezione.

Quando esce dalla doccia Chris è sveglio e sta già bevendo il caffè. Dan lo saluta con un grugnito e incespica verso il bollitore. Chris risponde a sua volta con un grugnito e si dirige verso la doccia.

Quando Chris esce dal bagno, Dan si è vestito e ha mangiato dei cereali freddi per colazione. Sta pensando di scendere da basso, ma ha paura di chi potrebbe incontrare. Robyn non sarebbe un problema, Dan ne è quasi del tutto certo, ma avere a che fare con Karl o Molly sarebbe una tortura. Chris si rimette i vestiti del giorno prima, quindi prende una scodella dalla credenza e si versa dei cereali, imprecando quando si accorge che non è rimasto abbastanza latte nel pacchetto. Dan lo guarda mangiare, e alla fine Chris gli dice, «Karl e Molly volevano parlarti, vedere se hai delle preferenze per il servizio o simili.»

Dan scuote la testa. «Non credo che mi importi. In realtà non ha importanza, no?» Chris scrolla le spalle. «Non so. Credo stiano cercando di provare qualcosa, che stiano cercando di fare la scelta giusta, questa volta.» Sembra che Chris sappia di trovarsi su un terreno sdrucciolevole, ma Dan non vuole ricominciare quella discussione e litigare. È stanco, e Chris è tutto quello che gli rimane di Justin.

«Li vedi, oggi? Potresti dirgli che non mi importa?»

«Sì, posso farlo.» Chris finisce i cereali e si appoggia allo schienale. «Ma prima o poi dovrai parlarci.»

Dan preferisce non pensarci. «Sì, prima o poi.» Dan guarda di traverso Chris. «Di sotto non c'è uno di loro, vero? È Robyn, no?»

131

«Non so, probabilmente.» Chris si alza e porta la scodella nel lavandino, poi torna indietro e si risiede. «Erano piuttosto a terra ieri. Della serie, sono stati sedati.»

Dan annuisce e si chiede perché quell'opzione non gli sia stata offerta. Una qualche droga avrebbe potuto essere proprio quello di cui aveva bisogno. Poi pensa al Wild Turkey, ed il suo stomaco protesta.

«Com'è andata in California?»

La domanda sorprende Dan, e gli ci vuole un momento per riuscire anche solo a capire di che cosa Chris stia parlando. «È andata bene. Bel posto, bella gente.»

Chris annuisce. «Jeff sembra un tipo a posto... sembrava preoccupato per te, ieri.»

Dan si sente un po' un idiota. «Sì. Ho fatto... può essere che abbia fatto un po' di scena. Credo di essere andato un po' a pezzi. Non sono stato esattamente l'ospite ideale. O l'impiegato modello.»

Chris scuote la testa. «Sono sicuro che hanno capito. Conoscono la situazione.»

«Sì, ma non è un loro problema. Non avrei dovuto coinvolgerli.»

«Datti una tregua, Dan. Non puoi essere sempre il signor Autocontrollo ventiquattro ore su ventiquattro!»

Dan pensa al suo comportamento del giorno precedente, pensa a come non riesce neanche a ricordare che cosa è accaduto tra il momento in cui si è appoggiato al masso e quando ha sommerso la testa nell'acqua. «Sì, mi sa che devo,» risponde a bassa voce.

Chris scuote la testa. «Davvero, credimi... non è necessario.» Manda giù l'ultimo sorso di caffè. «Adesso vado a casa e mi metto dei vestiti puliti. Chiamo Karl e Molly da là, gli dico che non ti interessa decidere come fare il servizio... sei sicuro che non ti interessi?»

Dan fa cenno di no col capo. «Non sono mai stato ad un funerale prima. E... quello non è più Justin, giusto?» Si sente di nuovo sul punto di piangere, ma questa volta va bene, non gli sembra di trovarsi sull'orlo di un abisso come si è sentito il giorno prima. «Voglio dire... quando ricorderò

Justin, lo penserò all'aperto, che galoppa con i nostri cavalli sulla collina di dietro, o che nuota nel laghetto, o...» Si prende un momento per ritrovare la voce, e poi sorride fra le lacrime. «O così o a letto, e non credo che nessuna di queste cose possa andare per un servizio funebre, giusto?»

Chris sorride un po' mentre dice, «Non un servizio tradizionale, no.» Annuisce con comprensione e si dirige verso la porta, ma quando arriva si ferma e si gira. «Ehi, Danny?» Dan alza lo sguardo, e Chris continua, «Justin è stato il mio migliore amico per tutta la vita, per trentaquattro anni.» Dan annuisce, e Chris riprende a parlare, la sua voce incrinata e bassa. «E di tutto questo tempo, quando ricorderò Justin... lo ricorderò con te.» Chris si rigira e scende le scale, e Dan rimane nell'appartamento a pensare a quanto ha perduto, ma anche a quanto è riuscito a mantenere.

CAPITOLO

QUATTORDICI

QUANDO Dan infine scende al piano di sotto, scopre che chi sta facendo i lavori di routine è, in effetti, Robyn. Quando lo vede, la ragazza si commuove, ma si limita ad un abbraccio veloce; entrambi poi si distraggono occupandosi dei cavalli. Per la prima volta nella sua vita, Dan non ha voglia di salire su un cavallo, ma vuole rimanere impegnato e rendersi utile, quindi attacca alla lunghina un paio di esemplari giovani e li porta in un angolo del rettangolo da dressage. Lavorare con loro è meglio che lavorare con i cavalli adulti, quelli che lui e Justin hanno addestrato insieme.

Intorno all'ora di pranzo il suo telefono squilla. Sullo schermo compare 'Hotel Brown', lo stesso posto in cui Jeff ha preso camera l'ultima volta che è stato in città. Dan apre il cellulare. «Pronto.»

«Ehi, ragazzo, sono Jeff.» Dan si chiede se le sue reazioni possono dirsi pavloviane. Per un periodo, sentire la voce di Jeff gli faceva pensare al sesso, ma ora gli fa semplicemente venire voglia di piangere.

«Ehi, Jeff. Come va?»

«Bene.» La sua voce è cauta. «Tu come stai?»

Dan cerca di mantenere il suo tono leggero. «Con i postumi di una sbornia e in generale piuttosto fuori fase, ma, sai... ce la farò. Mi dispiace davvero per ieri. Non riesco... non riesco a spiegarlo.»

«Dan, non devi farlo. Non è un problema.»

Dan ride con amarezza. «Sì, sono sicuro che succede tutti i giorni nella Terra Felice dei Kaminski.»

«Attento, Dan... anche loro hanno perso delle persone che amavano, ricordi?»

Dan si sente immediatamente in colpa. «Merda, sì, lo so, mi dispiace. È solo... non so, mi dispiace.» Cerca di cambiare argomento. «Ma ho appena messo Kip alla lunghina, e non sembra per niente dolorante, quindi almeno non dobbiamo preoccuparci di far arrivare in California un cavallo zoppo.»

«Bene. Senti, pensavo di venire alla scuderia, di dare un'occhiata ai cavalli. Rimani lì? Potrei prendere qualcosa per pranzo.»

Dan non pensa che questa sia una buona idea. Ha in mente un programma per distrarsi, e Jeff lo intralcerebbe. Jeff lo obbligherebbe a provare di nuovo delle emozioni. «Oh, grazie, ma ho già mangiato.»

«Oh... prima parlavo con Chris, ha detto che non avevi molto cibo nel frigorifero.»

Così Chris fa rapporto a Jeff, adesso? «Avevo delle cose nella dispensa.» A Dan non piace mentire, soprattutto a Jeff, ma non ha bisogno di una bambinaia. «Grazie per il pensiero, ma sto bene, davvero.»

Jeff non sembra convinto, ma almeno non continua la telefonata.

Quasi immediatamente, il cellulare squilla di nuovo; questa volta è la casa degli Archer. Dan prova la tentazione di non rispondere. Pensa di lasciare che registrino un messaggio in segreteria. Forse evitare il contatto sarebbe un sollievo anche per loro. Ma Chris ha ragione, prima o poi deve occuparsi degli Archer, quindi apre il cellulare. «Pronto.»

C'è una pausa, poi sente la voce di Karl. «Dan, sono Karl. Come stai?»

Karl non lo fa sembrare come un semplice modo di salutare, lo fa sembrare come un invito ad aprire il proprio cuore, e Dan prova un moto di rabbia. Come sta, non sono affari di Karl. Dan cerca però di mettere un freno all'irritazione e risponde in tono neutrale. «Sto bene. E tu? E Molly?»

«Stiamo entrambi... così come ci si può aspettare.» Karl sembra vecchio e stanco, e Dan è nuovamente irritato.

Queste persone non dovrebbero essere un suo problema – com'è finito nella posizione in cui si suppone che debba preoccuparsi di loro? Ma Dan si rende conto che in questo momento non riesce ad essere razionale, quindi cerca di trovare qualcosa da dire che non tradisca i suoi sentimenti.

«C'è qualcosa che posso fare?»

«Oh, no, Dan, non ti devi preoccupare.» C'è un'altra pausa. «Prima abbiamo parlato con Chris, ha detto che non credi di avere preferenze per il funerale. È così? Non hai un passo della Bibbia favorito o qualcosa di simile?»

Dan quasi si lascia sfuggire un suono di derisione. Ha mai detto o fatto qualcosa che possa aver spinto Karl a pensare che Dan conosca anche solo un singolo versetto della Bibbia, figurarsi averne un favorito? «Ah, no, no davvero.»

Karl continua a parlare, e Dan prova il desiderio di lanciare il telefono contro la parete della scuderia. Si chiede se Karl sia ancora sotto effetto dei sedativi, se questo potrebbe spiegare la parlata lenta e l'apparente incapacità di accettare che a Dan non importa nulla di tutto questo. «Abbiamo pensato di utilizzare il salmo ventitreesimo. Sappiamo che è inflazionato, ma è molto bello.»

«D'accordo.» Dan non sa quanto di questo potrà ancora sopportare. «Avete già deciso una data? Dove si terrà?»

«Oh, sì, abbiamo il programma qui da qualche parte...» si sente il rumore di fogli spostati, poi la voce di Karl che chiama qualcuno.

C'è un altro rumore, di qualcosa che viene sbattuto questa volta, e poi risuona la voce di Chris. «Danny? Ascolta, lascia che ti richiami più tardi – è appena arrivato uno stuolo di zie e zii, c'è un po' di casino.»

«Naturalmente, va bene,» risponde Dan, e chiude il telefono. Chris è di nuovo alla casa principale. Chris si sta occupando di tutto. Dan prova un lampo di risentimento, ma subito dopo si sente in colpa. C'è da stupirsi che gli Archer non si siano fidati di rendere Dan partecipe di quella terribile decisione se questo è il modo in cui reagisce quando capita qualcosa di brutto? Il giorno prima è crollato. Oggi si sta nascondendo nella scuderia, evitando di prendere qualsiasi decisione. Dan decide che deve essere grato a Chris – che levi lui le castagne dal fuoco, che si occupi lui della situazione. Molly e la madre di Chris sono molto vicine, quindi c'è probabilmente anche lei, e a quella donna Dan non è mai stato molto simpatico. Una volta, non pensando che Dan la stesse ascoltando, lo ha chiamato un 'vagabondo opportunista'. Per di più Chris conosce tutti i parenti, ha la capacità di riuscire a ricordarsi di cugini e nonni di cui invece Dan si dimenticherebbe subito. Avere una famiglia è naturale per Chris, quindi che sia Chris ad occuparsi della famiglia.

Dan aiuta Robyn a pulire i box che rimangono da sistemare e poi sale nel suo appartamento. Cerca in tutta la dispensa se riesce a trovare del cibo – Dan desidererebbe che ci fosse davvero una scorta segreta nella credenza. Sa che dovrebbe uscire a fare la spesa, o almeno per andare a prendere del cibo da asporto. Sa che avrebbe semplicemente dovuto accettare di far venire Jeff. Ma si sente come se stesse camminando sull'orlo di un precipizio, e per qualche ragione essere vicino a Jeff rende più difficile mantenere una facciata calma, rende più probabile che perda l'equilibrio e cada. Si ricorda il modo in cui si è comportato il giorno prima e fa una smorfia di disgusto. Sa che non può darne la colpa a Jeff, ma pensa che se Jeff non fosse stato così gentile e comprensivo, forse Dan sarebbe riuscito a mantenere il controllo. E Dan sa che Jeff non ha nessun affare di cui occuparsi in Kentucky, sa di essere sembrato così debole che Jeff ha pensato di doversi occupare di lui. Il fatto che Jeff sia ancora qui è l'imbarazzante prova che Dan non è stato capace di apparire normale e padrone di sé. Con un senso di colpa pensa a quelli che sono i veri affari di Jeff in California, alla mostra d'arte che lo aspetta e che, ha detto, dovrà preparare, spendendoci molto tempo. Invece di fare queste cose, Jeff è alloggiato in un hotel di Louisville a preoccuparsi che Dan non sia neppure in grado di cibarsi da solo.

Lo stomaco di Dan brontola, come per ribadire la preoccupazione di Jeff. Dan guarda il telefono, pensa di chiamare Jeff per accettare la sua offerta, ma è troppo patetico. Sente il rumore di passi per le scale e subito dopo qualcuno bussa alla porta, che ha lasciato, come al solito, socchiusa. Dan è solo un po' deluso quando viene aperta e appare Chris.

Chris finisce di spalancare la porta con il piede e Dan nota che è carico di cose, per la maggior parte borse, ma anche un paio di scatole e dei contenitori Tupperware... lo stomaco di Dan brontola di nuovo, questa volta dal piacere. Chris gli ha portato del cibo.

Chris porta tutto al tavolo della cucina e riesce a posare ogni cosa senza far cadere nulla per terra. «La casa è stata inondata di casseruole... ho detto che conoscevo un posto dove il cibo non sarebbe andato sprecato.» Guarda in una borsa, poi in un'altra. «Ho cercato di prendere le cose più buone.» Poi apre un'altra borsa e tira fuori due pacchetti di latte e una nuova bottiglia di Wild Turkey. Non hanno neanche finito quella della sera precedente, ma è evidente che Chris vuole essere preparato.

Dan si avvicina al tavolo. «C'è qualcosa che non ha bisogno di essere riscaldato?» Trova un contenitore Tupperware riempito di piccoli tramezzini e ne mangia uno mentre cammina verso la credenza. «Vuoi un piatto?»

«Sì, grazie.» Chris sta ancora sistemando il cibo, mettendo alcune cose nel frigo e altre sul bancone. Tira fuori una casseruola di vetro. «Questi sono i maccheroni al formaggio di zia Debbie – fidati, sono eccellenti. Li metto nel frigo, in alto – dovresti mangiarli per cena.» Quando Chris ha finito di darsi da fare, prende il piatto che Dan gli sta passando. Entrambi si prendono un po' di tramezzini e testa e si siedono sul divano.

Dopo alcuni momenti di silenzio, passati a mangiare, Chris tira fuori un foglio dalla tasca posteriore dei pantaloni. «Questo è il programma. La veglia è domani, dalle quattro del pomeriggio alle otto, nella camera ardente dell'impresa di pompe funebri Wilsons, su Broadway, vicino al centro commerciale?» Dan annuisce senza espressione. Non è del tutto sicuro di cosa sia una veglia, ma s'immagina che riuscirà a trovare il posto, se ne avrà bisogno. «Il servizio funebre è il giorno seguente all'una, alla chiesa metodista di St. Andrew.» Dan annuisce di nuovo. Sa che dovrà andare al funerale. Chris sembra sentirsi un po' a disagio prima di continuare. «E poi... vogliono cremarlo. Lo so che hai detto che non ti importa, ma ho pensato che te ne avrei parlato.»

«Cremarlo? Accidenti, non possono liberarsi abbastanza in fretta di lui, eh?» Dan non pensa che questo sia proprio quello che voleva dire, ma non ne è sicuro.

Chris sembra un po' addolorato. «Apparentemente è una tradizione di famiglia – non gli piacciono i cimiteri.»

Dan non capisce bene queste dinamiche. «E allora... che cosa se ne fa la gente delle ceneri?»

«Immagino che ci facciano quello che vogliono. Si possono spargere, o tenere in un'urna o qualcosa del genere...»

«Pensavo che volessero smetterla di tenere Justin rinchiuso.»

Chris gli lancia un'occhiata diretta. «Stai davvero obiettando a questo, oppure sei solo incazzato?»

Dan sospira e si passa entrambe le mani fra i capelli. «Non lo so neanche io.» Mangia altri due piccoli tramezzini prima di continuare. «Immagino non sia peggio di averlo sotto terra, giusto? Voglio dire, in entrambi i casi...» Dan è fiero di essere riuscito a parlare senza piangere. È molto più facile essere irritato che essere onesto, ma Chris sta facendo molto e si merita che Dan si sforzi al massimo.

«Ok. Glielo farò sapere... ma, Dan... la veglia, domani, sarà pubblica. Vuoi che quella sia la prima volta che tu veda Karl e Molly, o vuoi tornare adesso con me alla casa?»

«Devo andare alla veglia?»

Chris è sorpreso. «Beh, sì. Credo che Karl e Molly si aspettino che tu stia di fianco a loro.»

«Stare di fianco a loro? Chris, che cosa diavolo è una veglia? E dura davvero quattro ore?» Dan sta iniziando a desiderare di avere un po' più di esperienza coi funerali.

Chris emette una specie di grugnito. «Generalmente sembra che duri in eterno. È per la gente che vuole porgere i propri rispetti, per esprimere simpatia alla famiglia.» Chris si gratta il naso. «Di solito c'è la bara, così che la gente possa dire addio a Justin, e c'è una fila di persone che chi visita saluta ad una ad una e a cui vengono offerte le condoglianze. Non so. Sono stato a funerali molto meno formali, solo delle sorte di raduni di amici e famiglia. Dovrebbe essere un'opportunità per le persone di parlare fra di loro, a tu per tu.»

«Devo parlare a tu per tu con la famiglia di Justin? E di che cosa?»

«Di Justin, principalmente. Ma, onestamente, visto come Molly sta organizzando questa veglia, credo che praticamente tutta la famiglia sia in quella cazzo di linea di ricevimento, quindi non dovrai davvero parlare a loro.»

Dan ha la testa che gli gira. «D'accordo, aspetta, spiegami bene... a che ora mi presento? Alle quattro?»

«Probabilmente un po' prima. Se vuoi ti passo a prendere.»

«D'accordo, e poi?»

«Poi ti metti in fila con il resto della famiglia e stai lì, sentendoti a disagio mentre la gente ti passa davanti e ti dice cose gentili.»

Dan cerca di riorganizzare i suoi pensieri, poi scuote la testa. «Ma non faccio parte della famiglia. Perché dovrei essere lì? *Tu* devi farlo?»

Chris sorride con gentilezza. «Karl me lo ha chiesto, ma gli ho risposto che sarei stato più utile aiutando dalle retrovie. E non è che per famiglia si intenda solo quelli che hanno legami di sangue. Per famiglia si intende le persone che lo amavano.»

«Ma allora perché tu non devi farlo?» Dan sta iniziando a farsi prendere dal panico. Pensava che il funerale sarebbe stato difficile, ma questa veglia sembra essere infinitamente peggiore.

«Dan, calmati. Non *devi* fare niente. È solo – tu e Justin siete stati insieme per molto tempo. Quelle persone ti conoscono. Tu conosci quelle persone. Si aspetteranno di vederti lì.» Chris fa una pausa; sembra stare cercando degli altri modi per convincere Dan. «Ci saranno molte persone del mondo dell'equitazione, probabilmente. Justin era molto conosciuto qui intorno – la gente vorrà dirgli addio. Se vuoi, con loro puoi parlare di cavalli.»

«Per quattro ore?» Dan tutto d'un tratto non ha più saliva in bocca.

«Per, tipo, un minuto con ogni persona. E puoi prenderti delle pause se vuoi. Ascolta, Dan, non sto dicendo che ti divertirai, ma potresti poi essere contento di averlo fatto – ti può aiutare a ricordarti che molte persone ci tenevano.»

«Oddio.»

«In relazione farà sembrare il funerale facile – ti aiuta questo?»

«No, bastardo d'un sadico, non mi aiuta!» Dan un po' ride e un po' piange. Si sente come se stesse iniziando a scivolare nel baratro. Vede la bottiglia di Wild Turkey della sera precedente. Ci pensa per un secondo, poi si china in avanti e la prende, la apre e manda giù un sorso. Brucia, ma aspetta un momento e ne fa un altro. Offre la bottiglia a Chris, che la guarda per un momento prima di alzarsi e andare in cucina, da cui ritorna con due bicchieri. Dan si sta già sentendo meglio, il bruciore nella gola e nello stomaco si sono trasformati in calore, ma prende lo stesso il bicchiere che Chris gli versa.

«Posso andarci da ubriaco?»

Chris sorride scaltro. «Probabilmente non dovresti andarci così ubriaco da non riuscire a stare in piedi, ma scommetto che metà della gente alla veglia avrà una fiaschetta.»

«Posso ubriacarmi dopo?»

«Non so. Vuoi andare al funerale con i postumi di una sbronza?»

Dan non crede che potrebbe peggiorare la situazione. «Stavo sperando di essere ubriaco anche al funerale.»

«Accidenti,» risponde gentilmente Chris. «Avrei dovuto portare più di una bottiglia extra.»

Dan esala un respiro profondo e tremante. «Sta davvero accadendo, eh?»

C'è una lunga pausa, poi Chris si scola il suo bicchiere. «Sì, sta veramente accadendo.» Siedono in silenzio ancora per un momento, poi Dan prende la bottiglia e riempie di nuovo i bicchieri. «Ok. Che cos'altro devo sapere?»

DAN non va dagli Archer quel pomeriggio. Non è che pensi sia una cattiva idea, non esattamente, ma quando fissa il liquido color ambra nel suo bicchiere e si rende conto che finirlo lo renderebbe troppo ubriaco per presentarsi ad una famiglia in lutto... lo finisce. E poi ne beve un altro paio. Chris si contiene di più e quando gli occhi di Dan iniziano a chiudersi, Chris lo mette a letto. Dan cerca di resistere, di dire a Chris che è solo metà pomeriggio, di ricordargli che voleva che Dan mangiasse i maccheroni al formaggio della zia Debbie per cena, ma Chris lo porta nel letto e Dan decide di rimanere lì. È caldo e confortevole.

Si sveglia col rumore dei cavalli che vengono riportati nei box e a cui viene dato da mangiare. Il solo sta tramontando fuori dalla sua finestra. Non ha mal di testa, quindi sospetta di essere ancora ubriaco, ma si versa un altro bicchiere per esserne sicuro. Si chiede per un breve istante se stia diventando un problema, tutto questo alcol, ma poi decide che per i prossimi giorni gli è concesso. Per i prossimi giorni, tutto ciò che lo ferma dal mettersi ad urlare è permesso.

Si alza e va in cucina, trova il tegame in frigo e legge le istruzioni scritte su un post-it che vi è attaccato: *forno, 350 gradi Fahrenheit, per un'ora*. Può riuscire a farlo.

Mentre aspetta, percorre il suo appartamento a grandi passi. Chris ha detto che l'impresa di pompe funebri stava cercando fotografie e mementi da mettere nella stanza durante la veglia, quindi i due hanno cercato negli scatoloni di Dan e trovato quello che c'era. Dan non ha molto, in realtà. I genitori di Justin sono stati i cronisti della sua carriera, e Dan non è mai stato un tipo da fotografie. Quando Dan si era trasferito dopo aver saputo della vendita della fattoria, aveva inscatolato la roba di Justin insieme alla sua, quindi lui e Chris hanno dovuto tirare fuori quasi tutto quello che Dan possiede per trovare le cose di Justin. È ancora tutto disseminato per il soggiorno; Dan prende in considerazione l'idea di fare ordine, ma invece prende il telefono. E poi lo posa di nuovo. Dan è sia ubriaco, sia iperattivo, e questa strana miscela lo sta facendo impazzire.

Vorrebbe parlare a Jeff, ma la situazione lo sta iniziando a stranire. Non vuole la pietà di Jeff e non vuole rendersi patetico. Si sente anche un po' in colpa. Non sta più veramente pensando a fare sesso con lui, ma non può negare di essere attratto dall'uomo, e gli sembra sbagliato volergli parlare adesso, così poco tempo dopo la morte di Justin. E l'essere in preda ai fumi dell'alcol fa apparire le cose alternativamente molto più semplici e molto più complicate.

In uno dei momenti in cui tutto sembra più chiaro, alza il cellulare, trova il numero dell'hotel, e schiaccia 'invio'. Ha deciso che lascerà decidere al fato. Se Jeff è nella stanza, gli parlerà. Se Jeff non c'è, non lascerà un messaggio.

Jeff risponde al secondo squillo, e Dan quasi mette giù il telefono. Quando Jeff dice, «Pronto?» per la seconda volta, Dan finalmente si mette d'impegno e risponde.

«Jeff, ciao, scusa, sono Dan.»

«Ehi, ragazzo, come stai?»

«Bene. Un po' ubriaco, di nuovo. Ma penso sia un bene, veramente... o almeno, non è un male.» Dan si decide, o la va o la spacca. «Ti piacciono i maccheroni al formaggio?»

Jeff non sembra turbato dal cambio di argomento. «Mi piacciono fatti in casa, ma non quelli liofilizzati.»

Sì, Dan avrebbe potuto scommetterci. «Ne ho un tegame nel forno. Dicono siano molti buoni. Hai già cenato?»

«No, non ancora.»

«Sono quasi le nove. Perché non hai ancora mangiato?» È giusto che adesso tocchi a lui fare queste domande, pensa Dan. Se Jeff può chiedergli informazioni sui suoi programmi alimentari, Dan può fare lo stesso.

«Ho fatto pranzo tardi.» Dan può sentire il sorriso entrare nella voce di Jeff. «E stavo parlando con Chris questo pomeriggio, e lui mi ha detto che avevi i maccheroni al formaggio della zia Debbie, quindi mi stavo lasciando libero nel caso venissi invitato.»

Dan si chiede se sia il caso di irritarsi. È davvero così prevedibile? E perché Chris e Jeff stanno parlando tutti i momenti, e hanno forse progettato un qualche piano per manipolarlo? Ma sembra tutto troppo complicato, e Dan non ha la forza di fregarsene.

Jeff ha notato la lunga pausa. «Dan? Tutto bene?»

«Stavo solo pensando se sono in grado di riuscire a mangiare l'intero piatto prima che tu arrivi qui. È una casseruola piuttosto grande, ma credo che potrei farcela.»

«Sto partendo. Devo portare qualcosa?»

«Se vuoi bere qualcosa di diverso dal Wild Turkey o dal latte...»

«D'accordo. Ci vediamo fra venti minuti.»

Dan pensa di farsi una doccia, poi si prenderebbe a calci. Si vuole forse fare bello per un appuntamento, o qualcosa così? Inizia a mettere a posto il casino che c'è nel soggiorno, perché quello non è un tirarsi a lucido, ma semplicemente una questione di buone maniere. Ma poi viene distratto quando prende per caso in mano il libro *Il condizionamento dell'atleta equino*. Lui e Justin avevano entrambi iniziato a leggerlo, e nelle poche occasioni in cui avevano voluto leggerlo allo stesso tempo, avevano bisticciato. Ma poi avevano iniziato ad annotare sui margini dei messaggi per l'altro, ed era diventato un gioco. Era iniziato in maniera innocente, con Dan che aveva sottolineato qualcosa che avrebbero potuto provare nella scuderia, ma alla fine i commenti erano diventati molto espliciti e di natura sessuale, con entrambi che suggerivano all'altro cose che avrebbero dovuto provare nel letto, o nella doccia, o contro il muro della cucina... Dan è contento di essersi imbattuto nel libro adesso, invece di essersene ricordato dopo averlo imprestato a qualcuno. Per un attimo gli viene in mente l'immagine di Tatiana che legge quel libro e Dan si sente in imbarazzo. Non vuole buttarlo via, ma deve trovare un posto sicuro dove metterlo. Per un momento pensa di darlo come memento da esporre alla veglia.

Qualcuno bussa alla porta, socchiusa come al solito, e Jeff è lì. Vede Dan seduto per terra, circondato da oggetti, e si avvicina, rimanendo in piedi. «Allora? È avanzato qualcosa?»

Dan sorride. «Potrei avere esagerato un po' con la minaccia. Non ha ancora finito di cuocere.»

Jeff alza un sopracciglio. «Stavo parlando del bourbon.» Dan fa per alzarsi, ma Jeff lo ferma. «Non ti preoccupare, posso prendermelo da solo. I bicchieri sono...?» Entra in cucina e Dan lo dirige prima verso la credenza, poi alla bottiglia sulla tavola. Jeff riempie il suo bicchiere e porta la bottiglia per rabboccare quello di Dan.

Jeff si siede sul divano a cui è appoggiato Dan, e Dan pensa che se si spostasse anche solo di un pollice, le sue spalle toccherebbero la gamba di Jeff. Non lo fa. Jeff guarda il libro che Dan ha in mano, e poi le pile di oggetti disseminati per la stanza. «Stai organizzandoti?», chiede con gentilezza.

«Stavamo cercando delle cose. Per la veglia. Sei mai andato ad una veglia?»

Jeff lo guarda sorpreso. «Beh, sì. Tu invece no?» Dan scuote la testa in diniego e Jeff aggrotta le sopracciglia. «Sei nella linea di ricevimento domani?»

«Così pare. Sembra un po' strano. Devo solo stare lì in piedi e lasciare che la gente mi passi davanti dicendo cose belle su Justin?»

Jeff sorride e poi scivola giù dal divano per sedersi di fianco a Dan sul pavimento. Le loro spalle adesso si stanno decisamente toccando. Dan è attento a non aumentare o diminuire la pressione, e come risultato siede quasi completamente immobile. «Sì, direi di sì. Generalmente chi va conosce qualcuno meglio di altri, quindi aspetteranno di dire le cose più significative a chi conoscono. Per esempio, se non ti conoscessi, passerei da te e ti stringerei la mano, dicendoti, 'Sono Jeff Stevens. Faccio affari coi genitori di Justin. Le mie più sentite condoglianze.' E tu diresti...» Jeff alza un sopracciglio per indicare che Dan deve continuare.

«Sono Dan? Justin e io... Cristo, devo darci un nome? Del tipo, fidanzati o compagni o qualche stronzata simile? Posso dire che scopavamo?»

«Sì, puoi. Sarebbe fantastico. Se risalire tutta la fila e scambiare insulse frasi di circostanza con degli estranei, almeno che abbia il divertimento di vedere la faccia della gente quando ti presenterai in quel modo.» Jeff dà un colpetto alla spalla a Dan, disturbando così l'attento bilanciamento della pressione fra i due. A Dan non importa, anzi, gli dà una gomitata di risposta.

«Va bene, certo. Così poi avrei da fare i conti con un altro funerale, visto che Molly stramazzerebbe al suolo per un infarto.»

Dan sente la vibrazione della risata di Jeff attraverso le spalle, l'una accanto all'altra. È una bella sensazione.

Bevono in silenzio per un po', poi Jeff dice, «Sono stato nella linea di ricevimento una volta sola. Al funerale di mio padre.»

«È stato difficile?»

«No, non è stato terribile. Non eravamo vicini, quindi... sai, ci sono sempre rimpianti, come dice la canzone di Springsteen, ma... non è stata fatta una cosa in grande, in realtà.»

Dan aspetta, ma Jeff non aggiunge altro. Dan risponde, «Mio padre è ancora vivo, per quanto ne so. E non ho scoperto che mia madre era morta se non otto mesi dopo che era accaduto, quindi... non ci sono state grandi formalità.»

Jeff rimane immobile, poi chiede a bassa voce, «Come è successo?»

Dan non è sicuro del perché si stia aprendo. Gli piace Jeff, vuole che Jeff lo conosca, ma non sa perché gli sta dicendo per prime le cose peggiori. «Mia madre si è ammalata di cancro quando ero un adolescente. Una moglie che stava male, un figlio gay – era troppo da sopportare per mio padre, quindi non l'ha fatto. Se n'è andato. Per questo non so niente su di lui.» Dan beve un lungo sorso. «Mia madre si è ripresa, si è risposata – ma neanche il nuovo uomo era molto felice del figlio gay, quindi... me ne sono andato. Dopo un po' mi è capitato di passare di lì, ma si erano trasferiti. Ho chiesto a una vicina, e mi ha detto di mia madre. Immagino che il cancro sia ricomparso.»

Il timer del forno suona e Dan si affretta ad alzarsi in piedi, incredibilmente felice per l'interruzione. «Vuoi mangiare qui o al tavolo?»

Jeff lo guarda dal basso. «Sono davvero comodo qui.»

«Vuoi del ketchup sopra i maccheroni?»

«Mio dio, no. Non con quelli fatti in casa, barbaro!»

Dan alza le mani per respingere la critica e va in cucina. Usa un panno per tirare fuori la casseruola dal forno, poi un grosso cucchiaio per riempire di cibo due piatti. Anche avendo fatto delle porzioni generose, ne avanza molto.

Dan afferra due forchette e poi torna da Jeff, che, mentre Dan si siede, prende in consegna i piatti; i due poi li bilanciano sulle loro ginocchia mentre mangiano.

Dopo il primo boccone, Jeff sorride. «Sia ringraziato il cielo per zia Debbie – sono veramente buoni.»

«Sia ringraziato Chris, è lui che li ha rubati per noi.»

Jeff aspetta di aver finito di masticare la sua seconda forchettata. «Sembra un tipo in gamba. Ti mancherà, se ti trasferirai in California?»

Dan scrolla le spalle, poi sorride. «Perché, intendi inventarti un lavoro anche per lui? Vuoi attirarlo laggiù?»

Jeff scuote la testa. «Come se io avessi i soldi per farlo. Non confondermi con Evan, ragazzo. Inoltre, se pensi che il tuo posto sia immaginario, avrai una gran sorpresa il primo giorno di lavoro.» Jeff osserva Dan con la coda dell'occhio. «Ti trasferirai, vero? Accetterai il lavoro?»

Dan scrolla le spalle. «Non so. Voglio dire... sicuramente me ne vado via da qui. Sono stato in Kentucky per cinque anni, ed è decisamente troppo.» Non lo dice, ma sa che Jeff sente il silenzioso – *E non più c'è niente che mi leghi qui.* Ad alta voce aggiunge, «E il lavoro sembra bello, e voi sembrati davvero gentili.»

«Allora perché non accettare?»

«Non so.» Dan è frustrato dal fatto che questa è la migliore risposta che riesca a dare. «Cioè, come ho detto, il lavoro è interessante, tutti sono sembrati gentili, ma – non sono sicuro di quello che sarebbe il mio ruolo, lì. Capisci? Per esempio, non so, sarei lo stalliere? E allora che cosa ci faccio a pranzo alla casa principale? Sono un amico? Allora perché vengo pagato?» Dan guarda Jeff con aria interrogativa. «Non ti sei mai sentito così?»

Jeff scrolla le spalle. «È stato un po' diverso per me – voglio dire, sono stato prima un amico di famiglia, e non sono mai stato esattamente un dipendente. Ero più che altro un consulente esterno – davo lezioni a Tat, ma quelle erano più o meno tre ore alla settimana. Non era il mio lavoro a tempo pieno. E non ho mai abitato sulla proprietà. Ma, sì, capisco che cosa vuoi dire.» Finisce l'ultimo boccone di maccheroni. «Sarebbe più facile per te se fosse solo un lavoro? Se non passassi del tempo libero con la famiglia, facessi solo il tuo lavoro e poi andassi a casa?»

Dan ci pensa un po'. «Sì, forse. Cioè, non vorrei passare per scortese – mi stanno simpatici entrambi. Non è che non *voglio* essere amichevole. È solo – strano.» Jeff annuisce, e Dan continua. «Anche nel tuo caso, non ti dà mai fastidio? Cioè, sono sicuro che stai bene, ma Evan è ricco sfondato. Potrebbe comprarti e venderti con i suoi spiccioli, giusto? Non ti infastidisce?»

Jeff si guarda le mani. «Mi piacerebbe dire 'no'. Mi piacerebbe dire che non mi può comprare, perché non sono in vendita. Ed è vero, ma... sì, mi dà un po' fastidio. I soldi per lui non sono un limite. Per me, sì. Alle volte è difficile tracciare una linea da non superare, capire in che cosa va bene che lui spenda e in che cosa invece no.» Jeff appare pensieroso, come se stesse decidendo quanto vuole condividere. «In tutta onestà, è una delle maggiori ragioni per cui teniamo la nostra storia casuale, almeno dalla mia prospettiva. Ci tengo a lui, ma non posso lasciare che la mia vita venga completamente intersecata alla sua, capisci?»

«Sì, capisco.» Dan si sposta un po', volendo guardare Jeff. Le loro spalle si allontanano, ma ora si toccano le loro cosce. Per un momento Dan è distratto da questa nuova sensazione, questo nuovo calore, ma poi riesce a chiedere, «E dalla sua prospettiva? Perché *lui* è d'accordo col tenere le cose casuali?»

Jeff sghignazza. «Dalla sua prospettiva? Ha il meglio dei due mondi – ha me per la sicurezza, qualcuno da cui tornare a casa, e continua a potere cacciare tutte le cose luccicanti che vede.» Jeff ha un sorriso da predatore, che serve a Dan per ricordare che lui è stata una delle «cose» che Evan ha cacciato.

Dan sente il suo corpo rispondere leggermente a quell'espressione e la sua voce si abbassa impercettibilmente quando chiede, «E tu? Non ti piacciono le cose luccicanti?»

Gli occhi di Jeff sono intensi e anche la sua voce si è abbassata. «Non sono cieco, Dan. Naturalmente mi piacciono le cose luccicanti. E mi piacciono anche di più quando scopro che non sono solo belle all'esterno.» Jeff fissa Dan per un minuto, poi muove le gambe e si alza in piedi. Prende i piatti dal tavolino da caffè e li porta in cucina. Mentre si muove, dice «Ma cerco di essere un po' responsabile. Cerco di essere sicuro di non approfittarmi di qualcuno che sta passando un brutto momento, e cerco di assicurarmi che le relazioni non diventino più complicate di quanto sia necessario solo per causa mia.»

Jeff torna indietro, ma si ferma a metà strada, vicino alla porta. «E cerco di proteggermi un po'. Se c'è qualcuno a cui credo di potere tenere, prima di buttarmi cerco di essere sicuro che sia in grado di tenerci a sua volta. Sono troppo vecchio per pensare che un cuore spezzato sia romantico.»

Dan non ha pensato a quale possa essere la prospettiva di Jeff prima d'ora. In realtà non ha neanche *pensato* molto alla propria, di prospettiva. Ha solo agito a livello istintuale e il suo corpo ha risposto allo stimolo della presenza di Jeff, che lo sta osservando, apparentemente conscio del fatto che Dan stia assimilando le sue parole.

«Sì, posso capire. Credo... credo che sia un bene che tu abbia la testa sulle spalle, che tu sia... responsabile.» Dan sa che dovrebbe fermarsi lì, per molte ragioni. Ma per qualche motivo, non riesce a trattenersi. «Però... qualche volta, non hai voglia semplicemente di dimenticare tutto, fare solo quello che ti fa sentire bene in quel momento?» Dan alza gli occhi, lascia intravedere tutta la passione che ha provato in presenza di Jeff.

Il corpo di Jeff si muove lievemente in avanti in risposta, ma i suoi piedi rimangono fermi al suolo e la sua mano continua ad afferrare lo stipite della porta, anche se aumenta la pressione con cui lo stringe. «Dannazione, ragazzo. Non ne hai idea,» dice con un brontolio basso, quasi con un ringhio, e poi esce dalla porta e scompare nella notte.

CAPITOLO
QUINDICI

DAN dorme per quasi tutta la mattina seguente. Lo sveglia una chiamata di Chris, che vuole mettersi d'accordo sull'ora a cui passare a prenderlo per andare alla veglia. Dan trova il suo unico vestito nell'armadio e spera che sia appropriato. È grigio scuro, ma forse dovrebbe essere nero? Non lo sa e, davvero, non gli importa molto. Justin era con lui quando ha comprato quel vestito e questo gli basta. Lo sforzo che impiega per lucidare le scarpe e scegliere la cravatta giusta è minimo. Finisce col mettersene una di Justin. Probabilmente adesso sono sue.

Scende al piano di sotto per aspettare Chris e Robyn gli tiene compagnia. Gli dice che finirà i lavori nella scuderia, poi andrà a casa a cambiarsi e li raggiungerà alla sala mortuaria. Dan annuisce. Sarà un sollievo vedere qualcuno che conosce, ma a parte quello non sa che cosa Robyn potrebbe dire a lui o a Karl e Molly che non sia stato detto qui, nella scuderia. Questo intero rituale va al di là della sua comprensione.

Chris arriva, e Dan sale sul fuoristrada, salutando con la mano Robyn. Guidano fino alla camera ardente rimanendo per lo più silenziosi, poi Chris parcheggia e si avvia verso l'ingresso con Dan, che però davanti alla porta si ferma. Chris gli rimane vicino, discretamente, fino a quando Dan non si è ripreso, poi varcano insieme la soglia. Si trovano in un corridoio centrale, con delle porte a destra e a sinistra. Nella stanza sulla destra ci sono delle persone che Dan pensa di riconoscere come parte della famiglia allargata di Justin, ma gli occhi di Dan sono attirati verso quella sulla sinistra, dove dei fiori sono disposti intorno ad una bara.

151

Per qualche ragione, Dan non si aspettava questa cosa, e non sa se riuscirà ad affrontarla. Guarda Chris. «È» – fa un cenno alla bara – «è Justin?»

Chris ha l'aria di non sapere come rispondere. «È il suo corpo.»

Dan annuisce. Forse sarebbe più facile fare finta che lui e Justin avessero una relazione puramente spirituale, ma la realtà è che, insieme a tutto il resto, Dan amava il corpo di Justin. Amava le sue spalle larghe, le mani forti, le sue gambe muscolose, il suo sedere sodo, il suo uccello entusiasta... Dan fa un paio di passi fino ad una piccola alcova e afferra la sua fiaschetta. Aveva pensato di provare ad affrontare questa cosa senza l'aiuto dell'alcol, ma è stata un'idea sciocca. Ha bisogno di qualcosa che lo anestetizzi un po'. Fa due grossi sorsi e anche prima che l'alcol entri in circolo, Dan è un po' più distratto, un po' più calmo. Il bruciore nella gola si espande fino allo stomaco e poi nelle sue braccia. Chris gli è accanto e lo guarda silenzioso.

«Vuoi andare a vederlo?», gli chiede.

«Non so se posso farlo,» risponde Dan quasi sussurrando. «Voglio dire, non so se riuscirei ad andare avanti col resto della veglia, se lo faccio.»

Chris annuisce leggermente. «Allora, che si *fotta* il resto della veglia. Dan, di che cosa hai bisogno? Vuoi dirgli addio adesso? Perché se è quello di cui hai bisogno, va bene, possiamo tenere le porte chiuse per tutto il tempo.»

Dan si gira verso Chris e può sentire il vuoto nella sua stessa voce. «Non posso avere quello di cui ho bisogno.»

La facciata di stoicismo di Chris si incrina, solo un po', ma poi l'uomo riesce a ricomporsi. Dan lo nota e cerca di imitare la forza del suo amico. «Continuerà a rimanere qui anche dopo la veglia? Posso andare, mettermi in fila, salutare la gente e vederlo dopo, prima che se ne vada?»

Chris annuisce. «Sì, lo puoi fare.» Tira fuori la sua fiaschetta personale dalla tasca interna della giacca e beve un sorso. Dan si chiede come fa la gente ad affrontare queste cose da sobria.

«Facciamo così, allora,» dice Dan, e lui e Chris si dirigono verso la stanza sulla destra. Karl e Molly sono lì, ed entrambi interrompono quello che stanno dicendo quando vedono Dan entrare. Lui è tentato di uscire di nuovo, ma continua a camminare in avanti, verso di loro, che stanno camminando verso di lui. Molly lo raggiunge per prima, e i suoi occhi sono asciutti. Gli prende la mano, e Dan si concentra sull'ostilità che prova nei suoi confronti, perché sa che se si permette di provare dell'affetto per lei, cadrà a pezzi. Cerca di fare la stessa cosa con Karl, cerca di provare disprezzo per l'uomo quando questi gli stringe le spalle, ma non può fare a meno di ricordare il modo in cui Karl si comportava con Justin, quanto era fiero dei suoi successi, quanta sincera gioia provava nel vedere Justin felice. Dan sa che queste persone amavano Justin e sa che anche Justin le amava. Dan non ha parole per loro, ma quando lo abbracciano lui li abbraccia, e spera che capiscano.

L'impresario delle pompe funebri arriva e li aiuta a formare una linea. Sono stati inclusi molti parenti di Justin, tanto che la fila finisce per snodarsi lungo due pareti della stanza. Dan sa che di tutte quelle persone, le uniche che Justin vedeva più di una volta all'anno sono Molly, Karl e lui. Molly è al fondo della linea, la sua mano stretta in quella di Karl, e Dan è vicino a Karl. Chris arriva e dice poche parole sottovoce ad ognuno di loro e Dan si stupisce di nuovo di quanto il suo amico sia capace di gestire la situazione. Dan pensa che se la carriera di avvocato non andasse a buon fine, Chris avrebbe uno splendido futuro nel campo delle pompe funebri.

Poi le porte vengono aperte, e la gente inizia ad entrare. Dan riconosce la maggior parte delle persone, ma alcuni gli sono sconosciuti e si gira verso Karl e Molly in panico. «Mi sono dimenticato – non mi importa come chiamarmi – che cosa volete che dica?»

I due lo guardano con aria di chi non capisce, e Dan soffoca una risatina quando si rende conto che credono lui abbia chiesto se vogliono che usi uno pseudonimo. «Voglio dire per quel che riguarda la mia relazione con Justin,» chiarisce.

«Oh.» Karl e Molly si scambiano uno sguardo. «Beh, onestamente... quando parliamo di te, generalmente ti chiamiamo l'amico di Justin.» Molly sorride. «Voglio dire, tutti quelli che conoscono Justin possono capire che cosa voglia dire e se non lo conoscono non sono davvero affari loro.»

A Dan non piace molto questo ragionamento, ma non lo discute. Ha solo bisogno di sopravvivere a questa giornata, e d'altra parte gli ha detto che *non* gli importa. E non ha molto tempo – i primi visitatori sono passati velocemente dai parenti di Justin e sono quasi arrivati a Dan.

Almeno li riconosce. Sono dei completisti locali. Justin ha gareggiato contro di loro quand'era più giovane e Dan continua a vederli quando porta i cavalli agli spettacoli equestri. Allunga la mano e Travis gliela stringe, ma Natalie lo abbraccia e Dan la lascia fare. Quando si allontana la donna sta versando qualche lacrima e Dan combatte per non imitarla. Se basta questo per farlo piangere, Dan in poco tempo sarà distrutto.

«Ci mancherà davvero, Dan. Voglio dire, ci mancava già, ma adesso...» Natalie smette di parlare.

«E lo so che non è giusto, ma almeno adesso la gente sembra dare davvero peso alla sicurezza. Abbiamo visto una dimostrazione di ostacoli frangibili la scorsa settimana, avevano l'aria di essere davvero buoni.» Travis sembra sincero, e Dan è d'accordo sul fatto che i nuovi materiali siano più sicuri.

E poi non ci sono più, sono passati a Karl e Molly, e Dan si trova davanti la persona successiva, una signora anziana che non riconosce. Dan vede Chris aggirarsi sullo sfondo, pronto ad intervenire se Dan si mettesse nei pasticci. Allunga la mano e si ricorda di essere gentile quando la stringe, e poi dice, «Sono Dan, l'amico di Justin.» Sulla punta della lingua ha la frase 'quello con cui scopava', ma la ricaccia indietro.

«Il suo amico?» La donna guarda la sua posizione nella fila, e poi fa un sorrisetto. «Oh, si dice così oggigiorno? Beh, le mie più sentite condoglianze particolarmente a te, allora. Dio solo sa che era un giovane di bell'aspetto. Così alto...»

La compagna della donna, altrettanto anziana e delicata, ha finito di parlare allo zio di Justin, e si inserisce nella conversazione. «Spalle larghe e un volto così attraente,» dice, ed entrambe le donne annuiscono in accordo. Dan si scopre stare annuendo insieme a loro, ma nota che lo guardano come se si aspettassero un suo commento.

Dan è tentato di lasciarsi andare a una rapsodia sull'uccello di Justin, ma è quasi del tutto certo che questo farebbe intervenire Chris, anche se non è convinto che le vecchine avrebbero di che ridire. Aggiunge semplicemente, «Sì, mi mancherà davvero molto,» e le signore passano oltre.

Il pomeriggio continua su questa vena. Dan scopre che è troppo impegnato a scambiare frasi di circostanza per provare davvero dolore, e le poche volte che qualcuno crolla di fronte a lui è troppo occupato a cercare di consolarli per potere unirsi alla loro sofferenza. E Chris aveva ragione: in qualche modo è gratificante vedere quanta gente è stata toccata dalla vita di Justin.

Dan si prende qualche pausa, va a farsi un sorso o due con Chris nel corridoio sul retro, ma tutto considerato il pomeriggio è più irritante che doloroso. Tuttavia è comunque sollevato quando la lancetta corta dell'orologio a pendolo si avvicina al numero otto.

Non si è reso conto di quanto attentamente abbia osservato la porta fino a quando non si apre e Dan vede comparire la faccia di Jeff; e non si è reso conto di quanto si sia attaccato all'uomo fino a quando non prova una fitta di delusione nel vedere Jeff girarsi e sorridere quietamente a Evan, che lo segue insieme a Tatiana. Dan sa che sta scherzando col fuoco, sa che non sta pensando in maniera razionale a causa del dolore e dell'alcol, ma aveva aspettato con impazienza la possibilità di passare un po' di tempo da solo con Jeff. Non necessariamente aspettandosi che capitasse qualcosa, ma semplicemente per crogiolarsi nel calore della presenza di Jeff, come un gatto davanti al fuoco. Ma adesso Evan è qui, e a Dan passa per la mente il pensiero crudele che sia presente più per rivendicare Jeff, che per offrire le sue condoglianze.

Appena Evan gli è davanti, tuttavia, Dan si sente in colpa per essere stato così meschino. Il ragazzo è così genuino, così... Dan vorrebbe chiamarlo puro, anche se non sembra essere il termine migliore, vista l'esperienza in prima persona che Dan ha avuto con le sue tecniche di approccio. Ma anche allora, era sembrato sincero, troppo intenso, sì, ma non sordido. Ed è lo stesso adesso. Anche solo il fatto che sia lì è troppo. È assurdo che abbia volato per metà nazione per porgere i suoi rispetti ad un uomo che non ha mai conosciuto, tutto a causa di un uomo con cui ha passato solo una manciata di ore. Ma Dan non è abbastanza arrogante da pensare che potrebbe davvero rappresentare una minaccia per la relazione di Jeff ed Evan, anche se lo volesse, quindi sa che Evan non è qui per rivendicare i suoi diritti su Jeff. È qui perché è Evan. È esagerato in ogni cosa.

Evan sembra stare trattenendosi dall'abbracciare Dan, ma è così chiaro che desidera farlo che Dan si arrende e lo lascia fare. In quella giornata è stato abbracciato da persone che non ha neppure mai incontrato, quindi, in confronto, abbracciare Evan ha senso. Evan scioglie l'abbraccio e lo guarda negli occhi, dicendo, «Davvero, le mie più sentite condoglianze, Dan. Non ho mai avuto la possibilità di incontrarlo, ma Tata è una tale fan che mi sembra di averlo conosciuto. Avrei voluto poterlo fare.»

Dan annuisce. Anche lui ha la sua lista di desideri per quel che riguarda Justin. Non sono più realizzabili di quanto lo sia quello di Evan. «Grazie per essere venuto. È un lungo viaggio.»

Evan scrolla le spalle. «Beh, magari visiteremo i cavalli mentre siamo qui. Apparentemente Tata sta sviluppando un certo interesse per Sunshine.» Evan sorride e passa a parlare a Karl e Molly, ma tiene un occhio vigile su Tatiana, che sta avvicinando Dan.

«Spero non sia un problema che siamo venuti. Mi sono resa conto... mi sono resa conto che non ti ho mai detto di come mi sono interessata al mondo dell'equitazione. È stato...» Tatiana è agitata, guarda Evan, che le sorride gentilmente, e la ragazza riprende a parlare. «È stato il Rolex, due anni fa. Stavo guardando la televisione, e» – scrolla le spalle timidamente – «beh, ovviamente Justin mi ha colpita perché era così bello, ma quello che mi ha fatto venir voglia di provare lo sport è stato quanto sembrava felice. Non solo quando ha vinto, ma durante tutta la gara. Aveva l'aria di amare davvero ogni minuto di quello che stava facendo. Anche quando sono passati in mezzo a quel fosso, e la sua faccia si è tutta sporcata di fango, stava sorridendo tutto il tempo.» Si ferma, apparentemente combattuta tra l'imbarazzo di aver parlato e il ricordo della gioia di quel momento. «Sembrava star facendo esattamente quello che era destinato fare.»

Dan non può crederci. È riuscito a passare quasi quattro ore di questa merda con la sua dignità intatta, solo per finire a pezzi a causa di una ragazzina di quindici anni? Dan fa un respiro profondo e tremante. I suoi occhi sono pieni di lacrime, ma non sono ancora cadute, e, se Tatiana se ne va, Dan pensa di poter essere ok.

La ragazzina si sta muovendo, i suoi piedi si stanno muovendo, e poi si volta indietro e aggiunge a bassa voce, «Sei stato così fortunato ad averlo conosciuto,» e Dan è spacciato. Per il momento sta solo piangendo, ma sente che stanno per iniziare a singhiozzare, e sa che deve uscire di lì. Karl lo guarda con preoccupazione mentre conduce Tatiana più avanti, e Dan se ne va. Non c'è quasi più nessuno in fila, ma non gli interessa. Barcolla fino al corridoio sul retro, ma non è abbastanza lontano, e allora continua a camminare, trova un'uscita di sicurezza e la spalanca. Una volta che è all'aria aperta crolla contro il muro esterno dell'edificio, alza una mano sopra la testa e inizia a dare pugni alla parete di mattoni, il suo corpo scosso dai singhiozzi. Justin non c'è più. Dan *è stato* fortunato a conoscerlo, fortunato ad amarlo, incredibilmente fortunato ad essere riamato, e ora è tutto finito, e Dan è solo, e non sa se riuscirà a sopportarlo.

Sta piangendo così disperatamente che gli fa male il petto, e vorrebbe fermarsi, ma non ce la fa. Justin non c'è più; la sua risata non c'è più; il suo stupido sorrisetto compiaciuto che faceva diventare matto Dan non c'è più. Sbatte di nuovo contro il muro, si sente fare uno strano suono, una specie di ringhio pieno di sofferenza. Justin non lo bacerà mai più, non lo guarderà mai più con quello sguardo malizioso mentre accarezza con una mano lo stomaco di Dan, non lo toccherà mai più e Dan davvero non sa come potrà accettare questa idea. I singhiozzi di Dan sono così forti che quasi non riesce più a respirare, e sente le sue gambe cedere, non reggerlo più, e non gli importa, si lascia scivolare a terra. Non arriva molto lontano però; delle mani forti afferrano le sue braccia, alzandolo gentilmente. Dan quasi le combatte, vuole finire per terra e rimanere lì fino a quando il suo cuore non scoppierà, finalmente, uccidendolo, in modo da poter di nuovo essere con Justin, ma è troppo stanco per lottare. Allora si lascia semplicemente crollare. Il dolore è ancora lì e i singhiozzi lo stanno ancora scuotendo, ma Dan sente dei corpi caldi che lo circondano, può sentire che le sue braccia vengono fatte passare su delle spalle e sente di venire guidato fino ad un davanzale, dove viene fatto sedere. Le persone che sono con lui si girano velocemente e si siedono ai lati di Dan, tenendolo su per non farlo cadere.

Dan si ripiega su se stesso e appoggia i gomiti alle ginocchia, la fronte sugli avambracci, e continua a piangere. C'è una mano, confortante, che gli accarezza la schiena, e poi sente il rumore di piedi sulla ghiaia e qualcosa di bagnato e fresco gli viene posato sul collo. Un paio di volte pensa forse di aver esaurito le lacrime e fa un respiro profondo, ma poi i singhiozzi ritornano e ricomincia a piangere.

Infine, il pianto finisce. Dan si sente esausto, ma ha di nuovo il controllo di sé. Gli viene messo qualcosa in mano e sente la voce di Jeff dire, «Ok, ragazzo, bevi qualcosa, adesso.» È ancora piegato su se stesso, ma si alza un poco e ubbidientemente si porta la bottiglia alle labbra. Il liquido fresco che gli scorre sulla lingua va per traverso.

Chris è lì e ride sommessamente. «Si aspettava del bourbon.»

La mano di Jeff interrompe i movimenti circolare sulla schiena di Dan e inizia a dargli qualche pacca. «Prendiamoci una pausa da quello, ragazzo. Non puoi sopprimere le emozioni all'infinito.» Guida la mano di Dan in modo che la bottiglia sia di nuovo alla sua bocca, e obbedientemente Dan fa un altro sorso. Adesso che sa che cosa aspettarsi, l'acqua è gradita. Con l'altra mano prende il fazzoletto che qualcuno ha bagnato e appoggiato sul suo collo, e lo usa per lavarsi la faccia. Il pezzo di stoffa non è più fresco, ma è sempre meglio di niente. Quando ha finito lo tiene semplicemente in mano, ma Jeff con gentilezza se ne impossessa, insieme alla bottiglia, vi versa sopra un po' d'acqua e lo strizza, quindi glielo restituisce. Questa volta, quando se lo passa sul volto, *è* fresco e per poco Dan non ricomincia a piangere dalla gratitudine.

I tre siedono così per un po', poi Dan si sente un po' meglio e si raddrizza. Jeff continua a tenere un suo braccio sulle spalle di Dan e Chris è una presenza stabile al suo fianco. Dopo un altro po', Dan si riprende abbastanza da sentirsi imbarazzato.

«Merda, ragazzi, mi dispiace –» inizia, ma non viene fatto continuare.

«Sta zitto, Danny.»

«No, ma...»

«Danny, sono serio, non voglio sentirti dire nulla.» La voce di Chris è decisa, ma ha gli occhi pieni di lacrime. «Justin era il mio migliore amico e tu e lui insieme eravate fantastici. Che tu abbia avuto un piccolo crollo? Questo è assolutamente il *minimo* che la sua memoria si meriti.»

Dan non ha pensato di vedere le cose da questa prospettiva. Ma anche in quel caso non avrebbe dovuto trascinare Jeff in questa situazione. Si gira verso Jeff, apre la bocca per chiedere scusa e Jeff alza una mano per interromperlo. «Considero i maccheroni al formaggio un adeguato pagamento per la mia parte in tutto questo.» Sorride e fa scivolare la mano sulle spalle di Dan, poi gli afferra il collo e lo scuote leggermente.

Dan riesce a trovare un sorriso e ad annuire. Il suo autocontrollo è tornato appena in tempo, sembra, perché l'impresario delle pompe funebri apre la porta e sembra che voglia dire qualcosa. Chris si alza e va a parlargli a bassa voce, poi ritorno e si accovaccia vicino a Dan.

«Danny, vogliono chiudere per la notte e mettere via la bara. Se vuoi vederlo, adesso è il momento giusto.» Dan lo guarda spaventato e Chris aggiunge, «Ma non deve essere fatto per forza adesso. Hanno un programma, ma possiamo cambiare le cose come vogliamo, se non te la senti.»

Dan ci pensa un attimo. È stanco, ma, in un certo senso, si sente anche purificato, come se il piangere avesse lavato via tutte le stupidaggini che si erano frapposte fra lui e il suo sentire. In realtà gli sembra il momento migliore per dire addio. Si alza e cerca di rassettare il vestito. «No, sto bene. È meglio che lo faccia adesso.»

Chris e Jeff sembrano nutrire dei dubbi, ma Dan si dirige verso la porta e quindi lo seguono. Passa attraverso il corridoio e si ferma fuori dalla stanza dove si trova Justin. Jeff e Chris sono dietro di lui e l'impresario delle pompe funebri si avvicina. «Il signore e la signora Archer sono già andati a casa, quindi faccia pure con calma.»

Dan annuisce e poi entra. Sente il lieve rumore delle porte che si chiudono alle sue spalle.

Si guarda intorno. Questa è la stanza dove hanno disposto la maggior parte dei cimeli. Ci sono foto di Justin a tutte le età, su una serie diversa di cavalli, e Dan traccia con le dita un'immagine di Justin e Willow che lavorano nel rettangolo di dressage alla scuderia. Tatiana aveva ragione; anche solo durante gli allenamenti, Justin era felice. Aveva l'aria di stare facendo quello che era nato per fare. Dan guarda alcune altre foto ed è sorpreso da quante ce ne sono anche con lui. Ce n'è una che non ha mai visto prima, anche se ricorda il giorno in cui è stata scattata. Erano alla casa estiva di amici, con i Foster. Chris era dovuto tornare in città per lavoro, ma Dan e Justin erano rimasti lì e avevano passato la giornata nuotando e andando in barca. La foto era stata scattata proprio mentre il sole stava tramontando. Dan è seduto per terra vicino al lago, mezzo steso contro un grosso tronco trasportato lì dalla corrente, e Justin è appoggiato contro il suo petto; una mano di Dan gioca con i capelli di Justin, l'altra è intrecciata con quella di Justin. Sono entrambi girati verso il tramonto, e i loro volti sono illuminati dalla luce riflessa. Justin sta guardando il lago, ma la testa di Dan è inclinata verso il basso e guarda Justin, e l'amore nei suoi occhi si legge chiaramente. Dan si chiede chi abbia scattato quella foto e perché chiunque sia stato non gliene abbia mai dato una copia. Si chiede anche perché i genitori di Justin abbiano voluto che Dan si presentasse con un amico di Justin quando hanno esposto allo stesso tempo una fotografia che fa vedere chiaramente quanto fosse più di un semplice amico.

Ma tutto quello non è che un modo di distrarsi prima della cosa più importante. Gli occhi di Dan sono inesorabilmente attirati dalla bara, in un angolo. Sa che deve farlo in fretta. La sua crisi di pianto può averlo momentaneamente svuotato, ma sente che se ne sta preparando un'altra, e vuole essere il più perfetto possibile per Justin. Fa un respiro profondo e attraversa la stanza.

Quando guarda nella bara, si sente un po' come se gli avessero dato un pugno allo stomaco, senza fiato. Justin appare più vivo in quel momento di quanto non sia apparso nell'ultimo anno ed è quanto basta per far sì che Dan debba reprimere una piccola, irrazionale speranza che si sia compiuto un miracolo. Quando guarda più attentamente, è chiaro che il trucco non ha potuto che dargli quella esile parvenza di vita. Justin non c'è più. Dan pensa di toccarlo, ma decide di non farlo. Ha sempre toccato Justin in ospedale, sperando in qualche reazione, ma non ne ha mai avuta nessuna. Almeno là, però, la pelle era calda. Dan non vuole che il suo ultimo contatto con questo vibrante, appassionato uomo sia il freddo di una camera mortuaria e la consistenza cerosa del trucco che gli è stato messo. Dan dà un'ultima occhiata al corpo di Justin e si allontana. Non ha bisogno di dire addio: quello non è Justin.

Non se ne va, però. Invece ritorna alla fotografia del lago, e allunga la mano per toccarla. Non ha parole, ma sente tutto l'amore che prova nel suo cuore e cerca di farlo passare attraverso la punta delle sue dite, cerca di mandarlo attraverso la fotografia fin a dove Justin si trovi in quel momento. Sta piangendo di nuovo, ma sa che va bene, sa che non perderà il controllo. Sorride anche un poco, pensando a quel giorno e a tutti gli altri fantastici giorni che hanno passato insieme. Avrebbero dovuto essercene di più, ma è felice di averne avuti così tanti, e sa di avere trovato la risposta alla domanda che si è fatto l'altra notte davanti al box di Monty. Sì, ne vale la pena. La sofferenza provocata dal dolore è terribile, è durissima da sopportare, ma la gioia che provoca l'amore vale il dolore che si prova. Dan non rimpiangerà mai di aver conosciuto e amato Justin, anche se il loro amore gli è stato portato via troppo presto.

Si asciuga le lacrime e si prende un minuto per ricomporsi. Quindi afferra la fotografia nella sua semplice cornice di legno. Va alla porta, apre un battente ed esce; non è sorpreso di vedere che Jeff e Chris lo stanno aspettando preoccupati. Lo guardano attentamente e Dan riesce a sorridergli.

Jeff gli si avvicina. «Stai bene, ragazzo?»

Dan si gira verso di lui con un piccolo sorriso. «Devi trovarmi un altro soprannome.» Jeff lo guarda senza capire e Dan sorride un po' di più. «Evan è il 'ragazzo'. Puoi trovare qualcos'altro per me e, fino a che non lo avrai trovato, puoi chiamarmi Dan.» Quindi si gira verso Chris. «Non so questa di chi sia» – alza la fotografia – «ma me la prendo io.» Chris si limita ad annuire con un mezzo sorriso sulle labbra. Dan guarda attraverso le porte di vetro dell'ingresso. «C'è quasi la luna piena, un sacco di luce – ve la sentite di fare una passeggiata a cavallo?»

Jeff lo guarda con entrambe le sopracciglia alzate. «Sei sicuro di stare bene?»

Il sorriso di Dan è fragile, ma resiste. «No, sono completamente distrutto. Ma non credo che una cavalcata mi possa fare stare peggio.» Si gira e guarda Chris. «Ci stai?» Chris annuisce senza dire una parola, divertito, e gli occhi di Dan ritornano a Jeff. «Se senti l'età che avanza e hai bisogno di andare a farti una bella dormita, capiremo. Davvero, sono sicuro che lo proveremo anche Chris ed io, tra dieci o quindici anni. Non c'è problema.»

Il sorriso di Jeff si fa più largo. «Mi fai questo discorso e non ti posso chiamare 'ragazzo'?» Scuote la testa. «D'accordo, *Dan*, andiamo a cavallo.»

Si dirigono verso il parcheggio, Jeff prende una piccola borsa da viaggio dalla sua auto a noleggio e poi tutti e tre si infilano nel fuoristrada di Chris. La luna è brillante, l'aria è calda e viaggiano con i finestrini tirati giù. Non è perfetto, ma va bene. Questo, per il momento, è tutto quello di cui Dan ha bisogno.

CAPITOLO
SEDICI

JEFF sembra un po' sorpreso quando Chris non spegne il motore davanti alla scuderia. Dan salta giù dalla macchina e si gira verso di lui. «Vado solo a cambiarmi – vuoi farlo anche tu, qui?» Jeff guarda Dan senza capire. «Oh, Chris va a casa dei suoi a prendere i cavalli.» Dan sorride. «Ci avresti lasciato rischiare i cavalli da completo? Nah, i Foster tengono dei Quarter Horse – molto più indicati per questo genere di cose.»

Jeff annuisce, apparentemente piuttosto sollevato di sentire che non verranno usati i cavalli di Evan. «Sì, se non ti dispiace. Ho dei jeans nel borsone...»

Dan è già quasi arrivato alla porta della scuderia. «Sì, non c'è problema.»

Chris riparte, poi ferma il fuoristrada e chiede – «Jeff, vuoi una sella?»

Jeff appare incerto. Dan sorride e dice a bassa vice, «Va bene, Jeff, quando si invecchia le gambe perdono un po' della loro forza, e l'equilibrio...»

«Mi va bene quello che fate voi!» Jeff risponde ad alta voce, in modo da coprire la punzecchiatura di Dan. Chris fa un cenno d'assenso e si allontana.

«Che cos'è, una punizione per l'averti chiamato 'ragazzo'?» domanda Jeff. Sta cercando di sembrare offeso, ma si capisce che, soprattutto, è sollevato di vedere che Dan stia riuscendo a scherzare.

Dan dischiude la porta che dà sulle scale e s'incammina, apre l'appartamento ed entra. Mentre si toglie la giacca del vestito, prende in mano la fiaschetta; la studia per un momento, poi la posa. Probabilmente la userà più tardi, ma al momento non ne sente il bisogno. Trova la bottiglia di bourbon e, con fare interrogativo, la agita in direzione di Jeff, ma questi scuote la testa. Dan si sente un po' in imbarazzo. Generalmente non ha problemi con la nudità, ma, dopo la scena dell'altra notte, pensa sia il caso di rendere chiaro che non sta progettando di sedurre Jeff. Si aggira per la stanza, sentendosi un idiota. «Vado di là,» dice, indicando la camera da letto. «Puoi cambiarti qui o nel bagno, o anche aspettare che io abbia finito. Chris è veloce, ma si dovrà cambiare anche lui, poi prendere i cavalli e portarli fino a qui, quindi non abbiamo una vera fretta.»

Jeff annuisce e, mentre Dan lascia la stanza, inizia a frugare dentro alla sua borsa. Dan si toglie i pantaloni del vestito e li appende, con la giacca, alla porta. Quando si sarà cambiato, li porterà in bagno. Se tutto va bene il vapore della doccia dovrebbe riuscire a far andare via le stropicciature più evidenti, perché Dan dovrà rimettersi quello stesso vestito per il funerale; visto però che ha una camicia elegante di riserva, butta quella che ha indossato nel cesto della roba sporca, poi si infila un paio di jeans, una maglietta ed una felpa con cappuccio. Di nuovo, Dan si sente a disagio; si chiede se Jeff si stia cambiando nel soggiorno e quanto sarebbe imbarazzante entrare e trovarlo mezzo vestito. Misura la stanza a grandi passi per qualche minuto, sentendosi stranamente come un prigioniero nella sua stessa stanza. Poi ode provenire dal soggiorno i rumori della televisione accesa e li interpreta come un segnale. Sicuramente nessuno va a casa di un altro e, mezzo svestito, inizia a guardate la tv prima di finire di indossare i suoi abiti. O, almeno, sicuramente Jeff non lo farebbe. Tuttavia, Dan si accerta di fare un po' di rumore quando apre la porta e si dirige diritto verso il bagno, vestito in mano, senza rivolgere lo sguardo al soggiorno.

Quando rientra nella stanza, Jeff sta parlando a bassa voce al telefono, completamente vestito, un paio di jeans addosso e la camicia fuori dai pantaloni. Dan è sicuro stia parlando con Evan. Dan sa che non ha nessun diritto di sentirsi geloso, ma, nonostante questo, si dà il permesso di abbandonarsi un poco a quel sentimento. Tuttavia, visto che non vuole distruggere il suo fragile buon umore, cerca di contenere le sue emozioni. Si ordina di pensare a quanto sia stato gentile e generoso Evan. Quando la tattica non funziona, si dice che almeno per quella notte, Dan ha Jeff ed Evan ha solo una sua telefonata. Questo funziona e Dan si siede sul divano sentendosi molto più ben disposto di un attimo prima.

Jeff finisce la telefonata e si siede all'altro lato del divano. «Evan è geloso,» esordisce, rispecchiando così perfettamente i pensieri di Dan che questi gira di scatto la testa per fissare Jeff. «Dice che dobbiamo procuraci anche noi dei Quarter Horse in California, in modo che anche lui possa gironzolare di notte.»

Dan si trattiene dal dare voce al commento velenoso che gli passa per la testa, che Evan sembra essere in grado di gironzolare di notte senza bisogno di cavalli, ma non riesce a trattenere un sorrisetto malizioso, che Jeff nota. Jeff sorride un po' a sua volta, ma ad alta voce dice, «Fai attenzione, bambino.»

Dan squadra Jeff da testa a piedi. «'Bambino'? Questa è la tua proposta? Non sono sicuro che possa funzionare.»

Jeff ride di gusto. «No, non ne sono sicuro neanche io, ma ci ho provato.» Stanno sorridendosi, ed è così perfetto, sembra così naturale, che tutto quello che Dan desidera è muoversi lentamente verso l'altro lato del divano, piegare all'indietro la testa di Jeff e baciarlo, allineare i loro corpi e premerli l'uno contro l'altro, farlo gemere... Dan si accorge che anche Jeff sta provando la stessa cosa e l'aria nella stanza si fa elettrica. Gradualmente entrambi smettono di sorridere, ma continuano a guardarsi negli occhi; non si tratta che di vedere chi sarà il primo a cedere, chi farà la prima mossa, e Dan è quasi sicuro che sarà lui, perché non crede che riuscirà a resistere anche solo un altro secondo. Entrambi sussultano quando sentono la voce di Chris raggiungerli dal fondo delle scale.

«Ragazzi, pronti? La cavalleria è qui!»

Gli occhi di Jeff si spalancano leggermente e in un lampo si alza dal divano. Risponde, «Scendiamo subito,» e, anche se le parole sono giuste, la voce è un po' troppo alta e tesa. Scuote la testa. «Cristo, Dan, ti fai il bagno nei *feromoni*, cazzo?»

Dan si alza, altrettanto agitato. Non vuole comportarsi così, non vuole celebrare la vita di Justin scopandosi un altro uomo. «Credimi, non sei solo tu.» Si guarda in giro spaventato, poi torna di colpo al presente. «Ok, cavalli e Chris, al piano di sotto.»

Jeff annuisce e prima di scendere afferra il suo borsone, lasciandolo ai piedi delle scale. È come se volesse essere sicuro di potere fuggire il covo di Dan, tanto che questi si mette quasi a ridere. Poi gli viene in mente quanto vicino è andato a commettere un errore gigantesco, e decide che essere cauti, probabilmente, non è una cattiva idea.

Escono e trovano Chris, che non è smontato, tenere per le redini un cavallo e per una lunghina, attaccata alla capezza, un altro. Chris fa scivolare dalla sua spalla una briglia e la passa a Dan, che la prende e si avvicina al cavallo non ancora imbardato. Chris passa le redini dell'altro animale a Jeff. «Questo è Ranger. È un bravo cavallo, niente di troppo estroso – è un angelo, basta che tu non cerchi di allontanarlo dagli altri due.» Jeff annuisce; ha l'aria di chi si sta cercando di ricordare come salire a cavallo senza sella.

Dan, che ha già infilato la briglia a Smokey, si gira verso Jeff. Passa le redini di Smokey a Chris e si avvicina a Ranger, poi si mette in posizione per dare la gamba a Jeff. Questi esita, poi appoggia il ginocchio sulle mani unite di Dan, che gli dà le tradizionali tre piccole spinte; Jeff si muove verso l'alto e trova l'equilibrio. Sorride leggermente. «Accidenti, è da un bel po' che non monto a pelo.» Chris alza le sopracciglia, ma non commenta; Dan si limita a scuotere la testa.

Dan va verso il suo cavallo e monta. Dan ha cavalcato Smokey da quando è arrivato in Kentucky, ed è riuscito ad addestrare il piccolo, arruffato cavallo da trail fino a farlo diventare bravo quanto uno qualsiasi dei cavalli di razza da completo. Smokey può non avere le loro stesse naturali abilità, ma ha un gran bel carattere e Dan si è veramente divertito a lavorare con lui. Gli dispiacerà molto lasciarlo.

Escono dalla corte e si dirigono verso il retro della scuderia. La luna è sempre brillante, ma i cavalieri lasciano lo stesso le redini lunghe, fidandosi più della visione notturna dei cavalli che della loro. Passeggiano per un po', ma i cavalli si sentono in forma e vogliono galoppare, e nessuno degli umani ha da obiettare. Arrivano in un campo aperto, con una larga striscia di erba tagliata lungo i bordi, e si lanciano in un piccolo galoppo, quasi uno di fianco all'altro.

Dan ama andare a cavallo di notte. Vorrebbe che fosse un po' più buio, ma chiude gli occhi e ottiene lo stesso effetto. Senza che la vista gli sia d'intralcio, e con il senso dell'udito compromesso dal leggero sibilare del vento, Dan dipende quasi esclusivamente dal sentire il cavallo, dal percepire i movimenti di Smokey ancora prima che vengano fatti. Ha anche la possibilità di concentrarsi sul suo corpo, di trovare l'assetto perfetto e il perfetto grado di contatto col cavallo. Justin era solito dire che Dan era un grande amante proprio perché era abituato ad essere in sintonia con un altro corpo. Secondo Dan la frase sembrava alludere in modo imbarazzante a qualcosa di depravato, ma Justin pensava avesse un senso, quindi Dan non se ne è mai preoccupato sul serio.

Dan avverte il cambiamento di bilanciamento di Smokey un poco prima che inizino a rallentare, e apre gli occhi con riluttanza. Sono ai piedi della grande collina e Chris lo sta guardando con aria interrogativa. Dan capisce la domanda nello sguardo di Chris. La cima della collina era uno dei posti favoriti di loro tre e potrebbe essere strano portare qualcun altro su. Ma non sembra sbagliato, in realtà. Dan pensa che se ci fossero solo lui e Chris forse eviterebbe di andarci, perché l'assenza di Justin sarebbe troppo ovvia, e lo eviterebbe se il terzo fosse qualcun altro, ma Jeff va bene. Jeff riempie un vuoto senza provare a prendere il posto di Justin, e Dan lo accetta. Scrolla le spalle, lasciando la decisione a Chris, che risponde indirizzando il suo cavallo su per il sentiero.

Per la maggior parte del percorso devono rimanere in fila indiana, con i cavalli che scelgono dove appoggiare gli zoccoli tra radici, rocce e curve della stradina, ma vicino alla cima la mulattiera si allarga, gli alberi si fanno più radi e la collina si apre su una larga sommità; la pendenza digrada, formando una vetta sul lato più lontano di quello che è quasi un pianoro. Appena escono dal sottobosco, Dan e Chris lanciano i loro cavalli al galoppo e non li fermano se non quando arrivano sul punto più alto. Jeff li raggiunge un po' dopo, essendo stato naturalmente un po' più cauto sul terreno a lui non familiare.

Sono in alto e possono vedere le luci di Louisville luccicare nella valle. Se danno le spalle al bagliore della città, possono vedere le stelle e la luce della luna brillare su miglia di terra coltivata e foresta. Dan sospira. Non gli mancherà solo Smokey. Credeva che l'unica cosa che lo legasse al Kentucky fosse il suo rapporto con Justin, ma scopre che non è così.

Jeff parla a bassa voce. «È bellissimo quassù. Questa fa ancora parte della terra degli Archer?»

Dan annuisce e indica gli alberi sul lato più lontano della collina. «La linea di demarcazione è là da qualche parte.»

Jeff annuisce. «Allora che cosa faranno qui quando costruiranno l'area residenziale? Voglio dire, non edificheranno su una collina così scoscesa, giusto?»

Chris scuote la testa. «No, stanno trattando con la città. Probabilmente ci faranno un parco comunale.»

Dan non lo sapeva, ma ne è felice. È bello sapere che una piccola parte della terra di Justin non verrà persa. È bello pensare a future generazioni di bambini dagli occhi scuri inerpicarsi su per la collina, ridendo con i loro amici, poi crescere un po' e venire qui per fare l'amore sotto le stelle. E... sta piangendo di nuovo. Impreca a bassa voce e si asciuga gli occhi sulla sua manica.

Chris scuote la testa. «Cristo, Dan, stai bevendo dell'acqua? Al posto tuo mi preoccuperei di rimanere disidratato.»

Questo fa ridere Dan, che smette di piangere più o meno nello stesso momento in cui dice a Chris di andare a farsi fottere.

Rimangono in cima alla collina per un altro po', godendosi la vista e la compagnia. Jeff non è inopportuno, proprio come aveva immaginato Dan; la sua è una presenza confortante. Quando i cavalli iniziano ad essere irrequieti decidono di scendere e il ritorno è anche più silenzioso dell'andata, ma l'atmosfera non è triste, bensì serena. Si fermano nel cortile della scuderia e Jeff guarda Chris.

«Torni in città questa notte?» Chris annuisce e Jeff continua. «Mi puoi dare un passaggio?» Chris annuisce di nuovo, ma gira gli occhi verso Dan.

«Non avrai problemi a stare da solo stanotte, Danielle? Posso rimanere, se vuoi. Jeff può prendere il pick-up.»

«D'accordo, senti, davvero, non sono una ragazzina. Non c'è problema.» Scende da Smokey e gli dà una pacca di gratitudine prima di sfilargli la briglia e attaccare di nuovo la lunghina alla capezza. Passa i finimenti e la corda a Chris e poi entra per prendere la borsa di Jeff. Si avvicina a Ranger dalla parte nascosta agli occhi di Chris e, mentre porge il borsone a Jeff, gli afferra il polpaccio. Non c'è niente di sessuale, ma è un messaggio, e Dan spera che Jeff lo capisca. «Devo davvero ringraziarti, Jeff... per molte cose. Sono stato un po' un casino e tu hai dovuto sopportare molto più di quanto ti toccava.» Allenta la presa e scuote le spalle, sentendosi un po' stupido. «Volevo solo... farti sapere che lo apprezzo.»

Jeff sorride e dà un colpetto con il ginocchio al petto di Dan. «Non è un problema, ragaz...» Si ferma prima di finire. «– Dan.»

Dan sorride. «Quindi hai rinunciato al 'bambino', eh?»

Jeff scuote la testa con rassegnazione. «È sembrato un po' pericoloso.» I loro occhi si incontrano e tutto d'un tratto

170

si ritrovano di nuovo nella stessa situazione, l'atmosfera è intensa come lo era prima sul divano, ed entrambi spalancano gli occhi in apprensione quando la riconoscono. Dan sa che se Chris non fosse lì, lui e Jeff andrebbero di sopra insieme, toccandosi con passione e spogliandosi per le scale, e probabilmente non riuscirebbero neppure ad arrivare fino alla camera da letto... ma Chris è lì, e il cavallo di Jeff si muove in risposta alla tensione nell'aria e nel corpo di Jeff, e riescono entrambi a ritornare coi piedi per terra. «Merda,» sussurra Jeff, mentre Dan si allontana.

Chris gli rivolge lo sguardo di chi ha intuito che è successo qualcosa, ma non riesce a capire esattamente che cosa, quindi si avvia con Jeff e Dan rimane solo e scosso.

Sale le scale, si sveste ed entra nella doccia. Ha bisogno di lavarsi, gli piace farsi una doccia prima di andare a dormire, ma non riesce ad ingannarsi. Prima di togliersi i vestiti era eccitato e gli ci vogliono appena un paio di minuti per gemere dal piacere ed eiaculare nell'acqua calda. Appoggia la testa contro le piastrelle fredde e cerca di non pensare alla faccia che gli è venuta in mente quando è venuto. Decide che non si sentirà in colpa per questo. È molto meglio del pasticcio in cui ha rischiato di cacciarsi quella notte.

Esce dalla doccia e, prima di collassare sul letto, si infila un paio di pantaloni della tuta. È stata una giornata molto lunga e quando si sveglierà dovrà affrontare il funerale di Justin. Allunga il braccio e tocca il cuscino, pensa a come Justin dormiva sempre rivolto verso Dan, a come Dan si svegliava la mattina sapendo che Justin lo stava guardando, quasi che lo volesse destare con la forza del pensiero, così da poter fare l'amore, o anche solo per parlare. Dan si ricorda di come lo facesse sentire un po' scontroso, si ricorda che aveva aggiunto un cuscino in più come barriera, in modo da non sentire più gli occhi di Justin che cercavano di svegliarlo. Questa notte però è differente. Dan richiama le sue memorie di Justin sdraiato sul letto che lo fissava, si ricorda dell'amore nel suo sguardo, e usa il potere di quella espressione che ricorda così bene per cullarsi in un sonno profondo.

Dan si desta al suono della sua sveglia. Ha detto a Robyn che si sarebbe occupato del dar da mangiare ai cavalli e di pulire i box. La ragazza ha fatto gli straordinari per coprire sia Dan sia gli Archer e si merita una pausa. Dan barcolla fino alla cucina, mette su il caffè, fissa il muro mentre aspetta che salga. I suoi occhi dopo un po' si volgono verso il divano e Dan ripensa a Jeff. Alla notte precedente, all'attrazione tra loro... e poi, bruscamente, riporta la mente al presente. Non inizierà il giorno del funerale di Justin pensando ad un altro uomo. Va nel bagno e cambia i pantaloni della tuta con il paio di jeans che ha indossato la sera precedente, poi trova una felpa non troppo sporca e delle calze pulite. Mentre si sta dirigendo in cucina, il telefono suona e Dan alza la cornetta senza controllare l'identificazione di chiamata. «Pronto.»

«Dan? Ciao, sono Robyn. Volevo sapere se ti va bene occuparti dei cavalli.»

«Certo, ho detto che l'avrei fatto. Dio, non sono così inaffidabile. Torna a dormire.»

«Sei sicuro, Dan? Davvero, non è un problema.»

Dan mette il ricevitore vicino alla macchina per il caffè, aspetta che inizi a gorgogliare, poi riavvicina il telefono all'orecchio. «Senti? Il caffè è quasi salito. Senti?» Afferra uno degli stivali e sbatte la suola per terra. «Mi sto mettendo gli stivali. E il prossimo rumore che sentirai sarà il segnale di chiamata, perché sto per mettere giù. Va bene?»

«Sì, va bene.»

Dan termina la chiamata, si infila gli stivali e si versa il caffè in una tazzona da viaggio. Appena tocca la porta della scuderia, i cavalli iniziano a rumoreggiare, muovendosi nei loro box e scuotendo le loro teste. «Ragazzi, siete davvero degli attori.» Dan dice a tutta la scuderia. «Vi comportate come se steste morendo di fame.» Spinge il carro del fieno e inizia dal punto più lontano, distribuendone un po' in ogni box, offrendo ad ogni cavallo qualche parola amichevole. Dopo il fieno è la volta delle granaglie, quello che i cavalli vogliono *davvero*. Le pareti dei box si possono aprire proprio sopra ai secchi per il cibo, quindi Dan può dare la giusta quantità di mangime ai cavalli senza entrare in ogni box, e non gli ci vuole molto a finire tutto il corridoio.

Una volta che i cavalli hanno da mangiare, i brontolii eccitati vengono rimpiazzati dal tranquillo macinare di mandibole. La mezz'ora, o giù di lì, che i cavalli impiegano per finire la colazione, di solito è un momento di attesa per chi si occupa di loro. Le scorte possono venire controllate e rifornite, oppure si può programmare il lavoro della giornata, ma non c'è niente di direttamente collegato ai cavalli da fare. Quando toccava a Dan e Justin dar da mangiare ai cavalli, questo diventava il loro momento per baciarsi, per toccarsi. Non facevano nulla di più, non avevano in mente grandi scene di sesso, rimanevano solo in piedi contro la parete, i loro corpi stretti l'uno contro l'altro. Riscoprivano nuovamente la sensazione del toccare i loro corpi, il sapore delle loro bocche. Si prendevano delle pause per parlare e per ridere e a Dan piaceva strofinare il suo naso contro l'incavo del collo di Justin e respirare a fondo, il leggero profumo della sua pelle in qualche modo più potente degli odori, più pungenti, della scuderia. Ogni tanto si facevano prendere la mano e le cose si intensificavano, cambiando da tranquille e quiete ad ardenti e accese, ma solitamente si davano un ultimo bacio prima di separarsi, ritornando al mondo ordinario che esisteva al di fuori della loro piccola bolla.

Dan non è sicuro di quello che sta facendo, non sa se lasciarsi diventare di nuovo triste sia una forma di indulgenza verso se stesso. Sa che, se deve, può non pensarci. Se non fosse solo, non lo farebbe. Ma sembra che pensare a tutto questo, anche se lo fa rattristare, quasi gli piaccia, come quando si preme un livido o non si lascia stare un dente che dondola. Si appoggia alla parete, piega la testa, pensa al volto di Justin, così vicino da essere fuori fuoco, a Justin che strofinava e che toccava, le sue mani che passavano dappertutto, con la certezza che il corpo di Dan era suo, e che il suo corpo era di Dan. A volte sembrava quasi che fossero fusi insieme, così attorcigliati l'uno all'altro che non erano sicuri di dove uno iniziasse e l'altro finisse.

Dan sta piangendo si nuovo e pensa all'avvertimento di Chris sulla disidratazione. Sorride leggermente. Passa una mano sul suo collo e sul suo petto, lentamente e con decisione, proprio nel modo in cui l'avrebbe fatto Justin, ma non è lo stesso. Naturalmente non è lo stesso, e non sarà mai più così. Sa di essere ancora attraente ed eventi recenti con Jeff hanno reso chiaro che è ancora capace di volere qualcuno, ma non è così stupido da confondere amore e desiderio. Ha veramente amato Justin e sa che si è fortunati se si trova quel tipo di amore una volta nella vita. Dan non crede di essere così speciale da essere quello che lo troverà una seconda volta.

Uno dei cavalli in fondo al corridoio scalcia la porta con impazienza e Dan guarda il suo orologio con sorpresa prima di sorridere. Le cose andavano generalmente così anche con Justin, con uno dei due che non riusciva più ad ignorare i cavalli. «Si torna al lavoro, piccolo,» mormora Dan, si dà una spinta contro la parete e riprende la sua giornata.

CAPITOLO
DICIASSETTE

DAN deve sbrigarsi per riuscire a finire i lavori, lavarsi e vestirsi in tempo per quando Chris lo passa a prendere. Lo ha fatto apposta, sperando che i minuti contati gli impediscano di pensare a quello che sta per accadere.

Il suo vestito non è esattamente perfetto, visto il modo in cui l'ha trattato il giorno prima, ma il vapore della doccia lo ha reso perlomeno passabile e Dan non se ne preoccupa. A Justin piaceva quando Dan era un po' arruffato. Riempie la fiaschetta e se la mette nella giacca, poi la tira fuori, ne beve un sorso profondo, poi un altro. La riempie di nuovo e la infila per la seconda volta nella tasca. Sta appena iniziando a scendere le scale, quando Chris arriva.

Gli occhi di Chris sono un po' arrossati e Dan prova disgusto per se stesso. È stato così occupato a pensare al suo dolore che non è stato l'amico che Chris si merita. Justin è stato parte della vita di Chris per un lungo tempo prima della comparsa di Dan, e Dan si è comportato come se fosse stato l'unico ad aver perso qualcuno. Non è sicuro di che cosa fare per migliorare la situazione.

«Ehi, Chris, come va?» Alle orecchie di Dan suona falso e sembra che anche a Chris non suoni meglio.

«Cosa?» Chris fa una smorfia impaziente e Dan riconosce l'irritabilità da autodifesa. L'ha usata con una certa frequenza anche lui.

«Voglio solo dire, sai... sei stato un grande, mi hai aiutato un sacco, e, sai, se hai bisogno... non so –» Dan si interrompe, poi riprova. «Devi sentirti di merda anche tu... ovviamente.» La situazione sta peggiorando e Chris si limita a fissarlo. «Non sono capace di fare queste cose.»

Chris annuisce. «No, non lo sei davvero.» Dopo di che ingrana la marcia e parte.

Quando sono in autostrada, viaggiando in direzione della città, Chris ricomincia a parlare. «Come sta Jeff?»

Dan aggrotta la fronte. «Non so. L'ultima volta che l'ho visto stava montando Ranger per riportarlo a casa dei tuoi.»

«Non lo hai sentito oggi? Credevo foste piuttosto vicini.»

«Di che cosa stai parlando? Sei tu quello che lo chiama per dirgli dei maccheroni al formaggio.» Dan ha capito dove Chris vuole andare a parare, ma non è sicuro di volerlo ammettere.

«Va bene, d'accordo.» Chris è bravo nel rendere chiara la sua opinione anche senza usare parole. Dan non lo ha mai visto in tribunale, ma scommette che è capace di suscitare grande ammirazione.

«Chris...»

«Sembra un tipo in gamba, Danny. Questo è tutto quello che sto dicendo.»

Dan non può contraddirlo. «Beh, sì.»

Stanno uscendo dalla strada principale, dirigendosi in centro città. Dan inizia a sentirsi un po' agitato. Tira fuori la fiaschetta per un sorsetto veloce.

Chris gli lancia uno sguardo. «Sarà meglio che tu non la finisca prima che riesca a parcheggiare.»

Dan scuote la bottiglietta per far sentire a Chris quanto è ancora piena; l'altro uomo è apparentemente soddisfatto e i due arrivano fino alla chiesa senza altre parole. Parcheggiano, bevono un po' ed entrano. L'impresario delle pompe funebri che si è occupato di loro il giorno prima è coinvolto anche in questa parte della cerimonia; ha chiesto a Chris e Dan di arrivare una mezz'ora prima dell'inizio del funerale, ma i due hanno deciso per conto proprio di ridurre i tempi di un quarto d'ora. C'è un limite a quanto entrambi possano e vogliano sopportare di stare in piedi, pensando e ricordando.

176

All'ingresso sono accolti dall'uomo, che è ansioso. Con fare molto professionale rimane affabile, ma, quando fa loro strada a grandi passi verso la stanza nel retro della chiesa, Dan si accorge che è irritato. Dan lancia un'occhiata a Chris, che scrolla le spalle e sussurra, «Non è che Justin abbia altri impegni.»

Dan gira gli occhi al cielo, esasperato, e probabilmente non dà una buona impressione che entrambi stiano ridacchiando quando entrano nella stanza dove i genitori di Justin sono seduti con il pastore, circondati da tutte le zie e gli zii. Molly lancia loro uno sguardo severo, ma Karl sorride mentre si alza per presentarli al pastore.

«Paul, questi sono Chris e Dan. Sono amici di Justin.» Karl sembra rendersi conto che quella terminologia non è proprio adatta alla situazione, ma per una volta a Dan non dispiace. Può essere ambigua, ma elimina quella strana gerarchia di dolore a cui Dan stava pensando, rende chiaro che Chris ha le sue ragioni per essere triste. Dan potrà non avere mai più un compagno come Justin, ma Chris probabilmente non avrà mai più un altro amico come lui.

Il pastore saluta con un cenno amichevole del capo, e poi tocca il braccio di Dan. «Non ho potuto esserci ieri per la veglia, ma ero qui questo pomeriggio, e ho visto alcune delle fotografie. Eravate chiaramente una coppia innamorata.» Quindi si gira verso Chris. «E ne ho viste alcune con te, credo... eri tu il piccolo monello con la divisa da calcio, quello con le uova?»

Chris fa un gran sorriso. «Aveva iniziato Justin...»

Il pastore annuisce con fare volutamente esagerato. «Oh, sono sicuro che è stato lui.» Poi sorride gentilmente e viene al sodo. Spiega in che modo si svolgerà la cerimonia e che cosa ci sarà da aspettarsi nei diversi passaggi. Dan annuisce quando sembra sia richiesto, anche se in realtà non sta ascoltando.

Sa che Justin è cresciuto frequentando questa chiesa, almeno occasionalmente, ma non ci è mai stato in tutto il tempo in cui Dan lo ha conosciuto. E Dan non è mai veramente andato in chiesa. Sembra una strana mescolanza, tutte queste considerazioni pratiche su chi si deve sedere dove e quando, combinate con casuali riferimenti all'amore di Dio e alla vita eterna. Dan si chiede se a Dio interessi davvero chi si siede nella prima, seconda o terza fila. È piuttosto certo che a Justin non interessi affatto.

Dan è sollevato quando sente che non ci sarà bisogno di gente che porti la bara, vista la grande numero di gradini della chiesa. Ma il resto del discorso gli passa da un orecchio all'altra e Dan non prova neppure a prestare attenzione. Se dovrà fare qualcosa, è sicuro che glielo diranno.

Finalmente il pastore conclude e l'impresario delle pompe funebri inizia a sistemare le persone ai loro posti. Piazza Dan in una fila e allunga le mani per raddrizzargli la cravatta. Dan lo fissa; si chiede che strana prospettiva quell'uomo abbia dell'umanità, se si sia ormai così abituato a vedere gli uomini nei loro momenti più bui da pensare semplicemente che le persone siano perennemente sull'orlo delle lacrime e sconvolte. L'ordine della fila è più o meno lo stesso di quella del giorno prima, solo che questa volta Chris è vicino a Dan, cosa che rende tutto infinitamente migliore.

Dan sente che da qualche parte hanno iniziato a suonare un organo; la musica è lenta e solenne, e non ha niente a che fare con Justin. Mentre l'impresario delle pompe funebri fa muovere la fila, il pastore rimane in piedi vicino alla porta, il suo volto gentile. Ha l'aria di essere qualcuno a cui Dan potrebbe parlare, se avesse qualcosa da dire.

Sfilano all'interno del santuario e tutti si girano a guardarli. Karl, che è piuttosto grande, si trova proprio davanti a Dan, che, facendosi piccolo, cerca di camminargli molto vicino. Arrivano ai loro posti e Dan è felice di essere seduto in prima fila, non fosse altro che perché così nessuno può vedere il suo volto.

Il feretro è lì, ma per Dan sia la bara che quello che contiene non significano più di quanto hanno significato ieri. Se Dan vuole un ricordo concreto della vita di Justin, sa che sarà più facile trovarlo da qualche parte nella scuderia. Pensa agli ostacoli che lui e Justin hanno costruito, agli steccati che hanno riparato, al tetto che hanno cambiato alla casa degli

Archer tre anni prima. Ma tutte quelle cose saranno presto demolite, distrutte dalle ruspe dei costruttori.

Allora Dan pensa ai cavalli. Pensa a tutte le ore che lui e Justin hanno speso con ognuno di loro, sviluppando i loro muscoli con esercizi mirati, creando nuove vie neurali con l'addestramento, facendo di loro quei raffinati atleti che sono diventati. I cavalli non sarebbero quello che sono senza il sudore e il talento e la passione di Justin, e questo li rende una parte di Justin più di quanto lo sia quel corpo vuoto presentato davanti a tutti in chiesa.

E i cavalli saranno venduti, così come la scuderia, ma verranno venduti insieme, e andranno a finire in un buon posto. Robyn andrà con loro; Dan sa che lei si assicurerà che vengano trattati bene, ma non è sicuro che sia abbastanza. Lui e Justin hanno lavorato insieme su quei cavalli, li hanno plasmati da quando erano solo materiale grezzo. I cavalli sono loro, suoi e di Justin, e sono il monumento vivente alla vita di Justin.

Tutti intorno a lui hanno chinato la testa, e Dan si rende conto è stato loro chiesto di pregare, ma lui continua a guardare in avanti, fissando la bara. Non è mai stato religioso. Non inizierà in quel momento, solo perché sarebbe un conforto. Pensa invece ai cavalli e sorride leggermente.

La preghiera finisce; Chris si alza e si muove verso il leggio. Dopo un minuto di tempo per raccogliere le idee e prepararsi, guarda in faccia l'assemblea e inizia a parlare. La sua voce, rilassata, non sembra essere forte, ma Dan riesce a sentire ogni parola risuonare nelle sue ossa.

«Mi sono sentito molto onorato quando Karl e Molly mi hanno chiesto di parlare di Justin, ma anche un po' intimidito. So quanto è importante per me Justin, ma so anche quanto significa per molte altre persone, e non credo ci siano abbastanza parole al mondo per tutto questo amore. Ma farò del mio meglio e alla fine ci sarà del tempo per tutti voi di venire qui e cercare di riempire i vuoti.

Non mi sono mai occupato di cavalli tanto quanto Justin, ma ho passato abbastanza tempo insieme a lui e ai suoi cari da aver imparato molto. E una delle cose che ho imparato ascoltandoli è quanto è importante per un cavallo avere un gran cuore. Ho visto Justin e Dan strapparsi i capelli dalla disperazione per un cavallo che potrebbe essere grande, ma a cui non sembra importare di essere il migliore, e ho visto entrambi illuminarsi cavalcando un cavallo che non ha lo stesso talento naturale, ma che ha abbastanza passione da provarci, nonostante tutto.

E ogni tanto, raramente, hanno incontrato un cavallo che ha tutte le capacità, ma anche la passione per sfruttarle appieno. E credo che Justin fosse l'equivalente umano di quel cavallo. Era attraente, intelligente, atletico... e aveva anche un grande cuore. Viveva con intensità e passione, e tutti quelli che gli stavano intorno venivano contagiati dal suo entusiasmo. Ma non era un fuoco di paglia, non era un uomo con molto carisma, ma senza sostanza. Si impegnava completamente nel suo lavoro. Gli venivano in mente delle grandi idee e poi si faceva in quattro per farle diventare realtà. Karl e Molly lo sanno. Sanno quanto era determinato ad essere il migliore.» Chris si interrompe e sorride ai genitori di Justin, che gli annuiscono prima che ricominci a parlare. «La gente dice che essere avvocato è una professione impegnativa, ma so che potevo chiamare Justin la mattina, mentre andavo in ufficio, e lui stava già lavorando da un paio di ore, e che potevo passare dalla scuderia dopo il lavoro e che lui stava ancora dandoci dentro. Sapeva quello che voleva. Sapeva come arrivarci e non permetteva a nulla di frapporsi tra lui e la sua meta.»

Chris fa una piccola pausa, beve un sorso d'acqua dal bicchiere che gli ha dato il pastore. «Voi tutti potete ricordarvi di come applicava questa filosofia anche alla sua vita personale. Vi ricordate quando lui e Dan hanno iniziato ad uscire insieme?» Gli occhi di Chris sono umidi mentre sorride divertito all'arrossire di Dan. «Ricordi, Danny?» Chris guarda il resto dei presenti. «Erano usciti, quanto? Forse due volte? E Justin mi disse che dovevo conoscerlo. Così uscimmo tutti insieme per una birra, ed eravamo seduti lì, e Justin iniziò a parlare e parlare di tutti i suoi progetti, di tutte le cose che avrebbero potuto fare insieme appena Dan avesse lasciato il suo posto e avesse iniziato a lavorare con lui, e di come sarebbero stati un team perfetto, e di come Dan avrebbe potuto andare a vivere con lui, e tutto sarebbe stato fantastico. E Dan se ne stava seduto lì, fissandolo come se fosse un pazzo scatenato. E così stavo facendo anch'io, perché ero amico di Justin da una vita e non lo avevo mai visto essere altro che superficialmente interessato a qualcuno. Ma aveva ragione, eh, Danny?» Chris sta ricominciando a piangere e beve un altro sorso d'acqua prima di aggiungere, quasi in un sussurro, «A volte, semplicemente, lo sai.»

Chris respira a fondo prima di continuare. «E il fatto che fossero una squadra così perfetta è una delle ragioni principali che hanno permesso loro di arrivare al Rolex. Justin parlava di quella dannata competizione da che ho memoria, e che riuscisse a parteciparvi e a fare così bene, con Dan, i suoi genitori, tutti i suoi amici presenti... è stato... perfetto.» Chris si ferma nuovamente, questa volta però come se stesse godendosi un bel ricordo. Ma poi continua. «E l'anno successivo, tutto si è spezzato. Ma anche allora... so che le persone hanno ripensato e ridiscusso ogni singolo momento di quella giornata, di quel salto, ma... Io penso davvero che fosse semplicemente Justin, che cavalcava nel modo in cui è vissuto, con impegno e dedizione e *cuore*.»

Chris ha bisogno di un'altra pausa, ma quando alza lo sguardo sembra avere il controllo di sé. «Così questo è il modo in cui voglio ricordare Justin. Questo è il modo in cui credo lui *vorrebbe* essere ricordato. E ora è il vostro turno – so che Karl e Molly hanno parlato con i molti di voi che vorrebbero avere la possibilità di parlare. Allora lascio che se ne occupi il pastore.»

Chris scende dal podio e si siede di fianco a Dan, che allunga il braccio e lo passa attorno al collo di Chris. Quando Chris appoggia la testa alla spalla di Dan, questi piega il gomito in modo da poter posare la sua mano sul capo dell'altro. Stanno entrambi piangendo, ma va bene così.

Inizialmente nessuno vuole parlare dopo il discorso di Chris, ma alla fine qualche volontario si fa avanti; Dan siede e fa finta di ascoltare. È sicuro che stiano dicendo delle cose belle, ma non ci presta davvero attenzione. Ha le sue memorie di Justin, non gli serve sentire quelle degli altri.

Alla fine viene cantato un inno e viene detta una preghiera finale, poi la famiglia viene scortata fuori e viene fatta ritornare nella piccola stanzetta sul retro della chiesa. Dan e Chris si infilano in un corridoio laterale per una bevutina veloce e cercano di prepararsi psicologicamente alla tappa successiva. Dan pensa di essere nei pasticci quando compare Molly, che è tornata indietro per loro, ma Chris le porge, senza parlare, la fiaschetta, e la donna semplicemente annuisce, facendone un gran sorso. Scuote la testa, come per schiarirla.

«Stai bene, Molly?» Dan sa che non può fare ammenda per aver trascurato tutti quanti, ma almeno può dimostrare un po' di interesse.

«Bene quanto ci si può aspettare, credo.» Molly scuote di nuovo la testa e Dan nota quanto è invecchiata. «Volevo vederti, Dan. Non abbiamo parlato molto, da quando... beh, forse non abbiamo mai davvero parlato molto. Ma volevo dirti... volevo assicurarmi che sapessi...» Ha ancora in mano la fiaschetta e ne beve un altro sorso. «Karl ed io non eravamo convinti, quando sei arrivato. Cioè, come ha detto Chris, è capitato tutto così in fretta... Justin era così sicuro e non sembrava vedere nessun possibile lato negativo, ma noi non sapevamo molto di te, e... non volevamo solo vederlo soffrire.»

Dan annuisce. Nulla di tutto ciò gli giunge nuovo. Ma poi Molly continua. «Ma volevo essere sicura che sapessi... perché non so se te lo abbiamo mai detto... siamo felici che Justin ti abbia avuto nella sua vita. Chris ha detto quanto era intenso e ha ragione, era un grande pregio, ma qualche volta... qualche volta sembrava quasi che lo fosse un po' troppo. Ma con te, con te si è calmato un po' e si è goduto di più la vita. Sembrava... contento. Era sempre motivato in ogni altra cosa, ma sembrava sapere di aver trovato quello di cui aveva bisogno in te; sapeva di poter smettere di cercare, smettere di lavorare così duramente.» Sorride, stringe con gentilezza il braccio di Dan. «Hai fatto bene a Justin.»

Dan non sa che cosa rispondere. E dannazione, ha ricominciato a piangere. Ma appoggia la sua mano su quella di lei e le dice, «Ci siamo fatti bene a vicenda.»

Molly annuisce. «Sì, penso che sia così.» Poi scuote la testa ancora una volta e la delicatezza scompare dal suo tono. «Bene, allora. Basta nascondersi. Dovremmo essere nell'ingresso della chiesa in questo momento. E Karl penserà che mi sono persa.» S'incammina lungo il corridoio, e Dan e Chris seguono nella sua scia.

Arrivano nell'atrio della chiesa e trovano le altre persone divise in tanti gruppetti. Molly raggiunge Karl e lo prende a braccetto; lui le sorride, facendosi coraggio.

Dan vede Jeff, Evan e Tatiana vicino alla porta, con l'aria di chi sta per uscire. Si incammina verso di loro, seguito ad un paio di passi di distanza da Chris, e cerca di sorridere quando si avvicina. «Grazie ancora per aver fatto tutto questo viaggio.» Si sente un po' in imbarazzo, ma continua. «Jeff, ancora una volta... mi dispiace di essere stato così sottosopra, ma, sul serio, grazie per tutto.» Jeff scuote la testa gentilmente, ma Dan non ha finito. «E, Evan, beh, lo so che sono stato una vera rottura, e se hai cambiato idea lo capisco perfettamente, ma se il posto è ancora disponibile – mi piacerebbe accettare.» Si girano tutti a guardarlo sorpresi, anche Chris, e Dan scrolla leggermente le spalle. «L'ho deciso durante il servizio. Voglio rimanere coi cavalli... se va bene?»

Evan lo rassicura velocemente. «Sì, è una grande notizia. Non avevo nessuna voglia di cercare qualcun altro. E, sai... Jeff ed io abbiamo parlato un po', e... possiamo trovare una soluzione, trovare i paletti di cui hai bisogno per dividere il tuo lavoro e la tua vita personale.» Sorride un poco. «Davvero, se mi concentro posso imparare a rispettare i confini... solo non sembra che mi venga naturale.»

Dan sorride di rimando. «Sì, sono sicuro che tutto andrà bene. Pensavo di iniziare a preparare il trasporto adesso e puntare a trasferirli da voi in due settimane circa. Che ne dite?»

«Certo, sì, va bene. Quando hai i dettagli e tutto il resto mettiti d'accordo con Linda, e se hai bisogno di qualcuno che ti aiuti a fare un preventivo o cose così, sei già stato in contatto con Becky, giusto?»

«Sì, giusto.» Dan è un po' sospettoso del modo apparentemente facile con cui tutto si sta sistemando. Si era quasi convinto che Evan avesse cambiato idea, avendo deciso che Dan era troppo impegnativo da accontentare, o qualcosa su questa linea. Continua a non guardare Jeff negli occhi... meglio essere prudenti che avere da pentirsi... ma sembra che le cose si stiano risolvendo.

Evan annuncia che devono andare a prendere il volo di ritorno. Lui e Jeff stringono la mano a Dan e Tatiana gli dà un abbraccio esitante, sussurrandogli che è contenta che Dan si trasferirà, e poi se ne vanno. Dan rimane lì in piedi e guarda Chris, e Chris lo guarda a sua volta. «Ti trasferisci in California, Danielle.»

Dan annuisce. «Sì, immagino di sì.» Chris ha l'aria un po' persa per qualche istante e Dan si ricorda di cosa si prova a sentirsi lasciati indietro, si ricorda di quanto è più facile essere quello che se ne va che essere quello che rimane. «Ma non... voglio dire... sei il mio migliore amico, Chris. Praticamente in assoluto, se non conti Justin. Non sto... cercando di andare via da te. Non sto cercando di scappare via da niente, davvero. Sto solo cercando un cambiamento.»

Chris annuisce. «Ehi, amico, va bene. Devi fare quello che è giusto per te, lo capisco. In ogni caso non è che abbia bisogno di avere intorno un piagnucolone come te!» Chris sorride con fare furbo. «E poi, ehi! un posto per le vacanze in California – questo potrebbe essere buono.»

«Ma certo. O, che diavolo ne so, magari ti stancherai di questo posto e ti trasferirai anche tu! Devono avere bisogno di avvocati anche là. Magari Evan ti può trovare un aggancio.»

Chris si limita a sorridere. «Sei piuttosto veloce ad offrire i suoi servigi. Che cos'era quel parlare di divisione tra il tuo lavoro e la tua vita personale?»

Dan scrolla le spalle. «Beh, non è che avresti davvero bisogno del suo aiuto. Sei Christopher Foster, cazzo!»

«Dici bene. Io sono Christopher Foster, e tu, Dan... tu ti trasferisci in California.»

Dan sorride. Già sente la tristezza tirare le stringhe del suo cuore, ma non è più come se gli stesse togliendo il respiro. Sa che non dimenticherà mai Justin, forse non riuscirà mai a farsene una ragione, ma sente che questo nuovo inizio è un bene. Justin farà sempre parte di lui, una grande, importante parte, ma Dan non è morto e ha bisogno di trovare un modo per andare avanti. Non è sicuro che la California sia la soluzione per lui. Forse tornerà a dormire sul divano di Chris prima che l'estate sia finita, ma almeno ci avrà provato. Dan sa che Justin si sarebbe aspettato da lui che almeno ci provasse.

Parte 2

CAPITOLO
DICIOTTO

DAN è stanco. È il suo secondo giorno di guida senza interruzioni e per di più ha passato gran parte della nottata precedente facendo prima camminare i cavalli per lasciarli sgranchire un po', poi assicurandosi che fossero ben ambientati e al sicuro nelle loro sistemazioni temporanee. Il suo riposo ed il suo benessere sono venuti solo dopo il loro. L'autoarticolato che sta trasportando i cavalli ha due autisti, ma Dan lo sta seguendo con il suo pick-up, quindi deve guidare da solo. Si chiede se stia invecchiando – un tempo faceva questo tipo di cose per settimane di fila, mentre adesso è stanco dopo due giorni. O sta invecchiando o si sta rammollendo, e Dan non sa che cosa sia peggio.

Quando vede il cancello di pietra che dà il benvenuto nella proprietà dei Kaminski, Dan è più che pronto a fermarsi. Sa di dover ancora fare molte cose una volta arrivato, ma almeno sa che la fine è vicina.

Uno degli autisti scende giù dalla cabina e apre il cancello che porta nell'area della scuderia e, prima che l'uomo richiuda la cancellata dietro di lui, Dan segue il camion rimorchio. Si guarda attorno per qualche minuto. Gli impianti sembrano essere stati conclusi e il posto fa davvero una buona impressione. Vede un paio dei cavalli che sono arrivati in California con Robyn qualche giorno prima e nota che sembrano calmi e felici nella loro nuova casa. Dan spera di riuscire ad ambientarsi bene quanto loro.

L'autoarticolato si ferma davanti alla porta della scuderia, e Dan parcheggia un po' più distante – il suo pick-up non sarà un gioiellino, ma ciò non toglie che Dan non voglia correre il rischio che venga scalciato da un cavallo di

189

cattivo umore per aver viaggiato troppo a lungo. Vede Robyn uscire dalla scuderia per accoglierli; è seguita da Tatiana, vestita chiaramente da lavoro e all'apparenza molto sporca. Dan è sollevato di notarlo; ha lavorato per altre persone ricche in passato e alcune di loro sembrano avere difficoltà a capire la differenza tra un addestratore e uno schiavetto personale. A Dan non dà fastidio aiutare gli altri, ma è felice di vedere un cavaliere che sembra intenzionato a fare almeno parte del lavoro in prima persona.

Esce con uno sforzo dal pick-up ed è nel mezzo di un bello stiracchiamento quando Robyn quasi lo manda a gambe all'aria con un abbraccio. «Dan! Sei qui!» Gira la testa di lato e sorride a Tatiana, per poi sussurrare eccitata a Dan, «La adoro e adoro questo posto e adoro te per aver reso questo possibile!» Quindi afferra la sua mano e lo trascina verso Tatiana.

Dan e la ragazza scambiano dei saluti amichevoli ma più contenuti e poi tutti e tre si avvicinano al rimorchio, dove gli autisti hanno aperto le porte. Dan prende le lunghine che aveva sistemato appese alla porta. «Che ne dite se io li faccio uscire da qui e voi li portate nella scuderia? Soprattutto visto che voi sapete meglio di me dove devono andare.» Le ragazze accettano con entusiasmo. Vederle così su di giri trasmette a Dan una scarica di energia che rende più facile persuadere il suo corpo a tornare a lavorare.

Far uscire i cavalli dal rimorchio senza che si facciano male richiede una buona quantità di attenzione e finezza. L'ultima cosa che Dan vuole è avere portato questi cavalli senza problemi per tre quarti della nazione solo per vederli farsi male una volta arrivati, quindi lavora con calma; fa scendere i cavalli ad uno ad uno dalla rampa e Robyn o Tatiana sono sempre pronte a prenderli e a portarli dentro la scuderia. Monty è il penultimo ad essere fatto scendere e lo prende in consegna Robyn; Dan quindi torna indietro per l'ultimo cavallo, quello che per lui significa di più.

A differenza degli altri cavalli, Smokey non è abituato alle sofisticate stinchiere che sta indossando e cammina alzando esageratamente le ginocchia, come se stesse guadando una palude. Ciononostante è calmo – è interessato al nuovo ambiente e ai nuovi suoni, come indicano le sue orecchie ben drizzate, ma non sta neppure considerando l'idea di spaventarsi o di fare le bizze. Quando Tatiana lo vede, quasi si mette a battere le mani dall'eccitazione.

«Sono stata così felice quando il tuo amico ha telefonato chiedendo se avevamo posto per un altro cavallo! Ed è un tale tesoro!» fa un paio di passi in avanti con entusiasmo e Smokey avvicina il naso in un educato saluto.

Dan è quasi riluttante a passare la corda alla ragazza. Lavora con i cavalli da quando aveva tredici anni, ma non ne ha mai posseduto uno. Quando Chris ha portato Smokey alla scuderia il giorno prima della partenza dal Kentucky, dicendo che gli era giunta voce ci fosse ancora un posto nel rimorchio, inizialmente Dan non ha capito. Ha pensato che forse Evan si stesse attivando per realizzare l'idea di avere i propri Quarter Horse per 'gironzolare', ma Dan non capiva perché avesse bisogno di farseli mandare dal Kentucky... e poi Chris ha aggiunto, «Buon Compleanno», e ha continuato a parlare imperterrito quando Dan gli ha fatto notare che il suo compleanno era stato in dicembre. Chris gli ha detto di aver chiamato in California per essere sicuro ci fosse posto e che ai californiani non importasse che un piccolo, arruffato cavallo da trail si mischiasse con i loro aristocratici cavalli da completo. Chris ha coperto le orecchie di Smokey per parte del discorso. Anche la compagnia di trasporto era già stata consultata e gli autisti hanno fatto firmare dei documenti supplementari a Dan; dopo sono state messe le stinchiere anche a Smokey e il cavallo è stato fatto salire nel rimorchio. A Dan non è rimasto che ringraziare e salutare il suo amico. Chris però non gli ha lasciato dire molto, gli ha semplicemente passato un pacchetto di fazzoletti di carta e un pacco da sei bottiglie d'acqua («Perché già vedo che ti stai commuovendo, piccolo piagnone, e lo sai che non riuscirai ad uscire dallo stato senza metterti a singhiozzare.»)

E adesso Smokey sta per iniziare a fare la dolce vita in California, e sembra essere perfettamente a suo agio. Rimane educatamente fermo mentre Dan gli toglie le stinchiere e poi segue Tatiana nella scuderia come un grande, socievole cagnolone.

Gli autisti stanno scaricando tutto l'equipaggiamento che è stato caricato insieme ai cavalli; Dan li aiuta e poi controlla velocemente il rimorchio per essere sicuro che non sia stato dimenticato nulla. Firma i documenti necessari, guarda l'autoarticolato andarsene, prende un paio di selle dalla pila dell'attrezzatura e si dirige verso la scuderia. È strano osservare i cavalli che conosce in un ambiente nuovo. Dan ha fatto in modo di trasportare anche un carico di fieno del Kentucky, quello che sono soliti mangiare. I prezzi della California sono molto più alti e i costi di spedizione non erano proibitivi; Dan ha voluto assicurarsi che il loro sistema digestivo non subisca uno shock. Anche l'equipaggiamento è arrivato quasi tutto con questo carico. Sembra un po' un elaborato pesce d'aprile, in cui tutto il contenuto di una scuderia viene trasferito in un'altra. Persino il personale, pensa Dan quando Robyn entra con la sua bracciata di finimenti.

Lavorano tutti insieme per mettere ogni cosa al suo posto e per essere sicuri che i cavalli siano ben sistemati, e poi Tatiana annuncia, riluttante, che deve tornare a casa per cena. Dan non si sta aspettando un invito, ma non sarebbe stupito se lo ricevesse. È un po' stupito che né Jeff né Evan siano ancora venuti a salutare. Ma non vengono offerti inviti o spiegazioni, quindi Dan viene lasciato a sbrigarsela da solo.

Robyn dice che è il suo turno di dar da mangiare ai cavalli e preparare la scuderia per la notte. Si è trasferita in uno degli appartamenti al piano di sopra, quindi per lei è piuttosto comodo. Gli fa vedere i turni che ha preparato per gli altri stallieri e gli chiede se li approva; sembra soddisfatta quando Dan le dice che vanno bene e le chiede se non le dispiaccia continuare ad essere responsabile degli orari.

Dan guida il suo pick-up fino alla dépendance e inizia a portare dentro scatoloni e borse. Non ha molto e non disfa le valigie se non per il minimo indispensabile, quindi decide di prendere la macchina e di andare in paese per comprare delle provviste e fare un sopralluogo dei posti che offrano cibo da asporto. Si fa una doccia veloce per lavarsi via lo sporco del viaggio, fruga fra le sue borse per trovare dei vestiti puliti e poi esce. Si ferma alla scuderia per vedere se Robyn abbia bisogno di qualcosa, ma lei dice di no – dice che il piccolo paese le piace così tanto che preferisce farsi le commissioni da sola. Dan si chiede per quanto tempo durerà questo idillio.

Non c'è nessun grande supermercato in paese, ma c'è un negozietto a conduzione familiare che ha tutto quello di cui Dan ha bisogno. Dan mangia molti piatti surgelati, quindi è abituato a fare la spesa tenendo una borsa frigo sul pick-up. La riempie con i surgelati e il latte, sapendo che dovrebbero essere a posto per un paio di ore. Chiede al cassiere quali sono i posti che preparano cibi da asporto e gli viene detto che può scegliere fra del cibo stile trattoria, da Carla, del cibo italiano ben fatto, da Zio, oppure del cibo da pub, al Fireside. Dan si ricorda che Evan, quando era passato con lui in macchina nel centro del paese, aveva nominato sia Zio sia il Fireside. Dan ha voglia di un hamburger, quindi si dirige verso il pub.

In qualche modo è riuscito a dimenticarsi che è sabato sera. È ancora abbastanza presto, quindi il posto non è pieno, ma Dan ha l'impressione che lo sarà. Si dirige verso il bancone e una bella ragazza bruna, con una maglietta stretta e scollata, arriva a prendere il suo ordine. Dan le dice che vuole solo ordinare del cibo da asporto e bersi una birra mentre aspetta che venga preparato; la ragazza gli tocca un braccio e gli dice che ci penserà lei, chiedendogli se è sicuro di non voler mangiare al bancone. Dan le sorride mentre libera il braccio e le dice che va bene così. La ragazza capisce il messaggio e segna l'ordinazione; Dan trova un posto al fondo del bancone per bere la sua birra ed osservare la gente.

C'è un gruppo che si sta preparando, e Dan ricorda Evan dirgli che lui e Jeff vengono spesso in questo posto per sentire musica. Dan osserva la folla, ma non li vede. C'è un grosso caminetto in un lato della stanza, ma è inizio giugno, l'aria è calda e quindi non è acceso. Ma almeno Dan sa che il pub si chiama così per una ragione. La maggior parte degli avventori è vestita in maniera sportiva, ma è il tipo di abbigliamento che probabilmente costa più dell'intero guardaroba di Dan. Dan non conosce il tenore di vita del paese, ma almeno alcune persone sono chiaramente molto benestanti. Si domanda quanti di loro abbiano dei cavalli.

È più o meno a metà birra quando sente una risata familiare provenire dall'ingresso. Si gira con un sorriso e vede Evan tenere aperta la porta a Jeff e altre due persone: un alto uomo biondo e una donna dai capelli scuri legati in un chignon così stretto che sembra tirarle anche gli occhi. Anche in jeans e camicia scamosciata ha l'aria di essere una ballerina, non più giovanissima. Evan sta ridendo di qualcosa che il biondo ha detto e Jeff lo sta osservando divertito. Quando, volgendosi verso il bar, Jeff vede Dan, il sorriso svanisce dai suoi occhi, sostituito per un istante brevissimo da qualcosa di cui Dan non è sicuro, e poi da un'espressione prudentemente neutrale.

Jeff tocca il braccio di Evan e fa un cenno verso il bar. Dan prova un momento di disagio. C'è qualcosa di sbagliato, o perlomeno di diverso, ma non riesce a individuare che cosa. Evan sorride in direzione di Dan, ma invece di catapultarsi verso di lui, come Dan si era aspettato, lo saluta con la mano e poi si gira verso la coppia che li accompagna, ovviamente spiegando loro la sua identità. I due guardano Dan senza molto interesse. Evan fa un cenno mentre si dirigono verso un tavolo vicino alla finestra e poi lui e Jeff si avvicinano al bancone.

Dan scende dallo sgabello e stringe la mano prima a Evan, poi a Jeff. «Allora sei arrivato senza problemi? I cavalli stanno bene?» Chiede Evan.

«Sì, è andato tutto liscio. Ehi, non ho ancora avuto l'opportunità di ringraziarti per aver trovato posto per Smokey – lo apprezzo molto.» Dan sorride un po' pensando al suo cavallo.

Evan sorride di rimando, ma Dan non sente lo stesso calore che ha sentito altre volte. «Beh, Jeff ha detto che è piuttosto normale dare a un addestratore un box per il suo cavallo e noi abbiamo ancora un sacco di posto. Non ti preoccupare.»

C'è una piccola pausa e Dan si gira verso Jeff, che sembra stare fissando un punto vicino all'orecchio di Dan. «La tua esibizione è fra un paio di settimane, giusto? Sta andando tutto bene?»

Jeff annuisce. «Sì, è un lavorone, ma mi piace.»

Dan nota un movimento con la coda dell'occhio ed è sollevato di vedere che la cameriera è tornata con il suo ordine in una busta di carta marrone. Dan non è abituato a fare conversazione spicciola e soprattutto è sconcertato che la debba fare parlando con Jeff ed *Evan*. Non sa se li ha presi nel momento sbagliato, o se è il loro tentativo di aiutarlo con la divisione fra lavoro e vita personale che ha menzionato a Jeff. Qualsiasi sia la ragione, Dan è troppo stanco per affrontarla. Ringrazia il barista per il cibo e si gira di nuovo verso Jeff ed Evan, sventolando la busta come scusa. «Beh, è meglio che esca di qui e vi lasci tornare dai vostri amici.» I due annuiscono e indietreggiano per farlo passare. «Grazie ancora per il box, Evan.»

«Non c'è problema. Cercherò di passare dalla scuderia nei prossimi giorni, ma se hai bisogno di qualcosa, telefona a Linda, d'accordo?»

Dan sorride in assenso e si dirige verso la porta. Mentre sta andando al pick-up passa davanti alla vetrina del bar e, nonostante cerchi di trattenersi, i suoi occhi si girano a guardare. Vede Evan e Jeff osservarlo, entrambi con un'espressione indecifrabile sul volto. Dan abbozza un mezzo saluto e continua a camminare. Non ha idea di che cosa sia capitato agli uomini rilassati ed amichevoli con cui ha trascorso il tempo durante la sua ultima visita e durante il loro soggiorno in Kentucky. Si chiede se forse non si sono semplicemente stancati di preoccuparsi del piccolo, bisognoso Dan e se non stiano cercando di fargli capire che i loro giorni da babysitter sono finiti. Gli sembra giusto. Jeff ha fatto ben più di quanto avrebbe dovuto per un semplice conoscente; anche Evan è stato davvero generoso con il suo tempo, specialmente tenendo conto di tutti gli impegni che deve avere.

Dan è un po' offeso che i due pensino che lui abbia intenzione di continuare ad approfittarsi della loro gentilezza, ed è un po' preoccupato che stiano mettendo in dubbio la sua professionalità, la sua competenza. Decide che per prudenza cercherà di dimostrare la sua capacità di essere efficiente e che sicuramente non mostrerà segni di debolezza che possano metterli in imbarazzo o che possano suggerire che stia ricercando la loro compassione.

Dan cerca di ignorare la delusione che prova. Si è trasferito in California per lavoro e per la possibilità di continuare a lavorare coi cavalli su cui lui e Justin hanno investito così tanto tempo. Passare del tempo con Jeff, o anche con Evan, sarebbe solo un impiccio e renderebbe le cose più complicate di quanto debbano essere. Dovrebbe essere grato agli altri due uomini per avere apparentemente preso una decisione per tutti, una decisione che lo libera dalla preoccupazione di offenderli.

I cavalli sono rimasti senza uno dei loro addestratori per tutto l'anno e il loro allenamento è stato ulteriormente disturbato dal dramma dell'ultimo mese. Sarà una gran fatica per Dan farli tornare al punto in cui dovrebbero essere, soprattutto lavorando con due nuovi assistenti. E non è mai stato a capo di una scuderia prima di quel momento. Non è del tutto certo di quali siano le sue nuove responsabilità, ma sa che avrà molto da imparare. Decide di concentrare tutte le sue attenzioni e le sue energie sul lavoro. Se riuscirà a sfinirsi, forse riuscirà anche a dimenticarsi del buco nella sua vita dove c'era Justin, e forse riuscirà a tenere il ricordo di Jeff e di quei pochi, elettrici momenti lontano dalla sua mente. Non ha molte speranze che questo funzioni, ma sa di non avere altre possibilità per quanto riguarda Justin e, basandosi sulla scena appena svoltasi al bar, non ha possibilità neanche con Jeff. Almeno, in questo modo, può far finta che il suo isolamento sia una sua idea.

CAPITOLO
DICIANNOVE

LA SVEGLIA di Dan suona, interrompendo un sogno molto piacevole. Dan cerca di ricordarsene i dettagli mentre apre lentamente gli occhi, ma stanno già sparendo dalla sua mente; più cerca di pensarci, più scompaiono velocemente. Quello che ricorda è più che altro uno stato d'animo: ricorda di essersi sentito al sicuro, al caldo e amato. Dan ha sentito alcuni dire che riescono a tornare a dormire riprendendo i loro sogni dal punto dove si erano interrotti, ma lui non è mai stato capace di farlo – e oltretutto, ha del lavoro da fare, quindi si alza.

Fa colazione con una tazza di cereali e si infila i vestiti da cavaliere. Deve cercare per un po' i suoi stivali, ma finalmente li trova stipati in uno degli scatoloni. Si guarda intorno con attenzione per essere sicuro di lasciare la dépendance in condizioni relativamente accettabili. Non ha mai vissuto in un posto così bello, non ha mai avuto così tanto spazio tutto per sé, e ancora gli sembra di essere solo in visita. Tutta la sua vita in California gli sembra ancora essere solo una visita.

Esce dalla casa, segue il corto viottolo e raggiunge la strada principale. Si trova davanti un cane che non conosce, che gli abbaia un paio di volte. Sembra essere un incrocio di pitbull e per questo Dan usa una certa cautela, ma si accovaccia per salutarla; il cane si avvicina e lo annusa. Smette di abbaiare, ma lo accompagna fino alla scuderia, come se fosse il suo compito tenerlo d'occhio. E come se pensasse anche lei che Dan è fuori posto.

Dan continua a non sentirsi a suo agio neanche quando entra nella scuderia. Uno dei nuovi stallieri sta appena finendo di dare il foraggio ai cavalli. Dan non riesce a ricordare il nome della ragazza e non riesce a togliersi di testa l'impressione che lei abbia più diritto di lui di essere lì. La ragazza sembra sorpresa di vederlo, il che non aiuta affatto.

«Oh, salve! Signor Wheeler! Non sapevo che ci sarebbe stato anche lei questa mattina.» Appena Dan percepisce l'agitazione della ragazza, si tranquillizza un po'. E una veloce occhiata agli orari che Robyn ha attaccato alla parete gli permette di vedere che 'Sara' è stata assegnata a questo turno, quindi...

«Sara, giusto?» Lei annuisce, e Dan sorride. «Chiamami 'Dan'. E mi dispiace di averti interrotta – è piacevole avere la scuderia tutta per sé, vero?»

La ragazza sorride di rimando. «Almeno non mi ha trovata a cantare o parlare ai cavalli.» Ha appena finito di dar da mangiare all'ultimo cavallo, e aggrotta la fronte. «Il cavallo nell'ultimo box non è nella lista. Gli ho dato un po' di fieno, ma non so di quanto foraggio ha bisogno.»

Dan sbuffa divertito. «Lui ne *vorrebbe* un secchio intero. Ma quasi non ne ha bisogno.» Dan prova un moto d'orgoglio quando aggiunge, «È mio,» e la sensazione non diminuisce quando continua, «È solo un cavallo da trail, non un cavallo da completo. Non ha bisogno di mangimi molto energetici.» Dan entra nella selleria e trova una penna, quindi aggiunge il nome di Smokey alla lista dei cavalli da accudire. Quando legge i gruppi di cavalli che vengono fatti uscire all'aperto insieme, si ferma un attimo a pensare. Hanno mantenuto gli stessi raggruppamenti usati in Kentucky, ma Smokey non è mai stato fatto pascolare con i cavalli degli Archer. «Il suo nome è Smokey – meglio farlo pascolare da solo per un paio di giorni, lasciando che si abitui al posto. Poi gli troveremo un gruppo con cui diventare amico.» Sara annuisce, e Dan aggiunge l'appunto alla pagina. «Adesso esco con lui a fare una cavalcata... vado a controllare il percorso di cross-country. Puoi lasciare Monty nel box? Lo voglio far esercitare quando torno e cercare di prenderlo quando è nel paddock può essere frustrante.»

Sara annuisce di nuovo. Si trova in quel momento di pausa in cui non si sa bene che cosa fare, quando i cavalli stanno mangiando e non ci si deve occupare di loro; la scuderia poi è così nuova che è in perfetto ordine. Dan si ricorda della soluzione che lui e Justin avevano trovato per passare il tempo e per passare il tempo si chiede come reagirebbe Sara se le proponesse di pomiciare. Si chiede che cosa farebbe se lei accettasse. Invece di scoprirlo, Dan va a prendere i finimenti di Smokey e il suo kit per il grooming. Il cavallo non ha ancora avuto occasione di sporcarsi, quindi il governo consiste più che altro nel passare le mani su tutto il manto di Smokey per accertarsi che non vi siano ferite nascoste o punti dolenti, senza bisogno di strigliarlo molto. Dan sella il cavallo e lo guida fuori dalla scuderia, salta su e lo incammina verso il sentiero recintato che porta al percorso di cross-country. È la strada più comoda, quindi Dan non deve considerare un segno di debolezza il fatto di riuscire ad evitare di passare per il lato della collina dove ha ricevuto la chiamata su Justin.

La cagna incontrata prima li raggiunge a metà strada e continua a passeggiare con loro. Sembra molto educata, e cortesemente avvicina il naso per una sniffatina quando Dan allunga le redini, permettendo a Smokey di abbassare la testa; posto che tutti vadano d'accordo, a Dan non dispiace la compagnia inaspettata. I tre si avviano su per la collina e attraverso il bosco. Dan si ferma un po' di volte e scende giù per controllare le condizioni del terreno e la costruzione degli ostacoli, ed è felice di vedere che tutto sembra essere a posto. C'è un sentiero ricoperto di pacciame e ben tenuto lungo il bordo esterno di un piccolo altipiano, quindi Dan lascia Smokey libero di correre, ed entrambi si godono la velocità e l'aria sulle loro facce. Dopo un paio di falcate il cane rinuncia a star loro dietro, ma sembra intuire dove si stanno dirigendo e prende una scorciatoia attraversando il campo in diagonale e, quando Dan e Smokey finiscono il loro piccolo giro del circuito, lei è lì seduta che li aspetta.

Insieme si incamminano per tornare alla scuderia e il cane li accompagna per la maggior parte del percorso, salvo poi scomparire fra i cespugli vicino alla casa principale. Dan e Smokey continuano ad andare avanti; quando arrivano alla scuderia Dan toglie al cavallo sella e briglia e lascia il castrone libero in uno dei paddock vuoti. Smokey fa qualche passo di trotto prima di pensarci bene e decidere che preferisce esplorare il gusto dell'erba invece che gli angoli del campo.

Dan porta i finimenti dentro la scuderia, ma si ferma quando arriva al box di Smokey. Tutti i cavalli da completo hanno delle targhette di ottone sulla porta del loro box, con inciso in bell'evidenza il nome della scuderia e, sotto di quello, il nome con cui sono registrati. Sul box di Smokey Sara ha attaccato un pezzo di cartone, con scritto in grande «SMOKEY» e, sotto, in caratteri più piccoli, «Sir Smokes-a-Lot[6]?», in riferimento ad un personaggio in un film di qualche anno prima. Smokey è per la maggior parte un Quarter Horse, ma non è registrato, quindi non ha un vero nome ufficiale; questo non significa però che debba essere ignorato. Dan sorride di gusto, e quando posa i finimenti, trova una penna e ritorna al box. Aggiunge «Smokey the Bear[7]?» sotto al suggerimento di Sara, quindi riporta la penna nella selleria e recupera i finimenti di Monty.

Dan passa il resto del giorno montando diversi cavalli da completo, facendoli abituare alla loro nuova casa, assicurandosi che non abbiamo dolori o indolenzimenti causati dal viaggio. Dopo Monty è il turno di Sunshine e la giumenta sembra in buona forma; per questo, quando Tatiana arriva alla scuderia nel primo pomeriggio, Dan le suggerisce di provarla, e la ragazza lo fa. A giudicare dall'espressione sul suo volto, la ragazza è molto compiaciuta dell'esperimento e anche Dan lo è. Gli sarebbe piaciuto se Evan fosse venuto con lei. Non è abituato ad avere così poco

---

[6] Sir Smokes-a-Lot: personaggio interpretato da Dave Chapelle nel film commedia «Half Baked», USA 1998.

[7] Smokey the Bear: l'Orso Smokey, una delle mascotte del Servizio Forestale Statunitense, creato per educare il pubblico sui pericoli degli incendi boschivi.

contatto con il suo datore di lavoro e non è del tutto sicuro di quali siano le regole per quanto riguarda Tatiana. La ragazza ha solo quindici anni e Dan sa che la scuderia è stata fatta essenzialmente per il suo piacere personale, ma non è sicuro di quali siano i limiti, se ce ne sono, che ci si aspetta Dan faccia rispettare. Dan decide che questa domanda è sufficientemente importante da contattare Lidia per chiedere delucidazioni, anche se pensa che sia probabilmente meglio aspettare fino al lunedì.

Tat si ferma per il resto del pomeriggio, osservando Dan lavorare coi cavalli. Inizialmente lui si sente un po' a disagio, pensa a quello che Evan gli ha detto sull'infatuazione della ragazzina, ma lei inizia a chiedere spiegazioni su quello che Dan sta facendo e presto è chiaro che è genuinamente interessata a capire di più sull'addestramento dei cavalli. Dan finisce per godersi il pomeriggio, inizia ad abituarsi a *spiegare* invece semplicemente di *fare.* Un paio di volte salta giù dalla sella e fa salire Tatiana sul cavallo, perché ci sono delle cose che bisogna provare per riuscire veramente a capire. Mentre Tat sta montando Kip, cercando di sentire i differenti gradi di riunione, Robyn scende dal suo appartamento e si ferma di fianco a Dan, appoggiandosi al recinto e guardando la scena.

«Diventerà brava, vero?» chiede Robyn.

«Immagino di sì... se continuerà. Però ha solo quindici anni – la prossima settimana potrebbe decidere che vuole passare tutto il suo tempo suonando il flauto o qualcos'altro.»

«O inseguendo i ragazzini,» concorda Robyn.

Dan sorride divertito. «Dio solo sa che per me quella è stata una piccola distrazione.»

Robyn sorride a sua volta e si guarda intorno. «Jeff ed Evan non sono venuti giù?»

«No. Li ho incontrati ieri sera in paese, ma non li ho visti da allora.»

«Ah.» Robyn sembra un po' sorpresa. «Hanno praticamente vissuto qui negli ultimi giorni, guardando tutti i cavalli arrivare, aiutando a sistemarli. Forse volevano solo tenere d'occhio la situazione e ora che sei qui possono prendersi una pausa.»

Dan annuisce. S'immagina che sia una buona spiegazione, anche se non lo aiuta a comprendere la freddezza che ha percepito la notte precedente. Ma Dan non è molto bravo a leggere le persone, quindi può essere che abbia capito male. Tat si ferma vicino ai due e inizia a fare delle domande e Dan riporta l'attenzione sulle sue incombenze.

Lavora fino al calar del sole e poi torna a casa, riscaldandosi uno dei piatti surgelati per cena. Mangia mentre legge uno dei suoi libri di economia aziendale, poi prende un blocco per gli appunti ed una birra e si siede fuori sul portico. Cerca di creare un elenco di domande da porre a Evan o a Linda, o a chiunque altro sia disponibile. Compila una lista, ci aggiunge un po' di appunti, e poi studia un altro po'. Non sta facendo niente di eccitante, ma è rilassante, e Dan sente di avere concluso una buona giornata di lavoro. La sua situazione gli sembra ancora un po' strana, ma ha fiducia che col tempo migliorerà e gli sembrerà più naturale.

La mattina successiva chiama Linda, ma risponde la segreteria telefonica e Dan si rende conto di non avere neppure un numero a cui chiamare Evan. Lo aggiunge all'elenco delle cose da chiedere. Non progetta di perseguitare l'uomo, ma se Tatiana continuerà a passare tutto quel tempo alla scuderia, Dan vorrebbe avere almeno un numero per le emergenze.

Dan passa la giornata lavorando con i cavalli ed i nuovi addestratori; quando Tatiana arriva a casa dopo scuola, passa anche un po' di tempo con lei e Sunshine. La ragazza ha solo più una settimana di scuola, quindi freme dall'eccitazione per le cose che farà alla scuderia quando avrà più tempo a sua disposizione. Dan apprezza il suo entusiasmo. Apprezza anche quando la ragazza torna a casa per cena e lui può far finalmente riposare le sue orecchie.

Anche Dan torna a casa per mangiare, poi si siede di nuovo sul portico, cercando di programmare gli orari per l'allenamento dei vari cavalli. È un po' difficile da fare senza sapere quali siano le priorità che Evan ha in mente per la scuderia, ma pensa che due chiamate in un solo giorno siano un po' troppo. È un bene rimanere impegnati, però. A Dan non manca tanto il Kentucky, non manca tanto Justin – almeno quando non ci pensa.

Il sole sta calando quando la vecchia Jeep Cherokee si ferma nello spiazzo davanti alla dépendance e ne scende Evan. Indossa di nuovo i suoi vestiti da uomo d'affari e dopo la lunga giornata appare un po' provato, ma è sempre molto elegante. Quando si avvicina, Dan nota l'aria affaticata e le borse sotto gli occhi. Sembra aver passato più di una sola lunga giornata. Fa alcuni dei gradini che portano sul portico, poi si ferma e sorride a Dan, anche se non è uno di quei sorrisi a trecentosessanta gradi che Dan ha avuto modo di vedere in passato.

«Ehi,» esordisce Evan. «Mi dispiace di non averti richiamato. È stata una giornata indaffarata.»

«No, non c'è problema. Non c'è niente di extra urgente, quindi se non è il momento giusto...»

«No, Linda mi ha detto quello di cui vuoi parlare. Hai ragione. Dovremmo metterci d'accordo su quelle cose. Adesso hai un po' di tempo?»

Dan annuisce. Evan finisce di salire le scale e si sistema con un gran sospiro sull'altra sedia che si trova sul portico. Dan alza la sua bottiglia di birra mezza vuota. «Ne vuoi una? O vuoi del caffè, o qualcos'altro?»

Evan ha l'aria di stare combattendo la tentazione, ma poi cede con un sospiro. «Una birra sarebbe perfetta. Grazie.»

Dan entra a prendere la bottiglia, poi si siede di nuovo sulla sua sedia e tira fuori l'elenco delle domande che vuole fare. Non sa se deve spingere Evan a risolvere le cose in fretta, così che l'uomo possa andare a riposarsi, o se invece deve dare al poveretto un'occasione per prendersi una piccola pausa. Evan fa un lungo sorso di birra e poi si porta in avanti, dicendo, «Ok, iniziamo,» e Dan si rende conto che è stato stupido pensare di poter decidere il ritmo della conversazione. Evan è un uomo potente e non lascia certo un suo dipendente portare avanti una riunione.

«Sì, ok. Credo che la cosa più importante che devo sapere è in quanto tempo vuoi rivendere i cavalli. Voglio dire, di base si tratta di comprare cavalli non addestrati a poco prezzo, addestrarli e poi rivenderli come cavalli addestrati e di valore. Ma 'addestrati' non è un termine assoluto. Possiamo venderli solo parzialmente allenati per un profitto minore e poi dedicare le nostre energie ad un altro cavallo, o possiamo tenerli più a lungo e addestrarli di più, vendendoli poi per una cifra maggiore. Capisci – o vendere un numero più alto di cavalli a medio prezzo o un numero minore di cavalli ad un prezzo più alto.» Dan lancia un'occhiata a Evan e vede l'altro uomo lo sta seguendo con attenzione. C'è qualcosa di un po' sconcertante, come se Evan stesse seguendolo con *troppa* attenzione. Ma Dan ha sempre trovato Evan intenso, quindi va avanti. «Per questo avrei bisogno di sapere che tipo di approccio scegli. E ho bisogno di sapere quanto aggressivamente vuoi sponsorizzare la scuderia, quanto tempo vuoi dedicare alle esibizioni e alle altre attività promozionali rispetto al tempo dedicato all'allenamento. Questo genere di cose.»

Evan annuisce pensieroso e per mezz'ora o giù di lì parlano di affari. Dopo un po' Evan si toglie la cravatta e quando finisce la birra Dan va a prenderne un'altra a entrambi. Dopo un po' la conversazione si esaurisce e i due rimangono seduti, guardando il calare della notte. L'atmosfera è molto rilassata e Dan se la gode più della sera precedente, quando aveva fatto la stessa cosa, ma da solo. Dopo un po' gli occhi di Evan si chiudono e Dan si ritrova a guardare l'uomo invece dell'oscurità. Dan ha sempre saputo che Evan è attraente, e per la miseria, il suo corpo è un'opera d'arte, ma il suo volto è sempre così mobile che Dan non ha veramente avuto modo di osservarlo per quello che è, senza le sue espressioni in continuo cambiamento. Quando è assopito Evan sembra giovane e in pace. Le linee sulla sua fronte larga si sono rilassate, ma ne è rimasta una piccola; le dita di Dan vorrebbero toccarla e farla scomparire.

Dopo qualche minuto Evan russa leggermente e apre gli occhi; Dan velocemente riporta il suo sguardo verso le montagne, facendo finta di non essersi reso conto del pisolino di Evan. Evan ci mette un attimo a riprendersi, poi si massaggia il collo e dice, «È meglio che vada a casa. C'è qualcos'altro di cui dobbiamo parlare?»

«Ehm, solo... Tat.» Evan alza un sopracciglio e Dan si affretta a chiarire. «È fantastica, ha molto potenziale come amazzone e sono molto felice di averla come parte della scuderia. Beh, mi chiedo solo come devo trattarla, immagino. Quali sono le priorità nel bilanciare il piacere personale di Tatiana e il portare avanti il posto come un'attività redditizia.»

«Ok... credo di capire che cosa stai dicendo, ma mi puoi dare un esempio?» Evan è di nuovo in modalità uomo d'affari, ma è più rilassato e la loro discussione sembra essere tra colleghi più che tra dipendente e datore di lavoro.

«Beh, do per scontato che Sunshine non sia in vendita al momento, visto che pare essere il cavallo che Tatiana ha deciso di montare alle manifestazioni. Ma non sarà *mai* in vendita? Adesso come adesso, Sunshine sa molto più di quanto sappia Tatiana. Se sarà solo il cavallo di Tatiana, non c'è una vera ragione per concentrarsi troppo sul suo allenamento, almeno per un po'. Capisci?» Evan annuisce, quindi Dan continua. «E Tat è interessata a cavalcare di più quest'estate, il che è fantastico. Ma ancora non ha le capacità necessarie per essere utilizzata davvero come allenatrice. Potrebbe andare bene per far esercitare i cavalli, però. Quindi, se fosse semplicemente un'altra dipendente, le farei portare i cavalli su e giù per la collina, cose di questo tipo – cose che servono ai cavalli, ma che non insegnano molto a Tatiana come amazzone. Lei però non è solo un'altra dipendente, proprio non è una dipendente, quindi forse dovrei concentrarmi nel farle fare delle cavalcate più istruttive, in modo che lei possa imparare di più anche se al momento non è esattamente il cavaliere più indicato per quel lavoro, capisci?»

Evan sorride un po' mestamente. «Capisco quello che dici. Io...» Si appoggia allo schienale della sedia e il suo sorriso si fa un po' triste. «Per quanto mi concerne, l'intero 'impero' dei Kaminski è utile solo in quanto rende felice Tatiana. Quello che intendo dire è che io non ho bisogno di molti soldi e noi siamo gli ultimi rimasti nella nostra famiglia... quindi praticamente tutto quello che faccio è per Tata, così che quando crescerà ci sarà ancora un'impresa in cui lei potrà scegliere di impegnarsi o che potrà scegliere di ignorare.» Per qualche momento Evan si concentra sul collo della bottiglia di birra, togliendo via l'etichetta sovrappensiero. «Ma, non so... probabilmente non è una buona cosa per una quindicenne rendersi conto di avere tutto questo potere, capisci? Sembra difficile crescere normale sapendo che una buona parte del mondo gira effettivamente intorno a te.»

Evan fa una pausa e Dan coglie l'occasione per parlare. «Per quel che conta, stai facendo un gran lavoro con lei.» Evan lo guarda sorpreso e Dan arrossisce leggermente. «Voglio dire, non sono certo uno psicologo, ma... è una ragazzina in gamba. Sta lavorando davvero sodo alla scuderia, e Robyn e il resto dello staff la adorano. Non è per niente viziata.»

Il sorriso di Evan ha finalmente ritrovato il calore di cui Dan si ricordava. «Grazie, significa molto. Lei... lei è il mio lavoro più importante, capisci? E non ho davvero idea di quello che sto facendo. Jeff mi aiuta...» E poi il sorriso di Evan si affievolisce, anche se Dan non è sicuro del perché. Spera non ci siano problemi fra i due, ma allo stesso tempo una piccola parte del suo cervello registra immediatamente anche solo l'accenno che Jeff possa un giorno essere di nuovo libero.

Dan reprime con forza quel pensiero e cerca di concentrarsi di nuovo sulla conversazione, cerca di tornare all'atmosfera amichevole e rilassata di qualche momento prima. «Non sono sicuro che ci sia qualcuno che sa davvero quello che fa. Ci sono un sacco di ragazzini con dei genitori che dovrebbero essere esperti, ma che prendono una brutta piega. E come ho detto... per il momento Tatiana sembra essere davvero cresciuta bene.»

Evan sorride nuovamente e questa volta quasi al cento per cento. «Sì, è proprio, davvero fantastica.» Fa una pausa. «Quindi, per quel che riguarda la scuderia – ti posso chiedere di usare il tuo giudizio? Non sto cercando di scaricare su di te le mie responsabilità, solo non so se ho una risposta. Voglio che sia felice, ma so che non sarà felice sul lungo termine se ha tutto quello che vuole tutte le volte. Quindi – magari metà e metà? Falle fare delle cose che servono alla scuderia, ma cerca di integrare anche alcune delle cose che possano servirle per diventare un'amazzone migliore. Ha senso quello che sto dicendo?»

Dan annuisce. Non è perfettamente chiaro, ma almeno è una linea guida generale, e almeno il problema è stato sollevato.

«Io cercherò di farmi sentire più spesso, senza che tu mi debba inseguire. Da come dice, sembra che Tatiana sia intenzionata a passare l'estate alla scuderia, quindi probabilmente la vedrai più tu di quanto la vedrà io. Quindi... credo che mi rivolgerò a te per avere le ultime notizie su mia sorella.» Sorride con una certa mestizia e poi continua. «Ti volevo ringraziare per quello che hai fatto finora. Quando ieri sera è tornata a casa non stava praticamente toccando terra, tanto era completamente entusiasta di tutto quello che le avevi insegnato. Oggi mi ha mandato sette messaggi mentre ero al lavoro, blaterando di quanto tutto fosse fantastico alla scuderia... quindi, qualsiasi cosa tu stia facendo sembra perfetta... l'importante è che lei non diventi viziata.»

Dan è un po' imbarazzato, ma Evan si è alzato e si sta preparando ad andare, quindi non ha occasione di starci troppo a pensare.

«Ok, allora, grazie di tutto, cercherò di passare dalla scuderia e vedere come vanno le cose, ma sono sicuro che tu abbia tutto sotto controllo.» Evan sorride e si gratta leggermente lo stomaco; gli occhi di Dan sono catturati dalla striscia di pelle che si scopre quando la camicia, spiegazzata, si solleva leggermente. Dan alza subito lo sguardo verso il viso di Evan, ma è troppo tardi; Evan ha notato. Il sorriso dell'altro uomo assume una strana sfumatura, ma Dan non riesce a decifrarlo; Evan tuttavia non dice nulla, si limita a posare la bottiglia vuota di birra sul tavolo e a scendere le scale. Quando al fondo dei gradini si gira e guarda verso Dan, i suoi occhi sono un po' più caldi di quanto erano prima, un po' più concentrati. «Quindi mi terrò in contatto. Fammi sapere se hai bisogno di qualcosa.»

Gira la macchina, se ne va via e Dan si siede di nuovo sul portico. L'incontro è andato bene, ed Evan è stato amichevole. Dan immagina che dovrebbe esserne felice, che dovrebbe essere soddisfatto che le cose siano andate lisce. E lo è, davvero. Solo non riesce a scrollarsi di dosso l'impressione di essersi perso dei particolari, e che questi particolari possano essere importanti. Cerca di rilassare i suoi pensieri, in modo che gli salti in mente quello che non gli torna, ma tutto ciò che vede sono dei fotogrammi dello stomaco abbronzato di Evan, del suo viso addormentato e in pace, mischiati con quelli del sorriso gentile di Jeff e dei suoi occhi ardenti. Questo davvero non lo aiuta, decide Dan, e si fa una doccia prima di andare a letto. Quando si trova sotto il getto dell'acqua e gli tornano in mente le stesse immagini mentre la sua mano afferra il suo uccello, Dan cerca di non preoccuparsene troppo. Avere delle fantasie è del tutto naturale. Dan deve solo assicurarsi che non si mettano a intralciare la realtà.

CAPITOLO
VENTI

IN POCO tempo Dan forma una nuova routine. Lavora molto, anche più di quanto faceva in Kentucky, ma non ha di meglio da fare. Può cavalcare solo per un certo numero di ore ogni giorno prima che le sue gambe, seppur allenate dal lavoro, non ce la facciano più, la scuderia ha assunto abbastanza personale da far sì che Dan non abbia bisogno di preoccuparsi dei lavori più ingrati. Tuttavia rimangono ancora molte cose che lo tengono occupato e la maggior parte di queste richiedono molto tempo, perché sono cose che Dan si trova a dover fare per la prima volta, e deve quindi capire come funzionano.

Lui ed Evan hanno convenuto che i cavalli devono competere, anche solo come modo per far conoscere la scuderia e crearle una reputazione. Non si ha fretta di vendere i cavalli, il che è un sollievo – Dan non vuole vedere i cavalli di Justin finire, a dei prezzi d'occasione, nelle mani di qualcuno che potrebbe anche non apprezzarli, solo perché l'economia sta attraversando un momento difficile. Tuttavia prima o poi si inizierà a vendere – i Kaminski hanno aperto una nuova scuderia, quindi hanno bisogno di farsi un nome e partecipare a delle gare è il modo giusto per farlo. Dan però non è mai stato responsabile di scegliere le manifestazioni a cui andare, o di registrare i cavalli, o di organizzare i trasporti, o di qualsiasi altro dettaglio. E non conosce molto bene la scena equestre californiana. Pensa di chiamare Jeff, ma ha paura di disturbare. Jeff gli è stato incredibilmente d'aiuto in Kentucky e Dan non se lo dimenticherà mai, non smetterà mai di essergli grato, ma Jeff ha reso chiaro che quello che Dan pensava stesse nascendo fra di loro non può andare avanti in California, e Dan lo rispetta. Tuttavia, senza avere alla base un rapporto personale, non c'è davvero motivo di credere che il ragazzo del suo capo lo aiuti a fare il lavoro per cui Dan è stato assunto. Quindi Dan si consulta con Michelle, l'altra assistente allenatrice, e anche con Tatiana, visto che ha partecipato almeno ad alcune manifestazioni nella regione. Non è perfetto, ma Dan sta facendo del suo meglio.

Il primo sabato mattina, una settimana dopo il suo arrivo, Dan raggiunge la scuderia alla sua solita ora e trova Tatiana già lì, che aiuta a dare da mangiare ai cavalli. Quando la ragazza vede il suo sguardo stupito, gli sorride raggiante. «È l'inizio delle vacanze estive! Volevo venire presto e vedere i cavalli appena sveglia. Voglio passare tutto il giorno qui, così da capire davvero che cosa si fa in una scuderia. Sai, voglio vedere *tutto*.»

Da come parla sembra quasi che si anticipi chissà quale grande divertimento e Dan spera che non venga delusa. «Beh, goditela allora! Non mancherai a tuo fratello?» Dan non ha visto Evan dalla sua visita il lunedì sera, ma si ricorda che Evan aveva detto che cercava di tenere i weekend per lo più liberi, per passarli in famiglia.

Tatiana sbuffa divertita. «Probabilmente non noterà neppure che non ci sono. È indaffaratissimo al lavoro, oppure è sempre da Jeff, per cercare di preparare la sua esibizione, o, sai... per altre cose.» Arrossisce un po', poi si illumina. «Ma va bene, perché ho ventiquattro nuovi amici nella scuderia!» Lancia un'occhiata timida a Dan. «Va bene se conto anche Smokey? Lo so che non è *nostro*, ma è sempre un amico, giusto?»

Dan le sorride. «Va benissimo che tu abbia incluso Smokey, ma sono un po' offeso che tu non abbia incluso nessuno dei tuoi nuovi amici *umani* nel totale.» Si gira verso Robyn, che scuote la testa tristemente.

Tatiana spalanca gli occhi. «Oh, ma certo che conto anche voi! Allora... ventinove nuovi amici! Chi ha bisogno di uno stupido fratello maggiore?» Felicemente inizia ad aiutare Robyn a portare i cavalli all'aperto e Dan ripensa a quando era un adolescente. Il fatto che Tatiana possa parlare e scherzare di suo fratello, presume Dan, significa che la ragazza è davvero sicura della loro relazione, anche se alle volte Evan è un po' distratto da altro.

Un paio di ore più tardi Dan sta montando Chaucer, Tat è su Sunshine ed entrambi stanno lavorando nel rettangolo del dressage. Dan sta lavorando quasi in automatico con Chaucer, sta solo perfezionando le riprese e cercando di abituare il cavallo a prestare più attenzione al cavaliere, quindi ha un po' di attenzione da dedicare a dare consigli a Tatiana. Con due cavalli su cui concentrarsi però Dan è piuttosto occupato e non nota che hanno un pubblico fino a quando Tat non se ne accorge e saluta con la mano. Dan si gira e vede Jeff ed Evan in piedi vicino alla recinzione.

Tat trotta fino al cancello; inizia a tessere le lodi di Sunshine e offre a Jeff di fargli vedere quello che sa fare. Jeff annuisce e indietreggia per osservare meglio. Dan ha un flashback della prima volta che ha incontrato queste tre persone, non così tanto tempo fa, ma al tempo stesso, in qualche modo, una vita fa. Lo scombussola un po' pensare a tutti i cambiamenti che sono avvenuti da allora, e decide che Chaucer per quel giorno si è allenato abbastanza. Magari salirà su Monty – il cavallo è sufficientemente impegnativo da impedire alla mente di Dan di divagare.

Dan fa defaticare Chaucer dall'altra parte del rettangolo mentre Tatiana mette in mostra Sunshine; quando Tat lo ferma e inizia a parlare, Dan dirige Chaucer verso il cancello, vicino a dove si trovano gli altri. Dan nota una tensione fra loro tre che non ha mai percepito prima, quindi si limita ad accennare un saluto con la mano prima di saltar giù e aprire il cancello, sperando di non interrompere. Ma non è fortunato.

«Dan!» Tatiana sembra turbata. «Dan, Evan e Jeff possono fermarsi alla scuderia oggi, giusto? Non darebbero fastidio, vero?»

Dan non ha idea di che cosa sia accaduto. «Ehm, credo che non ci sia problema?»

«Visto?», dice Tatiana con una certa violenza, rivolta al fratello. «Se non volete passare del tempo con me, bene. Ma non trovate scuse. Non sono stupida.»

Evan cerca di calmarla. «Tata, non abbiamo detto che non vogliamo passare del tempo con te. Abbiamo solo pensato che magari volevi farlo altrove. Che ne so, magari andando a fare shopping, o.... o qualsiasi cosa, davvero.»

Dan sente quello che non viene detto, «*qualsiasi altra cosa, ma non questo*», ed è confuso quasi quanto Tatiana. Ma lo è in maniera più silenziosa. Tatiana invece sta quasi urlando. «Sì, che bello! Sapete benissimo quello che voglio fare e mi dite che non volete farlo, perché sapete che tanto rimarrò qui e così potete avere la giornata tutta per voi due. Grazie mille.» Scuote la testa arrabbiata. «Sapete che vi dico? Bene. Fate pure. Qui ho delle cose da fare, e ho ventinove nuovi amici con cui farle.»

C'è solo una ragione che viene in mente a Dan per cui Jeff ed Evan possano non volere rimanere alla scuderia. Robyn ha detto che hanno passato lì un bel po' di tempo quando i nuovi cavalli hanno iniziato ad arrivare, ma questa è la prima volta della settimana che si fanno vedere. La prima volta da quando Dan è arrivato. Non sa di preciso che cosa ha fatto per causare in loro un simile livello di antipatia nei suoi confronti, e non è neanche sicuro che gli importi saperlo. Dan sa che si sarebbe comportato in maniera professionale, che non li avrebbe più trascinati nei suoi drammi personali; se pensano che lui sia così debole, è un loro problema. È quasi arrivato alla scuderia e non riesce a sentire quello che stanno dicendo. Considera seriamente l'idea di chiamarli e dir loro che si prende il resto del giorno libero, ma questo potrebbe rendere le cose ancora più imbarazzanti, quindi continua a camminare. Che se la sbrighino fra loro. Lui deve lavorare.

Conduce Chaucer lungo il corridoio e il cartello sul box di Smokey cattura la sua attenzione. Anche gli altri hanno iniziato ad aggiungere nomi, frasi fatte, titoli di canzoni quando vengono loro in mente: c'è 'Smoke on the Water[8]', 'On Top of Old Smokey[9]' e 'Smokin' Hot[10]'. C'è anche «Smoke Frog», ma Dan non capisce che cosa voglia dire. Spera non sia un riferimento californiano a qualche droga, cosa che il guardiano di una quindicenne potrebbe non apprezzare. Ma in generale quelle scritte hanno l'effetto di calmarlo un po'. Almeno ci sono persone che hanno dato il benvenuto a lui ed al suo cavallo, persone che li fanno sentire a casa.

Toglie i finimenti a Chaucer e gli passa una mano sul mantello per controllare il calore. La giostra automatica della scuderia è stata ordinata, ma è una delle poche cose che non sono ancora complete; la giornata però è calda, non c'è quasi aria e Chaucer non è sudato, solo un poco accaldato, quindi non dovrebbe avere problemi ad essere lasciato libero nel paddock. Dan ci pensa un attimo prima di portarlo fuori. Non sa se i Rissosi Kaminski siano ancora nei pressi del rettangolo di dressage o se si siano allontanati. Si avvicina furtivamente alla porta e cerca di sbirciare fuori, solo per fare un salto all'indietro quando li vede tutti e tre dirigersi verso la porta della scuderia, a neanche dieci piedi di distanza. Si affretta a tornare indietro da Chaucer e afferra una lunghina, indaffarandosi ad attaccarla. È sicuro che almeno Jeff l'abbia visto sbirciare – e questo non è davvero il modo di convincere qualcuno del suo atteggiamento 'strettamente professionale'. Accidenti. Fa girare Chaucer e si dirige verso la porta; i tre visitatori si fanno da parte per farlo passare. Jeff non sta guardando Dan, come al solito, ma questi è quasi certo che Jeff stia ridendo sotto i baffi.

Chaucer fa una bella sgroppata entusiasta quando viene lasciato libero con i suoi amici e Smokey si avvicina trottando per salutarlo. Il piccolo cavallo da trail è diventato

---

[8] Smoke on the Water: classico successo rock della band inglese Deep Purple.

[9] On Top of Old Smokey: canzone tradizionale popolare americana.

[10] Smokin' Hot: letteralmente, 'caldo fumante'. Usato per indicare persone o situazioni estremamente attraenti o eccitanti.

amico dei grandi castroni facilmente, sembra anzi che abbia deciso di assumere il ruolo dell'organizzatore sociale del gruppo. Tatiana pensa che sia adorabile, mentre Dan pensa sia bello che il piccoletto abbia qualcosa da fare. Ed è bello che almeno lui sia capace di andare d'accordo con tutti.

Ritorna alla scuderia con una certa riluttanza, perché in generale non vuole affrontare la tensione che ha percepito esserci tra i tre, e nello specifico non gli va di affrontare l'opinione che Jeff ha di lui, ma quando arriva le cose sembrano essersi calmate. Tat sta facendo vedere a Evan come si governa Sunshine e Jeff sta dando un'occhiata a dei fogli, appoggiato alla soglia della selleria. La scena sembra idilliaca, ma a Dan viene un colpo quando riconosce le pagine che Jeff ha in mano. Sono i suoi appunti incompleti sulle competizioni. Dan li ha portati alla scuderia perché ci sta lavorando su, cercando di chiedere il consiglio degli altri, non certo perché pensa di avere finito, tantomeno perché vuole che qualcuno li giudichi.

Jeff alza lo sguardo, lo vede fissare i fogli e dice, «Li ho visti sulla scrivania, ho pensato di darci un'occhiata...» quando vede l'espressione irrigidita di Dan, smette di parlare e abbassa lentamente gli appunti. «Se ti sto pestando i piedi posso riposarli dove li ho trovati.»

«No, va bene.» Dan cerca di sorridere in modo professionale. «Sono solo ancora molto approssimativi. Voglio dire, facciamo l'ingresso nella stagione quando è già a metà...» Evan alza la testa, apparentemente per monitorare la conversazione, e Dan si rivolge a lui. «Ne abbiamo parlato, ricordi? Abbiamo detto che quest'anno possiamo semplicemente farci un'idea delle competizioni. Non vinceremo nessun campionato o qualsiasi altra cosa iniziando così tardi, quindi è sensato semplicemente testare le acque, vedere come vanno le cose?» Dan riesce a vedere la confusione sul volto di Evan e si rende conto che è una reazione al suo tono di voce, non alle sue parole. Merda! I professionisti non si comportano così. I professionisti non sono insicuri. Sono sicuri di sé e non perdono la testa solo perché qualcuno dà un'occhiata ai loro appunti!

Evan scrolla le spalle, calmo. «Sì, ricordo. Va bene.» Si gira verso Jeff. «Giusto, Jeff?»

«Sì, non c'è problema.» Porge i fogli a Dan. «Stavo solo per dirti che hanno l'aria di essere buone scelte. Sembra che tu abbia trovato tutte le manifestazioni più importanti e anche alcune più piccole, ma interessanti.»

Dan annuisce, ma non si avvicina a prendere gli appunti. «Sì, ok, grazie.» Guarda i tre, così rilassati prima che lui arrivasse, e sa che rovinerà l'atmosfera se rimarrà lì. Può già notare Evan osservare attentamente Jeff, come se si aspettasse una conferma che Dan è un pericoloso pazzo e non soltanto tremendamente maldestro. «Allora, voi tre siete a posto qui, giusto? Stavo pensando di andare a pranzare. Se va bene.»

Tat sembra delusa. «Di già? Sono solo le undici! Pensavo che facessimo dei salti. Hai detto che potevo montare Kip.» Si interrompe, e Dan sente che sta cercando di apparire più matura, meno viziata. «Cioè, torni dopo pranzo? Possiamo farli più tardi, se per te è meglio.»

Dan non se la sente davvero di passare il resto del pomeriggio confermando la bassa opinione che il suo datore di lavoro ha di lui. Ma non vuole neanche sembrare che stia cercando di evitare di lavorare o di rimangiarsi la parola data a Tatiana. «Beh, Jeff rimane qui, potresti montare Kip con lui. Sono sicuro che avrà più cose da dirti sul modo di cavalcare di quanto te ne posso dire io. Non c'è ragione di avere due insegnanti per una lezione, giusto?»

Evan interviene. «Dan non è il tuo schiavetto personale, Tata. Ha il diritto di avere del tempo libero.» Si gira verso Dan. «Continua a parlare di tutto quello che hai fatto ogni giorno di questa settimana. Ti sei preso un giorno libero da quando sei arrivato qui?»

Dan scrolla le spalle. «Mi piacciono i cavalli, quindi non ho bisogno di tempo libero. Me ne starei semplicemente seduto a casa desiderando di essere alla scuderia.» Si interrompe quando sente che cosa sta dicendo. «Ma oggi ho delle cose da fare. La lavatrice, e... cose... di casa.» Si sforza un po'. «La spesa? E... delle commissioni.» Basta così.

Evan gli lancia un'occhiata strana. «D'accordo. Ehm, sei uscito? Per divertirti, intendo dire.»

Questi non sono affari di Evan, ma Dan non è sicuro di quale sia il modo educato per dirglielo. «Sto bene così, grazie.» Si gira verso Jeff. «Ti va bene lavorare con Tat questo pomeriggio?» Jeff annuisce, ma come al solito sta guardando un punto al di sopra della spalla di Dan. «E Tat, puoi cavalcare con Jeff, vero? Hai tutta l'estate per lavorare con me.» Dan le sorride e, dopo un piccolo broncio, la ragazza gli sorride di rimando.

«Possiamo andare sul percorso di campagna?», cerca di contrattare Tatiana. «Magari domani?»

Dan le sorride divertito e annuisce. «Sì, mi sembra giusto. Presto, prima che diventi troppo caldo?» Lei gli sorride e Dan esce dalla scuderia, incamminandosi verso la dépendance. È a metà strada dal cancello quando alle sue spalle sente una voce chiamarlo; si gira e vede Jeff fare una corsetta per raggiungerlo. Evan è fermo sulla soglia della scuderia; li sta guardando, ma non si avvicina. Dan si ferma. Ha dimenticato qualcosa? Si gira e aspetta che Jeff arrivi.

«Ehi, ragaz–» Jeff si interrompe. «Dan. Posso solo... possiamo solo parlare per un minuto?» Finalmente guarda Dan negli occhi. Non c'è passione, ma c'è calore, e Dan si rilassa leggermente.

«Sì, certo. Che c'è?» Jeff sembra un po' a disagio, e Dan si trova nell'insolita posizione di potere aiutare Jeff a rilassarsi. Sfortunatamente non ha la minima idea di come fare. Beh, ha molto idee in realtà, ma non crede davvero che siano appropriate alla situazione corrente.

Jeff sospira. «Senti, Dan... volevo solo farti sapere che... cioè...» Tira un altro sospiro, poi sorride un po' contrito. «Mi dispiace. Volevo solo scusarmi – perché è da quando sei arrivato qui che non mi sto comportando da vero amico.»

Dan aggrotta la fronte. «Jeff, non hai nulla di cui scusarti. Voglio dire... sei stato fantastico in Kentucky, ma davvero... ci conosciamo appena. Non mi aspetto che tu sia il mio migliore amico, o altro.» A Dan viene in mente la domanda che Evan gli ha fatto nella scuderia, se Dan stava uscendo. «E non sono totalmente patetico. *Posso* farmi dei nuovi amici. Sono qui solo da una settimana e sono stato impegnato.» Dan cerca di infondere quanto più calore riesce nel suo sorriso. «Davvero, non è il tuo lavoro starmi dietro e non mi sono mai aspettato che lo facessi.»

«Dan, andiamo. Non si tratta di fare da babysitter. Mi è piaciuto passare del tempo con te in Kentucky. Certo, non erano le circostanze migliori, ma mi è piaciuto conoscerti.» Jeff si acciglia. «Ma le cose qui si sono fatte un po' complicate. Capisci?»

«Ma sì, certo, sicuro. Voglio dire, questa è la tua vera vita.» Dan si chiede se sta veramente capendo quello che Jeff gli sta dicendo. Ha come l'impressione che ci sia qualcos'altro sotto, ma Jeff non è chiaro e Dan non vuole rendere le cose più imbarazzanti di quanto già non lo siano, quindi non vuole fare tante domande. «Va bene, davvero. Sono venuto qui per il lavoro, per i cavalli, non... non mi aspettavo niente.» Dà un'occhiata indietro alla scuderia e vede Evan strascicare i piedi con la testa abbassata. «Evan è forse preoccupato che mi renda insopportabile? Sta forse... io sto facendo del mio meglio e credo di stare imparando anche tutta la parte gestionale. Evan sta forse pensando che avrebbe dovuto assumere qualcun altro?» Adesso che gli è venuta in mente questa idea, Dan si chiede se non abbia senso. Evan è un tipo gentile, non vorrebbe licenziare nessuno, ma forse si aspettava una persona che prendesse delle decisioni un po' più autonomamente, che sapesse di più sul come si gestisce una scuderia.

Jeff balza su. «No, Dan, assolutamente no! Davvero, è felicissimo di quanto Tatiana si stia entusiasmando, e ha detto che sembri capire bene come funzionano le cose dal punto di vista degli affari. Non c'è nessun problema col tuo lavoro, davvero.» Jeff guarda di nuovo Dan; i suoi occhi sembrano sinceri. «Stiamo solo... lui ed io stiamo solo cercando di far funzionare certe cose fra noi due, cercando di non farlo ricadere sugli altri, capisci?»

«Ehm, no, non proprio... ma guarda, probabilmente non ce n'è bisogno, giusto?» Dan sa che le situazioni sentimentali complicate non sono il suo forte e, se può, preferirebbe evitarle. «Quello che voglio dire è che i vostri affari sono affari vostri. Non ho bisogno di sapere tutto.»

Jeff sospira. «No, hai ragione. Non c'è bisogno di trascinarti in queste cose.»

Questo non è quello che Dan voleva dire. «Non intendo che non sarei felice di aiutare... voglio dire, sono debitore ad entrambi. Molto. Quindi se avete bisogno di qualcosa, io ci sono – senza problemi, senza domande. Voglio solo dire... se non ti va di parlarne, va bene così.»

«Penso... penso che per un po' dovremo lasciare le cose così.» Jeff ha l'aria di stare pensando a qualcosa, poi annuisce con decisione. «È semplicemente molto più facile per tutti. Va bene?»

Dan annuisce con circospezione. Non è del tutto certo di quello che sta succedendo. Jeff lo ha rincorso per scusarsi per qualcosa di cui non ha motivo di sentirsi in colpa, poi gli ha detto che Dan sì, gli sta simpatico, ma non vuole passare del tempo con lui, anche se si sente in colpa per non passare del tempo con lui... Dan rinuncia a capire. Inizia a sentirsi come quando ascolta Tatiana parlare al telefono con una delle sue amiche. «Quindi va tutto bene?» Chiede con cautela.

Jeff appare un po' frustrato, come se sapesse che il suo messaggio non è stato colto, ma non vuole, nello stesso tempo, essere più esplicito. «Sì, tutto bene. Mi dispiace per la drammaticità.»

Dan sorride leggermente. «No, va più che bene. È bello potersi sedere e osservare le cose capitare senza esserne nel mezzo!»

Jeff ha l'aria di volere discutere quell'affermazione, ma ci rinuncia, e Dan abbozza un cenno di saluto ad Evan, ricominciando a camminare verso la dépendance. Quando arriva sulla strada principale si volta all'indietro. Evan è appoggiato alla parete della scuderia e Jeff gli è davanti; sembra che siano immersi in una conversazione piuttosto seria e Dan è felice di non potere sentire di che cosa discutono. Continua a non essere sicuro di quello che sta capitando fra quei due; probabilmente non lo saprà mai.

Entra nella casa e si guarda attorno. Non stava mentendo, ha bisogno di fare una lavatrice e ha davvero bisogno di andare a fare la spesa. Riempie una macchinata di roba da lavare e poi considera l'idea di andare in paese. Forse è il momento di farsi dei nuovi amici. Almeno così, forse, c'è la speranza che Jeff ed Evan, vedendolo passare del tempo con qualcun altro, si tranquillizzino un po'.

CAPITOLO
VENTUNO

DAN fa una doccia e poi s'infila un paio di jeans ed una maglietta stretta nera. Controlla viso e capelli nello specchio e poi scrolla le spalle. Capelli castano scuro, faccia magra con un accenno di barba, occhi verdi... è la stessa faccia di sempre – e generalmente la gente non se ne lamenta.

Arrivato in città Dan trova parcheggio sulla strada principale. Sembra sapere quello che fa, ma non è del tutto sicuro del *perché* lo stia facendo. O non è sicuro di quanto farà. O se vuole davvero farlo. O... o forse parlare a Jeff gli ha cotto il cervello, quindi dovrebbe smettere di pensare e iniziare ad agire! Può sempre improvvisare.

È quasi l'ora di pranzo, quindi si incammina verso il ristorante italiano, Da Zio. Ha una terrazza di medie dimensioni che dà sulla strada. Dan trova un posto dove il sole gli batta sul viso, si sistema bene gli occhiali da sole e inizia a leggere. Quando arriva il cameriere ordina una birra e un panino, poi riprende la lettura. Tiene d'occhio la situazione lanciando qualche sguardo qua e là al di sopra dei suoi occhiali e nota che ha già suscitato l'interesse di qualcuno. La maggior parte dell'attenzione è femminile, ma se Dan rifiuta un paio di ragazze non ci vorrà molto prima che un uomo tenti la fortuna. Non è la prima volta che Dan vive in un piccolo paese: fanno solo finta di essere conservatori e sonnolenti. In realtà sembra che tanta meno carne fresca ci sia in un posto, tanto più interesse questa, quando compare, riceva. E gli squali di paese non perdono tempo prima di aggiudicarsi il loro trofeo. Hanno sempre paura che compaia uno squalo più grande a soffiargli via la preda da sotto il naso.

La mente di Dan inizia a lavorare freneticamente, ma si assicura di continuare ad apparire calmo. Si chiede fino a che punto voglia spingersi. È passato molto tempo da quando è stato con qualcuno che non fosse Justin, e anche prima di lui Dan non era esattamente un fan del sesso usa e getta. Ci sono state delle volte in cui non voleva altro che un orgasmo veloce e ci sono state delle volte in cui il pensiero di dormire una notte in un letto pulito e asciutto era più attraente del tizio rimorchiato, ma solitamente Dan preferisce conoscere qualcuno prima di andarci insieme. Cinque anni con un ragazzo non hanno cambiato i suoi gusti – il che lo spinge a domandarsi che diavolo stia facendo su quella terrazza. Sta davvero cercando di provare qualcosa a qualcuno? E quel qualcuno, chi è – se stesso, Jeff o Evan?

Con un gesto rabbioso allontana da sé il libro, facendo quasi cadere a terra il piatto che il cameriere sta posando di fronte a lui. «Merda, scusa.» Dan arrossisce dall'imbarazzo, ma il cameriere si limita a ridere.

«Non ti preoccupare – niente è caduto, niente si è rotto.»

Dan alza lo sguardo. Non è nemmeno sicuro di aver adocchiato il cameriere quando è entrato, cosa che avrebbe dovuto fargli capire subito che la sua testa non è concentrata sul gioco. I camerieri sono spesso fighi e, nell'esperienza di Dan, sono spesso piuttosto facili. Questo in particolare ha dei lunghi capelli sul biondo, legati in una coda, ed un bel sorriso. Però sembra essere un po' troppo bravo per quello che ha in mente Dan. Se davvero ci sta pensando.

«Ok, grazie. Che buon profumo – sono contento non sia finito sul pavimento.» Il cameriere annuisce, dirigendosi verso un altro tavolo, e Dan dà un morso al cibo. Il panino è incredibile, con pesto e formaggio e pomodoro e altri sapori di cui non è sicuro. Dan sente i suoi occhi chiudersi dal piacere. Quando li riapre si guarda intorno e nota lo sguardo fisso su di lui di tre persone che si godono lo spettacolo. Accidenti, non ci stava neanche provando. Il sandwich davvero è fantastico. Fa un altro morso e cerca di rendere il linguaggio del suo corpo meno disponibile. In quel momento non c'è nessuno sulla terrazza che abbia anche solo lontanamente la possibilità di spingere Dan a mettere a rischio la sua relazione con quel panino.

Il cameriere porta un ordine ad un tavolo vicino e poi ritorna da Dan. «Va tutto bene?»

A Dan quasi scappa un gemito di piacere. «Accidenti, non va solo bene. Questo panino è...»

Il cameriere fa un cenno d'assenso con la testa. «Da orgasmo, lo so. L'ho sentito dire.»

«Aspetta un attimo, lo hai *sentito dire*? Vuoi dirmi che non lo hai mai provato?»

«Sono intollerante al glutine. Non posso mangiare pane.»

Dan ci mette un attimo ad assorbire l'enormità di quell'affermazione. «Rischieresti proprio di *morire*? Perché altrimenti credo davvero che potrebbe valerne la pena.»

Il cameriere ride. «Ci penserò. Hai bisogno di un'altra birra?»

Prima del panino, Dan stava pensando di andarsene via, di tornare a casa e di schiarirsi le idee. Dopo il panino, Dan sta cercando di trovare un modo per rimanere su quella terrazza per sempre. «Certo, sì, grazie.» È solo a metà del primo sandwich. Si chiede quanto dovrà rimanere lì perché nel suo stomaco si faccia posto per un secondo.

Il cameriere ritorna con una bella birra ambrata e Dan scambia il suo bicchiere vuoto con quello pieno prima di essere folgorato da un terribile pensiero. «Aspetta un attimo... nella birra c'è glutine?»

«Sì, c'è nella maggior parte delle birre.» Il ragazzo scuote la testa tristemente, ma poi sorride. «Non ti preoccupare, ho trovato altri modi per sentirmi a pezzi la mattina dopo una festa.»

Dan annuisce. «Beh, questo almeno è qualcosa.» Gli rimane solo più un morso di panino; da una parte vorrebbe conservarlo a lungo, dall'altra vorrebbe mangiarlo prima che diventi freddo. Se lo infila in bocca e lo mastica con reverenza – e quando alza lo sguardo il cameriere lo sta ancora osservando. E forse non sembra più così tanto un bravo ragazzo.

«Eri al Fireside lo scorso sabato, giusto?» La voce del cameriere è ancora amichevole, ma è un po' più profonda, forse un po' roca, e Dan sente il suo corpo iniziare a reagire. Dopotutto, questo è il motivo per cui è uscito.

«Già, ma solo per cinque minuti.» Dan la prende alla leggera. Aspetterà di vedere dove questo ragazzo vuole andare a parare.

«Sì. Suono nella banda che si esibisce là.» La frase di abbordo non è male, ma è indebolita dallo scenario che li circonda. Il cameriere ha il buon senso di rendersene conto e ridere. «Ovviamente non stiamo esattamente rivoluzionando la scena musicale mondiale.»

«Non ancora,» aggiunge Dan. Gli piace che il ragazzo sappia ridere di se stesso, e gli piace il sorriso che riceve in risposta al suo commento.

«Esatto, non ancora.» Si passa la mano sul grembiule e poi la allunga. «Mi chiamo Ryan. Ti sei appena trasferito?»

Dan controlla di non aver sbavato mentre mangiava il panino, poi stringe la mano di Ryan. «Sì. Lavoro in una scuderia non molto lontana, ad est di qua. Sono Dan.» Si stringono la mano, poi Ryan vede un cliente che lo sta cercando con gli occhi e ritorna a lavorare.

Dan si chiede che cosa stia facendo. Ryan sembra davvero un ragazzo in gamba, anche se con dei tragici problemi di alimentazione. E sì, non è ancora successo niente, ma Dan può intravedere un potenziale. Tuttavia è passato molto tempo da quando Dan ha avuto bisogno di individuare potenziali relazioni e non è del tutto certo di esserne pronto. Ryan sembra un po' troppo carino per un semplice approccio da una botta e via, ma Dan non crede proprio di stare cercando qualcosa di più. Dan tenta di ricomporsi. Non è neanche sicuro che Ryan sia gay. Dan non è certo noto per il suo infallibile gaydar e Ryan non ha fatto nulla di completamente esplicito. Non è accaduto nulla e non c'è bisogno che accada nulla. Dan può limitarsi a parlare con Ryan. Magari hanno delle cose in comune. Non è necessario che 'amico' sia solo un eufemismo. Dan pensa a Chris e prova una fitta di nostalgia per lui. Se Chris fosse qui, non gli permetterebbe di rimuginare su ogni singola, dannata cosa. Dan ha bisogno di crearsi un piccolo Chris portatile, una sorta di Pupazzo Chris che si possa sedere sulla sua spalla e che gli dia degli scappellotti sulla testa ogni volta che Dan si impantana nei suoi pensieri.

Dan sta guardando la sua tovaglietta di carta, chiedendosi addirittura se sia possibile riuscire a piegarla dandole una forma umana, quando d'improvviso compare un'ombra. Dan alza lo sguardo e vede due giovani donne oscurargli la luce del sole. Sorride con cautela; le due gli sorridono di rimando, poi una di loro allunga la mano. «Sei Dan Wheeler, giusto?»

Dan non se lo aspettava, ma stringe la mano. «Sì, ciao. Scusate, ci conosciamo?»

L'altra ragazza ride e appoggia la mano sulla sedia davanti a Dan. «No, non proprio. Ti dispiace se ci sediamo? Possiamo spiegarti.» Dan annuisce e la prima ragazza prende una sedia da un tavolino vicino, mentre la seconda prende quella di fronte a lui. Entrambe hanno l'aria di essere atletiche, ben vestite e, beh, ricche. Queste sono ragazze che si aspettano di essere avvicinate dagli uomini, non viceversa. Almeno per quanto Dan ha capito – seppur in maniera limitata – delle regole del corteggiamento eterosessuale.

«Mi chiamo Tamara,» spiega la prima ragazza dietro al suo paio di occhiali da sole griffati. «Lei è Victoria. Andavamo a lezione di equitazione da Jeff Stevens, sai, al tempo in cui andavamo matte per i cavalli.» Agita la mano in maniera sprezzante, ma Dan sarebbe davvero stupito se le due avessero più di ventuno anni. Il tempo in cui andavano matte per i cavalli non può essere così distante. «In ogni caso, i nostri genitori sono ancora piuttosto attivi nel circolo dell'equitazione, quindi siamo ancora aggiornate su tutte le notizie.»

Victoria si infila nel discorso e posa una mano perfettamente curata sul polso di Dan. «E tu, Dan Wheeler, sei una notizia!» Dan apprezza perlomeno la loro onestà. E aggiunge un appunto alla sua collezione mentale di cose strane che riguardano le donne. Queste due non lo avrebbero mai avvicinato se avessero voluto solo del sesso, ma basta aggiungere un pizzico di pettegolezzo al tutto, ed improvvisamente Dan diventa irresistibile. È un po' invadente, ma a Dan non importa. Si era comunque già quasi convinto di non volere rimorchiare nessuno quel pomeriggio – quindi, visto che non sta cercando qualcuno con cui far sesso, tanto vale che parli con le due ragazze, dando loro qualcosa di cui chiacchierare con le amiche. Preferirebbe parlare con Ryan, ma Ryan deve lavorare. Dan si domanda se non sia il caso di cercare in paese un posto da barista per qualche turno serale. Non ha bisogno di soldi, ma potrebbero essere una buona tattica per incontrare gente. Poi Dan si ricorda che ha già incontrato due persone e che queste stanno felicemente cianciando mentre lui le sta ignorando completamente.

Ryan torna al tavolo per prendere le ordinazioni dei nuovi arrivi e alza un sopracciglio in direzione di Dan, che risponde alzando le spalle e cercando di concentrarsi su quello che le donne stanno dicendo. Per il momento hanno finito di raccontare quello che alcune delle ragazze con cui andavano a lezione di equitazione stanno facendo, ma, quando spostano la conversazione su Jeff, Dan drizza le orecchie.

«Ti ricordi come si è infuriato tuo padre quando ha scoperto che Jeff si stava vedendo con Evan Kaminski?» Victoria gira di scatto la testa verso Dan. «Lo sapevi già che stanno insieme, vero? Non abbiamo rivelato un grande segreto?»

Dan sorride. «No, lo sapevo.»

Tamara emette un suono che sembra quasi un grugnito. Dan scommetterebbe che se la si facesse ridere sul serio, farebbe dei versi da maialino, e questo gliela rende un po' più simpatica. «Non è che cerchino di tenerlo nascosto! Che è un po' strano, perché mio papà dice che Jeff era un amico del padre di Evan. Non è un po' disgustoso? Il papà muore e l'amico arriva e si piomba sul giovane figlio innocente?»

Dan non è sicuro che gli piaccia la piega che ha preso la conversazione. «Ma voi ragazze conoscete Evan?» Entrambe annuiscono e Tamara arrossisce un po' quando Dan aggiunge, «Perché a me non sembra davvero così innocente.» Dan decide di seguire la sua intuizione. «Ti è sembrato innocente, Tamara?»

La testa di Victoria questa volta si gira di scatto verso la sua amica e Tamara diventa rossa come un peperone. Gli occhi di Victoria si spalancano come reazione al successo di chi ha appena scoperto un succulento pettegolezzo e dice, «Scusaci, Dan. Dobbiamo andare un attimo alla toilette.» Fa alzare quasi di forza Tamara dalla sedia e la trascina verso il bagno; Dan si sente in colpa per un minuto, poi se ne lava le mani. Non avrebbe dovuto chiamare Jeff 'disgustoso'.

Ryan ritorna con una birra per Dan, dicendogli, «Te la offre la casa. Se devi avere a che fare con quelle due, hai bisogno di alcol.» Lancia un'occhiata veloce oltre le sue spalle. «Sul serio, amico, fai attenzione con loro. I padri combinati insieme possiedono metà della vallata. Non sono cattive, solo...»

«Non ci pensano?» suggerisce Dan. Conosce il tipo. Chiunque abbia lavorato nel mondo dei cavalli conosce il tipo.

«Sì, proprio così. Senti, non voglio interrompervi quando tornano e finisco il mio turno fra mezz'ora. Ma se stai cercando qualcosa da fare stasera, vieni al Fireside. Posso presentarti ad alcune persone che *ci pensano* di più, ok?»

Dan annuisce. «Sì, grazie, magari vengo.»

Ryan riprende il suo lavoro e le ragazze infine tornano dal bagno. Hanno entrambe l'aria di essere un po' su di giri. Dan non sa per che cosa – potrebbe essere per della cocaina, o potrebbe essere l'ebbrezza del pettegolezzo. In ogni caso, Dan non è interessato – ma le ragazze hanno altre idee.

«Allora, Dan, parlaci di te.» Tamara si sporge in avanti e appoggia una mano sull'avambraccio di Dan. Il suo decolleté, per quanto riesce a vedere Dan, è tutto uniformemente abbronzato – e Dan riesce a vederne molto.

«Ehm, non c'è molto da dire, mi dispiace. Sto solo lavorando alla scuderia.»

«Ma c'è molto di più da raccontare su di te!» Victoria guarda Tamara per avere rinforzi e riceve un cenno di incoraggiamento. «Quando Evan ci ha parlato di te, ha detto che hai gareggiato al Rolex. E, beh, questo è un nome caro ai nostri cuori.» Le ragazze ridacchiano e fanno vedere i loro orologi. Dan scommette che uno qualsiasi dei due costa più del suo fuoristrada. «Quindi ti abbiamo cercato su Google. Che storia! Voglio dire...» Victoria si interrompe. «Oh. Preferiresti forse non parlarne?»

Dan riesce a fare un gesto di assenso. «Sì, meglio di no.» Dan vede chiaramente che le due stanno decidendo come comportarsi. È frustrante non ricevere informazioni fresche, ma...

Tamara si porta di nuovo in avanti, appoggiando una mano sul suo braccio. «Va bene, capiamo. Deve essere stato davvero duro. Se hai bisogno di qualcuno con cui parlare, o qualcuno che ti aiuti a passare questo periodo, davvero, pensa a noi.» Dan si rende conto che queste ragazze sono ufficialmente le uniche due persone che sembrano interessate ai suoi problemi e il pensiero gli fa finire la birra in due sorsi.

«Grazie. Adesso devo davvero andarmene. Devo fare delle cose questo pomeriggio. Ma è stato davvero un piacere conoscervi.» Sorride nel modo più sincero possibile e si districa tra le proteste e le richieste che rimanga ancora un po'.

Cattura l'attenzione di Ryan e lo incontra al bar, vicino al registratore di cassa. «Per favore, Cristo, lasciami pagare qui – non farmi tornare a quel tavolo.»

Ryan ride. «Si sono spinte un po' oltre il 'non pensarci'?»

«Non lo so. Probabilmente no, non davvero. È solo che non sono mai sicuro di quando la mia tolleranza per le cazzate arriva al limite, capisci? Pensavo di potere resistere di più, ma poi, bam! Non ce l'ho più fatta. Me ne sono dovuto andare prima che le cose diventassero spiacevoli.»

«Hai fatto bene.» Ryan calcola il conto di Dan e glielo passa; Dan paga, aggiungendo il venti per cento per la mancia. Ryan prende il totale senza controllare, e poi si gira per parlare alla donna al bar. «Debbie, abbiamo due tavoli, bevono solo. Potresti coprirmi se esco un po' prima?» La ragazza fa un cenno affermativo con la mano e Ryan si toglie il grembiule. «Devo aiutare un mio amico a costruirsi un portico. Se vuoi iniziare adesso ad incontrare delle persone nuove, lui e sua moglie sono gente a posto.» Ryan sembra essere completamente rilassato.

«Non so. Non vorrei autoinvitarmi...»

«Ehi, stanno *costruendo un portico*. Più muscoli ci sono a disposizione, meglio è, no?» Ryan sorride. «Ma non preoccuparti se hai qualcos'altro da fare. Vieni al bar stasera, o ogni altro sabato... c'è sempre più o meno la stessa gente ogni settimana.»

Dan sa che cosa avrebbe da dirgli il Pupazzo Chris. «No, va bene, se hanno bisogno di qualcun altro sarei contento di aiutare.»

«Perfetto.» Ryan fa una pausa. «Avevo intenzione di fare autostop fino a casa loro, perché la mia macchina si sta prendendo una pausa. Sei motorizzato?»

Dan annuisce e tira fuori le sue chiavi. «È la tua macchina che si sta prendendo una pausa, non la tua patente?» Quando Ryan sorride e annuisce, Dan gli lancia le chiavi. «Allora guida tu. Ho praticamente inalato l'ultima birra per scappare via dal Terribile Duo.»

Ryan prende al volo le chiavi e insieme si dirigono verso il fuoristrada. Dan ha una prospettiva diversa della sua macchina dal sedile del passeggero, e passa metà viaggio a raccogliere cartacce e a mettere a posto il vano portaoggetti. Dopo un po' alza gli occhi e vede Ryan ridacchiare beffardo sotto i baffi. Ryan incrocia il suo sguardo e dice, «Potrei avere bisogno di indicazioni. Non avevo capito che dovevamo fermarci a passare a prendere Martha Stewart[11] per strada.»

Dan scuote la testa e tira fuori il suo accento, che di solito tiene nascosto. «Diamine, figliolo, vengo dal Texas. E in Texas, il fuoristrada di un uomo è il suo castello.»

Ryan scuote a sua volta la testa. «Beh, la cinghia del tuo castello sembra essere arrivata alla fine della sua esistenza.»

Dan ridiventa serio. «Merda, lo so. Ha dei problemi da un paio di settimane – è meglio che la cambi prima che mi abbandoni per strada.»

«Donny, il tipo che stiamo per aiutare a costruire il portico? Beh, è un meccanico. Ti farà un buon prezzo.»

«Aspetta un attimo. Se il tuo amico è un meccanico, com'è che la tua macchina non è riparata?»

Ryan ride. «Ho detto che fa buoni prezzi, non ho detto che lavora gratis. Sto aiutandolo con il portico per coprire la manodopera, ma devo comunque trovare i soldi per le parti di ricambio. Speravo di poter far contare il tuo lavoro per la manodopera sulla mia macchina, ma adesso viene fuori che tu vuoi una qualche raffinata 'cinghia' per il tuo castello, quindi immagino che non potrò reclamarlo.» Ryan sorride divertito. «D'altra parte, prima che riesca ad avere abbastanza soldi per i ricambi, avrò accumulato così tante ore da potermi far costruire un'intera nuova macchina, quindi non ti preoccupare!»

Dan ride con Ryan, ma una parte della sua mente sta pensando ad Evan, a come lui e Ryan probabilmente andrebbero d'accordo. Sono entrambi persone gentili, rilassate, con un buon senso dell'umorismo... ma Evan e Ryan non potrebbero mai avere questa conversazione fra di loro. Come potrebbe Evan capire il concetto di risparmiare per pagare qualcosa di così basilare come le riparazioni di una macchina? Dan d'un tratto capisce meglio Jeff e la sua decisione di mantenere una certa distanza fra se stesso ed

---

[11] Martha Stewart: miliardaria donna d'affari americana, autrice di libri e di talk show, editrice di riviste, personalità televisiva; è famosa (e spesso presa in giro) per la sua attenzione ai particolari e alla perfezione domestica.

Evan. Sarebbe troppo facile farsi tentare dal mondo della ricchezza facile, ma una volta entrato a farne parte, una volta diventatone dipendente, si finirebbe con lo scoprirsi sotto il controllo della persona con il denaro. Dan non pensa che Jeff potrebbe sopportare di essere controllato da qualcun altro, anche da qualcuno animato dalle migliori intenzioni, come Evan.

Parcheggiano nel cortile di una casa piccola, ma ben tenuta. Due persone sono già al lavoro sul portico; osservano il fuoristrada sconosciuto fermarsi e poi sorridono quando vedono Ryan uscirne e dire a gran voce, «Ho portato dei rinforzi. Questo è Dan.» Gli altri lo salutano e una donna indica con un dito una borsa frigo vicino alla casa. Ryan si prepara un rum cooler e alza un dito con fare severo in direzione di Dan, per scoraggiare ogni battuta, poi tira fuori una birra e gliela passa.

Si mettono a lavorare e Dan si sente a suo agio. Gli piace lavorare sotto il sole cocente con una birra a portata di mano, facendo parte di un gruppo, lavorando con delle persone che non sanno o a cui non importa da dove viene e che cosa ha perso. Stanno infilando delle viti nelle assi che formano la copertura del portico quando Nikki entra in casa e inizia a mettere insieme del cibo; Donny poi la raggiunge e accende il barbecue, mentre Dan e Ryan finiscono di sistemare le ultime assi e iniziano a mettere a posto gli attrezzi. Mangiano panini da supermercato imbottiti di hamburger da supermercato, birra economica e un'insalata di patate fatta in casa – e Dan si gode la cena. Nikki gli fa qualche domanda sulla sua vita, ma non fa la ficcanaso, e quando nota che Dan preferirebbe rimanere in silenzio, la conversazione intorno a lui va avanti senza che Dan ne venga però escluso. Siedono ad un tavolo da picnic fino a quando il sole non tramonta e Ryan guarda l'ora.

«Maledizione, devo andare. Dan, ti dispiace darmi un passaggio in città?» Dan fa un cenno di assenso e i due salutano i padroni di casa, accettando i ringraziamenti per il lavoro che hanno fatto e porgendo i loro per la cena che hanno mangiato. La maglietta di Dan è ancora umida per la sudata ed è un po' appiccicata alla sua pelle, ma Dan si sente comunque bene. Ryan deve passare da casa a lavarsi, quindi dà a Dan le direzioni per raggiungere la stradina secondaria dove si trova il suo appartamento, un alloggio sopra il garage di qualcuno. Ryan scende dal pick-up e poi infila di nuovo la testa dentro, sorridendo.

«Fai un giro stasera?» La sua voce è di nuovo più intima, e Dan si chiede se ci sia un modo per registrarla e farla ascoltare a Chris, per avere aiuto nel determinare quanto e se Ryan sia gay. Ma probabilmente non è una soluzione pratica, quindi Dan risponde con un sorriso.

«Sì, penso proprio di sì. Devo darmi una ripulita, ma... sì, potrei fare un salto per una bevuta.»

«Beh, bene, allora. Ci vediamo più tardi.» Ryan ha l'aria di voler aggiungere qualcosa, ma non lo fa. Chiude la portiera e dà un colpetto di saluto al tettuccio del pick-up quando Dan riparte.

Dan si immette nella strada maestra che porta alla tenuta. Fuori fa ancora caldo e Dan ha abbassato i finestrini. Pensa a quanto sia stato piacevole il pomeriggio che ha appena passato. Si è fatto un nuovo amico. Forse tre, se vuole contare anche Nikki e Donny, e Dan pensa di volerlo fare. Non sa se Ryan sta cercando qualcosa di più, e non sa neanche se lui stesso lo sta facendo. In realtà non importa. Magari finirà col non rivedere più nessuno dei tre, ma avrà comunque immagazzinato un bel ricordo.

Pensa a Jeff ed Evan, e a quanto difficili sono diventati i rapporti con loro. Non sa esattamente il perché, ma forse non ha bisogno di pensarci. Jeff è una bella persona, Evan è gentile, sono entrambi estremamente attraenti, ma... Dan non ha bisogno di loro. Se non lo vogliono, Dan non ha bisogno di interessarsi al motivo che sta dietro al loro rifiuto, perché, qualunque esso sia, sarà solo un loro problema. Dan non sa perché continuano a venirgli in mente, ma è sicuro che col tempo questo smetterà di capitare. Tutto sommato, la giornata è stata bella; mentre cala la notte, Dan guida con una nuova fiducia e l'idea che un giorno, da qualche parte, potrebbe trovare un nuovo posto a cui sentire di appartenere.

CAPITOLO
VENTIDUE

QUANDO Dan arriva a casa si fa una doccia e si infila dei jeans puliti e una camicia verde muschio – gliela aveva regalata Justin, dicendo che gli faceva risaltare gli occhi. Dan si chiede che diavolo intende fare e se forse non è di cattivo gusto indossare la camicia che gli ha regalato Justin – questo nel caso esca per fare quello che pensa che farà.

Gli viene di nuovo in mente il Pupazzo Chris, si chiede che cosa gli direbbe, poi ride della sua assurdità mentre prende il telefono e chiama il vero Chris.

Passano un paio di squilli, poi sente un forte rumore. Dan allontana il telefono dal suo orecchio quando Chris grida, «Danielle!» dall'altra parte del ricevitore. In Kentucky sono tre ore in avanti e apparentemente Chris è ben avviato nel suo sabato sera.

«Ehi, ciao, sei in giro?», chiede Dan.

«Cosa? Aspetta un attimo, sono in una discoteca. Adesso esco.»

Mentre Dan aspetta che Chris torni in linea, si chiede se abbia capito male.

«Ehi, Danny, scusa. Era un po' rumoroso dentro.»

«Hai detto che sei in una discoteca?» Dan cerca di mantenere la sua voce neutrale.

Chris ride un po' a disagio. «Sì, beh, dei tizi che lavorano allo studio stavano andandoci, ed io ho pensato di aggregarmi a loro...»

«Per andare in una discoteca? Chris, amico mio... stai cercando un nuovo amico gay? Sei, non so, una specie di... frociaro? Chrissy, puoi essere onesto con me, lo sai.»

Chris cerca di non scoppiare a ridere. «Anche gli etero vanno nelle discoteche, Dan. Non essere così pervaso da pregiudizi.» La pronuncia delle ultime parole è un po' blesa, ma Dan non sa dire se è stato fatto apposta o meno. Chris potrebbe essere semplicemente ubriaco.

«Sì, etero ventenni. Descrivimi la scena, amico... sei il più vecchio lì dentro?» Il silenzio che segue dice a Dan tutto quello che deve sapere, e si mette a ridere. «Dovresti venire qui, Chris. Stasera esco e vado in un pub – uno con un grande, vecchio camino, gente che beve birra alla spina, un gruppo che suona dal vivo usando degli strumenti reali e facendo canzoni che la gente sopra i trent'anni conosce...»

Chris emette un lamento. «Sì, sembra perfetto.» Fa una pausa, poi chiede, «Ci vai con Jeff?»

Dan pensa a quanto sia logica questa domanda fatta da una persona in Kentucky, e a quanto sembri assurda a lui che adesso è in California. «No, non l'ho visto molto. Ha la sua vita di cui occuparsi, qui.»

«Ehm... beh, allora con chi esci?»

«Con un gruppetto di persone. Uno dei musicisti è il cameriere del posto dove ho pranzato oggi. E questo mi fa venire in mente, il panino che ho mangiato... anche solo quello vale il prezzo dell'aereo. Davvero.» Dan si ferma un momento e Chris sembra intuire che c'è dell'altro. «Senti, Chris, volevo solo chiederti... sai tutte le volte che mi hai detto di abbordare qualcuno... eri serio, o lo dicevi solo perché sapevi che tanto non l'avrei mai fatto?»

Chris sospira; Dan se lo può immaginare perfettamente mentre si appoggia al muro dell'edificio, massaggiandosi il collo con una mano. «Hai messo gli occhi su qualcuno, Danny?»

«No! Non proprio. Solo... sai, così, in termini generali. Pensi che possa cominciare a pensarci?»

«Santo cielo, Danny, hai passato più di un anno con solo la tua mano a disposizione – sarei sorpreso se tu riuscissi a pensare ad altro!»

Dan sbuffa divertito. «Sì, d'accordo. Ma, sai, pensare a *farci* davvero qualcosa.»

«E questo non con Jeff?»

«Cristo, Chris! Togliti Jeff dalla testa. Con lui non succederà niente. Lui ed Evan sono concentrati su loro stessi, stanno vivendo un momento intenso nella loro relazione o qualcosa del genere. Questa è... come ho detto, questa è per lo più una domanda in generale, ma ogni azione specifica sarebbe con qualcun altro.»

«Con il tizio della band?»

Dan sta iniziando a pentirsi di aver telefonato. «Merda, Chris, è davvero importante?»

La voce di Chris è sorprendentemente decisa. «Sì, Danny, importa. So che pensi di essere tranquillo e di poter affrontare qualsiasi cosa, ma devo dirtelo – negli ultimi anni ti sei ammorbidito. Non sei lo stesso tipo che eri un tempo, e non credo che questo sia un male. Quindi se stai pensando di uscire e rimorchiare uno sconosciuto... non so, forse il vecchio Dan poteva farlo senza problemi, ma credo che la persona che sei adesso se ne pentirebbe.» Chris aspetta la risposta di Dan, ma lui non sa che cosa dire. «Lo so che non stai cercando una storia importante, ma credo che se tu riuscissi a trovare qualcuno che ti piace, forse anche qualcuno a cui tenere un po'... beh, allora sicuro, forse è il momento giusto.» C'è un'altra pausa. «Danny, sei ancora lì?»

Dan ritrova finalmente la parola. «Sì. Mi dispiace... Volevo solo... Volevo solo un parere più dalla prospettiva di Justin. Del tipo, credi che Justin sarebbe d'accordo?»

«Cazzo, Dan!» Chris sembra arrabbiato e Dan lo sente fare un respiro profondo e ricominciare a parlare più sommessamente. «Justin è morto. Non ha una prospettiva... Era il mio migliore amico e gli volevo bene, ma non c'è più, ed io non posso più preoccuparmi per lui. Ora mi sto preoccupando per *te*.»

Per un momento nessuno dei due parla, poi Dan interrompe il silenzio dicendo, «La prossima volta che sarai in una discoteca e riceverai una telefonata da me non risponderai, vero?»

Chris ride. «Danny, credo che capirai quanto mi stavo divertendo quando ti dirò che questa telefonata è stata il punto più alto della serata.»

«Accidenti. Che tristezza.»

«Lo dici a me.» Dan può sentire il sorriso nelle parole di Chris. «Davvero però, Dan, hai più buon senso di quello che ti attribuisci. Prendi le cose con calma, vedi che succede – non hai bisogno di avere un piano generale per tutto. Puoi semplicemente aspettare di vedere come vanno le cose, come ti senti.» Dan sente il tono di voce di Chris tornare ad essere un po' ammiccante, e si prepara per la battuta. «Ricorda, Danielle, se ti ama davvero, aspetterà.»

«Sì, certo, grazie, lo terrò a mente. Senti, ti lascio tornare alla tua discoteca – scommetto che stanno per mettere l'ultimo successo dance che amano tutti!»

«Va' a farti fottere, Danielle.»

«Sì, beh, questo risolverebbe uno dei miei problemi...» Quando mettono giù il telefono, stanno ridendo entrambi.

Dan si guarda nello specchio, considerando la camicia; riesce quasi a vedere Justin, la sua testa sopra la spalla di Dan, come era solito mettersi, con le braccia strette intorno al petto di Dan. Assapora per un momento il ricordo, poi si sbottona la camicia e la appende con cura nell'armadio. Al posto trova una maglia della Henley di un blu navy molto scuro e se la infila. Non sa che origine abbia questa maglietta dalle maniche lunghe.

Colto dall'ispirazione, prende di nuovo in mano il telefono. Mentre digita il numero cerca di ricordarsi gli orari della scuderia.

«Pronto?»

«Ehi, Robyn, che stai combinando?»

«Dan, ciao! Non molto. Tu?»

«Beh, a dire il vero stavo per andare in paese a bere qualcosa e ad ascoltare un gruppo suonare. Tu hai progetti per la serata?» Segue una pausa. «Offro io...»

«Wow, il capo fa il grandioso!» Il tono di Robyn è scherzoso, ma le parole bruciano lo stesso un po'. Dan si è trovato un po' a disagio con Robyn da quando è formalmente il suo capo. Quando erano in Kentucky non aveva reale importanza, perché erano entrambi degli schiavi al servizio degli Archer. Ma in California, dove Dan è più o meno il responsabile, sembra... strano. Ma Dan sa che è stupido, sa che deve solo assicurarsi di non permettere che questo interferisca con la loro amicizia. Sa che non è l'unica ragione per cui ha evitato Robyn, sa che è stato anche perché ha provato il bisogno di lasciarsi il suo passato doloroso alle spalle, ricominciando tutto da zero. Questa idea non gli piace molto di più della prima. Robyn non è un ricordo di quello che è stato, è un'amica, e Dan dovrebbe trattarla come tale.

«Esatto, sono uno spendaccione. Ci stai?»

«Sì, certo. Sono appena uscita dalla doccia, ma devo ancora prepararmi. E se mi farò vedere con te, potrei fare una follia e mettermi un po' di trucco. Mi puoi dare dieci minuti?»

«Senza dubbio. Ci vediamo fra dieci minuti.»

«Perfetto! A dopo!» Sembra davvero felice quando chiude la conversazione, e Dan si rimprovera. Ancora una volta è stato così preso dai suoi drammi personali che non ha trovato il tempo di pensare alle altre persone. Anche Robyn è in un posto nuovo; Dan le ha chiesto se si sta trovando bene con gli altri nuovi assunti e sa che un paio di volte sono usciti tutti insieme per una cena, ma avrebbe dovuto fare di più. Dan pensa di nuovo al Pupazzo Chris. Dovrebbe essere composto da una piccola testa, un braccio molto lungo – per dargli degli scappellotti sulla nuca – e un piede enorme che penzola alle sue spalle – pronto a rifilargli tanti calci nel sedere.

Dan si sente meglio dopo aver chiamato Robyn. È come un proclama ufficiale che non sta uscendo per rimorchiare, sta solo andando ad incontrare delle nuove persone. Si preoccupa un po' al pensiero che Ryan si possa offendere, ma poi si ferma. Ryan non sembra il tipo di persona che se la prende facilmente, e poi Dan non è neanche sicuro che sia gay. E che diavolo, magari lui e Robyn finiranno per intendersela. Ma se Ryan fosse gay, e se fosse interessato... Dan ha forse dato a Ryan l'impressione di starci? Farà forse la figura di quello che provoca e poi non conclude? Dan controlla di nuovo il suo riflesso. La sua tenuta è informale, ma la maglietta veste un po' attillata. È stretta sul petto e sulle spalle, e poi aderisce abbastanza anche alla vita. A Dan sono sempre piaciuti i ragazzi vestiti con quel tipo di magliette... che forse sono più sexy di quanto pensava. Imprecando, entra di nuovo nella sua stanza. Si sta cambiando per la terza volta e non sta andando neanche ad un appuntamento? Forse dovrebbe chiamare Tat. Potrebbero pettinarsi i capelli a vicenda.

Butta la maglietta sul letto e si mette una vecchia t-shirt nera, così sbiadita da esser quasi grigia, con su il logo di un fabbricante di selle. Ecco – ora è ufficialmente un individuo vestito in maniera rilassata. Sente qualcuno bussare alla porta di casa e scende le scale, apre e trova Robyn.

«Ehi! Lo so che dovevi passare a prendermi tu, ma mi ci è voluto meno di quanto pensassi e ho deciso di camminare fino a qui. Magari posso dare una sbirciatina alla tua casa?»

«Oh, certo, sì, è...» Dan sorride un po' imbarazzato. «Non mi sembra ancora mia, ad essere sinceri. Quindi sentiti libera di aggirarti come vuoi per la dépendance dei Kaminski. Io vado solo a trovare le chiavi.»

Si gira e, quando s'incammina verso l'altro lato dell'ingresso, sperando che le sue chiavi siano in cucina, Robyn gli urla dietro, «Accidenti! Sono nuovi quei jeans? Ti fanno un culo fantastico!» Dan si ferma per un attimo, ma non può proprio cambiarsi di nuovo. Soprattutto visto che, probabilmente, si sta solo immaginando questa situazione con Ryan.

Mentre si dirigono in paese Robyn lo aggiorna su tutto quello che c'è da sapere sulle persone che lavorano alla scuderia. Dan è sorpreso dalla mole di informazioni che Robyn ha da riferire, visto che ci sono solo altre tre persone oltre a loro, ma d'altra parte ha bisogno di conoscere la storia di ognuno e per questo ci vuole un po' di tempo. Robyn è innocua nel riportare i pettegolezzi. Lo fa in maniera simpatica e leggera, non dice nulla di malizioso; Dan è piuttosto sicuro che se uno dei diretti interessati la ascoltasse, sarebbe più lusingato dal suo interesse che offeso.

Il pub è più affollato del sabato precedente. È anche un'ora o giù di lì più tardi e apparentemente questo basta a fare la differenza. Ryan è sul palco, suona la chitarra e canta; non ci sono tavoli liberi o posti a sedere al bancone, quindi Dan e Robyn ordinano da bere e rimangono in piedi contro il muro. Non è perfetto, ma c'è un tavolo di gente che ha l'aria di stare preparandosi ad andare, quindi forse si libererà un posto.

Il gruppo sembra suonare soprattutto cover, ma alla fine del set fanno un paio di canzoni che sono chiaramente loro; Dan cerca di farci particolare attenzione, così che possa commentarle con Ryan se parleranno insieme. Mentre la canzone finisce, Dan sente qualcuno toccargli la spalla; si gira e trova Evan in piedi vicino a lui. «Ehi, ragazzi! State uscendo un po', eh? Avremmo dovuto avvertirvi che dovete venire presto se volete trovare posto a sedere. Mi dispiace.» Quando getta uno sguardo di lato, Dan segue i suoi occhi e vede Jeff, seduto ad un tavolo, che li osserva. «Abbiamo spazio, credo. Possiamo trovare un paio di sedie...» Evan sembra un po' strano e Dan si rende conto che è abbastanza ubriaco. Questo spiegherebbe l'inaspettata amichevolezza.

«No, grazie, siamo a posto.» Dan non vuole decidere per Robyn, ma non vuole neanche imporre la loro presenza a Jeff ed Evan. «Stiamo per prendere quel tavolo là, credo. Non ti preoccupare.»

Evan sembra dubbioso. «Sicuri?»

Dan vede Ryan farsi strada fra la folla. «Sì, Evan, non c'è problema.» Ryan arriva, si allunga e lo saluta stringendolo con un solo braccio. Dan si sente in mezzo a troppe persone. «Ehi, Ryan, come va? Siamo appena arrivati, ma quello che abbiamo sentito era bello.»

«Grazie. Sono contento che tu sia venuto.» Ryan sembra gentile e rilassato – più di quanto Dan possa dire di se stesso.

«Ah, Ryan, questa è Robyn, una mia amica, forse già conosci Evan? È il mio capo.»

Evan sta scrutando Ryan con uno sguardo duro e Dan non ha idea del perché. Si chiede quanto Evan abbia effettivamente bevuto, specialmente quando questi decide di passare un braccio sulle spalle di Dan, inclinandosi in avanti mentre parla a Ryan. «E anche un suo amico.»

Dan spinge via Evan con discrezione e sorride con tono di scusa a Ryan. «Il mio amichevole capo.»

Evan guarda Dan e sembra stare preparandosi a dire qualcosa, ma tutto d'un tratto compare Jeff, che sembra portare con sé un'aria di calma. «Ehi, ragazzi.» Sorride a Dan e Robyn, fa un cenno educato a Ryan, e poi si gira verso Evan. «Il nostro cibo è appena arrivato. Sei pronto a mangiare?» Evan ha l'aria di chi vorrebbe discutere, ma Jeff lo guarda alzando un sopracciglio ed Evan sembra cambiare idea.

«Sì, d'accordo.» Evan si volta verso Dan, poi scuote leggermente la testa e si incammina verso il suo tavolo. Jeff sorride educato e lo segue.

Per un momento nessuno parla, poi Ryan rompe il silenzio. «Allora, quello era il grande Evan Kaminski. Non mi avevi detto che lavori per lui.» Ryan continua, cautamente. «Sembra un po'... protettivo.»

Dan alza le spalle perplesso. «Non ho idea di cosa sia accaduto.»

Robyn lo guarda con curiosità. «Non ne hai idea? Quindi tu non hai mai... con nessuno dei due?»

Ryan sta seguendo la conversazione con attenzione – Dan si rende conto che se l'altro aveva dei dubbi sull'orientamento sessuale di Dan, dopo quella frase non possono che essere spariti. E non ha neppure ancora risposto alla domanda. «Che cosa? No. Voglio dire... quando sarebbe successo?»

«Non lo so. Non mi sono messa a pensare ad una cronologia precisa. Ho solo pensato, sai... prima sembravate tutti intimi, poi tutti strani.»

«Sì, beh, che posso dire? Ogni tanto riesco a mandare a puttane le cose anche senza fare sesso con qualcuno.»

Ryan gli sorride. Dan pensa che, forse, c'è un po' più di calore nella sua espressione di quanto ce ne fosse prima. «Beh, abbiamo posto al nostro tavolo. Venite, bevetevi una birra, conoscete un po' di gente.» Ryan li fa incamminare appoggiando una mano sulla schiena di Dan, ma quando arrivano la allontana. Dan riesce a sentire la differenza di temperatura dove la sua pelle si era abituata al calore di quella mano. Al tavolo ci sono il resto del gruppo e altre cinque persone, tra cui Nikki e Donny. Le presentazioni vengono fatte mentre Dan e Robyn ricevono delle sedie e dei boccali, riempiti con la birra delle caraffe che si trovano sul tavolo.

La conversazione è animata e Robyn ne fa presto parte. Dan per lo più sta seduto e ascolta; un paio di volte si gira e trova gli occhi di Ryan su di lui. A Dan non dispiace. Jeff ed Evan sono più lontani ed il pub non è ben illuminato, quindi Dan non può esserne sicuro, ma di tanto in tanto gli sembra di sentire puntato su di lui anche il loro sguardo, e non sa che cosa pensarne. Il gruppo si alza per un'altra sessione e al tavolo si godono la musica, anche se continuano a parlare un po'. C'è un'altra pausa, poi un'altra sessione, e prima che Dan se ne renda conto la band sta salutando il pubblico e dando la buonanotte.

Ryan arriva al tavolo per l'ultimo giro di ordinazioni e si siede vicino a Dan, come prima. Questa volta però la sua sedia è leggermente girata, così che Ryan lo possa quasi guardando in faccia. Dan ammette che è giunto il momento di smettere di far finta che ci siano dei dubbi. Ryan è interessato. A Dan Ryan piace. L'unico problema è che Dan non è sicuro di volerci fare qualcosa.

Ryan gli sorride. «Allora, ti sei divertito stasera? Ti ho detto che conoscevo gente in gamba.»

«Sì, sono contento di essere venuto. C'era anche buona musica.» Gli risponde a sua volta con un sorriso, ma non lo guarda direttamente negli occhi. Ripensa alle parole di Chris. «*Vedi come vanno le cose; vedi come ti senti.*» Sì, un gran consiglio in teoria, peccato che stia provando quindici differenti emozioni nello stesso momento. *Grazie mille, Chris.*

Ryan lo sta ancora osservando con uno sguardo scrutatore. Dan sa che se vuole può far finire tutto in questo momento, afferrare le chiavi, agguantare Robyn e andarsene fuori di lì, ma non è sicuro che sia quello che vuole. Sa di non volere fare niente in quel momento, ma un giorno, forse... e se va via adesso, senza dire nulla, si giocherà ogni opportunità futura?

Robyn si fa scivolare su una sedia vicino a lui e si accoccola al suo fianco, facendo passare il braccio di Dan sulle sue spalle – poi gli sussurra in un orecchio. «Jeff ed Evan sono ancora qui. Posso farmi dare un passaggio da loro, se...»

«No.» Dan non lo dice ad alta voce, ma in modo enfatico e sa che Ryan se ne accorge. Decide allora di farla breve, e si gira per guardare in faccia Ryan. «Mi sa che ce ne andiamo, allora. Ma, grazie, davvero, per l'invito. È...» Non sa che parole usare, quindi gli sorride e spera che Ryan capisca. «Sono contento di essere venuto.»

Ryan non risponde per un attimo, poi annuisce. «Sì, anch'io sono contento che tu sia venuto. E si può dire che tu conosca tutti i posti in cui puoi trovarmi – qui, a casa o al ristorante – quindi se vuoi far qualcosa, un giorno o l'altro, fammi sapere.» Dan annuisce ed entrambi si alzano. Ryan gli dà un altro abbraccio e poi lo guarda con occhi sinceri e cordiali. «Spero di sentirti.»

Dan fa un cenno d'assenso con la testa. «Sì, di sicuro. I miei orari sono un po' campati in aria, ma... sì. Penso che mi sentirai.» Dan sta sogghignando, Ryan gli sorride di rimando e improvvisamente sembra tutto un po' più semplice. Robyn si infila di nuovo sotto il braccio di Dan e insieme i due si fanno strada per uscire dal pub. Mentre camminano lanciano un'occhiata in direzione di Jeff ed Evan; Robyn li saluta con un piccolo cenno della mano, che Jeff ricambia. Dan non vuole neanche iniziare a pensare a loro. Vuole solo sentirsi bene per un po' di tempo.

Quando escono sul marciapiede e si incamminano verso il pick-up, Robyn continua a guardare Dan. Lui cerca di ignorarlo, ma alla fine cede. «Cosa?», brontola.

«Niente.» Fa tre passi prima di aggiungere, «Ryan mi piace.»

«Sì, anche a me.»

Lei annuisce e, appena prima di salire sul fuoristrada, chiede, «Ma, seriamente? Niente, mai, tra te e Jeff? *O* tra te ed Evan?» Dan sospira e scuote la testa. «Mhh.» La bocca di Robyn si muove come se stesse cercando di trattenere un sorriso e dice, «Devo dire che la banda della scuderia sarà molto delusa di sentirlo!»

Dan gira di scatto la testa verso Robyn, che ride e continua, «Che c'è? Pensavi di essere magicamente immune ad ogni sorta di pettegolezzo? Per favore! Ma va bene. Dovresti sentire tutte le notizie che ho recuperato stanotte! Giuro, vivere in un piccolo paese è fantastico – tutti conoscono tutti! Quando domani sarò riuscita a finire di raccontare tutto agli altri, forse non avremo più tempo per preoccuparci della tua inesistente vita sentimentale.»

Dan si limita a fissarla; vede il momento in cui lei inizia a pensare di essersi forse spinta troppo in là e allora scuote la testa, esasperato. «Ok, va bene allora, dimmi che cosa hai scoperto.» Il resto del viaggio di ritorno è riempito di un chiacchierio allegro su gente che Dan non conosce e dei cui problemi non si deve preoccupare. Ne viene fuori un viaggio molto, molto, piacevole.

CAPITOLO
VENTITRÉ

LA MATTINA dopo Dan si sveglia al sorgere del sole. È in California da appena poco più di una settimana, ma già il suo corpo si è abituato al cambio di fuso, ristabilendo i suoi ritmi abituali. Infila la testa sotto il cuscino per cercare di tornare a dormire, ma è inutile; alla fine ci rinuncia e rimane a letto, sveglio. Dan ha cercato di evitare di avere dei momenti liberi. Quando la sua mente non è occupata dal lavoro, finisce sempre col pensare a Justin – e fissarsi su cose che non possono essere cambiate non serve a niente.

Questa mattina però Dan lascia la mente libera di spaziare. Non vuole passare il resto della sua vita cercando sempre nuovi modi per distrarsi. Vuole poter semplicemente *essere*, almeno ogni tanto. Quindi rimane a letto, sdraiato, e si dà il permesso di ricordare Justin. Non è così duro come si era immaginato. Pensare a Justin lo rende ancora triste, e forse alla fine gli sta scendendo qualche lacrima, ma ricorda anche molti bei momenti. Non ha mai capito le persone che amano vedere i film tristi, ma forse adesso sta iniziando a farlo. Forse, pensa, è possibile essere allo stesso tempo tristi e felici.

Tuttavia può resistere solo fino ad un certo punto – e quando non ce la fa più si alza dal letto ed entra nella doccia. Per un po' tiene l'acqua fredda, sperando di far andar via il gonfiore dei suoi occhi. Non è per vanità; semplicemente non se la sente di rendere pubblica la fragilità delle sue emozioni.

Si veste, trova qualcosa da mangiare per colazione, e poi si dirige verso la scuderia. Non ha ancora deciso come fare per i suoi giorni liberi, ma non crede che ne prenderà molti. Il suo lavoro gli piace davvero.

Tatiana è già là quando Dan arriva. La ragazza sta aiutando Devin nei soliti lavori quotidiani, ma li abbandona appena compare Dan. «Buongiorno! Pronto per il percorso di cross-country?» cinguetta eccitata, e Dan emette un gemito rassegnato. È felice che la sera precedente abbia dovuto rimanere abbastanza sobrio da poter guidare. Tatiana deve essere difficile da affrontare con i postumi di una sbronza. Ma glielo ha promesso.

«Sì, d'accordo. Prendi Sunshine?» Lei annuisce e va a recuperare la giumenta nel suo box. Dan è tentato di prendere Monty, ma questa è la prima volta che Tatiana fa il percorso su per la collina a cavallo, quindi Dan pensa sia meglio assicurarsi di non essere troppo distratto dal suo cavallo.

Si dirige verso il box di Smokey, e controlla le nuove aggiunte sul cartello del suo nome. «Smoke and Mirrors[12],» «Smoke Gets in My Eyes[13],» «The Big Smoke[14],» «When Smokey Sings[15],» «Smokin' Tails[16]»... il povero cavallo rischia di avere una crisi d'identità, anche se sembra rispondere senza problemi alla pressione. Esce a passo d'ambio dal box e si lascia legare con le lunghine. Strofina affettuosamente il naso contro Dan; lui sta per sentirsene onorato, quando Devin passa vicino e riceve lo stesso identico trattamento. Il piccolo cavallo è semplicemente amichevole.

Dan e Tat montano in sella e si incamminano verso il sentiero che si inerpica su per la collina. Quando si avvicinano alla casa principale, il pitbull fa la sua

---

[12] Smoke and Mirrors: 'fumo negli occhi'.

[13] Smoke Gets in My Eyes: canzone di Damian Marley, figlio più giovane del musicista reggae Bob.

[14] The Big Smoke: soprannome dato a più città e metropoli, in particolare, dalla fine del 19esimo secolo, a Londra.

[15] When Smokey Sings: titolo di uno dei singoli della band inglese anni '80 ABC.

[16] Smokin' Tails: luci posteriori delle macchine modificate per renderle più scure.

apparizione. Si è presa l'abitudine di accompagnare Dan nelle sue cavalcate mattutine e sembra quasi che li stesse aspettando.

«Oh, Lou! Ciao, tesoro!» tuba Tatiana, e Dan prova un po' di scontentezza. Intellettualmente sapeva che quel cane doveva appartenere a qualcuno, era anche giunto alla conclusione che fosse probabilmente di Jeff, ma aveva iniziato a pensarla come ad una sua piccola amica. Tat si gira verso Dan. «Va bene se viene con noi?»

«Le altre volte non ci sono mai stati problemi. Dai solo a Sunshine la possibilità di incontrarla, per assicurarsi che le vada bene.» Tat allenta le redini e la giumenta abbassa la testa, cercando di mangiare di nascosto un po' d'erba mentre ha il naso a terra. «Sì, non c'è problema,» dice Dan con una mezza risata.

Continuano a risalire la collina ed entrano nel percorso. Dan sente il suo stomaco chiudersi un po'. Non gli piace per niente il sapere di essere responsabile della sicurezza di qualcun altro, specialmente non di quella di una quindicenne. «Ok, quindi questa è la tua prima volta qui. Non faremo tutto il percorso. Guarderemo solo ogni ostacolo, tu mi dirai quali sono le loro difficoltà e come li affronteresti. Se quello che dici mi convince, allora potremo provarli.» Tat annuisce seria e Dan continua. «La tua attenzione sarà concentrata sulla precisione e sul controllo. Se il cavallo inizia ad agitarsi, i salti sono finiti, e torneremo indietro alla scuderia. Se *tu* inizi a comportarti in maniera imprudente, i salti sono finiti, e tu *camminerai* indietro fino alla scuderia. Tutto chiaro?»

Tat annuisce e cerca di apparire composta, ma Dan può vedere l'eccitazione danzare nei suoi occhi. Ricorda che cosa si prova e non vuole scoraggiarla. Vuole solo essere certo che non le capiti nulla.

«Ok, oggi non faremo quelli più complicati. Iniziamo col quarto – è una semplice siepe, come hai incontrato nel salto ostacoli. Che cosa sarà diverso facendola qui e non in uno stadio?»

Usano questo metodo improntato sulla cautela per diversi salti: Dan e Smokey fermi ad una certa distanza, insieme a Lou; Tat che discute l'ostacolo, lo prova, riceve consigli, correzioni e suggerimenti, poi lo prova di nuovo. Dan è impressionato dalla sua capacità di concentrazione e di analizzare quello che sta facendo di sbagliato e di giusto. Sembra davvero stare prendendo tutto questo molto seriamente. Verso la fine della lezione le fa fare un paio di salti in successione e la ragazza ne è chiaramente entusiasta. Dan sta per suggerire una pausa, quando vede una figura comparire sulla cima della collina. Lou si mette a correre verso l'uomo, abbaiando festosa, prima che Dan abbia modo di riconoscere il suo padrone.

Jeff saluta Lou e raggiunge Dan. Tat si avvicina felice con un trotto. «Jeff, è incredibile! Stiamo andando proprio bene, Sunshine è fantastica, io no, ma sto imparando! Devi vederci!» Si gira verso Dan. «Lo so che hai detto che era l'ultimo giro, ma posso farne solo più uno? Non sono stanca, e Sunshine non è agitata...»

Dan sorride, e sprona leggermente Smokey per avvicinarsi a Sunshine. «Puoi farne ancora uno se ti tranquillizzi un po'. L'entusiasmo è importante, ma devi imparare a tenerlo sotto controllo, o il tuo cavallo lo percepirà e le cose diventeranno imprevedibili. Fai due larghi giri in tondo, calmati, assicurati che Sunshine sia tranquilla. Quando sei pronta, fai ancora una serie di salti.»

Tatiana gli sorride raggiante e gira Sunshine verso la larga pista rotonda su cui stavano cavalcando. «Questo lavoro farebbe davvero schifo se non fosse un tesoro,» dice Dan quasi fra sé e sé, ma non è sorpreso di sentire la risata profonda di Jeff.

«Molte cose sarebbero state molto più difficili, se lei non fosse un tale tesoro. Avrebbe potuto creare un sacco di problemi a me ed Evan.»

Dan getta un'occhiata a Jeff. Non ci aveva pensato, ma è vero. Tatiana è grande abbastanza da sapere quello che la gente dice, per rendersi conto che suo fratello e il suo compagno più vecchio non sono esattamente una coppia normale. Dan ricorda le ragazze che ha incontrato al ristorante il giorno prima, e fa una smorfia immaginandosi Tat in una situazione simile.

Jeff nota che Dan concorda con lui e continua. «Evan sta passando un momento un po' difficile, ultimamente. Spero non sia stato un problema ieri sera al pub?»

«No, niente di serio. Solo un po' ubriaco, un po' strano. Niente di che.»

Jeff lo sta guardando. «Ti è sembrato strano, eh?»

«Perché? C'era una ragione?» Dan è confuso, come al solito. «Vuoi forse dire che la gente che lavora per lui non può uscire nello stesso pub in cui va lui, o qualcosa del genere?» Non sembra una reazione da Evan, ma Dan deve ricordarsi che, tutto sommato, non lo conosce poi così bene.

Jeff fa una risata mentre scuote la testa. «No, Dan, non credo che il problema fosse quello.» Si mette ad osservare Tatiana, che sta preparando Sunshine per il salto. Entrambi gli uomini la guardano in silenzio mentre si avvicina al primo ostacolo e lo supera in modo pulito. Dan sta pensando che deve parlarle di come deve tenere Sunshine diritta un po' più a lungo sull'atterraggio, quando Jeff borbotta, «Raddrizzala un po',» e Dan si sente confortato. È abituato ad allenare cavalli, non cavalieri, quindi è contento che Jeff la pensi come lui.

Dan muove la testa seguendo i movimenti di Tatiana, quasi salta con lei il secondo e il terzo ostacolo, ma quando si gira verso Jeff per vedere se è soddisfatto dei salti, scopre che l'uomo sta guardando lui, non Tatiana. Dan gli rivolge un'occhiata interrogativa, e Jeff sorride leggermente. «Credo... credo che Evan ed io non siamo stati chiari con te come avremmo dovuto. Ora fai parte della vita di Tatiana... una parte importante. Se tutto va bene rimarrai qui per un bel po'. E quello che Evan ed io stiamo provando a fare non sta funzionando bene.» Fa una pausa, poi sorride più allegramente a Dan. «E tu sei veramente, veramente terribile nel leggere le persone.»

Dan scoppia in una risata. Non si era reso conto che il suo problema fosse così evidente. «Sì, lo sono.» Lancia un'occhiata quasi timida a Jeff. «Non ho idea di quello che sta accadendo tra te ed Evan. Ma davvero... non sono un ficcanaso. Non ho bisogno di sapere tutto, se preferisci non spiegarlo... perché hai ragione, per conto mio non lo capirò di sicuro.»

Jeff gli sorride e a Dan sembra quasi di essere tornati in Kentucky. Non c'è passione – e, tutto considerato, Dan ne è sollevato – ma c'è calore e la sensazione che a Jeff importi davvero di lui. Dan si sente come un gatto che si crogiola al sole. Jeff si sposta, fa per toccarlo – Dan riesce quasi a sentire il peso della mano posarsi sul suo ginocchio – ma all'ultimo momento si tira indietro e dice, «Ne parlerò con Evan, ok?»

Dan alza le spalle. «Va bene.» Jeff potrebbe dirgli che sta per costruire una nuova scuderia fatta di farina d'avena, e a Dan andrebbe bene.

Tatiana si avvicina a loro con Sunshine; Dan e Jeff si congratulano calorosamente con lei. A Dan sembra quasi che lui e Jeff siano i genitori orgogliosi che assistono alla performance della loro figlia. Lo colpisce l'idea che nessuno di loro abbia legami di sangue. Partono per la volta della scuderia, Tat e Dan cavalcando ai lati, Jeff e Lou insieme a piedi nel mezzo.

Entrambi i cavalli muovono in avanti le orecchie quando due grandi cani appaiono da un lato del sentiero; Sunshine si agita un po' quando Trapper e Copa si avvicinano. Non sono educati come Lou in presenza di cavalli e quando compare anche Evan si dimenano ancora di più, come se volessero proteggerlo dai terribili mostri equini. Jeff li calma in maniera piuttosto efficace e quando Evan li raggiunge sulla strada appoggia le sue mani sulle loro teste, tranquillizzandoli del tutto.

Evan rivolge un sorriso un po' incerto al gruppo, poi si rivolge a Jeff e Tatiana. «Tia mi ha mandato a cercarvi. Ha preparato un brunch.» Si gira verso Dan. «Sono sicuro che ce n'è in abbondanza, se non hai ancora mangiato.»

«No, grazie, ho fatto colazione. Ma posso riportare i cavalli indietro. Tat, posso montare Sunshine e condurre Smokey, se vuoi andare diritta a casa.»

Tatiana sembra scioccata, forse anche un po' offesa. «Ma hai detto che un vero amante dei cavalli si occupa di tutti i bisogni del suo animale, non solo di cavalcarlo!»

Dan le sorride. «Sì, è vero. Ma un vero amante dei cavalli è anche felice di scambiare favori con un altro amante dei cavalli. Non è niente di che, davvero.»

La ragazza scuote la testa, testarda. «No, Sunshine ha fatto il suo lavoro sulla collina, ora io devo fare il mio nella scuderia.»

Dan nota che Jeff ed Evan stanno entrambi sorridendo mentre la guardano e per un momento è come se fossero *tutti* dei genitori indulgenti. «Ok, allora,» dice Jeff, dando una pacca alla spalla di Sunshine. «Tu occupati delle tue responsabilità. Noi ti terremo il brunch al caldo.»

«E mi terrete da parte del bacon!»

Evan scuote la testa in dissenso. «Quando si tratta di bacon, ognuno è per sé, lo sai.»

«Jeff – potresti chiedere a Tia di mettermi da parte del bacon?» chiede Tat, amabilmente, a Jeff.

«Vedrò quello che posso fare, tesoro.»

Tat sorride con fare compiaciuto ad Evan, poi stringe leggermente le gambe per far partire Sunshine. «Andiamo, dolcezza – troveremo del brunch anche per te!»

Dan prova un lampo di irrazionale gelosia quando, mentre i due si girano e si incamminano verso la casa, vede la mano di Jeff alzarsi e appoggiarsi sul collo di Evan. Deve riuscire a mettere un freno a queste reazioni. Se continua a provare questa stupida infatuazione, non sarà facile capire quello di cui Jeff potrebbe – o non potrebbe – parlargli.

Dan e Tatiana ritornano alla scuderia con i loro cavalli e quando arrivano Robyn li sta aspettando con un'aria un po' eccitata. Lascia che Tatiana porti Sunshine dentro alla scuderia e poi afferra il braccio di Dan. «Era ora! Sbrigati!»

«Di che cosa stai parlando?»

«Andiamo a Santa Cruz.» Rivolge a Dan uno sguardo implorante. «Per piacere, per piacere, per piacere, andiamo a Santa Cruz?»

«Aspetta, chi sono i 'noi', e perché andiamo a Santa Cruz?» Dan non ha che una vaga idea di dove sia.

«Tu, io e alcune delle persone di ieri sera. Scott mi ha chiamata mezz'oretta fa e mi ha chiesto se volevamo andare con loro.»

«Scott il batterista? Gli hai dato il tuo numero?» Dan lancia una lunga occhiata a Robyn, poi ride quando lei arrossisce.

«Ok, sì, sono debole! Contento? Ma non voglio andare da sola, e anche tu sei stato invitato, quindi... per piacere, Dan? È davvero carino, e penso che sia stato molto gentile.»

Dan scuote la testa, ma non sta dicendo di no. «Sì, sembrava un tipo a posto... chi altri va?»

Robyn fa una smorfia. «Ok, renderebbe *più* o *meno* probabile il fatto che tu accettassi se ti dicessi che viene anche Ryan?»

«Renderebbe meno probabile che ti rovesciassi una secchiata d'acqua fredda in testa se tu sputassi il rospo.»

Robyn lo guarda con aria scettica, poi dice, «Ok, va bene. Viene anche lui. Ma lo stesso dicasi per Molly e Nikki, senza Donny perché deve lavorare, quindi non è un appuntamento a meno che tu lo voglia.»

«Non so, Robyn. Devo fare un sacco di lavori qui alla scuderia, non posso continuare a prendermi ogni pomeriggio libero.»

«Non si tratta di ogni pomeriggio! Sono due pomeriggi questa settimana, e hai lavorato quindici ore ogni altro giorno. Non credo che qualcuno ti accuserà di essere uno scansafatiche.»

«Ha ragione.» A parlare è Tatiana, che li osserva dall'ingresso della scuderia. «Mi dispiace di aver origliato, ma... se vuoi andare, vai. Hai lavorato davvero duro e Santa Cruz è un posto divertente. È a meno di un'ora di viaggio e ci sono un sacco di cose da fare.» Ha l'aria un po' triste e Dan si scopre a non riuscire a leggere un altro Kaminski. «Voglio

251

dire, se non vuoi andare, sarebbe fantastico – potresti rimanere e passare il tempo con Jeff ed Evan e me. Ma se vuoi andare... non dovresti rimanere qui solo perché pensi di dover lavorare.»

«Per favore, Dan? Sarò la tua schiavetta per una settimana,» lo prega Robyn.

«Sei già la mia schiava, mozzo di scuderia.» Alla faccia del non voler lasciare cambiare la loro amicizia dalla nuova gerarchia lavorativa.

«Sì, ma per una settimana ti ascolterò sul serio. E... non farò alcun pettegolezzo su di te, per un mese intero. Per piacere, Dan?»

Dan onestamente non sa bene quello che vuole fare. Non è contro all'idea, ma gli sembra tutto un po'... affrettato. Affrettato perché deve prepararsi in un baleno, ma anche affrettato perché ha incontrato Ryan neanche ventiquattro ore prima e ora Dan sta pensando di andare al suo secondo semi-appuntamento con lui. Terzo, se si conta la costruzione del portico... e, ehi, si è cenato. Ma Robyn è davvero eccitata e Dan si sente un po' in colpa per averla trascurata tutta la settimana. Il telefono di Robyn suona e, mentre risponde, lei lo guarda con occhi imploranti. Dan annuisce con rassegnazione e poi la osserva mentre Robyn risponde facendo finta di essere del tutto tranquilla.

Mentre Robyn si mette d'accordo sui dettagli, Dan porta Smokey nella scuderia e gli toglie i finimenti. Mentre li sta portando nella selleria, nota Tatiana guardarlo con aria un po' timida. «Tutto bene, Tatiana?»

«Sì. È solo... questo tizio, Ryan... ti piace veramente?»

Dan spera che questa domanda non sia causata ancora da quella cotta per cui Evan lo aveva preso in giro. Però non ne ha davvero visti i segni, quindi forse è solo curiosità. Dan decide che essere sincero è la soluzione migliore. «Non lo so, davvero, Tat. Voglio dire... non lo conosco bene.»

«Ma quello che conosci ti piace.»

«Beh, sì, immagino di sì. Non è davvero... non so, Tat. Quando sei un adolescente, tutto è davvero intenso, ed è fantastico. Ma quando diventi più grande – beh, ogni tanto è bello semplicemente rilassarsi, senza sentirsi come se stessi andando sulle montagne russe. Capisci quello che voglio dire?»

«Quindi Ryan non è come le montagne russe, è solo...»

Dan passa una mano sul corpo di Smokey per assicurarsi che non sia sudato, ma non ha fatto molto lavoro, quindi è asciutto. «Non lo so, Tat. Sul serio.»

Tat non sembra pronta a mollare l'argomento. «Ma non c'è un altro ragazzo che ti potrebbe interessare? Magari?»

Dan coglie l'uso della parola 'ragazzo'. Non sembra che stia nutrendo una cotta segreta. Ma allora di *che cosa* sta parlando? «Ehm, no, non credo?» Non pensa che sia il caso di farle un elenco di tutti i pensieri impuri che ha avuto per Jeff, o i momenti di attrazione che ha provato per suo fratello. Non vuole traumatizzare la povera ragazzina a vita.

Per fortuna infine Robyn entra con disinvoltura. «Dobbiamo incontrarci in paese alle undici e mezza. Questo ti dà quaranta minuti per farti una doccia, raderti, vestirti e guidare. Ti senti di accettare questa sfida?»

«Credo di potercela fare. Tat, ti va bene di portare Sunshine nel paddock?»

«Credo di potercela fare,» lo imita la ragazza.

«Ok. E poi sei qui tutto il pomeriggio? Sunshine domani deve lavorare sul piano, ma possiamo trovare molti altri cavalli per te da montare qui, e poi martedì andremo di nuovo su con Sunshine. Ti va bene?»

«Sì, sembra perfetto.» Gli sorride, ma non con totale entusiasmo, e questo a Dan non piace. Non ha tempo però di pensarci troppo, c'è Robyn che lo fissa; porta Smokey all'aperto nel paddock mentre si incammina verso casa.

Si fa una doccia, poi si infila i jeans e la maglietta a maniche lunghe che ha scartato il giorno prima. Oggi non si preoccupa di stare troppo bene. È di ritorno alla scuderia alle undici e un quarto e, seguendo il suono di voci, entra nel caseggiato. Si rende conto del suo errore quando non vede alcun segno di Robyn, solo Tatiana che sta guardando con aria imbronciata un impotente Jeff ed un frustrato Evan. «Non è davvero, davvero, qualcosa in cui devi entrare, Tat,» sta dicendo Evan. Dan indietreggia con attenzione. Si gira e va quasi a sbattere contro Robyn.

«Non stavo origliando!» gli sibila lei prima che Dan possa emettere suono. «Stavo solo cercando di intercettarti prima che tu ci finissi in mezzo.»

«Ti è riuscito bene. Che cosa è successo al loro maledetto brunch?» Scuote la testa. «Sei pronta?»

«Credo di sì... ma ora che Tat è così turbata mi sento in colpa ad andare via.»

Dan scrolla le spalle. «Ha sopravvissuto fino alla scorsa settimana senza i nostri consigli. Mi immagino che possa farlo ancora un per un po'. Ma, ehi, se non vuoi andare →»

«No, voglio! È solo →» Robyn si interrompe quando la porta della scuderia si apre e Jeff, Evan e Tatiana escono. Evan ha un braccio attorno alle spalle di Tatiana, che è a braccetto di Jeff.

Dan dà loro un'occhiata mentre si avvicinano, poi fa un mezzo sorrisetto a Robyn. «Incredibile – sono riusciti a risolvere la situazione senza di te!»

Robyn non ha tempo di rispondere, perché gli altri arrivano velocemente abbastanza vicini da sentire. Hanno l'aria un po' tesa, ma almeno non stanno litigando.

«Quindi state andando a Santa Cruz?», chiede Jeff.

«Ehm, sì, così pare.» Dan si gira verso Evan. «Inizierò a tenere il conto delle mie ore. Posso tenere una lista nella selleria o da qualche altra parte. Voglio dire, non dovresti soltanto sperare che io stia facendo il mio lavoro.»

Evan scuote solo la testa. «Non hai bisogno di farlo. Mi fido di te, ricordi? È una delle ragioni per cui volevo così tanto assumerti.»

Dan alza le spalle. «Beh, lo farò lo stesso. Mi fa sentire meglio, anche se non lo controlla nessun altro.»

«Fa quello che preferisci.» Evan sorride imbarazzato. «Senti, sapete quando tornerete stasera?»

Dan guarda Robyn. Lui non ha davvero idea dei loro piani, quindi lei risponde per entrambi. «Stavano parlando di fare cena in un posticino laggiù, quindi, non so... potrebbe essere un po' sul tardi.»

«Ok, bene. Ok. Beh, ehi, divertitevi, d'accordo?» Evan sembra essere un po' incerto.

«Sicuro, grazie.» Dan guarda Robyn, che è ferma in piedi vicino al fuoristrada, ma che non fa mostra di entrare; chiaramente sta esitando, come Dan. «Sentite, non è niente di importante, questa uscita. Se c'è qualcosa che avete bisogno venga fatto...»

Jeff fa un paio di passi in avanti. «No, Dan, non ci sono problemi.» Gira gli occhi verso Evan. «Non abbiamo fretta. Possiamo aspettare.» Evan sta quasi per aggiungere qualcosa, poi annuisce. Dan e Robyn salgono un po' dubbiosi sul pick-up.

Partono e imboccano il vialetto d'ingresso, quindi entrano sulla strada principale. Sono a metà strada quando Robyn finalmente dice, «La nota positiva... Evan è davvero un figo quando è imbronciato.» Dan le rivolge un'occhiata incredula e lei si mette a ridere. «Che c'è? Mi è stato detto che si diletta ogni tanto con le donne... e anche se è fuori dalla mia portata, è sempre un piacere per gli occhi.» Si muove un po' sul sedile e dà una piccola spinta alla spalla di Dan. «Non provare neppure a dirmi che non hai notato che è un figo. Bel viso, un fisico *spettacolare*, e i soldi non guastano. E anche Jeff è bello, con quegli occhi e quella voce... delizioso! Seriamente, non so, Dan... se potessi, quale dei due sceglieresti?» La voce di Robyn ha una strana intonazione, come se la sua domanda fosse più importante di quanto non lasci trasparire, ma Dan non ha voglia di stare al gioco.

«Davvero, stiamo andando a riunirti al bassista dei tuoi sogni e questo è tutto quello a cui stai pensando? Perché non ti concentri su Scott? O su Santa Cruz?»

«Sì, ok, Danny, se hai paura di rispondere...»

Continuano in silenzio e Dan pensa a Justin, si chiede come giudicherebbe Dan per essersene andato via così con un tizio appena conosciuto. Justin sapeva essere geloso, anche un po' possessivo, ma a Dan non aveva mai dato fastidio, perché gli piaceva la sensazione che qualcuno lo considerasse così importante da volerlo tenere tutto per sé. Ma si chiede che cosa Justin penserebbe di Ryan. Gli vengono in mente le parole di Chris: Justin è morto. Non ha più un punto di vista. Dan però non è così sicuro che sia vero, perché Justin continua a vivere dentro di lui, quindi non vuol forse dire che il punto di vista di Justin è uguale al suo? Quindi quando si chiede che cosa penserebbe Justin, sta chiedendosi in realtà che cosa pensa lui stesso? A Dan non piacciono questi pensieri. Lo fanno sempre sentire come quello che è, una persona che non ha neanche finito le superiori. Gli piacerebbe se un giorno qualcuno glielo spiegasse, perché non pensa davvero di essere in grado di arrivarci da solo.

Quando svolta nella via in cui abita Ryan, Dan emette un piccolo sospiro, poi alza lo sguardo e vede un gruppo di persone in piedi sulle scale dell'appartamento, vede Ryan alzare la mano e salutarlo.

«Pronti o meno, eccoci qui,» dice Robyn. Dan sente che è vero. Qualcosa sta per succedere e lui non è sicuro di esserne pronto.

CAPITOLO
VENTIQUATTRO

SONO in sei a fare il viaggio e nella macchina di Scott c'è spazio solo per quattro persone, quindi Dan prende il fuoristrada e Ryan si offre di andare con lui per fargli da navigatore. Il pick-up ha un sedile posteriore piuttosto spazioso, quindi c'è molto spazio sia per Ryan sia per Robyn, ma non è stupito quando la ragazza decide che starebbe più comoda andando in macchina. Dan si dice che ha passato una buona parte del giorno precedente con Ryan e gli è piaciuto, ma ciononostante le sue mani sono un po' sudate quando sale dietro al volante. Ryan però sembra rilassato e chiacchiera tranquillamente mentre guidano, quindi presto Dan si calma.

È una splendida giornata e la strada li fa passare attraverso dei paesaggi molto pittoreschi, quindi per buona parte del viaggio entrambi guardano fuori dal finestrino, apprezzando le vedute. Tendono a parlare di più quando passano vicino ai tentacoli urbani che si diramano fino a lì dalla città. Ryan racconta a Dan delle sue ambizioni musicali e Dan spiega a Ryan le basi del completo e di come si guadagna da vivere. Non ci sono grandi rivelazioni, ma quando si fermano di fianco alla macchina di Scott in un parcheggio di Santa Cruz, Dan si sente almeno un po' più certo della sua impressione che Ryan sia un tipo in gamba.

Non è la prima volta che i californiani sono stati nella città di mare e hanno già in mente un posto per pranzare. Dan e Robyn sono felici di seguirli. Dopo aver mangiato camminano tutti insieme lungo la passeggiata, ma è davvero troppo affollato per un gruppo di sei, quindi si dividono dandosi l'appuntamento per cena. Dan si trova di nuovo con Ryan. Non è una cosa né inaspettato né sgradita. Ripensa brevemente all'elettricità che aveva provato quella notte in Kentucky con Jeff, ma poi pensa anche a come velocemente è sembrata svanire nel nulla. Può forse non provare un'ardente passione per Ryan, ma sta nascendo un gentile affetto, forse, alla lunga, migliore. Di sicuro è un sentimento che confonde di meno.

Passano un paio d'ore sulla passeggiata, curiosando nei negozietti per turisti. Ci sono delle montagne russe, ma a Dan non piacciono molto. Non ha paura della velocità, ma preferisce avere il controllo e non rimanere seduto passivo. A Ryan non sembra tenerci molto, quindi decidono di non salire. Incontrano un paio di volte Robyn e Scott, vedono Nikki e Molly in coda per comprare delle caramelle gommose, ma a parte queste occasioni rimangono per conto loro.

Arrivano fino al termine della passeggiata e trovano un piccolo angolo dove possono prendersi una pausa, appoggiandosi con gli avambracci contro la ringhiera, guardando l'oceano. Dan inspira profondamente l'aria salmastra e rilassa le spalle. Si gira verso Ryan e vede l'altro guardarlo con un gran sorriso.

«Non un grande fan delle folle?»

Dan ride un po' imbarazzato. Deve sembrare completamente nevrotico. «No, sto bene. Solo... non ha senso andare al mare e non respirare l'aria marina, giusto?»

«Giusto. Ehi, c'è un porto, per le navi. Vuoi andare a darci un'occhiata?»

Dan non ha idea del perché una persona possa volere andare a guardare le barche, ma non obietta. Forse verrà stupito da quanto sono interessanti – e almeno ha l'aria di essere un posto meno affollato che la passeggiata. «Sicuro, va bene.»

Camminano verso il porto, ma quando arrivano all'imbocco dell'insenatura vedono un ristorante con una terrazza e sorridono contemporaneamente. «Oppure possiamo prenderci da bere,» suggerisce Dan mentre Ryan annuisce felice.

Quando si siedono sulla terrazza scoprono di avere una buona vista degli yacht che entrano ed escono dal porto, quindi – come dice Ryan mentre sorseggia contento la birra senza glutine che ha trovato sul menù – hanno il meglio delle due opzioni.

Le barche sono, per la maggior parte, abbastanza piccole, molti semplici motoscafi, ma ce ne sono alcune che sembrano abbastanza grandi da viverci sopra. «Che cosa ne dici? Non vorresti mai lasciare tutto alle spalle, navigare attorno al mondo?», chiede Ryan.

«Non so... potrebbe forse esserci spazio per i cavalli, ma non ce ne sarebbe molto per cavalcarli.»

«Quindi, i cavalli – sono davvero importanti, vero? Voglio dire... sono più che un semplice lavoro?»

Dan ci pensa un po'. Sa che lo sono, ma non sa come spiegarlo. Parte della ragione per cui sono così importanti è legata a Justin, ma Dan amava i cavalli da molto prima di trasferirsi in Kentucky, quindi deve esserci di più. Ryan non è invadente e Dan sa che potrebbe liquidare l'argomento con una battuta, ma anche lui è interessato, adesso. E sente che Ryan potrebbe apprezzare un po' di apertura da parte sua. «Sì. Sono molto più che un lavoro.»

Scrolla le spalle. «Ho iniziato a cavalcare quando ero un bambino... beh, un teenager, a dire il vero. Mia madre era malata e non c'era nessuno che si occupasse di noi, e quindi sono stato dato in affidamento ai servizi sociali. E, non so, ero arrabbiato e un po' uno stronzo, e mi sono fatto cacciare da un paio di posti. L'assistente sociale ad un certo punto mi ha avvertito che ero ad un passo dal finire in una comunità per minori e poi mi ha affidato a questa famiglia, che aveva una fattoria. Erano super religiosi e io pensavo che li avrei odiati, ma... avevano dei cavalli.» Dan muove gli occhi verso Ryan. Potrebbe fermarsi lì, non vuole essere noioso, ma Ryan gli sorride incoraggiante.

«Quindi, non so, immagino che qualcosa sia scattato. Ai cavalli non importava se ero trasandato, o se andavo male a scuola, o... non gli importava se ero gay.» Dan sorride un po' imbarazzato. «Anche se quello non l'ho detto alla famiglia – non ne sarebbero rimasti ben impressi.» Dan sta guardando il porto, ma più che l'oceano della California, sta vedendo un'arida fattoria texana. «E poi sono migliorato, ho imparato a cavalcare, a lavorare con loro... era bello essere bravi in qualcosa. Era piacevole essere capaci a fare qualcosa che andava bene agli altri. E i cavalli sono... non so. Capisco i cavalli. Le persone...» Dan ripensa alla sua conversazione con Jeff quella mattina. «Le persone mi confondono da morire.» Sorride timidamente, sorpreso da quanto ha detto. «Non so. Credo fosse un modo piuttosto lungo di dire che non desidero davvero abitare su una nave.»

Ryan ride gentile. «Ok, niente barca. Capito.»

«E tu? Ti piace l'idea di essere così sradicato?»

Ryan alza le spalle. «Un po', sì. Voglio dire, vedere nuove cose e nuove persone ogni giorno, non essere intrappolati nello stesso vecchio lavoro... mi piace come suona.»

Dan annuisce, non è sorpreso di sentire Ryan dire questo. Ha l'aria di essere un viaggiatore. «E quindi perché non lo stai facendo? Magari non su una barca, ma com'è che sei ancora impantanato in un piccolo paese?»

«Impantanato?» Ryan fa finta di essere incredulo. «Oh, non sono impantanato, sto facendo progetti!» Sorride a trentadue denti. «Ho incontrato i ragazzi del gruppo, che sono quasi tutti della zona, e abbiamo deciso di fermarci lì fino a quando non ci mettiamo a posto, fino a quando non troviamo il suono giusto - poi inizieremo a girare. Stiamo anche puntando ad un qualche contratto di registrazione – che ci aiuti con le spese del tour. E le cose stanno mettendosi per il verso giusto, davvero – non manca più tanto!» Ryan non è mai stato così eccitato e Dan non può fare a meno di sorridere. È bello vedere una persona con dei sogni. D'un tratto si rende conto che gli ricorda Justin, di come era sicuro che sarebbero arrivati in cima, che Willow era solo la prima di una lunga serie di cavalli eccezionali che avrebbero cresciuto ed allenato insieme. Il suo sorriso deve essere scomparso dal suo viso, perché Ryan si china verso di lui, preoccupato.

«Merda, mi dispiace. Voglio dire... stavi pensando che...» Ryan si interrompe, ma Dan non può aiutarlo perché non ha idea di che cosa l'altro uomo stia parlando. «Voglio dire, mi piace davvero passare il tempo con te, e ovviamente sei veramente bello...» Dan lo fissa. Sono cose che fa piacere sentirsi dire, certo, ma perché Ryan...

«Oh! Oh, no, scusa! Non sto cercando niente di serio neanche io! Anzi, probabilmente non sto cercando proprio niente, non so...» Adesso è il turno di Ryan di avere una strana espressione sul viso. «No, non perché tu non mi piaccia, ma perché...» Dan è quasi colto dal panico. Le cose sono andate molto male molto in fretta. Fa una gran respiro e ricomincia.

«Uscivo con qualcuno, in Kentucky. Una relazione piuttosto seria.» Dan non vuole scendere nei dettagli, quindi si tiene sul vago. «Per questo adesso sono un po'... insicuro sul farmi delle storie. O, non solo sul farmi delle storie, ma... su tutto. Sono abbastanza insicuro su tutto.» Ryan ha l'aria molto più calma e non sembra offeso, almeno per quanto riesce a capirne Dan. È un miglioramento. «Quindi il tuo essere eccitato al pensiero di viaggiare – davvero, non è un problema.»

Ryan annuisce, poi ride un po'. «Sì, d'accordo, ha senso.» Lo guarda un po' contrito. «Mi dispiace.»

Dan scuote la testa in diniego. «No, è un bene che sia venuto fuori. Voglio dire... 'casuale se si fa'... è un bene che sia stato detto.»

«Ok, beh, dal momento che stiamo mettendo le cose in chiaro...» Ryan si avvicina un po', portando il suo viso vicino a quello di Dan. «Casuale è perfetto, ma spero davvero che si faccia.»

Dan dà un'occhiata nervosa in giro, ma nessuno sembra prestare loro attenzione. Alza la mano, trova quella di Ryan, insieme le porta sul ginocchio di Ryan. «Va bene,» dice con un sussurro, poi si piega un po' in avanti e appoggia le sue labbra contro quelle di Ryan. È poco più di un bacetto, solo uno sfiorarsi di labbra, un loro lieve arricciarsi e poi i due uomini si separano, ma il cuore di Dan sta galoppando, il suo viso è in fiamme. Ritrae la sua mano da quella di Ryan come se si fosse scottato. Dan sa di stare reagendo in maniera esagerata, sa che deve sembrare un pazzo, ma... è da molto tempo che non ha baciato nessuno di diverso da Justin. È molto più che un qualcosa di puramente fisico e Dan non è sicuro di essere pronto ad affrontarlo.

Ryan sembra prenderla bene, però. Lo guarda con curiosità e gli chiede, «Tutto a posto?»

«Sì, scusa. È solo... come ho detto, sono stato con una persona per molto tempo.»

Ryan scuote leggermente la testa. «Te ne ha fatte passare di tutti i colori, eh?» Porta la sua mano dove Dan sta aggrappando la sedia e, gentilmente, gli fa mollare la presa. Sfiora con le proprie dita quelle di Dan, poi ritira la mano dalla sua parte.

Dan cerca di rilassarsi. Il loro cameriere passa e chiedono un altro giro. Dan è grato per l'interruzione. Dopo aver dato l'ordinazione, Dan è di nuovo normale, così per dire, ed è in grado di tornare a parlare del più e del meno. Finiscono col telefonare agli altri e suggerire loro di raggiungerli al ristorante per cena, quindi l'unico spostamento che i due devono fare nelle ore successive è quello verso un tavolo più grande.

Stanno andando a piedi verso le macchine dopo aver mangiato, quando il telefono di Nikki squilla. La donna risponde e conversa brevemente e poi si gira verso Dan. «Donny dice che ti può cambiare la cinghia domani, se lasci la macchina stasera. Ti posso portare io a casa dopo, se vuoi...»

Ryan si intromette. «Oppure, se non hai problemi a farmi guidare il tuo pick-up, posso andare con te, lasciarti a casa e riportare il fuoristrada in paese.»

«Oh, ehm... apprezzo le offerte, e sì, ho davvero bisogno di cambiare la cinghia, ma non voglio essere di disturbo.»

Nikki dice al telefono, «Sì, va bene, segnalo per domani.» Mette giù e sorride a Dan. «Non è come se tu abitassi chissà dove.»

Decidono che Ryan farà da corriere, quindi Robyn sale sul fuoristrada con loro, così che possano andare direttamente verso la scuderia senza dover passare per il paese. Ryan insiste affinché lei si sieda davanti, ma quando si porta in avanti per parlare con loro, appoggia le mani sui loro sedili – e le sue dita accarezzano le spalle di Dan un po' troppo spesso per essere un caso. Dan si sente un po' come se fosse tornato alle superiori. È divertente, in un certo senso.

Quando arrivano alla tenuta Dan porta Robyn davanti alla scuderia e Ryan emette un fischio di ammirazione. «Accidenti, questa scuderia è dieci volte meglio del mio appartamento!»

«E dovresti vedere la casa di Dan!» Salta su Robyn, che poi però appare imbarazzata, come se avesse cercato di suggerire qualcosa al posto di Dan.

Ryan però ignora il commento e dà a Robyn un abbraccio di saluto prima di salire sul sedile del passeggero. Dan fa retromarcia, si gira e guida fino alla dépendance, lascia il motore acceso e scende. Robyn può dire quello che vuole, Dan non inviterà Ryan ad entrare.

Ryan non sembra sorpreso o deluso. Scende e fa il giro del fuoristrada, ma quando arriva dalla parte del guidatore, invece di aggirare Dan, si ferma davanti a lui, in modo che siano in piedi uno di fronte all'altro, appoggiati di lato contro la carrozzeria.

Ryan sorride gentilmente a Dan. «Grazie per essere venuto, oggi. È stato bello.»

«Sì, è vero. Grazie per averci invitato.» Dan guarda Ryan e cerca di decidere su cosa fare. Cerca di decidere quello che vuole.

Ryan si muove in avanti lentamente, con circospezione, e alza la sua mano destra, affondando le dita nei capelli di Dan, sulla sua nuca. Dan lascia che accada, lascia Ryan spingere gentilmente la testa di Dan in avanti, portando così le loro labbra a toccarsi. Il bacio è ancora una volta gentile, ancora una volta poco più che uno sfiorarsi di labbra, ma in questa occasione dura un po' più a lungo: Ryan inclina la sua testa, aumenta gentilmente la pressione, e Dan risponde al suo bacio. Ryan allora si avvicina un po', ma Dan si allontana. Ryan lo lascia andare senza protestare, ma Dan si sente lo stesso in dovere di spiegare.

Si guarda la punta delle scarpe per qualche istante, poi si gira e si appoggia con la schiena contro la fiancata del fuoristrada, lo sguardo rivolto alla notte. «Il tizio del Kentucky. Quello con cui sono stato per un lungo tempo?»

Ryan annuisce e sorride un po' tristemente. «Sì. Quello che stai cercando di superare.»

«Non ci siamo lasciati.» Dan fa un respiro veloce. «È morto. Ha avuto un incidente mentre cavalcava ed è morto.» Guarda di nuovo la punta delle sue scarpe. «Justin.»

Ryan rimane immobile per un momento, poi annuisce. «Ok. Merda, Dan, mi dispiace tanto.»

«No! No, Ryan, non dispiacerti. È stato bello passare del tempo con qualcuno come te, senza avere il dubbio di farti pena, o senza che tu ti aspettassi di vedermi cadere a pezzi o crollare.» Dà una sbirciatina a Ryan. Almeno non sta correndosene via a gambe levate. «Solo... Ho pensato che dovessi saperlo, perché... non so, sto avendo un piccolo attacco di panico.» Guarda di nuovo Ryan e non vede nulla sul suo volto se non una premurosa preoccupazione. «Mi sembra di stare tradendolo, capisci?»

Ryan non dice nulla per un minuto. «Beh, non *so*, ma sì, posso immaginare quanto sia strano.» Anche lui si gira e si appoggia contro il fuoristrada, così entrambi stanno ora guardando l'oscurità. Rimangono in silenzio per un po', poi Ryan riprende a parlare. «Ok, ecco quello che penso... mi piaci. A prescindere dal sesso.» Si volta verso Dan. «Quando ti ho incontrato non ero sicuro che fossi gay e ho pensato lo stesso che tu saresti stato un tipo interessante da conoscere. Certo... *speravo* fossi gay... un bel po'. Lo speravo davvero.» Il suo sorriso è un po' auto denigratorio. «Ma, sai, anche se non capitasse nulla, sei sempre un tipo in gamba, possiamo sempre uscire insieme. Giusto?»

Dan non è sicuro di poterci credere. «Aspetta. Quindi, sei a posto così? Voglio dire...» Fa una mezza risata. «Devo scegliere? Capisco perfettamente, se non vuoi rischiare che io faccia quello che alla fine non ci sta...»

Ryan scoppia a ridere. «Mettiamola così... se ti chiedessi di scegliere, diresti 'rimaniamo amici', giusto?»

Dan alza le spalle imbarazzato, poi fa un cenno di assenso. «Sì, credo di sì.»

«Bene dunque. Non hai da scegliere. Almeno in questo modo ho la *speranza* di combinare qualcosa.»

«Davvero?»

Ryan si spinge via dal fuoristrada e si mette davanti a Dan, le gambe leggermente allargate, le braccia spalancate. Sta ridendo. «Qui c'è il mio corpo. Puoi usarlo, o ignorarlo, come hai voglia di fare.»

Dan ride, allontana lo sguardo, poi torna a concentrarlo su Ryan. Sta leggermente sghignazzando. «Sai, sei davvero un perfetto cameriere.» Ryan ride. «No, davvero, questo è un servizio eccezionale. Mi sento in colpa per averti dato solo il venti per cento di mancia.»

Ryan abbassa le braccia e supera Dan, muovendosi verso la portiera del guidatore. «Beh, ora mi sento come se fossi un tipo facile –» inizia a dire, ma poi Dan lo afferra per la camicia e lo avvicina per un altro bacio. Questa volta è un po' più impetuoso, un po' più appassionato, ma di nuovo non dura molto, ed è sempre Dan che si allontana per primo. Ryan non fa altro che sorridergli e passarsi velocemente la lingua sulle labbra, poi sale sul fuoristrada e chiude la porta. «Ti chiamo domani per decidere come fare a riportarti il pick-up,» aggiunge prima di fare retromarcia.

Mentre il fuoristrada sta girando, i fari illuminano tre cani che trotterellano lungo vialetto in direzione di Dan e, un po' più in là, Jeff ed Evan, immobili a lato della strada. Hanno l'aria di essersi fermati mentre stavano camminando verso la dépendance. Ryan esce facendo attenzione ed assicurandosi di evitare cani e umani, e Dan alza una mano per salutare Jeff ed Evan. È un po' imbarazzato, si chiede quanto abbiano visto. Si chiede se lo giudicheranno male, se penseranno che sta dimenticando Justin o muovendosi troppo velocemente.

Si accovaccia per dare una grattatina al collo dei cani e alza il mento verso l'alto per evitare il peggio delle loro leccate. Jeff ed Evan sembrano stare discutendo di qualcosa e Dan non è sicuro se abbiano intenzione di fare il resto della strada oppure no. Si alza proprio quando i due decidono di muoversi verso di lui.

Evan ha l'aria frustrata, quasi arrabbiata, ma Jeff è la calma personificata. Per fortuna è lui a parlare. «Ehi, Dan. È piuttosto tardi. Stai andando a dormire?»

«Ehm, sì, stavo per farlo. Ma se avete bisogno di qualcosa...»

«No, non ti preoccupare,» risponde Jeff. «Possiamo sempre —»

Evan lo interrompe. «In realtà, se non ti dispiacesse dedicarci qualche minuto... sarebbe fantastico.»

Sia Jeff sia Dan lo guardano, ed Evan alza la testa con un'aria vagamente di sfida. Jeff è accigliato e Dan dentro di sé emette un lamento. In che affare stanno cercando di cacciarlo, questi due?

CAPITOLO
VENTICINQUE

DAN fa strada sul portico, poi si gira e guarda Jeff ed Evan. «Ecco... volete andare dentro, o stare qui?»

Evan adesso appare meno sicuro di quanto era prima. «Ehm, qui fuori va bene, direi.» Guarda in direzione di Jeff come per avere una conferma, ma l'altro si limita ad alzare un sopracciglio. Jeff non voleva fare questo adesso, quindi apparentemente sta lasciando che Evan se la sbrogli da solo. Dan non è sicuro che l'idea gli piaccia.

«Ok. Ehm, volete una birra o altro?»

Evan sembra quasi pateticamente grato per la proroga. «Sì! Sì, una birra sarebbe perfetta!» Jeff se la ride sotto i baffi, e poi annuisce solennemente a Dan. Birra per tutti, a quanto pare.

Dan fa un cenno verso le grandi sedie di legno sul portico. «Ok, beh, fate come se foste a casa vostra.» Sorride un po' imbarazzato a Evan. «Cosa che non dovrebbe essere troppo difficile, visto che è casa tua.»

Evan scuote la testa. «No, Dan, è casa tua. Io sono solo chi te l'affitta.»

«Ok, bene... vado solo dentro a prendere le birre...» Si infila in casa, sentendo subito il rumore di voci sommesse che discutono. Non sa se sbrigarsi così da togliersi il problema, qualsiasi esso sia, il più in fretta possibile, oppure se metterci un po' e dare modo agli altri due di organizzarsi un po'. Decide di non fare nessuna delle sue cose e si avvia verso il frigorifero a passo normale. Quando ritorna sul portico, Jeff è seduto, gli occhi rivolti verso la notte, mentre Evan sta passeggiando in tondo come un animale in gabbia. I

267

cani si sono sistemati per terra ai piedi delle scale. Dan passa le birre e si siede su una delle panche del portico. E aspetta.

Evan beve un lungo sorso di birra per farsi coraggio, poi si gira verso Dan. «Ok, ecco che c'è.» Si ferma, poi prende una sedia e si posiziona davanti a Dan. «Ok, allora... sai che Jeff ed io abbiamo una sorta... di relazione... non tradizionale, giusto?» Dan annuisce con prudenza. Evan continua. «Bene, funziona perché le altre persone sono solo per svago, solo per il sesso. Capisci? Siamo entrambi contenti di cazzeggiare, per così dire, un po' in giro, e a nessuno dei due importa se anche l'altro lo sta facendo, ma ci assicuriamo di tornare sempre insieme.»

Dan annuisce di nuovo. Tutto questo lo sa. Inizia a sentire una strana sensazione alla bocca dello stomaco, insieme ad una sorta di formicolio nel suo cervello, come se stesse *quasi* capendo quello che succede. È seccante.

Evan sta concentrandosi sulla bottiglia di birra. L'etichetta è stata quasi del tutto tolta, ed ora sta facendo rollare la bottiglia tra le mani. Con uno sguardo chiede aiuto a Jeff, ma di nuovo Jeff si limita a fargli un cenno. «Ok, quindi, il fatto è... che quando siamo tornati dal Kentucky... dopo aver visto Jeff insieme a te... mi sono preoccupato un po'. Ingelosito un po', credo. Voglio dire, ci avevo provato anch'io con te, quindi non potevo certo biasimarlo perché ti voleva. Non sono un così grande ipocrita. Ma –» Si interrompe di nuovo e lancia uno sguardo supplicante a Jeff, che finalmente ha pietà di lui.

«Ma ha pensato che forse anche le mie emozioni si stavano facendo coinvolgere, ha pensato che non fosse solo una questione fisica.» La voce di Jeff è più calma di quella di Evan, più calma di come si sente Dan. «E io ho dovuto ammettere che aveva ragione. E volevamo proteggere quello che avevamo, non eravamo sicuri di come affrontare questo tipo di situazione, quindi... ecco perché ti abbiamo evitato per la prima settimana o giù di lì.» Jeff guarda Dan. «Mi dispiace davvero se questo ti ha reso le cose difficili o ti ha confuso.»

Gli altri due uomini stanno guardando Dan, aspettando la sua reazione, e lui è felice di dargliela. «Ok. Non c'è problema. È logico che voi due vi occupiate l'uno dell'altro. È bello. Come ho già detto, non sono affari miei – nessun rancore.»

Jeff lo guarda un po' accigliato. «Com'è che non sono affari tuoi?»

Dan è frustrato, non sa più che dire. «Beh, insomma... tutti hanno dei pensieri ogni tanto, no? Non significano nulla. Ma voi – quello che avete significa qualcosa. Ma è la *vostra* cosa, non la mia. Quindi... non sono affari miei.» Gli sembra piuttosto chiaro. Si chiede se ha perso qualche passaggio.

Evan scuote la testa. «Sì, ok, forse sarebbe stato vero se avessimo lasciato le cose così. Se evitarti fosse servito.»

Oh. Forse è questo che a Dan mancava.

Evan continua. «Ma abbiamo continuato a vederti, e ogni volta che capitava, mi rendevo conto che Jeff era ancora... interessato. E questo sarebbe stato abbastanza complicato, ma –» Evan smette di parlare e si alza, camminando fino ai gradini del portico.

Jeff continua per lui. «Ma Evan ha iniziato a capire il mio punto di vista. Ha iniziato ad essere interessato lui stesso, in un modo non solo fisico.» Dan non riesce a credere a quello che sta sentendo. Cerca di non reagire, cerca di stare seduto immobile e di vedere che cosa capita, di aspettare la battuta finale.

Evan ora si accovaccia vicino a lui, cerca di incontrare il suo sguardo. «Non in maniera inquietante, come uno stalker, ma solo – passando del tempo con te, anche durante la tua visita qui... la prima parte...» Evan quasi si ferma lì, come inorridito dalla sua mancanza di tatto, ma cerca di andare avanti. «E vederti con Tata, e con i cavalli, e anche con i cani... tu... calzi a pennello. Rendi le cose migliori.»

Dan è sorpreso di sentirsi parlare. «Rendo le cose migliori? Cristo, Evan, è il mio lavoro! Se rendessi le cose peggiori, perché mi vorresti pagare per rimanere qui? Linda rende le cose migliori, Robyn rende le cose migliori, Tia rende le cose migliori – noi tutti rendiamo le cose migliori.»

Fissa con incredulità l'altro uomo. «Questo non significa che tu sia... *attratto* da me...»

Evan emette un gemito di frustrazione e si nasconde il viso tra le mani. «Ok, forse quella non era la spiegazione giusta. Ma continui a non vedere... il problema non è che io sono *attratto* da te. Dan, io sono attratto da *molte* persone – credimi, so quello che si prova. Questo è qualcosa di più. Sono... interessato. E lo è anche Jeff. È *anche* attratto, ovviamente, ma... è qualcosa di più.»

Dan si volge a guardare Jeff, che sorride in maniera un po' imbarazzata, ma non aggiunge nulla. Sembra che sia il turno di Dan. «Ok... ok. Quindi... che cosa volete che faccia? Voglio dire... lo so che non sono la scelta migliore per la mia posizione, ma il lavoro mi piace, sto impegnandomi per migliorare e non vorrei doverci rinunciare...»

Jeff ed Evan alzano contemporaneamente la testa, voltandosi verso di lui. «Merda!» Esclama Evan. «Merda, no, Dan, dovevo dirlo subito... merda. Ok, no, nulla di tutto questo ha a che fare con il tuo lavoro, e sono felicissimo di quello che stai facendo qui, e vogliamo assolutamente che tu continui a farlo per sempre. E qualsiasi cosa finiremo per fare, è mia totale responsabilità assicurarmi che tu non sia a disagio nel fare il tuo lavoro, o...»

Quando Evan si interrompe, Jeff interviene. «Davvero, non ci aspettiamo che tu faccia nulla. Non è un problema tuo, è nostro. Dico sul serio, troveremo una soluzione, in un modo e nell'altro.» Sorride con aria sincera a Dan.

Dan si alza. Ha bisogno di muoversi un po'. Asciuga le mani sudate sulle gambe dei pantaloni. «Va bene. Allora... se non volete che faccia nulla, perché me lo avete detto?» Guarda prima uno poi l'altro e li vede scambiarsi uno sguardo, come se stesso cercando di decidere come procedere.

Il sorriso di Jeff è di nuovo un po' imbarazzato. «Ok, beh... che sia un nostro problema e che si sia solo Evan ed io a dover trovare un modo per superare la situazione... è sicuramente un'opzione. È... dalla nostra prospettiva, è la seconda opzione migliore.» Alza leggermente le spalle, osserva le sue mani e poi alza di nuovo lo sguardo su Dan. «Ma abbiamo pensato... abbiamo pensato che dovevamo almeno provare a proporti la possibilità dell'opzione A.»

«Che è ancora un po' nebulosa,» contribuisce dal canto suo Evan. «O forse, non è tanto nebulosa quanto completamente flessibile, dipende da te.» Guarda Jeff. «Ne abbiamo parlato... a lungo... e pensiamo che valga la pena scommetterci, che valga la pena fare qualsiasi cosa tu voglia provare.»

Dan si sente come se troppe cose stessero accadendo attorno a lui. Si sta stancando di sentirsi così, di essere sempre un passo indietro rispetto agli altri. «Che cosa vuol dire, qualsiasi cosa io voglia» – hic – «provare?» Il singhiozzo lo coglie di sorpresa, ma la domanda rimane comunque chiara.

«Beh, tutto, si può dire,» risponde Jeff. «Ne abbiamo parlato e siamo disposti a trovare il modo di far funzionare qualsiasi cosa tu voglia provare, con uno di noi o con entrambi.» Sorride un po' quando Dan singhiozza nuovamente. «Capiamo che forse tu non stai cercando niente di serio, e... sappiamo di non essere esattamente le uniche opzioni che hai aperte al momento.» Lancia un'occhiata a Evan, che solo a quel pensiero ha assunto un'espressione torva. «Pensavamo... Cristo, Dan. Vuoi un bicchiere d'acqua, o qualcos'altro?»

I singhiozzi stanno susseguendosi forti e veloci e Dan ha qualche problema a concentrarsi su quello che Jeff sta dicendo. «No, sono» – hic – «sono a posto,» riesce a dire. «Non» – hic – «non riesco bene» – hic –

«O, per l'amor del cielo.» Evan va verso la porta. «Ti vado a prendere un bicchiere d'acqua.» Si dirige verso la cucina e Jeff si siede di nuovo, cercando di rimanere impassibile.

«Non ridere,» – hic – «capito? Non è divertente.»

Jeff si piega in due dalle risate e Dan si rende conto che forse sì, è un po' divertente. Evan torna con il bicchiere d'acqua, che porge a Dan. «Devi bere l'acqua dall'altra parte del bicchiere.»

«So» – hic – «come fare» – hic – «a farmelo passare!» risponde Dan, e si china in avanti per bere dal lato esterno del bicchiere. Cerca di ignorare sia Jeff sia Evan, che sono entrambi piuttosto divertiti dall'intera situazione. Fa un singhiozzo proprio mentre sta bevendo il primo sorso, facendosi finire un po' d'acqua nel naso, cosa che ovviamente fa divertire Jeff ed Evan ancora di più. Finalmente riesce a deglutire senza problemi e, con cautela, si raddrizza. Tutto sembra essere a posto e Jeff ed Evan, con un sospiro, si calmano. Dan sorride leggermente. Anche se è lui la causa dell'ilarità, gli piace sentirli ridere.

Rimangono seduti in silenzio per un momento, poi Evan ridacchia un poco. Jeff allunga la mano sul collo di Evan in quella che è la sua solita stretta, ma questa volta Evan ci si appoggia, fino a quando la sua testa è nascosta contro la spalla di Jeff. Poi ridacchia di nuovo. Jeff alza lo sguardo verso Dan, divertito, e Dan rimane quasi paralizzato da quanto si sente bene. Si chiede per un momento se è questo quello che i due vogliono dire, se gli stanno suggerendo che anche Dan può avere questo, può fare parte di questo circolo di affetto e calore. Jeff lo sta guardando, sembra stare cercando di leggere la sua reazione, e Dan si chiede che cosa accadrebbe se si muovesse e si sedesse dall'altra parte di Jeff, magari sul pavimento del portico, così da potere appoggiarsi alla gamba di Jeff. Forse una delle forti, grandi mani di Evan si poserebbe sulla sua spalla, o gli accarezzerebbe i capelli...

Jeff si muove leggermente – Dan ha paura che stia per allungare la mano per invitare Dan a raggiungerli e allo stesso modo ha paura che non lo faccia. Questo spezza l'incantesimo e Dan ritorna di colpo sull'attenti. «Ok, allora, ehm... davvero non so che strada prendere. Voglio dire... è tanto. Voi... non sono del tutto sicuro di che cosa... già.» Si siede in cima ai gradini e si appoggia alla ringhiera del portico, rivolto verso agli altri due uomini. «Possiamo dormirci sopra? Perché, beh, sicuramente avrò delle domande, ma non so neanche quali sono.»

Jeff fa scivolare la mano sulla spalla di Evan e annuisce. «Sì. Hai ragione, è tanto. Ma, davvero, Dan... può essere tutto quello che vuoi. O causale o serio, come preferisci.» Scuote la testa. «E può anche non essere nulla. Questa... questa ovviamente è un'opzione. Stiamo solo sperando che tu ci dia una possibilità.»

Dan si acciglia mentre annuisce. Ancora non riesce veramente a capire a che cosa Jeff ed Evan stiano pensando, a come pensano che le cose possano funzionare. Pensa a Justin, pensa a quanto in fretta lui aveva capito che erano giusti l'un per l'altro e a quanto tempo invece ci aveva messo Dan, ma questa situazione è diversa. Lui e Justin erano una coppia normale, non... quello che stanno pensando Jeff ed Evan. Poi però ricorda i genitori di Justin, come avessero cercato di convincere Justin a prendere le cose con calma; ricorda la madre di Chris chiamarlo un vagabondo opportunista; pensa agli sguardi biechi che ricevevano a volte per essere troppo chiaramente 'insieme' in pubblico; pensa alle mail piene di odio ricevute dopo che Justin lo aveva baciato al Rolex... forse anche la loro relazione non era così tradizionale.

Lou ha visto Dan seduto sul pavimento e si alza per salire le scale, camminargli sulle gambe e collassarsi vicino a lui, sistemando la sua testa sul grembo di Dan. Obbedientemente Dan alza le mani e inizia ad accarezzarla; lei mugola piano e sistema meglio la testa, allungando le zampe dietro di lei in estasi.

«Cristo, Jeff, il tuo cane è una puttana,» mormora Evan.

«Non dirmi che adesso sei geloso di *lei*, ragazzino,» risponde Jeff, alzando la mano per arruffare i capelli di Evan.

Evan sbuffa divertito e si avvicina un po' di più. Dan può vedere che sta baciando il collo di Jeff, poi vede la pelle distendersi leggermente mentre Evan lo morde. Jeff non lo ferma, porta solo un po' più indietro la testa per dargli più spazio di manovra. Quando Dan incontra gli occhi di Jeff si rende conto che l'altro uomo lo sta guardando, sta guardando la sua reazione. Dan arrossisce e guarda Lou, ma poi non può fare a meno di dare un'altra occhiata. Jeff sorride un po' quando Dan alza lo sguardo, posiziona la testa in modo da dargli una visuale migliore del punto su cui Evan sta lavorando con la sua bocca. Dan prova un'ondata di calore quando si rende conto che Evan sta succhiando la pelle di Jeff, sta segnandola. Quando Evan è soddisfatto, ritrae leggermente la testa, dà una veloce leccata al collo di Jeff, poi un bacio gentile, infine si volta verso Dan – e anche *lui* lo sta guardando. I due, vicini, con i loro occhi accesi da una passione tenuta appena sotto controllo, fissano Dan come se lo stessero sfidando a fare una mossa. Sono tentazione e conforto al tempo stesso – ed è troppo, anzi, addirittura qualcosa di più.

Dan si alza in piedi così in fretta che quasi dà un calcio a Lou. «Ok, devo alzarmi presto domani. Ora vado a letto... a dormire. Voi siete liberi di rimanere qui se volete, io vado...»

Ma anche Jeff ed Evan si stanno alzando; Jeff forse ha una leggera aria di scusa, ma Evan è ancora ardentemente, provocatoriamente sensuale. «Va bene, Dan. Dobbiamo andare.» Dan è stupito che Jeff possa apparire così calmo. «Grazie per averci ascoltato stanotte. Saremo felici di parlarne ancora, se vuoi avere delle chiarificazioni o hai altre idee... qualsiasi cosa.» Sorride. «La palla è nel tuo campo.»

E poi Evan si spinge un po' in avanti; inizialmente rimane silenzioso, ma quando parla c'è troppa tensione nella sua voce per poterlo definire calmo. «Rivedrai ancora Ryan?»

Dan non è sicuro di come rispondere. «Beh, sì – ha il mio fuoristrada.»

«Ti comprerò io un *nuovo* fuoristrada,» dice Evan praticamente ringhiando. Dan vede la mano di Jeff andare sulla sua schiena, nel tentativo di calmarlo.

Dan si limita a guardarlo per qualche secondo. Questo è troppo, è troppo intenso. «Mi piace il mio vecchio fuoristrada. E, sì, se è ancora interessato... lo vedrò ancora.» Il volto di Evan si incupisce. Dapprima Dan pensa che sia per la rabbia, ma poi capisce che è per la delusione, addirittura per il dolore.

«Penserai a noi? Ci prenderai in considerazione?» Dan crede che Evan voglia di nuovo provare ad usare un tono di sfida, ma ci sono troppe altre emozioni nella sua voce perché questo riesca.

Dan guarda entrambi gli uomini, vede Jeff, affettuoso e gentile, ed Evan, ardente e appassionato, e dà loro una risposta sincera. «Sì,» dice. «Penserò ad entrambi.» E poi si gira, entra in casa e chiude con attenzione la porta dietro di sé.

CAPITOLO
VENTISEI

UNA volta che è al sicuro in casa, Dan non sa che fare. Non è certo di che cosa sia appena accaduto e per capirci qualcosa ha bisogno di un po' di tempo. Forse di molto tempo. Vorrebbe avere un cane, qualcuno con cui parlare, a cui ripetere la conversazione senza avere paura di risposte. Si immagina aprire la porta, uscire fuori, afferrare Lou e tornare dentro senza offrire spiegazioni. Questo non potrebbe sbalordire Jeff ed Evan più quanto loro non abbiano sbalordito lui.

Dan sa che dovrebbe andare a dormire. Ha molte cose da fare il giorno dopo e preferirebbe farle ben riposato, ma sa anche che non è possibile che il suo cervello smetta di macinare pensieri abbastanza da addormentarsi. Vorrebbe poter telefonare a Chris, ma è quasi mezzanotte in California, il che significa che sono quasi le tre del mattino in Kentucky. Oltretutto, forse tanto per cambiare Dan ha bisogno di capire che cosa fare da solo, invece di rivolgersi tutte le volte a Chris. E che cosa potrebbe pensare Chris, ad ogni modo, ricevendo una telefonata su un tizio un giorno, e una telefonata su altri due il giorno dopo? Che modo è mai questo di onorare la memoria di Justin?

Dan va in camera da letto e osserva la fotografia sul suo comodino: Justin e lui al lago, l'immagine che ha rubato dalla camera ardente. Allunga una mano, la tocca e poi, sentendosi un po' stupido, inizia a parlare. «Ehi, amore. Hai sentito quello che hanno detto? È un po' folle, vero?» Dan pensa a se stesso, che si è messo a parlare ad una fotografia, e si chiede se è davvero nelle condizioni di dare del 'folle' agli altri. Tuttavia continua. «Mi sembra che le cose stiano accadendo troppo in fretta, Justin. Quello che voglio dire è che per un anno è stato come se tutto fosse congelato – e poi d'un tratto ogni cosa è impazzita.» Si ferma per un momento e decide che forse Justin ha bisogno di un po' più di informazioni di base. «Sono uscito con un ragazzo oggi. Beh, siamo più o meno usciti anche ieri, ma oggi... sì, oggi è stato un appuntamento.» Si interrompe, quasi si aspetta che il vetro della cornice si incrini, ma non ci sono reazioni alla sua dichiarazione. Dan non sa se sentirsi sollevato o deluso.

«È un tipo a posto, credo. E anche Jeff ed Evan sono dei tipi a posto. Ne sono sicuro. È solo che – non voglio qualcuno di nuovo. Voglio te.» Dan ci pensa per un minuto. «Beh, immagino di *volerli*, sì. Sai com'è. È passato molto tempo. E, non so, qualche volta vorrei di più che solo del sesso, credo. Non so. Vorrei solo –» Dan si interrompe. Sta parlando ad una fotografia. Ha bisogno di darsi una regolata.

Si sfila le scarpe con i piedi e si libera dei jeans, sale sul letto solo con la maglietta e le mutande. Non crede di potere riuscire ad addormentarsi, ma è stanco, quindi vuole provarci. Pensa a Jeff ed Evan, si chiede quali possano essere i dettagli del loro piano. La loro relazione sembra essere già abbastanza confusa, e sono solo in due. Dan non riesce ad immaginare aggiungendo un terzo.

Poi pensa a Ryan. È possibile che sia reale, che sia davvero così tranquillo e felice di accettare qualsiasi cosa Dan gli offre? Non riesce a crederci, ma il ragazzo sembra davvero essere sincero. Dan pensa a come è stato baciarlo. Pensa a com'era baciare Justin. Lui e Justin sono stati insieme per molto tempo e forse erano diventati un po' disinvolti nei loro baci – forse. Erano eccezionali, variavano dai saluti affettuosi alle esplorazioni appassionate, ma erano completamente sicuri, non c'era niente di sperimentale in loro. Era fantastico sentirsi così sicuri, ma forse non è poi male essere un po' nervosi, un po' incerti. Forse, occasionalmente, l'adrenalina aggiunge un interessante retrogusto.

Dan non si accorge di addormentarsi, ma d'improvviso il sole della prima mattina sta brillando attraverso la sua finestra. Dan rimane disteso sul letto per qualche minuto e ripensa al giorno precedente, poi rotola di lato e afferra il suo telefono. A quest'ora Chris sarà al lavoro, ma non gli sembra mai importare se Dan lo interrompe. Ogni tanto Dan non è sicuro che Chris sia davvero un avvocato; non sembra mai molto occupato con cose che hanno a che fare con la legge.

Chris risponde al secondo squillo. «Danielle. Volevo chiamarti più tardi. Com'è andata sabato sera?»

«Sabato sera?» Dan deve seriamente pensarci per ricordarsi che cosa è capitato sabato sera. Sembra che sia accaduto qualcosa come una decina di crisi fa. «Oh, sì, con Ryan. È andata bene.»

«Sì? Cioè... quanto bene?»

«Bene abbastanza da farmi passare con lui anche la maggior parte di ieri.» Dan non aggiunge altro per un momento. Ha bisogno di decidere come affrontare il problema ben più pressante.

«Davvero? Oh. E ti sei divertito?»

«Sì, direi. Cioè... ha detto che casuale va bene, che possiamo prenderla con calma, quelle cose lì. Non so... sembra perfetto...»

«Gli hai detto di Justin?» Chris ha la voce di chi sta cercando di mantenere il suo tono neutrale, ma Dan non ha idea di che emozioni il suo amico stia cercando di nascondere.

«Sì. Alla fine. È solo che... stavo comportandomi un po' da pazzo... mi è sembrato che si meritasse una spiegazione.» Dan fa una pausa. «Ma non è veramente di questo che ti volevo parlare.» Aspetta di nuovo, ma Chris fa solo un incuriosito mormorio indistinto. «Allora...» Dan si mette quasi a ridere. «Ti ricordi quando eravamo da JP quella notte e Jeff ed Evan sono arrivati, e tu hai detto che mi stavano puntando?»

C'è una pausa, poi Chris dice, «Sì...»

«Allora, ehm... forse avevi un po' ragione.»

«Danielle, ma naturalmente avevo ragione.» Sembra che Chris non abbia davvero sentito il contenuto, ma che si sia fermato all'ammissione della sua correttezza. Poi si interrompe. «Ma che cosa è accaduto? Un giorno e mezzo fa mi sei saltato addosso perché ti ho chiesto di Jeff, e ora... che cosa ha fatto?»

«Non ha *fatto* niente. Non ha neanche detto molto, per la verità. È stato più che altro Evan. E lui ha solo... non so, credo che abbia solo suggerito... merda, non so, davvero. Ha solo detto che erano interessati, che avrei dovuto pensarci e che la palla era nel mio campo.»

C'è un silenzio per un momento, poi, «Mi stai prendendo per il culo?»

«Ehm, no. Non credo.» A Dan vengono dei dubbi, si chiede se non possa aver mal interpretato qualcosa. Era sembrato abbastanza chiaro la sera precedente, almeno, se non i dettagli, il quadro generale. Può essersi sbagliato? Poi ricorda Evan succhiare il collo di Jeff, si ricorda gli occhi di Jeff che lo fissavano ardenti mentre stava capitando, e sa di non aver frainteso nulla.

«Beh, merda, Dan. Cioè... ok, lasciami essere un avvocato per un momento, d'accordo? È il tuo capo, e questa è una situazione abbastanza strana. Se fa pressioni su di te, o diavolo, anche se non lo fa, ma pensi che forse ti piacerebbe avere qualche soldo in più – dimmelo, e gli facciamo causa, d'accordo?»

«No, non è così.» Dan non è sicuro del perché non sia così, ma sa che quell'idea non va bene. «Ha davvero messo in chiaro che non è qualcosa di legato al lavoro.»

«Un triangolo omosessuale? Dan, non m'importa di quanto abbia messo in chiaro le cose – se vuoi, possiamo sollevare un polverone. Si raggiungerebbe un accordo privato per evitare la pubblicità. Non ti piacerebbe possedere quei cavalli invece di cavalcarli per qualcun altro?»

«Cristo, Chris, no.» Questo è uno strato di complicazioni in più che Dan proprio non vuole. Forse chiamare Chris è stata una cattiva idea. «Non... non mi sento molestato. Voglio dire, sono un po' sconvolto, ma non credo che Evan stia abusando del suo potere. Va bene?»

Chris sembra accettare un po' a malincuore. «Va bene... ma se questo cambia, in qualsiasi momento, fammelo sapere.»

«Sì, va bene. Grazie, credo.»

«Beh, credo sia un piacere.» Chris sembra rilassarsi un po', meno avvocato-difensore e più amico incuriosito. «Allora, a che cosa stai pensando? Ti attira?»

Dan sospira. «Non credo. Voglio dire, sono entrambi dei fighi, ma... sarebbe abbastanza intenso, giusto? Cioè, hanno detto che potrei anche solo andare con uno di loro... credo. Ma anche in quel caso ci sarebbero troppe conseguenze, no? Non sono neanche sicuro di essere pronto a fare qualcosa con Ryan.»

«Ok, quello che dici è sensato. Te la senti di farglielo sapere?»

«Cristo, Chris, smettila di farmi sembrare una ragazzina!» Dan si interrompe. «Cioè, *ovviamente* non me la sento di dirglielo, ma... lo posso fare.»

«Sì? Bene. E... quanto chiusa vuoi quella porta?»

«Che cosa?»

«Non ti attira perché è troppo presto, o non ti attira e basta?»

Dan ritira quello che ha pensato prima – Chris forse è un avvocato piuttosto bravo. La sua tecnica per controinterrogare è gentile, ma efficace. «Merda. Non so.»

Dan riesce a sentire il sorriso di Chris. «Maledizione. Sei un pervertito bastardo, non è così, Danny?»

Dan ride e sente la tensione andarsene dalle spalle. «Chiudi il becco, Chris.» Chiamare Chris è stata una buona idea.

«Ehi, sto solo facendo una considerazione – forse puoi dir loro 'non adesso', invece di 'assolutamente no', capisci?»

«Sì, ma poi non rimarrebbe lì, pendente sopra le nostre teste tutto il tempo? Non so, forse sarebbe un'idea migliore rifiutare di brutto e non dovere più pensarci.»

«Sì, forse.» Chris non sembra convinto. «Ma, seriamente, Dan... non è, in un certo senso, divertente avere qualcosa del genere che ti pende in testa? Voglio dire, la possibilità di un un'eccitante cosa a tre non è esattamente terribile. E visto che il tuo cervello troverà sempre *qualcosa* per cui essere preoccupato... tanto vale che sia qualcosa di eccitante.»

«Dio, Chris, potresti essere più interessato di così? Mi aspetto quasi che tu prenda un aereo e che ti offra volontario al posto mio.»

Chris ride un po'. «No, amico, sto solo dicendo – se mi venisse offerta una cosa a tre con attraenti esemplari del genere di mia preferenza – io ne sarei maledettamente tentato.»

«Va bene, sì. Ma... ok, questa parte è un po' più confusa... ma hanno detto che non erano solo attratti; hanno detto che erano *interessati*. Come per dire... non so...» Dan si sente arrossire ed è felice che Chris sia lontano. «Come se fosse più di una questione fisica. O qualcosa del genere.»

C'è momento di silenzio. «Ah. Ok. Allora che cosa pensi che significhi, questo?»

«Cosa vuol dire, 'che cosa pensi che significhi'? Significa... non so, che gli *piaccio*.»

«Adesso chi è che ti sta facendo sembrare una ragazzina?»

«Fottiti, Foster. Sai che cosa voglio dire. E allora, cambia le cose, questo?»

«Non so, Wheeler, dimmelo tu.» Chris rimane in linea ed aspetta.

Forse chiamare Chris *è* stata una cattiva idea...

«Non so... non mi fa venire più voglia di farci qualcosa. Me ne fa venire di meno, credo. Ma, non so, nel futuro? Che cosa... che cosa pensi che significhi? Tipo, vogliono... non so, *uscire insieme* o qualcosa di simile?»

«Che cosa hanno detto di volere?»

Dan si spreme il cervello. «Non so – credo abbiano detto che era una cosa flessibile, che dipendeva da me... ma, sai, sono sicuro che ci siano dei parametri in queste cose. Solo non ho idee di quali siano.»

Chris grugnisce divertito. «Beh, se decidi di provarci come qualcosa di diverso da una notte e via, dovresti almeno avere le idee chiare. Ti potrei aiutare – potremmo stendere un contratto.»

«Sei fuori, Chris. Non voglio avere un contratto per uscire con qualcuno.»

«Non so, sai... in qualcosa come questo sarebbe meglio assicurarsi che le aspettative di tutti siano perfettamente chiare – sembra la situazione giusta per un contratto.»

«Ok, beh, tu non stenderai un contratto di questo tipo tra me e il mio capo e il suo uomo. Capito?»

«La prima cosa che dovremmo decidere sono i termini. Se siete tutti e tre coinvolti, non sarebbe 'il tuo *capo*' e ' il *suo* uomo', sarebbero 'i tuoi amanti'.» Chris ha l'aria di chi si sta divertendo un sacco. «Dovrei buttare giù un altro paio di appunti, fare un po' di ricerca, magari scovare dei precedenti. Questo potrebbe essere un documento importante per i futuri legami a tre omosessuali.»

«Sei una vergogna per l'intera categoria degli avvocati, Chris.» Dan riflette un momento. «Immagino non importi sul serio adesso, giusto? Voglio dire, in ogni caso, non ne sono convinto al momento, forse non lo sarò mai. Quindi se chiudo la porta, ma non la sbatto, beh, sto prendendo tutte le precauzioni, giusto?»

«Mi sembra prudente. Assicurati solo di non illuderli, Danny. Questi tipi ti piacciono. Non vuoi alimentare false speranza se sei assolutamente contrario.»

«No. Non lo farò. Proverò... solo ad essere onesto.» Dan crede che possa essere più facile dirlo che farlo, ma pensa anche di poterci provare.

«Bene, d'accordo. Hai un'altra notizia bomba da farmi cadere in testa, oppure posso tornare a lavorare?»

«Alla tua importante ricerca sulle 'relazioni a tre omosessuali'?»

«Al momento non sono libero di discuterne i dettagli.»

«Sì, era quello che pensavo. Se hai bisogno di spiegazioni su qualche termine... non chiamare me, grazie.»

Terminano la telefonata ridendo e Dan si sente un po' meglio. Non ha trovato una soluzione sul lungo termine, ma sa quello che sta pensando adesso, e questo è meglio di quanto solitamente negli ultimi tempi non gli stia capitando.

Trova dei vestiti puliti, qualcosa da mangiare e si incammina verso la scuderia. Tat, Sara, Michelle e Robyn sono già lì; Dan si sente un po' uno scansafatiche, ma controlla l'orologio e non sono ancora neanche le sette e mezza. Sembra che tutti vogliano semplicemente iniziare presto la settimana.

Sara viene lasciata a finire i lavori di routine, ma gli altri salgono in sella e vanno su per la collina al percorso di campagna. Dan fa salire Tat su Chaucer dicendole che, finché non si sarà abituata a lui, potrà solo muoversi in piano, ma i tre addestratori fanno lavorare sodo i loro cavalli sugli ostacoli, poi tutti e quattro fanno una piccola cavalcata lungo il confine della proprietà. Dan è su Monty e, ancora una volta, gli riviene in mente quanto ama la possanza e il cuore del grande castrone. Smokey tratta tutto quello che vede come se fosse previsto e in qualche modo interessante. Monty agisce come se tutto fosse una sorpresa ma non dimostra nessuna paura, solo determinazione a superare l'ostacolo. Quando Dan si scopre a cercare di comparare i due cavalli a Jeff ed Evan, interrompe quella linea di pensiero. I cavalli sono cavalli e Dan sa di amarli. Non vuole iniziare a confonderli nella sua mente con delle persone.

Tornano alla scuderia e Dan passa un po' di tempo a parlare con ognuno, decidendo quali devono essere gli obiettivi settimanali di addestramento per ogni cavallo. Dan ha iscritto molti animali ad una gara il prossimo weekend, quindi la priorità della scuderia sarà di lavorare con loro e assicurarsi che ogni imperfezione venga risolta. È bello essere di nuovo fra i cavalli, dove è sicuro delle sue capacità e del suo ruolo. Non riesce a non pensare del tutto ad altre cose, però, e quando sta parlando a Tat dell'allenamento di Sunshine, la sua mente ritorna al fratello di lei più spesso di quanto dovrebbe.

«Allora capisci quello che stiamo cercando di fare, in questo caso?», le chiede. «Sunshine è registrata *hors concours*. Questo significa che compete ad un livello più basso di quanto dovrebbe, quindi non avrà i requisiti per vincere premi. Consideriamo questa gara come la sua presentazione in California e come un'opportunità per farti fare un po' di esperienza. È pronta a salire di un bel po' appena lo sarai tu, quindi la maggior parte del nostro allenamento si concentrerà sul farti arrivare al suo livello. Capisci quello che sto dicendo?»

Tat annuisce, ma appare un po' pensierosa. «È un male che la stia trattenendo? Voglio dire, sta perdendo delle importanti opportunità, o qualcosa del genere?»

Dan sorride felice e resiste alla tentazione di arruffare i capelli di Tat. «No, va bene così. Probabilmente è felice di prendersela comoda per un po'. Partecipare a dei concorsi completi di massimo livello è logorante per i cavalli. È raro trovarne uno che si ritira per vecchiaia invece che perché si è fatto male. Quindi in pratica tu stai dando al suo corpo un po' di pausa, e questo può essere buono sul lungo termine.»

Tat annuisce, ma appare ancora preoccupata. «Ma allora, forse non dovrei *mai* farla gareggiare ad alti livelli? Se le farà del male?»

Questa è una domanda più difficile. L'etica del suo lavoro non è chiarissima a Dan. «Non credo. Aspetta di vederla il prossimo weekend; vedrai quanto sarà vivace ed entusiasta. I buoni cavalli da completo sono competitivi – se non vogliono vincere, non si comportano bene.» Tat lo sta guardando come se Dan avesse in mano le risposte dell'universo e questo è un po' sconcertante, ma cerca di trovare qualcosa di intelligente da dire. «È come... ti ricordi di quello che hai detto su Justin?» Dan è orgoglioso di essere in grado di dire questo senza dover combattere una forte ondata di emozione. Forse le cose stanno migliorando. «Hai detto che sembrava così felice quando gareggiava, come se quella fosse la cosa che era destinato a fare.» Lei annuisce in ricordo. «Anche un buon cavallo da completo è così – è come se avessero trovato il loro posto nell'universo e *devono* metterci tutto quello che hanno. Capisci?» Tatiana ora sta sorridendo. «Aspetta di vederla domenica e poi potrai decidere che cosa pensi che lei voglia fare.»

Tatiana annuisce e inizia ad allontanarsi, ma Dan non riesce a trattenersi. «Ehi, Tat? Sai se tuo fratello è in giro? Devo parlargli di alcune cose.»

Lei scuote la testa. «No, se ne è andato subito dopo che mi sono alzata stamattina. Ha detto che aveva una giornata importante a lavoro, probabilmente tornerà a casa tardi.»

Dan si sente un po' stupido. Si era aspettato che Evan abbandonasse i suoi affari multimiliardari solo per restarsene seduto in giro ad aspettare che Dan decidesse di parlargli? «Oh, d'accordo, va bene. Ehm, e Jeff?»

«Se ne è andato con Evan. Ma se è qualcosa di importante, potresti chiamarli. Sono sicura che non sarebbe un problema.»

«No. Non è niente di importante. Posso sempre sentirli più tardi.» Lei sorride mentre torna a lavorare e Dan si sente un po' ridicolo. Stava temendo la conversazione con Evan e Jeff, aspettandosi momenti difficili e imbarazzanti, ma ora che sa che non potrà capitare per un pezzo, si sente un po' deluso. Scuote la testa e si concentra sul suo lavoro. Sembra che, di questi tempi, i cavalli siano l'unica cosa che riesce a capire.

CAPITOLO
VENTISETTE

DAN lavora con altri tre cavalli quel giorno e l'ultimo di loro, un purosangue di nome Winston che proviene dalle gare su pista, sta avendo una giornata così storta ed è così testardo nel non volere compiere la cessione della gamba, che quando finalmente Dan riesce a farlo comportare bene si ritrova con i muscoli delle gambe che quasi tremano dalla fatica. Riescono a fare un giro correttamente curvato in entrambe le direzioni del maneggio, poi Dan salta giù dalla sella velocemente, cogliendo l'opportunità di concludere la sessione di addestramento con una nota positiva. Winston è ancora un po' accaldato e una volta che non ha più il cavaliere sulla schiena è un vero tesoro, dimostrando neanche un po' della testardaggine che ha avuto durante l'allenamento. Quindi Dan gli toglie i finimenti e lo fa camminare per un po' con una lunghina e una coperta leggera da esterno, poi lo porta sul lato della scuderia e lo lava. L'acqua fresca è un piacere anche per Dan, che non presta molto attenzione a tenersi asciutto.

Ha appena finito di risciacquarsi la testa sotto la gomma, quando sente la voce di Robyn. «Oh, ecco dove sei!» Dan alza lo sguardo e la vede proprio mentre la ragazza finisce di indicare l'ovvio. «Ryan è qui.» Robyn squadra velocemente Dan da testa a piedi e poi dice qualcosa sottovoce a Ryan, che si limita a sorridere e ad annuire in accordo con lei. Robyn quindi si gira e ritorna da dove è venuta.

Ryan tiene alzate in una mano le chiavi del pick-up di Dan e fa un paio di passi cauti prima di fermarsi con riluttanza. Dan non riesce a capire quale sia il problema, poi

286

si rende conto di essere in piedi vicino a centoventi libbre di animale irrequieto. Winston è un tenerone, dà piccole spintarelle a Dan perché ritorni a lavarlo, ma apparentemente Ryan non è un grande fan. Dan sorride divertito. È piacevole vedere le vulnerabilità altrui, tanto per cambiare.

«È a posto. È molto amichevole.» Ryan annuisce, ma non si avvicina. Sta *guardando* però, e Dan ricorda di essere bagnato fradicio dalla vita in su e più che inumidito nel resto del corpo. Allarga le braccia, imitando la posa di Ryan della notte precedente. «Vedi qualcosa di interessante?», chiede scherzoso. «Vuoi venire qui e dare un'occhiata da più vicino?»

Ryan ridacchia nervosamente, con gli occhi che vanno dal cavallo a Dan e viceversa. «C'è un modo per liberarsi del pubblico?»

«Di chi, di Winston?» Dan infila una spalla sotto il mento di Winston, poi alza il braccio e lo appoggia intorno alla sua testa. «No. A Winston piace guardare.» Dan sorride, ma poi si dice di smetterla di stuzzicarlo. Ryan è molto comprensivo nei confronti dei problemi di Dan e Dan non dovrebbe provocarlo, a meno che non voglia farci qualcosa. Prende in mano la fine della lunghina e cammina verso Ryan, lasciando il cavallo indietro. Quando Dan arriva al limite della corda è ancora distante un paio di piedi, ma Ryan copre la distanza, portandosi avanti e incontrando con entusiasmo la bocca di Dan.

Dan oggi si sente molto più rilassato. Quando Ryan alza una mano e la appoggia sulla sua testa, Dan si lascia andare, e quando l'altra mano di Ryan sfiora gentilmente il suo petto, facendo passare, attraverso la maglietta bagnata, le nocche sugli addominali, Dan si avvicina un po' di più, aumentando l'intensità del bacio e portando a contatto i loro corpi. Si rende vagamente conto che non c'è più alcuna tensione nella corda, ma non ci pensa fino a quando non sente un caldo, dolce respiro sulla sua guancia e vede Ryan balzare all'indietro spaventato.

Ryan ha l'aria di essere stato sfiorato da un orso invece che da un cavallo, ma Dan cerca di non mettersi a ridere. «Davvero, è ok. Dai, dovresti conoscerlo. Questo è come... che non ti piacciano i cavalli è come se io fossi spaventato dalle chitarre, o qualcosa del genere...»

Ryan scuote la testa, cercando di rilassarsi. «Che cosa devo fare?»

«Non so. Avvicinarti e dire ciao?»

«Sì, beh, lui ha già detto ciao, grazie tante!»

«Dai... guarda, terrò la sua testa ben ferma, ok? Così non si potrà muovere. Puoi avvicinarti e dargli qualche pacca sul collo, o sulla spalla.» Dan accorcia la sua presa sulla lunghina come promesso e Ryan fa un paio di passi di prova in avanti, poi continua quando Winston non reagisce. Pian piano fa il giro e arriva di fianco al cavallo; allunga la mano e gli tocca il collo con la punta delle dita.

Le porta velocemente indietro, poi le osserva. «È bagnato.»

«Sì, sai, stavamo facendo il bagno.» Dan sorride un po'. «Ok, ora riporta la tua mano e appoggia il palmo sul suo collo per cinque secondi, va bene?»

«Cinque secondi.» Ryan appare un po' dubbioso, ma si avvicina e appoggia la mano sul collo di Winston. In quel momento Dan si muove: con una mano tiene la corda, con l'altra guida il viso di Ryan verso di lui per un altro bacio. Dan ci si mette un po' d'impegno, aprendo le loro labbra e portando la sua lingua in avanti, incontrando quella entusiasta di Ryan. Il braccio libero di Ryan si stringe intorno alla schiena di Dan, portandoli più vicini, e Dan non resiste. Si accorge di quando la mano di Ryan scivola via dal collo di Winston e allontana un poco la bocca in protesta. Ryan sembra sapere quello che sta per dire, perché mormora, «È stata ben più di cinque secondi,» prima di ritrovare le labbra di Dan.

Non passa molto tempo prima che Winston diventi irrequieto e si muova un po'. L'attenzione di Ryan si sposta quel tanto che basta perché Dan si ricordi dov'è – e si ricordi perché, date le attuali circostanze, pomiciare sul lavoro sia un'idea *particolarmente* cattiva. Fa un passo indietro e Ryan lo lascia andare. Lo sguardo dell'altro uomo passa sulla faccia arrossata di Dan e scende alla sua maglietta bagnata, che aderisce al corpo. Scuote la testa. «Accidenti, Robyn aveva ragione.»

«Sì? Che cosa ha detto?»

«Ha detto che dovresti essere dichiarato illegale,» mormora Ryan, e Dan passa sotto la testa di Winston per andare dall'altra parte del cavallo prima che Ryan lo riagguanti.

«Beh, illegale al lavoro, almeno,» ribatte Dan, per ricordarlo tanto a se stesso quanto a Ryan, il quale, comunque, sembra capire l'avvertimento e fa un passo indietro.

«Ti ho riportato il fuoristrada... ha una nuova cinghia e Donny ci ha fatto anche un paio di altre cose – nessuna che costi molto, ma ha detto che andavano davvero fatte.»

Dan sospira e annuisce, ricordando per un momento l'offerta di Evan di comprargli un nuovo pick-up. Sa che non è stato detto sul serio, almeno non del tutto, ma si chiede che cosa si provi ad avere tutto quel denaro. Grazie agli arretrati che gli hanno versato gli Archer e alla generosa indennità che ha avuto per trasferirsi in California, Dan ha, praticamente per la prima volta nella vita, dei risparmi in banca, ma è stato povero troppo a lungo per prenderli per scontati, e non vuole sperperarli tutti in un nuovo fuoristrada. O in riparazioni, se è per quello, ma almeno sono più economiche. «Ok, va bene. C'è un conto?»

Ryan annuisce. «L'ho lasciato nel pick-up. Speravo di poter farmi dare un passaggio in paese?»

«Certo, assolutamente. Grazie per avermi aiutato.» Dan si guarda. «Sei di fretta? Probabilmente dovrei cambiarmi.»

Ryan controlla l'orologio. «Devo essere a lavoro più o meno fra un'ora, e ho bisogno di cambiarmi i vestiti. Quindi magari potremmo partire in una quarantina di minuti?»

«Sì, va bene. Lasciami solo asciugare un po' Winston, così che lui se ne possa andare a pascolare e io possa farmi una doccia veloce. Poi possiamo partire.»

«Una doccia, ora? Dio, stavi già cercando di torturarmi dicendo che ti dovevi cambiare, e adesso parli di doccia?» Il tono di voce di Ryan è scherzoso, ma c'è del fuoco nei suoi occhi.

«Beh, se vuoi viaggiare in paese con qualcuno che sa di cavallo, è una tua scelta.»

Ryan sorride. «Non mi importerebbe per il viaggio, ma volevo chiederti se ti andava di fare cena al ristorante. I lunedì sono tranquilli, quindi avrò probabilmente un po' di tempo libero. E manchi ai panini.»

Dan si sente venire l'acquolina in bocca. «Accidenti, sì, senz'altro. Andiamo!» Una parte della sua testa gli ricorda che con questo fanno tre giorni di fila in cui lui ha passato del tempo con Ryan, e questo non vuol dire casuale, ma la ignora preferendo pensare ai panini.

Dan passa la stecca leva sudore sul corpo di Winston e mette un po' di olio sugli zoccoli per aiutarli ad affrontare meglio il clima secco della California, poi lo lascia libero nel paddock e chiama Robyn per dirle che se ne sta andando. La ragazza annuisce e saluta, quindi Dan e Ryan salgono sul fuoristrada e percorrono il breve tragitto fino alla dépendance. Dan è ormai per lo più asciutto, ma una delle cose positive di avere un vecchio, economico pick-up sono i coprisedili in polivinile. Non deve davvero preoccuparsi di rovinare i rivestimenti.

Quando arrivano alla casa c'è un leggero imbarazzo. Ovviamente Dan non vuole dirgli di aspettare sul pick-up, ma non vuole neanche sembrare di stare invitandolo dentro. Ryan risolve il problema commentando sulla vista dal portico e chiedendo se può sedere lì mentre Dan si dà una pulita. Dan non sa se Ryan ha veramente molto tatto o se gli piace semplicemente guardare le montagne, ma in ogni caso non ha nulla da ridire e promette di essere di ritorno in un paio di minuti.

Si dà una risciacquata veloce nella doccia, si infila dei vestiti puliti e poi scende le scale. Quando arriva alla fine della rampa sente delle voci sul portico e procede con un po' più di cautela. Sbircia fuori dalla finestra e vede Ryan parlare con Jeff. Sembrano entrambi rilassati. Sembra che Jeff stia raccontando una storia e che Ryan lo stia ad ascoltare contento, interloquendo qua e là. Dan non ha idea di come la sua vita sia diventata così complicata; vorrebbe quasi che gli altri fossero un po' più a disagio, in modo da non sentirsi così tanto inetto. Ma quelli sono Ryan e Jeff, quindi aspettarsi da loro che non siano tranquilli potrebbe essere chiedere troppo.

Aspetta fino a quando non sembra esserci una pausa nella conversazione; entrambi alzano lo sguardo con un sorriso quando Dan apre la porta ed esce.

«Ehi, Dan,» dice Jeff. «Evan lavora fino a tardi, quindi sono passato per vedere se volevi fare cena, ma sembra che sia arrivato un po' troppo tardi.» Come al solito, Dan ha problemi a leggere la sua faccia.

«Gli ho detto che dovrebbe venire con noi. Mi toccherà lavorare quasi tutto il tempo, quindi sarebbe meglio per te avere un po' di compagnia,» offre Ryan.

«Sì, sarebbe perfetto,» risponde Dan. Pensa di essere sincero. «Immagino che tu abbia già provato i panini di Da Zio, vero?»

Jeff annuisce. «Sì – vale la pena di andarci, non ci sono dubbi. Ma non voglio disturbare.» Jeff gli lancia un'altra occhiata imperscrutabile e Dan sospira dentro di sé. Se l'uomo sta davvero cercando di comunicare con Dan, che fine ha fatto la sua realizzazione che Dan non sa leggere le persone?

Dan guarda Ryan, che in risposta alza pacifico le spalle. Dio, basta con tutto questo linguaggio del corpo. Dan decide di dare il buon esempio. «Sarei felice se ti aggregassi, sempre che tu ne abbia voglia.» Ecco. Chiarezza.

Ryan annuisce. «E potresti anche viaggiare su quel bell'esempio di artigianato americano – non li fanno più come una volta.» Fa un cenno al fuoristrada e Dan gli lancia uno sguardo cauto. Sta scherzando o è sincero? Ryan gli sorride e alza le mani come per dire, 'non sparare'. «Davvero – è un bel fuoristrada.»

Dan continua ad essere sospettoso, ma lascia perdere e si gira verso Jeff. «Se Evan lavora fino a tardi, non dovremmo portare anche Tat?»

Jeff annuisce. «Ma dovete passare prima da casa tua, giusto?», chiede a Ryan, che annuisce. Jeff si rivolge a Dan. «Perché non vai con Ryan mentre io passo a vedere che cosa sta facendo Tat? Ci possiamo incontrare là. Perché Dio solo sa che lei non comparirà in pubblico così come esce dalla scuderia.» Dà una veloce occhiata alla figura da poco lavata di Dan e sorride divertito a Ryan. «Sono sempre quelli carini che finiscono col diventare vanitosi.»

«Oh, scusami tanto se non voglio lasciare una scia di merda di cavallo per tutto il ristorante –», inizia a dire Dan, ma gli altri due stanno ridendogli in faccia. Dan inizia a chiedersi se è una buona idea lasciare che Ryan e Jeff passino altro tempo insieme.

Devono andare, quindi Jeff si incammina per vedere che cosa sta facendo Tat – ha il numero di cellulare di Dan se decidessero di non raggiungerli. Dan e Ryan guidano in silenzio per un po', poi Ryan si schiarisce la voce con attenzione.

«Allora – *davvero* non c'è mai stato nulla fra voi due?» Non sembra sentirsi minacciato, solo interessato e forse un poco scettico.

Dan non è sicuro di quanto possa dire. Non vorrebbe violare la privacy di Jeff ed Evan. «Non proprio. Molto... non so, molto *flirtare*... solo una sorta di consapevolezza, capisci?» Ryan annuisce. «Ma non è mai davvero accaduto nulla.»

«Per ora,» aggiunge Ryan – e di nuovo non sembra preoccupato dall'idea.

«Perché, ti ha detto qualcosa?» Dan non pensa che Jeff sia il tipo che 'accampa i diritti', ma è stato sorpreso più volte in passato.

«No, solo... ero consapevole della consapevolezza, capisci?» Ryan scrolla le spalle.

«Sì.» Dan non pensa di avere davvero molto da aggiungere, quindi se Ryan non ha problemi, Dan è felice di lasciare andare la cosa. Sono quasi arrivati in paese prima che Ryan parli di nuovo.

«Non mi sento davvero come se avessi diritto di dire qualcosa a proposito,» dice a bassa voce. «Ma, sai – tienimi informato, va bene? Nessuna sorpresa?»

Dan vuole negare tutto, vuole dire a Ryan che non c'è niente di cui preoccuparsi. Ma vuole anche essere onesto. «Sì. Sì, lo farò. Se mai ci sarà qualcosa.» Lancia un'occhiata a Ryan, che, semplicemente, sorride.

Parcheggiano dietro all'appartamento di Ryan e si ritrovano nella stessa imbarazzante situazione di casa di Dan, solo che questa volta tocca a Ryan, quindi non c'è alcun disagio. «Ehi, sali per un secondo. Puoi vedere come vive l'altra metà.»

«Cazzo, Ryan, io *sono* l'altra metà. Mi hanno solo dato una bella casa in affitto.»

Ryan annuisce come se lo stesse assecondando. «Sì, certo.»

Salgono le scale ed entrano nell'appartamento. È più o meno come Dan se l'era aspettato e molto più bello di molti posti in cui ha vissuto. C'è un salotto più cucina, un bagno e una camera da letto. Le uniche cose che hanno l'aria di valere dei soldi sono lo stereo e le chitarre. Ryan dice, «Fa' come se fossi a casa tua. Ci metto solo un minuto.» Quando va in camera, Dan si butta sul divano. È brutto, ma molto comodo.

Ryan è fuori in un minuto; ha cambiato i pantaloni e si sta abbottonando una camicia bianca. Contrasta splendidamente con la sua pelle dorata e Dan ha un improvviso impulso di alzarsi e di cercare di persuadere Ryan a cambiare direzione, di iniziare a sbottonare la camicia. Ryan si accorge del suo sguardo, ma sorride un poco. «Non iniziare nulla,» mette in guardia. «Ho delle cose da fare.»

Dan sorride e guarda l'orologio. «Dai, su, abbiamo un po' di tempo...»

Ryan si morde leggermente il labbro mentre si avvicina e allunga entrambe le mani verso Dan, che le afferra e viene tirato su da Ryan. Dan cerca di appoggiarsi a lui, ma Ryan lo tiene lontano. «Oh, no. Proprio no. Voglio più di un *po'* di tempo con te.»

Dan lancia a Ryan il suo migliore sguardo seducente e, a giudicare dal modo in cui Ryan si piega leggermente verso di lui, è piuttosto riuscito. «Magari un po' adesso e un po' di più, più tardi...» Sta scherzando, ma si scopre a dirlo sul serio. Non è del tutto sicuro di che cosa sia successo. Forse la proposta ben più bizzarra di Jeff ed Evan ha fatto sembrare la semplice relazione con Ryan più sicura. Per un motivo o per l'altro, Dan sembra avere superato la maggior parte dei suoi problemi sull'intimità fisica. Naturalmente non ha idea se questo continuerà o se invece non avrà un altro piccolo crollo, ma al momento si sta sentendo dannatamente su di giri.

Purtroppo, Ryan sembra avere un po' più di autocontrollo, o è un po' meno interessato. Dan decide di ignorare questa possibilità, ma non può ignorare il modo in cui Ryan si sta dirigendo verso la porta. «Davvero, neanche qualcosina?»

Ryan si ferma e lo guarda – e Dan coglie l'occasione al volo. Balza in avanti e afferra Ryan, spingendolo indietro verso il muro mentre le loro bocche si incontrano. Dan tira fuori la camicia che è stata infilata con attenzione nei pantaloni e poi le sue mani sono sullo stomaco di Ryan, sul suo petto; Dan sente l'improvviso sussulto dell'altro uomo. Ryan cerca di girare la testa per diminuire l'intensità del momento, ma Dan alza una mano, la porta sul suo viso e gentilmente rigira la testa di Ryan; rallenta un po', rende le cose più intense ma meno disperate. Ryan sta respirando affannosamente, ma le sue mani sono su Dan, vagano sotto la sua camicia, sulla sua schiena... e poi le porta fra i loro corpi, spostando gentilmente Dan e appoggiando la sua fronte contro quella di Dan per separare le loro labbra. Entrambi rimangono così per un minuto, respirando rumorosamente, in piccole, corte boccate, senza muoversi.

Ryan ritrova la voce per primo. «Questo non era *qualcosina*.» Tuttavia non sembra contrariato.

«Merda. No, non lo era davvero.» Dan guarda Ryan con aria un po' imbarazzata. «Non so che cosa dire – ho una fissa per i camerieri?»

Ryan ride, lo spinge via e si infila nuovamente la camicia nei pantaloni. «Eccellente, sono completamente d'accordo. Generalmente viene usato 'ho un debole per i musicisti', quindi almeno tu sei originale.»

«Cazzo, già, avevo dimenticato. Maledizione, torna qua.» Dan fa finta di cercare di riacciuffare Ryan, ma sta solo scherzando. L'intensità della sua reazione lo ha lasciato un po' sconvolto e non è davvero dispiaciuto che ora debbano uscire in pubblico.

Ryan gli sorride e indietreggia ulteriormente. «Non che mi stia lamentando, ma che cosa è successo al prenderla con calma?»

Dan scuote la testa. «Cazzo, non lo so. Ma anch'io non credo di lamentarmene.»

«Bene. Ma, davvero, devo andare a lavorare. Se avessi saputo di avere una così buona ragione per essere in ritardo stasera, non sarei arrivato tardi tutte quelle altre volte... ma per come stanno le cose, sono all'ultima chance con loro.»

Dan annuisce con rassegnazione, ma poi si rasserena. «Ehi... panini!»

Ryan mi mette a ridere mentre escono dalla porta e scendono le scale. «Davvero, sei un cliché – il cuore degli uomini si conquista passando per la gola.»

«Amico, non vorrei essere volgare, ma non era il mio *cuore* che ci voleva tenere in quell'appartamento.»

Ryan ride e i due guidano i pochi isolati fino al ristorante. Ryan entra e si mette al lavoro. Dan esce e trova un tavolo sulla terrazza. Non è lì da molto quando è raggiunto da Jeff e da una Tatiana ripulita di fresco. Tat sembra essere un po' di malumore. Jeff incrocia gli occhi di Dan e gli fa una smorfia di avvertimento.

«Ehi, Tat, sono contento che tu sia venuta,» azzarda Dan. «Piper non ti ha stancato troppo questo pomeriggio, allora?»

Tat sembra essere combattuta tra il tenere il broncio e il parlare di cavalli. Fortunatamente per tutti, i cavalli hanno la meglio. «No, è stata brava. È veramente veloce, vero?»

Dan sorride. «Sì, lo è. I Purosangue sono fatti per correre veloci. Ma devi lavorare per controllarla ed essere sicura che vada veloce solo quando lo vuoi tu.» Tat annuisce seria. Dan fa un cenno per indicare sia Jeff, sia Tat. «Fate ancora delle lezioni? Io ti posso aiutare per quanto riguarda il cavallo, ma onestamente non so molto per quanto riguarda l'allenare i cavalieri.» Tat lancia a Jeff una sorta di occhiataccia e Dan comincia ad intuire la causa generale del suo malumore, se non l'esatta ragione. «Immagino che Jeff stia diventando piuttosto impegnato con la mostra – la tua esibizione è tra meno di due settimane, vero?» Jeff annuisce e Dan continua. «Ma dovresti probabilmente prendere lezioni da qualcuno.»

Tat ha l'aria di stare preparandosi a dire qualcosa sull'argomento, ma poi compare Ryan per prendere gli ordini e lei sposta l'intero peso della sua disapprovazione su di lui.

«Ehi, gente, posso portarvi qualcosa da bere?» Dan ha già una birra, quindi Ryan sta parlando a Tat e Jeff.

«Sì, una birra andrebbe bene, grazie,» risponde Jeff, poi tutti si girano verso Tat.

«La vostra Coca Light è in lattina o alla spina?», chiede con un tono di voce che Dan non avrebbe mai pensato lei conoscesse. Si chiede se quel tono viene insegnato nelle scuole private per ragazzi ricchi. Si chiede se Evan si arrabbierebbe se Dan lavasse la bocca di Tat con il sapone, fino a quando la ragazza non avesse dimenticato come usare quel tono.

«È in lattina.» Il sorriso di Ryan è amichevole e Dan vorrebbe alzarsi e proteggerlo. Non si è accorto di come lei gli ha parlato?

«Ma lo è *davvero*? O è solo quello che ti hanno insegnato a dire?» Dan vorrebbe darle suo schiaffo, ma Ryan continua a sorridere.

«Posso portarti la lattina non aperta, se preferisci.»

Tatiana non sa come rispondere a questo. «Prego, fallo,» conclude come se fosse la regina, e poi ritorna al menù. Dan la guarda a bocca aperta per lo stupore, poi rivolge gli occhi pieni di scusa a Ryan, che si limita a sorridergli.

«Rischi del mestiere,» gli sussurra e poi si incammina verso la cucina, mentre Tat lo guarda torva.

Dan rimane seduto per un minuto, ma non crede di riuscire a passarci sopra. «Ehi, Tat?» dice a bassa voce. Lei lo guarda e dietro alla sua espressione innocente si vede la voglia di scontrarsi. «Tat, io ti considero una mia amica. E credo che tu sappia che Ryan è un mio amico.» Cerca di incrociare i suoi occhi, ma la ragazza sta fissando un punto oltre la sua spalla. «Ma questo non dovrebbe comunque importare, perché non credo che nessuno si meriti di essere trattato in quel modo. E quando ti vedo trattare qualcuno così, mi riesce davvero difficile continuare a pensare a te come a un'amica.» Lei lo fissa per un po', poi si alza.

«Devo andare ai servizi.» E s'incammina attraverso il ristorante. Dan la guarda allontanarsi senza saper che cosa fare. Jeff rompe il silenzio.

«Dio solo sa che è meglio che non abbia i dettagli... ma ha capito che Evan è interessato a te.» Ha l'aria di volersi scusare. «E forse si è messa in testa l'idea che Ryan sia una minaccia a quello, in qualche modo.» Scrolla le spalle. «Stavo per chiamare Evan, vedere se voleva venire ad incontrarci qui quando finisce di lavorare, ma forse non è una buona idea. Forse un Kaminski ostile a serata è abbastanza.»

Dan si chiede perché Jeff ed Evan non si siano seduti e non abbiano parlato prima di questo. «Io... io davvero non vedo le due cose come connesse. Voglio dir... ho pensato a quello che di cui mi avete parlato ieri sera, e... non è davvero qualcosa per cui adesso mi senta pronto. Cioè» – si guarda intorno quasi con fare furtivo – «cioè, se fossi solo tu, sarebbe una cosa. E rispetto quello che hai con Evan, ma... non mi sento proprio pronto per tutte quelle stronzate gelose e possessive. Non in questo momento, forse mai.» Jeff lo sta guardando con attenzione e Dan dà un'occhiata per essere sicuro che Tat non stia tornando indietro. Gli sembra che questa sia la sua opportunità per chiarire le cose.

«E non capisco davvero le esatte dinamiche di quello che stavate dicendo e, sai, se mai dovesse accadere qualcosa, dovremmo di sicuro decidere alcuni dettagli.» La parola 'contratto' gli balza in testa, ma la caccia via. «Ma... io e Ryan... siamo giusto in questo momento, non in futuro. Non credo che avremo una relazione a lungo termine o altro, ma... al momento siamo giusti. Capisci?»

Jeff annuisce, poi incrocia lo sguardo di Dan. I suoi occhi sono affascinanti. «Quindi stai dicendo che potresti essere interessato in qualcos'altro, col tempo?»

«Potrei esserlo? Col tempo?» Dan alza le spalle. «Non posso dire che non c'è attrazione. Ma... sono un tipo semplice. A parte l'essere gay, sono piuttosto tradizionale, credo. Voglio dire –»

Ma Ryan arriva con le cose da bere, poi Tatiana torna dal bagno, gli occhi forse un po' arrossati, ma è educata con Ryan il resto della serata. Jeff e Dan non hanno un'altra possibilità di parlare, ma a Dan va bene. Non ha davvero molto da aggiungere, almeno per il momento.

Jeff e Tat tornano a casa appena hanno finito cena e Dan li imita poco dopo. Pensa a fermarsi e ad aspettare Ryan, ma sono entrambi stanchi e Ryan deve lavorare fino a mezzanotte.

Dan ricorda a se stesso che la sua priorità sono i cavalli – i cavalli suoi e di Justin – e si trascina a casa nel letto.

CAPITOLO
VENTOTTO

DAN passa il giorno successivo lavorando e quando torna a casa per cenare, farsi una doccia, leggere per un po' e prepararsi per andare a dormire, si rende conto di avere trascorso l'intero giorno senza contatti da parte di Ryan, Jeff o Evan. Pensa di chiamare Ryan, poi decide di non farlo. Forse prendere un giorno di pausa è un bene. Ma si sente un po' come se fosse in crisi di astinenza. Si è abituato ad un certo grado di attenzione e apparentemente gli manca.

Il giorno dopo inizia nello stesso modo, ma intorno all'ora di pranzo Dan riceve una telefonata da Ryan, che sembra eccitato.

«Dan, non ci crederesti mai. Abbiamo ricevuto una chiamata ieri da un'etichetta discografica – la Good Dog Records. Non sono grandi, ma di buona taglia, per così dire, grandi abbastanza da poterci davvero aiutare. E hanno il nostro demo, e sono interessati! Vengono domani sera per sentirci suonare dal vivo!»

«Porca puttana!» Dan non sa molto dell'industria musicale, ma sa che Ryan sta lavorando per questo da molto tempo. «Congratulazioni! È incredibile.»

«Sì, davvero! Saremo follemente presi a prepararci – di solito non suoniamo di giovedì, quindi dobbiamo chiamare in giro e far venire la gente, *e* dobbiamo preparare al meglio il gruppo. Ma volevo chiamarti.» La sua voce si fa più bassa e Dan si chiede se forse ci siano altre persone nella stanza. «Volevo farti sapere che ti sto pensando – molto. Solo... devo concentrarmi su questo al cento per cento, adesso.»

«No, certo, devi assolutamente farlo. E posso venire domani, cercherò di far venire anche altra gente. Sarà fantastico.»

«Grazie mille.» Ryan esita un po'. «Ascolta... non può essere... Se ci fossi solo io, direi che la casa discografica mi deve prendere come sono, ma... c'è tutto il gruppo a cui pensare. E non so davvero se alla compagnia importerà che io sia gay, se abbasserà la commerciabilità o altro... ma non posso davvero correre il rischio, capisci?»

Dan sente il suo stomaco chiudersi un po'. «Sì, d'accordo. Quindi... non vuoi che venga?»

«Merda, no, naturalmente voglio che tu venga. Voglio solo dire – non offenderti se non... sai... se non mi comporto come il tuo ragazzo.»

«Sì. No, d'altra parte non siamo davvero a quel livello, giusto? Solo casuali.» Dan sa che Ryan ha fatto un'osservazione valida, che sarebbe assurdo se lui rischiasse qualcosa che sogna da anni per una persona che ha conosciuto da meno di una settimana. Ma gli sembra lo stesso un po' strano – un po' sbagliato.

Ryan ha ovviamente percepito i sentimenti di Dan sull'argomento. «Ma capisci perché, vero?»

«Sì, Ryan, non sono un idiota. Va bene.» Dan cerca di chiudere la cosa. Ryan aveva la voce così eccitata quando ha chiamato, e Dan non vuole essere quello che smorza il suo entusiasmo. «Allora, c'è qualcosa che posso fare per aiutare a preparvi? So che non conosco nessuno qua e non so molto di musica, quindi probabilmente no... ma se hai bisogno di qualcuno che porti la roba pesante o cose del genere...»

Ryan ridacchia. «No, siamo a posto, penso. Grazie per l'offerta, però. È... non so, è quasi troppo, sai? Sembra che le cose stiano accadendo molto velocemente.»

«Beh, te lo meriti. Davvero. Voi ragazzi siete davvero bravi e avete lavorato duro, ed è finalmente l'ora che qualcuno lo noti, giusto?»

«Beh, sì, quando la metti così...» Dan riesce a sentire Ryan sorridere anche attraverso il telefono. Poi sente una voce in sottofondo, e Ryan dice, «Ok, devo andare, adesso. Scott è appena arrivato, iniziamo a provare. Ma verrai giovedì, giusto?»

«Sì, assolutamente. Sarete fantastici.»

Ryan sembra essere leggermente sopraffatto dagli eventi. «Sì, grazie. Ciao.»

Dan attende che Tat sia su un cavallo prima di riportare la notizia a Robyn. Tat è migliorata per quanto riguarda Ryan, ma chiaramente ancora non è una grande fan e non c'è motivo di iniziare una litigata per niente. Robyn è eccitata e inizia ad immaginarsi tutti i benefici del conoscere una star, e Dan la lascia fare. La scuderia andrà alla sua prima manifestazione nel weekend e Dan sta diventando pazzo per cercare di assicurarsi che siano il più preparati possibile. Sa che è importante rimanere flessibili, ricorda che Karl e Molly erano soliti fare dei cambi alle cinque del mattino prima di partire per una gara, ma lui non è ancora così sicuro di sé. Vuole che tutto sia completamente pianificato – e vuole che le cose vadano lisce.

Devin è un appassionato di musica e quando sente le novità del possibile accordo si entusiasma anche se non ha mai conosciuto Ryan. Sarà presente giovedì sera e anche Michelle e Sara decidono di aggregarsi. Dan sente di stare facendo la sua parte per riempire i posti e rendere lo spettacolo migliore. Pensa di chiamare Jeff. Potrebbe piacergli venire, ma probabilmente porterebbe Evan, e Dan non pensa proprio che avere un gigante riccone che lo guarda di traverso aiuterebbe Ryan a mettersi in bella mostra. Mentre Devin sta chiedendo dettagli circa la situazione e Dan sta cercando di spiegare quel poco che sa, Tatiana rientra dalla cavalcata.

«Good Dog Records, ha detto. Ha detto che sono di media grandezza, grandi abbastanza da essere d'aiuto. Davvero, non so altro.» Dan alza le mani.

Tat si gira con interesse. «Good Dog Records? Perché state parlando di loro?»

301

Dan la guarda con confusione. «Perché, li hai sentiti nominare?» Non credeva che Tat fosse così interessata alla musica.

«Sì, sono nostri.» Tat si acciglia, poi si corregge. «Beh, la Kaminski Corporation detiene la maggioranza della loro società madre.» Alza gli occhi come per cercare di ricordare. «Credo sia così. Evan mi ha fatto imparare tutte queste cose la scorsa estate, ma ne ho dimenticate alcune. Ma quello era di sicuro il nome, perché ogni volta che ne parlavamo Evan diceva 'Good Dog' a voce davvero alta, e i cani ne erano confusi.»

Dan si irrigidisce per un attimo. Non è sicuro di che cosa questo significhi, non è sicuro che significhi qualcosa. Nessun altro sembra pensare che sia più di una curiosa coincidenza, ma Dan ha uno strano presentimento.

Ha il numero dell'ufficio di Evan, ma anche il suo cellulare, il numero che Evan gli ha detto di chiamare se vuole parlare direttamente con lui. Apparentemente il numero dell'ufficio lo farebbe passare attraverso almeno una segretaria e Linda prima di farlo parlare con il capo in persona. Quindi Dan chiama il cellulare.

«Ehi, Dan, come va?» Evan sembra completamente innocente e Dan viene colto dal dubbio.

«Bene, grazie. Senti, mi dispiace di disturbarti sul lavoro.»

«Figurati, non ti preoccupare. Che c'è?»

«Ok, ehm...» Sta iniziando a sentirsi piuttosto stupido, ma decide di farla breve. «Ok. Ryan...» e già è bloccato. Ha bisogno di spiegare chi è Ryan? Sicuramente no, ma sembra strano lasciare la cosa così.

Evan lo incita a continuare. «Ryan...»

«Il gruppo di Ryan ha ricevuto una chiamata da una casa discografica, che verrà a sentirli. E la compagnia si chiama Good Dog Records, che Tat ha detto essere vostra.» Dan non aggiunge altro per un momento.

«Beh, sono una società controllata da una compagnia di cui la nostra famiglia possiede la maggioranza delle azioni.»

Dan non sa dire se Evan sta evitando domande o se è una distinzione davvero importante.

«Sì, d'accordo... quello che voglio sapere è... hai qualcosa a che fare con il fatto che lui abbia ricevuto quella telefonata?»

C'è una pausa. «Come ti sentiresti se così fosse?»

Dan sbuffa un po'. «Non so, dimmi. È così?»

Evan sembra rispondere riluttante. «Ok, sì, è così, ma non in modo malvagio, da 'liberiamoci-della-competizione'. Davvero. Ti ho detto che Jeff ed io andiamo spesso là a sentire la musica e ad entrambi piace la band di Ryan, così l'altro giorno, mentre stavo guardando dei documenti, il nome Good Dog mi è balzato agli occhi, e in quel momento stavo pensando un po' a Ryan, perché... non da arrabbiato, solo in una sorta di 'che-cosa-ha-lui-che-noi-non-abbiamo'... Capisci?»

«Ok...»

«Ok, allora ho pensato, ehi, dovrei menzionare il loro nome, forse quelli della Good Dog sono interessati. E l'ho fatto. Ieri ho ricevuto una telefonata dal loro presidente e mi ha detto di aver trovato il loro demo – quindi Ryan aveva mandato lui stesso una copia. Non era qualcosa che hanno dovuto richiedere – lo avevano ascoltato e avrebbero mandato qualcuno a vederli dal vivo. Questo è tutto quello che ho fatto.» C'è un silenzio di tomba mentre Dan pensa e Evan lo riempie. «Potrebbe rivoltarmisi completamente contro, davvero, perché magari gli daranno dei soldi per farli rimanere in un posto mentre migliorano, invece che andare in tour. O magari non gli piaceranno per niente, e non mi intrometterei in quel caso. Ho solo dato un suggerimento.»

Dan sospira. «Sì, ok, ma se il proprietario della tua compagnia figlia o... quel che diavolo è, se il tipo in cima alla piramide suggerisce qualcosa – è un po' più di un semplice suggerimento, non è così? Voglio dire, se tu suggerissi che io mi informassi su un nuovo tipo di mangimi integratori, lo farei subito. Capisci?»

«Quindi che cosa devo fare, non parlare? E non c'è niente di male nel far loro dare un'occhiata, giusto? Basta che non faccia pressioni sulla decisione, no? Del tipo, se io suggerissi nuovi mangimi, e tu li controllassi e decidessi che non sono giusti per i tuoi cavalli, lo accetterei. E se questi tizi vanno a vedere Ryan e non ne sono convinti... ok.»

Dan non sa davvero come affrontare questa cosa. Evan ha ragione, è una cosa positiva per Ryan, e ha ragione, in ogni caso non è garantito che manderanno Ryan subito in tour, sempre che Evan stia dicendo la verità e non stia dicendo alla compagnia esattamente quello che deve fare...

«Dan?» Evan sembra incerto. «Ehi, sei arrabbiato?»

«Non lo so... no. Non sono arrabbiato. È solo... ti rendi conto quant'è fuori di testa tutto questo, che una piccola parola detta da te possa cambiare la vita di qualcuno, così?»

«Ma in modo migliore, giusto? Cioè, non è come se avessi detto che *non* devono ingaggiarlo, solo perché ero incazzato con lui. E non è come se io sia andato da lui e gli abbia detto che gli facevo avere un contratto se avesse smesso di vederti... no?»

«Cristo, Evan, queste sono entrambe delle opzioni davvero odiose!»

«Sì, ma sono quello che *non* ho fatto! Ho fatto la cosa buona!»

Dan ride un po'. «Sì, immagino di sì.» C'è una pausa, poi Dan continua. «Senti, giovedì sera andiamo a sentirlo in un gruppo. Vuoi venire con noi?» Poi gli viene in mente una cosa. «Aspetta, i tizi della compagnia ti possono riconoscere vedendoti? Del tipo, si comporterebbero stranamente se tu fossi lì? Influenzerebbe le cose?»

«No, non credo. Beh, non so. Non li dovrei avere incontrati, ma... loro potrebbero riconoscermi. Ma anche se lo facessero, penserebbero solo che mi piace la band. Ed è vero, quindi... sarebbe così terribile?»

«Non so. Penso che Ryan preferirebbe probabilmente sapere che ce l'ha fatta da solo.»

«Beh, anche se mi riconoscono, Ryan non avrebbe bisogno di saperlo, no?»

«Non voglio iniziare a mentirgli, o a tenergli nascoste delle cose.»

«Allora... le cose stanno andando bene fra voi due?» Evan sembra sapere che si sta addentrando in un campo minato.

«Sì, stanno andando bene.» Dan vuole rispondere sicuro, ma non vuole farlo pesare ad Evan.

«Quindi... *non* dovrei pensare a giovedì sera come ad un appuntamento?» Il tono di voce di Evan è impertinente come quello di un ragazzino e Dan si mette a ridere.

«Ehm, no, probabilmente no.»

«Maledizione. Ehi, che ne dici del weekend? Tat vuole che venga anch'io, dice che è nervosa per la gara. Posso considerare *quello* un appuntamento?»

«Amico mio, domenica mi farò un culo quadrato per tutto il giorno! Se quella è la tua idea di 'appuntamento', non usciremo *mai* insieme!»

C'è una pausa, poi Evan chiede, «Ma se pensassi a un'idea migliore, se pensassi a qualcosa di veramente bello – forse lo potremmo avere?»

Dan sospira. «Evan, è... ci sono un sacco di cose complicate che ostacolano l'uscire insieme. Mi piaci, davvero, e... sai, sei attraente e tutto... ma non sto davvero cercando complicazioni, al momento.»

Evan sembra di nuovo incerto. «Quindi... ti sta dando fastidio, il mio chiederti di uscire? Il mio farti sapere di essere interessato?»

Dan ci pensa un attimo. «Se è solo così? Solo scherzando? No, non mi dà fastidio. Ma... non posso gestire tutte quelle stronzate aggressive. Se intendi essere una merda con Ryan, o con qualsiasi altra persona a cui potrei interessarmi... sì, questo mi darà fastidio.»

Risponde il silenzio; Dan si chiede se forse non sia stato un po' troppo onesto. «Evan?»

«Sì, scusa... solo... non avevo davvero considerato la possibilità di qualcun altro oltre a Ryan. Stavo appena adesso abituandomi all'idea di lui... merda... ma non stai già vedendo qualcun altro in questo momento, giusto?»

«No, ma, Evan... Ryan non è quello che mi impedisce di essere interessato a te e Jeff. Capisci?»

«Sì – è quello che ha detto Jeff.» Evan fa una pausa. «Ma scommetto che se fosse solo Jeff, saresti interessato, giusto?» La mente di Dan lavora freneticamente. Ha praticamente detto questo a Jeff la sera precedente, ma Jeff lo avrà davvero ripetuto a Evan? «Ho visto come lo guardi, Dan.»

«Sì, ok, forse. Ma lui è con te, lo so. Non... non vorrei mai... cioè, anche se potessi, e so che non posso, comunque non *vorrei*.»

Evan ride sommessamente. «Sì, ok, calmati. Non volevo gettarti nel panico. Sto solo dicendo... sono io il problema. È buono a sapersi, così posso lavorarci su.»

«Evan... davvero, non sei *tu*. È solo... sono una persona piuttosto tradizionale. Potrebbe trattarsi di Jeff e del suo fratello identico-in-ogni-aspetto, e sarei ancora completamente spaventato da... dall'aspetto a tre delle cose.»

Evan sembra eccitato. «Ok, ma questo è quello che intendevamo per flessibilità... non deve essere per forza una completa cosa a tre! Cioè, non fraintendermi, credo che sarebbe *fantastico*, ma potremmo anche essere solo, non so, come dei duo, no? Si potrebbe fare io e Jeff, tu e Jeff e, non so, forse tu e io... giusto? Sarebbe meno terribile?»

«Sì, ok, ma se finisse con l'essere tu e Jeff ed io e Jeff, e questo è quanto? Voglio dire, sono l'ultimo arrivato, e credo che avrei dei problemi con questa situazione. Mi stai dicendo che tu non li avresti?»

C'è un'altra pausa, poi la voce di Evan risuona malinconica. «Sì. Mi farebbe impazzire. Ma potrei trovare una soluzione, sai? Potrei tenere tutto sotto controllo. Gestire la cosa con più *savoir faire* di quanto mi hai visto utilizzare finora. E troverei un modo di mettere la museruola anche a Tat – mi dispiace per quello. Ma... se ti interessa solo Jeff, dovresti buttarti. È... un uomo fantastico.»

Dan aveva pensato che questa conversazione lo stava aiutando a chiarirsi le idee, ma adesso è ancora più confuso. «Ma... perché lo lasceresti accadere? Sai che potresti impedirlo.»

«No. Non so di poterlo fare.» Evan sembra stanco. «Cioè, potrei fermare tu e Jeff, d'accordo. Siete entrambi delle persone corrette. Non lo fareste se io dicessi che non mi va bene. Ma... non posso... non posso fare felice Jeff per sempre. È... non so... insoddisfatto? Forse?» A Dan non piace sentire Evan così, non gli piace sentirlo parlare come se fosse sconfitto. «Non fraintendermi... ti voglio, Dan. Ti desidero molto. Ma penso che forse Jeff abbia un qualche *bisogno* di te. Capisci? O forse non di te, esattamente – giuro, non sto cercando di fare pressioni – ma ha bisogno di qualcosa di più di quello che sta ricevendo da me.»

«Dio... Jeff ti ha davvero detto queste cose?»

«Jeff? Oh, no, non sia mai.» Adesso la voce di Evan è risentita. «Jeff si occupa solo dei bisogni degli altri, del far sentire bene gli altri; non vuole neanche ammettere di essere di cattivo umore, figurati avere un qualche problema serio. Non so se pensa che lo possa far apparire debole, o se pensa di dare fastidio... ma, no, ogni volta che cerco di iniziare il discorso, lui lo accantona.» Evan fa un respiro un po' incerto. «Merda, scusami, mi dispiace. Non volevo sfogarmi così. Hai solo chiamato per sapere del gruppo del tuo ragazzo.»

«Non è il mio ragazzo.» Le parole escono dalla bocca di Dan prima che lui si renda conto di averle pensate. «Voglio dire... è solo una cosa casuale.»

«Sì, ok. Scusa. In ogni caso, hai chiamato per quello e io ti ho trascinato in un drammone. Mi dispiace.»

«No, Evan, non c'è problema. Cioè... mi aiuta un po' a capire. Non posso – non credo di potere essere tutto quello che vorresti che io fossi. Ma... mi piacete davvero *entrambi*. Io... non so. Credi che potremmo forse uscire insieme un po', solo... non avere degli *appuntamenti*, solo –»

«Per conoscerci meglio?» Evan sembra un po' più felice. «Certo, possiamo farlo, ma ti devo avvertire... conoscermi è amarmi. Riuscirai a trascorrere con me solo un limitato periodo di tempo prima di iniziare a strapparmi i vestiti di dosso, sai?» Dan pensa al suo piano di andare lentamente con Ryan e si chiede se forse non ci sia un po' di verità nelle parole scherzose di Evan. Ma sa che il Pupazzo

Chris in quel momento gli avrebbe già dato un colpo in testa. Non analizzare troppo, *agisci.*

«Beh, immagino di poter correre il rischio, Evan.»

«Va bene, allora. Vuoi venire a cena stasera? Facciamo un barbecue e vengono paio di amici di Jeff... beh, nostri amici, ma, sai... amici di Jeff. Molto tranquillo. Ehi, sarebbe bello avere qualcuno più vicino alla mia età!»

«Non so, dobbiamo sederci alla tavola dei bambini?»

«Cazzo, lo spero – è lì che ci si diverte di più!»

Dan ride. «Non sarà strano? Voglio dire... sei d'accordo con passare il tempo così, da amici?»

«Sì. Mi dispiace di essere stato un po' teso. È che... la situazione con Jeff mi sta facendo diventare matto e stavo in qualche modo riponendo le mie speranze in te. Ma, davvero, sarebbe altrettanto utile se potessi semplicemente rilassarmi un po' e tornare divertirmi, quindi... sì. Portati qualcosa da metterti per nuotare e arriva... non so. Torno a casa presto, alle cinque o giù di lì, probabilmente. Jeff sarà lì per quell'ora e i suoi amici arrivano verso le sei, ma sarebbe bello se tu arrivassi prima, così potremmo nuotare senza preoccuparci di bagnare i vecchi.»

«Dio, ci sarà davvero un tavolo dei bambini? Quanto sono vecchi questi tizi?»

«Non così vecchi, ma mi piace stuzzicare Jeff sull'argomento, quindi mi sto preparando. In ogni caso – vieni, d'accordo?»

«Sì, d'accordo. Alle cinque e mezza, magari?»

«Perfetto. Ci vediamo dopo.»

Mettono giù il telefono e Dan si chiede che diavolo sia appena capitato. Al momento tutto aveva senso, ma... che cosa è capitato al mantenere le distanze tra lui e Jeff ed Evan? Mette via il telefono e ritorna nella scuderia. Nella sua vita privata starà anche assumendo un approccio del tipo 'vedo che cosa accade', ma nel suo lavoro è ancora piuttosto preoccupato – e ha bisogno di finire i programmi per la gara.

CAPITOLO
VENTINOVE

ANDARE alla casa principale lo mette a disagio.

Dan sa di essere invitato, ma gli sembra lo stesso di stare invadendo lo spazio privato di Evan e Jeff. Non è certo di avere indossato abiti appropriati (Evan ha detto che è una cosa tra amici, quindi si è messo una camicia e i jeans con sotto il costume). Non è certo di essere arrivato all'ora giusta (Evan ha detto che le cinque e mezza andavano bene, ma forse avrebbe dovuto aggiungerci una mezz'ora per essere 'alla moda'). Non è neppure certo se doveva portare qualcosa (in realtà è quasi del tutto certo che avrebbe dovuto, ma non aveva idea di che cosa prendere e alla fine ci ha rinunciato). Tutto considerato, non si sente per niente certo di questa situazione. Si sente come quando era un adolescente, insicuro del suo posto o di cosa ci si aspettava da lui. Naturalmente, da adolescente era stato in grado di sfogare le sue frustrazioni facendo risse o spaccando qualcosa. Ormai non crede proprio che queste opzioni siano appropriate.

È incerto se deve suonare il campanello della porta d'ingresso o se debba andare dietro casa. Sta indugiando dubbioso vicino alle scale d'ingresso quando arriva e si ferma un SUV della Mercedes, da cui scende giù Linda. «Ehi, Dan! Mi potrebbe aiutare un momento?» Lui si avvicina e lei va sul retro della macchina, aprendo il cofano. Dan vede dentro al bagagliaio uno strano oggetto avvolto in borse nere della spazzatura. È più o meno della grandezza e della forma di un piccolo corpo umano; Dan si chiede se forse non abbia visto troppi film di mafia. Linda scuote la testa e sposta leggermente uno dei sacchetti per mostrare quello che sembra essere un enorme pesce impagliato. «Non chieda,» dice. «Non penso davvero che essere una accalappia pesci faccia parte dei miei compiti.» Afferra un'estremità dell'oggetto e Dan afferra l'altra; insieme si dirigono verso la porta principale della casa. Prima che arrivino si apre e Tia scambia uno sguardo di divertito disgusto con Linda. Dan le aiuta a portare il pesce nell'ufficio di Evan. Stanno giusto cercando di trovare un posto dove posarlo quando Evan in persona appare sulla soglia, vestito con dei bermuda e una maglietta.

«Ehi, fantastico! Dan *e* il mio pesce!» Sorride felice e prende l'estremità che sta portando Linda. «Non sono ancora sicuro di dove andrà. Per adesso posiamolo sulla finestra.» Lo trasportano lì e Dan ne alza prima una parte, poi l'altra, mentre Evan sfila via i sacchetti di plastica. Evan fa un paio di passi indietro e lo guarda con orgoglio. Dan si raddrizza e scambia uno sguardo perplesso con Linda.

«Ehm... lo hai pescato tu?», chiede Dan.

Evan gira lo sguardo verso di lui. «No, io non pesco. L'ho vinto!»

«Era... era un premio?» Dan sta ancora cercando di capire, ma Linda ha l'aria di stare cercando solo di non scoppiare a ridere.

«Sì, insomma... è una gara, tra mio padre e i suoi amici. Quando mio padre è morto, sono subentrato io. Il trofeo va a chi fa i migliori risultati trimestrali con la sua compagnia. E io sono piuttosto prudente negli affari, quindi di solito non ho i trimestrali migliori – cioè, se si guarda sull'arco dell'anno, o meglio ancora sui cinque anni, vado veramente bene, ma non ho gli stessi alti e bassi nei numeri che alcuni degli altri hanno.» Evan si appoggia contro la scrivania e osserva con soddisfazione il pesce. «Ma questo trimestre li ho sbaragliati! Soprattutto perché l'economia è andata così male, ma comunque... ho vinto.»

«Accidenti, congratulazioni.» A Dan non potrebbe importare di meno del pesce, ma Evan ne sembra davvero felice. Linda gli sorride con indulgenza e saluta. Evan le risponde con un cenno della mano e poi ritorna a fissare il suo trofeo.

«Che cosa ne pensi, sulla scrivania?»

«Come pensi anche solo di ancorarlo? Deve pesare almeno centocinquanta libbre...»

Evan agita una mano. «Non mi seccare con i dettagli!» Sorride divertito. «Qualcuno troverà una soluzione. Sopra la scrivania o dalla finestra?»

Quando Dan è arrivato, non pensava certo che avrebbe finito per dare consigli d'arredamento. «Ehm... sembra che ti piaccia guardarlo... in quale direzione sei girato, di solito?»

Evan annuisce pensoso. «Allora, sopra la porta, è deciso!»

«Aspetta un attimo – e se cade sulla testa di qualcuno?»

Evan si limita a scuotere la testa e a dare a Dan delle piccole pacche sulla spalla. «Dan, amico mio, devi smetterla di preoccuparti così tanto! Il pesce non avrà problemi.» Sorride pacifico, poi il suo viso si anima. «Ehi, ti va una nuotata?»

Dan annuisce con prudenza. «Non porti il pesce con noi, vero?»

«Sfortunatamente no. Dovrà rimanere qui, dove è al sicuro.» Evan lancia un'ultima occhiata piena d'adorazione al suo trofeo e poi guida Dan fuori dall'ufficio. «Devi cambiarti?», chiede. Dan abbassa un po' la vita dei jeans per far vedere che sotto ha il costume. «Efficiente. Vuoi una birra? Jeff probabilmente berrà del vino quando arriverà qui.»

«No, una birra va benissimo, grazie.» Si dirigono all'aperto e Evan tira fuori un paio di birre dal frigorifero incorporato nella capannina del barbecue. Stappa le bottiglie e ne passa una a Dan, poi allunga la sua per brindare facendo tintinnare i colli. I due fanno un lungo sorso, poi Evan posa la sua bottiglia sul bancone e si toglie la maglietta. Dan è contento di non avere più birra in bocca, perché pensa che avrebbe potuto sbavarsi addosso. Sapeva che Evan era in forma, ma il petto dell'altro uomo è davvero piuttosto incredibile. Quasi letteralmente. Dan è snello e muscoloso perché svolge un lavoro fisico. Evan siede ad una scrivania tutto il giorno, o così immagina Dan, ed è...

«Wow.» Dan sa che non è la cosa più intelligente da dire, ma è già tanto che sia capace di emettere suono. «Cazzo, ma quanto ti alleni?»

Evan sorride un po' timidamente, ma non nasconde il suo corpo, quindi Dan non ha problemi. «Praticamente tutti i giorni. È un buon modo per scaricare lo stress, sai?»

«Cristo. Devi essere molto stressato.»

Evan ride e fa un'altra bevuta dalla sua bottiglia prima di sfilarsi con i piedi le scarpe e tuffarsi con grazia nella piscina. Dan rimane a guardarlo per un momento, ammirando la forma delle sue braccia mentre solcano l'acqua, l'uniforme tonalità dorata della sua pelle nel sole del tardo pomeriggio. Dan ha sempre saputo che Evan è attraente, ma non ha mai realizzato quanto sia bello. Evan tira fuori la testa dall'acqua e guarda Dan con aria interrogativa. «Entri?»

«Sì, scusa.» Beve un altro lungo sorso di birra, finendo quasi la bottiglia, e poi si sbottona la camicia e se la sfila. È consapevole del fatto che Evan sta guardando ed è combattuto tra il sentirsi imbarazzato e uno strano desiderio di dare spettacolo. Appoggia la camicia allo schienale della sedia e, mentre le sue mani vanno al bottone dei pantaloni, lancia uno sguardo ad Evan. Gli occhi di Evan stanno rimirando con ammirazione il corpo di Dan, ma quando l'altro uomo si accorge di essere a sua volta sotto osservazione, fissa Dan dritto negli occhi.

«Vuoi che mi giri?», chiede sommessamente, la sua voce bassa e soddisfatta come quella di un gatto che fa le fusa.

«No,» risponde Dan, ma la sua voce è poco più di un sussurro. Evan tuttavia deve essere in grado di leggere le labbra, perché non si volta, anzi addirittura si avvicina un po' a nuoto, rimanendo a galla su un lato della piscina. Dan si leva le scarpe e si china per togliersi le calze. L'irrilevante pensiero che si dovrebbe comprare un paio di sandali sportivi passa per la sua mente, che poi ritorna in un lampo al presente. Evan sorride incoraggiante e Dan si ritrova a sorridergli di rimando, anche se sta arrossendo un po'. Sbottona i jeans, tira giù la cerniera e, muovendo i fianchi, fa scivolare i pantaloni per terra. Rimane fermo per un momento in costume, mentre gli occhi di Evan passano sul suo corpo e poi ritornano a fissarsi sul suo viso. Evan sorride lievemente e alza le sopracciglia; Dan fa un lungo passo e si tuffa oltre la testa di Evan, nella parte profonda della piscina.

Dan rimane sottacqua finché può, cercando di riprendere il controllo su di sé, ma quando risale, Evan è lì ad aspettarlo. Dan rimane fermo mentre l'altro uomo nuota verso di lui, così vicino che Dan riesce a vedere le ondate d'acqua che vengono spostate dalle mani e dalle gambe di Evan. Dan non sembra in grado di far altro che galleggiare e fissare Evan, che porta il suo viso avanti, vicino a quello di Dan, a un pollice, forse, di distanza. Dan sente il respiro di Evan sulla sua pelle bagnata.

«Dan...», mormora Evan. «Dan, hai detto che ci saremmo visti per un po' come amici.» Lo guarda dritto negli occhi e Dan non riesce a distogliere lo sguardo. «Devo dire di essere un po' deluso dal modo in cui hai trasformato questa innocente nuotata in una sorta di situazione pregna di tensione sessuale.»

Dan lo fissa per qualche secondo. Che cosa? Poi nota il sorrisino furbo che sta iniziando a formarsi agli angoli della bocca di Evan. «Voglio dire, questa è la piscina di famiglia. La mia sorellina potrebbe arrivare in qualsiasi momento. È davvero il tempo o il luogo per uno striptease erotico?» Adesso Evan sta sorridendo apertamente. Ovviamente si sta godendo l'opportunità di rovesciare le carte in tavola. «Sì, sono davvero deluso, Danny.»

Ma Evan non ha la possibilità di continuare, perché Dan si è spinto in avanti e ha messo entrambe le sue mani sulle spalle dell'altro, affondando la sua irritante, compiaciuta faccia sott'acqua. Quando Evan risale sta sputacchiando ma ridendo, e immediatamente cerca la vendetta. Lottano per un po' nell'acqua e, stranamente, questo è innocente, nonostante il contatto fisico e lo sforzo.

Sono solo due persone che si comportano da bambini e che si divertono entrambi nel farlo.

Quando infine, respirando entrambi affannosamente e sputando acqua, i due si separano, alzano lo sguardo e vedono, seduto su una delle sdraio, Jeff, che li osserva un po' perplesso. «Ragazzi,» dice nella sua voce profonda – e Evan si solleva fuori dalla sua parte della piscina, uscendo in un unico, sciolto movimento e inginocchiandosi ai suoi piedi. Evan si inclina in avanti e dà un bacio intenso e bagnato a Jeff, che si rilassa contro di lui, inzuppandosi così la camicia con l'acqua che sgocciola dal corpo di Evan. Dan li fissa, si chiede che cosa accadrebbe se uscisse dalla piscina e si unisse a loro, se si inginocchiasse vicino ad Evan e si inserisse nel bacio. O se si sedesse sulla sdraio dietro a Jeff, circondando con le sue gambe i forti fianchi dell'uomo. Potrebbe spingersi in avanti e, sfregandosi contro il sedere di Jeff, potrebbe prendere possesso della bocca di Evan...

Dan non è sicuro se essere sollevato o deluso quando sente la voce di Tatiana provenire dalla direzione della casa. «Oh mio Dio, potete per favore trovarvi una stanza?» La ragazza si avvicina alla piscina e si accorge di Dan. Almeno lui ha smesso di guardare, ma Jeff ed Evan si sono solo allontani di un po'. Hanno ancora i volti vicini e stanno entrambi sorridendo e guardandosi come se condividessero il segreto più bello del mondo. «Dan, ciao!» Sembra un po' sorpresa, ma lo nasconde abbastanza bene. «Ti fermi per cena?» al cenno affermativo di Dan, Tatiana si gira verso Evan. «Tia lo sa? Evan! Ti sei ricordato di dire a Tia che c'è una persona in più?»

Evan finalmente distoglie lo sguardo da Jeff. «Sì, Tata, tutto è a posto. Ho chiamato Tia questa mattina.»

«Oh. Bene.» Sembra ancora essere un poco scombussolata e finalmente Evan ha pietà di lei. Posa una mano sulla spalla di Jeff e la usa per alzarsi in piedi, poi va verso il bar. Guarda le bottiglie di birra aperte sopra il frigorifero come se fosse insicuro di quale appartiene a chi, poi alza le spalle come se non fosse importante. Prende quella più vicina – *la mia*, pensa Dan – e la finisce in un sorso prima di girare intorno al bar ed entrare nella piccola zona cucina. Tira fuori un frullatore e una ciotola di fragole e sorride quando Tatiana quasi grida dal piacere. «Cocktail mimosa con fragole, Evan?!» Lui si china in avanti e tira fuori una magnum di champagne e una caraffa di succo d'arancia, e Tatiana si mette a saltellare dall'eccitazione.

Jeff gira il suo sguardo divertito verso Dan. «Non eravamo sicuri se darle dell'alcol – e potrebbe essere stato un errore...» Tat ha raggiunto saltellando Evan e sta facendo uno strano ma divertente balletto tutto intorno a lui, allungando le mani fino quasi a toccarlo e facendo schioccare le dita, il tutto roteando energicamente il suo corpo. Jeff la guarda per qualche momento e poi si gira di nuovo verso Dan. «Non eravamo sicuri neppure delle lezioni di danza – possono essere state un errore anche quelle.»

«O forse dovreste fargliene fare ancora qualcuna,» suggerisce a bassa voce Dan, condividendo con Jeff una quieta risata. A quel punto Dan esce dall'acqua; sa che sia Evan sia Jeff lo stanno guardando mentre attraversa la terrazza per raggiungere gli asciugamani impilati su una delle sdraio. Dan prende il primo che gli capita sotto mano. Non è mai stato molto un esibizionista, ma, nervi permettendo, si sta, in un qualche modo, godendo l'attenzione. Si sfrega l'asciugamano sui capelli e poi lo passa sulle braccia e sul petto, alzando gli occhi come se si fosse accorto solo in quel momento di avere un pubblico. Incrocia lo sguardo di Jeff prima e quello di Evan poi, ma è quando si rende conto che anche Tatiana lo sta guardando che la cosa si fa un po' imbarazzante. Dan si lancia velocemente sulla spalla l'asciugamano e torna indietro per sedersi vicino a Jeff.

«Bella nuotata?», chiede Jeff innocentemente.

«Ehm, sì, grazie. Tu non nuoti?»

Jeff scrolla le spalle. «Nuoto, solo non partecipo a guerre acquatiche. Pensavo che avreste finito per affogarvi.» Porta drammaticamente una mano sul cuore. «Non ero sicuro di quale dei due salvare!»

Dan sorride. «Salva Evan,» mormora. «Io so badare a me stesso.»

Jeff gli lancia una veloce occhiata, ma poi Evan chiede a gran voce, «Volete un Mimosa?»

«Non so,» risponde Dan. «Ne rimarrà ancora dopo che è passata Tat?»

Evan osserva la grande quantità di ingredienti sul bancone, poi quello scricciolo di sua sorella. «Non ne sono sicuro,» ride. «È meglio che ti prendi il tuo subito.»

Dan sorride e si alza, lasciando l'asciugamano indietro sulla sdraio, e sale su uno degli sgabelli del bar. «Non dovrei ammetterlo, visto che sono stato pagato per lavorare dietro ad un bancone, ma non so che cosa sia un Mimosa – credevo fosse solo succo di arancia e champagne.»

«Oh, è divino!», dice Tat estasiata.

In maniera un po' più informativa, Evan indica gli ingredienti sul bancone. «Un Mimosa classico *è* solo succo d'arancia e champagne, ma a Casa Kaminski, ci piace rendere le cose più eccitanti.» Sorride. «Aggiungiamo solo delle fragole e del ghiaccio, rendendolo frozen.»

Dan alza le spalle. «Sembra buono. Dà un po' di vitamine, giusto?»

Tat lo guarda con preoccupazione. «Una bevanda alcolica non dovrebbe essere la tua fonte di nutrizione! Robyn dice che mangi solo cereali e cibi surgelati. È vero? Ti stai prendendo cura di te stesso? Vedo i tuoi pranzi, e... la pizza surgelata è disgustosa la prima volta, non dovresti proprio mangiarla fredda il giorno dopo.»

Dan le arruffa i capelli e a lei non sembra dare fastidio. «Grazie, Tat, ma sono a posto.» Guarda Evan. «Normalmente direi che sono cresciuto grande e forte mangiando in quel modo, ma qui intorno forse sembro un po' rachitico.»

Tat scuote la testa. «Inizierò a portare un pranzo in più per te, ok? Tia prepara il mio e non sarebbe un problema per lei raddoppiare le porzioni.»

«Sì, certo, viziami per tutta l'estate, così poi quando torni a scuola in autunno mi lasci con una dipendenza da pranzo e nessun modo per avere una dose. No, sono a posto così, Tat. E poi, mangio un sacco di mele.»

«No, tu mangi due morsi di una mela e dai il resto al tuo cavallo.» Tat sembra avere osservato con un po' troppa attenzione le abitudini alimentari di Dan.

«Ok, ma mangio due morsi di, tipo, dieci mele al giorno.»

«Aspetta un secondo,» interviene Evan. «Le mele non sono comprate dalla scuderia? Quelle mele sono per i cavalli, non per il tuo pancione.»

«Ehi, è un controllo qualità. Devo assaggiarle tutte per essere sicuro che siano abbastanza buone per loro!»

Evan sorride e fa entrare in funzione il frullatore; per un momento il rumore del ghiaccio che viene triturato da un frullatore professionale per bar copre la conversazione. Quando Evan ha finito di fare rumore, Jeff si è alzato e lo ha raggiunto dietro al bar, tirando fuori una bottiglia di vino rosso e un cavatappi.

«Non sei un tipo da mimosa?», gli chiede Dan.

Evan muove le labbra in sincronia mentre Jeff dice, «È uno spreco di perfetto champagne.» Jeff sa che cosa Evan sta facendo e, mentre si allunga per prendere un bicchiere da vino, gli dà una finta gomitata nelle costole. Dan lo sente di nuovo, quel senso di appartenenza, di essere parte di una famiglia. È una bella sensazione, ma lo spaventa un po'. Sarebbe troppo facile trovarsi a proprio agio qui, troppo difficile doversene andare. Si chiede se forse non è già troppo coinvolto però, perché Dan si rende conto di stare rilassandosi mentre Evan versa il contenuto del frullatore in tre grandi bicchieri di vino e Tat li guarnisce uno ad uno con una fetta di fragola e una di arancia, aggiungendo poi ad ogni bicchiere una cannuccia. Evan li distribuisce e tutti alzano i loro calici, tre mostruosità rosate e il ricco rosso di Jeff, e brindano e bevono e poi siedono felici insieme godendosi la sera.

Tia scorta i primi invitati. Evan aveva ragione, sono un po' più vecchi, più grandi anche di Jeff, ma ancora in salute e vibranti. Dan approfitta del momento dei saluti per infilarsi la camicia, anche se non la abbottona, e poi viene afferrato per le presentazioni.

Evan fa gli onori. «Questo è Dan. Si è appena trasferito qui dal Kentucky, quindi stiamo cercando di farlo adattare allo stile di vita californiano.»

Dan alza il suo mimosa mentre allunga le mani per le strette. «Stanno facendo un buon lavoro.» Prende nota del fatto che Evan non ha detto che è un suo impiegato, non dice perché si è trasferito. Dan non sa decidere se gli piace che Evan non l'abbia immediatamente inserito in una data classe sociale, o se è invece un affronto, se Evan non l'abbia menzionato perché pensa che Dan debba esserne imbarazzato. Il Pupazzo Chris gli dà una sberla sulla testa e Dan cerca di concentrarsi sulla conversazione.

I nuovi arrivati, Will e Addie, stanno parlando con Jeff della sua prossima esibizione. A quanto pare sono dei collezionisti. Hanno l'aria di essere ricchi, forse non a livello dei Kaminski, ma perlomeno molto benestanti, e Dan si chiede come funzioni. Comprano i quadri di Jeff? E se così è, lui non si domanda se la facciano perché gli piacciono davvero o solo perché sono degli amici? Dan non riesce neanche a decidere se deve lasciare una mancia a Ryan quando mangia da Zio. Non può immaginare l'avere da prendere delle decisioni su una scala così tanto più grande. Sembrano però avere trovato un modo per affrontare la situazione, perché in loro, o in Jeff, non pare esserci nessuna tensione mentre discutono la probabilità di fare degli acquisti durante la mostra.

Arriva un'altra coppia, formata da Jason e Liam, e a Dan Jason sta immediatamente simpatico. È un tipo un po' grassottello, alla Elmer Fudd[17], e ha uno dei sorrisi più aperti ed amichevoli che Dan abbia mai visto. Liam sembra essere più riservato, specialmente nei confronti di Dan. Quando Dan va ad aiutare Evan a prendere qualcosa da bere per tutti, Evan gli sussurra, «Non preoccuparti per Liam. È solo che è abituato ad essere il più carino della compagnia,» e gli strizza l'occhio.

---

[17] Elmer Fudd: personaggio dei Looney Tunes, tradotto in italiano come Taddeo.

L'ultimo arrivo è Natasha, che fa una entrata teatrale, come se si aspettasse un'ovazione. Evan, Tat e Dan si sono trasferiti vicino al bar, apparentemente per mischiare i cocktail, ma in realtà solo per chiacchierare. Evan gli ha sorriso quando ha notato la divisione della compagnia, dicendo, «Vedi? La tavola dei bambini.» Adesso osserva il nuovo arrivo con divertimento, poi si china in avanti e spiega, «Si comporta come una persona irritantemente inaffidabile, ma in realtà è il sale della terra. Era un'attrice, poi suo marito è morto. Lei ha preso i soldi e ha aperto un programma doposcuola per i bambini di strada, dove insegna recitazione. Jeff fa il volontario una volta alla settimana insegnando arte... un sacco di gente aiuta. È davvero un programma valido.»

Evan carica il vassoio della roba da bere e Tat e Dan lo seguono. Natasha abbraccia Tat e poi si gira verso Dan, mormorando compiaciuta, «E chi è questo delizioso nuovo arrivo?»

Evan è occupato a distribuire le bevande, quindi questa volta tocca a Jeff fare le introduzioni. «Natasha, questo è Dan. Sta aiutando Evan ad addestrare i suoi nuovi cavalli.»

Quando la donna lo squadra da testa a piedi come se fosse un oggetto in vendita, Dan si ripete del suo valido lavoro con i bambini di strada – e poi d'un tratto Evan è al suo fianco, e fa passare con aria possessiva un braccio intorno alle spalle di Dan mentre si porta un po' in avanti per stringere la mano di Natasha. «Ehi, Natasha, come va?» Dan viene spostato contro il corpo di Evan dal braccio sulle sue spalle, e Dan è incredulo. Si irrigidisce e si allontana, cercando di non essere troppo ovvio, ma volendo a tutti costi un po' di spazio.

Natasha, naturalmente, se ne accorge e alza un sopracciglio mentre risponde con un, «Sto bene, mio caro. Grazie mille per avermelo chiesto.» Guarda prima Evan, poi Dan, infine Jeff. «Allora, che cosa ti tiene occupato di questi tempi?», gli chiede, chiaro nel suo tono che lei pensi già di sapere la risposta. La donna lo prende per un braccio e cammina con lui verso le sedie, mentre Jeff lancia uno sguardo preoccupato oltre la sua spalla a Evan e Dan.

Dan si limita a fissare Evan, che alza una mano come per nascondere il suo volto. «Merda, mi dispiace, l'ho fatto di nuovo. Lo so. È che io...»

«È che tu, che cosa, Evan?» Dan cerca di mantenere la voce bassa. Tutti gli altri stanno parlando ad un volume abbastanza alto, quindi Dan è sicuro che non li possano sentire. «A che cosa pensi quando fai queste stronzate?»

«Non so neanche... davvero, ero tranquillo, e poi ho visto come ti ha guardato, e... non so. Cazzo!» Ha l'aria di essere veramente sconvolto. «Non posso credere di aver di nuovo mandato tutto a puttane. Pensavo che stesse andando tutto bene.»

Dan vorrebbe rimanere arrabbiato, ma Evan sembra veramente turbato. «Ok, non è la fine del mondo. Voglio dire, devi trovare un modo per reprimere questi impulsi, ma...»

«Sì, lo farò davvero. Seriamente. Mi ha solo colto di sorpresa, stasera. Ora sono avvertito... non pensavo davvero che mi sarei dovuto preoccupare di diventare geloso con le donne.» Scruta interrogativamente Dan. «O anche le donne sono una fonte di preoccupazione?»

Dan scuote la testa, frustrato. «Cristo, niente di questo dovrebbe essere 'una fonte di preoccupazione' per te.» Tuttavia di nuovo ha pietà dell'altro uomo e aggiunge con riluttanza, «Ma, no. Le donne sono... sono stato con due donne, entrambe quando ero un adolescente. Non ho intenzione di tornare indietro.»

Evan annuisce. «Ok. E, guarda, domani sera, al bar, Ryan può saltarti addosso e io non aggrotterò neanche un sopracciglio. Prometto. Mi sono già preparato psicologicamente per l'occasione.»

«Sì, beh, non sarà un problema.» Evan gli lancia uno strano sguardo, quindi Dan spiega, «Ryan è preoccupato che i tipi della tua compagnia siano omofobi, quindi farà finta di essere etero.»

Evan si acciglia. «E ti va bene?»

«Sì. Cioè, quasi del tutto. Siamo usciti insieme, non so, tre volte, e sono stato io a dire che volevo tenere le cose casuali. Quindi è ovvio che non voglia rischiare qualcosa di così importante. E non siamo esattamente dei tipi da pubbliche dimostrazioni d'affetto, quindi non è che noterò la differenza, con ogni probabilità.»

«Non so. Voglio dire, se fossi io, ballerei fino ad arrivare davanti a te nei miei attillati pantaloni neri e la mia camicia nera sbottonata e direi, 'Nessuno può mettere Danny in un angolo,' e poi danzeremmo e danzeremmo.» Evan fa ondeggiare il suo corpo lentamente e Dan scuote la testa.

«Sì, e vivremmo il momento migliore della nostra vita, ne sono sicuro. Dio, sei così gay.»

«Ehi, tu hai riconosciuto la citazione. E io sono stato con un *sacco* di donne! Quindi sei molto più gay di me!»

Non notano che Jeff è tornato fino a quando non interviene dicendo, «Buon Dio, pensavo che voi due foste qui a litigare sul serio. Lasciate che vi chiarisca le idee: siete entrambi molto gay. Adesso muovete i vostri bei culetti e andate a parlare con qualcuno.»

Jeff dà un colpo secco ad entrambi, ad Evan forte sul sedere, a Dan più leggero sul fondo della schiena, e li spinge a socializzare con le altre persone. Il resto della serata passa piacevolmente, ma Dan torna a casa abbastanza presto. Jeff ed Evan lo accompagnano sul lato della casa – lo avrebbero accompagnato fino alla porta, immagina Dan, ma sembra stupido entrare in casa solo per uscirci di nuovo. I tre si fermano all'angolo e Dan ha un improvviso desiderio di allungare le mani verso di loro, di baciare uno o entrambi, di...

Interrompe bruscamente la fantasia, ma pensa di averlo fatto troppo tardi. Sembra che almeno Jeff sia capace di leggere la mente di Dan, e anche Evan ha l'aria di aver colto questo pensiero, a giudicare dal modo in cui sta sorridendo compiaciuto.

«Beh, allora me ne vado. Grazie per la cena e tutto il resto.»

«Sei sicuro di volere andare via così presto?» chiede Evan. La sua voce non risuona profonda come quella di Jeff, ma ha quel piccolo accenno di fusa che Dan sta trovando dannatamente intrigante. «Potresti fermarti ancora. Potremmo bere un altro po', magari fare un lungo bagno nella vasca idromassaggio...» Sta sorridendo diabolico, chiaramente pronto a buttare tutto sullo scherzo, ma Dan non ha dubbi che, se Dan accettasse, porterebbe avanti le cose.

«Sì, no, devo proprio andare.» Dan si ferma prima di iniziare a blaterare. «Ok. Vi vedrò entrambi domani sera al Fireside?»

«Assolutamente,» risponde Jeff. Sorride dolcemente e appoggia un braccio sulle spalle di Evan. Per la prima volta in tutto questo Dan sente un po' di gelosia per Evan, desidera essere lui quello che lo sta toccando. Fa un veloce cenno di saluto con la mano e si gira, incamminandosi verso casa. Non crede che la gelosia sia una cosa buona, non importa rivolta verso chi, ma non sa come fare a fermarla.

CAPITOLO
TRENTA

DAN torna a casa dalla serata barbecue e si fa una doccia prima di andare a dormire. Si dice che sta lavando via il cloro dell'acqua della piscina, ma prima ancora di bagnarsi è già duro – e nella sua mente si susseguono un groviglio di immagini mentre si masturba con lunghi, lenti movimenti.

Appena la testa tocca il cuscino si addormenta. Quando si sveglia il giorno successivo con l'alzabandiera, se ne prende di nuovo cura, questa volta concentrandosi su Ryan. Ryan è l'uomo in cui è attualmente interessato, Ryan è quello che ha un senso e che è semplice, Ryan è la persona che si immagina quando viene, schizzandosi sulla mano e sullo stomaco nudo. Ma si è giusto alzato e cambiato, che già sta pensando di nuovo a Jeff ed Evan. Poi, mentre sta uscendo dalla camera, i suoi occhi cadono sulla fotografia sul comodino ed è come se tutto il resto scomparisse.

Un'ondata di sensi di colpa lo sommerge, tanto che si sente addirittura un po' nauseato. Sa che non ha dimenticato Justin, sa che non lo farà mai, ma come ha potuto lasciarsi distrarre così? Sa che quello che prova non è razionale. Non c'è nulla che possa fare per aiutare Justin adesso, niente che possa fare per cambiare le cose, ma sente ancora di dovere a Justin un periodo di lutto più lungo, di dovere alla loro relazione un tributo più grande. Il Pupazzo Chris gli dice che non deve essere triste di ricordare Justin, non deve negare la sua sessualità per onorare il loro amore, ma Dan non vuole ascoltare quel piccolo bastardo. Che cosa ne sa Chris del perdere un compagno? Prende la foto tra le mani e si appoggia contro il muro. Fa scivolare la schiena verso il

323

basso finché non è seduto con le gambe piegate e vi appoggia la cornice.

Sfiora con le dita il volto di Justin e cerca di concentrare tutto il suo amore e di trasmetterlo attraverso la fotografia. Justin se ne è andato, il suo corpo è già stato probabilmente assorbito dalle piante nella tenuta che aveva amato, ma sicuramente fintanto che Dan sta pensando a lui, una parte di lui è ancora viva. Poi Dan si ricorda il modo in cui hanno tenuto in vita il corpo di Justin troppo a lungo dopo che la sua essenza era scomparsa e si chiede se sta facendo qualcosa di simile aggrappandosi alla sua memoria. Si dice che forse il concentrarsi solo sui ricordi più belli, senza portare con lui la tristezza, sarebbe un tributo migliore. Ma se non riuscisse a farlo? Appoggia la testa sulle sue braccia e si lascia essere triste per un po', poi si intima di alzarsi e posa al suo posto la cornice. Va in bagno e si spruzza un po' d'acqua fredda sul viso, quindi si incammina verso la scuderia per occuparsi dei cavalli di Justin.

Per tutta la mattina è un po' sottotono, ma l'addestramento va molto bene. Tutti i cavalli sembrano essersi ambientati nella loro nuova casa e stanno iniziando a rispondere ad un programma di allenamento più regolare. Il pomeriggio passa quasi altrettanto liscio, anche se uno dei cavalli più giovani va a sbattere contro un ostacolo e fa volare oltre la sella Robyn. Il salto però è uno di quelli da stadio, fatto per cadere sotto ogni tipo di pressione, e Robyn si è a malapena ammaccata. Mentre Dan ricostruisce l'ostacolo, Robyn risale sul cavallo e lo mette alla prova per assicurarsi che non si sia fatto male. Rifanno il salto, questa volta senza incidenti, e si meritano gli applausi di Dan e Tatiana.

Poco dopo questo piccolo incidente smettono di lavorare e Dan si avvia verso casa per pulirsi e cambiarsi. Si prende tutto il tempo necessario, ma quando va alla scuderia per caricare Robyn e Michelle, le due si stanno ancora preparando, quindi si siede sul divano di Robyn e offre la sua opinione sulle diverse mise. Robyn non ha visto Scott il batterista dalla puntata a Santa Cruz, ma non sembra esserne troppo rattristata. Sostiene che è carino, ma che non ha davvero molto di interessante da dire. Robyn vuole essere sicura di stare bene, però – meglio mettere in chiaro che è *lei* a non essere interessata.

Alla fine arriva anche Michelle; Robyn decide di scegliere i vestiti che indossa in quel momento e i tre escono. Hanno pensato di cenare al Fireside prima dello spettacolo e incontrano un sacco di altra gente che ha avuto la stessa idea. Ryan è già lì e si sta occupandosi degli strumenti; quando li vede va a salutarli. Ryan è davvero agitato e Dan lo trova adorabile. Vedere il rilassato Ryan tutto teso fa sentire Dan, che ripensa ai suoi momenti neurotici, meglio. Michelle e Robyn raggiungono Devin e Sara ad un lungo tavolo non lontano dal palco e Dan si avvicina per parlare a bassa voce a Ryan.

«È un vero peccato che tu non sia gay questa sera. Avrei potuto avere un'idea o due su come aiutare a rilassarti.» Ryan emette un gemito, mentre Dan si allontana un poco e sorride compiaciuto.

«Cazzo, Dan...» Ma uno dei componenti del gruppo lo sta chiamando perché si occupi di un qualche problema di amplificatore e Dan va a sedersi con gli altri. Jeff ed Evan arrivano poco dopo. Evan *si sta* comportando in maniera inappuntabile: non allunga le mani e sorride a tutti. Sembra davvero rilassato e amichevole, ma Dan si ricorda che Ryan non è mai stato più vicino di venti piedi da quando Evan è arrivato.

Ordinano cena e bevono per un po', poi la band inizia a suonare. La folla è entusiasta e Dan si guarda intorno, cercando di vedere se qualcuno sembra essere non tanto un fan, quanto più un osservatore. Non individua nessuno. Dopo il primo set di canzoni Ryan arriva al tavolo e si siede per una birra, sempre attento di mantenere una certa distanza da Dan. Tuttavia si vede che è scoraggiato.

«Non so, sai... abbiamo parlato e nel gruppo conosciamo tutti quelli che sono al bar tranne quei quattro vecchi sul fondo e i ragazzi ubriachi vicino alla porta. Credo davvero che nessuno di loro faccia parte della casa discografica.» Sospira. «Non so – magari hanno avuto dei problemi e non sono riusciti a venire.»

Dan si acciglia e gira gli occhi verso Evan, che lo guarda e poi alza discretamente il telefono con un'espressione interrogativa sul volto. A Dan l'idea non piace, ma guarda prima Ryan poi Evan e annuisce impercettibilmente. Evan si alza ed esce; quando torna dà una pacca sulla spalla a Ryan. «Coraggio, su con il morale! Se vengono da Los Angeles, probabilmente staranno cercando di vedere più di un gruppo questa sera. Probabilmente stanno guardando il primo set da qualche altra parte e poi verranno qui. Non ci vorrà molto!» Ryan lo guarda un po' dubbioso, ma Evan dice con fare convincente, «Credimi! Sono l'uomo d'affari, ricordi? Conosco queste cose.»

Ryan sembra incoraggiato e va a riferire l'idea agli altri della band, ma Dan si sente come se avesse appena scavato la sua tomba. Dopo la performance di Evan sarà davvero difficile confessare a Ryan che Evan possiede la casa discografica e che Dan lo sapeva fin dall'inizio. Beh, sarebbe stato difficile in ogni caso, visto che non l'ha fatto subito, ma adesso che Evan è stato volutamente evasivo, ancora di più. Dan sa che non può biasimare Evan per questo: l'idea è stata sua, ma la decisione è di Dan. Spera solo che i tizi della casa discografica si presentino veramente, così che almeno questa bugia sia valsa a qualcosa.

Il gruppo riprende a suonare e dopo un paio di canzoni le porte si aprono ed entrano tre persone, due uomini e una donna. La donna e uno dei due uomini sono giovani, trentenni al massimo, ma l'altro uomo è più vecchio, forse sulla cinquantina. Sono vestiti casual, ma non hanno l'aria di essere al pub per divertirsi e, anche se ordinano qualcosa da bere, si limitano a sorseggiarlo. Dan scambia uno sguardo con Evan, che alza le spalle, ma sorride. Anche Ryan e il suo gruppo li hanno notati e la loro energia cresce esponenzialmente. Finiscono il set e l'uomo più giovane si alza e va a presentarsi alla band; Ryan lo segue al tavolo e parla con gli altri per un po'. Ritorna dal suo gruppo e confabulano di nuovo fra loro; sembra che stiano decidendo che cosa fare.

Il set finale è quasi esclusivamente composto dalle canzoni scritte dal gruppo, incluse alcune che sono già state suonate quella sera – ma a nessuno importa delle ripetizioni, tutti si assicurano di applaudire entusiasticamente. Quando finiscono il set l'intero gruppo va a presentarsi al team per la ricerca e lo sviluppo dei nuovi artisti, mentre il resto del pub finge di essere indaffarato a farsi gli affari propri. La band rimane lì per qualche minuto e poi gli emissari dell'etichetta discografica stringono loro la mano e se ne vanno. Ryan aspetta che siano a distanza di sicurezza prima di tornare sul palco e prendere il microfono.

«Ok, ehm... per prima cosa, grazie a tutti per essere venuti in un giorno lavorativo e per essere stati un pubblico così incredibile. Credo che ci abbia davvero aiutato. E poi, non so se siete stati voi o che altro, ma qualcosa deve essere andato bene, perché ci chiameranno domani per vedere di redigere un contratto!» Il pub scoppia in un'ovazione e Dan si unisce felice. Non conosce Ryan da tanto, ma gli piace ed è contento di vedere che gli è capitato qualcosa di bello.

Ryan scende dal palco per festeggiare e si ferma dal tavolo di Dan, ma deve salutare molte persone. Questo rende chiaro quanto poco Dan lo conosca. Lì ci sono persone che vogliono bene a Ryan da una vita e Dan, vicino a loro, è solo l'ultimo arrivato. Quando Dan si alza per dirgli che se ne stanno andando via, Ryan appare deluso ma non distrutto. «Dobbiamo alzarci tutti presto domani mattina, quindi andiamo. Ma divertiti stasera a celebrare, ok?» Ryan annuisce e abbraccia Dan, che si chiede se è finita, se quello che avrebbero potuto avere è bruciato intensamente e si è spento. Pensarci lo rende triste, ma sente anche che non è niente che non possa superare. Dan spera non sia tutto finito, ma se lo è, lui starà bene. Sembra che, dopotutto, Dan sia riuscito a mantenere leggera questa storia.

Dan passa il giorno successivo lavorando e non pensando. Monta tutti i cavalli che andranno alla manifestazione nel weekend e li trova in buona forma, completamente pronti per il livello che affronteranno nella competizione, cosa di cui è felice. Tat monterà Sunshine, quindi Dan passa un po' di tempo con lei preparandola a quello che dovrà aspettarsi, poi fa una rassegna più breve con Robyn, che salirà su Chaucer, e Michelle, che prenderà Kip. Dan ripassa le strategie che userà con Monty e Winston. Due dei cavalli, Sunshine e Monty, gareggeranno ben al di sotto dei loro livelli e saranno registrati *hors concours*, che significa che non potranno vincere nessun premio; Dan sta portando Chaucer e Winston perché facciano esperienza e non è sicuro se farà fare ai due il percorso di cross-country. Questo lascia Kip a rappresentare i colori della scuderia; Dan non ha un'idea abbastanza chiara del livello della competizione nei dintorni per essere sicuro del risultato. In Kentucky pensa che si sarebbe comportato piuttosto bene.

Ryan chiama nel tardo pomeriggio. Ha una cena di lavoro con il gruppo, ma vuole sapere se Dan è libero dopo mangiato. Si accordano di incontrarsi alle dieci al Fireside. Dan torna a casa poco dopo la telefonata e va a riposare. Di solito non dorme durante il giorno, ma ha fatto tardi per un po' di notti e si prospetta un'altra serata così. Quando si sveglia è completamente buio; Dan guarda l'orologio e vede che sono le nove e mezza. Ha dormito quasi quattro ore. Si fa una doccia veloce e si cambia. Sta per uscire dalla porta quando si ferma, torna indietro e dà una lunga occhiata alla foto di Justin. Non è sicuro di quello che capiterà con Ryan, ma non riesce a togliersi di dosso il pensiero che tutto, in qualche modo, fa capo a Justin.

Quando Dan arriva al pub, Ryan lo sta aspettando; sembra un po' eccitato e molto felice. Si alza e saluta Dan con un forte abbraccio, che lui ricambia con piacere. Siedono, la cameriera porta a Dan una birra e Ryan non fa altro che sorridere raggiante per un minuto, fino a quando Dan cede e chiede, «Ok, ok, dammi i dettagli.»

Ryan sta per esplodere. «Il contratto è buono – lo abbiamo fatto vedere a un avvocato e lei ci ha detto che sembra corretto... non ci daranno molto in anticipo, ma avremo una buona fetta dei profitti. C'è supporto per un giro di date e per la registrazione – e vogliono farci iniziare subito.» Si appoggia all'indietro e sembra un po' meno felice, ma solo un po'. «L'unica nota negativa è che vogliono farci iniziare proprio *subito*. Avevano un qualche altro gruppo pronto a fare una serie di concerti, ma per qualche ragione si sono sciolti. I produttori però ci han detto che abbiamo un sound abbastanza simile da potere semplicemente sostituirci a loro nella maggior parte dei concerti.»

Dan scrolla le spalle. «Beh, non è esattamente una nota negativa, no? Voglio dire, stavi aspettando questa occasione da molto tempo – perché aspettare di più?»

Ryan sorride con una certa tristezza. «Beh, pensavo che forse stesse accadendo qualcosa di bello tra noi. So che non ha senso provare una relazione a distanza dopo tre appuntamenti. È solo... sai, no.»

«Ti chiedi che cosa avrebbe potuto diventare. Sì, lo so.» Sorride. «Ma, davvero, questa è un'opportunità fantastica, no?»

«Sì, lo è senz'altro.» Ryan sembra di nuovo essere più felice.

«Quando partite?»

«Lunedì mattina presto. Tra prove e preparazione rimarremo a Los Angeles per quattro giorni e poi, bam!, in viaggio.»

Dan annuisce. «E io parto domani prima di pranzo e sarò di ritorno lunedì, non so bene a che ora.» Guarda Ryan. «Quindi questo è quello che abbiamo.»

Ryan lo fissa a sua volta. «Immagino di sì.»

Dan fa un profondo respiro e guarda il tavolo. Pensa a Justin, pensa a se stesso. Poi alza gli occhi su Ryan. «Allora, vuoi andare via di qua?»

Ryan sembra un po' sorpreso e sorride quasi timidamente. «Che cosa vuoi... Vuoi venire a casa mia?» Ha il tono di chi non è sicuro di crederci.

Dan scrolla impercettibilmente le spalle. «Sì, forse. Se lo vuoi...»

«Mi stai prendendo per il culo? Cioè, certo, lo voglio. Lo voglio assolutamente.»

«Ehi, sembra che stiamo sposandoci.»

«Ok, non credo che 'mi stai prendendo per il culo?' sia una parte tradizionale delle promesse matrimoniali.»

Dan ride. «Forse dovrebbe esserlo.» Tira fuori il suo portafoglio e posa un biglietto da dieci dollari sulla tavola. «Non garantisco nulla... potrei ancora tirarmi indietro in ogni momento.»

Ryan si alza velocemente. «Ok, cerchiamo di fare in modo che non succeda.» Guarda la banconota. «Stai pagando per la mia birra?»

«Consideralo un regalo di 'Buon Contratto'. Ora, vieni o no?»

Camminano velocemente, senza dire una parola, e Dan sente la sua agitazione iniziare a crescere. Si chiede che cosa stia facendo, si chiede se è pronto. Si chiede addirittura se riuscirà ad arrivare all'appartamento di Ryan, continuando così. Stanno prendendo una scorciatoia, passando per un vicolo dietro a un negozio di alimentari, quando Dan smette di camminare. Ryan si gira e lo guarda preoccupato; Dan fa un paio di passi in avanti e unisce le loro bocche in un bacio veloce, deciso, quasi un piccolo morso. Alza le sue mani, appoggiandole sulle braccia di Ryan, e lo spinge gentilmente all'indietro, fino a quando non incontra il muro, e poi lo bacia di nuovo, questa volta più lentamente e più profondamente. Ryan ha un buon sapore e toccarlo è bello; le sue labbra e la sua lingua sono morbide, i denti duri, il fiato, che trattiene per un momento quando Dan lo mordicchia, caldo. Dan fa scivolare le sue mani fino alla vita di Ryan, poi su, sotto la camicia, alla ricerca del calore della sua pelle; sente le mani di Ryan sotto la sua maglietta passare sul suo stomaco e poi andare verso l'alto, verso il petto, lasciando nella loro scia brividi e pelle d'oca. Si interrompono un momento per riprendere fiato e Dan sfiora con la sua bocca il mento di Ryan, poi il suo collo. Ryan si lascia sfuggire un piccolo e tremante gemito di piacere quando la bocca di Dan si ferma sull'incavo sopra la clavicola, e Dan si concentra su quel punto per un momento. Non è mai stato molto interessato a lasciare dei segni, ma gli piace l'idea di fare andare via Ryan con un memento, quindi succhia forte e morde un po'. Ryan appoggia la testa contro il muro, abbassa le braccia lungo i suoi fianchi, e lo lascia fare. Quando Dan decide di avere finito, lecca il livido violaceo e ha un ricordo di quella notte sul portico, quando la veloce lingua rosata di Evan aveva leccato il collo di Jeff.

Dan avvicina la testa di Ryan e avvolge la sua lingua intorno a quella dell'altro uomo; mentre la sta muovendo nella bocca di Ryan, Dan lo sente di nuovo gemere, e si allontana. «Ok, andiamo.»

Quando si volgono verso Dan, gli occhi di Ryan sono disorientati. «Cosa?»

«Andiamo. Questo era solo una pausa di aperitivo. Dobbiamo ancora andare a casa tua, giusto?»

Ryan annuisce e, inciampando, si allontana dal muro. Dan ripensa a quanto un tempo questo gli piacesse – il senso di potere che deriva dal fare impazzire dal desiderio qualcuno. Si affianca a Ryan e allunga la mano, la infila sotto la sua maglietta per toccargli il fondo della schiena, poi la abbassa, facendola in parte scivolare sotto la vita dei pantaloni, lasciando le dita sfiorare appena la parte più alta del sedere. Il corpo di Ryan è caldo e a Dan piace la sensazione che prova toccandolo.

Prima di arrivare da Ryan si fermano ancora una volta per baciarsi e strusciarsi, questa volta contro una cassetta della posta. Quando giungono all'appartamento, prima ancora che entrino, Dan afferra Ryan e lo abbassa con attenzione sulle scale. Una delle sue ginocchia, quella in mezzo alle gambe di Ryan, sorregge quasi tutto il suo peso; Dan spinge il suo uccello contro la coscia di Ryan e, più che baciare, ora sta mordendo, leccando e succhiando. Questo non è romantico. Questo non ha nulla a che fare con l'amore o l'affetto. Questo è solo bisogno fisico, e Dan vuole che rimanga così.

Ryan, sotto di lui, si sta contorcendo, cercando maggiore attrito, e Dan considera l'idea di farlo venire proprio lì, sulle scale, completamente vestito. È una tentazione, e per un momento preme la sua gamba contro l'inguine di Ryan, lo lascia sfregarsi lì contro. Ma Dan vuole di più, vuole almeno essere nudi. Si allontana e allunga le mani per alzare in piedi Ryan. «Un ultimo sforzo,» borbotta, girando Ryan e spingendolo su per le scale.

Entrano e Ryan si volta, come se si aspettasse di veder Dan balzargli addosso, ma invece Dan gli passa accanto sfiorandolo, sforzandosi di apparire noncurante mentre si avvicina al frigo per guardarci dentro. Tira fuori una bottiglia di acqua e attraversa la stanza fino ad appoggiarsi al muro vicino alla porta della camera da letto. Apre la bottiglietta e fa un lungo sorso, poi si gira verso Ryan. «Indossi troppi vestiti, Ryan.»

Ryan sorride leggermente. «Sì, anche tu.»

Con fare indifferente Dan abbassa una mano e la usa per alzare la maglietta, sfilandosela dalla testa e facendola cadere per terra. Ryan inizia a sbottonarsi la camicia, avvicinandosi a Dan. Si ferma ad un piede di distanza circa e lascia cadere la sua camicia; Dan deve stringere forte la bottiglia d'acqua per fermarsi dall'allungare le mani e toccarlo. La carnagione di Ryan è più scura di quella di Dan, ma è più chiara di quella di Evan, è di un delizioso color miele che Dan vuole assaggiare. Dan si china in avanti per togliersi le scarpe e le calze, e sente Ryan protendersi per toccarlo lungo la spina dorsale, poi piegarsi per baciare ogni vertebra sporgente. Dan aspetta che Ryan faccia una pausa prima di inginocchiarsi per terra. Porta le mani sulla cerniera dei jeans e apre il primo bottone, mentre coi palmi preme contro il pacco, indurito. Ryan sta di nuovo respirando affannosamente – questo a Dan piace molto. Tira giù la zip e passa le mani sul sedere di Ryan, sopra i boxer, ma sotto i jeans, e poi sposta le mani sulle gambe di Ryan, spingendo giù con loro i pantaloni. Ryan sposta il suo peso prima su una gamba, poi sull'altra, per aiutare Dan a togliergli i jeans e le infradito. Presto l'attenzione di Dan torna a concentrarsi sull'uccello di Ryan.

Dan ci passa sopra una mano, accarezzandolo attraverso il cotone dei boxer attillati. Con la bocca ne traccia il contorno e sorride quando lo sente muoversi, quando Ryan respira tremante. Gentilmente abbassa il tessuto, liberando così l'uccello di Ryan, che subito chiede con insistenza attenzione, muovendosi ondeggiando di fronte a lui, gonfio e duro. Dan gli respira contro, prova a dargli un paio di strette carezze con la mano, poi lo prende in bocca fino a dove riesce. Il sapore e peso sulla sua lingua sono uno dei ricordi del sesso che Dan preferisce. Ryan caccia un piccolo urlo roco e afferra i capelli di Dan, che si abbandona al momento, muovendo su e giù la testa un paio di volte, succhiando forte e usando ripetutamente la lingua intorno alla base. Il respiro di Ryan è irregolare e d'un tratto l'uomo sta spingendo la testa di Dan, cercando di farlo smettere. Dan pensa per un momento di continuare, di far subito venire Ryan, ma decide che forse l'altro ne sarebbe un po' deluso, quindi si allontana con attenzione e, mentre si alza, struscia il suo corpo contro quello di Ryan. Una volta in piedi, avvicina i loro visi.

«Problemi?», chiede a bassa voce. C'è un piccolo neo sul lato sinistro del mento di Ryan, e Dan si protende in avanti per dargli un bacio, poi per leccarlo.

«Nessun problema, ma finirò col venire in fretta se continui così.» Ryan sembra un po' sotto choc.

«Ok. Non credo di volere scopare, ma... puoi scegliere la mia mano o la mia bocca.»

«Oh, cazzo,» dice Ryan quasi con un sussurro. «Ok, finirò in fretta anche solo se continui a dire cose del genere.» Chiude gli occhi stringendoli forte e Dan si chiede se sta recitando i risultati di baseball, o se sta pensando a dei cuccioli, o...

Dan sorride compiaciuto e aspetta pazientemente per un minuto. «Tutto a posto?»

Ryan annuisce. «Sì, credo di sì.» Guarda Dan. «Ehi. Hai troppi vestiti addosso.»

«Beh, nessuno me li ha ancora tolti,»

Ryan sorride. «Mi dispiace.» Ma invece di afferrare i jeans di Dan, afferra la sua mano e lo trascina verso la camera da letto. «Andiamo. Ti voglio orizzontale».

Dan non ha niente da ridire, specialmente quando Ryan lo ferma da un lato del letto e gli toglie insieme pantaloni e biancheria, poi lo gira e lo spinge sul materasso, di schiena. Si china su di lui e lo guarda all'alto. «Dio, sei stupendo.»

Dan gli sorride e alza una mano. «Vieni quaggiù.» Ryan lo soddisfa velocemente, distendendosi sul suo corpo, allineando i loro membri nudi, così che si possano strofinare l'uno contro l'altro, allargando dappertutto il liquido seminale. Ryan preme contro Dan con forza, mentre succhia la pelle vicino alla clavicola, lasciando su Dan un segno che rispecchia quello sulla sua pelle. È una bella sensazione, anzi, fantastica, quella della pelle calda e della bocca appassionata sul suo corpo, ma Dan vuole di più. Afferra una delle mani di Ryan e la porta in basso insieme alla sua, le infila fra i loro corpi e stringe le loro mani unite intorno ai loro uccelli, premendoli e muovendoli insieme. Ryan emette un gemito di piacere e spinge ancora più forte contro la nuova stretta; Dan impara presto il ritmo che l'altro ama e inizia a seguirlo. La bocca di Ryan è sempre più disperata, si sposta dalle labbra di Dan al suo collo, su tutta la sua faccia e poi giù, fino alla curva della spalla. Lì si ferma, nascondendo un poco il viso e ansimando, quando fa le ultime, incontrollate spinte prima di muoversi in maniera spasmodica e venire sulle loro mani unite e sul petto di Dan. Sembra un battesimo, l'inizio di qualcosa di nuovo, e Dan non sa che cosa provare.

Ryan si riposa solo per qualche momento, poi la sua bocca è di nuovo su quella di Dan, baciandolo profondamente e con molta saliva. È un buon modo per distrarre Dan dai suoi pensieri. La mano di Ryan riprende a muoversi ritmicamente sul membro di Dan, ma dopo appena qualche bacio Ryan porta le sue labbra giù, lungo il corpo di Dan, e lo prende in bocca. È davvero piuttosto bravo in questo; Dan abbassa lo sguardo e si gode la scena, i capelli biondi che ricadono in avanti e sfiorano la pelle particolarmente stimolata di Dan, le guance concave e la bocca rotonda... Non ci vuole molto prima che Dan stia ansimando, gettando la testa all'indietro. «Cazzo, Ryan, sto per venire,» avverte, ma Ryan fa solo un suono indistinto e si tira un poco indietro, facendo lavorare la sua lingua ancora più veloce e con più forza sulla cappella ipersensibile. Dan sente l'orgasmo crescere e cerca di ritardarlo ancora un po'. Tutto è così fantastico che non vuole che finisca. Ma ne viene lo stesso sopraffatto, più potente degli orgasmi che si dà da solo, e sente i fianchi muoversi incontrollati, sente la gola di Ryan contrarsi intorno a lui mentre ingoia, e quando il suo corpo di rilassa e ricade sul letto, Dan sta quasi piangendo.

Ryan si struscia lentamente fino ad arrivare al viso di Dan e lo bacia. È un po' troppo dolce, troppo reale, e Dan non sa se può affrontarlo. Si mette a sedere, appoggiandosi alla spalliera del letto, e Ryan si sistema vicino a lui. «Stai bene?»

«Sì, tutto ok. Solo... è stato un po' intenso, capisci?»

Ryan ridacchia. «Lo dici a me.» Appoggia una mano sulle spalle di Dan. «Vuoi venire sotto le coperte, dormire per un po'?»

Una parte di Dan lo vorrebbe davvero, ma pensa che potrebbe essere troppo. «No, grazie. Cioè –» Si gira per guardare Ryan negli occhi. «Grazie. Per tutto. Immagino che questo sia quanto, e... sai... non ti conosco da tanto, ma sei stato... importante.» Strizza un po' gli occhi, cercando di vedere se Ryan sta capendo. «Ha senso quello che dico?»

Ryan sorride con una certa tristezza. «Sì, credo di sì. Ma il mio lavoro qua è finito. È questo quello che mi stai dicendo?»

«Beh, questo è quello che stai dicendo tu a me, in realtà. Sai... te ne vai. Che è fantastico. Voglio dire, non è fantastico che tu te ne vada, ma è fantastico che tu abbia questa opportunità. Sono felice per te, davvero.»

Ryan ha l'aria di chi sta cercando di decidere qualcosa e finalmente dice tutto d'un fiato, «Vuoi provare a continuare? Non so, almeno mantenerci in contatto?» Allunga una mano e la fa scivolare sul collo di Dan. «Il fatto è... è che penso che forse potremmo avere qualcosa, insieme. Lo so che abbiamo detto che era senza impegni, e va bene, ma...»

Dan gli sorride. «Ehi, stai partendo per una tournée! Hai bisogno della tua libertà. E io non ho idea di quello che sto facendo, ma non voglio davvero rimanermene seduto a casa a consumarmi per un ragazzo che ho conosciuto per una settimana circa.» Le parole sono dure, ma Dan le dice con un tono gentile e Ryan sembra prenderle bene. «Certo, rimaniamo in contatto, senz'altro. Ma... sai, facciamolo da amici. E poi, se mai finiremo di nuovo nello stesso posto, e il tempo sarà quello giusto... chissà?»

«Già. No, hai ragione, ha senso.» Sorride mestamente. «Maledizione, però. Non voglio davvero dirti addio.»

Dan annuisce. «Sì, neanche io. Questo è il motivo per cui voglio andarmene stasera. Domani mattina sarebbe più difficile.»

Ryan fa una smorfia. «Sì, d'accordo. Allora questo è quanto?»

Dan si abbassa per prendere i boxer e i jeans, ci infila le gambe e li tira su mentre si alza. «Sì, credo di sì. Per il momento, almeno.» Si gira e si china in avanti, e questa volta lascia che il bacio sia tanto dolce e tanto reale quanto è giusto che sia. Quando si allontana, Ryan fa un piccolo suono a metà tra uno sbuffo e un sospiro.

«Ok. È stato fantastico conoscerti, Dan. Mi terrò in contatto.»

«Sì. Anche per me è stato fantastico.» Suona sbagliato, suona troppo distante, ma Dan non sa che cosa dire di meglio, e forse un po' di distanza è quello che gli serve. Raccoglie la maglietta e le scarpe nel tinello, ma aspetta di essere uscito prima di rimettersele. Non vuole correre il rischio di cambiare idea rimanendo lì dentro più a lungo.

Scende i gradini di legno e si incammina nella notte, respirando profondamente l'aria fresca e buia. Pensa a Justin, si chiede che cosa ne penserebbe, ma si ricorda della sua risoluzione mattutina e cerca di non fissarsi su quello. Cerca invece di ricordarsi dei momenti felici passati con lui. Il primo che gli viene in mente è quello di una volta in cui era riuscito a far ridere Justin così tanto a cena da sua madre, da fargli uscire la zuppa di pomodoro dal naso. Non un ricordo romantico, o toccante... ma divertente da morire. Ridacchia tra sé e sé, ricordando la reazione di Molly, ricordando come Justin avesse cercato di smettere di ridere, ma come questo lo avesse solo fatto continuare ancora di più, fino al punto in cui aveva dovuto alzarsi e andare a sputare quello che era rimasto della sua cucchiaiata di zuppa giù per il lavandino. Si era fermato in piedi vicino all'acquaio della cucina, le sue spalle larghe scosse dalle risate, e Dan era arrivato alle sue spalle e lo aveva abbracciato, ridendo insieme. Dan crede che Justin sarebbe piaciuto a Ryan, e che Ryan sarebbe piaciuto a Justin. Non è sicuro se questo rende le cose migliori, o se le peggiora.

CAPITOLO
TRENTUNO

QUELLA notte Dan non dorme bene. Non è sicuro di aver chiuso le cose con Ryan nel modo giusto. Aveva pensato che sarebbe stato più facile non rimanere lì, ma adesso gli sembra di essersene andato troppo bruscamente e si chiede se non ha in qualche modo screditato la memoria dell'intera relazione. E continua a non essere sicuro di come dovrebbe sentirsi riguardo all'andare oltre a Justin – Justin è stato fuori dalla sua vita da più di un anno, ma in realtà è morto solo un mese prima, quindi forse Dan sta andando avanti troppo in fretta. Su un livello più concreto, è anche preoccupato di portare il giorno dopo la scuderia alla sua prima competizione. È stato ad un sacco di gare, ma mai come responsabile e non vuole davvero deludere Evan. E questo pensiero lo rende ansioso proprio su Evan, e su come andranno le cose in viaggio con lui. Tutto considerato, non è la notte riposante che avrebbe voluto passare.

Ciononostante si alza all'alba e si dirige alla scuderia per iniziare le preparazioni. I cavalli sono stati tutti lavati il giorno prima, ma c'è bisogno di caricare i loro finimenti, di mettergli le stinchiere e la coperta per il viaggio, poi di ripassare ancora una volta il programma coi cavalieri e assicurarsi che abbiano preso tutto quello che serve *a loro* – e c'è un momento di panico quando la compagnia di trasporti chiama per confermare un trailer a due posti, quando Dan ne aveva prenotato uno da sei. Ma per fortuna quello che compare mezz'ora dopo è il trailer giusto, e i cavalli vengono fatti salire senza problemi. Dan cerca di calmarsi mentre aiuta Evan e Robyn caricare gli ultimi pezzi di equipaggiamento coi cavalli e nel bagagliaio della Cherokee di Evan. Dan vorrebbe chiamare Ryan per salutarlo meglio, ma non sa che cosa dire di diverso, quindi ci rinuncia.

Tat è eccitata di viaggiare sul mezzo che trasporta i cavalli, quindi, dopo che Evan parla con l'autista e si sincera che sembri sano, lei e Michelle salgono nella cabina del camion, mentre Robyn e Dan vanno con Evan. Dan è sul sedile posteriore e sente di stare iniziando ad assopirsi ancora prima che siano usciti dal paese. Anche nelle migliori condizioni ha problemi a rimanere sveglio in un veicolo in movimento, a meno che non stia guidandolo, e questo momento non è uno dei migliori. Evan e Robyn stanno chiacchierando allegramente fra di loro e Dan non ritiene che la sua presenza sia necessaria, quindi appallottola la giacca per usarla come cuscino e si lascia andare al sonno.

Fa dei sogni strani, pieni di movimento e di suoni. Si sveglia da una visione di Evan che nuota in quelli che Dan pensa siano i corridoi della sua scuola elementare e si accorge che la macchina è ferma. Evan è girato indietro e lo sta osservando. Dan apre e chiude gli occhi un po' confuso, poi si ricorda dov'è. Per assicurarsi di non aver sbavato si passa sul viso una mano, che per fortuna rimane asciutta.

«Che c'è?» chiede, cercando si sembrare almeno in parte coerente.

Evan sorride. «Pausa pranzo.» Evan sta guardando Dan con affetto e Dan gli sorride timidamente. Justin era solito dire che Dan, appena sveglio, sembrava più delicato, come se non avesse ancora avuto modo di rialzare i suoi muri difensivi, e Dan si chiede se è quello che sta vedendo anche Evan. È sorpreso di scoprire che, se così fosse, non gli darebbe fastidio.

Robyn è già uscita dalla macchina e si sta sgranchendo le gambe mentre li aspetta. Dan impiega ancora un attimo per svegliarsi, poi apre la portiera e scende giù, iniziando anche lui a stirarsi un po'. Gli altri stanno arrivando dal camion parcheggiato di fronte a loro e Dan cerca l'autista. «Si potrebbe aprire il trailer? Per lasciarmi dare un'occhiata ai cavalli mentre siamo fermi?» Dan guarda Robyn, poi il McDonald a cui si sono fermati. «Potresti ordinarmi un Big

Mac menù, con Coca e una fetta di torta di mele? Arrivo subito.»

Anche Tat non vede l'ora di controllare i cavalli, quindi dà la sua ordinazione a Evan e sale la rampa con Dan, mentre gli altri entrano nel fast food. Tatiana sta sbirciando gli animali come se non li avesse mai visti prima e Dan cerca di concentrarsi un po' anche su di lei.

«Allora, la prima cosa da fare è controllare la temperatura. Il troppo caldo è peggiore del troppo freddo, ma nessuno dei due è ideale, quindi, se è necessario, si possono aggiustare i bocchettoni dell'aria. Ma oggi direi che siamo a posto. Abbiamo anche parcheggiato all'ombra, quindi non dovrebbe alzarsi troppo la temperatura mentre stiamo mangiando. Poi si controlla ogni cavallo. Non hai bisogno di entrare negli scompartimenti, dai loro solo un colpetto sul sedere per vedere se si girano e se sono all'erta. Assicurati che siano in piedi in una posizione normale. Mentre ci sei, getta un'occhiata alle stinchiere e alle coperte, per essere certa che siano rimaste al loro posto.» Dan e Tat iniziano a controllare e Dan deve resistere all'impulso di passare una seconda volta dai cavalli di cui si è occupata Tat. È importante, per come la vede Dan, che Tatiana pensi che lui abbia fiducia in lei, tanto da affidarle un lavoro di responsabilità, e che lei si renda conto che, nel caso facesse un pasticcio, Dan potrebbe non accorgersene automaticamente. Quando può però dà una sbirciatina, ma apparentemente non c'è niente che non vada. «Poi si controlla il fieno – non è cruciale in un viaggio di questa lunghezza, ma avere qualcosa da ruminare può aiutarli a stare tranquilli.» Dan osserva la ragazza mentre con attenzione controlla ogni rete, e sorride. «Sono a posto?» Lei annuisce. «Ok, gli daremo l'acqua quando torniamo qui. Generalmente non bevono all'inizio della sosta, ma probabilmente lo faranno alla fine. Capito tutto?» Tat fa un cenno d'assenso e insieme escono dal trailer, alzano la rampa e lo chiudono a chiave. Dan controlla la posizione per essere sicuro che anche da dentro il fast food riescano a vedere il camion e poi i due si avviano verso il ristorante.

Gli altri hanno già preso il cibo e trovato dei tavolini vicino alle vetrate, quindi Tat e Dan fanno una veloce tappa al bagno e poi si uniscono a loro. All'autista piace parlare e raccontare storie; mentre Michelle ha l'aria di chi ha già sentito abbastanza, Tat è ancora interessata e lo ascolta rapita. Dan incrocia lo sguardo di Michelle e chiede a bassa voce, «Vuoi fare cambio di posto e viaggiare nella jeep per il resto del tragitto?»

Michelle gli sorride con calore. «No, va bene così. Ma grazie per avere chiesto.»

Finiscono il pranzo e portano via i vassoi, poi Dan e Tat vanno a prendere i contenitori dell'acqua che hanno portato dalla scuderia e ne versano un po' ai cavalli. Tutti ne hanno abbastanza e Dan torna sulla Cherokee sicuro che i cavalli stiano viaggiando bene.

Il resto del tragitto è tranquillo. Evan e Robyn cercano di coinvolgere Dan in qualche stupido gioco per passare il tempo e poi cercano di fargli cantare le canzoni che passano alla radio. Robyn sembra raggiungere il suo apice quando inizia un epico gioco a suon di «Preferiresti...?» Una volta che la Cherokee si ferma nel parcheggio riservato ai partecipanti della gara, ha trovato la domanda suprema, «Preferiresti tagliarti il mignolino del piede o andare a letto con Amy Winehouse?», e Dan ed Evan si ritirano dalla competizione adducendo come scusa il mal d'auto.

L'ora successiva è occupata dal far scendere dal trailer i cavalli, registrarne l'arrivo, sistemarli nei loro box temporanei, scaricare e mettere in ordine l'attrezzatura. Le cose più costose rimarranno nel bagagliaio della jeep, ma rimangono comunque ancora molti pezzi di medio valore; Dan usa delle catene da bicicletta e dei lucchetti per legare i bauletti alle staccionate di metallo dei box. Un ladro determinato non verrà fermato, ma almeno così facendo si evita che le cose vengano fregate da ladri occasionali.

Alle tre il percorso di campagna viene aperto per la ricognizione a piedi di chi vi partecipa; tutto il gruppo va a vedere quello che verrà chiesto di fare il giorno successivo ai loro cavalli. Dan incoraggia gli altri tre partecipanti a pensare ad alta voce e a cercare di capire da soli quali siano i punti più difficili, intervenendo solo quando crede che abbiano dimenticato qualcosa. Si preoccupa specialmente di far notare a Tatiana un paio di punti più pericolosi e prepara con lei le possibili strategie per assicurarsi che Tat arrivi, insieme al suo cavallo, incolume alla fine del percorso. Evan si è accodato a loro e sembra ascoltare con attenzione, lanciando occasionalmente delle occhiate preoccupate a Tatiana.

Mentre stanno ritornando dal giro del tracciato, Dan cerca di rassicurarlo. «C'è sempre un elemento di rischio, ma Sunshine è davvero una saltatrice forte e portata, e non c'è niente su quel percorso che le creerà anche solo il minimo problema. Si prenderà cura lei di Tat.» Evan annuisce e sembra un po' sollevato, ma non ancora esattamente calmo. Dan non lo può biasimare. Questo sport è pericoloso e tutta la cautela possibile non basta a cambiare la realtà delle cose. Ed è un conto rischiare se stessi, ma tutto un altro vedere l'amata sorellina farlo. Dan si chiede se Evan riuscirà a trascorrere l'intero weekend senza perdere la testa.

La sera è stato organizzato un barbecue per tutte le persone che partecipano alle gare e per i visitatori; la gente sta iniziando a radunarsi, ma la combriccola decide di fare un salto a sistemare le proprie cose nel motel prima di tornare indietro. Questo porta all'imbarazzante situazione della divisione delle camere. Inizialmente Dan avevano prenotato un'unica stanza, che avrebbero diviso le tre donne. Dan aveva progettato di rimanere su una branda nella selleria, per essere vicino ai cavalli. Tuttavia Tatiana poi si era messa in testa che sarebbe stata un'avventura passare la notte nella scuderia; Dan aveva rifiutato di lasciarla da sola, ma non era dell'idea che sarebbe stato appropriato per lui rimanere con lei, quindi Robyn si era offerta volontaria. Dan aveva allora prenotato un'altra stanza in albergo, così che lui e Michelle potessero avere camere separate. A quel punto Evan aveva annunciato la sua partecipazione. A Dan non era sembrato giusto prenotare un'altra stanza per se stesso quando inizialmente si era aspettato che le ragazze ne dividessero una sola in tre. Aveva chiesto tuttavia ad Evan se volesse avere i suoi spazi, ma Evan aveva risposto che gli andava bene dividere la camera e che toccava a Dan decidere. Quindi, in conclusione, Dan ha finito per non prenotare nient'altro, e ora divide una stanza con Evan. Non è preoccupato che l'altro uomo si comporti in maniera aggressiva o inappropriata, per fortuna, ma è lo stesso... imbarazzante.

Tat e Robyn rimangono vicino ai cavalli; Tat prende così sul serio la sua responsabilità che riesce a malapena ad essere allontanata dai box per mangiare. Evan, Dan e Michelle fanno un giro veloce in motel per il check-in, gettano le loro borse nelle stanze e tornano dove il giorno dopo si svolgeranno le gare.

Quando tornano, trovano il barbecue già ben avviato. Si dirigono verso la fila per il cibo e stanno passando vicino ad un piccolo gruppo di persone quando una voce sorpresa chiede, «Dan?»

Dan si gira ed Evan rimane con lui, mentre Michelle va a cercare Robyn e Tat. «Sean! Ehi, come va?» Sean ha gareggiato a livello nazionale per anni sul suo vecchio cavallo, ma Dan non ne ha sentito parlare molto da quando il cavallo è stato ritirato.

«Bene, bene...» Sean tutto d'un tratto sembra a disagio e Dan sa che cosa sta per dire. «Mi è, ehm, dispiaciuto molto sapere –»

Dan lo interrompe. «Sì, grazie.» Come molti atleti che praticano uno sport pericoloso, chi partecipa al completo può essere superstizioso – e Dan sa che può sembrare di portare iella se si parla di un incidente fatale alla vigilia di una gara.

Sean sembra sorpreso, poi grato. «Ok, grazie.» Torna ad animarsi un po'. «Allora, che cosa stai facendo da queste parti? Non gareggi, vero?»

«Sì, in un certo senso.» Si gira per includere Evan nella conversazione. «Evan, questo è Sean Dubois. Gareggiavamo contro di lui. E, Sean, questo è Evan Kaminski. Ha comprato i cavalli degli Archer in Kentucky, e ora li sto addestrando per lui.»

Sean sembra impressionato. «Kaminski? Accidenti. Avevo, ehm...» Alza un sopracciglio. «Avevo sentito che stava pensando di interessarsi al mondo dell'equitazione.»

«Stiamo appena iniziando, in realtà. Dan ci sta insegnando.»

Sean annuisce. «Fantastico, non c'è nessuno migliore.» Guarda Dan. «Allora, a che cosa partecipi domani?»

«Niente di serio – abbiamo un paio di cavalli *hors concours*, un paio che fanno dei percorsi di prova a livello Beginner Novice[18], poi uno che gareggia a livello Training[19]. Tu, invece?»

«Oh, uno solo, Training.»

Dan annuisce, poi si volta per guardare la fila. «Beh, faremo meglio ad incolonnarci, se vogliamo mangiare. Ci vediamo domani.»

Dopo che Sean risponde con un cenno col capo, Dan e Evan si muovono. Quando sono a distanza di sicurezza, Dan guarda Evan e gli dice, «Scommetto venti dollari che entro la fine del weekend ti parlerà per provare a soffiarmi il posto.»

Evan aggrotta la fronte incuriosito e Dan si spiega. «È un professionista. Portare un solo cavallo a livello Training – non è abbastanza per mantenersi. Deve per forza stare cercando lavoro, e, se è necessario, non gli importerà di prendere il posto di qualcuno.»

«È normale? Voglio dire, essere così spietati? Sembrava che foste amici.»

Dan scrolla le spalle. «È un lavoro. Partecipare ai concorsi completi di equitazione è costoso, la maggior parte della gente che ne è coinvolta è o ricca» – fa un cenno verso Evan – «o fa tutto quello che è necessario per potere avere un cavallo, per passare un'altra stagione con loro.» Fa un cenno verso se stesso e poi aggiunge, «Sean non è ricco.»

---

[18] Beginner Novice: corrispondente alla Categoria 1 in Italia.

[19] Training: v. nota 3, pag. 63.

Evan lo guarda leggermente incredulo. «Ma tu non lo fai... non ti comporti così.»

Dan alza le spalle. «Sono in una situazione ideale. Sono un mantenuto, in un certo senso.» Lancia un'occhiata alle sopracciglia alzate di Evan e scuote la testa con un lieve sorriso. «Non in quel senso. Voglio solo dire che la maggior parte degli addestratori portano avanti le loro scuderie, sono responsabili dei loro conti e se non vanno bene, se non producono vincitori, chiudono.» Sono arrivati al fondo della fila e Dan si volta e guarda Evan in volto. «Non intendo dire che non senta la responsabilità di far andare bene i cavalli, ma tu hai delle aspettative realistiche e sul lungo termine, e hai le finanze necessarie per darci una garanzia. Non faccio marchette perché non ne ho bisogno, ma se dovessi... non so. So che voglio continuare a cavalcare.»

Evan si acciglia. «È – voglio dire, per me è solo una gara, anche per Tat...»

Dan annuisce e sorride di nuovo. «Sì. Lo so. Credo ci siano molte cose che io prendo sul serio e che per te sono solo un gioco.»

Evan si rabbuia e sembra un po' ferito. Dan scuote la testa. «Non volevo dire... Non mi riferivo a faccende personali. Intendevo... non so, come quel pesce.» Per qualche strana ragione è importante che Dan faccia capire a Evan quello che sta cercando di dire. «Non sto dicendo che tu non debba divertirti, non lo sto criticando, ma... di quanto denaro stiamo parlando, in quel caso? Voglio dire, se stai guardando l'intero profitto trimestrale di una compagnia della grandezza della tua – stai parlando di milioni di dollari, giusto?»

Evan annuisce con cautela.

«Quindi penseresti che tirare su milioni di dollari sarebbe già una bella scarica di adrenalina, ma tu hai così tanti soldi che non ti importa neanche più. Voglio dire, se io guadagnassi... non voglio neppure saperlo, ma diciamo, che ne so, tipo un centinaio di milioni? In tre mesi?» Evan scrolla le spalle per accettare la stima e Dan non può fare a meno di esserne un po' scioccato. Sapeva che i Kaminski erano ricchi sfondati, ma... accidenti. Cercando di ritornare in tema, spiega, «Se guadagnassi un decimo di quella cifra, la mia vita cambierebbe completamente. Ma per te il denaro non è davvero importante, quindi lo fai diventare una gara. Giochi con una serie di numeri e scommetti per vincere un accidenti di pesce impagliato.»

Evan ha l'aria pensierosa, forse anche un po' rattristata. Dan cerca di migliorare la situazione. «Non voleva essere intesa come una critica. È solo come stanno le cose. Per te è diverso.»

Evan fa un piccolo cenno di assenso. «Sì, no... capisco. Era solo... Jeff una volta mi parlava nello stesso modo... mi stavo solo chiedendo perché non lo faccia più.» Gli occhi di Evan incrociano quelli di Dan, fortemente intenti. «Perché apprezzo che tu me lo dica, davvero. È facile per me andare in giro disinvolto e ignorare queste cose, e per te sarebbe più facile ancora semplicemente etichettarmi come un ragazzo viziato e non prenderti la briga di cercare di spiegare.» Fa un respiro profondo, poi lo esala. «Mi chiedo se Jeff abbia rinunciato a farmi capire.»

A Dan non piace la direzione che questa conversazione sta prendendo. «Jeff ti ama. Io sono, tipo, la persona meno percettiva dell'intero universo, e riesco a vederlo.»

Evan annuisce. «Sì. Ma...» Evan non finisce la frase, ma non ha bisogno di farlo. Il «se questo non fosse abbastanza?» è chiaro sul suo volto, anche agli occhi di Dan.

«E che diavolo, magari non ne parla più perché anche *lui* è diventato viziato, non ci hai mai pensato?» Dan sorride. «Sembra maledettamente a suo agio mentre si aggira per la tua casa e invita i suoi amici per un barbecue, bevendo vini pregiati o che altro. Forse non te ne parla più perché gli sembra di non averne più il diritto!»

Evan sorride un po', poi sembra volere difendere Jeff. «È davvero attento a pagare la sua parte. Voglio dire, tutto quello di cui ha bisogno, se lo prende lui.»

«Sì, ma è felice di godersi le tue comodità, no?» Dan alza le mani. «Non sto criticando neanche lui. Voi due state insieme. A te non dispiace dividere le cose... perfetto, perché no? Non credo faccia male a nessuno. Ma, per quanto riguarda lo stile di vita – lui è uno di quelli che hanno, non uno di quelli che non-hanno.»

Parlando, sono arrivati alla tavola del buffet; fanno una pausa mentre caricano i piatti di hamburger e contorni. Vedono le ragazze ad un tavolo da picnic e si incamminano verso di loro, ma prima di arrivare, Evan chiede, «Allora, come ti cambierebbe la vita? Se guadagnassi dieci milioni di dollari?»

Dan sorride un po' all'idea, ma poi si ferma e si acciglia mentre ci pensa. «Merda,» dice con uno sbuffo. Evan lo guarda con sorpresa e, prima di iniziare a parlare, Dan scuote la testa. «Se avessi dieci milioni di dollari, monterei cavalli da completo tutto il giorno. Vivrei in una bella casa e terrei i cavalli in un luogo fantastico, con dei rettangoli e delle piste private e con un bellissimo percorso di cross. Assumerei gente simpatica e piena di talento con cui lavorare... e che diavolo, avrei anche un'adolescente iperattiva come mozzo di scuderia per tenere le cose interessanti.» Guarda Evan con un po' di imbarazzo. «Non so, sai, forse avevo torto. Se guadagnassi dieci milioni di dollari in questo momento, probabilmente li metterei solo in banca.»

Evan scuote la testa. «Magari lo faresti, o magari li useresti e li spenderesti in cose stupide e finiresti per realizzare che stavi meglio prima.» Scuote le spalle. «Non sto dicendo che la vita non sia molto più facile quando si hanno soldi, perché so che è così. Ci sono di momenti in cui sono molto, molto utili. Ma... non è tutto quello che c'è, capisci? E ti può comprare un po' di sicurezza, ma non ti può proteggere da tutto.»

Evan fissa il suo piatto, poi scruta l'orizzonte che imbrunisce. «Domani è la festa del papà[20]... sono stato così *fottutamente* felice quando ho sentito che Tat sarebbe venuta a questo evento, perché magari la distrarrà e le eviterà di

---

[20] Negli Stati Uniti la festa del papà si festeggia la terza domenica di giugno.

crollare come ha fatto tutti gli anni alla festa del papà, a quella della mamma e ai loro compleanni.» Rigira lo sguardo su Dan. «E, lo so, abbiamo soldi, quindi possiamo pagare per le distrazioni, e abbiamo soldi, quindi posso permettermi di essere qui nel caso lei *cada* a pezzi, ed è tutto vero... ma questo non cambia il fatto che ha perso entrambi i genitori quando aveva nove anni. I soldi non li possono portare indietro.» Evan non sta piangendo, ma i suoi occhi sono pieni di lacrime.

Dan scuote la testa. «No. Non possono portare indietro nessuno.»

C'è un momento di silenzio, poi la voce di Tatiana li raggiunge nel crepuscolo. «Evan? Vi siete persi? Dan? Seguite il suono della mia voce! Non abbiate paura!»

Evan scuote la testa, «I soldi non mi permettono neanche di metterle una museruola.»

«Forse potrebbero permetterti di comprare un paio di tappi per le orecchie molto, ma davvero molto, efficaci.»

«Evan? Hai bisogno di aiuto? Se hai bisogno di aiuto, fai un latrato, come le foche!» La ragazza si sta chiaramente divertendo.

Evan scuote la testa con rassegnazione, copre gli ultimi passi che lo separano dalla tavola, dove posa con attenzione il piatto, appoggiando poi la testa sulla spalla di Tat. «Aauuurf, aauuurf!», le abbaia nell'orecchio. Mentre Tatiana scoppia in una serie di risatine acute, Dan riflette che è davvero una perfetta imitazione della foca. Forse i figli dei ricchi ricevono delle lezioni speciali sui versi degli animali.

Il resto della cena trascorre tranquillo e poco dopo che hanno finito di mangiare, Robyn e Tat vanno a fare un ultimo giro per controllare gli animali; gli altri tre tornano all'hotel. Evan va per primo in bagno; quando Dan esce dopo il suo turno, le luci sono spente, ma c'è abbastanza chiarore che filtra dalle finestre da permettere a Dan di vedere dove mettere i piedi per arrivare fino al suo letto. Si infila sotto le coperte e rimane a fissare il soffitto, ascoltando Evan respirare nel letto accanto al suo. Dopo qualche minuto, Evan si muove.

«Dan?»

«Sì?»

«Dan, cantami una ninnananna,» piagnucola Evan.

«Va' a farti fottere, Evan.»

Evan fa un grugnito divertito. «Beh, dal momento che *tu* non vuoi...»

Dan non risponde a quello, ma un paio di minuti dopo dice, «Evan?»

«Sì?»

«Stai ancora... voglio dire, non mi piacevano gli approcci aggressivi, ma stai ancora... pensando in quei termini?»

Evan si sposta e nella luce fioca Dan vede che si è girato di lato ed è rivolto verso di lui. «Sì, ma...»

Dan si prepara. «Ma...»

«Ma voglio farlo nel modo giusto. Capisci? Voglio farlo come hai detto tu. Voglio continuare a fare questo – conoscerci, passare del tempo insieme e... esserne sicuri.» Scuote la testa. «So che sembro una ragazzina, ma voglio prenderla con calma.»

Dan assorbe questa informazione. «Quindi, se adesso mi alzassi e mi infilassi nel tuo letto, mi rifiuteresti?» Lascia che il tono della sua voce sia abbastanza scherzoso da far capire a Evan che non capiterà.

Evan risponde sulla stessa linea. «Non so – perché non ci provi?»

Entrambi ridono, poi cade di nuovo il silenzio. Dan guarda il soffitto e il modo in cui le luci delle macchine che passano si riflettono sui pannelli.

«Evan?»

«Sì.»

«Mi dispiace per i tuoi genitori.»

Evan emette un lungo sospiro. «Già.»

Smettono di parlare e Dan sente il suo corpo rilassarsi. Pensa brevemente a come non abbia passato la notte con Ryan, ma a come ora *stia* passando la notte con Evan. Pensa che dovrebbe sembrare sbagliato e strano, ma, per qualche ragione, non lo è. Infine si abbandona al sonno, lasciandosi cullare dal suono rassicurante del leggero respirare di Evan.

CAPITOLO

TRENTADUE

IL GIORNO dopo la sveglia suona molto presto, anche per gli standard di Dan. Evan emette uno strano grugnito sofferente e infila la testa sotto il cuscino, mentre Dan si sforza di alzarsi in piedi e va a farsi la doccia. Si porta in bagno un paio di boxer aderenti per evitare l'imbarazzo di rimanere completamente nudo di fronte ad Evan; ricorda persino di prenderne un paio bianchi, invece di quelli neri, come suo solito. A volte Dan non riesce a credere di fare un lavoro in cui deve preoccuparsi che non si vedano le mutande sotto i pantaloni bianchi.

Fa la doccia e si rade, poi ritorna nella stanza. Trova i suoi pantaloni da concorso e se li infila; sta cercando le calze di seta che vanno meglio con gli stivali, quando Evan si tira su con un gemito. «Che ore sono?»

Dan controlla il suo orologio. «Le cinque e mezza. Dobbiamo essere fuori di qui in trenta minuti. Ho dei cereali e nel minibar ci sono latte e frutta, ma se vuoi fare colazione al ristorante devi muovere il culo.»

Evan si passa le mani sulla faccia. «C'è da mangiare dove si gareggia?»

«Sì, c'è una specie di furgone che vende qualcosa. Non ti garantisco niente, ma di solito hanno ciambelle e simili la mattina, poi hot dog e panini per pranzo.»

«Ok, mangio i cereali e le ciambelle.»

Dan sorride divertito. «Dai, vuoi dirmi che Tat non ti farà mangiare della frutta?»

«Sì, probabilmente hai ragione.» Evan gli lancia uno sguardo sorridendo, ma i suoi occhi si fermano su un punto all'altezza del suo collo e l'espressione contenta svanisce.

351

Sembra dovere fare uno sforzo per riconcentrarsi. «Ok, giusto, faccio un salto nella doccia.»

Evan entra in bagno quasi correndo; Dan si porta una mano sulla clavicola e sente il livido che gli ha lasciato la bocca di Ryan. Merda. Immagina che non possa criticare troppo Evan per la sua mancanza di delicatezza, quando Dan ostenta così le sue avventure sotto il suo naso. Dan cerca di non pensarci e si dice che, decisamente, non deve sentirsi in colpa per un succhiotto.

Si infila una sottocamicia bianca e poi si assicura che il resto dei suoi abiti siano pronti da prendere. Ha una tuta da lavoro leggera che si tiene addosso quando non è a cavallo. Lo fa sembrare come uno che stia per mettersi a lavorare su una macchina, ma lo aiuta a mantenere i suoi abiti da concorso puliti. Chiunque abbia deciso che si devono usare i pantaloni bianchi per montare a cavallo, aveva sicuramente una squadra di stallieri che gli faceva i lavori sporchi.

Tempo di essere certo che tutto sia a posto ed Evan esce dalla doccia; Dan si affaccenda tirando fuori la roba per la colazione per evitare di fissare l'uomo mentre si cambia. Michelle bussa alla porta comunicante e, prima di aprire, Dan alza lo sguardo per controllare che Evan sia vestito. Se lui non può guardare Evan nudo, allora non può farlo neanche Michelle.

La ragazza entra, vestita in maniera simile a Dan, con i suoi capelli castani raccolti in una ordinata crocchia. È una ragazza abbastanza robusta e la sua tuta è di un rosa acceso. Ricorda un po' un lecca-lecca, ma Dan si prende ben guardia dal dirlo. Ha quasi paura di chiederle che cosa indosserà per la gara di campagna. Quella è l'unica occasione in cui c'è spazio per una vera creatività nel guardaroba di un cavaliere, anche se generalmente chi gareggia cerca di riflettere i colori della propria scuderia. Tuttavia, dal momento che non hanno ancora scelto quali sono i loro (Tat ha urlato eccitata quando Dan le ha chiesto di occuparsene, ma non ha ancora in effetti preso una decisione), Dan ha semplicemente detto alle ragazze di mettersi quello che vogliono. Sa che Tat e Robyn hanno guardato e riguardato i cataloghi e che hanno ricevuto molte consegne urgenti nell'ultima settimana.

Dan offre una scodella di cereali a Michelle, che accetta, seguita da Evan, che si avvicina per prendere la sua. I tre mandano giù la colazione in un silenzio amichevole; Dan ed Evan sono seduti sui loro letti sfatti, Michelle è sull'unica sedia della stanza. Finiscono di mangiare e controllano un'ultima volta la lista di cose da prendere per essere sicuri di avere tutto, poi si avviano verso i campi di gara.

Arrivano presto, ma decisamente non sono i primi. Evan parcheggia e si dirigono verso le scuderie. Appena li vede, Tat si incammina verso di loro, furibonda. Dan si prepara, ma la persona su cui la sua furia si concentra è il fratello. «Evan! Posso parlarti in privato, per favore?»

Evan china addirittura la testa, come se fosse stato chiamato dal preside; Dan gli lancia un'occhiata piena di compassione e continua a camminare per raggiungere Robyn. Lui e Michelle la aiutano a dar da mangiare e dare da bere alle bestie, poi iniziano a intrecciare le criniere e a governare i cavalli. Trovano anche il tempo di chiedere a Robyn informazioni sul malumore di Tat.

«Non ne sono sicura,» risponde Robyn. «Andava tutto bene, poi ci siamo alzate intorno a mezzanotte per fare un controllo veloce, e fuori c'erano un paio di tizi.» Si acciglia leggermente. «È stato strano, perché questa è una competizione così piccola che non ti aspetteresti che qui ci siano dei cavalli di grandissimo valore – scommetto che Monty li sorpassa tutti facilmente. Ma, davvero, avevano l'aria di essere della security, come quei tipi che abbiamo visto al Rolex. E lei li ha visti è si è zittita.»

Dan ci pensa per un momento, si ricorda della conversazione che ha avuto il giorno prima, in cui si è reso conto di quanti soldi hanno i Kaminski. Ma non vuole iniziare ad azzardare ipotesi. «Beh, immagino che se siano affari nostri, ce lo faranno sapere. Ripassiamo il programma, assicuriamoci tutto sia a posto.»

353

Robyn e Michelle si mettono sotto di buona lena e dopo non molto Tat ed Evan sono di ritorno. Hanno entrambi l'aria di essere un po' tesi, ma è facile distrarre Tat dicendole di preparare Sunshine per il test di dressage. Il livello più basso, la categoria per i principianti, gareggia per prima; questa è la categoria dove la maggior parte dei cavalli della loro scuderia sono stati iscritti. Robyn su Chaucer, Tat su Sunshine e Dan su Winston. Dan non si aspetta molto né da Chaucer né da Winston. Hanno talento, me è il loro primo concorso completo e saranno probabilmente troppo eccitati per fare bene, specialmente nella prova di dressage, dove devono essere rilassati e concentrati. Sunshine ha gareggiato a livelli molto più alti in passato, quindi il suo piazzamento non verrà contato; è stata iscritta solo come modo per far fare un po' di esperienza a Tat.

Dal momento che Dan deve montare un altro cavallo più tardi nella mattinata, è il primo della squadra a dover esibirsi, ma tutti e tre devono passare a distanza ravvicinata, quindi salgono in sella, si infilano le giacche da concorso e vanno nel rettangolo di riscaldamento insieme. Michelle ed Evan li seguono e si fermano dalla staccionata per guardarli mentre fanno qualche esercizio e riprovano la ripresa richiesta. La sequenza dei movimenti è abbastanza facile, ma i giudici guarderanno come il cavallo compirà le figure, quanto sarà bilanciato e flessibile e in che modo risponderà al cavaliere. Dan osserva Robyn e Tat riscaldarsi, poi si concentra sul suo cavallo. Winston è un po' scombussolato. È teso per l'eccitazione della sua prima gara ed è ancora più deciso ad ignorare Dan di quanto non lo sia a casa. L'energia che ha gli tornerà utile nella parte della giornata dedicata al salto, ma per la gara di addestramento ha bisogno di calmarsi.

Dan e Winston sono il terzo binomio della giornata; quando Dan vede i primi due dirigersi verso il campo di gara, si concentra un momento per ripassarsi l'esercizio nella mente e cercare di rilassare Winston. Poco dopo si dirigono verso al campo di gara, poi il nome di Dan e quello del cavallo vengono annunciati, viene suonata la campanella e i due entrano nel rettangolo.

È passato più di un anno da quando Dan ha gareggiato l'ultima volta ed è un po' teso anche lui. Non è montare che lo rende nervoso, ma è il pubblico, tutta la gente che lo fissa. Tuttavia Dan si concentra su quello che deve fare e inizia la ripresa. Winston parte malissimo, lottando Dan ad ogni passo, il suo corpo teso e disubbidiente. Dan si è giusto rassegnato a forzare la bestia per tutta la ripresa e poi a vendere il cavallo per farne cibo per cani, quando Winston sembra finalmente rinunciare alla lotta. Tutto il suo corpo si alleggerisce, la testa si china, la schiena si curva e il cavallo compie il resto delle figure come se stesse danzando. Dan non sa se detestarlo per la prima parte della ripresa o amarlo per la seconda. Saluta i giudici e si dirige verso l'uscita; l'addetto al cancello ride divertito mentre passano. «Bello vedere che ha le capacità, ma ora ti tocca lavorare sul suo atteggiamento, eh?» Dan annuisce e gli sorride. Si era dimenticato di questo, del senso di comunità. Le persone sono competitive e per alcuni di loro si tratta di grandi affari, ma amano tutti anche lo sport. È troppo faticoso e troppo rischioso per farne parte se non lo si ama.

Dan si avvicina a cavallo a dove Tat sta aspettando in sella a Sunshine. La ragazza appare essere incredibilmente nervosa e Dan le sorride. «Hai visto che bastardo è stato all'inizio?» Tat annuisce a scatto. «Beh, sei fortunata che Sunshine non ti farà un pezzo del genere! Devi solo andare nel rettangolo – trottare in giro per un po' e farmi fare una brutta figura. Sunshine può fare quei movimenti da addormentata – e scommetto che anche tu li puoi fare nel sonno, visto quanto li abbiamo provati!»

Evan interviene. «Allora è questo il tuo consiglio? Devono solo entrare lì dentro e farsi un sonnellino?»

Dan annuisce pensieroso. «Sai, credo di sì.»

Tatiana li guarda con un certo disgusto. «Siete tutti e due matti,» dice, ma le sue mani hanno smesso di tremare.

Il nome di Tat viene chiamato e a Dan sembra di notare un po' movimento tra la folla. Si domanda se la voce dell'entrata in scena della nuova ricca famiglia si sia già sparsa; spera per Tat di no. Tuttavia la sua attenzione è sull'osservare come la loro gara. Tat si comporta molto bene. Naturalmente Sunshine è un gioiello, ma Tatiana fa un buon lavoro nel non ostacolarla e nel darle i comandi in maniera sufficientemente chiara da far capire al cavallo che cosa le è richiesto di fare. Dan non ha guardato ogni binomio, ma da quello che ha visto pensa che Tat avrebbe vinto, se Sunshine fosse stata in concorso. Lasciano il campo di gara e Tat è così su di giri che sta praticamente toccando il cielo con un dito, sorridendo raggiante mentre guarda nella telecamera di Evan e parlando eccitata mentre cerca di dare a tutta la squadra un resoconto secondo per secondo della gara.

Anche Robyn va bene, con un Chaucer non eccezionale, ma costante, specialmente dato che è il suo primo completo. Dopo la sua performance c'è un po' di pausa. Non è ancora l'ora del salto per i principianti o della gara di addestramento per i livelli più alti. Dan e gli altri tolgono le bardature ai cavalli e fanno uno spuntino; dal quel momento in poi la giornata è un susseguirsi di eventi e Dan cerca di dare indicazioni agli altri cavalieri, rimanendo tuttavia competitivo con i suoi cavalli. Nel salto ostacoli compie con Winston un percorso netto. Il cavallo ha mantenuto quasi tutta la docilità della seconda parte della prova di dressage ed è chiaramente entusiasta di stare facendo qualcosa in cui gli viene data un po' più di libertà. Quando è il suo turno, Monty supera la prova di dressage senza nessun problema e affronta ogni salto come se fosse una montagna, preparandosi ogni volta ad un potente stacco e poi volando sopra quasi ogni ostacolo a un'altezza doppia di quella richiesta. È uno spreco di energie e Dan sa che Monty non dovrebbe farlo, ma è divertente. E il suo entusiasmo, unito al piacere che prova nel mettersi in mostra, sono una grossa parte di quello che rende Monty un così eccezionale cavallo da completo. Anche gli altri cavalli si comportano bene: Kip compie un percorso netto dopo una prova di addestramento molto buona, Sunshine porta facilmente Tat alla fine della prova di salto.

Dan si era chiesto se iscrivere o meno Chaucer e Winston alla gara di cross. È l'ultima delle tre discipline in questo concorso, quindi potrebbe ritirarli adducendo come motivazione l'affaticamento. Ma entrambi hanno fatto così bene nelle prime due prove che decide di farli continuare, e ne è felice. I due cavalli affrontano il percorso come dei campioni, senza paura, decisi e splendidi. E nonostante Evan per la paura stringa le mani così tanto da avere le nocche bianche, anche Tat e Sunshine arrivano alla fine del percorso senza farsi male, anche se Dan scuote la testa al completo arancio e rosa di Tat, con redini arancioni coordinate. Quindi i cavalli delle categorie più basse vengono fatti defaticare e messi nei loro box per un meritato riposo. Rimangono solo Monty e Kip. Monty partecipa al percorso di campagna solo per divertimento, ma Kip ha compiuto una gara di dressage molto buona e un percorso netto nel salto ostacoli. Al momento della gara di fondo è terzo e se arriva alla fine senza commettere errori, sicuramente si piazzerà nella zona premi. Dan sa che queste ricompense in denaro sono ridicole se confrontate anche solo alle spese del viaggio, figurarsi al costo intero dell'operazione, ma gli piacerebbe comunque iniziare a muovere i primi passi verso i guadagni che la scuderia un giorno dovrebbe riuscire ad avere.

Il percorso ha la forma di un grande anello, quindi l'arrivo è vicino alla partenza; Dan ha la possibilità di vedere i due cavalli posizionati prima di Kip in classifica arrivare con delle penalità significative, aprendo così la strada a Michelle non solo per un piazzamento, ma forse per la vittoria. Vede Michelle arrivare con Kip mentre sta aspettando che venga data la partenza a Monty. Evan, Tat e Robyn sono ancora più vicini; le ragazze stanno urlando il loro incoraggiamento mentre Evan filma l'azione, e quando Kip arriva in tempo e Michelle alza le armi per indicare che non ha commesso penalità lungo il percorso, Dan non prova esultanza, ma sollievo. Fino a quel momento non si era reso conto di quanto ansioso fosse per la gara, di quanto fosse ansioso di dimostrare a Evan di stare facendo un buon lavoro, di aver trovato dei dipendenti capaci e di avergli portato dei validi cavalli. Se vuole essere onesto, forse non è solo una questione di voler dimostrare a Evan qualcosa. Forse in parte è anche un voler dimostrare qualcosa a se stesso. Ha lavorato con Justin così a lungo, che è stato difficile aver fiducia di essere capace a farcela da solo, di non essere semplicemente stato trascinato in avanti delle capacità di Justin. Una vittoria a livello Training di in un concorso completo di equitazione regionale non è certo la sua meta ultima, ma è un inizio.

Dan quasi non pensa al percorso di Monty, lascia che il talento e l'arroganza dell'imponente cavallo li portino al di là di ogni ostacolo, che Monty tratta come se neanche meritassero la sua attenzione. Fanno un percorso netto e Dan deve far rallentare un po' il cavallo per essere sicuro che non arrivino al di sotto del tempo minimo, poi galoppano sicuri fino all'arrivo. I suoi risultati non hanno importanza, ma gli altri sono comunque rimasti indietro ad aspettarlo e a incitarlo, ed è una bella sensazione. Monty e Kip sono amici e a casa vengono lasciati pascolare nel paddock insieme, e Kip aggiunge anche il suo saluto, nitrendo sonoramente quando Dan impiega troppo tempo a portargli vicino Monty. Dan si mette a ridere e lascia che i due cavalli, stanchi e sudati, si salutino a vicenda, poi si dirige insieme a Michelle verso l'area principale, con gli altri tre che seguono a piedi.

Generalmente il salto ostacoli è l'ultima prova del completo ed i risultati sono disponibili abbastanza in fretta. Tuttavia, con la prova di fondo come ultima gara, ci vuole più tempo per stilare i risultati, dal momento che i giudici devono rientrare dal percorso e poi fare i calcoli, quindi la squadra decide di togliere i finimenti ai cavalli e di iniziare le cure del dopogara. Ogni cavallo viene fatto camminare fino a quando non si è raffreddato e asciugato, poi vengono fatti dei massaggi e applicate delle lozioni antinfiammatorie alle loro gambe. Dan è responsabile di due cavalli e, anche se ha già fatto defaticare Winston, è grato che Evan si occupi di lui, mentre Dan si occupa di Monty. È utile ed è un ottimo modo per Evan di imparare qualcosa di più sui suoi cavalli. Dopo aver applicato la crema mettono le fasce da riposo alle gambe e poi lasciano andare i cavalli nei loro box. Li faranno camminare di nuovo prima di andare a dormire, il tutto per cercare di evitare che le loro gambe si induriscano troppo.

Il fine gara è anche un momento mondano, con i competitori che si aggirano e parlano fra di loro visto che il concorso è finito. Dato che la scuderia dei Kaminski è nuova, ricevono molte attenzioni, e Tat sembra trovare delle nuove amiche nelle visitatrici più giovani. Dan le vede scambiarsi i telefoni e introdurci le loro informazioni, cianciando sul postare le foto sulle rispettive bacheche di Facebook.

Dan nota anche un buon numero di donne lanciare occhiate a Evan. Ce n'è una in particolare, una splendida brunetta, che apparentemente conosce già Evan, e i due si salutano animatamente. Dan non pensa che l'abbraccio iniziale sia particolarmente degno di essere commentato, ma non può fare a meno di notare che anche dopo il primo saluto la donna continua a toccare Evan, sfiorandogli molte volte le braccia, anche appoggiandosi e dandogli dei colpetti scherzosi con le anche. Dan si ricorda che ha del lavoro da fare e va a controllare le fasce di Sunshine, ma quando si scopre scrutare Evan da sotto la pancia del cavallo, si rende conto di essere un po' nei pasticci. Anche Evan adesso la sta toccando e Dan si chiede quando sembrerebbe acido se gli chiedesse di far passeggiare Winston un altro po'.

Quando anche Evan si appoggia scherzoso alla donna, Dan si raddrizza e cerca di concentrarsi su Tat. «Sì, queste fasciature vanno bene. Sono leggermente molli, ma è sempre meglio che troppo strette – e non sono fatte così male da doverle rifare.» Tat annuisce pensierosa e allunga la mano per testare quanto sono tese; Dan lancia un'altra occhiata a Evan, che sta dedicando alla donna il suo classico 'sguardo da dietro la frangia', e d'un tratto ne ha abbastanza. In quel momento però Evan gira gli occhi verso Dan, alza un sopracciglio e sorride compiaciuto. Dan abbassa immediatamente gli occhi, facendo finta di non stare guardando, ma sa che è troppo tardi – è stato beccato. Alza di nuovo lo sguardo e il sorriso di Evan si allarga; Dan scuote la testa con un po' di rassegnazione, poi la piega in ammissione. Ok, va bene, Evan ha vinto il round.

A questo punto vengono comunicati i risultati e la brunetta ritorna al suo cavallo. Evan si avvicina a Dan e questa volta dà *a lui* un colpetto di fianchi, a cui Dan risponde con una gomitata piuttosto angolosa nelle costole. Evan emette un grugnito e ride un po', mentre Dan gli dice, «Sì, ok, ma almeno io non sono corso ad appoggiarmi tutto addosso a te!»

L'intero gruppo si incammina insieme per controllare i risultati. Dan dà un'occhiata veloce al cartellone e fa un gran sorriso a Michelle. «Porteremo gli altri due con addosso le coperte di pile, ma Kip ha vinto – vuoi sellarlo e montarlo?»

La ragazza sembra tentata, ma poi scuote la testa. «No, meglio di no – è così a suo agio adesso, e poi sembra che la maggior parte della gente li porti nelle loro coperte da dopolavoro.» Si rallegra. «Inoltre ci saranno un sacco di altre occasione in cui vincerà, giusto?» D'un tratto appare un po' preoccupata. «Ma continuerò a montarlo io?»

«Ehi, hai vinto. Perché dovrei volere toglierti il cavallo quando hai vinto?» Dan sorride alla sua espressione sollevata, poi va a preparare Winston per la consegna della coccarda. Winston è arrivato sesto, Chaucer ottavo e Dan è entusiasta di entrambi i risultati, considerato che è il loro primo completo. Dan fa uscire Winston quando i giudici arrivano per consegnare le coccarde; durante le tradizionali strette di mano sono piuttosto loquaci.

«È stato fantastico tutto il giorno, eccetto che per il primo minuto e mezzo,» dice uno dei giudici a Dan.

«Sì, lo so – è il suo primo concorso completo, ed è giovane, quindi... migliorerà.»

I giudici annuiscono e un altro aggiunge, «Ho visto Three Willows al Rolex un paio di anni fa. Il vostro cavallo *hors concours*, Three Card Monte – è il fratello pieno?»

Dan annuisce. «Credo sia dotato quanto lo era lei – con una personalità diversa, ma con la stessa forza e lo stesso coraggio.»

I giudici annuiscono con l'aria impressionata. «Beh, non vediamo l'ora di ritrovarvi di nuovo in gara – benvenuti in California.»

I giudici passano al cavallo successivo e Dan guarda la coccarda verde che sventola dalla capezza di Winston, che non ne sembra molto convinto – fa un paio di tentativi per girarsi per guardarla meglio, apparentemente non capendo che si muove quando si muove la sua testa. «Fai meglio ad abituartici, sai – ne vedrai molte altre,» gli mormora Dan, dandogli delle pacche sul collo.

Si allontanano dal campo della premiazione e Dan nota Tat guardare con invidia le coccarde. Ci pensa per un momento, poi si avvicina. «Sai, potremmo probabilmente farti montare Sunshine e Chaucer al prossimo completo... a patto che tu lavori sulla tua forma fisica e che si spenda molto tempo ad allenare te e Chaucer insieme.» Scrolla le spalle. «Probabilmente per un po' non arriverete primi, ma almeno avrai la possibilità di prendere delle coccarde –» Il resto delle parole di Dan viene travolto dall'abbraccio eccitato di Tat. Dopo un po' Dan riesce a districarsi e chiede, «Quindi immagino che tu sia interessata?» La ragazzina si limita ad annuire, poi corre da Robyn a darle la buona notizia.

Dan impreca tra sé e sé e si avvicina a spiegare a Robyn perché le ha tolto il cavallo. Le dice, «Sei stata grande oggi. È stata per lui una fantastica presentazione. Puoi passare a Winston se vuoi – al momento lui è troppo testardo per Tat. O puoi occuparti di allenare uno dei cavalli più giovani.» La ragazza fa un cenno di assenso e Dan ringrazia la sua buona stella; Robyn ha abbastanza fiducia in sé da accettare che non si tratta di una retrocessione.

C'è molto lavoro da fare per pulire i cavalli e rilassarli e prepararli per la notte e, al momento della consegna dei premi, erano già le sette. Evan va a prendere delle pizze mentre gli altri finiscono il lavoro sui cavalli e quando torna tutti gli premono intorno come se stessero morendo di fame. Robyn scruta con un po' di scetticismo i cartoni delle pizze, fino a quando Evan non le indica quella vegetariana. Non si preoccupano di parlare; mangiano e poi si riposano, sazi e stanchi.

Evan sospira un po', poi chiede, «Allora Tat... che cosa dici? Un'altra notte qui, o vuoi andare al motel?»

Dan non ci ha pensato, ma gli sembra giusto fare uno scambio. «Sì, se volete andare a dormire in un vero letto, mi va bene rimanere qui.»

Robyn scuote la testa. «Neanche per idea! Questo letto è quindici minuti più vicino di quello del motel – questo lo rende mio.» Lancia un'occhiata a Tat. «Ma non è un problema se vuoi andare là, tesoro. Io sono a posto, qui.»

Al lato cavalleresco di Dan non è mai davvero piaciuta l'idea di lasciare una donna da sola nella selleria di una scuderia. Il cancello si chiude a chiave, ma non è sicuro come una camera d'albergo, e parte del lavoro consiste nell'essere pronti a lasciare la selleria per andare a dare un'occhiata ai cavalli. Ma Dan sa che molte donne lo fanno e che, in molte scuderie, è una parte importante del lavoro di uno stalliere. Escludere le donne dal farlo significherebbe rendere meno desiderabile la loro assunzione.

Tat guarda Evan con un po' d'astio, poi dice, «No, mi fermo.»

«Sei certa?» Dan non è sicuro di che cosa stia succedendo fra i due, ancora non sa che cosa ha provocato la scenata mattutina di Tat, ma Evan sembra stare trattando quello che è il motivo della sua lamentela con un certo grado di rispetto.

Tat annuisce e quando Evan guada Dan e Michelle per vedere se sono pronti, la ragazzina si alza insieme a lui e lo abbraccia. Evan ha l'aria di esserne un po' sorpreso, ma ricambia immediatamente l'abbraccio, stringendola a sé. Lei lo guarda con la faccia ancora premuta contro il suo petto e dice, «Grazie per oggi, Evan. È stata una bella giornata.»

Lui le sorride un po' tristemente. «Vuoi che stia qui con te? Posso piegare alcune delle coperte dei cavalli e crearmi un piccolo nido.»

Lei lo spinge via decisa e scuote la testa. «No, sto bene. Mi addormenterò appena poserò la testa sul cuscino.»

Evan annuisce. «Il telefono è carico?»

Adesso la ragazza sta ruotando gli occhi esasperata. «Va' via, Evan! Dan e Michelle ti stanno aspettando.»

«Ok, ok.» Si sorridono, poi Evan si dirige verso il parcheggio, con Dan e Michelle che seguono dietro di lui. Quando sono quasi arrivati alla macchina, Evan riceve una telefonata e rimane indietro per rispondere; Dan si ricorda che Evan ha molte responsabilità oltre alla sua famiglia. La dice lunga su di lui che abbia sacrificato senza lamentarsi il suo weekend per dormire in una stanza d'albergo da due soldi, spostandosi con un branco di cavalli, solo perché è quello che voleva sua sorella. Dan ripensa alla loro conversazione del giorno prima e si rende conto che un'altra cosa che il denaro non può comprare è il tempo.

Evan li raggiunge e salgono tutti sulla macchina. Anche durante un viaggio di quindici minuti Dan deve lottare per mantenersi sveglio. È stata una bella giornata, ma molto stancante. Si accorge che Evan lo sta guardando nello specchietto retrovisore e gli sorride; Evan ricambia il sorriso, anche se ha l'aria di essere un po' teso. Dan decide che non c'è fretta e che può cercare di capirne il perché il giorno dopo. Intanto, con i Kaminski, i problemi non sembrano mai rimanere sepolti a lungo.

CAPITOLO

TRENTATRÉ

Il viaggio di ritorno verso l'albergo passa in silenzio; Dan ed Evan accompagnano Michelle alla sua porta e poi si dirigono verso la loro stanza. Mentre Evan lo segue oltre l'ingresso, Dan dice, «Mi faccio una doccia, quindi se vuoi andare per primo...»

Evan annuisce e afferra il suo nécessaire prima di entrare in bagno. Esce dopo un paio di minuti, sostituito da Dan, che lava via con l'acqua calda il sudore e lo sporco della giornata. Quando ha finito la doccia si rende conto di avere dimenticato di prendere un cambio di vestiti, ma davvero non riesce ad affrontare l'idea di rimettersi addosso la roba sporca che ha lasciato cadere per terra, quindi si avvolge un asciugamano intorno alla vita, si lava i denti e torna nella camera. Si stava aspettando di trovare Evan già a letto, come era successo il giorno precedente, ma non è così. Evan è seduto al fondo del suo letto e sembra davvero che stia aspettando Dan. Evan gira la testa verso la porta mentre Dan cerca i suoi vestiti, infilandosi i boxer sotto l'asciugamano e poi mettendosi un paio di pantaloni della tuta. Quando Dan si gira a guardarlo, però, Evan si sporge un po' in avanti.

«Sei super stanco, o posso parlarti per un minuto?»

Dan è stanco, ma non crede davvero di essere in grado di addormentarsi dopo una domanda simile. «Ehm, no, possiamo parlare.»

Dan si ricorda del succhiotto e si infila una maglietta girocollo, poi fa un paio di passi e si siede su un angolo del suo materasso, con le gambe inclinate verso Evan, che a sua volta si gira, così che i due siano quasi faccia a faccia, prima di fare un gran respiro. «Ok, spero che questo non sia un grande problema, ma, ehm...»

Dan sospira e si prepara. Avrebbe dovuto sapere che il weekend era andato troppo liscio.

«Ok, hai visto che stamattina Tat era piuttosto incazzata?»

Dan annuisce. Si immaginava che alla fine ne avrebbero parlato. «Beh, era perché ha visto un paio dei tizi della security che lavorano per noi intorno alla zona di gara. Sa che sono necessari, ma... lo odia. Vuole solo essere normale, capisci?»

Dan annuisce. «Com'è che non sapeva che ci sarebbero stati?»

«Non so – sperava ardentemente che fosse così, forse? Voglio dire, non li ha dietro quando è a casa e finché va in posti in maniera assolutamente casuale, di solito non ha bisogno di averli con sé. Ma in un'occasione come questa, dove il suo nome era sulla lista dei partecipanti, postato su internet? Quando passa la notte in un posto quasi abbandonato? Ha bisogno di qualcuno che la sorvegli.»

«È per paura di un rapimento?»

Evan annuisce. «Sì, essenzialmente. Voglio dire, interverrebbero se ci fosse ogni tipo di problema, ma il vero rischio è un rapimento.»

Dan alza le sopracciglia. Probabilmente ha senso, ma non riesce ad immaginarsi come deve essere vivere così. «C'è qualcosa che posso fare, allora? Tipo, cose a cui dovrei fare attenzione?»

Per qualche motivo Evan sembra davvero a disagio. «Ehm, tieni solo gli occhi aperti, direi. Ma, per quanto riguarda l'aiutare...» Scuote la testa. «Ok, sono sicuro che non sia un problema. Non so se ricordi, ma quando sei stato assunto hai compilato un sacco di carte, e una delle cose che hai firmato era il permesso di lasciare la compagnia fare un'indagine conoscitiva sul dipendente. Che è, in pratica, un controllo dei precedenti personali. Onestamente, neanche so tutto quello che vadano a vedere – un sacco di cose, immagino.» Guarda Dan come per cercare di capire la sua reazione, ma Dan mantiene il suo volto impassibile. «In ogni caso, mi fido di te, quindi non ho chiesto che lo facessero in fretta o che cosa, ma immagino che quando stavano preparando la security per il weekend hanno finalmente messo insieme tutto quello che hanno trovato su di voi, e hanno chiamato questa sera dicendo che vogliono farti un po' di domande.» Evan osserva Dan con una certa cautela.

«Solo a me?», chiede Dan a bassa voce.

«Ehm, sì. Non so per quale motivo e gli ho detto che non voglio saperlo. Voglio dire, mi fido di te. E potrei dirgli di saltarlo e di non preoccuparsi, ma... sono professionisti, capisci? Non si dimenticheranno di questa cosa, e se sono occupati a essere sospettosi di te, magari potrebbero finire col non fare abbastanza attenzione a qualcuno su cui invece dovrebbero fare attenzione perché *potrebbe* davvero essere un rischio, e... si tratta di mia sorella. Non posso fare nulla che li intralci nel loro lavoro.» Evan sembra infelice.

Dan è davvero stanco. «Sì, va bene. Non ti preoccupare. Credo... non so, credo che abbiano probabilmente trovato i miei precedenti di quando ero minorenne.»

Evan chiede con cautela, «Hai dei precedenti da minorenne?»

«Sì.» Evan non lo ha chiesto, ma Dan non vuole costringerlo a farlo. «Aggressione, vandalismo, possesso... furto... ero un ragazzo piuttosto problematico.» Lancia un'occhiata guardinga e vede che Evan non sembra essere troppo allarmato, quindi continua. «I precedenti teoricamente dovrebbero essere sigillati, ma Chris mi ha detto che un buon investigatore potrebbe trovarli, specialmente dando un po' di soldi alla gente giusta.» Sorride un po' amaramente. «Scommetto che i tuoi scagnozzi abbiano un po' di soldi da dare nelle mani giuste.»

Evan si acciglia. «Gli ho detto che non volevo sapere, ma forse dovrei fargli una telefonata. Voglio dire, se questo è tutto quello che c'è, allora non dovrebbero avere bisogno di parlarti.»

«Non è finito tutto quando ho compiuto diciotto anni, ma almeno allora ne sapevo abbastanza da non farmi più beccare.» Un altro sguardo, ed Evan continua a sembrare ragionevolmente calmo. «Ero... stavo lasciandomi tutto alle spalle quando ho incontrato Justin, e... non so, immagino che lui mi abbia dato qualcosa da perdere, quindi mi sono calmato immediatamente.»

Evan fa un respiro profondo. «Ok. Io... non so quanto possano aver trovato se non ci sono dei verbali delle cose che hai fatto da adulto – non sei mai stato arrestato dopo i diciotto anni, o condannato?»

«Mai arrestato, dopo i diciotto. Interrogato un po' di volte... immagino che il mio nome possa essere in qualche verbale, da qualche parte.»

Evan scuote la testa. «Maledizione, Dan, mi dispiace che stiano tirando fuori queste cose.»

«Come ho detto, non ti preoccupare. Vogliono che vada da qualche parte per parlargli?»

«Ehm, hanno detto che possono venire alla scuderia. Domani pomeriggio, se va bene.»

Dan annuisce, poi scuote la testa. «No, aspetta. Sarebbe... sarebbe meglio tenere questa faccenda lontana dalla scuderia. Posso incontrarli da qualche altra parte?»

Evan scrolla le spalle. «Sono sicuro che potresti andare in ufficio. Ma saranno discreti. Potrebbero andare a casa tua, o potresti incontrarli da me se preferisci – potresti usare il mio studio.»

«No, la dépendance va bene. A che ora?»

«Posso chiamarli e dire un'ora che vada bene a te.»

«Non importa. Dovremmo tornare per mezzogiorno.» Si passa una mano fra i capelli. «Ti importa? Se questo è tutto quello di cui sono preoccupati, è un grosso problema?»

«Dei precedenti di quando eri minorenne? No, non m'importa. Voglio dire, non dovrebbero nemmeno averne avuto accesso, giusto? Sono stati sigillati per una ragione.»

«Sì, ok.» Dan lo guarda. «È tutto?»

Evan sembra percepire che Dan non ha preso la notizia così bene come appare esteriormente. «Davvero, io non c'entro. Cioè, mi fido di te... ricordati, è per questo che volevo assumerti.»

«Evan, davvero, non ti preoccupare. Non devi scusarti perché fai uno screening dei tuoi dipendenti, o quello che è. Lo capisco. Solo perché abbiamo un rapporto amichevole non significa che ne sia dispensato.»

«Amichevole? Non... non minimizzare il nostro rapporto per questo. Voglio dire... siamo amici. Magari stiamo lavorando per diventare qualcosa di più? Le due cose sono separate, giusto?» Evan guarda Dan in maniera quasi supplichevole.

Dan fa un respiro profondo, poi lo esala con forza. «Sono solo stanco, forse. È che... ora come ora... tu sei il mio capo. Non dovrei permettermi di dimenticarlo. Come ho detto ieri, questo è praticamente il mio lavoro ideale e non voglio comprometterlo. E potrei comprometterlo se dimenticassi chi è il mio capo.»

Evan scuote la testa in diniego. «No. Non sono il tuo capo *in quel modo*. Non sono il capo che ti supervisiona ogni giorno, o che ti fa finire nei pasticci se sei in ritardo, o –»

«Evan. Sei il mio capo.» Dan sa che il suo tono è irritato e cerca di cambiarlo. Cerca di non rispondere in modo seccato al suo capo. «Ok, scusa. Non so... sto solo comportandomi da coniglio. Parlerò ai tizi della security. Andrà tutto bene, non è un problema.» Evan non sembra esserne convinto neanche un po', ma Dan cerca di ignorarlo. Non sa perché questa faccenda gli stia dando così tanto fastidio. Forse perché stava godendosi una fantasia, stava divertendosi pensando ad Evan semplicemente come ad un uomo, invece che come al suo datore di lavoro. Quindi forse è un bene che sia stato fatto tornare coi piedi per terra adesso, invece che più in là, quando avrebbe avuto una distanza più grande da cui cadere. «Allora, adesso andrei a dormire, se abbiamo parlato di tutto...»

Evan annuisce con riluttanza e Dan si alza con fare risoluto, tira giù le lenzuola e sale nel letto. Evan rimane seduto sul fondo del suo materasso per qualche momento, poi si alza, spegne le luci e si infila sotto le coperte. Dan non riesce ad addormentarsi, ma non dice nulla, non vuole ritornare alle chiacchiere stupide della notte precedente. Ha bisogno di ricreare alcuni confini; avere conversazioni intime a letto non è il modo giusto per farlo.

Finalmente si addormenta, ma il mattino successivo apre gli occhi prima che suoni la sveglia. Rimane coricato, cercando di riaddormentarsi, ma come al solito non gli riesce. Gira la testa verso Evan, che dorme beatamente nel letto a fianco, e distoglie quasi immediatamente lo sguardo. I dipendenti non dovrebbero osservare i loro capi mentre questi dormono, non dovrebbero volere toccare le spalle nude dei loro capi, o infilare le loro mani sotto le coperte...

Si alza con attenzione dal letto e adocchia i suoi obiettivi prima di muoversi. Le sue scarpe sono là, le calze lì e la chiave della stanza là sopra... ha dormito con i pantaloni della tuta e una maglietta, quindi può uscire senza bisogno di cambiarsi i vestiti. Agguanta con attenzione tutto ciò che gli serve e si dirige verso la porta, che fa un piccolo rumore mentre si apre. È il suono più forte che Dan ha fatto da quando si è svegliato, ma si obbliga a non girarsi per controllare Evan. Scivola fuori e chiude dietro di lui la porta con delicatezza, poi respira a fondo la fresca aria mattutina. È bello essere liberi.

Si siede sul marciapiede e si infila calze e scarpe da corsa. Pensa agli esercizi fisici di Evan, all'idea di fare ginnastica per sfogare lo stress; si alza e fa un paio di passi prima di iniziare una corsa leggera. Il giorno precedente ha lavorato duro e la notte non ha dormito bene, quindi non ha molte energie, ma è una bella sensazione impegnarsi a fare qualcosa. Segue il marciapiede e poi gira a sinistra. Loro sono arrivati dalla destra e Dan non si ricorda di aver visto dei posti adatti per chi fa jogging in quella direzione. Non che abbia bisogno di un percorso particolare – a quest'ora del mattino le strade sono deserte, quindi ha tutto lo spazio che vuole. Dopo dieci minuti si ferma e fa dello stretching, poi ricomincia a correre ad una velocità più sostenuta, spingendo di più, cercando di raggiungere quel grado di concentrazione in cui riesce a smettere di pensare. Trova il suo ritmo, ascolta il rumore cadenzato delle scarpe che sbattono contro la pavimentazione; è come se, in qualche modo, questo rumore provenisse da dentro di lui, e tutto il resto scompare. È una bella sensazione.

Ad un certo punto ritorna in sé quel tanto che basta per accorgersi che il traffico sta iniziando ad aumentare. Non è ancora esattamente l'ora di punta, ma è probabilmente il caso di rientrare. La giornata non ha una tabella di marcia serrata, ma c'è comunque ancora molto da fare. E Dan ha detto a Evan che sarebbero rientrati per mezzogiorno. A quel pensiero, Dan sente tutta la tensione di cui è appena riuscito a liberarsi ritornare di botto nel suo corpo. Torneranno per mezzogiorno, così che Dan possa andare a rispondere ad un sacco di domande su cose stupide che ha fatto in quella che sembra un'altra vita. Crede a Evan quando gli dice che dei precedenti da minorenne non sono un gran problema per la sua attuale occupazione, ma questo non significa che Dan desideri rivivere tutto, o essere torchiato sugli errori della sua vita da dei completi sconosciuti.

Quando torna in albergo, la stanza è vuota e le cose di Evan non ci sono più, anche se la Cherokee è ancora parcheggiata all'esterno. Dan dà un'occhiata all'orologio. I tempi sono stretti, ma non è ancora in ritardo. Appende i vestiti sudati per fargli prendere un po' d'aria mentre si fa una doccia veloce. Quando esce, Evan non è ancora di ritorno, quindi Dan si infila jeans e maglietta, trova gli stivali da lavoro e mette in valigia le altre cose. Bussa alla porta della camera di Michelle, ma non ha risposta, quindi mangia i cereali da solo, poi versa via il latte avanzato e prende il cibo che avevano messo nel mini frigo. Impila tutto dalla porta e dà una controllata veloce alla stanza per essere sicuro di non avere dimenticato nulla, poi si dirige verso il ristorante annesso all'hotel. Se Michelle ed Evan sono da qualche parte insieme, probabilmente è quello il posto.

Il suo sospetto è confermato appena apre la porta e sente la risata sonora di Evan provenire dall'interno. I due sono seduti a un séparé vicino alla finestra; Evan dà le spalle alla porta, così Dan può solo vedere la faccia di Michelle. La ragazza ha l'aria soddisfatta per aver fatto ridere Evan e Dan prova un moto di irritazione. Ovviamente Evan non è troppo preoccupato di quello che nella giornata farà passare a Dan. Ma poi, perché dovrebbe? La gente fa sempre passare i propri stipendiati attraverso gli screening della security; Dan deve solo assicurarsi di non dimenticare più che lui è un dipendente di Evan.

Si avvicina al tavolo determinato a essere civile. «Salve, ragazzi.» I due alzano lo sguardo e Dan si rivolge a Michelle. «Hai già portato via tutto dalla stanza? Posso andare a dire che lasciamo l'albergo?»

Lei fa un cenno di assenso. «Sì, abbiamo messo le mie cose nella macchina. Siamo pronti ad andare quando sei pronto tu. Stavamo solo aspettandoti.»

Dan guarda il suo orologio. Sono ancora in orario, ma si sente come se Michelle lo stesse accusando di qualcosa. Forse è solo paranoico, forse si sta preparando alle accuse che gli verranno fatte nel pomeriggio. «Ok. Ehm, Evan, posso chiederti le chiavi della macchina? Se carico le mie cose posso fare il check out. Magari ci incontriamo fuori in un paio di minuti?»

Evan annuisce e si alza per tirare fuori le chiavi dalla tasca. «Sicuro, hai bisogno di aiuto? O vuoi che lo faccia io, così da lasciarti mangiare qualcosa di colazione?»

«No, sono a posto, grazie.» Non è davvero interessato a dovere dei favori a Evan.

Una manciata di minuti più tardi, quando esce dalla reception del motel, Evan e Michelle lo stanno aspettando sulla Cherokee; Michelle è seduta dietro. Il viaggio è solo di un quarto d'ora, quindi Dan non prova neanche a trovare un modo per scambiarsi di posto.

Mentre guidano Michelle fa un paio di domande sulla scuderia e Dan si dilunga nel rispondere, trasformandole in discussioni che coinvolgono solo lui e Michelle. Ad un certo punto durante il corso della nottata irrequieta e della corta mattinata, Dan sembra avere sviluppato un po' di risentimento nei confronti di Evan, ed è riluttante a rinunciarci. Sarebbe molto più facile mantenere le distanze dall'uomo se Evan non fosse così maledettamente piacevole... e, almeno in quel momento, non lo è.

Quando arrivano sul posto, Tat e Robyn hanno già dato da mangiare ai cavalli e stanno lavorando nel mettere a posto tutto l'equipaggiamento mentre gli animali sono occupati a ruminare. Dan si guarda intorno alla ricerca del trailer, poi lancia un'occhiata confusa a Robyn. «Non è ancora arrivato?»

Lei scuota la testa in diniego; Dan controlla l'ora, poi si dice di calmarsi. L'autista non è nemmeno in ritardo, quindi perché Dan sta cercando guai?

Una persona sta guidando un piccolo trattore con attaccato un rimorchio basso per il fieno, usandolo come una specie di navetta per l'equipaggiamento, prendendo le cose pesanti dalle scuderie temporanee e portandole all'area adibita al carico. Dan fa segno al guidatore di fermarsi e tutti insieme iniziano a caricare l'equipaggiamento. Poi uno degli amministratori arriva per sistemare i conti finali. Hanno portato fieno e mangimi, ma hanno comprato le lettiere; poi c'è il premio della vincita da sistemare, per quanto sia misero. Non appena Dan finisce di occuparsene, arriva il trailer per il trasporto dei cavalli, e tutti sono presto indaffarati a caricare prima le attrezzature e poi gli animali.

Quando tutto è sistemato, la squadra si raduna. Dan si rivolge a Michelle. «Non mi dispiacerebbe chiedere all'autista alcune cose, avere la sua impressione sui diversi concorsi e sull'operato della zona. Ti andrebbe di prendere il mio posto in macchina?»

Lei si avvicina per assicurarsi di non essere sentita dall'autista. «Non c'è bisogno che tu lo faccia... sono pronta per il secondo round di storie.»

Dan si sforza di ridere. «No, voglio davvero parlargli.» Lei sorride, felice di potere scamparsela, e Dan si gira verso il membro più giovane del loro gruppo. «Tat, nella macchina c'è posto anche per te...»

«Assolutamente no! Anch'io voglio sapere delle competizioni!» La ragazzina sembra eccitata, come al solito, e Dan emette tra sé e sé un lamento. Adesso deve sforzarsi di trovare delle vere domande da fare all'autista. Tuttavia, meglio conversare con lui che con Evan.

Verso la fine del viaggio, Dan non ne è più tanto sicuro. Ha esaurito ogni domanda possibilmente utile dopo la prima mezz'ora, e da allora l'autista ha preso la conversazione in pugno e ha raccontato storia dopo storia, quasi tutte senza un punto preciso o una fine. Anche Tat ha l'aria di esserne stata un po' sopraffatta, mentre Dan si sente come se avesse fatto una guerra. Salta giù dalla cabina prima ancora che il camion si sia completamente fermato; vede che Robyn e Michelle lo hanno notato e che stanno ridendo. Guardando Michelle, fa roteare esasperato gli occhi; lei fa un cenno di assenso, poi insieme iniziano ad occuparsi dei cavalli.

Sara, che è nella scuderia a prendersi cura dei cavalli che sono stati lasciati indietro, esce per andarli ad aiutare. Tat è pronta, ma chiaramente stanca, e Dan preferirebbe liberarsi velocemente di Evan. «Perché non vai a casa adesso, Tat?» La ragazzina alza gli occhi preparata a protestare, ma Dan dice, «Sunshine è stata fatta scendere ed è stata liberata nel paddock, tu hai portato i suoi finimenti dentro e hai passato due notti su una brandina... hai fatto più della tua parte, davvero.» Sembra tentata, specialmente quando Evan le sorride affettuoso e le fa un cenno d'approvazione.

«Sì, sali su, mocciosa. Devo sistemare un paio di cose con Dan e poi ti raggiungo. Perché non vai a vedere quello che Tia ha preparato per pranzo?»

Lei annuisce, poi si gira verso Dan. «Vieni su a pranzo anche tu?»

Dan è colto un po' alla sprovvista, ma riesce a rispondere con calma. «No, grazie, devo occuparmi di alcune le cose quaggiù.»

La ragazzina si incammina ed Evan si volta verso Dan. «Allora, ho parlato con la squadra della sicurezza. Hanno detto che vorrebbero chiarire la cosa il più presto possibile, quindi vengono oggi all'una, a casa tua. Va bene?»

Dan guarda l'orologio. È già la mezza. Evan fa una smorfia. «Sì, mi dispiace. Quando gli entra un'idea in testa non li ferma più nessuno.»

Dan non vuole sentire altre scuse, non vuole far finta che questo sia un favore che sta facendo a Evan. Questo è obbligatorio; è una delle condizioni di assunzione. Se gli dicono di essere pronto all'una, vuole dire che è meglio che lo sia. «Sì, ok, mi assicuro solo che qui sia tutto a posto e poi vado.»

«C'è qualcosa che posso fare per aiutare? Voglio dire, qui, o...»

«No, no davvero. Qui tutti conoscono i cavalli più di te, quindi possono gestire la situazione. È tutto a posto. Probabilmente mi prenderò il resto della giornata libero. Hai visto il foglio nella selleria dove tutti registrano le proprie ore? Lo segnerò là sopra.»

Evan scuote la testa con impazienza. «Dan, ti ho detto di non preoccuparti delle maledette ore! Mi fido di te, so che stai facendo il tuo lavoro, non hai bisogno di provarmi un bel niente.»

Dan fa uno sbuffo. «Beh, apparentemente devo provare delle cose a qualcuno, giusto? Mi terrò stretti i fogli delle ore, nel caso che, un giorno o l'altro, chi si occupa delle busta paga non decida di lanciare la propria investigazione.»

Evan sembra volere rispondere a quella frase in maniera un po' tagliente, ma dopo un breve conflitto riesce a mordersi la lingua. «Va bene. Fammi sapere se questo pomeriggio ci sono dei problemi.»

«Evan, se ci sono dei problemi, mi aspetto di essere l'ultimo a venirlo a sapere. È il modo in cui è andata questa volta.»

La faccia di Evan si contrae leggermente, ma di nuovo l'uomo non risponde, si limita ad alzare una mano in saluto e salire sulla Cherokee. Dan si sente un po' in colpa, ma resiste l'impulso. È stato Evan a trascinarlo qui, in questo mondo assurdo con le sue guardie del corpo ed i suoi controlli approfonditi sui trascorsi personali di una persona, quindi perché dovrebbe essere Dan l'unico a sentirsi a disagio, mentre Evan se ne va tranquillamente avanti, a velocità di crociera, senza conseguenze, nella sua piccola bolla fatta di privilegi? Sa che non è giusto, si ricorda che Evan e Tat non sono stati protetti da tutti i colpi della vita, ma non gli importa essere imparziale.

Raggiunge il paddock dove Smokey sta pascolando. L'abbeveratoio è in qualche modo traboccato, creando una piccola pozzanghera, e Smokey ci ha chiaramente giocato dentro, schizzandosi di fango tutte le gambe, su fino al ventre. Quando il piccolo cavallo vede Dan si avvicina allo steccato e muove il muso alla ricerca di qualche stuzzichino; Dan gli accarezza il collo con affetto, facendo staccare con le dita un po' del fango secco che è addirittura arrivato fino a là. «Tu ed io, Smokey... forse siamo un po' troppo sporchi per un posto come questo, eh? Che cosa ne dici? Vuoi semplicemente scappare via, andare a vivere sulle colline?» Smokey alza e abbassa la testa, ma Dan non è convinto. «Sì, dici così adesso, ma chissà poi quando fa freddo o piove, eh? E ti mancherebbero tutte le mele che ti danno qui, vero, e tutti i tuoi amici?» Smokey alza e abbassa di nuovo la testa e poi, apparentemente rinunciando a trovare qualcosa da mangiare, si gira e torna dove gli altri cavalli stanno pascolando. Dan capisce di essere di umore un po' melodrammatico perché si sente davvero tradito dalla scelta del suo cavallo.

Scuote la testa e si incammina verso la scuderia. Deve assicurarsi che tutto fili per il verso giusto e poi firmare in uscita. Non vuole arrivare in ritardo alla sua inquisizione.

CAPITOLO
TRENTAQUATTRO

QUANDO Dan arriva alla dépendance, vede una berlina scusa già parcheggiata di fronte; quando si avvicina, due uomini escono dalla macchina. Indossano abiti scuri e occhiali da sole. Dan si sente sporco e vestito in maniera inadeguata. Non il modo migliore per iniziare il colloquio. Tuttavia non ha scelta, quindi li avvicina e porge la mano.

«Sono Dan Wheeler. Voi siete i tipi della... società di sicurezza dei Kaminski?»

Il più vecchio dei due uomini annuisce. «Sono Bill Albanese, questo è Neil Dawson.» Si stringono le mani, poi Ben chiede, «Le dispiace se entriamo dentro?»

Dan scuote il capo e li precede sulle scale. Volutamente posiziona il suo corpo in modo che non possano vedere il codice che immette per aprire la porta. Sa che hanno probabilmente veloce accesso a questo tipo di informazioni, ma che si fottano, perché dovrebbe fidarsi di loro quando loro non si fidano di lui?

Una volta entrati, non sa davvero che cosa farsi di loro. Appoggia per terra uno sopra l'altro, vicino alla porta, i borsoni che ha usato nel viaggio, poi si volta verso di loro. «Ehm, abbiamo bisogno di un tavolo per questo, o volete sedervi nel soggiorno?»

«Un tavolo potrebbe essere utile.» Questa volta a parlare è Neil.

«Ok, ehm, andiamo in cucina.» Lo seguono nel corridoio e quando arrivano nella stanza assolata, Dan si chiede quanto deve fare l'ospite. «Volete del caffè, o qualcos'altro?»

Neil scuote la testa, ma Bill dice, «Se lo fa per lei,» e Dan decide che tra i due lo preferisce. Continua a non stargli simpatico, ma... è meglio. Dan si chiede se faranno la solita routine del 'poliziotto buono' e del 'poliziotto cattivo', e quanto incasinerebbe lo schema se risultasse che Bill è il poliziotto cattivo. Mentre sta avendo questi pensieri, il suo corpo si sta automaticamente muovendo per la cucina, tirando fuori il caffè e versando l'acqua nel contenitore, mettendo al suo posto la caraffa, cercando nel frigo il latte. Fortunatamente ne trova un po' e prende il pacchetto, posandolo sul tavolo vicino alla zuccheriera. Poi tira fuori le tazze. È consapevole del fatto che i due uomini lo stanno osservando, ma non riesce ad immaginarsi che cosa possano intuire su di lui vedendolo compiere queste azioni. Non fanno tutti il caffè più o meno allo stesso modo?

Quando non gli rimane altro da fare per tenergli le mani occupate, Dan lancia un'occhiata al tavolo. Un lato è appoggiato contro al muro; i visitatori si sono seduti sui due lati lunghi, lasciando quello corto, fra di loro, a Dan. Si chiede se questo è uno stratagemma psicologico, si chiede se li irriterebbe sapere che lui normalmente si siede comunque lì. Si chiede se forse non stia attribuendo a questi due più scaltrezza di quanto sia loro dovuta.

Si siede e li guarda, aspettando la loro mossa. C'è una pausa, poi Bill inizia. «Bene, dunque, come il signor Kaminski le ha probabilmente detto, abbiamo fatto una ricerca generale sui suoi precedenti, come per ogni nuovo dipendente, e poi abbiamo fatto una ricerca più approfondita, a causa della sua posizione di accesso alla famiglia Kaminski. È stata la ricerca approfondita che ha fatto sorgere qualche... domanda preoccupante.»

Dan annuisce, ma non dice nulla. Non ha intenzione di facilitare loro il lavoro.

Neil tira fuori un registratore digitale e lo tiene in mano, per fare vedere a Dan che lo sta accendendo. «Per i nostri archivi e per evitare ogni confusione, siamo soliti registrare tutto le nostre interviste. Ha delle obiezioni?» Ha l'aria di chi ha ripetuto la stessa frase molte volte.

«Se ne avessi?» A Dan in realtà non interessa, ma di nuovo, non ha intenzione di rendere loro facile la vita.

«In tal caso porremmo fine all'intervista e comunicheremmo al signor Kaminski che lei non ha voluto collaborare. Gli raccomanderemmo anche di non continuare a tenerla alle sue dipendenze.» Sembra che Neil abbia ripetuto più volte anche questa frase.

«Posso avere una copia della registrazione?» Dan non ha idea di che cosa potrebbe fare con una copia del suo interrogatorio, ma...

A rispondere è Bill. «Le faremo avere un nastro e una trascrizione. Abbiamo anche portato una copia del file che abbiamo raccolto su di lei, perché possa guardarlo e commentarlo.» Bill sorride leggermente. «Non stiamo solo facendo i gentili, lo richiede la legge della California.» Sì, Bill è il poliziotto buono.

«Ok, non ho obiezioni alla registrazione.»

«Bene, dunque.» Adesso comanda Bill. «Le preoccupazioni che abbiamo sorgono da una varietà di punti minori e da uno maggiore. Per chiarezza, vorremmo passarli in rassegna uno per uno in ordine cronologico. Per ogni punto, le faremo vedere la documentazione, o le presenteremo quello che abbiamo trovato, dandole la possibilità di commentarlo, e poi le porremo ogni domanda che possiamo avere. Se in qualsiasi momento le sembra che abbiamo dimenticato qualcosa, la preghiamo di farcelo sapere. E devo ricordarle che non è sotto giuramento e questo non è un procedimento formale, ma nel suo contratto è previsto che il suo impiego possa essere rescisso immediatamente, senza liquidazione o altre compensazioni, nel caso in cui lei risulti essere in qualsiasi modo disonesto o evasivo in ogni campo legato alla sicurezza. È chiaro?»

Dan si limita ad annuire e Bill tira fuori il primo documento dal faldone. «Abbiamo due copie di ognuno di questi, una per noi e una per lei.» Gli passa il foglio. Dan deve guardarlo per un momento prima di capire che cosa sia, ma poi si rende conto che è una lista di tutte le scuole che ha frequentato. C'è solo una scuola per il tempo che va dai cinque anni agli undici, tre scuole fino ai quattordici, poi una lunga stringa fino ai diciotto. Dan non ha idea di che cosa questo dovrebbe provare.

Alza gli occhi verso Bill, che dice, «Vorremmo solo che confermasse che queste sono le scuole che ha frequentato.» Dan annuisce e Bill aggiunge, «Stiamo solo facendo una registrazione audio, quindi abbiamo bisogno che risponda a parole.»

Dan gira gli occhi un po' esasperato, poi dice, «Sì, queste sono le scuole che ho frequentato.»

Bill passa un altro foglio, un certificato dall'ultima scuola della lista. «E questo è il suo ultimo certificato? Sembra indicare che non si è diplomato. È corretto?»

Dan si acciglia. «Non ho mai *detto* di essermi diplomato.»

Bill annuisce. «No, non la stiamo accusando di nulla. Stiamo solo cercando di chiarire le cose. Quindi, può confermare che non si è diplomato?»

«No, non mi sono mai diplomato.» La macchina del caffè ha smesso di fare rumore e Dan si alza per riempire due tazze, portandole poi alla tavola e passandone una a Bill. È bello alzarsi e allontanarsi dai due, e gli dispiace dovere tornare al tavolo.

Il foglio successivo che gli viene dato è quello che Dan si stava aspettando. Si chiede se la faccenda della scuola non fosse che un modo per scombussolarlo, per metterlo sulla difensiva. Guarda il verbale di arresto davanti a lui, completo di foto segnaletica. Nella foto appare un Dan giovane e spaventato, che cerca di sembrare scafato e cattivo. È un po' triste.

«Questa è una copia del verbale del suo arresto, che indica un reato minore di classe b, per possesso di meno di due once di marijuana. Vorrebbe spiegare qualcosa riguardo all'imputazione?»

«Spiegare qualcosa? No, davvero... voglio dire, ero in possesso di meno di due once di marijuana. Sono stato accusato.» Dan si ferma per un secondo, poi aggiunge, «Avevo quindici anni.»

«Nessuna circostanza attenuante, nessuna dichiarazione che non fossero davvero sue.»

Dan scuote la testa, poi alza gli occhi esasperato e dice ad alta voce, «No.»

«Ed è stato condannato per questa infrazione?»

Dan è piuttosto sicuro che questi tizi abbiamo i verbali del tribunale che mostrano la sua condanna, e che lo stiano solo mettendo alla prova. Davvero, non lo apprezza, ma questo è il loro spettacolo. «Sì, lo sono stato.»

«E quale è stata la sentenza?»

«Affidamento in prova ai servizi sociali e, credo, delle ore di lavoro socialmente utile e una multa.»

«Crede?» Neil lo guarda aggrottando la fronte.

«Ehi, è stato un sacco di tempo fa. So di aver fatto lavori socialmente utili per un paio di cose, di aver pagato un paio di multe. Non posso ricordarmi di sicuro che cosa ho fatto per cosa.»

Bill non dice nulla, tira solo fuori il foglio successivo. È un altro verbale d'arresto, questa volta per aggressione aggravata. Dan lo guarda, poi Bill dice, «Probabilmente si ricorda le domande. Vuole semplicemente rispondere a tutte in una volta sola?»

Una parte di Dan non vuole, vorrebbe rendere questa cosa il più scomoda possibile per Bill e Neil, ma più di tutto, vuole terminare questo interrogatorio. «Ho patteggiato; aggressione semplice. Penso di avere fatto due mesi in riformatorio e altro tempo affidato ai servizi sociali.»

Bill annuisce. «Questo ci preoccupa perché sembra indicare che lei abbia dei problemi a mantenere il controllo e una propensione alla violenza. Se c'è qualsiasi cosa che possa dirci riguardo alle circostanze, sarebbe molto utile.»

Dan non vuole ripensarci, non vuole ripensare alla persona che era allora. «*Avevo* un carattere piuttosto irascibile. Ero un ragazzino arrabbiato. L'altro tipo mi stava provocato da tempo, chiamandomi frocio per settimane. Un giorno ne ho avuto abbastanza e ho contrattaccato.»

«E gli ha rotto la mandibola e un paio di costole?»

Dan non ha davvero nulla da aggiungere a questo. «Sì.»

«Lei si è ferito?»

«Un po' di lividi, e mi sono rotto la mano.»

«Si è rotto la mano colpendolo?»

«Sì.» A Dan non piace la piega di questa conversazione, ma non sa davvero come fermarla.

«Sto cercando di farmi un'idea più chiara – l'altro ragazzo era più grande o più piccolo di lei?»

Dan scrolla le spalle. «Non so... più o meno della stessa taglia, forse un po' più grande. Era nella squadra di football, quindi non è che stavo prendendomela con un piccolo sfigato, o qualcosa così.»

Bill annuisce. «Ok.» Gli porge il successivo rapporto, uno che Dan stava aspettando. «Allora, un singolo arresto in questo caso sembra avere portato a molteplici accuse... e di nuovo ne siamo un po' preoccupati, quindi se vuole spiegare la situazione, sarebbe fantastico.»

Dan guarda la foto segnaletica sul nuovo verbale. Ha ancora l'aria giovane, ma ha un grosso livido su uno degli zigomi e la sua espressione sembra priva di vita. È molto più vicino a sembrare 'scafato e cattivo' di quanto non lo fosse nella foto del suo primo arresto. «Ho litigato con il mio patrigno e siamo passati alle mani. Lui ha chiamato i poliziotti e mi ha detto di andarmene. Io l'ho fatto, ma ho preso la sua macchina. Stupido, ovviamente. Sono andato a casa di un amico, ci siamo ubriacati e abbiamo rotto un paio di vetrate della scuola. I poliziotti ci hanno beccato. Siamo stati arrestati.» Dà un'occhiata al verbale. «Il mio patrigno ha insistito che venissi accusato di aggressione e furto d'auto. Probabilmente i poliziotti non erano molto felici dell'atto di vandalismo. E il fare resistenza all'arresto... me ne ero dimenticato.»

Il volto di Bill rimane impassibile. «E l'esito di questo?»

«L'esisto? Ehm, patteggiamento, credo. Sono finito col fare altri otto mesi in riformatorio, poi in libertà vigilata, affidato ai servizi sociali.»

«E ha completato il periodo di libertà vigilata?»

Dan non ci ha pensato. «Credo di no, no. Sono tornato a casa per circa cinque minuti per prendere dei vestiti, poi ho lasciato il paese. Dovevo fare dei servizi utili per la comunità, credo, e tenermi in contatto con un operatore dei servizi sociali, o qualcosa del genere.» Scrolla le spalle. «Ma hanno sigillato i miei precedenti... teoricamente, almeno... quindi devono avermi perdonato il mancato periodo di affidamento ai servizi sociali, giusto?»

Bill alza le spalle. «Così sembrerebbe. Quindi questo ci porta alla fine delle nostre scoperte sui suoi precedenti penali da minorenne. C'è qualcosa che vuole aggiungere o correggere?»

«No, penso di no.» Se questo è tutto quello che vogliono, Dan ne è sollevato. Ma poi dà un'occhiata al suo file e vede che ci sono ancora un bel po' di fogli...

Bill gli passa molte pagine pinzate insieme. «Questo è quello che abbiamo trovato riguardo ai posti dove è stato e alle attività che ha svolto da quando ha lasciato il riformatorio. Può darci un'occhiata e vedere se ci sono degli errori o delle omissioni?»

Dan si prende qualche momento per sfogliare le pagine. «Cristo. Ragazzi – come avete fatto a mettere insieme tutto questo? Io non sarei stato in grado di ricordarmi tutto!»

Bill sorride, apparentemente in maniera autentica. «Siamo davvero piuttosto bravi nel nostro lavoro. E data la sua posizione unica che le consente accesso alla famiglia – vivendo nella loro proprietà, lavorando con la signorina Kaminski senza essere controllato – siamo stati particolarmente meticolosi.»

«Sì, direi!» Fa girare le pagine, una cronologia di indirizzi, datori di lavoro, anche amici e amanti. Si sente come se la sua vita fosse stata messa a nudo davanti agli occhi di tutti. È un po' intimidatorio. Dan suppone che questo sia stato l'effetto che Bill e Neil hanno cercato di creare. Alza gli occhi. «Come ho detto, non posso ricordare tutto, ma sì, sembra giusto.»

«Ci sono molti buchi, periodi in cui non siamo riusciti a trovare degli indirizzi da ricondurre a lei, o dei lavori. Specialmente nei primi anni. Vorrebbe riempire i vuoti?»

Dan guarda l'elenco. Questa è una sorta di versione distorta dello sfogliare un vecchio album di fotografie. Invece di fargli ricordare i bei tempi e le persone che ha amato, sta guardando un resoconto dei peggiori anni della sua vita. Le sue dita vanno inconsciamente alla prima voce, cercando conforto nel suo indirizzo più recente: l'appartamento sopra la scuderia in Kentucky. Hanno anche registrato il nome di Justin, con due date al suo fianco. Dan immediatamente riconosce il giorno dell'incidente e il giorno della sua morte. Poi Neil si muove sulla sua sedia, e Dan si sforza di spostare il suo sguardo sulle altre pagine, cercando i buchi.

«Credo che per la maggior parte del tempo stessi muovendomi o, sapete, dormendo sui divani degli amici, rimanendo nei ricoveri per senzatetto... se faceva caldo campeggiavo all'aperto.»

Bill annuisce. «E durante questi periodi in cui non risulta avesse un lavoro – come trovava abbastanza denaro per vivere?» Il suo tono di voce è attentamente neutro, ma Dan sa quello che sta chiedendo.

«Non ho mai vissuto commettendo dei crimini. Ho... non so, probabilmente ho taccheggiato qualcosa.» Dan sta per aggiungere che non ha mai davvero preso del denaro in scambio di sesso, ma che non ha disdegnato di accettare dei pasti e un posto dove dormire da gente con cui faceva sesso, ma decide che queste informazioni sono più di quanto Bill abbia bisogno di sapere. Se glielo chiederà a chiare lettere, Dan non mentirà. «Non costa poi così tanto rimanere in vita se non dà fastidio mangiare nelle mense per i poveri di quando in quando.»

Bill annuisce, poi tira fuori un'altra pagina e gliela passa. «Questa è una dichiarazione che ci ha rilasciato il signor Hugh Winters, in cui afferma che lei ha vissuto con lui per un periodo di tre mesi circa, dal dicembre 1997 all'inizio del marzo dell'anno successivo. Sostiene che lei è stato verbalmente e fisicamente violento nei suoi confronti e che quando lei se ne è andato ha rubato diverse preziose opere d'arte. Vorremmo sapere la sua risposta a queste accuse.»

Dan vorrebbe rispondere in modo piuttosto feroce, maledizione, ma si impone di calmarsi e di leggere la dichiarazione. Quando ha finito, si prende un momento per riordinare le idee e poi alza lo sguardo. «Avete notato le date, qui? Non lo ha menzionato, nella sua 'dichiarazione', ma credo che possiate immaginare per quale motivo un trentenne che nasconde la sua sessualità al mondo aiuta un ragazzino senzatetto di diciassette anni. E questo era a Los Angeles, dove l'età del consenso è diciotto anni. Quindi, se c'è stato abuso, non sono stato io a commetterlo. E la ragione per cui me ne sono andato è perché ho scoperto che stava facendomi delle fotografie.» Dan non vuole dire quali tipi di fotografie erano; non crede sul serio che sia necessario dirlo chiaramente. «Quando stavo dormendo e con macchine fotografiche nascoste. Quindi, quando me ne sono andato, ho cancellato il suo hard drive e ho preso le stampe. Questo è tutto quello che ho da dire su di lui.» Dan ha iniziato calmo, ma sa che alla fine la sua voce è diventata tesa; quando guarda il foglio che fra le mani, lo vede chiaramente tremare. Con attenzione posa la pagina sul tavolo e si porta le mani in grembo, poi si obbliga a guardare Bill negli occhi. Bill si limita ad annuire e, forse, a sembrare un po' dispiaciuto.

«Ok. Ehm, c'è ancora un'area che abbiamo bisogno di coprire.» Tira fuori dalla cartellina le pagine rimanenti, ma non le passa a Dan come ha fatto con le altre. «Prima di iniziare, vorrei chiederle... suo padre, Richard Wheeler, e sua sorella, Krista Wheeler – quand'è stata l'ultima volta che li ha visti?»

Dan non cerca di nascondere la sua sorpresa alla domanda. «Ehm... da prima che lasciassi il Texas. Dick se n'è andato quando avevo quattordici anni, e poi... non ho visto Krista da quando me ne sono andato, quando ero diciassettenne.»

Neil entra nell'interrogatorio. «Non c'è stato nessun tipo di contatto da allora? Nessuna chiamata, e-mail, cartolina di Natale – niente?» Sembra scettico.

Dan scuote solo la testa in diniego. «Non saprei da che parte iniziare per cercare di trovarli, e soprattutto non so perché dovrei volerlo fare, almeno per quanto riguarda Dick. Krista... non so, non l'ho mai cercata. Ci ho pensato, ma... non è stata esattamente triste di vedermi andare via, quando mi sono allontanato. E direi che neanche lei mi ha cercato, perché mi si può trovare su Google.» Sorride con una certa dose di autoironia a Bill. «Ma credo che lo sappiate già.»

Bill sorride. «Sì, abbiamo controllato anche lì. È un peccato che non abbia una pagina di Facebook – ci sono spesso molto utili.»

«Sembrate aver fatto bene anche senza.»

Neil non sopporta molto queste chiacchiere e lancia un'occhiata a Bill, che torna a concentrarsi sulla cartellina. «Bene, noi li abbiamo cercati, e... siamo un po' preoccupati di quello che abbiamo trovato.» Questa volta passa la relazione a Dan, che la apre. La prima pagina lo lascia senza fiato. È una serie di foto segnaletiche. La prima è del padre di Dan, che ha un aspetto più vecchio e più cattivo di quanto Dan non ricordasse; la seconda è di una donna – Dan deve guardarla strizzando gli occhi prima di riconoscerla come sua sorella, anche se il nome con cui è stata arrestata è Krista Russert; la terza è di un uomo che Dan non riconosce, identificato col nome di Scott Russert. Dan presume di stare guardando la foto di suo cognato.

Alza gli occhi e vede i due uomini osservarlo, poi gira la pagina e legge la relazione. È una lettura piuttosto terrificante. C'è un riassunto delle vite di tutti tre, che dimostra come si sono messi nei pasticci per conto proprio, poi di come Krista e Scott si siano uniti, e infine della misteriosa apparizione del padre di Dan. La storia si chiude con tutte e tre le persone ricercate in connessione con una serie di rapine a mano armata. Apparentemente sono ancora latitanti

Dan si chiede che cosa sia capitato a sua sorella minore. Non sono mai stati esattamente vicini, ma lei e lui si sono uniti qualche volta contro il loro patrigno, sono stati, se non amici, alleati. Si chiede se tutto questo sarebbe successo se lui fosse stato un po' più forte, se fosse stato capace di distogliersi dalla sua rabbia e dalla sua infelicità e avesse trovato un modo per aiutarla. Si ricorda che Justin aveva suggerito di cercarla, ma che Dan gli aveva detto di non volerlo fare. Non aveva voluto che nulla del suo difficile passato toccasse il suo perfetto presente. Controlla le date con una certa apprensione, ma è sollevato di scoprire che Krista ha iniziato a mettersi nei pasticci poco dopo la sua partenza. Quando Dan si è trovato in una posizione in cui gli sarebbe stato possibile aiutarla davvero, lei era già ben incamminata sulla strada del disastro. In ogni caso, Dan avrebbe dovuto fare qualcosa...

Si ricorda di avere un pubblico e alza lo sguardo. Lo stanno ancora osservando con attenzione. Dan non è sicuro di quale dovrebbe essere la risposta appropriata a queste informazioni, quindi decide di essere onesto. «Cazzo. Non ne avevo idea.»

Bill annuisce. «La parte che ci preoccupa di più... se gira a questa pagina,» dice allungando la mano e muovendo la pila di fogli davanti a Dan, «si vede una lista di complici conosciuti di Scott Russert.» Dan guarda l'elenco di nomi, poi Bill, e scrolla le spalle. «Può non riconoscerli, ma molti agenti delle forze dell'ordine sì. Queste persone sono membri di famiglie della criminalità organizzata del Texas, del Nevada, e anche qui, della California.» Stringe le labbra. «Queste sono il tipo di persone che potrebbero davvero avere le risorse e le capacità di programmare un tentativo riuscito di rapire la signorina Kaminski, o di essere una minaccia per gli interessi dei Kaminski in un elevato numero di altri modi.»

Dan si sente male. *Lui* può sapere di non avere niente a che fare con la sua famiglia, ma come può provarlo, specialmente a due persone che sono pagate per essere sospettose? Si chiede se sta per perdere il suo lavoro ideale solo perché la sua famiglia è disastrosa.

Si sente di nuovo stanco. Guarda Bill. «Che cosa posso dire? Cioè... non ho visto nessuno dei due in più di dieci anni. Se mi contattassero... non so. Krista è mia sorella, cercherei di aiutarla, ma dicendole 'consegnati alla polizia, ti troveremo un buon avvocato', non... non farei mai nulla che mettesse a rischio la sicurezza di Tat.»

Bill annuisce. «Mi rendo conto che è una situazione difficile.» Fa una pausa, come se stesse facendo attenzione alle parole che sceglie. «Data la natura del lavoro che sta facendo, consideriamo necessario che lei abbia il nulla osta di sicurezza di più alto livello. In questi casi, la famiglia è considerata come una possibile fonte di contrasto per gli interessi di una persona; nel suo caso, la sua famiglia è fonte di seria preoccupazione.» Sorride leggermente a Dan. «A livello personale, credo che lei non abbia avuto contatti con i membri della sua famiglia e simpatizzo con la sua situazione. Credo sia ammirevole che sia riuscito a superare degli inizi difficili e si sia creato una nuova vita.»

Dan si prepara al peggio. «Ma...»

«Ma dovremo considerare la situazione con molta cautela, consultando i nostri manager e l'intera squadra addetta alla sicurezza. Non posso essere sicuro di quale sarà la raccomandazione che daranno al signor Kaminski, ma... sarebbe molto inusuale che una persona con una simile storia famigliare fosse assunta in un contesto che richiede un nulla osta di sicurezza così alto.» Fa un sospiro. «Contatteremo il signor Kaminski immediatamente e gli comunicheremo che le nostre preoccupazioni non sono state pienamente risolte. Potremmo essere in grado di trovare delle misure temporanee che possano soddisfare ciò che richiede la sicurezza, permettendole allo stesso tempo di continuare il suo lavoro, ma...»

Neil prende in mano il discorso. «Quando deve tornare a lavorare la prossima settimana?»

«Decido io le mie ore. Progettavo di andare giù magari stasera o sicuramente domani mattina.»

Neil scuote la testa. «Non saremo in grado di risolvere la situazione per stasera. Contatteremo il signor Kaminski e gli comunicheremo che lei non potrà tornare a lavorare per questa giornata e che le abbiamo chiesto di non tornare alla scuderia fino a nuovo avviso.» Lancia un'occhiata a Bill. «Siamo anche un po' preoccupati per la sua sistemazione. Questa casa è all'interno del cordone di sicurezza della tenuta famigliare, quindi non ci sono barriere tra qui e l'edificio principale. Data la situazione... mi dispiace, ma le dobbiamo chiedere di lasciare la proprietà immediatamente, alloggiandola in un albergo fino a quando tutto è sistemato, o in alternativa dobbiamo mettere la nostra security in allerta, cosa che probabilmente allarmerà e turberà la signorina Kaminski.»

«State... state scherzando?» Dan si gira verso Bill. «Davvero? Devo andarmene, o altrimenti sono il tipo di persona che si diverte a spaventare le bambine? Ho –» Si rende conto di stare praticamente urlando e cerca di calmarsi un po'. «Ho lavorato con Tat per un paio di settimane, senza alcun problema. Ho diviso una stanza con suo fratello per le ultime due notti, porca puttana! Se avessi voluto far del male alla famiglia, avrei già avuto mille occasioni di farlo.»

Neil digrigna un po' di denti. «Ci sono state delle deplorevoli negligenze nei controlli della sicurezza di questa impresa e stiamo lavorando alacremente per capire come siano potute accadere e per trovare il modo che non capitino una seconda volta. A questo punto, posso dirle che se avessimo insistito per fare una ricerca approfondita della sua vita personale prima che lei mettesse piede sulla proprietà, avremmo dato un parere molto negativo contro la sua assunzione, almeno nel ruolo che ha. Così come stanno le cose, queste due settimane di servizio testimoniano a suo favore, ma non sono certo abbastanza per cancellare le nostre preoccupazioni.»

Dan scuote la testa. «Questo è fuori di testa.»

Neil non cede neanche un pollice. «Se vuole, possiamo darle un paio di minuti per decidere come preferisce procedere.»

«Un paio –» Dan si interrompe, disgustato. «Sì, certo, datemi un paio di minuti. Sistemeranno tutto.» Lancia un'occhiata a Bill, che ha l'aria vagamente impotente. Dan si dirige nell'ingresso e afferra i borsoni da viaggio, poi passa in cucina, ignorando i due uomini, ed entra nella lavanderia. Prende la borsa porta abiti che contiene la sua tenuta da gara e la appende vicino alla lavatrice, poi prende la sacca da viaggio, la apre e la capovolge, facendo finire i suoi vestiti sporchi per terra. Ci sono alcuni indumenti puliti piegati ed impilati sopra l'asciugatrice e Dan li infila nel borsone. Un paio di jeans, un po' di magliette, calze e mutande. È pronto per andare. Solo non ha idea di *dove* stia andando.

CAPITOLO
TRENTACINQUE

NEIL e Bill lo osservano senza parlare mentre Dan infila con rabbia i vestiti nella sacca da viaggio e afferra il kit della roba da bagno che ha lasciato sulle scale. Inizia ad incamminarsi verso la porta d'ingresso, poi si ferma di colpo e cambia direzione, andando nel soggiorno. Apre le ante della credenza e tira fuori una bottiglia quasi piena di Wild Turkey, che infila nel borsone. Neil e Bill stanno osservando anche questo, naturalmente, e lui lancia loro un'occhiataccia di sfida mentre gli passa davanti ed esce dalla porta. Non aspetta che lo raggiungano, mette semplicemente la sacca nel cassone aperto del pick-up e sale al volante. Accende il fuoristrada e fa retromarcia per girarsi; sta per partire quando Bill compare vicino al finestrino e batte sui vetri. Dan considera l'idea di accelerare, ignorandolo completamente, ma controlla l'impulso e invece tira giù il finestrino.

«Se vuole seguirci fino in paese, possiamo sistemarla in albergo e –» E Dan ne ha avuto abbastanza. Tira su il finestrino ed esce dal vialetto. Non intende seguire nessuno da nessuna parte.

Ha percorso un paio di miglia quando inizia a sentirsi un po' stupido. La situazione è assurda, non c'è dubbio, ma forse si sta comportando un po' da bambino. Questo è sempre stato il suo problema. O pensa troppo o non pensa affatto. O tutto ragione o tutto sentimento, mai un equilibrio tra le due cose. Poi pensa all'idea di perdere il lavoro per cui si è trasferito qui, di perdere l'accesso ai cavalli di Justin, tutto per colpa del comportamento stupido di due persone che non hanno niente a che fare con lui. Decide che ha ragione ad essere completamente incazzato. Questo non significa che debba essere stupido, però. Perché pagare di tasca sua l'hotel quando può mandare il conto a Kaminski? Non è che il suo futuro ex-datore di lavoro non possa permetterselo.

Dan pensa all'idea di continuare semplicemente a guidare, lasciando tutti i casini alle spalle. Ha abbastanza denaro per farlo. Si potrebbe organizzare, fare arrivare il suo cavallo e le sue cose dove deciderà di fermarsi. D'altra parte, andarsene è quello che ha sempre fatto, ogni volte che le cose sono diventate troppo difficili – e, davvero, è sempre andata bene così. Ha messo le radici in Kentucky per un po' di tempo, ma è stato solo perché Justin ha dato un senso al lottare per superare le parti difficili. Non c'è nessuno qui con quel genere di influenza, e Dan è stato stupido a far finta che ci potesse essere.

Pensa a Jeff. Niente di quello che è capitato è colpa di Jeff. Non è neanche colpa di Evan, ma Dan non vuole pensarci. Preferisce concentrarsi su Jeff. Jeff è così tranquillizzante, così rilassante. Fa sentire Dan come se tutto potesse sistemarsi per il meglio, anche quando Dan sa che certe cose non si aggiusteranno mai. Dan pensa di chiamarlo, ma Jeff fa parte del mondo di Evan – questo è quello che Dan sta cercando di dimenticare. Maledice il tempismo di questa situazione. Se fosse capitato ieri, Dan avrebbe potuto andare da Ryan, avendo così una notte in più di pace e semplicità prima della partenza dell'altro uomo. Ma ieri Dan era ad uno stupido concorso completo di equitazione, spaccandosi il culo per fare andare bene l'investimento di Kaminski, così che la piccola sorellina viziata di Kaminski potesse avere un hobby divertente. E Ryan se n'è andato quella mattina.

Il telefono che ha in tasca inizia a squillare e Dan lo tira fuori, controllando il display. Kaminski. No, Dan non è decisamente ancora pronto per questa chiamata. Ha bisogno di un bicchiere o due di bourbon prima di volere parlare con lui. Il problema è capire dove andare. Pensa a sua sorella minore, fuggitiva dalla legge. Deve sentirsi così sempre, cercando di allontanarsi dai suoi errori, non avendo mai un posto sicuro dove andare. Sì, Dan avrà bisogno molto presto di quel bourbon.

Il suo cellulare riprende a suonare, ma questa volta il display mostra che a chiamare è Jeff. Dan non è stupido. I tempi della telefonata rendono piuttosto chiaro che Evan ha chiamato il suo uomo perché questi si occupi della situazione, ma Dan non riesce a resistere. Vuole parlare a Jeff.

Dan è ormai alla periferia del paese e si ferma al lato della strada prima di prendere il cellulare e aprirlo.

«Ciao.» Cerca di sembrare allegro e forte. Se il compito di Jeff sarà presentare un rapporto a Evan, Dan non vuole dargli nulla da riferire.

«Dan, ehi. Evan mi ha appena chiamato piuttosto in crisi. Puoi dirmi che cosa sta succedendo?» Jeff sembra essere più curioso che allarmato. Dan non riesce a capire se sta recitando o meno.

«Cosa, non te l'ha detto? Ti ha semplicemente chiamato, ti ha detto che era in crisi e poi ha riagganciato?»

Jeff ride un po'. «Più o meno sì, in verità. Ha detto che c'è stata un po' di confusione con i nulla osta, che i tizi della security hanno davvero esagerato, che stava andando ad una riunione con loro e che tu non rispondevi al telefono. Sembrava essere un po' preoccupato.»

«È così?» Dan non è dell'umore giusto per fregarsene del panico di Kaminski. «Ehi, Jeff, dove ti trovi?»

Jeff sembra esserne solo un po' sorpreso. «Sono a casa mia. Perché, vuoi venire qui?»

Dan sa che non è una buona idea, ma è stanco di cercare di fare la cosa intelligente, o la cosa giusta. Che cosa ne ha guadagnato? Si è fatto il culo per seguire le loro regole e ora sta perdendo tutto quello che desidera a causa dei casini di qualcun altro. Quindi basta, non farà più la cosa intelligente. Se le persone intanto pensano comunque che Dan sia un fallito buono a nulla, allora almeno che lui si diverta un po'...

«Sì, lo voglio. Dammi le indicazioni.»

Se Jeff è sorpreso dalla franchezza di Dan, non lo dà a intendere. Gli spiega come arrivare facilmente a casa sua, poi gli dice che ha dipinto tutto il giorno e ha bisogno di pulirsi e farsi una doccia. Se non ci sarà risposta quando Dan busserà alla porta, può entrare direttamente in casa. A Dan questa idea piace.

Dan arriva a casa di Jeff meno di dieci minuti dopo la telefonata. Si tratta di una casa modesta, forse quasi più un cottage, ma la proprietà è abbastanza grande e c'è un cancelletto che porta ad un giardino sul retro recintato. Deve essere piacevole per Lou. Nella costruzione è stato usato molto legno chiaro e ci sono alcune grandi finestre. Sembra essere un buon posto in cui vivere per Jeff.

Dan arriva davanti alla porta e bussa, ma quasi non aspetta la risposta prima di aprirla ed entrare. Lou lo saluta con affetto, poi torna a sdraiarsi sul suo lettino nel salotto. Dan sente dentro di sé quell'istinto animalesco, quasi predatorio, che era solito provare un tempo. Gli sembra di stare braccando la sua preda nella sua stessa tana; gli piace la scarica di adrenalina che prova. Gli piace sentire di essere quello che, tanto per cambiare, fa accadere le cose, invece di rimanere seduto e aspettare che le cose capitino a lui. Una volta Dan era così; aveva pensato di esserselo lasciato alle spalle, ma apparentemente non gli è permesso lasciare nulla alle spalle, e questo è un aspetto della sua personalità che è felice di far rivivere.

Sente un cambiamento nei rumori della casa; si rende conto che appena entrato c'era la doccia che scrosciava, e che adesso l'acqua è stata chiusa. È un peccato, un'opportunità perduta, ma non è la fine del mondo. Dan si muove nella direzione da cui proveniva il suono. Con la punta delle dita spinge una porta, aprendola, e vede una camera da letto, decorata con tonalità del marrone e del rosso, un letto fuori misura... chiaramente è la stanza di Jeff. Questo viene confermato quando la porta dall'altro lato della camera si apre, lasciando uscire una nuvola di vapore, e comparo Jeff, che indossa un accappatoio blu scuro. Dan apprezza gli accappatoi. Sono facili da aprire.

Jeff lo vede e sembra un po' sorpreso. «Ehi, Dan! Ci hai messo poco. Dammi solo un minuto per mettermi qualcosa addosso, poi possiamo bere una birra sul portico.»

Dan non dice nulla, semplicemente si avvicina. Jeff lo nota – e non è stupido. Guarda Dan dritto negli occhi e scuote lentamente la testa in segno di diniego. «No, Dan.» Il suo tono è pieno di rimpianto. «Non in questo modo. Non quando sei turbato per qualcosa o arrabbiato con Evan.»

Dan sorride leggermente mentre fa un altro passo. «Non sono preoccupato, Jeff. E non sono arrabbiato con Evan.» Ancora un altro passo. Jeff non si sta avvicinando, ma neanche si sta allontanando. «Solo sembra che abbiamo girato attorno a questa cosa troppo lungo, capisci? Rendendola troppo complicata.» Un altro passo, e si trova di fronte a Jeff. «Io ti voglio, tu mi vuoi... è l'ora di farci qualcosa.»

Dan allunga le mani e le fa scivolare sotto l'apertura frontale dell'accappatoio di Jeff; sente i peli sul suo petto, ancora un po' umidi dopo la doccia. Jeff lo sta fissando come se non sapesse che cosa fare. A Dan piace essere quello con un piano. Fa scivolare le mani sulla pelle di Jeff, usa le unghie per farlo fremere dal piacere. Arriva al nodo molle della cintura e lo tira leggermente, sciogliendolo quasi del tutto. Dan riesce a vedere il cespuglio scuro dei peli pubici di Jeff, il suo uccello annidato lì, già mezzo duro. Jeff emette un suono a metà tra un gemito di piacere e un'esclamazione di sorpresa, e le sue mani si stringono attorno ai polsi di Dan, tenendoli fermi. «Dan, questa non è una buona idea.»

Dan si limita a sorridere nuovamente e fa del suo meglio per trasmettergli con lo sguardo i suoi piani sensuali. «Jeff, questa è la migliore idea che abbia avuto da un sacco di tempo a questa parte.» Non cerca tuttavia di liberare le sue mani, lascia che Jeff le tenga lì mentre Dan le allarga il più possibile; le dita sfiorano l'addome di Jeff, arrivano fino all'inizio dei suoi peli pubici. Poi fa un mezzo passo in avanti e si lascia cadere in ginocchio, lascia che la sua bocca si faccia strada nell'apertura dell'accappatoio e si posi sull'uccello di Jeff, come se fossero fatti per stare insieme. È un po' difficile lavorare su un cazzo mezzo duro senza l'aiuto delle mani, ma Dan si sente all'altezza della sfida – e apparentemente lo è, perché non passa molto tempo prima che l'uccello di Jeff sia duro come una roccia e le sue dita si stringano di più intorno ai polsi di Dan.

Jeff prova ancora una volta ad interromperlo. «Dan, davvero... per favore...» Dan non riesce ad immaginarsi perché ci provi. Se Dan non ha rinunciato prima, non c'è speranza che lo faccia ora, non quando ha il cazzo di Jeff, duro e rosso e magnifico, proprio davanti a lui. Si allontana giusto per un secondo, quel tanto che basta per dire, «Se vuoi che mi fermi, allontanati,» ma poi velocemente riporta la sua bocca attorno a Jeff, ingoiandolo in profondità; mentre Dan lavora per arrivare alla base dell'uccello di Jeff, lo sente raggiungere l'inizio della sua gola e poi spingersi più a fondo. Si allontana deglutendo rumorosamente, poi di nuovo si spinge in avanti. Jeff non fa neppure più finta di avere qualcosa da obiettare. Una delle mani di Jeff lascia libero il polso di Dan e va a posarsi sulla sua testa; Dan fa un verso di piacere e vi si appoggia contro. Questo è quello che vuole, quello di cui ha bisogno. Qualcosa di irrazionale e primitivo e puro.

Dan usa la sua mano libera per liberarsi l'altro polso, poi guida anche l'altra mano di Jeff sulla sua testa. L'invito è chiaro, specialmente quando Dan cambia leggermente la sua posizione per migliorare l'angolazione. Jeff ha di nuovo ricominciato a parlare, ma non sta più obiettando, e le parole che fuoriescono dalla sua bocca eccitano Dan più di quanto abbia fatto fino a quel momento qualsiasi altra cosa. «O cazzo, le tue labbra, piccolo, le tue bellissime labbra intorno a me, sono fantastiche. Sì... oh sì, così. È così fantastico, Dan, così perfetto, così... oh, cristo, sai davvero farlo.» Continua, mentre i suoi fianchi si muovono in lunghe, lente spinte; Dan abbassa una delle sue mani e apre la zip dei suoi pantaloni, li tira giù quel tanto che basta per spingere i boxer sotto i testicoli, e poi si prende in mano. Emette un suono di piacere mentre ha la bocca piena dell'uccello di Jeff.

«Oh, sì, piccolo, sei... oh, ho bisogno di vederlo... per favore,» e le mani di Jeff stanno spingendo indietro la testa di Dan. Dan resiste un po', non vuole lasciarlo andare, ma Jeff è insistente. Allora Dan cede all'idea, si raddrizza leggermente e usa la sua mano libera per spingere più in basso i pantaloni e i boxer, poi si inclina indietro, arcuando la schiena e spingendo verso l'alto la sua erezione, così che Jeff possa vederla. Continua a lavorare su se stesso, usando l'altra mano per tirarsi su la maglietta, oltre la testa, per dare a Jeff una visuale migliore. Il cazzo di Jeff sobbalza lievemente a quella vista, e Dan gli rivolge un sorriso malizioso, poi si porta di nuovo in avanti. Proprio prima di riprendere in bocca l'uccello di Jeff, si infila in bocca il suo dito medio, bagnandolo di saliva.

Quando Jeff vede quello che Dan sta facendo, i suoi occhi diventano ancora più scuri. Praticamente afferra la testa di Dan e gli spinge l'uccello in bocca, dicendo tra i gemiti, «Oh, sì, fallo, fallo.» Dan non ha bisogno di sentirselo dire due volte, fa scivolare la sua mano dietro di Jeff, lungo le gambe che l'altro uomo allarga per lui, trova il suo buco e strofina il dito intorno ai bordi, una volta sola prima di spingerlo dentro con decisione, premendo e sfregando fino a quando non trova il punto giusto. Jeff quasi si lascia scappare un urlo, e le sue anche iniziano a muoversi più in fretta e con più forza. Adesso sta arrivando al fondo della gola di Dan ad ogni spinta, e la maggior parte delle volte scivola più a fondo, ma ogni tanto l'angolo è sbagliato, facendo soffocare Dan. Dan ama l'idea di non riuscire a respirare a causa dell'uccello di Jeff, quindi aumenta la pressione e la velocità del suo dito.

Jeff non resiste a lungo. Ansima leggermente e lascia la testa di Dan, dandogli la scelta di allontanarsi se è quello che vuole, ma questo è Jeff, e Dan non sa neanche se capiterà di nuovo; vuole godersi ogni goccia di questa esperienza. Indietreggia solo un poco, in modo da non soffocare, e poi porta la sua mano dal suo uccello a quello di Jeff, accarezzandogli i testicoli e cominciando a lavorare con un dito lì dietro, così da stare massaggiando la prostata di Jeff sia dall'interno, sia dall'esterno. Questa è l'ultima goccia e Jeff viene a fiotti forti e caldi nella bocca di Dan – ed è perfetto, è quello per cui Dan è arrivato lì, così riporta la sua mano su di sé, su e giù per due volte e poi anche lui sta venendo, schizzando sulla sua mano, sul pavimento, sui piedi di Jeff.

Rimangono entrambi silenziosi per un minuto, respirando affannosamente e ritornando alla realtà. La testa di Dan è appoggiata al fianco di Jeff, ma la alza quando toglie il dito dal sedere di Jeff. Questi ha ancora più o meno addosso l'accappatoio; Dan alza la mano e, mentre Jeff lo guarda, si pulisce lì sopra dallo sperma. Poi Dan afferra la cintura e rimette Jeff a posto com'era prima. Si tira su i suoi pantaloni e si alza in piedi, poi finalmente guarda Jeff negli occhi. «Allora... mi sembra che avessi menzionato una birra?»

Jeff lo fissa per un momento, poi ride quasi con riluttanza. «Sì, penso anche di avere menzionato di dovermi mettere qualcosa addosso.»

Dan alza le spalle. «Sembra un peccato, ma sei tu che decidi.» Afferra la sua maglietta dal pavimento, ma invece di rimettersela addosso la infila in una delle sue tasche posteriori, lasciandola penzolare mezza fuori. Dan non ne ha mai davvero capito il motivo psicologico, ma agli uomini piacciono gli uomini con le code. Si gira ed esce con passo noncurante dalla stanza, ondeggiando leggermente il bacino per far muovere la maglietta, ma non abbastanza da sembrare un attore di burlesque o effeminato. Almeno, così spera.

Jeff lo segue un minuto più tardi, ancora in accappatoio. Dan lo vede e sorride, probabilmente il suo primo vero sorriso da quando è arrivato, e Jeff gli sorride di rimando, ridendo un po' prima di diventare serio. «Merda, Dan, che diavolo stiamo facendo?»

Dan scrolla le spalle. «Hai detto che se ti volevo ti potevo avere. Non è vero?»

Jeff si massaggia il collo, andando fino al frigo e tirando fuori due birre. Le stappa e ne passa una a Dan. «Sì, l'ho detto. Lo abbiamo detto. Ma... l'idea non era che tu mi avresti usato come modo per dire 'vaffanculo' a Evan.»

Dan scuote la testa. «Non è così.»

«Non è così. Allora non sei arrabbiato con Evan?»

Dan alza le spalle. «Non proprio. Voglio dire, è una situazione fuori di testa, non c'è dubbio, ma... capisco il punto di vista di Evan. Deve occuparsi di sua sorella e nel mondo ci sono un sacco di delinquenti. Sembra che io sia imparentato con alcuni di loro.»

Jeff aggrotta la fronte. «Ok, ho bisogno di più dettagli. Quando Evan ha chiamato ha detto solo che stava andando ad una riunione con gli specialisti della security. Sapeva che avevano dei dubbi sul darti il nulla osta, ma non sapeva ancora le ragioni.» Si guarda intorno. «Ok, bere una birra sul portico è ancora una buona idea. Andiamo a sederci, a risolvere la cosa.»

Dan fa un suono divertito davanti all'ingenuità di Jeff, alla sua convinzione che tutto possa essere risolto parlando. Ma, ehi, Jeff è ancora in accappatoio, quindi... Dan lo segue fuori.

Il giardino sul retro è bello e privato, circondato da un alto recinto di legno, anch'esso in gran parte nascosto da alberi e alti arbusti. La recinzione fa venire in mente delle idee a Dan, ma ha bisogno di un po' di tempo per recuperare, e si immagina che Jeff ne abbia almeno altrettanto bisogno.

Ma questo non significa che voglia parlare della situazione alla scuderia. Invece chiede, «Allora, la tua mostra apre questo venerdì, giusto?» Al cenno di assenso di Jeff, Dan continua. «Beh, non so davvero come funziona... scegli tu i dipinti e poi li espongono e cercano di venderli alla gente al posto tuo? Voglio dire, è principalmente per vendere? O solo per farli vedere al pubblico?»

Jeff lo guarda come se sapesse che Dan sta cercando di sviare il discorso, ma lo lascia fare. In parte. «È un misto delle due cose, direi. Sarebbe fantastico se vendessi qualcosa, ma è anche per costruire una reputazione, per rendere la gente interessata al mio lavoro, anche se non intendono comprare nulla in questo momento. È un po' come una competizione di cavalli, davvero – partecipandovi puoi interessare un acquirente, ma in realtà stai solo mettendo in mostra gli animali e il tuo addestramento, così che quando arriverà il momento di comprare, la gente verrà da te. Evan ha detto che la gara è andata bene, ieri...»

Dan sorride un po' divertito per il tentativo di Jeff di ritornare all'argomento Kaminski. «Sì, è andata piuttosto bene. Kip ha vinto nella sua categoria – la competizione non era accanita, ma buona. E Winston e Chaucer hanno fatto dei buoni esordi. Direi che è bizzarro, loro alla loro prima gara, tu alla tua prima mostra. Sei emozionato?»

Jeff smorza la sua risata con un sorso di birra e Dan si rilassa un po'. Questo è molto più facile che parlare di cose serie. «Sì, lo sono. È snervante, chiaramente. C'è molto stress. Mi sento come se stessi mettendo in mostra me stesso, in un certo senso. Ma almeno l'arte è un modo *figurativo* di farlo, non letterale. Non è come se della gente venisse a casa mia e mi facesse il terzo grado sulle mie vicende personali. Devi veramente averlo odiato.»

Ok, questo gioco è finito. È tempo di iniziarne un altro. Dan è sempre senza maglietta; si alza in piedi e cammina verso il centro del giardino, sentendo il sole battere sulla sua pelle. Guardando verso il fondo del prato, alza le braccia verso l'alto, stirandosi, facendo muovere i muscoli della sua schiena. «Questo è un gran bel giardino. È molto... privato.» Gira la testa e guarda Jeff da sopra la spalla, assicurandosi di stare mandando il giusto segnale.

Jeff si limita a scuotere la testa. «Oh, no. Mi hai colto di sorpresa prima, ma ora ti ho capito. Conosco i tuoi trucchi.» Sta sorridendo, ma nelle sue parole c'è anche un lieve avvertimento. Dan decide di ignorarlo. L'intervallo è finito.

Sorride a Jeff. «Oh, no, non hai che iniziato a vederli, i miei trucchi. Ne ho *molti* di più da mostrarti.» Si avvicina camminando verso il portico. Il sole è ancora caldo sul suo viso, ma alto abbastanza nel cielo da non fargli strizzare gli occhi.

Jeff scuote la testa. «No, Dan, dai, piccolo. Dobbiamo risolvere questa situazione. Voglio dire, capisco che tu non voglia parlarmi di che cosa è preoccupata la security. Devi già averla sentita davvero come un'invasione della tua privacy, senza tirare in ballo anche me. Ma –»

«Ma adesso la palla non è più nelle mie mani, quindi non c'è motivo di preoccuparsene. Non quando ci sono così tante altre cose più interessanti da fare.» Dan sale i gradini del portico, gli occhi fissi in quelli di Jeff. «Penso di volere lasciare un segno su di te.»

«Dan...»

«Cosa, non posso? Sono il tuo piccolo, sporco segreto?» Dan si tira un po' indietro e fissa con gli occhi socchiusi Jeff. «Racconterai di oggi a Evan?» La frase esce un po' aggressiva, quindi Dan cerca deliberatamente di ammorbidire il suo tono. «Gli dirai di come che ti ho succhiato? Di come mi hai scopato la faccia? Gli dirai come mi ha eccitato così tanto che non ho avuto quasi bisogno di toccarmi per venire?»

Jeff distoglie con uno sforzo gli occhi da Dan e guarda il giardino. «Credo che gli risparmierò i dettagli, ma, sì... gli dirò i fatti basilari.»

Dan alza le spalle. «Allora, se glielo dirai, perché fai il timido adesso? Posso lasciarti un segno, Jeff?» Dan incrocia di nuovo gli occhi di Jeff, fissandoli mentre si avvicina. «Posso?» Accarezza con un dito la linea della mascella di Jeff, poi giù il collo, osserva la pelle d'oca che il suo tocco provoca. «Proprio qui, Jeff?» sussurra, e le sue dita sentono il deglutire nervoso di Jeff mentre annuisce.

Dan non perde tempo. Fa passate una gamba sopra il grembo di Jeff, così da sedersi a cavalcioni su di lui, e le mani di Jeff vanno automaticamente sui fianchi di Dan. Dan sorride quando le sente e preme un po' in avanti. Sono ancora entrambi molli, ma non crede che continuerà così a lungo. Appoggia le sue mani sui lati della testa di Jeff e gliela sposta un po', fissando il suo collo mentre sceglie l'esatto punto che vuole marcare. Si porta in avanti e gli dà un bacio umido sotto la linea della mascella, dove la barba non fatta pizzica le sue labbra e la sua lingua. «Mhhhh...,» mormora. «Bello, ma non proprio –» Si sposta dall'altra parte, fino al piccolo incavo sopra la clavicola di Jeff. Lo lecca leggermente, lo mordicchia. È uno dei suoi punti preferiti, il posto dove lui e Ryan si sono fatti un succhiotto a vicenda. Dan sente la mano di Jeff sul suo petto, la sente premere contro il livido sbiadito.

«Trova un altro posto,» dice Jeff, quasi ringhiando, e Dan sorride mentre lo morde ancora una volta prima di spostarsi. Ha saputo fin dall'inizio dove sarebbe andato a finire – così come lo sapeva anche Jeff. Dan porta la sua bocca in basso sul lato del collo di Jeff, il posto esatto che Evan ha scelto quella notte sul portico. Dan si mette d'impegno. Usa tutto il suo corpo, sfregandosi contro a Jeff con dei movimenti ondulatori – cosce, pube, pancia, petto, e poi di nuovo da capo. Tutto mentre succhia, lecca, morde. Jeff ha la testa inclinata di lato e sta facendo dei rumori bassi, simili al brontolio del tuono, che, più che sentire, Dan *avverte* – la vibrazione si trasmettono dalla gola di Jeff alla sensibile lingua di Dan. Dan non si ferma fino a quando non sono entrambi duri, poi si allontana un po' e riporta la testa di Jeff in verticale.

Guarda Jeff negli occhi e passa un dito sul suo collo, sfregandolo contro il livido che sta diventando violaceo. «Voglio scoparti, ma non voglio alzarmi a prendere la roba.» Si china in avanti e mordicchia ancora un po' il collo di Jeff. Poi mormora, «Voglio leccarti, e aprirti, e poi voglio scoparti lentamente, mentre sei sdraiato sulla schiena, così che tu possa guardarmi e sapere chi è dentro di te.» Jeff emette un piccolo gemito e inclina la sua bocca verso Dan, ma Dan si allontana quel tanto che basta per evitarlo. Non è sicuro del perché stia rifiutando di farlo, ma non vuole baciare Jeff. Non ancora. «Voglio essere dentro di te mentre ti faccio una sega. Puoi farmi vedere quello che ti piace, e per tutto il tempo ti starò scopando lentamente e profondamente.» Sta improvvisando mentre parla, ma non è sorpreso di scoprire che vuole davvero fare tutto questo. La descrizione lo sta facendo eccitare anche più di quanto è già. «Poi quando verrai, mi tirerò fuori dal tuo corpo e ti pulirò leccandoti, e poi ti girerò e mi infilerò con forza dentro di te. Sarai tutto rilassato, e io mi lascerò andare. Ti scoperò con tutta la forza che ho, martellando senza fermarmi. Assicurandomi che lo sentirai per un bel po'. Assicurandomi che mi ricorderai.»

Si porta in avanti e succhia di nuovo il collo livido di Jeff, e Jeff quasi geme mentre arcua contemporaneamente verso Dan il suo collo e il bacino. «Lo vuoi, Jeff? Vuoi fare tutto questo?» Jeff annuisce, e Dan preme di nuovo verso il basso. «Il problema è, però... che non posso strapparmi via da te abbastanza a lungo da alzarmi ed entrare in casa. E il modo in cui voglio scoparti... abbiamo bisogno di lubrificante. Un sacco di lubrificante.» E poi il telefono suona. Jeff sussulta come se gli avessero sparato, ma Dan scuote solo la testa. «Ignoralo, bello. A meno che non si tratti di un servizio di consegna lubrificante, non ne abbiamo bisogno.»

Ma lo squillo ha fatto destare Jeff dall'incantesimo. «No, probabilmente è Evan. Devo rispondere... era preoccupato.»

Dan inizia ad usare le mani, muovendone una verso il basso, lungo l'accappatoio di Jeff che sta iniziando ad aprirsi sotto la cintura, e l'altra verso l'alto, tirandogli un po' i capelli. «Puoi richiamarlo quando abbiamo finito. O domani.» E questa volta è lui quello che mira per il bacio, non perché lo voglia davvero, ma perché Jeff prima lo voleva, e Dan si sta sentendo un po' disperato, vuole riportare Jeff sotto il suo controllo. E questa volta è Jeff a girare la faccia dall'altra parte.

«Dan, aspetta. Dobbiamo risolvere questa situazione.» Jeff ha di nuovo le mani sulle braccia di Dan, ma quando Dan lo guarda riesce a vedere che non è come nella camera da letto, questa volta non sarà capace di annullare le obiezioni di Jeff. Il telefono ha smesso di suonare, ma Jeff sta continuando a spostare Dan. «Lo sai che lo voglio, Dan, ma... dobbiamo fare le cose bene. Dobbiamo risolvere quello che sta succedendo, ed essere tutti nelle condizioni giuste.»

«Tutti?» Dan cerca di mantenere la sua voce ragionevolmente controllata, ma non è sicuro di stare riuscendoci. «Non c'è nessun 'tutti', Jeff. C'è un 'noi due'. Due persone, non tre.»

Jeff guarda tristemente Dan per un momento, poi scuote la testa. «Non posso farlo, Dan. Non... non così.»

Jeff ha già spinto Dan quasi del tutto via dal suo grembo, e ora Dan fa l'ultimo passo, alzandosi e indietreggiando. Tira la sua maglietta fuori dalla tasca posteriore e se la infila. È ancora duro, ma sta andando giù velocemente. Il telefono ricomincia a squillare, e Dan fa un piccolo sorriso di scherno mentre alza un sopracciglio, guardando verso la porta, aspettando.

Jeff si alza con riluttanza. «Vediamo che cosa succede, forse lo possiamo far venire qui.» Dan mantiene il suo volto impassibile. «Davvero, capisco che tu non sia contento di questo cosa, qualsiasi essa sia, ma Evan è una brava persona. Troveremo una qualche soluzione.» Jeff indietreggia verso la porta, poi la apre ed entra, sbrigandosi per raggiungere il telefono.

Appena la zanzariera si chiude sbattendo, Dan si muove. Quando è arrivato ha visto il cancelletto – ora vi si dirige, lo apre e si incammina verso l'ingresso della casa, dove ha lasciato la macchina. Le chiavi del pick-up sono ancora nella sua tasca; quando le tira fuori, il suo cazzo ha un piccolo, ottimistico sussulto, come se sperasse che Dan non *avesse* forse appena mandato a puttane tutte le sue possibilità. Ma Dan ignora la sua delusione e si concentra nell'andarsene di corsa via da lì. Non sa che cosa stia facendo, sa di stare correndo in giro come un matto, ma non sembra essere in grado di fermarsi. Pensa alla bottiglia nel suo borsone e prevede che se anche quello non lo fermerà del tutto, almeno dovrebbe farlo rallentare. Ora ha solo bisogno di trovare un posto sicuro dove rintanarsi. Ha bisogno di passare un po' di tempo per riorganizzarsi.

CAPITOLO
TRENTASEI

Dan guida per un po'. Non è sicuro di dove stia andando. Sta solo andando. Ce l'ha messa tutta per avere Jeff, solo per un po' di tempo, ma appena il telefono è squillato Jeff è tornato subito da Evan, alla loro perfetta unione. Come ha potuto Dan sperare di farne parte? Se Jeff molla tutto, spingendo letteralmente via Dan, solo perché una telefonata *potrebbe* essere di Evan, e Evan *potrebbe* avere qualcosa da dire – quando Dan era lì, sul suo maledetto *grembo*, cercando di dire qualcosa di suo – sì, Dan deve considerare le priorità di Jeff come un'altra cosa importante da conoscere. Oggi sta imparando molte cose; la maggior parte non sono cose esattamente gradite, lo ammette, ma Dan cerca di dirsi che è meglio saperle ora che scoprirle più tardi.

Pensa all'idea di chiamare Chris. Chris rende sempre le cose migliori. Ma in qualche modo gli sembra sbagliato correre dal migliore amico di Justin con storie di come Dan sta mandando a puttane la sua vita. Dan ha l'impressione che Chris provi per lui quello che *lui* prova per i cavalli. Sono tutti progetti di Justin, addomesticati e ingentiliti e resi utili e sani grazie all'amore e alla comprensione di Justin. Dan sa che cosa proverebbe se qualcuno gli dicesse che i cavalli sono allo sbando, che stanno perdendo tutto quello che hanno imparato nel loro tempo con Justin. Dan non vuole che Chris si senta così.

Vorrebbe che Ryan fosse ancora in paese. Sarebbe bello potere passare del tempo con qualcuno di normale e libero da drammi. Dan ha una improvvisa speranza, quella che forse Ryan non se ne sia andato. Che forse sia stata fatta confusione. Miseria, Ryan doveva iniziare a lavorare per i

404

Kaminski, quindi forse neanche lui non ha passato il *suo* stupito scrutinio. Dan è ora alla periferia del paese; accosta il pick-up ad un lato della strada, tira fuori il suo cellulare e seleziona il numero di Ryan. Squilla due volte, poi Ryan risponde.

«Ehi, Dan?»

Dan si sforza di mantenere la voce normale. «Ehi, amico. Mi dispiace disturbarti. Non ti disturbo?»

«No, certo. Stiamo solo aspettando, in realtà. Dovremmo incontrare un autore per i testi, ma la tizia non si è ancora fatta vedere. Com'è andata la gara di cavalli?»

«Oh, quella... Sì, è andata bene. Hanno fatto tutti una bella figura, e siamo tornati a casa sani e salvi, quindi... sì, è andata bene.»

C'è una piccola pausa. «Tutto bene, amico? Sembri triste, o non so che.»

«No, sto bene. Solo stanco, immagino, ed è stata davvero una giornata di merda. Comunque quindi siete a Los Angeles? Il viaggio è andato bene?»

«Sì, tutto fantastico finora. Senti, sei sicuro che vada tutto bene? Stiamo parlando di una giornata merdosa, quanto?»

Dan sospira. «Fottutamente merdosa, in realtà. Mi dispiace, non avrei dovuto chiamare. Non voglio distruggere il tuo buonumore. Ho solo –» Gli viene improvvisamente un'idea. «Ehi, hai terminato il tuo contratto? O hai ancora trenta giorni di affitto?»

«Altri ventisette, adesso. Perché, hai bisogno di un posto dove sistemarti per la notte?»

«Io... Sì, forse. Non so davvero per quanto tempo, ma se è più di una notte o due posso subaffittarlo, o qualcosa così.»

«No, amico, non ti preoccupare.» La voce di Ryan è calma e tranquilla. «La chiave è sopra allo stipite della porta. Fa come se fossi a casa tua. Ma che cosa è accaduto al posto dove stavi?»

«È... è una lunga storia, e per oggi vorrei smettere di pensarci. Va bene se ti spiego più tardi?»

«Certo, va bene.» C'è un rumore di sottofondo, poi Ryan dice, «Senti, devo andare. Ma sei sicuro di stare bene?»

Dan si chiede quanto sembri giù, e forza un po' di leggerezza nella sua voce. «Sì, amico, sto bene. Solo stanco. Vai a fare la rockstar.»

«Sì, certo. Senti, ti chiamo domani, va bene?»

«Sto bene, Ryan.»

«Allora ti chiamerò per raccontarti di come mi stia andando tutto a meraviglia!»

«Va bene, allora. Ci sentiamo domani.» Dan chiude il cellulare e si immette sulla strada. È felice di aver chiesto a Ryan dell'appartamento. L'hotel più vicino che conosce è ad altri venti minuti di strada e Dan non ha davvero le energie per occuparsi del tragitto, poi del check-in... e l'appartamento di Ryan non è lussuoso, ma è più ospitale di quanto non possa mai esserlo un hotel.

Arriva all'appartamento dieci minuti più tardi. La chiave è esattamente dove deve essere e Dan si chiede se semplicemente le cose vanno più lisce quando Ryan ne è coinvolto. Forse il suo gruppo ha bisogno di un roadie. Con un cavallo al seguito.

Non ci sono lenzuola sul letto, ma Dan ne trova alcune nell'armadio della camera da letto. Tutte le altre cose di Ryan non ci sono più, quindi Dan presume che l'appartamento sia stato affittato completo di biancheria per la casa. Inaspettatamente semplice... l'appartamento deve ancora stare beneficiando dell'Effetto Ryan. Dan fa il letto, si fa cadere sopra e sembra addormentarsi immediatamente.

Non è sicuro che ore siano quando si sveglia. Ha lasciato il suo orologio e il suo telefono nell'altra stanza. È già piuttosto scuro fuori, quindi ha dormito per un bel po'. Si sente meglio. Continua a non essere esattamente vispo, ma almeno ora può pensare a fare un piano. E la prima parte del piano richiede quasi senza dubbio un po' di Wild Turkey. Esce dalla camera per andare al suo borsone e tira fuori la bottiglia, poi trova un bicchiere nella credenza vicino al lavandino. Se ne versa una buona dose e fa un lungo sorso, poi raggiunge il divano e ci si siede. Di nuovo non sa che cosa fare, e senza qualcosa da fare Dan non funziona mai bene.

Pensa di nuovo a chiamare Chris, a cercare qualche consiglio almeno dalla parte legale delle cose, poi si ricorda della differenza di fuso. Non c'è motivo di infastidire l'uomo in piena notte. Jeff è occupato con il suo ragazzo, Ryan si sta godendo la sua nuova vita... Robyn è quello che ci vuole in momenti come questi, ma lei è felice di lavorare per i Kaminski, quindi Dan non vuole coinvolgerla. Questo lo spinge a chiedersi che cosa diranno a chi lavora nella scuderia, come spiegheranno la sua assenza.

Il suo stomaco brontola un po' e Dan cerca di pensare all'ultima volta che ha mangiato. Ha saltato il pranzo, quindi la scodella di cereali al motel è stato tutto il suo sostentamento per quella giornata. Forse Tatiana ha ragione a preoccuparsi delle sue capacità di sfamarsi. Ma Dan non vuole pensare a Tat, al suo dolce preoccuparsi per lui, o al modo in cui due estranei e una sala riunioni piena di cosiddetti esperti hanno il diritto di decidere che Dan è una qualche minaccia per lei.

Decide di pensare al cibo, invece. Si ricorda che Ryan gli ha detto che Da Zio fa delle consegne in paese, quindi trova il loro numero e li chiama, ordina abbastanza cibo per la cena e per la colazione del giorno dopo. Ci sono molti messaggi sul suo telefono; Dan pensa di ascoltarli, poi decide di farsi invece un'altra bevuta. Per essere tranquillo, toglie la suoneria. Siede semplicemente sul divano, pensando alla sua famiglia e a come li ha delusi. Pensa a tutti gli sforzi che Evan fa per cercare di proteggere Tatiana, contrapposto al totale disinteresse che Dan ha avuto per la sicurezza di sua sorella. Non c'è da stupirsi che Jeff abbia dato priorità a Evan. Evan ci tiene alle altre persone, quindi si merita di avere persone che ci tengano a lui.

È sorprendente quanto riesce a bere in fretta quando non ha assolutamente altro da fare, e Dan è decisamente ad un buon punto della bottiglia al momento in cui sente bussare. Trova il suo portafoglio e va verso la porta, ma quando apre, Dan non trova quello che si aspetta.

«Non sei un panino,» dice, ed Evan lo fissa.

«No, non lo sono. Sono il tipo che ha provato a contattarti per tutto lo stramaledettissimo pomeriggio.»

Dan sbircia speranzoso dietro a Evan. «Hai *visto* un panino?» Sa che la sua impertinenza è fuori luogo, ma ha fame. Ed è ubriaco. E ancora, Evan può andare a farsi fottere.

Evan scuote la testa impaziente. «No. Posso entrare?»

Dan inizia ad indietreggiare, ma poi gira su se stesso e fa dei passi in avanti, bloccando di nuovo l'ingresso. «Aspetta un attimo. Come sapevi che ero qui? Te lo hanno detto le tue spie?»

«Rilassati, Dan. È un piccolo paese; ho girato in macchina e ho visto il tuo pick-up – non esattamente un intrigo internazionale.» Dan si fa da parte con riluttanza, ed Evan entra. Dan si immagina che ora possa dire addio all'Effetto Ryan, perché Evan sta radiando intorno a se abbastanza energia da distruggere tutta la calma di un monastero buddista. Evan attraversa la stanza fino al tavolino, afferra la bottiglia di Wild Turkey e osserva la quantità mancante. Si gira a guardare Dan, valutandolo.

«Vuoi un bicchiere?» Non è che Dan voglia far sentire Evan a suo agio, ma non vuole neanche essere completamente cafone. Gli piacerebbe mantenere almeno un po' di superiorità morale. Evan si limita a scuotere la testa.

«Potresti... potresti magari solo venire qui e sederti? O almeno... potresti almeno allontanarti dalla porta?» Evan scuote la testa. «Jeff ha detto che gli sei sparito sotto il naso prima – tutto questo sarebbe molto più facile se la smettessi di scappare via.»

Dan alza le sopracciglia. «Davvero? Sembra che questa potrebbe essere la cosa più facile per tutti.

Tu potresti liberarti di un dipendente imbarazzante. Io potrei ricominciare in un posto dove ti *lasciano* davvero ricominciare, senza resuscitare sempre le storie passate.»

Evan scuote la testa. «Sì, sei arrabbiato, lo capisco. Ma devi essere così fottutamente melodrammatico? E ci dovevi trascinare dentro Jeff? E diventare ubriaco fradicio è veramente produttivo. Voglio dire, avresti dovuto startene

fermo, lasciare che ci capissi qualcosa, e ci avrei pensato io.»
Ha l'aria un po' disgustata. «Ti costerebbe tanto avere un po'
di fottuta fiducia in me?»

Dan lo fissa. «Starmene fermo – avrei trovato
fantastico *starmene fermo*, Evan, ma mi hanno sbattuto fuori
di casa!»

«Sì, e grazie per avermelo fatto sapere! Voglio dire,
avrei potuto arrivare subito e correggere le cose, ma invece
ho passato l'intera fottuta giornata in riunioni e a rincorrere il
Signor Melodramma in tutte le direzioni!» Sospira, come se
fosse improvvisamente esausto, e si fa cadere sul divano.
«Ho cambiato idea – voglio un bicchiere.»

Dan vorrebbe continuare a litigare, ma non ha davvero
niente da dire, quindi va a prendere un bicchiere, lo passa a
Evan, poi trova il suo e li riempie entrambi. Si siede sulla
poltrona e fissa il muro, centellinando il liquore fino a
quando Evan non parla.

«Ok. Per prima cosa... io sono il capo.» Vede le labbra
di Dan iniziare a piegarsi in un sorriso di scherno, e muove
impaziente la mano. «Merda, Dan, rilassati. Voglio dire che
sono il capo dell'intera compagnia, incluso il ramo sicurezza.
Se dico che sei ok, allora sei ok. Quindi smetti –» Agita la
mano freneticamente nell'aria, come ad imitare le azioni
frenetiche di Dan. Tuttavia apparentemente non trova la
parola giusta, quindi abbassa di nuovo la mano in grembo.
«Semplicemente, *smetti*.»

Dan si appoggia contro lo schienale e fa un sorso. Sta
iniziando a sentirsi un po' stupido – l'alcol dovrebbe aiutarlo.

«Allora, quando mi hanno chiamato e detto che
avevano delle preoccupazioni serie e mi consigliavano di non
tenerti, ho capito che dovevo dare un'occhiata a quello con
cui avevano un problema.» Guarda Dan. «Ho cercato di
chiamarti per assicurarmi tu fossi d'accordo che io vedessi
quelle informazioni, ma eri impegnato, immagino.» Il
sarcasmo è perfettamente chiaro, e Dan beve un altro sorso.

«Così allora sono andato a questa riunione con la
squadra della security e ho guardato le prove.» Evan guarda
Dan, e per la prima volta c'è un po' di comprensione sul suo

volto, un'ombra di compassione. «Sono sicuro che sia stato uno shock. E, onestamente, capisco perché erano preoccupati.» Fa un respiro profondo. «Gli ho detto che se non ti conoscessi, sarei d'accordo con loro, e non ti lascerei avvicinare a Tat.» Dan si muove un po' all'indietro, e Evan dice, «Non perché sia giusto, o perché sia lecito, ma solo perché... si tratta di Tat. Non posso essere incauto con la sua sicurezza solo per provare che le persone non dovrebbero essere giudicate dalle loro famiglie o che dovrebbero meritare una seconda chance, o quant'altro.»

Si massaggia il collo e alza gli occhi per essere sicuro che Dan stia ancora ascoltando. «Ma gli ho detto che ti conosco e che una referenza dal capo della compagnia dovrebbe avere la precedenza sulle loro riserve, e che possiamo discutere altre misure per la sicurezza, se vogliono, ma che tu rimani.» Adesso Evan sembra essere di nuovo un po' arrabbiato. «Non ho una precisa cronologia, ma credo che gli stavo dicendo tutto questo mentre tu stavi scopandoti il mio ragazzo.» Dan si immobilizza. Tutto considerato è fortunato che Evan sia solo *un po'* incazzato.

Qualcun altro bussa alla porta, e Dan quasi si inciampa, tanto è ansioso di avere qualcosa da fare che non sia evitare lo sguardo di Evan. Questa volta *è* il cibo; Dan paga il fattorino e si ferma nell'area del cucinino per trovare un piatto. Fa una pausa. Ha un po' paura di parlare a Evan, ma riesce a chiedere, «Vuoi un panino?»

«Non ti mangerò la cena, Dan.»

«No, è la colazione. Ne ho ordinati due.»

Evan sembra pensarci. «Sì, ok. Puoi fare colazione a casa tua, domani.»

Questi non sono esattamente i piani di Dan, ma tira comunque fuori un altro piatto e si avvicina per posare tutto sul tavolino da caffè. Divide il cibo, sospirando solo leggermente quando passa il panino a Evan, e poi si risiede sulla poltrona. Mangiano entrambi in silenzio per un po', ma Dan fa una pausa prima di iniziare l'altra metà del suo panino.

«Allora questo è quanto? Ci dimentichiamo semplicemente di tutta la faccenda, tutto torna com'era prima?» Dan non crede davvero che sia possibile per lui o per chiunque altro, ma vuole sentire il parere di Evan.

Evan alza le spalle e finisce il suo boccone. «Non esattamente. I tizi della security vogliono ancora sistemare un paio di punti – assicurarsi che se tua sorella o tuo padre si mettessero in contatto con te, tu li avvertiresti, questo genere di cose.» Evan guarda Dan. «Lo so che è offensivo, capisco che ti dia fastidio, ma... mi piace che siano paranoici, capisci? Tat... è completamente incurante, completamente rilassata sulla sicurezza, e l'unica ragione per cui ho avuto il lusso di lasciarla vivere così è perché loro si preoccupano al posto suo. Quindi, se hai obiezioni, devi dirmele, e troveremo una soluzione. Ma sarebbe fantastico se potessi cooperare.»

Dan annuisce pensieroso, e Evan gli lancia un'altra occhiata. «Quanto sei ubriaco? Perché ci sono delle altre cose che vorrei dire, e mi piacerebbe davvero togliermele adesso dallo stomaco, ma non c'è ragione di farlo se neanche ti ricorderai di questa conversazione.»

Dan considera l'idea di mentire. Sta iniziando ad avere il forte sospetto che forse non si è poi comportato così bene in tutto questo, e preferirebbe rimandare il rendersene pienamente conto. Ma non c'è ragione di posticipare l'inevitabile, quindi ammette, «Non sono un ubriaco che perde la memoria. E, onestamente, anche quando sono sobrio mi perdo la metà dei dettagli di queste tue piccole conversazioni, quindi... continua.»

Evan lo guarda stranito, poi si prende un momento per riorganizzare i suoi pensieri. «Ok, per prima cosa, e credo di averlo già menzionato uno o due volte – devi parlarmi, Dan! Voglio dire, qualsiasi cosa siamo, se siamo amici o anche se sono solo il tuo capo, devi lasciarmi sapere che cosa sta succedendo e che cosa hai bisogno che io faccia. Capisci? Mi rendo conto che tu debba essere stato piuttosto sconvolto sentendo tutta quella merda sulla tua famiglia, e sono sicuro che è stato uno schifo essere interrogato sui tuoi... errori.

Quindi non sto dicendo che tu non abbia il diritto di essere turbato. Ma» – si china in avanti – «mi fidavo di te prima che tutto questo saltasse fuori, e ancora mi fido. Mi fido di te ciecamente, ti affido la sicurezza di mia sorella. Non credo sia troppo chiederti di fidarti che io possa cercare di aiutarti.»

Dan pensa forse di *essere* effettivamente troppo ubriaco per questa conversazione. Non riesce a trovare niente da rispondere. Si limita a guardare il pavimento e ad annuire.

Evan continua pensieroso. «Ok, allora la seconda cosa riguarda una parte più personale. Non posso davvero continuare così, nel modo in cui stavamo facendo.»

Dan alza lo sguardo sorpreso. Sì dice che non dovrebbe essere stupito. È stato completamente indeciso riguardo a tutta la loro relazione, e poi oggi ha dato di testa. Evan ha ragione a volere qualcosa di meno drammatico. Annuisce e si alza. «Sì, ok. Lo capisco. Ehm...» Si sente un po' come se dovesse andarsene, ma questo non ha senso. Perché non è Evan quello che si sta preparando ad uscire?

Evan lo guarda aggrottando la fronte. «Cristo, Dan, stai scappando di nuovo. Vuoi sederti e ascoltare per un minuto?»

Dan si siede obbedientemente, fissando le sue scarpe, ma borbotta, «*Stavo* ascoltando.»

La voce di Evan è quasi paziente. «Ma non avevo finito. Sto... che Dio mi aiuti, sto ancora cercando di trovare un modo per far funzionare le cose. Ma... ok, sì, devi calmarti un po', ma anche... credo che tu debba fare una scelta.» Alza in fretta le mani. «Non intendo stasera. Ma, piuttosto in fretta, ok?»

Dan cerca di capire questa affermazione, ma non ci riesce. «Ok, ricordami... quali erano le opzioni?» Guarda di soppiatto Evan per osservare la sua reazione.

Evan sorride leggermente. «Ok, stai chiedendo spiegazioni, buon lavoro!» È condiscendente, ma in modo sufficientemente superficiale da non preoccupare Dan. «Credo che ci siano tre opzioni che andrebbero bene per me, più o meno. Una è la mia personale favorita, ma penso davvero di poter accettare ognuna delle tre, a patto che sappia che cosa sta succedendo e abbia tempo per abituarmici.» Fa una pausa e Dan beve un'altra sorsata, preparandosi. «Ok, l'opzione uno è essere puramente dei soci in affari. Né amici, né altro. E se questa è l'opzione che scegli, allora non mi trovo nelle condizioni di dire nulla sul fatto che tu ti scopi Jeff. Questo sarebbe fra me e lui, perché tu ed io lavoreremmo semplicemente insieme.»

Dan decide di soprassedere sulla differenza tra lavorare *con* e lavorare *per* qualcuno, preferendo chiarire un altro punto. «Non abbiamo scopato.»

«Cosa?»

Dan è vagamente compiaciuto di avere distolto Evan dal suo calmo stile di presentazione. «Non abbiamo scopato. Non ho scopato il tuo ragazzo. Abbiamo solo fatto qualcosina, tutto lì.»

Evan si prende un momento per riflettere. «Ok, beh, buono a sapersi, in realtà. Mi ha solo dato una sorta di idea generale –»

«Non ci siamo neanche baciati,» lo interrompe Dan. «In caso lo volessi sapere.»

«Non vi siete baciati. Ok. Bene. Ma, davvero, dovresti smetterla di dirmi le cose che non avete fatto, perché poi saprò che tutto quello che lasci fuori dalla lista è quello che *avete* fatto, e non ho bisogno di questa informazione nella mia testa.» La voce di Evan è un po' tesa.

Dan annuisce. «Mi sembra giusto.»

Evan cerca di ritornare alla lista. «Ok, questa era l'opzione uno. Ehm, opzione due... opzione due, siamo solo amici. Tu ed io. E non intendo fare la principessa, ma con questa opzione non puoi scoparti Jeff.» Si interrompe. «O farci qualcosina, o che altro. Lo so che è un po' dispotico, ma... funziona bene, il fatto che Jeff ed io andiamo con altre persone, ma non se le conosco, non se... Non posso passare il tempo a chiedermi, capisci? 'Ehi, Jeff era occupato venerdì, e Dan era occupato, venerdì... Mi chiedo se fossero occupati insieme?'» Sembra stare parlando tanto a Dan quanto a se stesso. «Non posso farlo. Quindi, sì, questa è l'opzione due. Mi piacerebbe essere tuo amico, ma mi sbagliavo quando pensavo che avrei potuto sopportare se tu e Jeff foste insieme, e io non ne facessi parte. Ok? Se tu e Jeff state insieme, e io non ne sono coinvolto, allora non posso davvero saperlo.»

Dan si sforza di guardare Evan. «Mi dispiace per oggi. Cioè... mi dispiace se ti ha infastidito.»

Evan ride con un po' di amarezza. «Infastidito? Sì, mi ha fottutamente infastidito!»

Dan si muove, un po' a disagio. «Pensavamo che avessi detto che era ok...»

«Sì, avevo detto che era ok. Ogni tanto dico delle stronzate, va bene? *Non* è ok!»

«Ok...»

Evan gli lancia uno sguardo fulminante, come se stesse cercando di decidere se Dan sta dicendo, 'ok, capisco', o 'ok, ma era quello che avevi detto e ora non dovresti lamentartene'. Dan alza le mani in segno di resa. «Ok! Non è giusto per me e Jeff trombare se tu ed io siamo amici! Lo capisco!» Poi sa che non dovrebbe, non riesce a credere che di stare facendolo, ma aggiunge borbottando, e deve essere il bourbon che sta parlando, «Un fottuto peccato, però. Il tuo ragazzo è un figo pazzesco.»

Evan gira di scatto la testa per fissarlo, e Dan è piuttosto felice che non ci siano armi a portata di mano. «È troppo presto per scherzarci, Dan,» ringhia Evan. Dan annuisce mansuetamente e fa un altro sorso. Finisce il bicchiere, e pensa di riempirlo di nuovo, ma decide che Evan potrebbe non apprezzarlo. Oltretutto, c'è solo più un'opzione da coprire – può farcela.

Evan si è ricomposto dopo il commento inappropriato di Dan, e ha l'aria di chi è caparbiamente determinato a continuare. «Ok, allora... l'opzione tre, e, davvero, questa è ancora la mia preferita, anche dopo la follia di oggi, quindi... vuol dire qualcosa.» Sorride tristemente a Dan, ma Dan decide di aspettare di sentire l'opzione prima di farlo a sua volta. «L'opzione tre è tutti noi insieme. Continuo a credere che potremmo farlo funzionare, e continuo a pensare che sarebbe fottutamente fantastico. Il fatto è... non sto dicendo che dobbiamo buttarci nella cosa, ma ho bisogno di sapere che tu ci stai. Non intendo dire che voglio una garanzia, o una data... anche se entrambe le cose sarebbero fantastiche... ma solo... ho bisogno di sapere se lo vuoi e stai solo prendendoti il tempo per abituarti all'idea, o se invece in realtà non lo vuoi e stai solo cercando di trovare un modo per scaricarci gentilmente.» Evan si passa la mano sulla mascella, dove gli sta crescendo un po' di barba. «Scaricar*mi* gentilmente, immagino.»

Dan non sa proprio che cosa dire. Fortunatamente, Evan non ha ancora del tutto finito.

«Quindi, sì, non mi aspetto una risposta a questo stasera, solo...» Si passa una mano fra i capelli, che rimangono diritti, puntando in diverse direzioni. Ha l'aria stanca, e molto giovane. «Sento come se oggi avessimo quasi perso l'occasione, capisci?» Lancia una veloce occhiata a Dan. «Non so, forse l'abbiamo persa, o forse non l'abbiamo mai avuta. È solo...» È seduto sul divano, proteso in avanti, i suoi gomiti sulle ginocchia e le mani penzolanti in mezzo; la sua testa si china verso il basso, così da guardare il pavimento. Dan vorrebbe toccarlo, rimettergli i capelli a posto e farlo sentire meglio.

Ma non lo fa. Evan gli ha dato tre opzioni, e Dan capisce assolutamente perché Evan debba sapere qual è quella che Dan vuole scegliere. Il problema è che anche Dan ha bisogno di capirlo. E fintanto che non lo saprà, ha bisogno di assicurarsi di non fare promesse vuote. Ha bisogno di ricominciare ad assumersi la responsabilità delle sue azioni.

«Sì, è –» Dan non sa dove sta andando a parare, non sa neanche perché ha iniziato a parlare. Si prende un momento, poi ricomincia. «Sono stanco e ubriaco, ed è stata davvero una giornataccia. Io... io apprezzo che tu ti sia preso il fastidio di rintracciarmi e presentarmi tutto questo.» Sorride mestamente. «Ogni tanto mi agito un po'.»

Evan fa un suono divertito. «Sì. L'ho notato.» Si porta in avanti, così che le loro ginocchia siano quasi per toccarsi, e quando parla, la sua voce è più bassa, un po' più roca. «E non mi crea nessun problema. Ma voglio essere io quello che ti agita, capisci?»

E Dan è stupito, perché capisce. Guarda Evan e sente la stessa attrazione, la stessa passione che ha sentito per Jeff in Kentucky. Lo fissa per qualche secondo e poi si bagna nervosamente le labbra, e vede gli occhi incupiti di Evan seguire il movimento della sua lingua. «Sì, io...», sussurra Dan, e poi si alza all'improvviso e si gira, arrivando in cucina e aprendo il rubinetto dell'acqua per prenderne un po'. Si chiede se abbia una fissazione nascosta per gli uomini che bevono Wild Turkey in appartamenti economici.

Fruga per cercare un bicchiere nella credenza e lo mette sotto il getto dell'acqua, poi ne beve una lunga sorsata. L'acqua è ancora aperta, quindi non sente Evan che si avvicina dietro di lui, ma sente quando due mani si posano sui suoi fianchi, tenendolo fermo ma non stringendo, e quando la mascella pungente di Evan si avvicina e si strofina contro la sua. «Posso darti del tempo per decidere,» mormora Evan, muovendo le sue labbra ad una impercettibile distanza dalla guancia di Dan. «Ma spero davvero tanto che tu scelga l'opzione tre.» Evan alza una delle sue mani e l'affonda nei capelli di Dan, girandogli la testa mentre muove i loro corpi, e poi la bocca di Evan è su quella di Dan, le labbra decise che aprono le sue, la lingua che segue subito dopo, sicura. Dan ricambia il bacio, ma Evan sta prendendo il comando, avvicinando il corpo di Dan al suo, muovendo la sua testa per trovare l'angolazione perfetta e continuando a baciarlo in maniera così profonda, così umida. Le mani di Dan decidono da sole di alzarsi e afferrano la camicia di Evan, non per cercare di muoverlo o di controllarlo, solo per aggrapparsi, lottando per cercare di trovare un qualche equilibrio nella vorticosa tempesta di quel bacio.

Finisce troppo in fretta, quando Evan si tira indietro prima di un poco, poi di un altro poco, fino a quando le loro labbra non si dividono – ma i loro corpi sono ancora stretti l'uno contro l'altro. Evan guarda verso il basso con aria sbalordita, e la mano nei capelli di Dan allenta la presa e scivola in avanti, accarezzando la guancia e la mascella di

Dan, mentre questi guarda Evan fisso negli occhi. «Porca puttana,» sussurra Evan. «Questo non faceva parte del piano.» Abbassa le mani e fa un passo indietro, e le dita di Dan si tendono e poi abbandonano la loro presa sulla camicia di Evan. «Devo andare. Tu... Per favore non scappare più, ok?», e poi è lui quello che scappa, coprendo con ampie falcate lo spazio fino alla porta e spalancandola con forza; Dan può sentire il rumore dei suoi piedi quando raggiunge il fondo delle scale, prima che la porta si richiuda da sola.

Dan rimane in piedi nella cucina, fissando l'uscita. Il giorno appena passato è stato... disorientante. Fa un altro sorso dal suo bicchiere, poi si rende conto che l'acqua non può bastare, si dirige verso il salotto, cercando la bottiglia di bourbon. Ha bisogno di pensare un po'.

CAPITOLO
TRENTASETTE

QUANDO Dan si sveglia la mattina successiva, ha i postumi della sbornia. Non è una sorpresa, considerato quanto ancora ha bevuto dopo che Evan se ne è andato, ma è una delusione. Dan di solito non è un ottimista, ma in qualche modo si riesce sempre a convincere che non proverà mai serie conseguenze per aver bevuto troppo. La sua testa e il suo stomaco gli danno il bentornato alla dura realtà.

Non è abbastanza nauseato da vomitare, ma lo è abbastanza da desiderare di poterlo fare. Invece barcolla fino alla doccia. 'Biancheria per la casa' evidentemente non include gli asciugamani, quindi si asciuga con una maglietta pulita, e poi si infila un paio di pantaloni e un'altra t-shirt. La doccia lo ha aiutato, ma continua a sentirsi di merda. Con passo malfermo arriva in cucina e cerca il caffè, ma così come ha sospettato, l'Effetto Ryan si è dissipato, e non ne trova. Afferra le chiavi e si dirige verso il pick-up. Ha davvero bisogno di caffè e di un po' di grasso con cui foderare lo stomaco.

Trova entrambe le cose al bar-tavola calda appena fuori dall'autostrada, e quando ha finito di mangiare si sente quasi umano. Scopre di avere la forza di iniziare a pensare alla sua giornata.

Cerca di ricordarsi che cosa ha detto nello specifico Evan la notte prima riguardo al tornare a lavorare. Ha promesso che avrebbe sistemato le cose, ma... ha detto di averlo già fatto? Ci sono stati molti 'sta' fermo' e 'fidati di me', ma c'è stato qualcosa di concreto? Dan non vuole presentarsi alla scuderia se non ha il nulla osta per esserci, ma non vuole neanche riparlare a Evan così presto. Le opzioni di Evan della notte precedente stanno ancora rimbalzandogli in testa, e non ha davvero idea di che cosa vuole fare. Fino a quando non lo saprà, sarà dannatamente imbarazzante parlargli.

Dan decide di telefonare Linda. È al corrente di tutto quello che fa Evan, da quanto Dan è riuscito a capire, e se non lo sa, può scoprirlo. Esce fuori dalla tavola calda e lascia che la fresca aria mattutina aiuti a dissipare il suo mal di testa mentre digita il numero. Linda risponde al secondo squillo.

«Buongiorno, Dan.»

«Ehi, Linda, come sta?»

«Perfettamente bene, grazie. E lei?» Dan cerca di capire se c'è qualcosa più che cortesia nella sua domanda, si chiede se lei abbia motivo di pensare che lui non stia del tutto bene. Ma non riesce a proprio a capirlo – lei è davvero professionale e Dan non è molto bravo a captare le sottigliezze.

«Sto bene, grazie. Ehm... stavo facendo delle cose con la gente della security ieri, e mi hanno chiesto di non tornare alla scuderia fino a quando non avrebbero dato l'ok.» Aspetta un qualche suono di sorpresa da parte della donna, ma non ce ne sono. «Evan ha detto che avrebbe sistemato lui la cosa, ma volevo solo ricontrollare prima di tornare là.»

«Mhh.» Linda mormora come se Dan le avesse chiesto se conosce una buona ricetta per i biscotti. «Non sono sicura, e Evan non è disponibile, ma posso dare un colpo al ramo della sicurezza e controllare. Va bene se la richiamo in un paio di minuti?»

«Sì, grazie, Linda. Sarebbe perfetto.» Lei riaggancia, e Dan si chiede se ci sia qualcosa che lui potrebbe domandarle che la metterebbe in agitazione. Dan scommette di no.

Non è sicuro di quanto dovrà aspettare, ma ha molto a cui pensare. In tutta onestà, Dan non sa come fare per decidere che cosa vuole con Evan. Il Pupazzo Chris gli suggerisce una lista di pro e contro, e Dan non riesce a capire se stia scherzando o se sia serio. È leggermente preoccupante.

Dan considera l'idea di chiamare il vero Chris, ma vuole lasciare la linea libera per Linda. Cerca di rifletterci sopra da solo. La prima possibilità era essere unicamente in affari con Evan, lasciando la porta aperta a qualcosa di più con Jeff. Ma Dan non è sicuro che questa sia una vera opzione. Crede che Evan la offrirebbe, ma non è sicuro che Jeff lo farebbe. Jeff ed Evan possono stare avendo dei problemi, ma la reazione alla telefonata del giorno prima mostra che Evan ha ancora un influsso molto forte su Jeff. Anche quando Dan ha cercato di essere il più seducente possibile, Jeff ha scelto Evan. Dan si chiede quanto sia disposto ad essere patetico. Può accettare di venire sempre secondo, e ciononostante cercare di avere una qualche relazione con Jeff?

O dovrebbe guardare la seconda opzione, amicizia con Evan, niente con Jeff? O forse amicizia con Jeff, si immagina, ma non è sicuro che possa rispettarla senza impazzire. Dopo il bacio della scorsa notte, Dan non è neanche sicuro che possa mantenere solo un'amicizia con Evan. Dopo quello che si stava sviluppando tra tutti loro, solo un'amicizia sembra qualcosa di un po' slavato e piatto. Dan decide che è l'ultima spiaggia.

Quindi questo lascia solo l'opzione tre. Quella che Evan vuole che lui scelga, si ricorda Dan, scosso da un piccolo brivido di piacere mentre ricorda la sensazione della guancia ispida di Evan che si sfrega contro la sua. Dan ci pensa intensamente, cerca di immaginarsi come potrebbe funzionare. Non solo fisicamente, ma anche a livello emotivo. Stanno davvero dicendo che lo ammetterebbero come un partner alla pari nella loro relazione, o sarebbe solo un membro associato, un visitatore occasionale, l'ultimo giocattolo? Non riesce ad immaginarsi che loro siano abbastanza pazzi da offrire la prima possibilità, ed è preoccupato che lui sia abbastanza debole da accettare l'ultima.

Il telefono squilla e Dan risponde con un certo sollievo. Pensare è duro.

«Ehi, Linda.»

«Salve, Dan. Ho parlato con Bill Albanese della security. Mi ha detto che ha il nulla osta per andare, con la stessa libertà d'accesso che ha sempre avuto.»

«Davvero? È stato... veloce.»

«Stava sperando in un po' di vacanza?» La voce di Linda è affettuosa e scherzosa.

«Ehm, no, non proprio. Solo... fantastico, ok.» Controlla il suo orologio. A quest'ora i cavalli saranno già stati fatti uscire, ma può controllare quelli che hanno gareggiato nei loro paddock, e...

«Oh, Dan, mentre ci siamo...»

«Sì, che cosa c'è?» Dan si è quasi dimenticato che stava ancora avendo una conversazione telefonica.

«Evan mi ha chiesto di contattare qualcuno che ha incontrato alla gara nel weekend, e sto avendo dei problemi a farlo. Però Evan ha detto che il signore in questione la conosce... ha un numero per Sean Dubois?»

Il cervello di Dan smette di funzionare per un secondo e quando ricomincia di nuovo, è un po' sconnesso. Evan. Che sta cercando Sean Dubois. Dan riesce solo a pensare a una unica ragione perché Evan stia cercando Sean, un completista professionale sottoccupato. Evan ha detto che gli andava bene mantenere rapporti esclusivamente professionali, ma forse non è così. Dan riesce a ricomporsi abbastanza da dire, «Ehm, no, mi dispiace, non ce l'ho.»

Linda sembra essersi resa conto che Dan non ha reagito bene alla domanda. «Beh, sono sicura che non sia importante. Continuerò semplicemente a provare il numero che mi hanno dato, immagino. Grazie, Dan.»

«Sì, grazie a lei, Linda,» risponde Dan, ma è come se la sua bocca stia muovendosi per forza dell'abitudine, senza connessione con il resto di se stesso. La sua mente è lontana, gira vorticosamente e senza efficienza, cercando di elaborare informazioni contraddittorie. Riaggancia il telefono e si siede sul paraurti del pick-up.

Evan sta forse progettando di rimpiazzare Dan se lui non accetterà la sua proposta? O lo rimpiazzerà comunque? Evan ha detto che vorrebbe che loro tre finissero insieme, ma non ha fatto cenno di *quanto* pensi che debbano stare insieme. Dan si rende di quanto in realtà non conosca i progetti di Evan. O di Jeff, davvero – Dan sa che Jeff metterà Evan per primo, ma questo varrà anche se Evan cercherà di licenziare Dan? Si chiede che cosa *loro* stiano rischiando in tutto questo, in confronto a quello che gli stanno chiedendo. O forse non stanno chiedendo tanto quanto lui si immagina. Forse stanno solo cercando una scopata veloce, e lui dovrebbe accettare e farla finita. Jeff è molto attraente, Evan è molto attraente, chi dice che debba essere legato tutto alle emozioni? Hanno parlato di essere 'interessati', ma Evan è anche apparentemente 'interessato' allo stramaledetto Sean Dubois, quindi che cosa significa? Ma perché Dan dovrebbe dar loro questa soddisfazione? Se tutta questa storia è stata una menzogna o un gioco per loro, perché lasciarli vincere?

Evan ha davvero avuto il coraggio di comparire nell'appartamento di Ryan e di fare la ramanzina a Dan sulla fiducia, proprio quando sta agendo furtivamente alle sue spalle, cercando di assumere il suo sostituto? Dan si è veramente sentito in colpa per avere reagito in maniera esagerata ai problemi con la sicurezza? Sicuro, Evan ha fiducia in lui. Ha fiducia che lui sia un perdente nato che è troppo stupido anche solo per rendersi conto di quando stia venendo usato, ha fiducia che lui si trasferisca dall'altra parte del Paese e che si spacchi il culo a riportare in forma un gruppetto di cavalli giusto in tempo perché arrivi qualcun altro ad occuparsene. Dan si allontana dal paraurti e si siede sul sedile del pick-up, con i piedi fuori dalla porta; si piega in avanti e si mette la testa fra le mani, stringendo forte e cercando di fermare il caos.

Di nuovo prova il desiderio di ricominciare a guidare, di partire e andare. Per tutto questo tempo Dan si è illuso, lasciandosi credere di potere fare questo lavoro senza Justin, pensando di avere un posto in quella bella casa, lavorando in quella bella scuderia, con tutta quella gente per bene. Lui non è per bene e i tizi della security lo hanno capito in un secondo netto. Devono essere incazzati neri adesso, pensando che lui sia riuscito a farla franca, pensando che

Evan si fida di lui. Evan dovrebbe dir loro che sta assumendo qualcuno di nuovo, così da farli sentire meglio. Cazzo, magari l'ha già fatto, magari è questo il motivo per cui Evan è occupato, è occupato a ridere a crepapelle con la security, pensando a quel povero idiota che non ha neanche finito le superiori e che crede di avere un posto vicino ai potenti Kaminski. Cazzo, se Sean vuole tutta questa merda, che se la prenda. Dan ne ha avuto abbastanza.

Dan pensa a Justin e a come tutto era stato così semplice con lui. Si amavano, amavano il loro lavoro, i loro cavalli... le loro vite. E ora Dan ha questo. Questo casino confuso. Dan ripensa al funerale, ricorda come Chris abbia parlato dell'intensità di Justin e della sua certezza. A Dan manca. Ne ha bisogno. E poi ricorda altri particolari di quei giorni in Kentucky. Ricorda la passeggiata a cavallo con Jeff e Chris, l'essere andato su per la collina di Justin al buio, sentendo la notte, lasciandosi guidare dal cavallo. Perché Dan riesce ad essere così sicuro quando è su un cavallo e così completamente confuso tutto il resto del tempo? Si ricorda anche di Jeff ed Evan al funerale, del gentile abbraccio di Tatiana, delle sue belle parole alla veglia. Pensa a quanto Evan adora sua sorella, e quanto questa stia diventando bella.

E prende il telefono e chiama. Squilla un po' di volte e poi parte la segreteria telefonica, seguita da un bip. Dan spera di stare facendo la cosa giusta.

«Ehi, Evan, sono Dan. Credo... tipo di aver bisogno di parlare con te... Dammi solo un colpo quando puoi, va bene?» Riattacca. Se Evan lo ha preso per i fondelli, illudendolo, Dan si è appena aperto a ulteriori bugie e confusione. Ma Dan vuole davvero fidarsi di lui. Non vorrebbe dire che tutto è destinato ad essere facile, o anche solo ad avere più senso, ma darebbe a Dan un altro punto a cui ancorarsi. Si sta girando sul sedile quando il cellulare suona. Il display gli dice che è Evan – sta forse solo filtrando le chiamate?

«Ciao.»

«Ehi, Dan, sono io. Che c'è?»

«Linda ha detto che non eri disponibile. Pensavo avresti richiamato più tardi.»

«Oh, no. Ero in una riunione, ma ho visto il tuo nome sul telefono, quindi ho fatto una pausa. Va tutto bene?»

Ormai Dan si è impegnato, tanto vale che vada avanti. «Stavo solo... stavo solo parlando con Linda, e lei mi ha detto che stavi cercando di metterti in contatto con Sean Dubois. Mi... ehm, mi chiedevo solo perché.»

C'è un secondo di silenzio, poi Evan dice, «Merda. Hai pensato che stavo cercando di rimpiazzarti?» Sembra interpretare il silenzio di Dan correttamente. «Ok. Grazie per avere chiamato e per lasciarmi spiegare.»

Dan continua a non parlare, aspettando. Speranzoso.

«Sean mi ha effettivamente parlato domenica, come mi avevi detto avrebbe fatto, alla ricerca di cavalli. Ma ha anche detto che stava considerando forse di smettere completamente di partecipare alle gare e di entrare invece nel campo della compravendita, come agente. Sai, trovare compratori e venditori compatibili. Intendevo parlartene, discutere l'idea di assumere magari lui o una persona come lui. Ma poi le cose si sono fatte un po' agitate e mi è passato di mente. Ma avevo chiesto a Linda di mettersi in contatto con lui, così da avere qualche informazione. Questo è tutto. Sul serio, Dan, il tuo posto è sicuro. Indipendentemente da come vadano a finire le cose, o da quello che decidi, o quant'altro.» Aspetta per un momento. «Dan? Tutto bene?»

«Mi trasferisco,» dice Dan d'improvviso. Si sorprende un poco, ma appena pronuncia le parole sa che è una buona idea. Crede ad Evan per quanto riguarda Sean, tuttavia... è una buona idea trasferirsi.

«Eh? Fuori da casa tua? Perché?»

«Perché non è la mia casa, è la tua casa. Io... è troppo vicina, capisci? È semplicemente troppo. La mia intera vita è legata a quel posto, e... è troppo.»

C'è un'altra pausa, poi Evan dice sommessamente, «Questo significa che stai cercando di... cercando di mantenere le cose su un piano solo professionale? Cercando di evitarmi?»

Dan emette uno sbuffo sofferente. «Non proprio. Sono solo... sono ancora piuttosto incasinato, Evan. Voglio dire, questa cosa con Sean... Io...» Dan si prende un momento per cercare di ricomporsi. «Ok, hai detto che l'opzione tre era che io fossi interessato in qualcosa di più, ma senza garanzie, giusto?»

«Sì...»

«Ok, il fatto è... sì, sono interessato. Lo sono da un pezzo. A tutte i due, non solo a Jeff. Ma... non riesco davvero a vederlo funzionare, Evan. Voglio dire, ci sono troppi ostacoli. Capisci?»

La voce di Evan è bassa. «No. Non capisco. Voglio dire, sì, ci sono delle cose che dobbiamo risolvere, ma penso che potremmo farcela. Credo valga la pena provarci, almeno.»

«Sì, ok, ma proprio lì, proprio questo atteggiamento – questo è il motivo per cui devo trasferirmi. Perché... ok, tu puoi dire che non mi licenzierai, e io ti credo. Beh, ti credo la maggior parte del tempo. Ma se *proviamo* questo, e se questo finisce nel peggiore dei modi, dubito davvero che vorrei continuare a lavorare lì. E quando è capitata la faccenda della security – è stato come se mi prendessero tutto, capisci? Non solo il mio lavoro, ma anche la mia casa. Non posso avere così tanto legato ad un unico posto.»

Evan non dice nulla per un momento. «Sei sicuro di volere decidere questo adesso? Voglio dire, hai passato una giornata difficile ieri, e...»

«Sì. Evan, la gente cambia casa tutti i momenti, non è una decisione che stravolge l'esistenza. La dépendance è stata perfetta mentre mi stavo acclimatando, ma ora mi troverò un altro posto. Niente di che.»

«Beh, pazienza... cioè, noi non usiamo davvero quel posto, quindi se vuoi trovarti il tuo spazio, perfetto, ma la casa continuerà ad essere lì.»

«Va bene.»

«Ma per quanto riguarda quegli altri ostacoli?» Sembra che Evan stia tornando alla modalità 'risolviamo i problemi', e Dan non sa se esserne divertito o terrorizzato.

«Dovremmo parlarne, giusto? Voglio dire, parlare ha funzionato questa volta – avresti potuto dare di testa per la faccenda di Sean, ma non lo hai fatto. Mi hai chiamato, abbiamo parlato e sistemato la cosa.»

«Ho dato un po' di testa,» confessa Dan, provocando un'altra pausa.

«Sei di nuovo andato da Jeff?» Il tono di Evan sembra essere per la maggior parte scherzoso, ma non interamente.

«No! È stato... uno sclero mentale. Non è durato tanto quanto l'altro.»

«E lo hai superato. Davvero, penso che questa faccenda del 'parlare' potrebbe davvero funzionare fra di noi. Quindi ecco il mio piano. Ci prendiamo oggi per calmarci tutti un po'. Per riordinarci le idee. E poi domani ci incontriamo per cena, in un posto tranquillo, e risolviamo gli ostacoli, sistemiamo i dettagli.»

Dan fa un mezzo sorrisetto. «Del tipo, stiliamo un contratto per l'uscire insieme?»

«Sì, esattamente!» Dan cerca di ignorare la danza della vittoria in cui si lancia il Pupazzo Chris e decide che non lo dirà mai al suo amico in carne e ossa. O altrimenti glielo dirà, mentre gli racconterà dell'ultima, incontrovertibile prova che lo ha convinto che le cose fra lui ed Evan non sarebbero mai potute funzionare. «Dan?», si interrompe Evan.

«Sì, ehm. L'idea del contratto è pura follia. Ma... ok, forse dovremmo almeno parlare di alcune cose, vedere quello che pensate voialtri.» Gli viene in mente un particolare. «Ma a Jeff vanno bene i tempi? La sua mostra è questo venerdì, giusto? Non dovrebbe rimanere concentrato per prepararsi all'evento?»

«Non lo so. L'ultima volta che abbiamo parlato era quasi pronto, ma... immagino che potrei chiamarlo e scoprirlo.» Evan sembra essere riluttante, quasi stizzoso, e Dan ha una terribile sensazione.

«Voi due state ancora litigando? Sei arrabbiato per quello che è capitato tra lui e me?» Non ha risposta. «Perché, davvero... pensavamo ti andasse bene, e io sono stato maledettamente insistente, sai... e alla fine...» Dan non sa se vuole davvero ammettere questa parte. «Alla fine, lui ha scelto te. Io stavo... beh, stavo facendo del mio meglio per distrarlo, e il telefono ha squillato, e lui ha pensato che fossi tu, e –»

«Dan! Davvero, questo è un affare tra me e lui.»

Dan capisce piuttosto chiaramente l'antifona. «Già. Quindi è così che andranno le cose, nella tua versione del maledetto contratto? Tu e Jeff potete parlare di me quanto volete, ma io non posso dire nulla su nessuno dei due? Buono a sapersi, amico. Grazie per averlo chiarito.»

«No, non intendevo in quel senso...»

«Davvero? Allora che cosa intendevi?»

«Cazzo. Non lo so. Ok, sì, anche tu hai il diritto di parlare di noi, credo... ma... sì, ok, capisco quello che dici. Gli darò un colpo di telefono e vedrò se è libero per cena domani sera. Va bene?»

«E sii gentile.»

Evan fa un piccolo sbuffo divertito. «Che cosa?»

«Dovresti essere gentile quando lo chiami. Lo ami, ricordi?» Dan sta scherzando, ma nello stesso tempo è serio.

«Sì, grazie. Quindi lo chiamerò, gentilmente... e poi ti richiamerò e ti farò sapere?»

«Va bene. Ma, Evan... cioè, ok, hai ragione, vale la pena parlarne, ma... parlare non risolve tutto, capisci?» Riesce a malapena a ricordarsi tutte le cose che prima gli sono passate per la mente, ma è piuttosto certo che almeno alcune di esse avessero un senso.

Evan sospira. «No, non tutto. Ma, sul serio, Dan, se vuoi questo... e io lo voglio... e Jeff lo vuole... facciamolo accadere, capisci? Facciamolo per noi stessi.»

«Cristo, sembri uno di quegli speaker motivazionali.» Dan ridacchia.

«Beh, sta funzionando? Ti senti motivato?»

«Sono motivato a riagganciare. Vado a lavorare, poi traslocherò le mie cose stasera. Posso tornare o pulire la casa... oh, non domani sera... la sera dopo?»

«No, senti, non preoccuparti di pulire. Abbiamo gente che lo può fare.»

Dan scuote la testa. «Tu hai gente. Io no. Io posso pulire.»

«Come vuoi. Divertiti.» Evan borbotta qualcosa che suona come «Testardo bastardo», ma Dan non gli chiede di ripetere.

Riagganciano e Dan si allunga sui sedili, i suoi piedi ancora a penzoloni fuori dalla portiera. Rimane così per un minuto, fissando il tettuccio e chiedendosi che cosa diavolo stia facendo. Nell'arco di cinque minuti è passato dall'essere fuori di testa e odiare la sua vita al sentirsi ragionevolmente contento, anche se sempre completamente incerto sul suo futuro. E tutto soffrendo ancora qualche postumo della sbornia. Si tira su, si mette a sedere e porta i piedi dentro al fuoristrada. Non deve preoccuparsi di Evan e Jeff fino alla sera successiva; nel frattempo, ha dei cavalli da allenare. Può non essere tanto, ma è abbastanza. Almeno per ora.

CAPITOLO
TRENTOTTO

DAN guida fino alla scuderia e si lancia con entusiasmo nel lavoro. Gli riesce difficile credere di aver visto i cavalli solo la mattina precedente. Gli sembra siano passate settimane. La squadra non pare avere neanche notato la sua assenza e anche Tatiana è presente, vivace e allegra come sempre. Dan immagina che Evan non le abbia fatto cenno degli eventi del giorno precedente, e lei sembra inconsapevole dei traumi causati in nome della sua sicurezza. Dan prova un breve moto di risentimento nei suoi confronti e si chiede perché lei possa rimanere così assolutamente all'oscuro di tutto, mentre lui viene sottoposto ad un terzo grado, ma dopo circa due minuti in cui lei decanta le lodi di Sunshine e Chaucer e di tutte le altre eccitanti cose della sua vita, Dan si scopre averla perdonata. Gli *piace* che lei sia inconsapevole e che possa ancora essere una bambina, nonostante i pericoli del suo mondo. Si rende conto di nuovo di quanto Evan stia facendo un buon lavoro con la sua sorellina.

Dan porta Tat con lui quando controlla i cavalli che hanno gareggiato la domenica. Hanno bisogno di almeno un paio di giorni di riposo dopo le loro fatiche, quindi non li monta, ma chiede a Robyn di farli camminare e trottare alla lunghina, così che lui possa controllare se ci sono zoppie, e passa le sue mani sopra i loro muscoli per controllare se vi sia del calore provocato da una lesione. Spiega quello che sta facendo a Tat ed è positivamente colpito, come sempre, dalla sua concentrazione e dal suo interesse nell'imparare. In un certo senso spera che non diventi mai una completista seria, perché non vuole vederla correre quel tipo di rischi, ma pensa che, se lo volesse, avrebbe senz'altro un futuro nel mondo dell'equitazione. Un futuro che potrebbe guadagnarsi da sola, non uno comprato con i soldi di famiglia.

Ryan chiama intorno all'ora di pranzo. Si sta appena svegliando e Dan lo prende in giro per il suo stile di vita da star del rock'n'roll. Ryan concorda un po' imbarazzato e gli fa un veloce sommario di tutto quello che gli è capitato. Sembra felice e più eccitato di quanto Dan non lo abbia mai sentito, quindi Dan è felice per lui.

Quando Ryan gli chiede come sta, Dan non è sicuro della risposta.

«Oh, sì. Oggi meglio, di sicuro, mi dispiace per tutto il dramma di ieri.»

«Amico, non c'è stato davvero niente di drammatico... Sembravi solamente a terra.»

«Sì... non so. Sono saltate fuori delle cose, che io non ho affrontate poi così bene, e... beh. Ma, sì, credo che mi troverò un altro posto dove vivere. La dépendance è davvero bella, ma non è adatta a me, capisci? E penso di aver bisogno di un attimo di respiro da tutta l'esperienza Kaminski.»

«Specialmente se inizierai ad uscirci insieme,» aggiunge quietamente Ryan.

Dan rimane temporaneamente senza parole. Sapeva che Ryan si era accorto del suo interesse per Jeff, ma... «Cosa? Perché dovrei... voglio dire...»

«Ehi, credevo che mi stesse per tirare un pugno quella prima sera al pub.» Ryan ride. «E si è tranquillizzato, ma ciononostante... non era esattamente sottile. E un tipo come lui – quello che vuole, lo ottiene, giusto?»

«Aspetta. No... che cosa vuoi dire... un tipo come lui? Credevo che tu credessi... Jeff?» Dan è consapevole di non essere molto comprensibile. Forse potrebbe vedere questa telefonata come una prova della conversazione che lo aspetta la serata successiva. Chiaramente ha bisogno di fare pratica.

«Un tipo come lui: ricco, attraente, intelligente, ambizioso – tutto quello che si potrebbe chiedere. E single. E si scopa uomini e donne? E in grandi quantità? Cristo, è un paesino... c'è gente che ti potrebbe dire che cosa ha mangiato a colazione.» Ryan sembra essere divertito dall'intero scenario, ma Dan non pensa di potere essere altrettanto disinvolto.

«Merda.» Dan non ha per niente preso in considerazione l'idea che altre persone possano essere al corrente della sua... situazione. È un punto in più che lo mette a disagio in tutta questa cosa. Il Pupazzo Chris gli dice di aggiungerlo alla lista dei contro, ma Dan non ha ammesso di stare facendone una. Il pupazzo – meno sa, meglio è.

Ryan sembra essere un po' più pensieroso. «Quindi, stai pensando a che cosa... ad entrambi? Il paese ne andrebbe matto.»

«Cristo. Al paese importa?»

«Dan, amico mio – hai visto quelle ragazze appiccicarsi a te il tuo primo giorno al ristorante – se il paese si interessa a te, ci puoi *scommettere* che si interessa a Kaminski, e un triangolo con Kaminski? Cazzo, sì, gli interesserebbe.»

«Oddio.» Dan emette un gemito disperato e affonda la testa nelle mani. «Sta diventando via via più incasinato.»

La voce di Ryan è gentile. «E tu, amico? Dimentica il paese, dimentica Kaminski... che cosa vuoi, *tu*?»

Dan ci pensa per un minuto. «Che cazzo ne so.»

«Ok, mettila in questo modo... se foste su un'isola deserta da qualche parte, solo voi tre... ci daresti dentro?»

Da sorride all'immagine. «Ci sarebbe del lubrificante?»

«Olio di noce di cocco o qualcosa così. Sii creativo.»

«Ok, domanda estemporanea – non ti dà nessun fastidio? Voglio dire, questa conversazione mi sta semplicemente torturando, e tu invece sembri essere così tranquillo.» Dan non è sicuro di volere avere davvero una risposta. «Sto solo... mi sto solo lusingando quando penso che forse ti potrebbe dare un po' fastidio?»

Ryan si prende del tempo prima di rispondere. «Ho iniziato questa cosa pensando che saremmo stati amici. E poi me ne sono andato all'improvviso prima che diventassimo qualcosa di più. Io... io non ho il diritto di rivendicarti come mio. Capisci? E, non so... immagino di essere abbastanza bravo ad accontentarmi di quello che ho, e a non lamentarmi per quello che non ho.»

Dan annuisce tra sé e sé. Questo spiega molto dell'Effetto Ryan. E gli ha fatto guadagnare del tempo sulla domanda dell'isola deserta.

«Sì, d'accordo. Ehm, un'isola deserta – sicuro, sì. Sono entrambi dei fighi, mi piacciono entrambi... ehi, se ci fossi anche tu potresti unirti a noi.»

«Grazie. Quindi, è solo quello che le altre persone pensano che ti tratterrebbe? Non lo so... è qualcosa che dovrebbe davvero avere tutta questa importanza?»

«Beh... forse? O... non so, non è solo quello che gli altri pensano. Voglio dire... Evan è il mio capo, cosa che è... negativa, per me. E su un'isola deserta, saremmo tutti e tre obbligati a stare insieme. Nessuno se ne andrebbe, o nessuno vedrebbe qualcun altro e cambierebbe desideri.»

«Oh. Sì, la vita non è semplice, immagino.» Ryan sembra essere conscio in maniera compiaciuta che la sua vita sta correndo invece piuttosto liscia, ma Dan non riesce ad esserne infastidito.

«Sì, grazie, è molto di aiuto.» Dan sorride. «Ok, devo tornare al lavoro, immagino. Ma hai il numero di telefono del tuo padrone di casa, per l'appartamento? Magari potrei contattarlo, vedere se posso passare un paio di mesi lì prima di decidere che cosa fare sul lungo termine.»

«Ehm... non ho il numero, in realtà. È un po' un hippy. Lavora la ceramica e viaggia in tutte quelle fiere di artigianato... non è quasi mai a casa. Io gli lascio solo dei messaggi nella cassetta della posta di casa sua, e lui mi lascia dei messaggi nella cassetta della posta del garage – funziona senza problemi. Il suo nome è Wendell.» Ryan ride. «Potrebbe anche non sapere ancora che ho dato la disdetta.»

«Wendell? Ok. Fantastico, grazie. E, sai... grazie per avermi ascoltare delirare.»

«Quando vuoi, amico. Devo dire, però, che è piuttosto triste che la vita sessuale di un semplice addestratore di cavalli sia così tanto più piccante della vita sessuale di una rockstar come me.»

«Beh, sei ancora un pivellino... sono sicuro che il piccante aumenterà quando partirai per il tour.»

Ryan ride e così i due riagganciano. Dan torna ai cavalli. Il fatto che quelli che hanno gareggiato si stiano riposando significa che Dan ha più tempo per i cavalli più giovani, e apprezza davvero la possibilità di lavorare con loro e vedere a che punto sono. Prima che se ne renda conto, Robyn e Michelle annunciano che la loro giornata è finita. Anche Tat ha l'aria stanca, ma sembra determinata a rimanere fintanto che lo fa Dan.

Dan libera nel suo paddock l'ultimo cavallo, una puledra Purosangue che arriva dal mondo dell'ippica, e trova Tatiana ad aspettarlo dal cancello.

«Ehi, Dan.» Sembra un po' timida, come se stesse preparandosi ad una domanda difficile, e Dan inizia a provare una sensazione orribile. Non ha la più pallida idea di che cosa Evan abbia detto a sua sorella su... tutto, in realtà. Dan, e Jeff, e Dan e Jeff ed Evan... e non sa che cosa lei sappia, o anche solo se c'è qualcosa da dirle. Si guarda intorno disperatamente cercando una via di fuga.

«Ehi, Tat!» Sospetta che il suo saluto sia leggermente troppo entusiasta, considerato che ha appena passato la maggior parte della giornata con lei. Dan cerca di abbassare di qualche grado il finto entusiasmo. «Che cosa c'è?»

Lei sorride imbarazzata. «Volevo solo... volevo solo farti sapere che... Evan non sempre mi dice molto. Cioè, cerca di proteggermi da un sacco di cose. Ma... ho notato che ieri stava succedendo qualcosa e penso più o meno di sapere che cosa... e volevo solo dirti che mi dispiace. Sai... se era quello che penso che fosse.»

Questo è molto, molto meglio di quello che Dan temeva. «Oh, no, Tat... non so che cosa pensi che sia stato, ma, davvero... non c'è niente per cui tu ti debba dispiacere.»

Lei non sembra esattamente convinta. «Ma se... se ti hanno fatto sentire non gradito, o come se tu fossi... non so, come se tu fossi *pericoloso*, o qualcosa del genere, solo perché loro stanno facendo tutti i paranoici per proteggere *me*... dovrei dispiacermene, no?» Sta fissando per terra mentre parla, ma alla fine alza gli occhi e guarda Dan, e lui vorrebbe quasi mettersi a piangere.

«No, Tat, tu...» Non sa quanto vuole scendere nel dettaglio. «Tu sei fortunata – hai una famiglia che ti vuole bene, che vuole tenerti al sicuro, e che ti aiuta a capire come fare le scelte giuste. Io non sono stato così fortunato.» Sorride mestamente e si chiede se questo possa bastare a farle capire come stanno le cose, o se basti solo ad incuriosirla. «Quindi... immagino... se vuoi dispiacerti per, non so, il fatto che è triste che non tutti siano altrettanto fortunati con le loro famiglie, ok, puoi essere dispiaciuta per questo. Ma non essere dispiaciuta perché pensi che sia colpa tua.» Scuote la testa. «Non è colpa tua.»

Dan riceve un altro sguardo timido, poi lei annuisce. «Sì, d'accordo.» Appoggiano entrambi le loro braccia sulla palizzata e guardano Sunshine pascolare. Dentro di sé, Dan si fa le congratulazioni da solo. Ha gestito bene la situazione. «Ehi, Dan?»

«Sì?» Dan *quasi* spera che lei abbia un'altra domanda, solo per potere rispondere in maniera altrettanto fine.

Lei gira la testa per guardarlo direttamente. «Ti piace mio fratello?» E così va in fumo la sicurezza di Dan, che tiene gli occhi risolutamente fissi sul prato.

«Ehm... sì? Voglio dire... credo che tuo fratello piaccia quasi a tutti, no?»

Lei si avvicina e gli dà un colpettino sui fianchi con la sua anca. «No, sai che cosa voglio dire. Ti *piace*?» Dan si limita a fissare i cavalli, sperando che uno di loro faccia qualcosa, qualsiasi cosa, per distrarre questa ragazzina dalla sua domanda. Ma i cavalli continuano solo a pascolare, e Tat procede. «Perché tu gli piaci. Cioè, gli piace anche Jeff, ma... ti possono piacere due persone contemporaneamente, giusto?»

«Ehm... sì? Credo ti possano piacere due persone contemporaneamente.»

«Sì. So che non sono affari miei, bla bla bla, ma... Volevo solo assicurarti che, sai... se ti piace, mi va bene. Cioè, mi piace anche Jeff, ma... sai.»

Dan prova per un breve momento il desiderio di scuoterla. Non, lui *non* lo sa. È davvero così chiaro a tutti tranne che a lui? Sta creandosi delle ulteriori complicazioni dove non ce n'è bisogno? Poi si ricorda che sta parlando ad una quindicenne. Forse non dovrebbe essere lei il giudice di quello che è semplice o complicato.

Dan si accorge che lei sta ancora aspettando una risposta da lui. «Ok, bene... grazie per avermelo fatto sapere.»

«Inizierete a, tipo... uscire insieme?»

«Santo Dio, Tat, non so!» Può essere che questa sia stata una reazione eccessiva, ma lei sembra più divertita che scossa.

«D'accordo, d'accordo...» L'espressione dei suoi occhi tutto d'un tratto si fa malandrina. «Ehi, se prometto di non farti altre domande, domani posso montare Monty? Solo sul piano, non per saltare!»

Dan scuote la testa. Può avere il suo fuoristrada se smette di fare domande, ma è probabilmente meglio che non lo abbia intuito. «Ehm... potrebbe andare. Monty domani deve fare al limite solo un lavoro leggero... Facciamo così, controlliamo le sue gambe domattina e se è a posto, puoi provarlo. Solo passo e trotto, probabilmente...»

Lei lancia un acuto urlo di gioia e lo abbraccia di slancio, e poi la Cherokee di Evan si ferma nel posto adibito a parcheggio davanti alla scuderia. Tat lancia un'altra occhiata furba a Dan. «Mhhh... Evan ha detto che sarebbe passato e mi avrebbe dato un passaggio a casa, ma credo di aver voglia di camminare... forse dovresti andare da lui a dirgli ciao...»

Dan sente la sua faccia diventare rossa come un peperone; cerca di instillare una nota di avvertimento nella sua voce quando dice, «Tat...», ma lei si limita a ridere e a saltellare verso suo fratello.

Dan li sente scambiarsi i saluti, ma tiene gli occhi sul prato. Non vuole davvero spiegare a Evan il perché è arrossito. Il bastardo probabilmente troverebbe l'intera cosa divertente.

Sente Tatiana salutarlo e si gira per farle un cenno con la mano. Evan sta attraversando il prato nella sua direzione, e sembra avere un'aria un po' esitante. Dan sorride in saluto e poi si rigira verso i cavalli. Le conversazioni che non sono faccia a faccia sono le sue preferite.

Evan arriva e si ferma di fianco a lui, appoggiando le sue braccia sul recinto, vicino solo quel tanto che basta per far toccare i loro gomiti. Dan è super consapevole del contatto e si scopre inclinarsi di più verso Evan. Se vuole essere onesto con se stesso, Dan sente il desiderio di girare Evan verso di lui e appoggiarcisi contro con ben più che con un semplice gomito. Dan può non essere un fan delle *conversazioni* faccia a faccia, ma questo non significa che non veda i vantaggi della posizione. È rassicurante, in un certo senso. È bello sapere che Dan non sta passando tutti questi casini per un tipo che neanche vuole.

Evan guarda i cavalli per un po', poi dice, «Allora, ho parlato con Jeff. E sono stato gentile.» Guarda con la coda dell'occhio Dan, che lascia gli angoli della sua bocca alzarsi leggermente. «E lui ha detto che la cena domani sera va bene. Ha detto che sta diventando matto cercando di non preoccuparsi per la mostra, quindi può cucinare. Gli darà qualcosa da fare.»

Dan non aveva pensato a questo. Aveva dato per scontato che sarebbero andati ad un ristorante. Evan sembra intuire la sua reazione.

«Potremmo andare a mangiare fuori, ma se dobbiamo avere una vera e onesta discussione sull'argomento... un po' di privacy potrebbe essere preferibile. E casa di Jeff è più tranquilla della mia, e molto più tranquilla di un ristorante.»

Dan annuisce. Ha senso. È solo che l'ultima volta che è stato da Jeff non si è comportato esattamente nel migliore dei modi. Sarà un po' imbarazzante ritornarci, specialmente con Evan presente. Ma Dan s'immagina di doversi semplicemente rassegnare. Non può evitare quel posto per sempre. «Sì, d'accordo. Ehm... a che ora?»

«Io ho detto che andrò là direttamente dall'ufficio... quindi forse verso le sei o giù di lì?»

Dan annuisce nuovamente. «Ok, va bene.» Evan si sposta leggermente, così che il suo intero avambraccio tocchi quello di Dan, e quando parla, la sua voce è più bassa, ma intensa.

«Ho pensato a te tutto il giorno, Dan. Ho pensato a quel bacio e a tutte le cose che voglio fare insieme. Mi sta facendo impazzire.»

Dan in realtà ha passato bene la giornata, lavorando con i cavalli in modo da tenere la sua mente occupata, ma ora che Evan è qui, Dan sta avendo dei problemi a formare dei pensieri coerenti. Non è sicuro del timbro che avrebbe la sua voce se provasse a parlare, quindi preferisce annuire.

Evan sembra capire la ragione del silenzio di Dan e si fa più vicino. Le sue labbra sono ora ad un soffio dall'orecchio di Dan, e proprio come la notte precedente, Dan può sentirle sulla sua guancia mentre Evan parla. Si chiede se questa è una delle tecniche preferite di Evan; si chiede anche come potrà essere in grado di resistere se l'altro continuerà a lungo. «Devi darci una possibilità, Dan. Possiamo risolvere tutto. So che lo possiamo.» Si gira un po' di più verso Dan e si avvicina impercettibilmente, e Dan può sentire l'erezione di Evan contro il suo fianco. Emette un sommesso gemito di piacere e gira la testa, gli occhi chiusi, lasciando che la sua bocca trovi istintivamente quella di Evan. Questa volta è Dan che prende il controllo, spingendo forse anche con troppa forza contro le labbra di Evan, infilando la lingua nella sua bocca, muovendo il suo bacino contro l'inguine di Evan. Dan muove il suo corpo così che siano di fronte, sempre stretti l'uno all'altro, con le erezioni che premono attraverso i vestiti. Evan inspira rumorosamente quando sente il contatto e Dan sposta le sue labbra dalla bocca di Evan, baciando e succhiando un percorso che va dalla mascella di Evan fino al suo collo. Dan è così eccitato che riesce a malapena a respirare. Evan inclina la testa all'indietro, lasciando esposto ancora di più il suo collo all'attenzione di Dan, ma proprio in quel momento Dan sente delle risate provenire dalla direzione della scuderia, e allontana con forza le sue labbra ed il suo corpo dall'altro uomo.

Dan si gira di nuovo verso i cavalli, ma Evan rimane fermo in quella posizione, come impietrito. Dopo un istante emette un gemito e china la testa in avanti.

«Dan, eccoti!», dice a gran voce Sara dalla scuderia. Dan gira la testa per guardare lei e Devin. «Andiamo in paese a comprare del cibo per la cena... volete qualcosa?»

Dan lancia un'occhiata ad Evan, ma questi non sembra essere coerente, quindi decide per entrambi. «No, grazie, siamo a posto,» risponde, e Evan ritorna in sé quel tanto che basta per alzare il braccio e salutarli prima di girarsi e guardare i prati.

Evan rimane silenzioso per un momento, o per essere sicuro che Devin e Sara se ne siano andati, o per ritrovare un po' più di controllo su se stesso. «Cristo santo, Dan –», inizia.

«Sì,» risponde lui, prima di sorridere divertito. «Oggi non doveva servire per darsi una calmata, o qualcosa del genere?»

Evan ride un po'. «Sì, qualcosa del genere.» Scuote lievemente la testa. «Ok, volevo offrirti il mio aiuto per fare il trasloco stasera, ma...»

Dan annuisce. «Se anche solo ti trovassi vicino ad un letto, ci finiresti sopra. E sarebbe meglio...»

«Più giusto nei confronti di Jeff,» concorda Evan, «anche se non so se abbia davvero senso. Voglio dire, tu e lui siete stati insieme per conto vostro...»

«E non ti è piaciuto,» gli ricorda Dan.

Evan non risponde per un minuto. «L'ho maledettamente odiato.» Poi sorride. «Da quando sei diventato il Signor Buonsenso?»

Dan scuote la testa. «Ho girato pagina, amico. Questo è il nuovo Dan.»

«Già. Gran tempismo del cazzo, bastardo.» Evan continua a guardare i cavalli. «Ehi, devi insegnarmi a cavalcare.»

Dan non riesce a non sogghignare un po'. «Pensavo che avessimo concordato che è meglio aspettare fino a domani.»

Evan gli lancia un'occhiataccia. «Davvero? È il tuo lavoro, e tu ancora fai le battutine con i doppi sensi? Non dovrebbe esserti venuto a noia dopo un po'?»

«Ehi, due minuti fa la mia lingua era infilata nella tua gola. E sono ancora maledettamente duro. Scusami se ho in testa il sesso.»

Evan geme sommessamente. «Cristo, non me lo ricordare. Ok, allora, adesso vado a casa, trovo qualcosa da mangiare. Ti inviterei, ma... sempre lo stesso problema.»

«Cazzo, ehi, quasi dimenticavo. Tua sorella... ho avuto una sorta di bizzarra conversazione con lei.»

«Beh, sì. Con lei il bizzarro è la norma. Qual era l'argomento?»

«Ehm... credo che ci abbia dato la sua benedizione.» Evan alza lo sguardo sorpreso; Dan scrolla le spalle. «Non so. Lei... lei mi ha chiesto se tu mi piacevi, e poi mi ha detto che *io* piacevo *a te*, ma che a te piaceva anche Jeff, ma che lei pensava fosse ok farsi piacere due persone contemporaneamente. Mi ha un po' inquietato.»

«Cristo. È per quello che stava sogghignando quando ha detto che avrebbe camminato fino a casa?»

«Già, immagino di sì. Sembrava anche sapere qualcosa di ieri. Magari dovresti parlargliene. Penso mi abbia creduto quando le ho detto che non era colpa sua, ma... non ne sono sicuro.»

Evan fa girare gli occhi in maniera teatrale. «Questo è quello che fa! Si aggira di soppiatto e origlia, e poi devo metterle il cuore in pace per quello che sente. È... non è un buon sistema.»

«Forse dovresti dirle le cose sin dall'inizio. Sai... assicurarti che abbia le informazioni corrette, assicurarti che non interpreti nulla in maniera sbagliata.»

«Così dice Jeff. Cristo, voi due finirete col fare comunella contro di me su mia sorella, vero?»

Dan alza le mani. «Ok, ovviamente io non sono nella posizione di dare consigli legati alla famiglia. Scusa.»

«No, non intendevo quello.» Evan aspetta che Dan scrolli le spalle, poi alza lo sguardo in direzione della casa. «Che cosa le hai detto su di noi?»

«Io, ehm... io le ho detto che poteva provare Monty domani a patto che smettesse di farmi domande.»

Evan si morde un labbro, poi ci rinuncia e ride di cuore. «Sì, ok. Mi sembra giusto. Accidenti, devo ricordarmelo.»

«Ehi, trovati i tuoi modi per tenertela buona!»

Gli occhi di Evan sono pieni di sentimento, e Dan quasi vorrebbe rimanere lì per sempre, semplicemente godendosi l'affetto dell'altro uomo. Ma non crede in tutta onestà che rimarrebbe a lungo semplice affetto, e pensa davvero che Jeff sarebbe ferito se facessero qualcosa senza di lui. Dan si rende conto che il suo modo di pensare alla sera che li aspetta sembra essere cambiato. Originariamente era un incontro solo per parlare, un'occasione per Dan di spiegare i suoi seri dubbi sull'accordo suggerito. Ma in qualche modo sembra essersi trasformato e ora gli pare che ci andrà aspettandosi di fare qualcosa di sessuale con almeno uno dei due. Non è sicuro quando o perché la situazione sia mutata e al momento non se ne preoccupa troppo. Gli sembra che la tensione sia salita fino al punto in cui qualcosa deve accadere, specialmente tra lui ed Evan, o entrambi esploderanno. Quindi può ancora far presenti le sue pesanti riserve su una vera e propria relazione, ma questo non deve significare che non possa divertirsi un po'. O divertirsi molto, forse. È aperto a suggerimenti.

Ma fino ad allora, Dan deve stare alla larga da Evan. «Ok, allora... oh, vuoi imparare a cavalcare. Non intendi adesso, giusto?» I suoi occhi si spostano verso l'inguine di Evan, che mostra ancora segni di essere almeno in parte eccitato. «Perché credimi, è piuttosto doloroso...»

«No, non adesso,» risponde velocemente Evan. «Solo... prima o poi. Sean diceva che questo è un buon periodo per comprare cavalli, visto che l'economia va così male, quindi potremmo essere in cerca di qualche buon cavallo da completo, ma anche di qualche cavallo da usare solo per fare delle passeggiate, sai? Come Smokey o magari un po' più grande, per me.»

«Sì, sarebbe una buona idea. Potremmo costruire una capannina nel paddock grande e tenere i cavalli in più lì. Smokey sarebbe più felice sempre all'aperto, se avesse un po' di compagnia. La maggior parte dei cavalli lo sarebbe, ma i box sono comodi quando li devi montare tutti i giorni.» Dan si sta entusiasmando a questa idea e nota che il suo corpo si sta rilassando. Evidentemente i cavalli sono il suo anti afrodisiaco – per fortuna, considerato il suo lavoro.

«Eccellente, sì. Ho un'altra... c'è un'altra idea su cui ho lavorato, ma non è ancora del tutto pronta. Dovrei averla sistemata per domani.» Dan gli lancia uno sguardo incuriosito, ma Evan scrolla le spalle e sorride. «Ok, allora. Vado... ci vediamo domani, giusto? Alle sei in punto da Jeff.»

Dan annuisce. Vorrebbe salutarlo con un bacio, ma non crede che sarebbe una buona idea. Non si può mai dire a che cosa potrebbe portare. Sembra che anche Evan stia pensando la stessa cosa, perché ha l'aria un po' rincresciuta mentre in incammina verso la sua macchina.

Dan aspetta fino a quando non sente la jeep mettersi in moto e allontanarsi, poi si gira e si dirige verso il suo fuoristrada. In realtà non ha molto da inscatolare, ma tanto vale farlo. Forse potrebbe anche già iniziare le pulizie. Dio solo sa che una distrazione dai suoi stessi pensieri sarebbe ben accetta. Dan si sente come se la sua mente stesse per ricominciare a girare all'impazzata e non crede proprio che al momento possa prendere delle decisioni produttive. Ha bisogno di sentire quello che Evan e Jeff hanno da dirgli, ha bisogno di sapere come risponderanno alle sue preoccupazioni. Dan non è ottimista e si sta avvicinando alla cosa con delle riserve piuttosto serie, ma scopre che sta veramente, veramente sperando che siano in grado di convincerlo. Francamente, non ha idea di quello che farà se non ci riusciranno.

CAPITOLO
TRENTANOVE

DAN fa passare il giorno successivo lavorando a testa bassa. Nel tardo pomeriggio gli viene in mente di aver lavorato un po' troppo duramente e che avrebbe forse fatto meglio a risparmiare un po' di resistenza per la serata, ma poi pensa ad Evan e Jeff che lo guardano con passione e il suo uccello gli fa sapere che ha delle riserve segrete di energia. Quindi Dan presume che non ci saranno problemi.

Torna a casa verso le quattro e mezza. È rimarchevole, secondo Dan, quanto in fretta abbia iniziato a pensare all'appartamento come casa, considerato che non era mai riuscito a pensare alla dépendance negli stessi termini. È ironico soprattutto considerando che non ne ha alcun diritto legale... quando è andato a infilare un foglio di spiegazioni nella buca del padrone di casa, ha trovato i trenta giorni di preavviso di Ryan ancora lì, e quindi ha semplicemente aggiunto la sua nota alla pila. Non sa se il padrone di casa lo lascerà rimanere, ma per ventisei giorni, almeno, è casa. Questo non significa che voglia necessariamente vivere per sempre in quell'appartamento, ma per il momento è perfetto.

Fa una doccia e passa un po' di tempo a preoccuparsi sul come vestirsi. Come si veste una persona per andare a casa di un amico in previsione di una cena che può trasformarsi in un appassionato incontro a tre? Sicuramente con delle mutande pulite, ma a parte questo... non ne ha idea. Si decide per i suoi soliti jeans e camicia. Se agli altri non piace vestito così, possono benissimo rendersene conto adesso, perché Dan dubita che cambierà mai. Fa però lo sforzo di radersi – la barbetta di un paio di giorni può essere sexy, ma una pelle irritata dalle sfregature non lo è affatto.

Per un momento considera anche quanto sarà deluso se finirà col non combinare nulla. Si è masturbato nella doccia, sperando di liberarsi un po' dalla tensione, ma anche solo il pensare alla serata lo sta di nuovo facendo diventando eccitare. La sua mente può avere ancora dei dubbi, ma il suo corpo ha chiaramente preso una decisione.

Verso le cinque e mezza è pronto a partire, ma poi si prende un paio di minuti per guardare la foto di Justin. Anch'essa sembra essere nel posto giusto in quell'appartamento. I toni caldi dell'immagine non andavano molto bene con le fredde pareti bianche della dépendance, ma l'appartamento è dipinto di un indistinguibile tipo di beige, un colore che può non essere molto esaltante, ma che è migliore come sfondo per la fotografia. Dan lo fa presente nelle prima frasi del suo monologo. Pensa di dovere preparare Justin prima di saltare direttamente al triangolo. Ma non c'è davvero un modo soave per passare dal parlare di arredamento d'interni al dire al tuo ragazzo che stai per fare sesso con altri due uomini, quindi alla fine Dan si butta.

«Quindi, sì. Io, ehm... nessuno di noi due era esattamente vergine quando ci siamo messi insieme, giusto? Forse io lo ero un po' meno di te, ma, dai... anche tu hai avuta la tua parte di esperienze. Quindi, ehm... non so, forse hai fatto qualcosa di simile prima di incontrare me. Ma credo che lo avresti detto. Non so se è una buona idea o meno, ma sembra proprio che lo farò. Cioè, sono entrambi dei tipi a posto, e... sì, sai, li desidero tutti e due. E tu non sei qui.» Dan deve interrompere immediatamente questa linea di pensiero. Arrivare con gli occhi rossi decisamente non sarebbe sexy.

«Jeff è tranquillo – molto zen, molto... gentile. È stato fantastico in Kentucky, quando –» E questo è un altro argomento a cui Dan non vuole pensare, se punta a mantenere un certo autocontrollo. D'altra parte, sta avendo una conversazione con una fotografia rubata, quindi forse quello che ha perso non è l'*autocontrollo*. Ma continua lo stesso. Non vuole sentirsi come se stesse facendo qualcosa alle spalle di Justin. «Ti piacerebbe. Beh, probabilmente ti farebbe addormentare, un po', ma... in maniera positiva. È ti piacerebbe anche Evan, credo. Voi vi assomigliate, in qualche modo. Siete entrambi intensi e perseguite con tenacità quello che volete. Lui ha avuto la vita un po' più facile di come l'hai avuta tu, quindi, sai, lui è un po' più rilassato, ma... non so. Ehi, forse è un complimento, giusto? Che ci vogliano due di loro per fare uno come te?

«Quindi, sì, questo è quello che farò. Potrebbe finire in un gran casino... ma almeno ci avrò provato, giusto?» Tocca con delicatezza l'immagine. Ci sono delle impronte sul vetro sopra il viso di Justin, dove le sue dita si sono fermate tante volte. Ha pensato di pulirle, ma poi ha deciso di lasciarle. «Mi manchi, amore. Ma... io sono ancora qui, giusto? Devo cercare di rimettere insieme la mia vita – quindi... questo è il mio tentativo.» Sposta le dita e alza le sopracciglia, cercando di alleggerire un po' il suo umore. «Che Dio ci aiuti.»

E poi esce dalla porta e sale in macchina, diretto verso casa di Jeff.

Il tragitto non è lungo, forse dieci minuti, ma è lungo abbastanza da rendere Dan ridicolmente agitato. Può sentire la sua camicia appiccicarsi per il sudore alla schiena – gli piacerebbe poter dare la colpa al caldo, ma l'aria che entra dai finestrini è fresca. Si siede portandosi un po' in avanti, cercando di far circolare l'aria tra di sé e lo schienale. Vorrebbe essersi portato un cambio di vestiti, anche se s'immagina che presentarsi per una semplice cena con una borsa da viaggio potrebbe essere imbarazzante.

Quando entra nella stradina d'ingresso ha tutte le intenzioni di rimanere fuori per un po' e riordinarsi le idee, ma Jeff è seduto sul portico, con Lou al suo fianco, una birra in mano e i piedi sulla ringhiera. È fresco come una rosa, il bastardo. Dan si chiede di nuovo che cosa stiano rischiando gli altri due in questa storia. Forse non hanno nulla per cui essere agitati. E questo, si ripete Dan, significa che non lo ha neanche lui. Non è sicuro di volere qualcosa, quindi non è che stia disperatamente sperando in un particolare risultato. E il sesso è sesso. Se non lo fa qui, può sempre trovare qualcuno con cui farlo da qualche altra parte. Questo pensiero lo aiuta un po', così esce dal pick-up e si incammina verso la casa.

«Ehi, Dan,» gli dice a bassa voce Jeff, e forse lui è un po' agitato, perché i suoi occhi non sembrano essere calmi come normalmente sono.

«Ciao. Evan non è ancora arrivato?» La voce di Dan sembra piuttosto normale. Si china per salutare il cane.

«No, non ancora.» Jeff fa un cenno con la testa a un secchio zincato vicino ai gradini del portico, pieno di ghiaccio e con numerose bottiglie di birra che spuntano fuori. «Serviti pure. O, se preferisci, posso prenderti qualcos'altro.»

«No, questo va bene, grazie.» Dan tira fuori una bottiglia e ne svita il tappo, poi fa una lunga sorsata. È esattamente quello che gli ci vuole, quindi si fa un'altra bevuta, che è quasi altrettanto perfetta. Dà un'occhiata al portico e si siede vicino a Jeff, all'altra lato di un piccolo tavolo. Jeff ha l'aria di essere piuttosto comodo, quindi Dan lo imita appoggiando i suoi piedi alla ringhiera. Fisicamente, tutto è piacevole. Mentalmente la situazione è diversa.

Siedono in silenzio per un po'. Il giardino sul davanti non è curato come quello sul retro. È più che altro una stradina d'accesso con un praticello, ma c'è un grosso pino vicino alla strada, dove un paio di scoiattoli stanno rumorosamente interagendo fra di loro. Non è chiaro se stiano avendo una discussione amichevole od ostile. C'è senz'altro un gran rincorrersi e un gran vocio. In una mossa probabilmente troppo ambiziosa, uno dei due scoiattoli si lancia da un ramo del pino a quello di un altro albero, più piccolo, nel prato dei vicini, e il balzo riesce per un soffio. La piccola creatura rimane appesa ad un ramo per le unghiette di una zampina, e Dan sente Jeff irrigidirsi e iniziare ad alzarsi dalla sedia di fianco a lui. Poi lo scoiattolo si agita un po' e riesce a tirarsi su, per poi ricominciare subito a far baccano, come se l'intero fatto fosse colpa del suo compagno. Jeff si risiede e Dan rimane silenzioso per un paio di respiri, poi non riesce a trattenersi.

«Salvate spesso scoiattoli, da queste parti?», chiede, cercando di mantenere la faccia impassibile. Jeff non risponde. «Perché ci è mancato un soffio. Ti saresti messo a correre per cercare di prenderlo al volo? O per prestargli i primi soccorsi se fosse caduto?» Jeff continua a rimanere zitto e Dan lo guarda.

Jeff sta cercando di mantenere la faccia seria. «Immagino che avrei fatto tutto quello che potevo, sai. Tutto il possibile.»

Dan annuisce. «È... è davvero bello, amico.» Quando Evan parcheggia dietro la macchina di Dan, stanno ancora entrambi sogghignando.

Evan esce dal suo SUV e fa un cenno di saluto con la mano, poi si prende un momento per togliersi la giacca e la cravatta e gettarle sul sedile posteriore. Dan non è sicuro di cosa pensare. Evan di certo è molto attraente vestito con il completo elegante, ma due capi di abbigliamento in meno lo rendono più vicino all'essere nudo, cosa che non può non essere positiva.

Evan si avvicina lentamente al portico, quasi in maniera esitante, e Dan ha un brutto presentimento. Evan ha detto di essere stato gentile con Jeff al telefono, ma Dan ha l'impressione che questa sia la prima volta che i due si vedano di persona da... dallo spiacevole spettacolo di Dan. Toglie i piedi dalla ringhiera, perché bloccano il passaggio tra Evan e Jeff, e Dan pensa che forse ha già ostacolato troppo quella strada. Jeff si alza e sembra anche lui piuttosto esitante, ma quando si trovano abbastanza vicini si abbracciano, e Dan vede Evan chiudere gli occhi e nascondere la faccia contro il collo di Jeff. Dan si sente terribilmente in colpa. In questa cena c'è in ballo molto di più che semplicemente decidere se Dan scoperà o meno.

L'abbraccio non è molto lungo, ma quando si separano stanno entrambi sorridendo. Evan guarda Dan. «Ehi, bello.» Ha l'aria un po' imbarazzata, ma Dan si limita a sorridere.

Jeff si schiarisce la gola. «Ehm, devo fare delle cose in cucina. Volete spostarvi in terrazza, o...?»

«Possiamo rimanere con te,» dice Evan, e Dan annuisce. Si accorge che le sedie sul portico sono le stesse che si trovavano sulla terrazza dietro casa; non gli sembra davvero che fossero lì davanti l'ultima volta che Dan è stato qui. Si chiede se Jeff abbia pianificato di aspettare sul portico in modo da non rimanere solo in casa con Dan prima dell'arrivo dello chaperon Evan. Si chiede se sia stato fatto per la serenità di Jeff o di Evan. Forse per quella di entrambi.

«Ma, ehm... prima devo solo parlare con Dan un minuto.» Evan agita i fogli che ha in mano in direzione di Jeff. «È solo una questione d'affari. Possiamo rimanere qui fuori?»

Jeff annuisce e Dan è confuso. Evan non ha dimostrato molto interesse nel lato organizzativo dei cavalli da completo fino ad ora... che cosa ci può essere di così importante da essere discusso adesso? Guarda con aria interrogativa Jeff, che alza le spalle ed entra in casa. Evan si avvicina e prende il posto di Jeff, posando i fogli sul tavolo.

«Mi dispiace per la scena... speravo di riuscire a sistemare questo prima, ma... beh, ho già chiesto ai miei uomini di farlo in fretta, e volevamo essere sicuri che fosse tutto giusto. E volevo parlartene adesso, perché potrebbe avere un'influenza su quello di cui parleremo più tardi. Ma volevo assicurarmi che capissi che è una cosa completamente separata da tutta la faccenda personale. Quindi non abbiamo che adesso per parlarne. Va bene?»

Dan ci pensa per un momento. «Sì, non ho idea di che cosa tu stia parlando. Ma... va bene.»

«Ok, sì. Immagino che fosse un po' contorto. Ma lo chiarirò. Ehm, prima di tutto, volevo sottolineare che questa è una decisione d'affari. Sai quanto sei importante per la scuderia... non voglio davvero essere coinvolto in questo campo senza avere a capo dell'operazione una persona di cui mi fido. E, a parte le stronzate irritanti della security, mi fido completamente di te. So che ti sei preoccupato che ti potessi licenziare, e tutto quello che ti posso rispondere è che non lo farò mai. Capisco che puoi continuare a preoccupartene. Ma... io mi sono altrettanto preoccupato al pensiero che tu potessi andartene. Voglio dire, la gara di domenica è stata una grande rivelazione... Sapevo che sei bravo e non ho mai davvero pensato che avresti dei problemi a trovarti un altro posto, ma... la gente ti sbavava dietro, Dan.»

Dan aggrotta la fronte. «Non ricordo davvero nessuno sbavare dietro a *me*.»

«Sì, non certo in modo palese... erano tutti troppo intimoriti! Davvero. Era come se Bill Gates si fosse presentato a qualche circolo di imprenditori locali.»

«Certo, come no.» Dan scuote la testa.

«Va bene, ok, non devi credermi, ma penso che tu possa ammettere che sarebbe davvero un colpo per la scuderia se te ne andassi.»

«Ma non ti lascerei nei pasticci. Cercherei di trovare qualcuno per sostituirmi... non Sean, è un bravo cavaliere ma non un grande addestratore... ma non sono esattamente insostituibile.»

«Saresti *difficile* da sostituire. Ma... ecco la mia soluzione. Voglio renderti più coinvolto nell'attività. Fare in modo da rendere ad entrambi ugualmente difficile andarcene via. E poi, se le cose non andranno bene sul piano personale, dovremo lo stesso trovare un modo di andare d'accordo, o altrimenti dovremo essere entrambi d'accordo per sciogliere l'attività.»

Dan guarda con una certa trepidazione la pila di fogli. Ha sentito parlare dei patti di non concorrenza, quelli in cui le persone devono acconsentire di non accettare un altro lavoro nello stesso campo se smettono di lavorare per la loro compagnia originaria. Dan non riesce ad immaginarsi che cosa farebbe se non lavorasse con i cavalli.

Evan si allunga e afferra delle pagine pinzate insieme. «Quindi questo è quello a cui siamo giunti. È modellato su un paio di altri contratti, alcuni nel mondo dell'equitazione, ma in realtà più che altro nel campo della ristorazione con i grandi chef, altri di qualche altro settore. In ogni caso, vorrai sicuramente controllarlo, ma credo sia equo.»

Passa i fogli a Dan, che tuttavia non li guarda nemmeno e aspetta che Evan si spieghi.

«D'accordo, allora... è un contratto di partenariato. Ehm, ci sono molti dettagli, ma il quadro generale è che formeremmo una società, che possederebbe i cavalli. Ehm, ovviamente io ci metterei la maggior parte dei soldi, quindi sarei il socio di maggioranza, ma tu avresti il diritto di comprare le mie quote... c'è tutta una serie di cose sulle valutazioni ed altro, ma compreresti ad un prezzo equo, quando vorresti, fino ad arrivare a possedere un massimo del cinquanta per cento dell'attività. La società ti assumerebbe come addestratore capo e il tuo salario e tutto il resto rimarrebbe invariato, ma avresti anche i profitti... sai, se mai ne faremo. Così anche se lasciassi il posto di addestratore, saresti lo stesso legato alla società, perché vorresti assicurarti senz'altro che il tuo investimento vada bene.»

Dan non è sicuro di stare capendo bene e aspetta che Evan continui.

«Sì, beh, questo è dalla mia prospettiva. Dalla tua... avresti meno soldi sul momento, perché ne useresti una parte per comprare la società, ma ti staresti costruendo qualcosa per il futuro. E saresti uno dei proprietari dei cavalli, che ha senso. Investi così tanto in loro, che è come se già fossero tuoi, davvero... questo non farebbe altro che... rifletterlo. E onestamente, non è che tu sembri avere bisogno di tutto il denaro che stai guadagnando. Non ti ho mai visto comprare altro che alcol e panini.»

Evan fa una pausa per riprendere il fiato, e poi guarda Dan un po' ansiosamente. «Allora... impressioni generali? Voglio dire... ovviamente possiamo continuare nel modo in cui siamo andati avanti fino ad ora, ma... ho pensato che questo potrebbe essere meglio... sai, specialmente perché non sarei il tuo capo. O, lo sarei un po', ma tu saresti anche il tuo capo.»

Dan è quasi certo di avere capito male qualcosa. Ha come il desiderio di lasciare immediatamente la casa e trovare il fax più vicino per mandare tutto queste scartoffie a

Chris. Il sesso è bello, ma la possibilità di possedere i cavalli, anche solo in parte... ma deve avere capito male.

«Ok... lasciami... ok, lasciami ripetere quello che penso di avere sentito, e mi puoi dire se esco dai binari.» Cerca di controllare la sua voce. Non vuole fare la figura del cretino comportandosi in maniera troppo eccitata solo per poi scoprire che ha interpretato male le parole di Evan. «Allora, per come ho capito... formeremmo una nuova società, e tu ed io saremmo i soci.»

Evan annuisce. «Ok, o... non volevo confondere le cose, ma forse Tata, invece che io. Sarebbe un po' diverso, perché dovrebbe essere esserci un fiduciario o altro, ma... sai, i cavalli sono la sua passione. E questo allontanerebbe ancora di più il mio essere il tuo capo, che sarebbe un bene per entrambi, probabilmente. Ma, sì, tu saresti socio con un Kaminski.»

«Va bene. E io dovrei... ok, diciamo che la società vale un milione di dollari. Solo per rendere facili i conti. Allora quindi, diciamo che io metto centomila dollari adesso. Possiederei il dieci per cento dell'azienda?»

«Sì. Hai centomila dollari?»

«Cazzo, no. Ma, sai, per rendere i conti facili.» Evan fa un gran sorriso e Dan continua. «Quindi, l'anno dopo... non so, chiederemmo a qualcuno di stimare il valore della società? E diciamo che... per facilitare i conti... diciamo che il valore si sia raddoppiato. Lo so che non succederà, ma...» Evan annuisce, quindi Dan continua. «Quindi ora la compagnia vale due milioni, e se io trovassi altri centomila dollari da qualche parte, ne potrei comprare un altro cinque per cento?»

Evan ha un'espressione un po' contrita. «Sì, lo so che sembra che ci vorrà un sacco di tempo per arrivare al cinquanta per cento... voglio dire, se credi che la compagnia crescerà così velocemente, avrebbe senso che tu trovassi un prestito da qualche parte – se la banca non vuole dartelo, potrei farlo io, se ti va bene – e così tu potresti comprarti tutto il cinquanta per cento fin dall'inizio. Ma, davvero, non credo che crescerà così in fretta.»

«Certo, no... è... Ok, allora... che cosa mi dici della scuderia e dei paddock e di tutto il resto?»

«Rimarrebbero parte della proprietà dei Kaminski e la società li affitterebbe. Anche in questo caso potremmo far fare una valutazione a qualcuno... è nel contratto. E se mi prendo dei cavalli così, solo per divertimento, allora potremmo metterci d'accordo su un prezzo per lasciarli in pensione nella scuderia. Lo stesso per Smokey, se lo tieni lì. O... stai usando Smokey per dei lavori legati alla scuderia, ogni tanto, quindi magari potresti venderlo alla società. Quello che ha più senso.»

Dan si appoggia un po' all'indietro contro lo schienale. Si sente come se Evan si fosse seduto con nonchalance e avesse offerto a Dan di realizzare il suo sogno. È leggermente stordito, e Evan sembra interpretare male la sua reazione.

«Ma, come ho detto, non dobbiamo farlo per forza. E, sì, è un qualcosa di totalmente separato da quello di cui tu e io e Jeff parleremo più tardi. Volevo solo dirtelo adesso, perché penso che una delle tue obiezioni più tardi sarà che io sono il tuo capo. Quindi... se stiamo cambiando i nostri rapporti d'affari, come un qualcosa di totalmente separato... potrebbe avere ripercussioni più tardi...» la voce di Evan si affievolisce e l'uomo guarda Dan con un po' di ansietà. «Allora...?»

Dan non riesce ancora a fidarsi di avere capito bene. «Davvero? Cioè... sei sicuro?»

Evan sembra sollevato. «Sì, come ho detto – è una buona idea dal punto di vista degli affari. I ristoranti lo fanno quando hanno uno chef molto richiesto ma senza molto denaro. Lo vogliono coinvolto nell'attività così che non passi alla concorrenza. Qui è la stessa cosa. Allora... ci stai?»

«Sì! Cioè... devo mandare il contratto a Chris e tutto il resto, ma... sembra essere davvero una buona proposta. Sembra... Cristo, sembra incredibile.»

«Bene allora. Ehi, Jeff ha il fax vuoi spedirglielo ora? Voglio dire, non è che ci sia una gran fretta, ma se vuoi iniziare a muoverti...»

«Sì, va bene. Lasciami solo... chiamare Chris, farmi dare il suo numero di fax, fargli sapere...» Dan ha qualche problema a riordinare le sue idee. Pensa a Monty, a Sunshine, anche al testardo Winston, e l'idea di essere davvero uno dei proprietari di quei bellissimi cavalli è travolgente. Evan lo sta guardando di nuovo un po' preoccupato, ma Dan gli sorride. «Ok, devo solo chiamare Chris. Hai una penna, così da appuntarmi il numero di fax?»

Evan indica la penna agganciata ad alcuni dei fogli. «Entro e vado a tenere compagnia a Jeff. Va bene se gliene parlo?»

«Non glielo hai detto?»

«No, come dicevo, questi sono affari. Penso che la riterrà una buona idea – sa che non ti piace lavorare per qualcuno con cui hai una storia.» Evan si interrompe. «Non per anticipare le cose. Quindi quando sei pronto a mandare il fax, fammelo sapere.» Sorride felice ed entra in casa; Dan si fa cadere sulla sedia e si concede un minuto per riorganizzarsi le idee.

Tira fuori il suo telefonino e chiama Chris, che risponde in maniera più formale del solito.

«Ehi, Chris, sei ancora al lavoro?»

«Sì, lo sono.»

«E ci sono persone importanti che possono ascoltarti?»

«Sì.»

«Ok, ma va bene così, perché ti sto chiamando come cliente. Evan ha appena... non so, credo che abbia appena offerto di entrare in affare con me. Con i cavalli. Ma c'è un contratto. È, tipo, lungo forse venti pagine... Puoi darci un'occhiata?»

«Certo, posso farlo.»

«Stanotte?»

«Se risulta più comodo.»

Dan ride. «Voglio avere tutte le mie conversazioni con te quando sei nella stessa stanza con persone importanti. Sei molto più accomodante.»

«Beh, non ne sarei certo...»

«Sì, sì. Dammi il tuo numero di fax. E assicurati di mandarmi il conto per questo, d'accordo?»

Chris gli dà il numero e riagganciano. Dan entra in casa e vede Jeff in piedi in cucina, Evan appollaiato su uno sgabello. Quando Dan entra nella stanza i due lo guardano con curiosità e Jeff gli rivolge un sorriso caloroso, come per condividere la sua fortuna.

«Ehi, Jeff. Va bene se uso il tuo fax?»

Jeff annuisce e Evan salta giù dallo sgabello. «Ti faccio vedere dov'è.»

Entrano nell'ufficio e spediscono il documento; Dan osserva ansiosamente ogni pagina mentre questa passa attraverso la macchina, Evan osserva con affetto Dan. Quando l'ultima pagina viene spedita, Dan si gira e guarda Evan. «Questo... non so che cosa dirti. Ma... grazie.»

Evan scuote la testa. «No, non voglio che tu ti senta così... come ti ho detto, è un'intesa che beneficia entrambi. Quindi, sai, mangiamo, togliamocelo dalla testa, e poi, di qualsiasi cosa parleremo... sarà tutta un'altra faccenda, ok?»

Dan non è sicuro di poterlo fare, ma sa che potrà almeno provarci. «Va bene, ok. Cena. Giusto.» Segue Evan fuori dallo studio e ritorna in cucina, dove Jeff sembra avere tutto pronto.

Ci sono diversi contenitori di alluminio di varie grandezze e un piatto largo che contiene tre bistecche speziate. Jeff sta aggiungendo dei piselli freschi ad una insalata, e alza gli occhi da quello che sta facendo quando i due entrano. «Pronti per mangiare?»

«Sì, grazie,» risponde Dan, che poi guarda il cibo. «Tutto ha l'aria di essere –» si interrompe. «Beh, tutto ha l'aria di essere avvolto nell'alluminio, ma c'è qualcosa che ha un *profumino* davvero delizioso.»

Jeff gli passa l'insalata e dà le bistecche a Evan, mentre lui si giostra fra i vari contenitori. Escono e Jeff sceglie con cura un pacchetto. «Patate,» spiega. «Ci impiegano un po' di più.» Le mette sulla griglia e chiude il contenitore, poi si avvicina alla tavola su cui Dan e Evan sono seduti. Versa a tutti un po' di vino, e lui ed Evan parlano un po' di uno dei loro musicisti preferiti che ha appena pubblicato un nuovo album. Dan siede e ascolta, sentendosi perfettamente contento.

Si chiede se non sia per caso finito nella vita di qualcun altro, con il ritmo rilassato californiano e la sua potenziale nuova società. È bello, ma strano. Una parte di lui si chiede quanto a lungo possa godersi tutto questo prima che qualcuno riesca a trovare un modo per toglierglielo dalle mani. O prima che non combini un casino lui stesso.

QUARANTA

MENTRE stanno finendo di mangiare, Chris richiama Dan, che si scusa e si alza per rispondere. I californiani hanno apparentemente deciso di evitare discussioni serie, quindi la cena è stata tranquilla, fatta di conversazioni leggere su argomenti poco importanti, ma tra il pensare ai cavalli e il pensare al sesso, Dan non ha contribuito molto. C'è la speranza però che parlare con Chris risolva almeno una delle due questioni in sospeso.

Dan va sul portico e si siede sui gradini. Ha quasi paura di chiedere l'opinione di Chris sul contratto, ma sa che deve farlo.

«Allora?», riesce a chiedere.

«Allora, sembra tutto a posto, amico mio. Non è esattamente la mia area, ma abbiamo un'avvocata che si occupa molto di queste cose e le farò vedere i dettagli domani. Ma, il quadro generale è... Congratulazioni, Dan, credo che tu stia per entrare negli affari.»

«Ok, ma...» Dan non è sicuro di come esprimersi. «Non è *troppo* buono? Voglio dire – me lo sta semplicemente dando, o...»

«No, è equo. Non sta dandoti altro che un'opportunità, giusto? Non te la sta offrendo ad un prezzo inferiore di quello di mercato. Sta solo acconsentendo a venderti qualcosa al prezzo giusto.» Dan sente Chris uscire dalla modalità 'avvocato'. «Perché, c'è qualche ragione per cui dovrebbe darti delle cose? Che cosa stai combinando, Danielle?»

«Niente!» Dan non è sicuro di quanto Chris abbia bisogno di conoscere. «Per il momento. Ma... sono da Jeff proprio adesso. Abbiamo appena finito di cenare, e poi passeremo in rassegna le opzioni, capisci?»

«Beh, allora che cosa stai facendo al telefono con me? Va' e conquista, Tigre!»

«Sì, grazie, è... davvero inquietante. Ma, sul serio – il contratto è buono, non troppo buono? Domani parlerai alla tua collega e se lei dirà che è ok – allora potrò accettare?»

«Assolutamente. Certo, Evan ha i soldi e gli avvocati necessari per essere scaltro, ma non credo che questa sia la situazione – il contratto è dettagliato, ma ha tutto senso e sembra equo.» Chris fa una pausa. «E per quanto riguarda l'altra cosa... non ti crea problemi? Voglio dire... sai quello che stai facendo?»

«No, non ho la più pallida idea di quello che sto facendo. Ma... sembra proprio che lo farò lo stesso.»

«Oh. È qualcosa... per cui dovrei essere preoccupato?»

«No, amico, tranquillo. Cioè, nello scenario peggiore è solo una focosa notte di sesso senza significato, giusto? Quanto potrà mai essere terribile?»

«Beh, lo scenario *peggiore* è un terremoto e poi un'eruzione vulcanica e uno tsunami. Seguiti da un incendio boschivo. E un'epidemia di ebola. Ma c'è anche la possibilità di una notte di *orrido* sesso senza significato...»

Dan ci pensa per un momento. «Basandomi sui campioni che ho raccolto finora, non credo che questo sarà un problema.» Chris fa un suono disperato come se non volesse sentire altro. «Ok, è meglio che torni dentro prima che pensino che me la sono data a gambe levate. Grazie, però. Mi chiami domani dopo che avrai parlato all'altro avvocato?»

«Certamente.»

«Perfetto. E io sarò in grado di darti tutti i dettagli del sordido sesso uomo-con-uomo –» Dan sente un click quando Chris mette giù il telefono e sorride vittorioso, poi si dirige di nuovo sulla terrazza. Jeff ed Evan stanno parlando a bassa voce e, quando Dan ricompare, lo guardano quasi con aria colpevole.

Jeff sorride imbarazzato. «Stavamo discutendo la nostra strategia per stasera. Hai dei suggerimenti?»

«Non so... che cosa vi è venuto in mente?»

Evan abbassa lo sguardo sulle sue mani. «Beh, fino ad ora... alcol.»

Dan gli sorride. «Ehi, sto leggendo i libri di economia – credo che l'alcol sia uno strumento, non una strategia. La strategia sarebbe, tipo... aumentare l'onestà e abbassare le inibizioni. No, aspetta, non è l'obiettivo?» Dan aggrotta la fronte per un momento. «Ok, in realtà questa è una buona domanda. Qual è il nostro obiettivo?»

Evan sembra un po' sorpreso che qualcun altro stia provando l'approccio logico e metodico. Jeff invece sembra semplicemente divertito. Nessuno dei due però sta parlando, quindi Dan ci prova. «Voglio dire, stiamo solo cercando di finire a letto insieme? Perché, davvero... penso che potremmo farlo senza bisogno di tanta strategia. Ma se stiamo cercando di, non so, comunicare e formare un piano sul lungo termine... questo allora potrebbe richiedere un po' più di lavoro.»

Evan ha l'aria un po' sbalordita. «Ritorna alla parte dove possiamo finire a letto insieme. Mi piaceva quella parte.»

Dan lo guarda per un secondo, e poi guarda Jeff, che lo fissa di rimando, aspettando. E allora Dan si muove. È un po' sorpreso della sua audacia, ma una volta partito, smettere diventa tendenzialmente difficile, e Evan lo ha fatto partire con quel bacio nell'appartamento un paio di giorni prima. Attraversa la terrazza, camminando verso il tavolo, e si avvicina a Evan. L'uomo è seduto con le gambe sotto il tavolo, quindi Dan non riesce ad arrivare dove vorrebbe, ma fa quello che può. Si mette in ginocchio vicino alla sedia e allunga una mano per posarla sul collo di Evan e unire le loro bocche. Dan lo bacia profondamente e intensamente, ed è completamente conscio del fatto che Jeff li sta guardando. Non ci vuole molto perché Evan si lasci andare e appoggi la sua mano dietro la testa di Dan, che questi piega all'indietro mentre Evan si china in avanti. Dan lo lascia fare, arcuando l'intero corpo, fino a che Evan cade quasi fuori dalla sedia per stargli vicino.

Sussultano entrambi leggermente quando Jeff inizia a parlare. «Ok, ragazzi. Lo spettacolo mi sta piacendo, ma... vogliamo semplicemente farlo, o vogliamo parlarne, prima?» La sua voce sembra calma, ma Dan non ne è sicuro. Prova a pensare a come si sarebbe sentito se avesse visto qualcuno baciare Justin, e si allontana velocemente da Evan. Non avrebbe mai accettato che Justin si scopasse altre persone, quindi chiaramente il limite fino a cui lui si sente a suo agio è un po' diverso dal loro, tuttavia... Jeff ha ragione, dovrebbero parlarne. Evan emette lamento, ma lascia andare la testa di Dan senza resistere.

Dan si alza in piedi e ritorna alla sua sedia. Gli altri due hanno ancora l'aria ansiosa, quindi Dan decide di prendere in mano la situazione. Dopotutto, Jeff ed Evan hanno già discusso questa situazione, almeno in parte, quindi Dan è quello che ha bisogno di maggiori informazioni. «Va bene... che cosa ne dite se vi faccio delle domande?» I due annuiscono e Dan cerca di individuare da dove iniziare. «Ok, iniziamo in grande. *Qual è* il vostro scopo in tutto questo? Non dico stasera, ma... in generale. Quello finale. L'ultima volta che abbiamo parlato di questo, avete detto che eravate 'interessati'. Penso di non essere certo di quello che significa. Ho capito che state cercando qualcosa di più di una notte e via, ma... quanto di più? E come vi immaginate che possa funzionare?»

Jeff guarda Evan, poi risponde. «Credo che molto dipenda da te, Dan.»

«Sì, d'accordo, ma... lo scenario migliore. Diciamo che io sia d'accordo su tutto quello che volete. *Che cosa* volete?»

Sembra che Jeff sia quello a cui toccherà rispondere a questa domanda, ma ha bisogno di un po' di tempo per riordinare le idee. «Non ci aspettavamo questo. Per niente. Siamo volati in Kentucky per comprare un cavallo per Tat e siamo tornati con una scuderia piena... e te. E, sai, non lo rimpiangiamo affatto, ma... ci ha scombussolato un po'.

Credo... in parte, credo che noi vogliamo semplicemente quello che possiamo avere. Fisicamente, sì, chiaro. Ma anche... te.»

«Ci fai bene,» aggiunge a bassa voce Evan, che sorride quando Dan lo fissa sorpreso. «Davvero, bello.»

«Davvero,» concorda Jeff. «Da un po' di tempo eravamo caduti nel ripetere sempre lo stesso schema. E non era male, ma... potremmo essere molto di più. Gli incontri casuali... andavano bene, erano giusti in quel momento, ma poi hanno smesso di essere giusti e non lo abbiamo visto, o... non so, davvero, Dan. Evan ed io ne abbiamo parlato, ma non siamo stati in grado di capirlo. Pensiamo solo... che ci sembra giusto averti con noi.»

«Va bene, questo... questo è un po' più filosofico di quello che stavo cercando, forse.» Dan cerca di capire quello che ha bisogno di sapere. «Va bene, immaginiamo una settimana tipica. Lunedì, Evan ed io andiamo a lavoro, Jeff... dipinge qualcosa, non so. Quella notte mi faccio cena e vado a dormire... voi due vi beccate. Martedì, Evan è indaffarato con Tat, ma Jeff ed io abbiamo entrambi del tempo libero. Possiamo andare insieme, o io faccio parte di questo solo quando ci siamo tutti? Mercoledì notte, esco in un bar, uno strafigo vuole venire a casa con me – è permesso? Giovedì, Evan invita degli amici – sanno il ruolo che ho?» Dan ride, ma non c'è molto umorismo in quel suono. «Quante possibilità ci sono che *loro* lo sappiano, quando *io* non ne ho la più fottuta idea?» Emette un lungo sospirone. «Non sto aspettandomi una qualche dichiarazione formale o cose di questo tipo, ma solo... posso mantenere le cose casuali, ne sono quasi sicuro. È... è il resto che mi confonde, capite?»

Rimangono tutti in silenzio per un minuto, poi Jeff dice, «Ok, rigiriamo le carte in tavola per un minuto. Se noi fossimo d'accordo su tutto, che cosa vorresti, *tu*?»

Dan ci pensa. «Forse solo una cosa casuale, sapete? Voglio dire, voi rimanete una coppia, e qualche volta andiamo a letto insieme. Funzionerebbe per voi?»

Evan aggrotta la fronte. «Lo stai dicendo perché è quello che vuoi, o perché credi che è quello che puoi avere?»

«Non lo so. Cioè... sì, forse per il momento. Io... ok, onestamente? Io sarei felice se facessimo quella cosa per cui posso farmi voi due uno alla volta.» Alza in fretta le mani. «Lo so che non è andata così bene l'ultima volta, quindi non lo sto davvero suggerendo, sto solo dicendo, dalla mia prospettiva... davvero non sono convinto di questo triangolo. Lo fate spesso, voialtri?»

Entrambi hanno l'aria sorpresa. Jeff scuote la testa. «Neanche io l'ho mai fatto, Dan... sembrava solo qualcosa che valesse la pena esplorare.» Si volta verso Evan, aspettando il suo input.

«Io, ehm...» Evan ha l'aria un po' imbarazzata. «L'ho fatto un po' di volte, ma mai con tutti uomini. Voglio dire, con due uomini e una donna, o con due donne e un uomo, ma... no, in tre uomini, neanche io.»

Dan è esterrefatto. «Allora, ma che cazzo? Cioè, sapete anche solo che cosa state facendo? Nei termini di come farlo praticamente? Facciamo i turni mentre una persona guarda, o...?» La sua voce si smorza e Dan scuote la testa all'indirizzo degli altri due uomini.

«Beh, ho visto del porno!», si difende Evan, e Dan lo fissa.

«Ok, Capitano Porno, spiegami come ci si deve muovere,» lo sfida Dan. «Io sarò il fattorino che consegna le pizze e Jeff può fare l'idraulico. Tu puoi essere... ehi, perché non fai il giovane potente dirigente aziendale?»

Evan gli sorride con occhi scintillanti. «D'accordo, va bene.» Intreccia le dita e le flette di fronte a sé, come se stesse scaldandosi. Si appoggia allo schienale e concentra lo sguardo sul cornicione del tetto di Jeff, e poi inizia.

«Il giovane dirigente torna a casa dopo una dura giornata di lavoro e trova che il suo lavandino è intasato. È arrabbiato – gli è stato detto che era stato sistemato. Quindi chiama l'idraulico, che arriva e si mette all'opera. Ma il manager non può fare a meno di notare il culo sodo dell'idraulico e la sua voce sexy.» Evan lancia uno sguardo provocante a Jeff. «E prima che uno se lo aspetti, l'idraulico è sempre steso per terra sulla sua schiena, ma ora il dirigente è sopra di lui, e gli sta scopando la bocca. Tutto sta procedendo perfettamente fino a quando non suona il campanello. Il dirigente vuole la sua cena, quindi si ritira dalla bocca dell'idraulico e gli dice di rimanere fermo lì, e poi va ad aprire la porta al fattorino che consegna le pizze. Il manager si chiude i pantaloni, ma è ancora piuttosto evidente che sia eccitato, e il fattorino gli chiede se ha bisogno di aiuto per risolvere quel problema.»

Evan fa una pausa e guarda Dan. «Allora, come pensi che vada fino a questo punto?»

«Fino a questo punto il fattorino non sta facendo nulla di interessante. Penso che non vada bene per niente.»

«Oh, vuoi fare qualcosa di interessante, eh? Ok, allora il manager dice che cazzo, sì, vuole un aiuto. La mancia del fattorino è in cucina. Quindi vanno lì e il fattorino quasi se ne va quando vede l'idraulico, ma non è il tipo di ragazzo che esce di testa e scappa via. Vero, Dan?», chiede Evan di proposito. Sta scherzando, quasi del tutto.

«Fottiti e torna alla storia, bello.»

Evan ride con una voce un po' roca. «Sì, ti piace la storia, *adesso*. Ok, quindi il dirigente dice al fattorino di spogliarsi, e l'idraulico si mette seduto, perché la cosa si fa intrigante. E il fattorino sembra quasi non farlo, ma il manager lo afferra e gli dà un bacio davvero pieno di passione, con molti denti e molte mani, e poi lo allontana con una spinta e gli dice di spogliarsi o di andarsene.» Evan guarda prima Jeff, poi Dan. «Chiaramente il manager è un po' uno stronzo, e i dettagli della sceneggiatura possono essere cambiati in ogni ricostruzione.»

Jeff scuote la testa. «Ti stai divertendo troppo, ragazzino.»

Evan sorride con fare malizioso prima di continuare. «Allora il ragazzo delle pizze si spoglia e l'idraulico e il manager lo fissano per un minuto perché è così perfetto. E poi l'idraulico striscia in avanti, perché vuole mettere le sue labbra intorno all'uccello del fattorino, e il manager lo ferma, ma poi dice sì, ok, fallo. Perché l'idraulico è un po' una puttana, e non fa nulla a meno che non vada bene al dirigente.» Evan gli lancia un'occhiata per vedere la reazione, ma Jeff si limita a scuotere la testa. «Il manager fa sedere il fattorino su una sedia della cucina e l'idraulico inizia il suo lavoro. E poi il dirigente tira di nuovo fuori il suo cazzo e lo dà da succhiare al ragazzo delle pizze, che ci si mette d'impegno, leccandolo tutto intorno come se fosse un cono gelato. Come se fosse un fottuto panino.»

Dan è combattuto tra il volere ridere a crepapelle e l'essere maledettamente eccitato. Si muove un po' sulla sua sedia per cercare di allentare la tensione nei pantaloni; Evan lo nota e sorride come se avesse vinto la lotteria.

Evan si risistema sulla sua sedia prima di continuare. «Ok, allora, questo è un porno, dunque la continuità non è esattamente cruciale. Quindi ora sono nella camera da letto, sono tutti nudi, il ragazzo delle pizze è appoggiato contro la spalliera del letto e, qui c'è il colpo di scena, il manager gli sta facendo un pompino, mentre l'idraulico sta facendo al dirigente d'azienda un anilingus molto, molto meticoloso. Tutti sono contenti, poi l'idraulico si alza e inizia a scopare il manager, molto forte e molto in fretta, facendolo soffrire leggermente, perché capisce che al dirigente d'azienda piace un po' quella roba lì.»

Dan ride ad alta voce, poi si calma quando Evan gli lancia una scherzosa occhiataccia.

«Ok, allora, dov'ero? Oh, sì, venendo scopato. Allora, ci danno dentro così per un po', e poi il fattorino decide che, nonostante il fatto che il manager sia fantastico a fare i pompini, vorrebbe qualcos'altro, quindi scivola giù lungo il letto fino a quando non si trova sotto il dirigente d'azienda, e il manager si abbassa su di lui così che i loro uccelli siano uno vicino all'altro, e il manager sta venendo fottuto così fortemente che ha bisogno di tutte e due le mani per tenersi su, ma il ragazzo delle pizze porta la *sua* mano in basso e comincia a muovere i due cazzi insieme, e il fattorino e il manager si baciano per tutto il tempo, un sacco di baci bagnati e succhiotti e quant'altro.»

Evan guarda Jeff. «Dunque, è un porno, quindi vorranno la classica scena dell'orgasmo sparato in aria. Ma, non so... forse l'idraulico è un po' un ribelle, e verrà nel culo del manager. Che cosa pensi, Jeff? Orgasmo sparato o bomba subacquea?»

«Bomba subacquea? Cristo, ragazzino.» Anche Jeff ha l'aria di essere abbastanza provato, Dan è felice di notare. Jeff si passa una mano sul viso. «Sì, rimane dentro di sicuro. Un po' più forte, un po' più a fondo...»

«Sì, e poi esplode. E il manager può sentirlo, e il sentirlo fa esplodere *lui*. Quindi questo ci lascia al fattorino. Gli altri due si fermano un momento per riprendersi, poi danno al ragazzo delle pizze il trattamento completo. Uno di loro lo succhia un po' mentre l'altro gli lecca i testicoli, poi si scambiano di posto e uno si metta a lavorare sui capezzoli del ragazzo, e trova tutte le sue zone erogene e se le segna per consultazioni future, perché vorranno di sicuro tutti e tre rifarlo di nuovo. Quindi finalmente il fattorino viene, proprio nella gola dell'idraulico, perché l'idraulico è fantastico a fare i pompini. E poi si ripuliscono un po' e si addormentano insieme nel gigantesco letto del manager. Fine.» Evan è chiaramente piuttosto fiero di se stesso e Dan non può biasimarlo.

Dopo un momento di elogiativo silenzio, Dan commenta, «Ok, sì, allora forse c'è qualche merito in tutta questa faccenda del triangolo.»

Jeff ed Evan ridono, ma nessuno sembra sapere come procedere. O almeno Evan e Dan non lo sanno. Jeff sembra pensare che la cosa migliore da fare sia sedere lì e guardarli come se fossero dei cuccioli di panda, come se volesse vedere la loro prossima adorabile performance. Dan sta pensando che sia giunto il momento di cancellare quel compiacimento dalla sua faccia, ma cerca di trattenersi un po'. Se vogliono parlare, lui può parlare.

«Quindi, siamo tutti d'accordo con il casuale, allora? Cioè, se siamo insieme, fantastico, ma se non lo siamo, siamo ognuno per conto proprio?» Dan li vede scambiarsi uno sguardo, e sposta gli occhi prima su uno, poi sull'altro. «Perché non vorrei limitarmi quando voi due potete entrambi essere liberi di scopare chi vi pare – per me le cose non funzionano così.»

Jeff si schiarisce la gola. «Che cosa ne dici se fossimo interessati a cambiare quel particolare? Potremmo tenere le cose un po' più rilassate, ma che cosa ne dici se volessimo rendere la relazione... beh, non monogama, direi... duogama? Insomma – che cosa ne dici se volessimo renderla una cosa esclusiva?»

Dan non se lo aspettava davvero, e ci deve pensare per un secondo. «No. Questo... no. Cioè... vuoi avete l'un l'altro, giusto? Vi amate. Questo è fantastico, ma... che fine faccio io? Mi sta bene essere l'ultimo arrivato se andiamo a letto insieme qualche volta, ma non se non mi è permesso cercare qualcosa con qualcuno che potrebbe... sapete, che potrebbe trasformarsi in qualcosa di più per me.» Dan è orgoglioso di se stesso per questo. È degno di essere amato da qualcuno. Justin lo ha amato, e Justin non era stupido. Deve solo continuare a ricordarselo.

Evan si china in avanti. «Ok, ma perché non potremmo essere noi? Cioè, ok, adesso come adesso – ci piaci e ti vogliamo, *un sacco* in entrambi i casi, ma d'accordo, hai ragione, non siamo completamente innamorati. Ma forse potremmo...»

Dan guarda Jeff con un po' di apprensione. Di che cosa sta parlando Evan? Ma Jeff lo sta fissando con uno sguardo serio, comportandosi come se fosse d'accordo con le idee folli di Evan. «Forse...» Dan deve stroncare questa cosa sul nascere. «Qualsiasi cosa potrebbe capitare, immagino. Ma, seriamente... quante possibilità ci sono? Mi sembra molto più probabile che voi decidiate che è stato un piccolo, divertente esperimento, ma che è tempo di tornare alla vita reale. E così io verrei lasciato lì, tutto... legato... a due uomini che hanno deciso di andare avanti.»

Evan scuote la testa testardamente. «Non vedo perché sia più probabile che finisca tu col 'legarti' invece che noi.»

«Davvero? Ok, e allora che cosa ne dici se uno dei due si lega? Ma solo uno di voi due?» Dan scuote la testa. «È già abbastanza difficile quando si è in due. Aggiungere un terzo al mix è... Non so, non sembra di stare andando a cercarsi guai?»

«Quindi che cosa stai suggerendo?», chiede Jeff. «Stai dicendo che non succederà mai, o solo che dovremmo iniziare lentamente e procedere con cautela?»

Dan guarda Jeff e poi si volta verso Evan. Prova per i due già più di quanto sarebbe saggio provare, e una parte di lui sta urlandogli di andarsene via prima di iniziare a tenerci ancora di più. Le possibilità che questa storia finisca bene sono esili. Ma... Dan la vuole. Vuole qualcosa. Deve solo stare attento. «No, non posso dire che non succerà mai. Ma, sì, credo che dovremmo iniziare *davvero* lentamente. E anche... non so... credo che dovremmo tenere bene a mente i potenziali problemi.»

Evan ha l'aria spazientita. «Quindi, lentamente in tutto? Anche nella parte fisica? O solo in quella emotiva?»

«No, no, io sono pronto per la parte fisica! Cioè... se va bene anche a voi due?»

Dan ride quando Evan annuisce entusiasta, poi entrambi si girano a guardare Jeff, che sembra un po' più pensieroso. «Siamo sicuri di potere tenere le due cose separate?» Si rivolge ad Evan. «Non sbaglia quando dice che può essere rischioso.»

L'eccitazione di Evan si smorza per un momento, poi l'uomo fissa dritto negli occhi Jeff. «Un paio di giorni fa... quello è stato il momento in cui siamo andati più vicini a mettere una pietra sopra alla nostra relazione. Giusto?» Jeff annuisce con riluttanza e Dan si sente di nuovo in colpa. Perché ha trascinato altra gente nei suoi problemi? Ma Evan sta continuando a parlare. «Credo che siamo arrivati troppo avanti per fare un passo indietro.» Evan guarda Dan. «Credo che siamo ormai decisi ad a vedere come va a finire. Se non lo facciamo...» Riporta il suo sguardo su Jeff e sorride tristemente. «Se non lo facciamo, sarà maledettamente difficile cavarsela, vero?»

Jeff fissa le sue mani, poi alza lo sguardo su Dan. «Credo che abbia ragione. Penso... Evan ed io siamo piuttosto determinati a fare un cambiamento. Un cambiamento più grande che decidere di divertirci entrambi fra le lenzuola con una stessa persona. Noi... siamo sbilanciati, per qualche motivo. E credo – entrambi lo crediamo – che tu possa riportarci in equilibrio. Crediamo di potere tenere a te nello stesso modo a cui teniamo l'uno all'altro, e... non so, che questo potrebbe tenere bassa la pressione.» Guardando Dan può chiaramente capire che lui non ne è convinto. Ride con un certo rammarico. «Sì, non riesco a spiegarlo bene. Probabilmente hai ragione quando dici che dovremmo prendercela con calma, ma... voglio solo che tu capisca. Io *non riesco* a tenere la sfera fisica separata da quella emotiva. Non con te. Quindi, se vuoi proteggerti e tenere le cose casuali, va bene. Ma solo... sappilo, ok? Questo è importante per me. E per Evan. E per quello che noi siamo insieme.»

Dan si sente sopraffatto, come se questo fosse forse più di quanto aveva messo in preventivo. È folle che credano che lui possa salvare in qualche modo la loro relazione. Dan vorrebbe darsela a gambe, sparire e trovarsi un posto tranquillo e sicuro. Può sempre farsi una sega ripensando alla storia di Evan, non ha bisogno di stare lì a vedere come si sviluppa nella realtà. È certo che andarsene sarebbe la scelta di più intelligente da fare. Cerca di consultare il suo Pupazzo Chris, ma lo trova confuso tanto quanto Dan. Fantastico.

Dan guarda Jeff ed Evan, entrambi seduti, entrambi con gli occhi puntati su di lui, e si rende conto che è troppo tardi. Non può alzarsi e allontanarsi da loro. Non solo perché li desidera, ma perché tiene a loro due; se Evan e Jeff pensano che lui possa aiutarli, allora Dan vuole farlo. È di nuovo ansioso, ma determinato. Quando si alza intuisce che Evan ha frainteso il suo gesto. Dan scuote la testa gentilmente e sorride prima ad uno, poi all'altro. «Va bene,» dice.

Jeff appare sollevato e soddisfatto, ma Evan vuole chiarificazioni. «Va bene? Che cosa va bene?»

Dan scrolla le spalle. «Va bene. Cercherò di non lasciarmi coinvolgere troppo, ma sì, capisco che sia importante per voi e non agirò con leggerezza. E ho bisogno di iniziare lentamente per ogni... impegno emotivo, o cos'altro, ma... cercherò di essere almeno aperto all'idea di qualcosa di più.» Cerca di essere meno serio e più sexy. «È abbastanza? O devo andare a prendere una cazzo di pizza? Davvero, che cosa deve fare un ragazzo da queste parti per scopare?»

Evan guarda Jeff come per chiedergli il permesso, e quando Jeff parla la sua voce è quel brontolio basso e vellutato che Dan non sa resistere. «Tutto quello che devi fare è chiedere, Dan.»

Dan cerca di parlare con una voce sexy anche solo la metà di quella di Jeff, e riesce a renderla calda e roca. «D'accordo, allora. Lo sto chiedendo.» Si gira e si incammina verso l'interno della casa.

Dan non è sicuro di chi dei due si sia mosso più velocemente, ma sa che, prima di arrivare alla porta, i due lo hanno già raggiunto; le loro bocche sono sulla sua pelle, i loro corpi premuti contro il suo, le loro mani dappertutto. Dan stacca il suo cervello stressato da troppi pensieri e si lascia andare alle sensazioni. È piuttosto sicuro infatti che almeno questo aspetto della loro relazione funzionerà senza problemi.

CAPITOLO
QUARANTUNO

UNO di loro apre la porta e tutti e tre entrano nella stanza quasi inciampando per la foga. Dan si sente spingere contro il muro; Evan preme dal suo lato destro, come una guizzante fiamma che si muove rapidamente, e Jeff da quello sinistro, come la lava, che scorre lentamente. Non è quindi una sorpresa che la pelle di Dan stia andando a fuoco. Si chiede se questo è tutto quello che è, solo altro combustile che alimenta le fornaci del loro desiderio, ma poi le loro mani si intrecciano sul suo stomaco e si infilano sotto la sua camicia, e Dan smette di preoccuparsene.

Le labbra di Evan trovano una delle zone erogene di Dan, quella poco sotto il suo orecchio, e Dan si lascia sfuggire un'esclamazione di sorpresa, inclinando la testa per dargli più spazio. Sente le labbra di Evan piegarsi in un sorriso. «Jeff, prova qui,» mormora Evan, e usa le sue mani per guidare la testa di Jeff nel punto esatto dall'altra parte del collo di Dan – e poi entrambi lo stanno baciando e mordicchiando, e Dan non sa più che cosa deve fare. Non può muoversi per facilitare uno senza bloccare l'altro, quindi porta la testa indietro contro il muro e lascia che i brividi di piacere gli scorrano giù, lungo la schiena, una mano aggrappata ben salda alla spalla di Jeff, l'altra... oh, l'altra è vicina alla cintura di Evan. Dan fa scivolare la mano verso il basso, vicino alla cerniera, lungo il membro rigido di Evan, e lo sente emettere un suono di approvazione.

L'attenzione di Jeff viene catturata dal quel rumore e l'uomo si allontana; Dan avverte l'improvviso freddo da quel lato del suo corpo. Si sforza di aprire gli occhi e mettere a fuoco il punto dove Jeff si è fermato: ha una mano appoggiata al muro per reggere il suo peso, l'altra che accarezza sovrappensiero la mascella.

«Evan. Ragazzino, ehi,» dice Jeff a bassa voce, e Evan alza leggermente la sua testa dal collo di Dan, lancia uno sguardo in direzione di Jeff. «Rallentiamo un po', ok? Voglio farlo durare.»

Dan non è sicuro di approvare questa idea e preme un altro po' l'uccello di Evan attraverso i pantaloni. Hanno davvero bisogno di rallentare?

Evan geme e i suoi fianchi si muovono di riflesso in avanti, verso Dan, ma tiene lontana la bocca e poi allontana tutto il suo corpo. «Sì, va bene,» dice con voce roca. «Perché non... la camera da letto?»

Jeff annuisce, poi Evan afferra una delle mani di Dan e gli fa strada verso la camera da letto, mentre Jeff li segue, tenendo l'altra mano di Dan nella sua. È un po' come se stessero andando ad una gita alle elementari, quando si ordina ai bambini di darsi la mano, ma a Dan non dispiace. Gli piace sentirsi collegato a loro.

Quando arrivano alla camera Evan si ferma e guarda Jeff, come per aspettare indicazioni. Jeff sorride, «Quando prima ho detto che mi piaceva lo spettacolo non stavo mentendo. E ho un po' di anni in più di voi – credo che il mio tempo di recupero potrebbe essere diverso dal vostro.» Fa un segno verso la poltrona vicino al muro. «Che cosa ne dite se mi metto a guardare per un po', vedo come vanno le cose?»

Dan non è convinto di essere d'accordo. Gli stava piacendo avere il doppio delle solite sensazioni e avere Jeff che lo guarda potrebbe renderlo impacciato. E per qualche motivo non sembra giusto lasciare fuori da questa esperienza Jeff. Poi gli viene un'idea. «Guardare? O dirigere?» Dan vede gli occhi di Evan brillare d'interesse ed entrambi si girano ad aspettare la risposta di Jeff.

La voce di Jeff è roca quando dice, «Dannazione, Dan. Mi stai facendo morire.» Si siede con una mano sul bracciolo della poltrona, l'altra ferma sulla patta tesa dei suoi pantaloni. Dan vorrebbe davvero avvicinarsi a lui e liberarlo da quella pressione, ricordargli di quello che Dan sa fare con la sua bocca, ma poi Jeff vede dove lui sta puntando lo sguardo e scuote la testa. «Se vuoi che vi diriga, allora devi aspettare fino a quando non ti viene detto di fare qualcosa.» Dan lo guarda con un'espressione truce, quasi interamente scherzosa, ma, spera, abbastanza seria da far capire che non ha intenzione di abbandonare completamente l'idea.

Jeff si rilassa all'indietro e li guarda. «D'accordo, siete troppo vestiti. Dan, perché non inizi tu? Sbottona la camicia di Evan. Lentamente.» Dan non è entusiasta del 'lentamente', ma obbedisce. Il petto di Evan è fantastico, con i muscoli definiti e la pelle di un dorato scuro, e la bocca di Dan si abbassa mentre ancora le mani stanno lavorando sugli ultimi bottoni. Jeff gli dà un momento per goderselo, poi dice, «Ora sfilagli la camicia. Falla cadere per terra,» e Dan esegue l'ordine senza neanche alzare la sua bocca dal capezzolo di Evan. Jeff ride brevemente. «Determinato, non è così?», chiede, e Dan sente gli addominali di Evan muoversi mentre l'uomo ride.

«Ok, basta così con quello... Evan, affonda le tue dita nei suoi capelli. Alzagli la testa.» Dan lascia che venga fatto, ma appena è abbastanza distante da potere vedere Evan chiaramente, deve sforzarsi di non ritornare dov'era prima. Vuole assaggiare ogni spanna di quella pelle abbronzata, vuole... «Ok, Evan, è il tuo turno. Togliamogli la camicia.» Evan non perde tempo, e Dan coopera – vede certamente l'importanza di mettersi nudi.

Evan si allontana leggermente e si rivolge verso Jeff per avere altre istruzioni; Dan sta davvero rimpiangendo il suo suggerimento di far dirigere Jeff. Cristo, avrebbe potuto avere già quasi finito, mentre è ancora lì, in piedi, mezzo svestito e dolorosamente duro. «Dan, hai l'aria un po' impaziente... c'è qualcosa che vorresti fare?» Le mani di Dan volano sulla cerniera dei pantaloni di Evan, ma la voce di Jeff risuona leggermente aspra. «Aspetta!» Dan si immobilizza e guarda Jeff, i cui occhi si sono incupiti come la voce. «Chiedimelo, Dan. Chiedimi se puoi farlo.»

Dan si sta per ribellare. «Questa voglia di comandare – stai pensando che sia qualcosa di permanente, o è solo un qualcosa di questo momento?» Sa che Jeff riesce a vedere la ribellione che si sta formando...

«È solo una questione di questo momento, piccolo. Lascia che me la goda mentre posso.» Il tono di Jeff sembra quasi abbattuto – Dan non sa quale sia la causa, ma non gli piace.

«Oh, posso aiutarti a fartela godere,» insinua con voce bassa e vibrante, ma Jeff scuote la testa.

«Evan ti sta aspettando, Dan. Che cosa vuoi fargli?»

Dan guarda di nuovo Evan. D'accordo, starà al gioco ancora per un po'. «Lo voglio succhiare.» Fa una pausa. «Jeff. Posso, per favore, fargli un pompino?»

Jeff sembra avere il fiato corto. «Oh, sì, Dan, puoi farlo.»

Mentre sta aprendo la zip di Evan, Dan si fa cadere sulle ginocchia e gli tira giù i pantaloni, così che il suo primo incontro con l'uccello di Evan è ravvicinato. Dan vuole che lo sia ancora di più. È grande, scuro e bellissimo; punta verso di lui completamente diritto e perde un po' di liquido seminale dalla cappella. Dan gli dà una veloce leccata, sente le mani di Evan agitarsi in risposta sulle sue spalle, poi inizia ad occuparsi del resto. Evan è troppo grande perché Dan riesca a ingoiarlo tutto in un colpo solo, ma, impegnandosi, è sicuro di potercela fare, gli piace la sfida. Rilassa prima di tutto leggermente le labbra, poi le tira indietro coprendosi i denti e concentrandosi sulla profondità. Spinge Evan il più a fondo possibile, lo sente arrivare all'inizio della gola, cambia leggermente l'angolazione e cerca di rilassarsi. Si limita più che altro a tenerlo in bocca, muovendo solo un po' su e giù la testa, lasciando che la cappella di Evan gli scivoli in profondità, lavorando sull'angolazione... ed ecco fatto, Dan sente Evan gemere dal piacere quando il suo uccello passa oltre la faringe, giù nella gola. Dan rimane fermo per un secondo, muovendo la lingua intorno alla base dell'uccello e ingoiando per fare felice Evan, poi è pronto a muoversi.

Considera l'idea di rimanere semplicemente fermo e lasciare che Evan inizi a muoversi. A Dan piace da impazzire quando un uomo fa così, ma questa sera sente di avere già rinunciato a buona parte del suo controllo, e gli piacerebbe mantenere quel po' che ne rimane. Quindi inizia a muoversi, stringendo le labbra e spostando avanti e indietro la testa, succhiando con forza e continuando anche a lavorare con la lingua. Ricorda quello che Evan ha detto riguardo al fatto che è fondamentale una piccola punta di dolore, e sente i fianchi di Evan muoversi convulsamente quando Dan prova a usare con attenzione i denti. Evan ora sta ansimando dal piacere, il suo bacino si muove spasmodico e regolare; Dan si chiede se davvero potrà farlo, se Jeff lo lascerà portare Evan a compimento.

D'un tratto Jeff è di fianco a lui, quando Dan non si era nemmeno accorto che l'uomo aveva lasciato la poltrona. «Cristo, Dan, sei così bello in questa posizione.» Jeff fa scivolare una mano sul petto di Dan e poi sul suo viso, fermando le dita sul punto dove le labbra di Dan si muovono su e giù sulla pelle di Evan. «Così bello.» Dan sente Jeff cercare la sua mano, e riconosce la forma familiare di una bottiglia di lubrificante. «Voglio che tu lo apra mentre lo stai succhiando. Non tanto, solo un dito, ma con molto lubrificante. Quando hai finito, quando ti è venuto in gola, voglio che tu lo metta sul letto, in ginocchio, con le spalle e la testa contro il materasso, e voglio che tu lo scopi a fondo. Va bene, piccolo?»

Dan annuisce con entusiasmo, facendo inalare Evan rumorosamente per il cambio di angolazione. Dan si lubrifica per bene un dito e lo porta dietro, accarezzando con un movimento circolare e provocante il buco di Evan. Pensa a quello che ha detto Jeff sul non aprirlo troppo, e pensare a quanto sarà stretto intorno al suo cazzo basta quasi a farlo venire immediatamente, senza essere neppure stato toccato. Preme il suo uccello con la mano libera e Jeff, che lo vede, fa un piccolo sorriso da predatore. Dan non ha tempo di rispondergli, ma anche Jeff ha i pantaloni tesi al limite, e non sta toccando nessuno.

Dan fa scivolare dentro il suo dito, nel calore della pelle liscia come la seta con tutto quel lubrificante, e lo muove in tondo, alla ricerca del punto giusto. Evan ormai sta sforzandosi di mantenersi fermo, i suoi fianchi si muovono in maniera convulsa come se a tenerlo sotto controllo rimanesse solo la sua forza di volontà, e Dan decide di cedere. Alza la sua mano libera, trova quella di Evan e la porta sulla sua testa, poi si spinge un po' indietro per cercare un equilibrio migliore. Evan guarda verso il basso come se non fosse sicuro del messaggio, ma Jeff ha già vissuto questo momento con Dan e si lascia sfuggire un piccolo gemito. «Fallo, Evan, lui lo vuole.» E questo è tutto quello che occorre perché Evan spinga il suo lungo e spesso uccello giù per la gola di Dan. Dan ingoia, lasciandolo scivolare a fondo, ma Evan sta già tirandosi indietro e riportandosi in avanti. Dan continua a muovere il suo dito mentre il ritmo di Evan si fa più irregolare, e poi le mani si Evan si allontanano completamente dalla sua testa. Dan recepisce il segnale, ma continua lo stesso a succhiare Evan in profondità, ad ingoiarlo, sapendo di stare perdendo un po' saliva ma senza preoccuparsene. Evan lancia un grido roco e tremante quando viene e Dan soffoca un po', ma ama la sensazione. Continua a lavorarci sopra finché la mano di Evan lo allontana con delicatezza, e poi Evan cade in ginocchio davanti a Dan, e porta entrambe le mani dietro la testa di Dan, tenendolo fermo per dargli un intenso, gentile bacio. Il che va forse bene per Evan, ma l'uccello di Dan è ancora duro come una roccia...

Jeff si schiarisce la gola. «È il tuo turno, Dan.» Non ha bisogno di dirlo due volte. Dan interrompe il bacio e fa alzare in piedi Evan, spingendo via del tutto i pantaloni di questi prima di sbottonarsi i suoi. Evan sembra riprendersi un po' all'idea di vedere il resto di Dan, che dal canto suo cerca di prenderla con calma e allungare un po' la cosa, ma non ci riesce proprio. È decisamente *troppo* andato per riuscire ad essere in alcun modo sottile. Prima si era tolto le scarpe e le calze ed è felice di averlo già fatto, perché non pensa davvero che adesso avrebbe la pazienza di affrontare dei lacci, e scopare qualcuno indossando le scarpe da ginnastica non è per niente elegante. Anche se è stato in situazioni in cui avrebbe apprezzato l'aderenza...

Ma poi Jeff è dietro di lui, e a Dan non importa più essere lento perché il cazzo duro di Jeff sta premendo attraverso il tessuto dei suoi jeans e sfregandosi contro il sedere di Dan. Jeff fa scivolare giù i pantaloni e i boxer di Dan, che preme leggermente all'indietro. È passato molto tempo dall'ultima volta che è stato scopato, ed è sollevato che Jeff gli abbia chiesto di essere il top questa notte. Ma tutta la sua esitazione se ne va quando sente l'uccello di Jeff, *proprio lì*, annidarsi come se se stesse puntando la sua casa. Dan curva la schiena, spingendo contemporaneamente indietro il suo sedere, mentre gira di lato la testa per un baciarlo, la mano di Jeff è forte quando lo prende per il collo, tenendolo immobile per un profondo bacio. Poi la mano di Jeff si allontana, Dan sente il rumore di un pacchetto che viene aperto, e le mani calde di Jeff sono intorno a lui, srotolando il preservativo sulla sua lunghezza. Dan e Justin avevano fatto tutti i test possibili e immaginabili e avevano abbandonato i condom, quindi sono passati anni da quando Dan ne ha usato uno. Pensa che tutto sommato non sia un peccato avere un po' meno sensibilità in quella occasione, visto che potrebbe aiutarlo a non fare una figura imbarazzante. Anche se ora Jeff sta mettendogli del lubrificante, e sembra stare dedicandogli una particolare attenzione...

«Cazzo, ehi, fermati. Altrimenti non duro.»

Jeff sorride contro il collo di Dan, strofinando la sua guancia pungente sulla pelle morbida di Dan, ma almeno ferma la mano. Jeff si porta ancora più in avanti così da riuscire a raggiungere Evan e a mettergli dell'altro lubrificante, e il movimento spinge in avanti anche Dan, spinge il suo uccello sotto il culo di Evan e tra le sue gambe. Evan e Dan gemono all'unisono, e poi la mano di Jeff è di nuovo sul cazzo di Dan, spostandolo verso l'alto e guidandolo al posto giusto.

«Lento e deciso, piccolo. Gli piace sentire la tensione, ma non vogliamo fargli male,» mormora Jeff, ma Evan non deve avere ricevuto il promemoria, perché appena sente che Dan è in posizione spinge all'indietro, e Dan si ritrae leggermente, ma va a sbattere contro Jeff, che non si muove. «Ok, sembrerebbe che *lui* stia guidando.» Jeff sembra divertito, ma Dan non ha modo di preoccuparsene perché è in realtà del tutto concentrato sulla sensazione del suo cazzo che sta lentamente affondando nello stretto e caldo culo di Evan. L'altro uomo sta spingendo all'indietro senza esitazioni, ma una volta che la cappella di Dan è entrata, Evan inizia a muoversi ondeggiando un po', allontanandosi da Dan e poi riavvicinandosi, ogni volta un po' di più. Il cazzo di Dan approva pienamente, e Dan inclina di nuovo la testa all'indietro, trovando con le sue labbra quelle di Jeff. Non sta davvero baciandolo, sta più semplicemente gemendo contro la bocca di dell'altro uomo, che è lì, presente, che gli sussurra parole tranquillizzanti e lo aiuta a stare fermo. Finalmente, Dan è completamente dentro – una delle sue mani afferra i pantaloni di Jeff, mentre l'altra si appoggia contro la schiena di Evan, proprio sopra il suo sedere. Evan si ferma e Dan vorrebbe rimanere così per sempre, immobile nella perfezione. Allo stesso tempo però vuole davvero, davvero intensamente iniziare a muoversi...

La mano di Evan si muove veloce e afferra Dan per un fianco, spingendolo in avanti. Dan si muove, il suo uccello non gli lascia scelta, ma Jeff non lo segue, e Dan ne sente la mancanza. Questo dura per circa due secondi, fino a quando Evan non si appoggia coi gomiti sul materasso e inarca la schiena, dicendo con voce bassa e roca, «Spingi con forza, Dan, voglio sentirlo.» Anche Dan vuole sentirlo, quindi non discute. Si tira indietro e si muove in avanti come un pistone, martellando ogni colpo velocemente e con forza, e poi di nuovo e di nuovo e di nuovo. Evan risponde ad ogni spinta con un movimento all'indietro, emettendo dalla gola un suono basso e continuo, e Dan non crede davvero di potere resistere ancora per molto. Almeno Evan è già venuto, quindi Dan non si deve preoccupare di *quello*, Jeff si è spostato così da potere vedere entrambi i loro volti, e sembra essere coinvolto tanto quanto Dan. Dan può sentire l'orgasmo prepararsi, partendo dal basso, ma non vuole cedere, vuole continuare a affondare in Evan, vuole continuare a sentirlo gemere in quel modo.

Riesce a resistere ancora un po', ma è come cercare di fermare l'onda della marea con un foglio di carta, e non passa molto tempo prima che Dan si trovi a perdere il ritmo, perdere la testa, si senta perdere il respiro come se fosse lontano, lontano, da qualche parte in un mondo fatto di calore ardente e colori e frizione e... si spinge a fondo e poi viene scosso da dei lunghi brividi, e Evan smette di muoversi su e giù, premendo forte contro di lui, preparandosi a sorreggere il peso in più, mentre Dan fa ancora un paio di deboli, irregolari affondi e poi collassa sulla sua schiena. Evan si stende lentamente sul letto, portando con sé verso il basso Dan, e rimane lì, così, per un momento, con Dan che respira affannosamente contro il suo collo. Poi anche Jeff è lì e sta spostando dagli occhi i capelli di Evan, sta baciando Dan sulla tempia. È molto bello, ma...

«E che diavolo? Non vuoi venire?» Dan non riesce a capire come qualcuno possa essere così zen quando il suo uccello è tanto duro quanto è evidente lo sia quello di Jeff.

Evan ride debolmente. «Vedi? Te l'ho detto che sei strano.» Gira leggermente la testa in direzione di Dan. «Quando si eccita diventa tutto gentile e non so... è stranissimo.» A giudicare dal modo in cui Evan si sta strofinando contro la mano di Jeff, non sembra davvero avere di che lamentarsi.

«Accidenti.» Dan non riesce a capirlo, e pensa che potrebbe essere il momento di farci qualcosa. Fa passare una mano tra il suo petto e la schiena di Evan, con dita scivolose per il loro sudore combinato, poi si muove sulla curva del sedere di Evan e tiene fermo il preservativo mentre si allontana con delicatezza. Evan emette un piccolo, assonnato suono di protesta, ma Dan sa per esperienza che Evan non vuole *davvero* lasciare le cose così troppo a lungo. Lega il preservativo e si muove velocemente via dal letto alla ricerca di cestino. Visto che è già in piedi, decide di andare al bagno a pisciare. Poi si lava le mani e si spruzza un po' d'acqua fresca sul volto. Tempo di riordinare le idee.

Quando torna nella camera da letto, Jeff si è tolto la camicia ed è disteso sul letto vicino a Evan, chino in avanti mentre lo bacia gentilmente e passa una mano sulle costole di Evan. L'amore tra i due è quasi palpabile, Dan si sente come un estraneo, un intruso. Poi Jeff alza lo sguardo e lo coglie fissarli. «Non è dolce quando è così, Dan? Completamente sfatto e rilassato?»

Dan lo guarda un po' tristemente. «Sì, è bello.» Sorride, ma tutto d'un tratto si sente nudo e si dirige dove i suoi pantaloni sono ammucchiati al fondo del letto. «Quindi, ehm... ovviamente sarei felice di aiutarti se vuoi fare concretamente qualcosa di quello,» e fa un cenno all'erezione di Jeff. «Ma se intendi lasciarti andare a dei teneri abbracci al rallentatore, allora forse me ne vado. Devo fare un sacco di cose domani, e si sta facendo tardi.»

Evan si alza un po', appoggiandosi sui gomiti. «No, dai, devi rimanere qui! Daremo una svegliata al vegliardo.»

Jeff ha l'aria un po' preoccupata, ma cerca di sembrare rilassato. «O mi darete il colpo di grazia... ma in ogni caso, dovresti rimanere, Dan. È un letto grande. C'è molto spazio.»

«Oh, no, grazie. Ormai mi sono abituato a dormire da solo. E, come ho detto, ho delle cose da fare, domani.»

Evan passa la mano sull'inguine di Jeff. «Cose che sono più importanti di questo?»

«No, come ho detto, se... sai, sembravate stare preparandovi per andare a dormire.» Sì, è imbarazzante.

«Vieni qui, Dan,» mormora Jeff, e Dan si muove a disagio. È già ad un passo dal letto, quanto vuole ancora che si avvicini? Si trascina in avanti, tenendo i jeans di fronte a lui come una sorta di primitivo perizoma ancora da indossare. Si chiede se appare stupido quanto si sente. Jeff lo osserva per un lungo momento, poi sorride teneramente. «Dan, posso ancora dirigere l'azione?»

Dan non pensa sia una buona idea. «Puoi suggerire...»

Jeff annuisce lentamente. «Va bene, allora. Ecco il mio suggerimento. La mia richiesta.» Dan fa un cenno di assenso e Jeff continua. «Mi piacerebbe se salissi di nuovo sul letto e mi baciassi mentre Evan mi succhia. Ti sembra qualcosa che potresti fare?»

Dan ridacchia un po' nervoso. «Baciarti? Sì, credo di poterlo fare.» Jeff ed Evan lo guardano con l'aria di chi si aspetta qualcosa, quindi Dan fa il giro del letto. Posa i pantaloni con attenzione, assicurandosi di non dovere brancolare più tardi per cercarli, e poi sale sul letto e si allunga accanto al corpo di Jeff. Jeff sorride contento e dà a Dan un bacio rilassato, e poi Evan si china sul petto di Jeff e si unisce a loro. Non funziona molto bene, e finisce con l'essere più che altro due persone che si baciano mentre una terza lecca a caso i loro visi, o qualcosa così, ma... è una bella idea.

Poi Evan si abbassa lungo il corpo di Jeff, lasciando dietro di sé una scia di baci, e Dan sente Jeff alzare i fianchi per aiutare Evan a togliergli i pantaloni. Dan davvero non riesce a credere che ci sia voluto così tanto perché tutti e tre siano nudi. Lui è coricato su un lato, con il torso girato verso Jeff, e porta la sua gamba libera sopra la coscia dell'altro uomo, spingendola poi indietro per aprirgli le gambe. Evan mormora parole di approvazione, poi Dan sente Jeff emettere un suono sorpreso: immagina che Evan si sia messo al lavoro. Guarda verso il basso e anche Jeff alza la testa per potere vedere, ed è veramente uno spettacolo. Evan si sta muovendo lentamente e si sta concentrando a fondo, e forse non sta ingoiando Jeff così profondamente come riesce a fare Dan, ma sembra stare eseguendo delle cose interessanti con le labbra, e Dan è quasi dispiaciuto di essere già venuto. Si sta chiedendo quanto tempo gli ci vorrà per essere di nuovo pronto, quando Jeff si allunga per catturare la sua bocca in un altro intenso bacio, e Dan sente delle sensazioni nelle parti basse che gli fan pensare che non ci vorrà poi tanto.

Per adesso, però, è il turno di Jeff, Dan si concentra nel ricambiare il bacio. Jeff ha affondato una mano nei capelli di Dan, e l'altra scivola dietro al suo collo, sulla nuca, stringendo sempre di più a mano a mano che si avvicina al limite. Quando Jeff smette di baciarlo, Dan si allontana quel tanto che basta per potere osservare la sua faccia, per potere vedere i muscoli di Jeff irrigidirsi in un'esclamazione senza suono mentre i suoi occhi fissano Dan, e poi, quando il corpo di Jeff si inarca e si muove convulsamente, attraverso Dan. Quando Evan si riporta su, verso di loro, il respiro di Jeff è ancora affannoso, ma il suo corpo si sta rilassando. Dan inizia ad allontanarsi leggermente, mettendo spazio fra sé e gli altri due. Evan però afferra la sua spalla e, invece di baciare Jeff come Dan si aspettava, si china e incontra la bocca di Dan, che può sentire il sapore dell'orgasmo di Jeff sulle labbra di Evan, salato e amaro e perfetto.

Evan alla fine si allontana, portandosi in avanti per dare un veloce bacio sulle labbra a Jeff, e poi inizia ad agitarsi e a riposizionare e a spostare con forza fino a che, in qualche modo, finiscono con Dan nel mezzo, Jeff sdraiato sulla sua sinistra ed Evan sulla sua destra. Dan non è certo di come sia successo e non è del tutto certo che sia una buona idea.

«Dovrei, ehm...» fa un vago gesto in direzione della porta, ma Evan non sembra stare prestandogli alcuna attenzione, rannicchiandosi semplicemente con un sorriso.

«Dai, rimani per un po'. Anche solo per un sonnellino. È un letto comodo, no?»

Anche Jeff si sta sistemando. «Puoi sempre andartene di prima mattina, se ne hai bisogno.»

Evan guarda Jeff con l'aria di chi sta ponderando qualcosa, poi si gira verso Dan. «Se siamo in due, scommetto che possiamo convincerlo a farci le cialde per colazione.» Dà un veloce bacio a un lato del mento di Dan. «Le sue cialde sono fantastiche, davvero.»

Le cose stanno muovendosi troppo in fretta, il piano era di mantenere tutto sul casuale, di andare con calma. Ma Evan ha ragione: il letto è comodo. E Jeff ha ragione: può sempre andarsene più tardi, se si sveglia. E... Dan vuole questo. Vuole rimanere in questo bozzolo caldo e sicuro, con questi due incredibili uomini; e forse non funzionerà, forse finirà con l'essere ferito, ma sente di essere abbastanza forte da volere correre questo rischio. Non sa se questa sicurezza durerà per sempre, non è neanche sicuro che durerà per tutta la notte, ma in questo momento, Dan si sente bene.

Rilassa il suo corpo, affonda ancora un poco fino a che la sua testa non è comoda sul cuscino, e lascia che i suoi occhi si chiudano. Per adesso, almeno, ha trovato un posto dove è giusto rimanere.

KATE SHERWOOD ha iniziato a scrivere più o meno nello stesso momento in cui, dopo una pausa di vent'anni, è risalita a cavallo. Le piace pensare di essere decisamente troppo giovane perché questa venga etichettata come una crisi di mezz'età – apparentemente era pronta a fare un po' di cambiamenti!

La sua scrittura si concentra sulle persone e sulle relazioni, su coloro che cercano di scoprire quanto devono conservare di loro stessi e quanto possono permettersi di dare agli altri. Kate crede che una relazione monogama nella vita reale sia molto più facile da mantenere passando il tempo con così tanti e diversi uomini nelle sue storie.